LES SEIGNEURS DE LA LANDE

Du même auteur :

La Dame du Nil (*Éditions Balland*)

Titre original : The Eagle and the Raven.

La version originale a été publiée par l'éditeur canadien anglais, Macmillan Company of Canada.

Pauline Gedge

LES SEIGNEURS DE LA LANDE

roman

Adapté de l'américain
par Marc Albert

BALLAND

ROMAN BRITAIN
N
Eriu
OCEANUS HIBERNICUS
OCEANUS GERMANICUS
OCEANUS BRITANNICUS
CARVETII
BRIGANTES
GABRANTOVICES
PARISI
SETANTII
Mona
DEGEANGLI
Deva
GANGANI
ORDOVICES
CORNOVII
CORITANI
Lindum
ICENI
Durobrivae
DEMETAE
DOBUNNI
CATUVELLAUNI
TRINOVANTES
Glevum
Verulamium
Camulodunon
SILURES
Londinium
Medway
the Severn
ATREBATES
the Thamus
CANTIACI
Rutupiae
Dubris
Folkeston
BELGAE
DUROTRIGES
REGNENSES
DUMNONII
0 50 100
Miles
BUCTEL

CE QUE NOUS DIT L'HISTOIRE

Entre le VIe et le Ier siècle avant J.-C., les Celtes, venus d'Europe centrale, occupèrent dans un premier temps la quasi-totalité du nord de l'Europe puis poursuivirent leur expansion vers le Sud, de l'Espagne jusqu'à l'Asie-Mineure. Jusqu'au moment où ils se heurtèrent à la puissance de Rome qui, lentement mais inexorablement, entreprit de les repousser ou de les exterminer.

Mais il convient de rappeler que dès l'âge de bronze, vers 2 000 ans avant J.-C., les Celtes avaient déjà envahi les îles Britanniques. Ils vivaient de façon fort primitive, scindés en tribus autonomes qui entretenaient entre elles des relations incohérentes, ne permettant en aucun cas l'ébauche d'un Etat ou d'une conception nationale, si rudimentaire soit-elle.

Lorsque les Romains entreprirent la colonisation de la future Angleterre, ils n'éprouvèrent que des difficultés sporadiques. Certaines tribus leur opposaient une résistance plus instinctive qu'efficace alors que d'autres penchaient plutôt vers une sorte de collaboration avec cette paix romaine, source de commerce et de mieux vivre. C'est ainsi que Prasutag, roi des Icènes (région de l'actuel comté de Norfolk) accepta de léguer ses territoires à ses deux filles et... à Rome. Mais son épouse Boudicca ayant été maltraitée et ses filles outragées par les soldats romains, il n'en fallut pas plus pour créer l'unité chez un grand nombre de tribus et déclencher une insurrection dont Boudicca, reconnue reine, prit la tête en 60.

Mobilisant hommes et femmes, elle harcela l'ennemi sans relâche, avec une vigueur et une violence qui déconcerta, dans un premier temps, les légions de Rome. Puis l'ordre et la discipline finirent par avoir raison du courage et de la haine. En 61, le général Suetonius Paulinus réussit à écraser les tribus révoltées, laissant sur le champ de bataille plus de 70 000 cadavres. Boudicca, déchue, vaincue, choisit alors de mourir, entraînant dans la mort ses deux filles.

Certes l'impérialisme romain avait triomphé mais ce n'était là qu'un incident historique. Les Celtes avaient donné à l'Europe du Nord, entre autres à l'Angleterre et à la Gaule, leur plus profonde originalité et ce sont leurs racines, nos racines, que le glaive n'avait pu trancher.

PREMIÈRE PARTIE

1.

32 après J.-C., en automne

Caradoc écarta les broussailles et les ronces et se retrouva enfin à l'air libre, échappant à l'obscurité menaçante de la forêt. Légèrement soulagé, il remit son épée au fourreau, resserra sa cape, et s'asseyant un instant sur la rive en pente douce, observa la rivière maussade en reprenant son souffle. Il avait tourné en rond dans les halliers touffus et un instant, il s'était cru perdu. La frayeur qui à ce moment-là s'était emparée de lui, il la connaissait bien. Car c'était le jour de Samhain et même les meilleurs guerriers de son père, qui ne tremblaient devant rien ni personne, avaient peur ce jour-là et ne s'en cachaient pas. Toute la journée, le ciel était resté gris et maintenant un vent mordant se levait qui annonçait la pluie. Caradoc n'était pourtant guère pressé de quitter l'herbe humide, redoutant la tombée rapide de la nuit et ces arbres, dans son dos, qui bruissaient de sombres secrets dont le sens lui échappait. Il eut un frisson qui ne devait rien au froid et, morose, repensa, s'enfouissant plus profondément dans sa cape, à tous les Samhain qu'il avait connus. D'aussi loin qu'il se souvienne, il retrouvait cette peur qui l'avait saisi dans la forêt ; il revoyait son père Cunobelin, assis, masse sombre fixant la flamme ; son frère Togodumnus et sa sœur Gladys, s'accrochant l'un à l'autre aux pieds du père tandis que sur le lit sa mère le tenait serré contre elle. Le vent lugubre d'automne chuintait sous les portières de cuir et les doigts de la nuit s'agitaient sur le toit dans les chaumes. Ils restaient ainsi, des heures durant, dans l'obscurité. Les enfants s'endormaient et ne se réveillaient que pour voir la flamme qui avait baissé et Cunobelin qui se penchait pour y ajouter une bûche. Personne n'osait parler avant que l'aube, comme à contrecœur, se faufile dans la pièce. Après leur porridge — avec du pain et un bout de gâteau de miel, ils se retrouvaient dans la Grand-Salle. On comptait avec angoisse les chefs et les hommes libres à mesure qu'ils rentraient, sans oser demander qui manquait et qui était revenu. Puis, en cette fin de matinée glaciale, l'abattage des animaux commençait et pendant des jours, l'odeur fade du sang flotterait sur la ville. Samhain. Comme il les détestait ! Une nouvelle nuit de terreur, une nouvelle journée de tuerie, une nouvelle année presque terminée.

Une tache de couleur vive accrocha soudain son regard. C'était son frère qui apparaissait à l'orée du bois. Aricia était avec lui, ses longs cheveux noirs flottant sur les épaules, le vent plaquant les longs plis de sa tunique contre son corps gracile, le bleu de sa cape se mêlant au pourpre de celle de Tog. Ils se faisaient face et semblaient discuter avec véhémence, mais trop loin pour que Caradoc puisse saisir le moindre mot. Soudain, ils éclatèrent de rire, et les mains d'Aricia, ses doigts fins et blancs, dansèrent dans la lumière finissante. Papillons pâles du printemps. Caradoc contempla leur vol un instant, fasciné. Puis il se leva. Tog l'aperçut et courut à sa rencontre en faisant de grands gestes.

« Nous t'avions perdu, cria Tog hors d'haleine. Tu as tué quelque chose ?

— Non. Le gibier s'est réfugié dans un taillis et le temps que les chiens s'y frayent un chemin, il avait disparu. Où est mon cheval ?

— Aricia l'a attaché et nous nous sommes mis à ta recherche. Elle était furieuse parce que les portails vont bientôt fermer. La nuit s'annonce orageuse. Elle voulait t'abandonner à ton sort. » Il sourit. « Elle ne voulait pas passer la nuit de Samhain dans les bois.

— C'est plutôt toi, qui jetais des regards peureux par-dessus ton épaule, Tog, et c'est moi qui ai dû conduire le cheval de Caradoc, protesta vivement Aricia. Je n'ai peur de rien », dit-elle en adressant à Caradoc un sourire complice.

C'était la fin de la journée et la lumière déclinait rapidement. Au nord, les nuages se faisaient menaçants et les trois chasseurs, retournant rapidement vers leurs chevaux, furent bientôt en selle. Tog prit la tête, galopant près de l'eau. Aricia vint galoper à sa hauteur et Caradoc ferma la marche. Après le premier portail, il y avait encore six miles à parcourir, en ne rencontrant que quelques huttes clairsemées ou quelques fermes en bordure des champs. Dans une heure, ils pourraient boire du vin chaud au coin de l'âtre familier et se réchauffer les pieds devant un bon feu.

Tout à coup, Caradoc dépassa Aricia en trombe. « Les chiens, cria-t-il en agitant furieusement les bras, nous avons oublié les chiens ! — Bougre d'idiot ! pesta Tog. Où sont-ils allés après avoir perdu la trace du sanglier ? — Ils se sont jetés dans les buissons sur une autre piste. Je les ai sifflés, ils sont revenus, puis j'ai cherché le chemin du retour. Pourquoi me traites-tu d'idiot ? Les idiots, c'est plutôt vous, qui ne les avez pas suivis quand ils étaient sur le point d'attraper quelque chose.

— Vous êtes des idiots tous les deux, coupa Aricia d'une voix qui laissait transparaître un début de panique. Cunobelin vous avait bien dit de ne pas sortir les chiens, parce qu'on doit les emmener à Rome après-demain. Et naturellement, vous n'en avez fait qu'à votre tête. » Elle rassembla les rênes et talonna son cheval. « Vous pouvez retourner en forêt et vous mettre à leur recherche si vous en avez le courage. Moi, j'ai froid et je suis épuisée. Je m'en vais. » Elle les dépassa au trot et prit de la vitesse. Bientôt, elle disparut dans la poussière et les deux jeunes gens se retrouvèrent seuls. Ils se regardèrent, sentant l'obscurité qui grandissait. « Qu'allons-nous faire ? demanda Tog. Cette chipie ! C'était son idée à elle d'aller à la chasse aujourd'hui, et elle le sait bien. Un soir, je l'attacherai à un arbre pour que le Corbeau des Cauchemars l'emporte.

— Ne dis pas ça, chuchota Caradoc. S'il t'entendait, il pourrait venir. Nous devons rentrer. Demain nous dirons à père ce qui s'est passé et nous recevrons notre punition. »

Tog hocha la tête, mais Caradoc était déjà parti en direction de la grille et il le suivit. Le vent s'était mis à gémir, s'accrochant à leurs cheveux et à leurs chevilles. Les chevaux, impatients, partirent au grand galop. Arrivés à la première grille, ils sautèrent de selle et coururent sur le remblai, tirant sur les rênes, les mains en sueur. Ils allaient se précipiter de l'autre côté du portail lorsque le garde vint en courant, tenant sa torche bien haut.

« Une seconde de plus et je ne vous attendais plus, messeigneurs, grommela-t-il en rabattant les grandes portes de bois sur leurs chevaux. Brillante idée, que de me faire attendre près d'une porte isolée par une nuit pareille ! »

L'homme serrait son épée dans l'autre main. Mais à quoi pouvait bien servir une épée contre les démons de Samhain ? Caradoc s'inquiéta. « Est-ce qu'Aricia est passée par là ? » demanda-t-il. L'homme acquiesça. « Et les chiens ? Est-ce que les chiens sont rentrés ? — Très certainement. Toute une meute, il y a une heure, écumante et à bout de forces. »

Tog frappa son frère sur l'épaule. « Là, tu vois bien. Les chiens ont plus de bon sens que nous ! Merci à toi, homme libre. Tu peux rentrer chez toi. » L'homme rengaina son épée et fit demi-tour.

« Au lit, maintenant, soupira Caradoc en se remettant en selle. Et même pas un lapin pour nous consoler d'avoir perdu toute la journée. Père remarquera sûrement l'oreille déchirée de Brutus.

— Naturellement, il la remarquera et il nous demandera une génisse à chacun pour le prix du chien. Quelle malchance !

— Comment la nuit de Samhain pourrait-elle apporter autre chose que de la malchance ?

— Voilà qu'il commence à pleuvoir et la pluie va peut-être se changer en neige.

— Trop tôt dans l'année », décréta Caradoc, et ils poursuivirent leur chevauchée en silence, côte à côte, trempés et transis.

Le chemin était sombre et accidenté, serpentant à travers les lopins de terre. Les paysans devaient se serrer dans leurs masures, les chefs et les hommes libres dans leurs huttes de bois, et ils ne rencontrèrent personne. De temps en temps, on entendait le beuglement inquiet du bétail ramené des pâturages d'été et parqué derrière les palissades. Mais les animaux sauvages eux-mêmes se terraient et les deux jeunes gens auraient pu se croire seuls au monde. Caradoc et Tog continuèrent à avancer pesamment, le tapis de feuilles étouffant le bruit de sabots des chevaux. Ils retrouvaient les traces du passage d'Aricia dans l'herbe mouillée, les marques de sabot se remplissant déjà d'eau noire, mais bientôt la nuit fut complète et ils ne virent plus rien que le fin ruban de la route qui se déroulait obstinément sous eux. Tog commença à fredonner à voix basse, mais Caradoc lui intima de se taire, vaguement honteux de cette peur qu'il sentait sourdre en lui. Il avait déjà dix-sept ans ; il avait tué son homme et il avait participé à des raids pour le bétail ; il avait chassé le daim, le sanglier et le loup sauvage. A tout cela, il pouvait faire face. Mais les esprits nébuleux et errants de Samhain, les démons qui attendaient cette nuit-là pour entraîner leurs victimes dans les bois, il ne pouvait les mettre en fuite d'un coup d'épée. A ce moment précis, il les sentait, aux aguets dans les branches maigres qui se rejoignaient au-dessus de sa tête, prêts à faire le mal.

Il tira encore plus fort sur les rênes humides et parla doucement à son cheval. Tog recommença à chantonner, mais cette fois, Caradoc le laissa faire. Au prochain tournant, ils seraient chez eux.

Ils descendirent enfin de cheval après avoir passé le second portail, les jambes trempées et engourdies, les mains bleues de froid. Le palefrenier courut à leur rencontre. Il prit les rênes de leurs doigts gourds et emmena les chevaux épuisés, sans un mot.

Tog retira sa cape, regardant l'eau qui en dégoulinait lorsqu'il la tordit. « Vas-tu dormir ce soir ? » demanda-t-il à son frère. Caradoc secoua la tête. « Je ne crois pas. Du vin chaud et des vêtements secs, voilà ce qu'il me faut, et peut-être une chanson de Caelte ou deux pour écarter les esprits vengeurs de ma porte. » Les huttes obscures renvoyaient sa voix. « Demain, nous pourrons respirer à nouveau. Mais en attendant tu peux aller au chenil voir les chiens. C'est toi qui as eu l'idée de les emmener. — Certainement pas. Aricia et moi nous sommes disputés. Elle disait que j'étais trop lâche pour désobéir à Cunobelin ! D'ailleurs, c'est toi qui les as perdus ! Pas moi !

— Mais Tog, pourquoi écoutes-tu ce qu'elle te dit ? Tu sais bien qu'elle ne peut te causer que des ennuis. »

Les yeux de Tog s'allumèrent. « Pas tant d'ennuis qu'elle t'en causera, mon frère, si Cunobelin apprend ce qu'elle et toi fricotez ensemble tout le temps.

— Mais qu'est-ce qui te fait dire ça ? demanda vivement Caradoc en souriant.

— Rien. Des rumeurs. Eh bien, bonne nuit à toi, Caradoc, et bonne chasse.

— Tog, reviens ! » cria Caradoc. Mais Tog était déjà monté vers sa hutte, parmi les demeures silencieuses. Caradoc s'enfonça donc dans l'obscurité plus épaisse, en direction du chenil. Là, il compta les cages et, s'accroupissant, appela les chiens à voix basse. Ils accoururent à la clôture et vinrent mettre leur museau froid dans sa main. Il les compta, les recompta. Il en manquait un, il ne savait lequel. Brutus, la moitié de l'oreille arrachée, le regardait d'un air de reproche. Il eut soudain une exclamation de colère : c'était Cesar. Le plus précieux des chiens de cette portée, qu'on avait tout spécialement dressé pour Tibere lui-même. Il fallait justement que ce soit celui-là ! Ce n'était pas vraiment en l'honneur de Tibere que Cunobelin, avec un sens de l'humour très personnel, avait accordé au chien ce curieux privilège. Mais en l'honneur de Jules Cesar, venu en Albion à deux reprises et reparti de même, pour ne plus jamais revenir. Il ne s'était pas montré, tout compte fait, un si grand chasseur, avait fait remarquer Cunobelin.

C'était certainement Cesar qui avait ramené les chiens. Mais où pouvait-il être ? Là où Caradoc lui-même aurait voulu se trouver : au chaud. Il fit demi-tour pour partir à sa recherche, du côté de la forge, vers la sellerie, les peausseries puantes, les étables. Il poussa même la portière de plusieurs huttes, effrayant des paysans qui croyaient voir en cette silhouette détrempée un esprit habilement déguisé. Mais finalement, il dut s'avouer vaincu.

Il bifurqua brusquement dans l'allée qui menait à sa propre maison mais dès qu'il eut dépassé le haut de la côte, le vent l'attrapa de plein fouet, le jetant presque à terre. Un mur de grêle noire et cinglante s'abattit et il se mit à courir en proie à une panique qu'il avait jusqu'alors contenue. « Que fais-je donc par une nuit pareille où la terre semble au bord de la destruction ? pensa-t-il, horrifié. Quelque esprit malfaisant a dû s'emparer de César et me pousse à sa recherche. Lorsque je le trouverai, il me saisira dans sa gueule puissante et me remportera dans la forêt. »

Il se battit contre la tourmente, aveuglé, dépassant la Grand-Salle et passant aussi loin que possible de l'autel de Camulos. Enfin, ses doigts engourdis crurent reconnaître les peaux de cuir de sa propre porte. Il se précipita à l'intérieur. La tempête ne fut plus que ce remuement dans les chaumes et la fureur du vent se brisa sur les murs.

Il ouvrit les yeux. Une seule lampe à huile brûlait sur une petite table. Des tapisseries couvraient les murs et au bout de la pièce, les rideaux d'une alcôve étaient tirés, laissant voir un lit bas sur lequel était jetée une cape rouge et bleue. Ce n'était pas sa hutte. Sur une autre table, près du lit, un miroir était posé, un bandeau d'or et des bracelets de bronze entassés. Une ceinture ornée d'émaux brillants serpentait au sol. Avec un grognement de bienvenue, Cesar quitta le coin du feu pour venir lui faire fête.

Aricia se retourna, stupéfaite : « Caradoc ! Comme tu m'as fait peur ! Que viens-tu faire ici ? »

Il ne sut d'abord que dire, partagé entre la confusion et la joie d'avoir retrouvé le chien. Il n'y avait pas de démon ici. Rien qu'une fille et un chien. Elle était pieds nus sur les peaux qui recouvraient le dur sol d'argile et sa tunique de nuit tombait autour d'elle comme flocons de neige. Elle avait un large peigne dans la main et ses cheveux noirs et épais lui descendaient jusqu'aux genoux, recouvrant ses bras blancs dont l'éclat resplendit à la lueur des flammes lorsqu'elle alla vers lui. Il marmonna quelque excuse, prêt à faire demi-tour, sentant la colère qui montait en lui.

« Mais quelle tête tu fais ! s'exclama en riant Aricia, avec cette expression sinistre et ces cheveux trempés qui tombent en guirlandes ! Tu ferais mieux de retirer ta cape. Ce n'est pas moi qui ai amené Cesar ici. Il est venu tout seul. J'allais appeler quelqu'un pour qu'on l'emmène aux chenils quand tu es arrivé. Pourquoi es-tu si fâché ? » Elle alla doucement vers lui, détacha sa cape et l'étala devant le feu avec précaution. « Du vin chaud de la terre du soleil, dit-elle gentiment en sortant un pichet des braises. Prends une coupe avant de retourner affronter la nuit, Caradoc. Et dis-moi quelque chose. C'est Samhain et je me sens seule. »

Il sentit les yeux bruns de Cesar sur lui. « Pars maintenant, se disait-il en lui-même. Va-t'en avant qu'une fois de plus ton honneur ne soit plus que débris de poterie autour de toi. » Mais elle avait versé le vin et les vapeurs parfumées lui en chatouillaient les narines. Il fit un pas dans la pièce et laissa la chaleur pénétrer ses jambes engourdies.

« Je croyais que tu n'avais pas peur de Samhain », fit-il remarquer.

Elle lui jeta un bref coup d'œil et s'assit sur le rebord de son lit. « J'ai dit que je me sentais seule, pas que j'avais peur. Mais toi, tu as peur, dit-elle, se moquant.

— J'ai de bonnes raisons pour cela, répliqua-t-il, sentant le vin lui brûler l'estomac et répandre sa chaleur dans toute sa poitrine. Je fais partie des chefs. Et les démons s'attaquent tout particulièrement à ceux qui sont de sang royal par une nuit pareille.

— Moi aussi, je suis de famille noble, dit-elle, piquée et s'asseyant plus droite. L'as-tu oublié ? Suis-je restée si longtemps à Camulodunum qu'on me confonde maintenant avec la progéniture de Cunobelin ? »

Il vida sa coupe et se baissa pour en remplir une autre. « Pardonne-moi, Aricia, mais il m'arrive de l'oublier. Tu es ici depuis si longtemps et nous avons grandi tous ensemble — toi, moi, Tog,

Eurgain, Gladys, Adminius. Je ne sais même plus depuis combien d'années père nous a surnommés « la troupe royale ? »

Elle ferma les yeux sans répondre, comme pour échapper à une pensée désagréable. « Elle est si belle », se dit-il, regardant par-dessus le rebord de sa coupe ce teint pâle qui ne bronzait jamais au soleil d'été, le menton délicat, ces longs cils noirs tombant sur des pommettes saillantes. Il se demanda à quel moment il avait commencé à ne plus voir en elle un compagnon de chasse mais une femme, presque une étrangère. Lorsqu'elle ouvrit les yeux il y découvrit un mystère, une confusion qu'il était trop jeune lui-même pour reconnaître comme un manque de confiance en soi. Ils se regardèrent un instant, lui trop fatigué pour échapper à la fascination de ses yeux noirs et elle, sans le voir, comme absorbée par le passé.

« Mais Caradoc, tu fumes ! dit-elle tout à coup en riant. En séchant, des nuages de vapeur sortent de tes vêtements. On dirait un dieu des Rivières émergeant des eaux par un matin d'hiver. Retire-les, je t'en prie, ou va-t'en et cesse d'inonder mon petit nid.

— Je crois que je ferais mieux de ramener Cesar au chenil, dit-il à contrecœur, sentant le vin lui épaissir la langue et lui faire des membres de plomb.

— N'abuse pas de ta chance, protesta Aricia en se levant. Laisse-le ici avec moi ou emmène-le chez toi. »

Elle se glissa vers lui, apportant dans le bruissement de sa tunique les effluves d'un parfum romain. « Je suis vraiment désolée pour tous ces ennuis que je vous ai causés aujourd'hui. C'est parce que je l'avais mis au défi que Tog a voulu chasser. Je vous aiderai tous deux à payer le prix de Brutus, si c'est nécessaire. »

Elle lui sourit. Il la voyait à peine, terrassé par le vin et la fatigue. « Ah ! pas maintenant, pas cette nuit », pensa-t-il mal à l'aise. Mais il était déjà trop tard. Il avança la main vers une boucle de ses cheveux pour en sentir la douceur épaisse. Et il la ramena vers son visage pour se pénétrer de son parfum, de cette chaleur. Elle le laissa faire sans rien dire.

« Reste avec moi, Caradoc, dit-elle finalement. Tu veux rester n'est-ce pas ? Je suis un démon de Samhain, ce soir. Ne sens-tu pas que je t'ai ensorcelé ? »

Elle se moquait peut-être, mais il sentit l'enchantement qui s'emparait de lui, comme on reconnaît une chanson familière. Il savait qu'il aurait dû se précipiter vers la porte en invoquant quelque protection, mais comme toujours, il ne pouvait que la regarder avec cette chaude sensation d'émerveillement. Tog et lui s'étaient souvent moqués de cette sorcière brune dont ils étaient si dangereusement épris et de l'incroyable pâleur de sa peau nordique ; tout comme ils se moquaient des longs silences d'Eurgain ou de la précieuse collection de dents de sangliers d'Adminius. Mais ils le faisaient sans arrière-pensées, comme on le fait entre amis de longue date. Et quelquefois, il l'aurait bien giflée, pour ses airs supérieurs et sa mauvaise foi dans les discussions. Ce n'était qu'une petite fille, rien qu'une petite fille de quatorze ans qui s'efforçait de devenir une femme.

Lorsqu'elle ramena une mèche de cheveux sur son visage, il sentit la chaleur lui monter dans les reins. « Tu n'as pas le choix, Caradoc, enfant gâté, dit-elle doucement. Mon lit est autrement plus confortable que le sol détrempé de la forêt. »

Dehors, la pluie battait.

Le vent n'était plus qu'un sourd gémissement et, à l'intérieur, le feu mourant grésillait quand une goutte égarée y tombait. Aricia détacha le torque d'or du cou de Caradoc et le déposa précautionneusement sur le sol. Puis elle dégrafa la lourde ceinture et son épée glissa sur les tapis. Il ne bougeait toujours pas. Mais il sentait sa résistance qui faiblissait, suivant des yeux tous ses gestes et lorsque ses doigts fins touchèrent son visage, il admit sa défaite, la saisit par les bras et la pressa fortement contre lui.

Après tout, se dit-il, c'est Samhain. Corbeau de la Terreur, tu ne me trouveras pas ici !

Un instant plus tard, elle lui échappa. « Tu me mouilles, dit-elle d'un ton égal. Retire ta tunique et tes braies. Non, je vais le faire pour toi. Tu restes planté là comme si je t'avais changé en statue.

— Mais Aricia... »

Elle lui mit un doigt sur les lèvres. « Non, Caradoc, ne dis rien, s'il te plaît. » Sa voix tremblait. Elle lui fit passer la tunique par-dessus la tête et il crut voir un éclat moqueur dans ses yeux.

Comme c'est étrange, pensa-t-il. Je n'avais encore jamais remarqué dans ses yeux ces paillettes dorées. Il la saisit à nouveau, l'embrassant sauvagement et maladroitement, sentant la chaleur de ses mains sur son dos nu, se perdant dans la douceur de sa bouche. Les boucles de sa chevelure magnifique vinrent se dérouler sur ses bras et lorsqu'il la sentit qui se pressait contre lui, il la jeta sur le lit, refermant les rideaux sur eux et soufflant la lampe. Il la regarda qui attendait, dans l'obscurité, les bras tendus, les cheveux dénoués sur l'oreiller, avec ce fin sourire qui lui faisait mal.

« Tog sait tout, murmura-t-il.

— Je m'en moque. Et toi ?

— Moi aussi, dit-il à voix basse.

— Alors, ne parle plus. » Dans sa hâte, que le vin rendait maladroite, il tira sur sa tunique de nuit et l'entendit se déchirer, puis il sentit ses seins sous ses doigts impatients, sous sa bouche gourmande. Le souffle d'Aricia se fit rauque et pesant, et la pluie continua de tomber, monotone, comme dans un rêve.

Il était incapable de se contenir et ce fut fini très vite, mais cette nuit-là, elle ne se plaignit pas. C'était toujours ainsi : un besoin incontrôlable d'elle, une poursuite désespérée et frénétique, puis cette satisfaction aiguë, presque douloureuse. Il se retourna sur le dos, la tête sur un bras et contempla l'ombre du toit, sentant les piqûres de la honte et se demandant comment et pourquoi. Une fois de plus, je m'y suis laissé prendre, pensait-il avec angoisse. C'était une chose que de culbuter une esclave dans les champs, ou même la fille consentante d'un fermier, mais il s'agissait de son amie Aricia, la compagne de toutes leurs escapades avec Tog, la fille d'un ricon d'une royauté plus ancienne encore que la sienne. Il aurait voulu que la terre l'avale. Que les démons de Samhain l'entraînent dans leurs abysses. Il aurait voulu mourir.

Elle s'appuya sur un coude et, sans même se couvrir, rejeta impatiemment ses cheveux. Stupéfait, il sentit le désir se réveiller en lui.

« Caradoc.

— Oui.

— Epouse-moi. »

Il crut d'abord qu'il avait mal compris, puis réalisant ce qu'elle venait de dire, il s'assit, très raide. Elle s'entoura les genoux des bras. « Je veux que tu m'épouses. Je t'en supplie, Caradoc, épouse-moi !

— Que demandes-tu là ? » fit-il oubliant soudain cette détresse qu'elle faisait naître en lui.

Elle posa une main chaude sur son bras. « Ne sommes-nous pas de vieux amis ? murmura-t-elle. Il serait si facile de faire encore un pas et de se lier l'un à l'autre ! » Elle serra son bras plus fort. « Je ne te demande pas grand-chose, après tout, tu pourras toujours prendre d'autres épouses. »

Cela le fit rire. « Tu penses à Eurgain, j'imagine. Non, non, Aricia. Nous avons eu beaucoup de plaisir ensemble, mais je ne crois pas que nous puissions parler de mariage. Maintenant, il faut que je m'en aille. » Il posa un pied sur le sol froid, mais elle le retint avec une force dont il ne la croyait pas capable.

« Pourquoi pas ? Ne crois-tu pas que j'aie quelque raison de te le demander, Caradoc ?

— A cause de ce qui vient de se passer ? » demanda-t-il. Il fit mine de l'embrasser mais elle lui échappa et ouvrit les rideaux.

« Je n'ai plus envie de jouer, Caradoc. Que reste-t-il des mots d'amour que tu me chuchotais dans le noir ?

— Il n'est pas question d'amour entre nous Aricia, et tu le sais bien. » Il se leva et s'habilla rapidement, enfilant braies et tuniques toujours humides. « Je ne t'ai rien promis. » Elle se raccrocha aux rideaux, comme si, avec l'espoir, toute sa force l'avait quittée. « Caradoc, je suis désespérée. Sais-tu quel âge j'ai ? » Il serra la boucle de son ceinturon. « Evidemment. Tu as quatorze ans. — C'est l'âge des fiançailles. Bientôt mon père enverra une délégation pour me ramener chez moi. »

Des larmes, malgré elle, tombèrent sur ses mains qu'elle secoua avec colère. « Chez moi ! C'est à peine si je me souviens encore des landes désertiques et des huttes misérables du lieu où je suis née. Oh ! Caradoc, je ne veux pas vous quitter, toi, Tog, Eurgain ou Cunobelin qui est comme un père pour moi. Je ne veux pas m'en aller dans un pays qui me fait peur, parmi ces hommes rudes et intraitables ! » Elle glissa sur le sol, sanglotant : « Moi aussi, je déteste Samhain, les pluies d'hiver et cette solitude. La nuit se passera-t-elle sans qu'aucun homme ne me demande en mariage, sans qu'aucun démon même ne vienne me chercher ? »

Il la prit dans ses bras, éprouvant pour la première fois une certaine compassion pour elle. « Aricia, je ne savais pas... As-tu parlé à Cunobelin ? » Elle secoua violemment la tête. « Il ne peut pas me garder. Mon père voudra que je rentre à Brigantia. Je suis sa fille unique et personne d'autre ne pourra gouverner après lui. Les chefs voudront m'élire. » Elle leva ses paupières gonflées, plus pâle encore qu'à l'ordinaire. « Si tu te soucies un tant soit peu de moi, ne laisse pas cela se produire. Je t'apporterai la plus belle dot des Catuvellauniens. Brigantia tout entière ! Toi et moi, nous serons roi et reine là-bas !

— Et ma propre tribu ? Et les gens de mon sang et les hommes qui m'ont prêté allégeance ? Je n'ai pas plus que toi envie d'aller à Brigantia. Ne peux-tu pas refuser d'y aller, Aricia ? »

Il se dégagea avec fermeté et se leva. « Je regrette, mais je ne peux me mêler des affaires d'un autre clan...

— Tu t'es servi de moi, et maintenant... Je n'ai que faire de ta pitié. Ces atermoiements sont indignes d'un homme. » Elle essuya ses larmes et lui fit face. « Je pourrais te faire du tort, Caradoc. Nous nous sommes déshonorés, toi et moi. Mais je ne le ferai pas. Mon père ne tardera pas à m'envoyer chercher. Je le sais, j'en ai rêvé. Mais lorsque je serai partie, il y aura dans ta vie un vide que rien ne comblera. Je n'oublierai pas. Je le jure par la grande Brigantia, déesse de ma tribu. »

Il regarda son visage menaçant, ses mains qui s'agitaient.

« Nous nous sommes servis l'un de l'autre, lui rappela-t-il vivement. Comment cela s'est-il passé, Aricia ? Pourquoi avons-nous cessé d'être les amis que nous étions ?

— Nous avons grandi et nous sommes trop bêtes pour nous en rendre compte ! cria-t-elle. Tu dois bien savoir que je t'aime mais tu restes là, la bouche ouverte, comme un idiot de paysan trinovante ! Va-t'en ! »

Elle se jeta sur son lit et ne bougea plus. Il la regarda un instant avec pitié, se demandant si c'était la vraie Aricia qu'il avait découverte ou un autre de ces masques qu'elle empruntait si facilement. Mais il ne pouvait s'attarder. Il prit sa cape, et se retrouva à nouveau dans l'obscurité sous la pluie.

En quelques pas, il fut chez lui.

Fearachar avait dû venir s'occuper du feu car il flambait joyeusement et la pièce était chaude et accueillante. Il se déshabilla rapidement, s'enveloppa dans une couverture, puis étendit les jambes vers les flammes rougeoyantes, les idées confuses. Pour la première fois de sa vie, il aurait voulu pouvoir revivre cette nuit de Samhain.

C'était plus que le corps d'Aricia, cette nuit, qu'il avait touché. Il avait touché un nerf à vif. Il avait découvert quelque chose que pitreries, railleries et enfantillages ne pouvaient masquer et ce qu'il avait vu l'avait dérangé. Il ne l'aurait jamais crue capable de larmes ou de supplications. Etait-elle toujours couchée dans l'obscurité, surprise d'elle-même ? Mais le mariage ! Il avait trop chaud aux pieds et il les ramena sous son siège, tendant le bras vers ce vin qu'on lui avait préparé. Il ne voulait même pas y penser. Elle n'était pas la femme qui devait porter les enfants d'un jeune chef catuvellaunien et son refus venait du plus profond de lui-même, avec une intensité dont il était lui-même surpris. Il ne pouvait nier le charme qu'elle exerçait sur lui. Mais ils se connaissaient trop bien. Ou du moins l'avait-il toujours cru. Il se souvenait du jour où elle était arrivée à Camulodunum, sans rien d'autre que ses grands yeux et sa raideur touchante de petite fille. Il n'était lui-même alors qu'un enfant mais tout de suite, son cœur s'était porté vers elle. Pendant dix ans, ils avaient chassé, festoyé, s'étaient battus ensemble. Ils avaient terrorisé les paysans, rendu furieux les hommes libres. Ils avaient menti et triché et puis un beau jour, tout s'était écroulé.

Il était convenu depuis toujours qu'il épouserait Eurgain. Elle était noble, fille d'un des chefs de la tribu de son père, et avant même qu'ils aient formé la « Bande Royale des Guerriers de Cunobelin » une grande affection les liait l'un à l'autre. Elle était grande également, mais plus fine qu'Aricia. C'était une fille délicate, silencieuse, pas vraiment belle, mais l'aura de paix et de confiance qu'elle dégageait avait commencé à lui attirer plus d'un prétendant. Elle avait les cheveux couleur de miel sombre et les grands yeux de bleuet de son peuple. Elle semblait connaître ses pensées avant même qu'il les formule.

Eurgain !

Soudain, la vision d'Aricia s'imposa à lui, nue, ses yeux noirs impudiques, les cheveux déroulés tombant jusque sur les hanches, et il s'agita sur son siège. Si elle l'aimait, comme elle le disait, elle avait bien su le cacher ! Détestait-elle Eurgain ? Elle n'en avait rien montré non plus. Ou n'était-ce qu'une dernière mascarade désespérée, pour échapper à la longue chevauchée solitaire qui la ramènerait là où elle était née ? Comment avait-il pu vivre si près d'elle, jour après jour, sans du tout la connaître ? Il se couvrit les yeux, dévoré du désir de faire ces quelques pas qui le séparaient d'elle et de lui dire : « Comment est-ce possible ? Vois, je te désire de toutes mes forces mais je ne t'aime pas. Quelle sorte d'homme suis-je donc ? Mon père et mes amis ne donneraient pas cher de mon honneur s'ils me voyaient ainsi ! »

Il s'allongea sur son lit, toujours honteux, se demandant ce qui se serait passé s'il s'était conduit comme un homme d'honneur, s'il avait pris la porte avant qu'elle ne noue ces bras de douceur autour de son cou. Mais il était bien trop tard et depuis des semaines, des mois, sa volonté avait faibli. Il eut l'impression que la pluie avait cessé, bien que le vent continuât à gémir par rafales. Il s'endormit, mais même dans son sommeil elle le capturait, comme un sanglier, dans ses filets.

Il était tard, le lendemain, lorsqu'il se réveilla. Une tache de soleil pâle filtrait sous les peaux, et l'air froid et vif dissipa tout ce que la nuit précédente avait laissé de confus dans l'esprit de Caradoc. La tête claire, il se leva, s'habilla à la hâte, et sortit sans plus attendre, respirant à pleins poumons l'air vif du matin. L'orage était parti plus loin, la fumée s'échappait en spirale du toit des huttes parmi lesquelles les enfants se chamaillaient. D'où il était, c'était à peine s'il pouvait reconnaître cette brume qu'était devenue la rivière et plus loin, la zone plus sombre de la forêt, ses cimes empanachées de brouillard. Le ciel d'un bleu délavé était vêtu de haillons blancs.

Il descendit par le chemin sinueux, appelant Cinnamus et Caelte. Il ne les attendit pas mais ils coururent derrière lui et tous trois franchirent le portail de la Grand-Salle ensemble, saluant au passage les chefs qui attendaient l'arrivée de Cunobelin.

L'odeur du brouet chaud et du porc grillé les accueillit lorsqu'ils pénétrèrent dans la salle obscure et ils se dirigèrent immédiatement vers l'énorme chaudron noir que de lourdes chaînes d'acier suspendaient au-dessus du grand feu allumé au centre de la salle. Ils versèrent le bouillon brûlant dans des bols de bois, prirent du porc froid et du pain des mains d'une esclave siégeant derrière une pile de plats, et s'assirent dans un coin, leurs yeux s'accoutumant à l'obscurité.

La Grand-Salle avait été construite cinq ans avant la naissance de Caradoc, lorsque son père avait attaqué les Trinovantes et s'était emparé du territoire de leur tribu, établissant sa capitale et ses ateliers pour battre monnaie à Camulodunum. Le grand-père de Caradoc, Tasciovanus, avait déjà conquis ce territoire mais ne l'avait pas conservé longtemps, se repliant prudemment à Verulamium quand Cesar Auguste avait envahi la Gaule. Cunobelin avait su attendre le moment propice, ne s'attaquant aux Trinovantes que lorsque Rome s'était épuisée, démoralisée par la perte de trois légions en Germanie. Rome n'avait pu alors que hausser ses épaules impériales et avait laissé Cunobelin prendre la tête du plus grand ensemble de tribus du pays. Il s'était donné le titre de ricon, et bien qu'âgé, il était toujours dévoré par l'ambition. Caradoc se souvenait encore de son père et de son oncle partant en guerre lorsqu'il avait dix ans. Son oncle Eppaticus gouvernait au nord des Atrebates et Verica, leur chef traditionnel, ne contrôlait plus qu'une mince bande du littoral. Il s'en était plaint à Rome à maintes reprises mais Rome avait mieux à faire qu'envoyer ses vaillants guerriers mourir en Albion pour un chef sans importance. De plus, au sud, Cunobelin contrôlait le commerce avec Rome. Il fournissait la capitale en chiens, en peaux, en esclaves, en bétail et en grain et même à l'occasion en métaux bruts — or et argent — venus de l'intérieur du pays, dont les tribus commerçaient respectueusement avec lui. En retour, Rome lui envoyait du vin, des couverts d'argent et des coupes à boire, des meubles incrustés de bronze, des poteries, de l'ivoire, mais surtout des parures pour les chefs, leurs chevaux et leurs femmes. Les navires montaient et descendaient sans cesse la rivière, les négociants sillonnaient le territoire des Catuvellauniens, les nouvelles circulaient de part et d'autre sous l'œil vigilant de Cunobelin qui, comme une araignée tisse sa toile, conduisait d'une main ses affaires avec Rome et poursuivait de l'autre ses noirs desseins d'annexion.

Ce n'était pas chose facile. Faire la guerre était une invite à l'intervention romaine, car Rome n'autorisait rien qui puisse nuire à son commerce. Mais faire confiance à Tibere était aussi prudent que marcher sur des sables mouvants. Et le pouvoir de Cunobelin dépendait étroitement des petits chefs qu'il devait satisfaire. Il les laissait faire des expéditions de pillage, de temps en temps. Et même si Rome avait maintes fois protesté, c'était grâce à l'habileté de Cunobelin que les choses en étaient toujours restées là. Pour l'instant, il lui suffisait de conserver les terres qu'il avait. Pourtant son regard s'égarait souvent au nord-est, vers les riches terres iceniennes ; à l'ouest, vers les collines des Dobunni. Au sud-ouest, il n'importunait jamais les Durotriges. C'était un peuple fier, belliqueux et intraitable. Il eût fallu, pour les conquérir, leur livrer une bataille totale, ce qui aurait ruiné irrémédiablement ses contacts commerciaux. Ils restaient chez eux, observant les traditions de leurs lointains ancêtres. Le temps de leur faire la guerre n'était pas encore venu.

Dubnovellaunus, petit chef des Trinovantes, pansait son orgueil blessé à Rome pendant que son peuple cultivait les champs pour les Catuvellauniens. Cunobelin avait construit la Grand-Salle lors de ses premières conquêtes. Elle était tout en bois, vaste et aérée, avec une très haute voûte et des piliers que les artisans trinovantes avaient recouverts de sculptures (feuilles recourbées, tiges entrelacées, têtes d'hommes et de monstres à peine visibles, comme aux aguets, sommeillantes et mystérieuses). Cunobelin et sa famille n'aimaient pas particulièrement l'art autochtone. Ils préféraient les visages ouverts et les motifs des potiers et des joailliers romains, car certains soirs d'hiver, l'œuvre complexe des artistes locaux semblait doucement s'animer, témoins d'une époque où les Catuvellauniens n'étaient encore qu'une prémonition.

Le toit était conçu de façon que la fumée puisse s'en échapper et tout au long des murs étaient accrochés des boucliers, des épées de fer, des javelots et des lances. Suspendue au pilier central se trouvait la tête momifiée et couverte de rides de l'un des rivaux vaincus de Tasciovanus, tenue par un couteau planté dans les cheveux. Personne ne savait plus qui c'était, mais on l'emmenait dans toutes les batailles et elle était suspendue sous la tente de Cunobelin dès que le ricon quittait Camulodunum. Caradoc, comme tout le monde, avait cessé de lui prêter attention depuis des années et elle se balançait maintenant au-dessus de la compagnie, observant les allées et venues de ses yeux renfoncés, ses mèches grises constamment balayées par les courants d'air.

« Pas de chasse aujourd'hui, dit Caradoc à ses amis. Vous voulez sans doute tous deux assister à l'abattage ? »

Cinnamus s'essuya la bouche sur le revers de sa manche et reposa son bol. « Je dois absolument m'y rendre. Mes hommes me rapportent que certaines bêtes de mon troupeau ont disparu et Togodumnus aujourd'hui a l'air de se frotter les mains. S'il a touché à mes bêtes de race, il aura besoin de se servir de ses armes.

— Nous avons de la visite, annonça Caelte doucement. Voilà Cunobelin. » La matinée avançait, et la Grand-Salle était presque vide. L'abattage d'automne avait commencé en terrain plat près de la rivière. Caradoc en tournant la tête vit son père qui entrait dans la pénombre, entouré de ses chefs. A ses côtés se trouvait un petit homme gras, dont les nattes pendaient sur les épaules, par-dessus la cape, et une petite fille. Ils s'avancèrent immédiatement vers le chaudron et Cunobelin offrit lui-même à ses invités le pain et le brouet. Les chefs se servirent bruyamment, se querellant déjà pour quelques morceaux appétissants de viande qui flottaient dans la soupe brune. Puis Cunobelin dirigea ses invités vers les trois jeunes gens. Ils se levèrent à son approche. Caradoc essaya de deviner l'humeur de son père. Savait-il déjà pour Brutus ?

« Caradoc ! claironna Cunobelin, voici le seigneur Subidasto, chef des Iceniens, et voici sa fille Boudicca. » Caradoc s'inclina devant l'homme et sourit à la petite fille, puis il présenta Cinnamus et Caelte.

« Seigneur, voici Cinnamus, mon porteur de bouclier et conducteur de char, et voici Caelte, mon barde. Bienvenue dans notre Grand-Salle. »

Ils se serrèrent le poignet et s'assirent. Caelte parla aussitôt à la petite Boudicca. Cinnamus s'excusa et sortit. Sentant l'œil de son père sur lui, Caradoc regarda Subidasto.

« Vous venez de loin, seigneur, dit-il. J'espère que votre séjour parmi nous vous apportera le repos et la paix. » C'était la formule de bienvenue d'usage.

« Cela dépendra des conversations avec votre père, répondit-il avec raideur. Nous avons beaucoup de choses à régler. »

Caradoc l'étudia plus attentivement. Il était énorme, certes, mais pas gras. Tout en muscles, avec les yeux bleu pâle perçants d'un homme habitué aux grands espaces. Y avait-il quelques complications en perspective ? Subidasto avait-il invoqué la trêve de Samhain ? Que complote encore mon père ? Il jeta un bref coup d'œil sur ce dernier mais ne put lire que contentement sur son visage ridé.

« Paix, seigneur ! s'exclama Cunobelin. Il faut d'abord bien boire et bien manger, écouter la musique et observer les rites de Samhain. Il sera bien temps ensuite de parler. Mais si vous avez mangé pour la matinée, ajouta-t-il en se levant, laissez-moi vous faire visiter Camulodunum. » Un pli mauvais sur le front de Subidasto indiquait clairement qu'il n'approuvait guère, mais il se leva, prêt à suivre Cunobelin. Caradoc vit soudain la petite Boudicca qui le dévisageait de ses yeux ronds.

« Voudrez-vous bien m'excuser, Père ? Je dois aller voir mon troupeau. »

Cunobelin y consentit en ajoutant tranquillement : « Nous devons également résoudre cette affaire de chiens, Caradoc. Brutus a une oreille déchirée, et il n'est pas possible de le vendre. Comment cela s'est-il produit, alors que j'avais donné l'ordre aux gardiens du chenil de ne pas les perdre de vue, je me le demande ?

— Vous le savez certainement Père, dit Caradoc en souriant. Avez-vous parlé à Tog ?

— Oui. Et à Aricia également. A vous trois, vous me devez deux génisses. Capables de reproduire. » Caradoc essaya de lui rendre son sourire. « Prenez plutôt une bête abattue, Père. Je ne peux me permettre de perdre une génisse.

— Je peux me battre pour elle, si tu préfères, dit Cunobelin d'un ton égal.

— Non, Père, non, dit Cunobelin en riant. Je n'ai pas besoin de nouvelles cicatrices. Mais une reproductrice est une lourde perte.

— Eh bien, prends Cinnamus et Fearachar et va-t'en piller, dit Cunobelin. D'où crois-tu que vienne ma richesse ? »

Caradoc le salua d'un air sombre, mais au moment où il tournait les talons, il sentit une petite main qui se glissait dans la sienne et qui le retenait. Il baissa la tête et découvrit ces yeux bruns qui le fixaient toujours avec la même intensité.

« Est-ce que je peux venir avec toi ? murmura-t-elle.

— Emmène la petite à l'abattage, Caradoc, dit Cunebolin et amuse-la un moment. Tu n'y vois pas d'inconvénients, n'est-ce pas Subidasto ? » Subidasto hésita. Il était apparemment partagé entre le désir de se montrer contrariant et la crainte d'offenser des gens aussi puissants. Finalement, il accepta et Caradoc quitta la Grand-Salle avec la petite fille dans son sillage. Ils marchèrent au soleil, se dirigeant droit vers le portail.

Là, Caradoc prit son cheval des mains de Fearachar. « Boudicca, sais-tu monter à cheval ? » et sans même attendre sa réponse, il installa la petite devant la selle, monta derrière elle et ramassa les rênes. « Veux-tu que nous allions vite ? » Elle hocha vigoureusement la tête, s'accrochant des deux mains à la crinière.

En moins d'une heure, ils furent à la rivière et bien avant de trouver l'eau, les marais, les saules hauts et dénudés, ils pouvaient sentir l'abattage — l'odeur douceâtre et humide du sang fraîchement versé — ils pouvaient entendre les beuglements apeurés de mille bêtes qu'on allait mettre à mort. Lorsqu'ils parvinrent au dernier tournant, de la forêt jusqu'à l'eau, le sol n'était plus qu'une masse remuante de bêtes et de gens étroitement mêlés. Le vacarme était énorme. Un peu plus haut sur la rive, Caradoc reconnut Tog, et avec un sursaut de honte et d'émotion, Aricia près de lui. Ils étaient assis sur la même cape posée à terre, et leurs haleines se confondaient en parlant. Il descendit de cheval. La petite se laissa glisser près de lui. Adminius vint en courant à leur rencontre.

« Caradoc ! Où étais-tu donc ? Je te cherchais partout. »

Il avait l'air affolé. « Il y a litige. Cinnamus, au milieu de ses bêtes, ne cesse de tempêter. Il paraît qu'il lui manque douze têtes. »

Aricia pouffa, Tog hocha la tête d'un air faussement peiné et Caradoc s'écria : « Mais pourquoi est-ce moi que tu viens trouver, Adminius ? Tu es le plus ancien après Père. Tu n'as qu'à y aller et régler cela toi-même.

— Parce qu'il me manque du bétail à moi aussi, rugit-il. Togodumnus, j'en ai plus qu'assez d'avoir à me faufiler dans ton enclos pour y récupérer mon propre bétail ! N'as-tu donc aucun sens de l'honneur ? Toi dont l'honneur est estimé à un prix supérieur au nôtre ! Je vais me plaindre à Père !

— Assieds-toi, Ad, dit Togodumnus nonchalamment. Comment les choses pourraient-elles se passer normalement quand ce sont les hommes libres qui abattent d'abord leurs propres bêtes ? Pas étonnant que les marchands qui voient cela se moquent de nous. Si Cinnamus passait plus de temps à surveiller ses troupeaux qu'à se battre à l'épée avec toi, Caradoc, il saurait que les bêtes qu'il cherche sont celles qui sont mortes de maladie cet été. Fais attention, Adminius, je pourrais déposer une plainte contre toi. Tu viens d'admettre publiquement que tu essayais de voler mon bétail. »

Le rouge monta au visage d'Adminius et il sauta à la gorge de son frère. Ils roulèrent dans la poussière, se battant à coups de poing et à coups de pieds.

Aricia soupira. « Tu ferais mieux d'aller voir ce qui s'est passé, Caradoc », dit-elle. En croisant son regard, il ressentit comme une crampe dans les reins, mais elle parlait sans emphase et ses yeux n'exprimaient rien. C'était à croire que cette nuit n'avait jamais eu lieu. Peut-être n'était-ce pas Cesar le démon, ni Aricia, mais nul autre que lui-même et qu'il avait passé la nuit de Samhain en proie au délire. Elle regarda ailleurs, exhalant un nuage de vapeur, et une certaine lassitude dans ses épaules lui révéla qu'il n'avait pas rêvé. Elle était trop sage, trop calme.

« Laisse-moi la petite, dit-elle. Au fait, qui est-ce ?

— C'est Boudicca, la fille de Subidasto, chef des Iceniens », dit-il. Un hurlement de rage se fit entendre du côté des lutteurs et il réprima un violent désir de leur botter le bas du dos.

« Viens t'asseoir près de moi, dit Aricia à la petite fille. Comment trouves-tu les Catuvellauniens ? — Vous avez de beaux chevaux et beaucoup de bétail, répondit Boudicca très vite. Mais mon père dit que vous avez une maladie. » Caradoc se retourna, amusé. « Vraiment, dit-il, et quelle est donc cette maladie ? — Ça s'appelle la maladie romaine, répondit-elle en plantant bien franchement ses yeux marron dans les siens. Qu'est-ce que c'est, exactement ? Croyez-vous que je puisse l'attraper ? Je ne veux pas tomber malade. » Aricia et Caradoc se regardèrent un instant, stupéfaits. Aricia la première éclata de rire. « Je ne crois pas, petite Boudicca, dit-elle en pouffant, que ni ton père ni toi aient grand-chose à craindre de cette terrible maladie. Il n'y a que les Catuvellauniens qui puissent l'attraper. »

« La maladie romaine ! pensa Caradoc. C'est bien mal connaître Cunobelin que de ne voir dans les Catuvellauniens qu'un pion dans la poigne de fer de Rome. Nous sommes avant tout un peuple d'hommes libres et c'est notre fierté. »

Il se plongea dans la mêlée bruyante et excitée et on lui livra le passage en murmurant. Il y avait surtout des paysans, petits aux cheveux bruns, mais il y avait aussi des hommes libres, surtout des Trinovantes, et d'anciens chefs de la tribu dont sa mère était issue. Ici et là, un chef catuvellaunien s'inclinait devant lui et lorsqu'il arriva à la rive, quatre nobles le suivaient.

Là, la puanteur était insupportable. Il y avait des mares de sang qui dégoulinaient vers l'eau rougie. Les bêtes tuées étaient mises en tas, attendant l'arrivée des tanneurs qui les écorcheraient, des bouchers qui les traîneraient plus loin pour les découper en morceaux. Et, bien que les premières gelées soit déjà passées, l'air était noir de mouches.

« Cinnamus, qu'est-ce donc qui te met en rage ?

— Ton frère a été trop loin cette fois ! » Cinnamus s'approcha, lui parlant avec une colère contenue. « Douze de mes bêtes à abattre dans son lot ! Je les ai reconnues. Et le chef de mes vachers aussi. Je me plaindrai à votre père ce soir, Caradoc, et j'obtiendrai réparation pour les doigts crochus de Togodumnus.

— Quelle preuve as-tu de ce que tu avances ?

— Tous mes gens pourront en jurer pour moi.

— Les gens de Tog feront de même. Il faut qu'il y ait autre chose.

— Il y a autre chose, dit Cinnamus, avec un sourire sombre. Toutes mes bêtes ont été marquées cet été, d'une entaille à l'oreille. Nous verrons bien comment Tog pourra s'en tirer cette fois ! »

Les tanneurs et les bouchers, avec leurs couteaux et leurs crochets, circulaient entre les carcasses amoncelées. Caradoc se retourna vers la forêt mais Aricia et Tog étaient partis, la petite Boudicca aussi, emmenant le cheval avec elle.

« Cinnamus, pourquoi ne vas-tu pas trouver Tog et lui dire ce que tu viens de me dire ? Demande-lui douze de ses bêtes en plus des tiennes. Cela l'affectera plus que la justice de mon père et je détesterais vous voir verser votre sang pour quelques vaches volées.

— Quelques vaches ! pesta Cinnamus en crachant sur le sol, c'est vite dit, seigneur, lorsqu'on a un troupeau de l'importance du vôtre. Mais je dois compter chacune de mes bêtes deux fois. Une goutte de sang de Togodumnus ferait beaucoup pour soulager mon cœur, comme celui de beaucoup d'autres. Même ses propres chefs s'inquiètent de ses façons de voleur. »

Caradoc savait qu'il avait raison. Tog avait seize ans. Il avait beaucoup de charme et un véritable don pour échapper aux conséquences de ses multiples faux pas. Cela lui valait d'être entouré d'une troupe respectueuse de petits chefs et d'hommes libres. Mais il était bien près de lasser la patience de son père et de perdre l'estime des siens. Cinnamus aurait pu le tuer sans peine, Caradoc le savait. Le jeune homme qu'il avait devant lui, défiguré par la colère, avait été élevé dans l'art de la guerre, c'était un lutteur expérimenté aux réflexes vifs comme l'éclair et qui pouvait détruire sans pitié. C'est précisément pourquoi Caradoc l'avait choisi comme porteur de bouclier et conducteur de char. Mais s'il l'avait choisi, c'était aussi parce qu'il était généreux et qu'il avait le rire facile. Caradoc et lui se vouaient une grande affection.

« Fais ce que tu crois devoir faire, Cin, dit-il finalement. C'est toi qui as subi l'offense. Mais pense aux conséquences pour ta famille si Tog décide d'en faire une querelle de clan.

— Impossible. Pas lui. Mais si vous lui parlez, seigneur, je m'en contenterai. Dites-lui que je veux mes bêtes, plus les douze autres, et dites-lui... » Il fit une pause et quelque chose de glacé passa dans ses yeux verts et souriants : « Dites-lui que s'il pénètre encore une fois dans mon enclos, je donnerai l'ordre à mes hommes de le tuer. » Et il s'éloigna d'un pas souple vers la rivière, silhouette haute dont la chevelure d'or brillait au soleil.

Caradoc retrouva Togodumnus devant le portail.

« De quelles bêtes parle-t-il ? Je n'ai volé le bétail de personne. Elles ont dû s'enfuir », déclara Tog lorsqu'il lui fit part des griefs de Cinnamus.

Caradoc s'arrêta et saisit son frère par les épaules, au beau milieu du chemin. « Cesse de jouer les écervelés, Tog. Cinnamus ne plaisante pas. Et il te connaît. » Tog haussa les épaules. « Et sais-tu ce qu'il a fait ? » Tog secoua la tête en souriant. « Il a marqué ses bêtes au printemps dernier. Toutes sans exception. » Tog siffla. « Alors, je vais avoir des ennuis. Je suppose qu'il veut que je les lui rende ?

— Il veut ton sang, mais il reprendra ses bêtes et douze des tiennes si tu t'engages à ne jamais plus toucher à ce qui lui appartient. Autrement, il te tuera. »

Ils poursuivirent leur marche en silence mais le portail franchi, Tog s'arrêta. « Bon, c'est ce que je vais faire, dit-il. J'aime bien Cinnamus.

— Alors, pourquoi le voles-tu ? Lui ou un autre ?

— Je ne t'ai jamais volé, toi !

— Un chef ne vole jamais les membres de sa propre tribu, dit Caradoc avec agacement, même s'il doit mourir de faim.

— Il serait bien bête, alors », déclara Tog en riant.

2.

La Grand-Salle était bondée, ce soir-là, et les énormes bûches du foyer craquaient et pétillaient quand le gras des porcs, mis à rôtir sur les broches, tombait dessus. Samhain était terminé. Les animaux étaient abattus, la viande serait bientôt salée et les hommes savaient qu'ils ne manqueraient de rien pendant l'hiver. Le cheptel était dans les étables, le grain remplissait hautes jarres et greniers et les grands froids pouvaient venir. L'hydromel, la cervoise et le vin rouge venu de Rome coulaient abondamment, les conversations étaient bruyantes et animées. Caradoc, Cinnamus et Caelte durent jouer des coudes pour rejoindre les places qui leur étaient réservées. Cunobelin était assis sur des fourrures à même le sol, drapé dans une cape jaune, son torque d'or massif brillant à la lueur des flammes, ses cheveux gris et raides tombant sur sa poitrine. Près de lui étaient placés ses invités, Subidasto et la petite Boudicca qui papotait avec son père. A la gauche de Cunobelin, Adminius était agenouillé, regardant les porcs, l'eau à la bouche. Caradoc et sa suite s'accroupirent près de lui. A côté, la place de Togodumnus restait vide. Et Aricia était assise près de Subidasto, car bien qu'elle vécût à la cour de Cunobelin depuis des années, on la considérait toujours comme une invitée et au cours de toutes les fêtes, une place spéciale lui était réservée.

Caradoc chercha des yeux Eurgain et l'aperçut enfin, au bout de la salle, avec son père. Gladys, sa sœur, était près d'elle. Elle portait une nouvelle tunique, ce soir, verte et rouge, collante, des bracelets d'argent à la cheville et un fin bandeau d'or sur le front. Son père était riche, presque aussi riche que Cunobelin, son maître, et Eurgain possédait des colifichets du monde entier.

Gladys le vit également mais n'en montra rien. Elle portait un manteau noir et ses cheveux châtain foncé, tressés en une large natte, pendaient dans son dos presque jusqu'à toucher le sol. C'était une fille étrange, pensa Caradoc. A dix-neuf ans, elle n'avait toujours pas voulu se marier. Elle errait dans les bois sans rien craindre des dieux qui la surveillaient jalousement, ramassant des plantes et de petits animaux, collectionnant ces racines aux formes étranges qu'elle trouvait sur la plage où elle se rendait souvent en compagnie des marchands. Pourtant, malgré ses allures farouches et peu engageantes, c'était la confidente de Cunobelin et elle le conseillait souvent depuis la mort de leur mère.

L'esclave qui tournait la broche fit un signe à Cunobelin et tous les yeux se tournèrent vers la viande. Cunobelin se leva péniblement, son couteau à la main, et découpant un jambon avec dextérité, le posa sur un plat d'argent qu'il offrit à Subidasto.

« Le meilleur morceau pour nos invités », rugit-il et Subidasto le prit en remerciant. Une table basse lui fut amenée et Cunobelin découpa le reste des porcelets, chaque homme ou femme recevant un morceau dont l'importance variait avec sa position dans la tribu. Tout à fait à l'arrière, près des portes ouvertes, les disputes allaient déjà bon train, certains se disant lésés dans les partages de la soirée, mais personne ne prêtait attention au vacarme. Fearachar apporta à Caradoc sa viande et son pain, Cinnamus et Caelte attendirent que leurs serviteurs fissent de même, et la Grand-Salle se calma un peu pendant qu'on s'emplissait le ventre à la hâte.

Tout à coup, Caradoc cessa de manger. Il avait aperçu près de Subidasto une forme blanche. Il se pencha vers Tog au moment où celui-ci se faufilait près de lui et chuchota : « Tu le vois comme moi ? Il est affreux, n'est-ce pas ? » Caradoc frissonna et en perdit l'appétit. Il repoussa son plat, but une gorgée de vin, mais sans quitter des yeux le petit homme vêtu de blanc, avec une barbe grise et des yeux perçants, qui restait assis sans bouger, sans boire et sans manger, à examiner la compagnie.

Les druides ! Que venait faire ici ce vieil oiseau de malheur ? se demanda Caradoc inquiet. Les druides haïssaient les Romains avec fanatisme et l'on n'en voyait plus un seul, depuis longtemps, partout où l'influence de Cunobelin se faisait sentir. Ce druide-là avait dû venir avec Subidasto. C'était singulier. Il était interdit de tuer un druide et il suffisait à un voyageur de faire route en compagnie de l'un d'eux pour être parfaitement en sécurité. Caradoc perçut, chez son père également, un certain malaise. Cunobelin parlait peu, regardant lui aussi fréquemment en direction du vieil homme et la poignée de négociants romains — qui parvenaient toujours à se glisser dans toutes les fêtes — chuchotait avec animation. Pourtant, la silhouette imposante les ignorait totalement, les mains posées sur les genoux, un léger sourire flottant sur les lèvres. Il aurait fallu le servir en premier, avant Subidasto, pensa Caradoc. Il va se faire une piètre idée de nos manières. Il se remit à manger, sentant pourtant la présence magique des druides, comme une fumée secrète. Le druide était sacré, même chez les Catuvellauniens.

Mais voilà que Cunobelin essuyait sa bouche grasse au revers de sa cape et frappait dans ses mains. Le silence se fit. On entendit le feu pétiller joyeusement alors que, dehors, il faisait nuit noire et une pluie fine tambourinait sur le toit. Les serviteurs s'empressèrent de fermer les portes et lorsque Cathbad, le barde de Cunobelin se leva, une harpe à la main, chacun s'efforça de trouver sur le sol une pose plus confortable.

« Que désirez-vous entendre ce soir, Seigneur ? » demanda-t-il à Cunobelin, avec un regard oblique vers le visage maussade de Subidasto. Il réclama le chant de la défaite de Dubnovellaunus et de son entrée triomphale à Camulodunum.

Cathbad sourit. Il l'avait chanté bien des fois mais Cunobelin ne se fatiguait jamais d'entendre le récit de ses propres prouesses ou de celles de son aïeul, Cassivellaunus, qui avait combattu le grand Jules Cesar et l'avait repoussé jusqu'à la mer, à deux reprises. La chanson était si connue que beaucoup se joignirent à lui. La Grand-Salle s'emplit bientôt d'un chœur de voix venues du fond de la gorge et l'on se prit par les épaules, se balançant au rythme, emporté par l'évocation des actes et des morts héroïques.

Seul le druide resta immobile, baissant les yeux sur sa robe blanche. Caradoc se demanda s'il savait qu'on avait fait des sacrifices, et pensa qu'il y avait probablement assisté. Les Romains n'encourageaient pas les sacrifices humains et cet après-midi, en l'honneur des Dagda et de Camulos, on avait rituellement sacrifié trois bœufs. Depuis dix ans, aucune victime humaine n'avait été offerte aux flèches sacrées et les Dagda ne semblaient pas s'en être irrités.

Togodumnus se leva d'un bond et cria : « Et maintenant, chante l'histoire de notre premier raid, à Caradoc et à moi ! Vingt bêtes, nous avons capturées ! Ah ! quelle journée ! » Mais Caradoc le fit rasseoir.

« Non, cria-t-il, je veux entendre « Le navire ».

— Non, non, protestèrent plusieurs voix, chante-nous plutôt une chanson gaie ! » Mais Cathbad avait déjà entonné la complainte. Aricia tourna la tête vers lui et il soutint son regard, son cœur battant plus fort, au rythme du lai doux et plaintif. Elle le fixa un instant mais, dans la pénombre, il ne put lire son expression. Regardant ailleurs, il découvrit les yeux d'Eurgain, posés sur lui comme une interrogation. La dernière note de Cathbad s'étira, résonnant jusque sous la haute voûte obscure mais Caradoc fut presque seul à applaudir. Cunobelin se leva à nouveau, et Cathbad rentra dans l'ombre.

« Il est temps de tenir conseil, dit-il. Que les chefs et les hommes libres nous prêtent attention. Et que les autres s'en aillent. » Quelques esclaves bougèrent, et plusieurs négociants se faufilèrent dans la nuit. Les chefs étaient seuls autorisés à prendre la parole mais les hommes libres avaient le droit d'entendre de quelle façon se réglaient les affaires de la tribu et ils se rapprochèrent du feu. Caradoc vit le druide qui se levait. Il s'approcha, s'assit près de Subidasto, lui murmura quelque chose et Subidasto approuva. Boudicca n'était plus qu'une petite boule endormie sur la cape de son père.

« Notre invité peut maintenant nous dire ce qui l'amène », déclara Cunobelin avant de s'asseoir près de Caradoc.

Subidasto se campa, les jambes écartées, la main sur le pommeau de son épée. Il regarda l'assistance, s'éclaircit la voix et demanda : « Y a-t-il quelqu'un dans cette assemblée qui conteste mon immunité ? » Il n'y eut aucune réponse. « Y a-t-il quelqu'un ici qui conteste l'immunité du druide ? » A nouveau, le silence. « Bien, dit Subidasto en hochant la tête. Je vois que votre tribu conserve un semblant de dignité, et il poursuivit sans se soucier des murmures : Je viens ici pour protester contre les pillages répétés et arbitraires perpétrés par les Catuvellauniens en territoire icenien. Mon peuple y perd ses hordes et ses troupeaux, ses serviteurs et parfois même la vie. » Il brandit un bras aussi épais qu'un jeune tronc d'arbre. « Pourquoi ? Parce que, comme à son habitude, votre ricon préfère ignorer les limites de sa tribu. Il fait fi des droits territoriaux des autres et des miens. Qu'est-il advenu de Dubnovellaunus ? Et de Verica ? Les fils de Cunobelin sont rapaces et cruels. L'âge ne modère pas son avidité.

Il ne pense qu'à de nouvelles conquêtes et je sais... » Il agita son poing en direction de Cunobelin : « Je sais que sans son vrai maître, à Rome, il nous aurait depuis longtemps livré une guerre totale, à moi-même et aux miens. » Cunobelin se raidit mais ne répondit pas. Son tour viendrait. « J'exige qu'on me laisse en paix, s'écria Subidasto. Je demande un traité, je demande des otages pour appuyer ce traité et que vous rendiez à mon peuple tout ce que vous lui avez volé, loups des Gaules ! » Il resta encore debout un instant, réfléchissant, puis avec une grimace signifia à Cunobelin qu'il avait fini. Il s'assit.

Cunobelin marcha vers le feu, se retourna et se croisa les bras. Puis il tendit les bras vers le conseil.

« Qui suis-je ? cria-t-il.

— Cunobelin, notre ricon, répondirent ses chefs à l'unisson.

— Suis-je romain ?

— Non.

— Suis-je un loup des Gaules ?

— Non, hurlèrent-ils en chœur.

— Tu viens de loin, chef icenien, les oreilles pleines de faux bruits et des mensonges à la bouche. Naturellement, nous faisons des raids. Qui n'en fait pas ? Vos chefs passent-ils tout leur temps à jouer avec les enfants ? Nous pillons les Coritaniens et les Coritaniens nous pillent. Nous pillons les Dobunniens et les Dobunniens nous pillent. Nous y perdons tous des bêtes et des hommes, mais c'est la règle. Nous sommes des guerriers. Et non des paysans. Nous nous battons. Pourrais-tu nous jurer solennellement ici que ni toi ni tes chefs n'ont jamais attenté à la vie ou pris du bétail aux Catuvellauniens ? Je ne t'ai pourtant pas entendu protester quand je suis entré à Camulodunum avec mes chars et mes hommes, écrasant les Trinovantes et chassant les Dubnovellauniens jusqu'à la côte. Et on me rapporte quelques rumeurs à moi aussi, Subidasto. Les Iceniens eux-mêmes ne font-ils pas de fréquentes incursions vers l'ouest en maltraitant les Coritaniens ? Diras-tu que cela n'est pas vrai ? » Subidasto marmonna quelque chose. « Nous pouvons conclure un pacte, si tu le désires. » Subidasto eut un mouvement de surprise et Caradoc sourit intérieurement. Il savait ce que son père allait dire et quelle réponse indignée Subidasto lui ferait. « Je cesserai mes raids sur votre territoire, vous cesserez les vôtres sur le mien. Et pour sceller notre accord, nous allons échanger des otages. Je te donnerai l'un de mes fils. Qui me donneras-tu en échange ? » Une ombre de sourire s'esquissait déjà sur son visage. Subidasto avala bruyamment sa salive et sa main alla se poser sur la chevelure flamboyante de Boudicca.

« Je n'ai qu'une fille unique et tu le sais bien, Cunobelin ! » Cunobelin fit entendre un gloussement de sympathie. « Mais mon ami, un accord aussi solennel mérite bien quelque sacrifice. La petite Boudicca serait parfaitement en sécurité ici. Elle y apprendrait tous les raffinements de l'art de vivre. Elle s'imprégnerait de la culture riche et variée de notre tribu. »

L'allusion était claire et Subidasto protesta violemment : « Je suis aussi riche que toi, loup des Gaules, et pour ce qui est de la culture, je préfère le mode de vie des Iceniens à ce vulgaire pot-pourri romain ! »

Cunobelin ne répondit pas. Il se contenta de sourire, les yeux presque enfouis dans les chairs burinées de son visage. Il aurait pu faire remarquer que près de six générations s'étaient succédé depuis que ses ancêtres avaient transporté la flamme et l'épée de Gaule en Albion. Ou proclamer qu'il n'était aux ordres de personne, et de Tibere à Rome moins que de quiconque. Il n'en fit rien. Il s'inclina devant le Conseil. « La réunion est-elle terminée ? — Elle est terminée, crièrent-ils tous en chœur. — Nous pouvons donc aller nous coucher. J'espère, Subidasto, que nos pauvres masures romaines auront l'heur de te plaire. »

Subidasto se leva sans un mot, le doux fardeau de son enfant sur les bras et quitta la Grand-Salle avec dignité. Personne d'autre ne bougea et Caradoc remarqua que le druide était déjà parti. Il se leva et bâilla en s'étirant.

« Tog, peux-tu veiller à l'expédition des chiens demain ? C'est le moins que tu puisses faire pour être pardonné. — Mais je serai très occupé, prétendit Togodumnus. — Fais-le quand même », insista Caradoc avec fermeté avant de s'en aller.

La lumière filtrait sous les portières de sa maison. Fearachar l'attendait dehors. « Je vous attends depuis longtemps, Seigneur, dit-il d'un air de reproche, la pluie tombant de son grand nez. Vous avez une visite. » Aricia ! pensa Caradoc en se précipitant à l'intérieur, le cœur battant. Mais ce n'était pas elle.

Le druide était assis sur une chaise aux pieds de bronze, ses longues jambes allongées, les mains toujours sur les genoux. La flamme lui faisait comme un halo, projetant sur le mur l'ombre agrandie de son profil osseux et la faisant bouger, telle une caricature animée. Il s'arrêta, interdit, mais l'homme ne bougea pas la tête.

« Entre donc, Caradoc, fils de Cunobelin », dit le druide d'une voix jeune et forte.

Caradoc fit trois pas et le dévisagea. Il n'était pas vieux, ce prêtre philosophe. Il n'avait peut-être que quelques années de plus que Caradoc et la barbe qu'il avait crue grise était d'or très pâle. « Que dois-je faire ? Que dois-je dire ? pensa-t-il, terrifié. Est-il venu pour me jeter un sort ? » L'homme sourit. « De quoi as-tu peur, guerrier catuvellaunien ? Viens t'asseoir ! »

Caradoc retrouva son sang-froid, s'approcha du feu, s'assit sur un tabouret et se pencha pour observer les profondeurs orange de la flamme.

« Pardonne-moi de faire intrusion chez toi, Caradoc », dit le druide, non sans avoir auparavant longuement scruté le visage du jeune homme qui se trouvait devant lui. Et ce qu'il avait vu semblait lui avoir plu. Le visage juvénile était bien dessiné, le nez large mais bien formé. Son menton carré était fendu comme celui de son père et de deux autres frères, ce qui était, assurait-on, signe de courage et de ténacité. Mais tandis que les yeux du jeune Tog ne restaient jamais en place, les siens étaient profonds et sensibles, empreints d'une sagesse dont le jeune homme n'était peut-être même pas conscient lui-même. Les cheveux noirs légèrement bouclés encadraient le menton... Le druide sursauta. Les mains lui révélaient tout ce que le visage ne disait pas. Elles étaient grandes mais pas épaisses, les doigts longs mais forts, les mains d'un homme perspicace autant que celles d'un homme d'action. Il y lisait comme une promesse, qui, si précoce soit-elle, méritait qu'on la suive avec attention. Il se pencha vers Caradoc et tendit le bras vers lui. « Je m'appelle Bran », dit-il.

Presque malgré lui, Caradoc se vit serrer le poignet de l'homme en signe d'amitié et, à ce contact solide et rassurant, sa peur s'envola, allant se perdre dans les plis de la robe blanche. Bran sourit à nouveau.

« Que voulez-vous de moi ? demanda Caradoc.

— Je désirais te rencontrer, dit Bran, mais je crois bien que si je m'étais assis près de toi dans la Grand-Salle ce soir, tu aurais pris la fuite, n'est-ce pas ? »

Caradoc rougit de colère. « Chez les Catuvellauniens, on ne fuit devant rien ni personne, dit-il avec véhémence. Mais je dois admettre que je me suis senti mal à l'aise lorsque je vous ai vu assis là.

— Pourquoi ?

— Parce qu'on ne voit plus de druides par ici. Les négociants... » Il s'interrompit.

« Les négociants, en bons et loyaux fils de Rome, nous en ont chassés. Oui, je sais. » La voix agréable n'accusait pas trace d'amertume. « Et c'est ainsi que les fils de Cunobelin oublient que les druides servent parfois à autre chose qu'à jeter des sorts et à pratiquer la magie. » On voyait clairement qu'il s'amusait maintenant et Caradoc se sentit aussi gauche qu'un paysan mal dégrossi. « Mais nous avons encore une petite utilité, Caradoc. Qu'aurait fait ton père si Subidasto et sa fille n'étaient venus ici sous ma protection ?

— Père aurait gardé Boudicca et peut-être tué son père, puis il aurait déclaré la guerre aux Iceniens.

— Et il aurait appelé cela une guerre défensive, comme il l'a fait lorsque Tibere lui a demandé pourquoi il avait marché contre Dubnovellaunus. Oh ! son hospitalité est irréprochable. Il aurait festoyé avec Subidasto et se serait enquis de la santé de sa tribu, mais Subidasto aurait eu un accident sur le chemin du retour, et Boudicca aurait pu vivre heureuse ici. »

Caradoc fixa de nouveau les flammes et ne répondit pas. Tout autre chef eût agi de même. Pourquoi Bran peignait-il tout cela sous des couleurs aussi ignobles ?

« Tu ne sais peut-être pas à quel point ton père est haï hors de son propre territoire. Je voyage sans cesse pour communiquer les nouvelles et transmettre des messages, et je sais ce que disent les autres chefs.

— Cunobelin s'en moque et moi aussi, répondit Caradoc sèchement. Connaissez-vous un ricon plus puissant que lui ? — Il y a Tibere, lui rappela Bran. — Je ne comprends pas ce que vous voulez dire », rétorqua Caradoc. Les mains de Bran quittèrent sa robe pour se frotter l'une contre l'autre. C'est alors que Caradoc les découvrit, des mains cruelles et adroites comme les serres du faucon. « Je crois qu'il serait temps de s'en préoccuper, dit Bran. Vous autres, Catuvellauniens, êtes entourés d'ennemis, mais vous êtes tout à vos rêves mesquins de conquête. Croyez-vous vraiment que ce soit Cassivellaunus qui ait vaincu Cesar ? Je t'assure que c'est bien plutôt le climat et la mer en furie. Rome, elle, n'oublie pas. Ton père et toi vivez dans un monde d'illusion. »

Caradoc se mit à trembler. C'était plus fort que lui. Ce n'était point tant les mots de Bran que son ton, qui réveillait des blessures anciennes, plus vieilles que l'adolescent lui-même. « Etes-vous donc voyant, seigneur ? » s'exclama-t-il. Bran secoua la tête en riant : « Non, Caradoc, non. J'ai d'autres capacités. Je sais lire dans les étoiles, non pour prédire l'avenir mais pour y découvrir les secrets cachés de l'univers. Je sens les vents, j'écoute les paroles des hommes et je devine ainsi le destin des tribus et leurs lents mouvements sur les vagues de l'histoire. Pourtant, tu n'as rien à craindre de moi. Même si j'ai plus de sagesse que ton vieux rusé de père et toi à la fois. Tes jours d'insouciance heureuse sont comptés. »

Caradoc se leva. « Maintenant, dit-il avec effort, je vois qui vous êtes. Vous êtes tel que vous décrivent les marchands. Vous et vos semblables allez de villes en villes, incitant le peuple à haïr Rome parce que vous-mêmes souffrez de l'occupation romaine. Et jouant sur la peur de l'esclavage, vous rencontrez toujours des oreilles complaisantes. » Il alla vers la porte, relevant ses peaux de bête d'une main crispée. « Partez, je vous prie. Demain, les hommes se demanderont ce que le magicien faisait dans la hutte du fils de Cunobelin. Je ne veux plus entendre de telles absurdités ! »

Bran alla vers lui. Il souriait imperceptiblement, sans paraître le moins du monde offensé et en partant il posa légèrement sa main sur l'épaule de Caradoc. « Ne m'oublie pas et souviens-toi de mon avertissement. Les druides veillent. Et lorsque tu en auras vraiment besoin, nous nous reverrons peut-être, que tu le désires ou non. » Il sortit rapidement et Caradoc laissa retomber les fourrures, respirant avec difficulté. Il grelottait. Il se rapprocha du feu. L'homme était-il doué de voyance ? Il haussa les épaules, mais sans pouvoir dissiper le lourd malaise qui s'emparait de lui.

Le lendemain matin, Cinnamus et lui se rendirent à l'atelier du faiseur de harnais ou le char de Caradoc devait être réparé. En passant devant les chenils, sans s'arrêter, ils entendirent les jurons des gardiens et les grands cris de Togodumnus. Quelques marchands attendaient, leur ardoise à la main, impatients de voir le calme se rétablir afin qu'on puisse mettre les chiens dans les barques qui descendraient la rivière jusqu'à l'estuaire, d'où on les chargerait sur des navires à destination de Gesioracum et de Rome.

Le faiseur de harnais était devant son échoppe, entouré de ses alênes, de ses couteaux et de ses lamelles de cuir.

« Bonjour seigneur, dit-il sans se lever à l'approche de Caradoc.

Vous venez sans doute pour votre char. » Il indiqua la porte. « Entrez et voyez vous-même. Cela vous coûtera une pièce d'argent.

— Paie-le », dit Caradoc à Cinnamus. Et, courbant la tête, il pénétra dans la pièce obscure. Son char était renversé sur le côté et là où une souche d'arbre invisible avait déchiré les lanières en lambeaux, le réparateur avait tressé de nouvelles courroies. Il saisit fermement la courroie et souleva le char sans effort. Il inspecta le tout de très près, tirant encore ici et là et parut satisfait. « Bon travail, dit-il en sortant. Cinnamus, je prendrai le char aujourd'hui. Attelle les chevaux, veux-tu, et je te rejoindrai de l'autre côté du portail. » Il marcha vers sa hutte, y prit la lourde épée de fer et son fourreau de bronze finement ouvragé, l'attacha à sa taille et ressortit, en direction de l'enceinte.

Le char était attelé à une paire de poneys hirsutes et solides, plus robustes que rapides ; de ces montures qu'élevaient les gens d'Albion bien avant que ses ancêtres, fuyant la Gaule, amènent avec eux de grands chevaux de race. C'est sur eux qu'apprenaient à monter les enfants car ils étaient dociles et conciliants.

Cinnamus lui tendit les rênes. « Voulez-vous que je vienne, Seigneur ? » demanda-t-il. Mais Caradoc lui fit signe que non, plaçant ses pieds bien écartés entre les deux énormes roues cerclées de fer. Et cela suffit déjà à le réconforter. Cinnamus fit demi-tour et Caradoc secoua les rênes, au trot d'abord sur le large chemin, puis, roulant plus vite en direction de la rivière, vira à l'est sous les arbres. Le brouillard l'enveloppa, déposant des perles sur ses bras et sur ses cheveux, scintillant dans les plis de sa tunique écarlate. Au prochain virage, il le savait, il y avait un bout de piste plate, moussue et régulière, courant sous deux rangées de gros chênes. Il se concentra, enroulant les rênes à la barre frontale du petit char et étendit les bras pour garder l'équilibre. Les poneys continuèrent leur course au même pas. Sans cesser de siffler et de les encourager, il plaça un pied sur le timon, regardant bien la route qui s'ouvrait en droite ligne devant lui. Il vérifia sa prise avec soin, se leva et resta un instant debout sur le timon sans que les poneys ralentissent l'allure. Il courut sur leur dos large, revint au timon, et recommença, heureux de se sentir en pleine forme physique, fier de son instinct et de son habileté. Puis il sauta à nouveau à l'intérieur du char et reprit les rênes. La piste se resserra, devint sinueuse et des branches le fouettèrent au visage. Il se pencha, tira sur les rênes et fit demi-tour, s'apprêtant à répéter sa performance, mais tout à coup il entendit un bruit de sabots sur la terre battue et attendit, les poneys piaffant et écumant.

C'était Aricia, ses cheveux tressés en trois nattes, portant une tunique courte et des braies d'homme. Sa cape descendait presque jusqu'au sol. Lorsqu'elle le vit, elle mit son cheval au trot et rengaina le couteau qu'elle avait tiré.

« Caradoc ! Ton char est réparé ! » Contre le bleu vif de sa cape, sa peau était couleur d'ivoire mais sous ses yeux on découvrait des cernes épais. « Tant mieux ! Je suis allée à la jetée avec Tog. Ton père ne veut plus de vin en échange des chiens. Il veut de l'argent et les Romains marchandent âprement avec lui. Je crois que la présence du druide, hier, les a inquiétés et aujourd'hui ils nourrissent à son égard quelque soupçon. » Elle parlait trop vite, évitant son regard, et sa gêne se communiquait à son cheval. Il piaffait nerveusement et avait les oreilles basses.

« Que fais-tu par ici ? » lui demanda-t-il.

Elle lui montra la sacoche qu'elle portait en bandoulière. « Je cherche des noisettes, et peut-être des mûres, s'il en reste.

— Mais c'est la tâche des serviteurs.

— Je le sais bien. Désormais j'entends goûter chaque instant que je passe dans vos bois et dans vos prairies, loup catuvellaunien ! »

Ils se sourirent et Caradoc descendit, attachant leurs rênes à la branche la plus proche.

« Est-ce que je peux t'aider ?

— Si tu veux. Personne ne pourra voir le puissant Caradoc ramasser des noisettes, et je n'ai plus envie de rester seule maintenant. » Elle frissonna légèrement. « Je n'aurais jamais cru ce brouillard si épais. Au moins ici, nous sommes à l'abri du vent. »

Ils quittèrent la piste et partirent à travers bois. Leurs braies furent rapidement couvertes de perlettes de rosée qui tombaient des hautes fougères et leurs pas se perdaient dans un épais tapis de feuilles rousses et de mousses brunâtres. Non loin du chemin, ils trouvèrent un noisetier, foulant aux pieds les noisettes déjà tombées. Ils s'absorbèrent pendant un instant dans leur cueillette, goûtant le profond silence des bois et le plaisir d'être ensemble.

« Où est donc la petite Boudicca, ce matin ? demanda finalement Caradoc à Aricia.

— Subidasto et elle sont partis dans la nuit, répondit-elle sans se retourner, les bras en l'air pour essayer d'atteindre des noisettes haut perchées. Extrêmement grossier de leur part : partir sans même boire une coupe d'adieu.

— Est-ce que... le druide est reparti avec eux ? »

Elle baissa les bras avec un sourire malicieux.

« Naturellement. Il est si facile de voir ta peur ! Tout le monde parle de ton visiteur nocturne. »

Il grogna : « Ah ! non, je t'en prie Aricia, ne dis rien de plus. Je ne sais pas pourquoi il m'a choisi pour écouter ses divagations et je m'en moque. Irons-nous un peu plus loin chercher des mûres ? »

Il souleva la sacoche maintenant pleine de noisettes et ils marchèrent à l'aventure sans crainte de se perdre. Il avait grandi dans ces bois et en avait exploré les moindres recoins. Il connaissait tous les terriers de taupes, de blaireaux, de renards et de lapins. Ils avancèrent dans les fourrés épais de ronces épineuses.

« Il n'y a plus de place dans le sac pour les mûres, dit Aricia. Nous n'avons qu'à les manger. Il en reste d'ailleurs bien peu. »

Au bout d'un moment, Caradoc releva la tête. « Ecoute ! » chuchota-t-il. Dans le silence un bruit d'eau se faisait entendre. « Il doit y avoir une nouvelle source près d'ici, dit-il. Viens. » Guidés par le son, ils découvrirent une clairière, fermée au ciel mais dégagée au sol. Une herbe haute et humide y poussait et les aiguilles de pins formaient un tapis sombre sous les arbres. Au centre, un puits d'eau claire jaillissait, se répandant dans l'herbe en deux petits ruisseaux qui rentraient bien vite dans la terre spongieuse.

Aricia s'agenouilla et chercha quelque chose dans sa ceinture. « Une nouvelle déesse est venue vivre ici, dit-elle avec respect. Vite, Caradoc, as-tu de l'argent ? — Non, mais j'ai ma bague. » Il la retira sans enthousiasme de son pouce et ils s'approchèrent ensemble de la source. Ils posèrent la pièce de bronze d'Aricia et sa propre bague en or dans l'eau pure et glacée. Ils restèrent ainsi un instant, fascinés par le doux clapotis de l'eau jaillissante. Mais Aricia se rassit bien vite sur ses talons et soupira : « Un lieu si magnifique, si sacré ! Pourtant, il faut partir. On pourrait nous voler nos chevaux. »

Il plaça la main sous son coude pour l'aider à se lever et sentit qu'il ne pouvait plus la lâcher. Elle portait les couleurs mêmes de la vie dans cette symphonie de tons tendres au cœur de l'humidité tranquille. Son haleine répandait un nuage chaud, il sentait le parfum de sa peau. Personne ne pouvait les voir, personne ne pouvait savoir.

Ils seraient les seuls témoins de sa honte lorsqu'une fois de plus elle le terrasserait. Il lui prit l'autre bras, la retourna violemment vers lui et se pencha pour trouver ses lèvres froides et résistantes qui avaient le goût des mûres. Elle se laissa aller un instant contre lui puis se raidit et détourna la tête. Il laissa retomber ses bras, se sentant stupide.

« M'épouseras-tu, fils de chien ? demanda-t-elle avec rage.

— Non.

— M'aimes-tu ?

— Aricia !

— Peu importe, d'ailleurs, que tu m'aimes ou pas, lui souffla-t-elle au visage. Ce que tu ressens pour moi est bien plus fort, n'est-ce pas Caradoc ? Tu ne seras jamais délivré de moi. Je ne suis pas facile à écarter. Je suis enfouie au plus profond de toi. » Elle lui effleura les reins et il sursauta comme si elle l'avait brûlé. « Il y a des choses en toi sur lesquelles ton esprit n'a aucun pouvoir. Si tu ne m'épouses pas, tu ne connaîtras jamais la paix. — Tu te trompes, rétorqua-t-il, blessé dans sa fierté. J'en ai déjà assez de toi, Aricia. Tu ne peux plus rien m'apporter et il eût mieux valu ne jamais rien commencer. Tu n'es même plus une distraction agréable.

— Tu mens ! » Elle le gifla à deux reprises, du plat puis du revers de la main. Puis elle tourna les talons, s'enfonçant à l'aveuglette dans le sous-bois.

Lorsqu'elle retrouva son cheval, elle sauta en selle, arracha les rênes de la branche, fouetta sauvagement l'animal et partit au galop. Caradoc suivit plus lentement, exaspéré par ce sentiment de dépendance.

Lorsqu'il parvint aux écuries, elles étaient en effervescence. Une foule d'hommes libres se pressaient autour du cirque ouvert où l'on entraînait les chevaux chaque matin et Caradoc entendit des cris de rage. Il tendit ses rênes à l'esclave d'écurie et essaya de se frayer un passage. Cinnamus était là, un sourire mauvais aux lèvres, son épée dégainée. Tog retirait sa cape et nouait ses cheveux en arrière.

« Que signifie tout cela ? Que se passe-t-il ? demanda Caradoc à Cinnamus.

— Votre frère m'accuse d'avoir libéré tout son bétail dans la nuit, seigneur, et de l'avoir dispersé à travers champs, répondit Cinnamus avec une lueur coléreuse dans le regard. Il en a rattrapé une cinquantaine, mais il paraît qu'une trentaine encore vagabonde à travers bois. Pourquoi m'en tient-il pour responsable, je l'ignore »

Ses yeux avaient l'air de mettre Caradoc au défi d'intervenir mais ne révélaient pas la moindre culpabilité. Cinnamus avait simplement repensé à leur accord et avait choisi de se venger lui-même. Il n'avait rien à se reprocher. « Approche donc, mon petit seigneur, dit-il en faisant décrire un grand arc de cercle à son épée. Viens donc me donner cette leçon que tu m'as promise, j'en ai le plus grand besoin. »

Togodumnus avança vers lui, les dents découvertes et Caradoc dut reculer. Il ne pouvait rien faire. Les mots étaient désormais inutiles. « Ne le tue pas, Cinn, vieil ami, pria-t-il, ou je serai forcé de te tuer pour empêcher une querelle de clan. » Cinnamus savait tout cela, mais il avait trop longtemps contenu sa colère et tous pouvaient lire la mort de Tog dans ses yeux. Caradoc se retourna pour envoyer un serviteur chercher Cunobelin au plus vite, puis il s'assit en tailleur sur le sol mouillé. La foule fit de même. Les deux jeunes gens tournaient l'un autour de l'autre, chacun cherchant un trou dans la défense de son adversaire. Avec un grand cri, Togodumnus se jeta sur Cinnamus, visant les jambes, mais Cinnamus fit un bond et la lame ne trancha que l'air. Avant que Tog ait eu le temps de retrouver son équilibre, Cinnamus fit un grand moulinet qui aurait atteint de plein fouet le cou de Tog si le jeune homme n'avait dérapé sur le sol glissant. La lame ne fit que détacher sa tunique à l'épaule. Cinnamus attendit que Tog se relève, sans rien dire pour le provoquer, et Tog saisit son épée à deux mains. Cinnamus resta immobile, en attente, sachant précisément où le prochain coup tomberait et les épaules frémissant déjà d'impatience. Le coup tomba, appuyé de toute la force, de tout le poids que Togodumnus pouvait y mettre. Cinnamus réagit avec la rapidité de l'éclair et les lames s'entrechoquèrent bruyamment. Instantanément, Togodumnus se retrouva sur le dos, son épée hors d'atteinte et l'on vit Cinnamus s'approcher de lui, prêt à tuer.

Caradoc bondit, dégainant son épée avec un rugissement, mais son père le repoussa. « Cela suffit, Cinnamus, dit Cunobelin calmement. Laisse-le se relever. » Cinnamus se figea. Tog et lui continuèrent à se mesurer du regard. « Cinnamus, insista Cunobelin, si tu le tues, tu mourras. Tu le sais. Si tu veux obtenir vengeance, tu dois attendre qu'il soit plus vieux, mais laisse-le se relever maintenant. Je ne veux pas perdre un fils et l'un de mes meilleurs guerriers pour de telles absurdités. »

Cinnamus battit des paupières, abaissa le bras qui tenait l'épée, puis d'un coup de pied rageur renvoya son épée vers Tog et libéra ses cheveux en s'éloignant.

Tog essaya de sourire. « Je l'ai échappé belle, cette fois ! dit-il en sautant sur ses pieds. Merci, Père. Il ne reste plus qu'à rappeler Cinnamus et le forcer à me rendre tout mon bétail. » En deux enjambées, Cunobelin fut devant son fils et d'un seul coup de son énorme poing le renvoya par terre. « Tu ferais bien de te dépêcher de grandir, Togodumnus, lui cria-t-il, avant que ton honneur ne vaille guère plus que le prix de ton épée ! » Et il s'en alla. Caradoc savait ce qu'il avait dû lui en coûter, car personne ne pouvait critiquer Tog sans encourir la colère du Père. Un murmure d'approbation s'éleva. Les chefs de Togodumnus allèrent vers lui, l'aidèrent à se relever et lui rendirent son épée en lui prodiguant des paroles d'encouragement. Mais Tog leur échappa et s'éloigna, les restes de sa tunique déchirée le rendant légèrement ridicule.

Quelqu'un prit doucement Caradoc par le bras et il se retourna. C'était Eurgain, habillée de jaune et de bleu, ses cheveux blonds cendrés séparés par une raie au milieu et lui tombant dans le dos. « N'est-ce pas terrible ? dit-elle, un pli d'inquiétude entre ses longs sourcils fournis. Cinnamus l'aurait tué si Cunobelin n'était pas intervenu.

— Eurgain, lui dit Caradoc, je voudrais te parler. Où pourrions-nous aller ? »

Elle le regarda, surprise, et un rapide coup d'œil sur son visage lui révéla un changement presque imperceptible, une sorte de tension. « Viens dans ma hutte. Nous pourrons même y manger un morceau de pigeon froid si cela te tente. »

Ils grimpèrent côte à côte en silence un chemin qui passait derrière la Grand-Salle et conduisait au pied de la colline sur laquelle se trouvait la maison d'Eurgain. Une seule fenêtre rendait sa chambre très froide en hiver, même couverte comme elle l'était de peaux de bêtes qui, si fermement qu'on les attache, laissaient cependant passer l'air. Mais cela lui était bien égal. Elle aimait trop s'asseoir les bras croisés sur le rebord de la fenêtre, à regarder pendant des heures vers l'ouest au-dessus de la forêt, vers les collines qui s'élevaient en pente douce et vers le vaste horizon au-delà.

Son cœur appartenait aux collines, aux grands espaces de son pays que les vents balayaient, faisant onduler les hautes herbes grises, et aux courlis et aux pluviers qui volaient au-dessus. Elle aimait s'étendre au sommet des collines, les bras ouverts et les yeux fermés, sentant le pouls lent de la terre et, sous elle, le rythme majestueux et éternel de la pierre silencieuse. Et s'il pleuvait, tant mieux. La pluie la recouvrait, elle et ses rêves, et personne ne pourrait deviner ses pensées.

Ils poussèrent les peaux de bête pour pénétrer dans la maison. Un feu y brûlait. Caradoc alluma une lampe et regarda autour de lui. Rien ne changeait jamais ici. Pénétrer dans la chambre d'Eurgain, c'était entrer en un lieu où l'on pouvait connaître la tranquillité et comme un avant-goût d'éternité. Ses tentures de Palmyre étaient de couleurs douces, somptueuses. Ses bijoux s'entassaient toujours à la même place, sur une table basse près du lit. Il n'y avait qu'un seul siège, une couche romaine pour dîner. Elle avait quantité de lampes, toutes magnifiquement ouvragées et polies. Certaines se trouvaient près de son lit. D'autres étaient accrochées au toit de chaume, suspendues par de fines chaînes ; d'autres encore étaient posées sur la table où elle gardait ses cristaux, sa précieuse carte des étoiles et de quoi écrire. Car Eurgain connaissait le latin. Elle pouvait le lire, pas à la perfection, mais certainement mieux que Caradoc. Elle ne le lui avait pas dit, mais elle avait passé une heure avec le druide, étudiant les cartes du firmament et regrettant de le voir partir si vite. C'était risqué, elle le savait, bien que la position de son père lui permette un certain dédain de l'opinion publique. Et en définitive, personne d'autre que sa servante Tallia n'avait vu Bran entrer chez elle et en sortir.

« Allume les autres lampes », dit-elle en allant s'asseoir sur le rebord de son lit, se demandant toujours ce qui motivait son air égaré.

L'après-midi avançait et la nuit commençait à tomber mais au fur et à mesure que Caradoc s'affairait, une chaude lumière se répandit et il sentit ses muscles et son esprit se détendre. « Maintenant, dit-elle lorsqu'il eut fini, viens t'asseoir près de moi et dis-moi ce qui te préoccupe. » Il fit comme elle lui demandait. Qu'est-ce qui me préoccupe ? pensa-t-il et la paix dans cette pièce était telle qu'il sentit tout son trouble s'en retourner d'où il venait et qu'il en comprit clairement la nature. Je veux en terminer avec Aricia. Je veux un nouveau statut dans la tribu. Je veux des racines parmi les miens, de nouvelles ancres pour vaincre mon instabilité, mais surtout, surtout, chère Eurgain, je veux être débarrassé d'Aricia ! »

Il s'éclaircit la gorge. « Eurgain, nous sommes fiancés depuis longtemps déjà, et il est temps que je me marie. Acceptes-tu ? »

Elle resta simplement assise là, la lampe envoyant des reflets sur ses cheveux et dessinant des ombres sur sa tunique. Alors une profonde tristesse s'installa lentement sur son visage, une douleur qu'il perçut.

« Caradoc, dit-elle calmement, il y a quelque chose qui ne va pas, je m'en rends bien compte. Pourquoi viens-tu me trouver à cette heure bizarre pour me jeter cette demande comme si tu avais un démon aux trousses ? Nos pères n'ont-ils pas pris des engagements mutuels ? Tu n'as pas besoin de tout cela !

— Je veux un mariage tout de suite, Eurgain. Nous sommes tous deux en âge et je suis las de mener une vie sans but.

— Sans but ? Comment un guerrier tel que toi, dont l'honneur est fixé à un prix enviable, en pleine santé et à la tête d'une centaine de seigneurs, peut-il dire cela ? » Il mentait, elle le savait et ce fut comme si on lui retournait un couteau dans le cœur. « C'est à cause d'Aricia, n'est-ce pas ? Toute la tuatha en parle. » Il se leva et commença à marcher de long en large. « J'aurais dû savoir que ma folie, un jour, te serait connue. Oui, c'est à cause d'Aricia.

— Est-ce que tu l'aimes ? Veux-tu qu'elle soit ta femme ?

— Non ! » La réponse vint, cinglante, emplissant toute la pièce et elle comprit tout ce que recouvrait cette violence. « Elle est inquiète parce que son père l'enverra bientôt chercher et qu'elle devra nous quitter. Elle essaye de faire pression sur moi, Eurgain.

— Ne dis rien de plus, dit-elle avec colère. Moi aussi j'ai un droit sur toi, Caradoc, mais je n'ai pas la moindre intention de me prévaloir d'un accord passé lorsque nous étions enfants ! » Il s'immobilisa puis passa une main hésitante dans ses cheveux. « Je le sais bien, Eurgain. Mais accepteras-tu de me pardonner ? articula-t-il avec difficulté. Je ne suis qu'un lourdaud sans volonté, je l'admets. Peux-tu toujours m'accepter ? » Il eut soudain l'impression que sa vie entière dépendait de sa réponse, malédiction ou pardon, esclavage ou liberté. Il contempla les grands yeux bleus, le petit nez, la bouche pensive, torturé par l'attente. Finalement, elle soupira.

« Je t'accepterai, Caradoc, dit-elle, mais sa voix était neutre et fatiguée. J'ai attendu suffisamment longtemps. Tu crois peut-être me connaître mais ce n'est pas le cas. » Elle s'approcha de lui et il prit ses mains froides dans les siennes. « Je suis femme guerrière et fille de femme guerrière. Ne me fais jamais l'insulte, très cher, de me sous-estimer. »

Il la prit dans ses bras sans un mot. Il ne savait comment lui dire qu'il l'aimait pour tous ces moments qu'ils avaient connus ensemble. Quoi qu'il puisse dire aujourd'hui elle ne le croirait pas. Il la caressa, doucement blottie dans ses bras. Elle s'écarta de lui. « Veux-tu manger, maintenant ? » lui demanda-t-elle, comme si elle n'avait pas ressenti cette déchirure, comme si les douces rêveries de ses quinze ans ne venaient pas d'être réduites en poussière. Une femme guerrière ne faiblit pas, pensa-t-elle, elle ne montre pas sa peur.

« Il faut que j'aille parler à père », dit-il, se sentant bien incapable de manger. Il se pencha et l'embrassa sur la joue avant de la quitter.

Cunobelin était dans la Grand-Salle, et parlait à ses chefs quand Caradoc et Fearachar plongèrent dans l'obscurité pour les rejoindre. Le grand feu était éteint et les cendres éparses sur le sol. Les lampes qui brûlaient en haut des piliers semblaient encore épaissir l'ombre autour d'elles. Il y eut des éclats de rire, puis Caradoc vit les chefs se disperser. Cunobelin se tourna vers lui avec un sourire.

« Eh bien, Caradoc, c'est une bien mauvaise journée pour moi. D'abord ces marchands visqueux qui refusent de me donner de l'argent au lieu de vin à cause de ce maudit druide et puis mon fils qui se fait presque tuer par un de mes seigneurs préférés. Quelle mauvaise nouvelle viens-tu m'apporter maintenant ?

— Un de « mes » seigneurs, Père, rectifia Caradoc. Cinnamus est de mon entourage. » Ils s'assirent en tailleur l'un près de l'autre. « Apporte-nous du vin, mon ami, dit-il à Fearachar qui restait un peu en arrière. Ensuite, fais ce que tu dois faire. » Fearachar alla au fond de la salle, tira du vin d'une des jarres qu'on venait d'y déposer, le ramena et les servit. « De l'arrivage d'aujourd'hui, probablement une mauvaise année. Ces Romains vous escroquent à la minute même où ils posent les yeux sur vous, grommela-t-il avant de s'en aller.

— A la nuit éternelle de la tuatha », dit Cunobelin en levant sa coupe, et ils burent ensemble, versant quelques gouttes sur le sol pour les Dagda, pour Camulos, et pour la déesse de la tribu qui se faisait vieille, maintenant que Cunobelin, lui aussi, prenait de l'âge.

« Et maintenant, dit Cunobelin en s'humectant les lèvres et en se croisant les bras, qu'est-ce qui t'amène ?

— Je veux me marier, Père. Je veux un mariage avec Eurgain aussitôt que possible. »

Cunobelin le dévisagea de ses petits yeux aigus. « Cela me paraît raisonnable. Et que dit Eurgain ? Est-elle prête ?

— Elle est d'accord.

— Mmmm. Et Aricia ? »

Caradoc garda les yeux sur le sol. Que son père était perspicace ! « Que voulez-vous dire ? demanda-t-il.

— Tu le sais très bien ! Tu n'es pas le premier homme à se trouver pris entre deux feux. Tu aimes Eurgain ?

— Oui.

— Si tu veux épouser Aricia, Caradoc, je n'y verrai pas d'inconvénient. Le père d'Eurgain et moi-même parviendrons toujours à nous entendre. Il faudra peut-être que tu lui donnes quelques têtes de bétail, une babiole ou deux, mais elle comprendra.

— Je le sais, mais je ne veux pas épouser Aricia ! »

Cunobelin le regarda avec surprise. « Et pourquoi pas ? Je le ferais bien moi, si j'étais plus jeune.

— Parce que je ne veux pas aller à Brigantia.

— Ce n'est pas une raison suffisante, tu le sais très bien. Ecoute, ajouta-t-il en rapprochant son visage de celui de Caradoc, j'ai pensé un moment à faire la guerre au père d'Aricia. Brigantia est très vaste. Assez vaste pour contenir plus de deux fois tout notre peuple et les Trinovantes en plus. Sais-tu qu'Aricia est l'héritière d'un immense empire pauvre et mal géré mais où vivent pourtant les meilleurs guerriers qu'on puisse trouver ? Finalement, j'ai conclu que cela n'en valait pas la peine. Entre nous et Brigantia, il y a les Coritaniens, il faudrait les conquérir d'abord. Et tout compte fait, cela ne serait sûrement pas du goût d'Auguste ou de Tibere. » Les flammes du feu dansèrent sur son visage marqué. « Non, dit-il, Aricia a toujours été un merveilleux otage. Comme je m'y attendais, Brigantia s'est occupée de ses affaires et moi je me suis occupé des miennes. Ne la juge pas trop sévèrement, mon fils. Il ne sera pas facile pour elle de quitter la vie agréable qu'elle mène ici et de rentrer chez elle pour se mettre à la tête d'une horde de brutes sauvages. »

La présence d'Aricia parmi les Catuvellauniens obéissait à deux raisons. Son père l'avait envoyée pour qu'elle acquière l'éducation qui convenait à la fille d'un chef. Beaucoup de jeunes nobles étaient passés par Camulodunum où le pouvoir et la richesse étaient centralisés. Elle y était également comme otage, depuis que son père et Cunobelin avaient conclu des traités. L'un des fils de Cunobelin était parti à Brigantia en échange, mais y avait trouvé la mort et Aricia était devenue sa petite protégée.

« Epouse-les toutes deux, Caradoc, et garde Aricia ici, dit-il. Alors, son père nous fera la guerre. Tibere se rangera de mon côté puisque je serai si clairement innocent, et voilà, nous aurons un pied à Brigantia ! »

Caradoc eut un sourire triste : « Et les Coritaniens ? »

Cunobelin bâilla à s'en décrocher la mâchoire, se gratta la tête et sourit en fixant les yeux bruns de Caradoc. « Je pensais justement à eux, ces temps derniers. Sais-tu ce qui fait leur richesse, Caradoc ? Du sel. D'énormes quantités de sel précieux. Je crois que quelques raids dans le sud de leur pays ne seraient pas inutiles, comme prélude à une petite guerre, si Tibere ne s'oppose pas aux raids. Il se pourrait même qu'il approuve. Nous aurions du sel à échanger ! »

Caradoc l'interrompit : « Père, demanda-t-il avec prudence, sentant le terrain glissant, quels sont donc vos rapports avec Tibere ? » Il n'osait pas poser franchement la question qui le préoccupait : Tibere est-il ricon des Catuvellauniens ?

Cunobelin regarda par-dessus sa tête un long moment, et le bruit des plats, l'écho des voix des esclaves préparant le dîner leur parvinrent. La Grand-Salle se remplissait. Les gens se rassemblaient autour du feu pour échanger les nouvelles du jour et la pluie avait repris, battant son rythme monotone sur les murs de bois.

Finalement, Cunobelin lui dit : « Toute ma vie, j'ai marché sur une fine passerelle. D'un côté il y a la digue de mes rêves, pleins de batailles et de conquêtes, rêves d'un royaume pour les Catuvellauniens, qui s'étendrait aussi loin dans les terres sauvages du Nord que vers les mines inexploitées de la péninsule occidentale. Tous les hommes utilisant ma monnaie, Caradoc, tous les hommes libres élevant leur bétail et faisant les récoltes pour moi et ma tribu. Y as-tu pensé, Caradoc ? Moi j'y pense sans cesse, cependant voici que la fin de ma vie approche. La déesse et moi vieillissons. Nous nous couvrons de rides ensemble et les chefs complotent ma mort rituelle, ils aimeraient que la déesse redevienne jeune et forte. Mais il n'est pas encore temps pour moi de me noyer dans le chaudron de Bel ou de brûler dans le feu de Taran. » Ses yeux étincelaient et ses lèvres découvrirent ses dents jaunies. « Pas encore. » Il s'affaissa un peu.

« De l'autre côté de cette passerelle, il y a la gueule béante de Rome, ses tentacules impériaux essayant de me saisir comme le corps froid de mille serpents. Mais je poursuis ma marche entre les deux, libre et indépendant, car je suis Cunobelin, ricon, et ni Rome ni mes rêves trahis ne me feront m'avouer vaincu. »

Il se mit à rire, se remettant péniblement sur pieds alors que commençait à se répandre autour d'eux le fumet de porc bouilli et de bœuf rôti. Caradoc se leva également et son père lui donna une bourrade dans le dos. « J'annoncerai ton mariage au conseil, dit-il. Il n'y aura pas d'objections — pas de la part des chefs, du moins. Pauvre Aricia !

— Si vous la plaignez tant, épousez-la vous-même », répondit sèchement Caradoc, piqué au vif. Et il quitta la salle.

3.

Au printemps, alors que les perce-neige fragiles et les célandines jaunes tapissaient les prairies et que les jeunes pousses vertes et les chants d'oiseaux ivres emplissaient les bois, une ambassade venue de Brigantia vint chercher Aricia. L'hiver avait été clément, avec seulement quelques jours de pluie et de vent, de ciels d'orage et de brouillards persistants. On avait annoncé au Conseil le mariage de Caradoc avec Eurgain et aucune voix ne s'y était opposée. On avait bu et chanté toute la nuit. Caradoc espérait que sa nouvelle relation avec Eurgain émousserait l'irrésistible attraction physique qu'Aricia exerçait sur lui mais découvrit avec stupeur qu'elle s'en trouvait peut-être encore accrue. Aricia, de son côté, fièrement, l'évitait et il ne vit plus d'elle que l'ombre de sa cape s'évanouissant dans le brouillard ou sa silhouette se faufilant hors de la Grand-Salle. Il ressentait chaque jour un peu plus son absence et se surprenait trop souvent à penser à elle. Il savait parfaitement que ce n'était pas la femme qu'il lui fallait et, troublé, fit tout ce qu'il put pour se libérer d'elle mais les flots d'un désir aveugle continuaient à couler en lui. Eurgain le voyait se débattre avec une tristesse grandissante. Elle l'aimait, elle l'avait toujours aimé et elle mettrait sa fierté de côté pour l'épouser, même si dans la soirée, quand il avait beaucoup bu, le nom d'Aricia lui venait aux lèvres. Elle s'en irait, Eurgain devait être patiente.

Par une belle journée où la rivière verte et chaude miroitait au soleil, six cavaliers mirent pied à terre devant le portail extérieur. Leurs tuniques étaient froissées et sales. Les bracelets et les fibules qu'ils portaient étaient d'un dessin bizarre et compliqué, leurs torques de bronze disparaissaient presque sous des barbes hirsutes qui donnaient à leurs visages tannés une expression sauvage et sans grâce. Ils portaient tous un bouclier de bronze sur l'épaule. Le plus grand d'entre eux s'avança et salua le gardien du portail qui arrivait en courant vers eux, l'épée tirée.

« Nous saluons les Catuvellauniens, dit-il d'une voix profonde. Ecarte ton épée. Nous venons en paix. Va chercher ton maître. Annonce-lui l'arrivée de Venutius, chef de Brigantia, et apporte-nous à manger, et de la bière à boire, nous sommes fatigués. » Le gardien du portail les regarda sans bienveillance puis les laissa entrer dans l'ombre de la petite maison de guet. Lentement, la démarche raide pour avoir passé de longues journées en selle, ils s'assirent sur la terre battue. Le garde plaça devant eux de la viande, du pain et de la bière brune forte. Puis il les quitta sans enthousiasme pour envoyer un serviteur à cheval à Camulodunum, à dix kilomètres de là. Il alla lui-même s'occuper de leurs chevaux.

Un peu plus tard, un bruit de sabots, le son des clochettes des harnais et des voix d'hommes se firent entendre. Venutius et ses Brigantiens sortirent instantanément de leur torpeur et, quittant l'obscurité de la maison du garde, avancèrent au soleil en clignant des yeux. Caradoc et Cinnamus descendirent de cheval mais les chefs qui les accompagnaient restèrent en selle, la main près de l'épée que recouvraient les plis de leur cape.

« Bienvenue à Camulodunum, chefs de Brigantia, dit Caradoc en les regardant avec une franche curiosité. Puisse votre séjour ici vous apporter le repos et la paix. » Caradoc était grand mais Venutius avait une bonne tête de plus que lui et Caradoc eut l'impression que son poignet était serré dans un étau. Il résista légèrement, par fierté, et cela fit sourire Venutius dont les dents blanches apparurent sous le poil roux et bouclé.

« Merci de votre salut, dit-il et ils laissèrent aller leurs mains. Je m'appelle Venutius. Je suis le bras droit de mon seigneur et ceux-ci sont des hommes de ma tribu. »

Caradoc les salua tous avec cordialité, sensible à cette impression de force brute et de ruse animale qu'ils dégageaient. Cinnamus n'était pas moins fasciné par les dessins aux formes repoussantes de leurs broches et de leurs boucliers.

« Je m'appelle Caradoc, fils de Cunobelin, dit-il enfin en se tournant vers l'étable pour voir les chevaux des Brigantiens qu'on amenait. Mon père est impatient de vous recevoir et en ce moment même on abat un veau en votre honneur. »

La petite troupe montée s'engagea sur le chemin qui conduisait vers la ville apparaissant dans le lointain comme une vague bosse grise surmontée d'une tache de fumée noire.

Caradoc et Cinnamus parlèrent un peu en chemin, essayant de mettre ces hommes étranges à l'aise mais leurs efforts restèrent vains. Les Brigantiens ne prononcèrent pas un mot, observant d'un œil froid ce paysage verdoyant et paisible. Et Caradoc savait que lorsque la délégation rentrerait chez elle, le ricon brigantien recevrait un rapport détaillé sur ces Catuvellauniens qui aimaient tant les Romains : l'importance de leurs troupeaux, l'étendue de leurs champs cultivés, le nombre de négociants rencontrés et salués en route, l'étendue de leurs forêts. Mais Caradoc ne s'en souciait guère. Les petits chefs verraient aussi les remparts de terre autour de la ville, l'épaisseur de l'énorme portail, la profondeur des fossés. Il sourit à Cinnamus, pensant à la réaction de Cunobelin, mais au même instant ses pensées allèrent à Aricia et son sourire disparut. Elle devrait partir.

Lorsqu'ils mirent pied à terre, les gardes du portail les saluèrent et leur firent signe de passer. Les garçons d'écurie emmenèrent leurs bêtes. Caradoc fit signe à Venutius et celui-ci le suivit. Ils montèrent la côte ensemble, passant devant les étables et le chenil, les échoppes d'artisans. Plus haut, ils dépassèrent les huttes sales et mal alignées des hommes libres de basse classe, devant lesquelles des femmes étaient assises sur des peaux, bavardant. Ils arrivèrent enfin devant les huttes de bois sur les sentiers bien tracés du cercle des nobles et des chefs. L'autel de Camulos était ouvert et Venutius y jeta un bref coup d'œil au passage. Le dieu à Trois Faces était assis dans l'obscurité, tout près, hideux et menaçant, et Venutius se retint de cracher en passant. Romanophiles ! pensa-t-il. Même leurs dieux étaient enfermés dans des autels sombres, comme les dieux de Rome. Il lui tardait d'emmener la jeune dame et de repartir au plus vite.

Caradoc s'arrêta devant les portes de la Grand-Salle. Cunobelin s'y trouvait, ses chefs en rang derrière lui. Les bras croisés couverts de bracelets de bronze, ses cheveux gris nattés sur la poitrine, il attendait les yeux mi-clos, au soleil. Venutius le salua et Cunobelin lui sourit, non sans remarquer l'air piteux de Caradoc. Il ne savait que faire de ces Brigantiens ? Eh bien, tant mieux ! Qu'il les observe et apprenne. Il claqua dans ses doigts et ses chefs se dispersèrent.

« Bienvenue à Camulodunum, fils de Brigantia.

— Ricon Cunobelin, répondit Venutius d'une voix si grave que celle de Cunobelin en paraissait presque frêle. Nous sommes venus en toute hâte car notre seigneur est mourant et désire voir sa fille.

— Entre et donne-moi de vos nouvelles. Tu pourras te baigner, te reposer et nous ferons une fête. Tu répéteras ensuite au Conseil ce qui vous amène.

— Ricon, nous aimerions pouvoir goûter les joies d'une telle hospitalité, mais nous sommes très pressés, répondit Venutius avec froideur. Envoyez chercher la dame et faites préparer son char. Les forces de son père déclinent et nous ne pouvons nous attarder. »

Cunobelin se retourna, stupéfait. Certains chefs murmurèrent. Refuser l'hospitalité était le comble de la grossièreté mais qu'attendre d'autre de la part de ces sauvages du Nord ? « Vous aurez bien le temps de manger le veau qu'on a tué pour vous et de changer de vêtements ? D'ailleurs, il ne sera pas facile pour Aricia de réunir si vite tout ce qui lui appartient. Elle vit ici depuis très longtemps et il y a bien des choses auxquelles elle doit être attachée. » La légère nuance de mépris n'échappa à personne, mais la mâchoire serrée, Venutius répondit avec la même froideur : « Il faut bien en effet, Cunobelin, que nous nous lavions, changions de vêtements et mangions, dit-il. Mais il faudra que la fête soit rapide et le Conseil docile, car, que nous le voulions ou non, nous devons avoir repris la route avant l'aube. » On sentait derrière les mots une détermination de fer et les hommes de Cunobelin commencèrent à former un groupe ouvertement hostile aux étrangers. Mais Cunobelin sourit encore, d'un air profondément conciliant. Personne — ni Venutius et ses chefs, ni Cunobelin et ses guerriers — ne se souciait vraiment de l'heure à laquelle la mort frapperait le père d'Aricia. Les mots étaient sans importance, seules les volontés s'affrontaient et le jeu était aussi vieux que les tribus elles-mêmes. Un jeu dont Cunobelin raffolait, qu'il manipulait avec une habileté consommée, sachant faire d'un adversaire un enfant obéissant, sans même élever la voix. Mais ces Brigantiens échappaient à ses prévisions, il n'était pas d'humeur joueuse ce jour-là, si bien qu'au lieu de contre-attaquer, il haussa les épaules, et passant devant eux, se courba pour entrer, offrant son dos aux épées étrangères. Venutius le suivit, exposant pareillement son dos aux chefs catuvellauniens et Caradoc observa ce petit rituel. Il posa une main sur l'épaule de Cinnamus. « Va chercher Aricia et dis-lui que le temps est venu. » Sa voix tremblait et les yeux verts de Cinnamus indiquèrent qu'il avait compris.

Il trouva Aricia de l'autre côté du portail, sous les arbres. Elle cueillait des campanules. Il la vit qui se penchait et se relevait, les bras chargés de fleurs bleues. Il n'éprouvait aucune pitié pour elle. C'était une étrangère. Belle, certes, avec une éducation catuvellaunienne, mais enfin, elle n'appartenait pas à sa tuatha. D'ailleurs, sous l'éclatante séduction des yeux, il sentait un esprit froid et calculateur, un manque inquiétant de chaleur humaine. Il ne l'aimait pas et il était content qu'elle parte.

« Cunobelin m'a envoyé vous chercher, dit-il sans se préoccuper du choc qu'il lui causait. Il faut que vous partiez tout de suite. Ceux de votre clan sont ici. »

Il vit la peur faire trembler ses longs doigts délicats et l'une après l'autre les fleurs tomber, déjà presque fanées. Elle s'appuya contre un tronc d'arbre, essayant de retrouver le contrôle d'elle-même, puis d'un geste sauvage jeta ce qui restait de fleurs derrière elle et avança vers lui, la peau tirée sur les os de son visage fin, les yeux agrandis par une sombre douleur. « Conduis-moi, alors », dit-elle d'une voix aiguë. Et il revint vers le portail ouvert. Elle marcha derrière lui sans rien dire et ils se dirigèrent vers la Grand-Salle. La fumée s'échappait en spirales du toit et l'on pouvait déjà sentir l'odeur du veau qui rôtissait. La salle lorsqu'ils entrèrent était pleine de chefs et d'oisifs, d'hommes libres et de curieux venus jeter un coup d'œil sur les hommes du Nord. Les conversations se nouaient et se défaisaient autour d'eux, les coupes de vin s'emplissaient et se vidaient. Aricia alla vers Caradoc et Cunobelin. « Ils sont enfin venus, dit Cunobelin avec douceur lorsqu'elle se tint devant eux, essayant de cacher son émotion sous un masque dur. Je les ai envoyés se laver et se changer. Ils n'ont pu me donner que des nouvelles très brèves. Veux-tu les connaître ? » Les lèvres d'Aricia tremblèrent et rien qu'un instant son regard se posa sur Caradoc. Togodumnus vint vers elle et glissa une coupe de vin dans ses mains froides. Elle but lentement et acquiesça. Cunobelin fit peser son bras lourd sur ses épaules et la fit s'asseoir sur les peaux. Aussitôt ses fils l'imitèrent et s'accroupirent devant eux. Derrière eux, dans l'ombre, des groupes se défirent et des hommes vinrent eux aussi s'asseoir pour apprendre ce qui se passait. C'était leur droit, mais Aricia ne les en détestait pas moins pour cela. Elle posa fermement ses mains sur ses genoux et attendit, le dos très droit. Cunobelin poursuivit à voix basse, pour que seuls ses chefs et ses hommes puissent l'entendre :

« Ton père est mourant, Aricia, et il faut que tu ailles rapidement le rejoindre. Ton Conseil t'attend à Brigantia, et ton royaume. Rentre chez toi et demande à tes serviteurs de remplir un char. » La nouvelle fut transmise à ceux qui étaient assis à l'arrière et un murmure s'éleva. Sans bouger, Aricia répondit : « C'est vous qui êtes mon père, Vieux Loup, et c'est ici qu'est ma tribu. Je ne partirai pas.

— Aucune de mes filles ne parlerait ainsi, dit Cunobelin sévèrement. Tu as un devoir à remplir envers ton peuple. Tu n'as pas de frère et Brigantia t'attend pour que tu gouvernes. Veux-tu me faire croire que j'ai manqué à mes responsabilités et que je ne renvoie à ton père qu'une enfant peureuse et gâtée ? » Ses yeux la brûlèrent mais elle ne pleura pas et but avidement une gorgée de vin ; elle savait que sa dureté n'avait d'autre but que de l'aider à supporter les épreuves à venir, mais elle sentit une bouffée de colère l'envahir.

« Je connais mon devoir, Cunobelin, et il est difficile. Serai-je pardonnée d'avoir voulu un instant le mettre de côté ? Je suis venue ici en otage mais vous m'avez traitée en fille. Peut-on rompre un tel lien sans la moindre douleur ? Ne ressentez-vous donc rien ? »

Il la serra dans ses bras. « Je sais ce que je perds, répondit-il, mais je sais aussi ce que gagne Brigantia et ce qu'y gagne notre tribu. N'y aura-t-il pas commerce entre nous, des réunions de Samhain, et de bonnes relations, maintenant que ma fille va régner sur un autre royaume ? »

Elle se mit à rire, d'un rire sans joie. « Peut-être deviendrai-je ce que mon clan attend de moi, une reine sauvage des collines n'aimant personne et se méfiant de tous ? » Elle se leva. « Je vais me préparer à rencontrer ces... les hommes de mon clan. » Elle prononça ces mots avec dédain et passa près d'eux sans rien ajouter.

Ce soir-là, tous les chefs et tous les hommes libres participèrent au festin. Les membres de la famille royale s'assirent avec leurs bardes et leurs porteurs de bouclier. Aricia s'installa parmi eux, ayant revêtu sa plus belle tunique, à rayures rouge et jaune, bordée de fils d'or. D'or également, le bandeau sur son front, tout comme ses bracelets et les anneaux à ses chevilles. Elle sentit sur elle les yeux curieux des membres de son clan. Elle perçut une méfiance, une vague antipathie, un malaise chez eux. Il faudrait pourtant qu'ils lui obéissent et ils le savaient. Lorsque Cunobelin eut renvoyé les esclaves et convoqué le Conseil, Venutius se leva et expliqua avec rudesse et concision pourquoi il était venu. Aricia le regarda avec attention. Il était d'une beauté indéniable. Une impression de puissance physique se dégageait de ses longues jambes épaisses dans leurs braies, de cette voix sonore, de ces cheveux roux tressés. Ses hommes buvaient ses paroles comme s'il avait été le plus éloquent des bardes, chantant les victoires à venir dans une langue dorée. Et pourtant, il était à peine plus âgé que Caradoc. Elle avala son vin, le savourant en sachant qu'elle n'aurait plus l'occasion d'en boire de semblable pendant de nombreuses années, à moins qu'elle puisse changer ses rudes buveurs de bière en Catuvellauniens raffinés. Elle regarda Venutius s'asseoir, puis Caradoc qui écoutait ce que lui chuchotait Tog en tortillant ses cheveux nattés serrés. Un des chefs avait pris la parole, mais non pour s'opposer, et elle découvrit sur le visage de Cinnamus un sourire qui n'était pas dû aux effets du vin. Ils sont heureux que je m'en aille, pensa-t-elle amèrement. Tous. Eh bien, moi aussi, je serai heureuse de partir. Elle sourit à Venutius qui lui rendit lentement son sourire et détourna les yeux. Peut-être n'était-elle pas aussi romaine qu'elle en avait l'air, sa nouvelle reine.

Dans la brume qui précédait l'aube, avec les arbres qui se dressaient comme une rangée de guerriers fantômes de l'autre côté du portail, Cunobelin, Caradoc, Togodumnus et les autres se réunirent pour partager avec Aricia et ses chefs la coupe des adieux. Non loin de là, deux chars attendaient, la rosée brillant sur la crinière et les flancs des poneys qu'on y avait attelés, prêts à emporter les riches capes et tuniques, les bijoux rares et les coupes à boire, les rideaux de perles de verre qu'on avait enroulés dans des pièces de chanvre pour les protéger de l'humidité. Aricia se tenait près de son cheval, la capuche rejetée, les yeux marqués par la fatigue avec à ses côtés Venutius, déjà possessif. Le porteur d'écu de Cunobelin lui apporta une coupe. Elle se pencha légèrement pour en boire une gorgée et la lui rendit. Il la tendit aux autres, emmitouflés dans leurs longues capes. Quand ils eurent tous bu, il la reprit et Cunobelin serra Aricia contre lui. Pour la dernière fois, elle se blottit entre ses bras puissants et contempla son visage aux rides malicieuses. « Va en sécurité, avance en paix », lui dit-il. Caradoc vint vers elle et embrassa sa joue glacée. « Pardonne-moi », murmura-t-il dans ses cheveux mouillés, mais elle ne répondit pas. C'est Adminius qui lui donna l'accolade ensuite, et elle resta aussi immobile qu'une sentinelle de pierre. Mais Tog chercha sa bouche et lui murmura quelque chose à l'oreille qui ramena une ombre de sourire sur ses lèvres crispées. Eurgain l'enveloppa de ses bras chauds et parfumés et soudain Aricia se sentit fondre. Les deux jeunes filles restèrent accrochées l'une à l'autre et Aricia chuchota : « Occupe-toi bien de lui, Eurgain. Tu lui seras plus utile que moi. » Gladys vint vers elle et en l'embrassant lui glissa quelque chose de doux dans la paume de la main. « Un talisman », dit-elle. C'était un minuscule morceau de bois flotté, comme quatre serpents enroulés. Le bois en avait été huilé et poli, et une épingle permettait de s'en servir pour attacher une cape. Cet étrange réconfort que lui apportait Gladys lui amena les larmes aux yeux. Elle monta rapidement en selle et rabattant sa capuche fit signe à Venutius.

Personne ne cria d'au revoir ni n'agita les bras en signe d'adieu et elle disparut rapidement dans la brume.

Togodumnus se tourna vers Caradoc et lui demanda en souriant : « Quel sera son destin ? Crois-tu que nous devrons lui faire la guerre dans les années qui viennent ? » Caradoc sentit la brûlure d'un profond regret. Il revit son visage près du sien, les yeux pailletés d'or et les bras qui s'ouvraient pour l'attirer. Il battit des paupières et rendit son sourire à son frère. « Qui le sait ? » répondit-il avec prudence. Mais il sentait que le fil qui l'attachait à elle s'étirait et ne risquait pas de se briser. Il en était sûr, ce n'était pas la dernière fois qu'il la voyait.

Une semaine après le départ d'Aricia, par une matinée venteuse mais ensoleillée, traversée par l'odeur délicate des genêts, Caradoc et Eurgain partagèrent la coupe du mariage. La cérémonie eut lieu sur le tapis herbeux qui partait des remparts de Camulodunum pour s'arrêter devant les pousses élancées des jeunes récoltes. Eurgain portait un cercle d'argent sur le front et ses cheveux d'or sombre tombaient en cascade sur les revers bleus de sa tunique agrémentée de glands. Caradoc était vêtu d'écarlate. Il se tint droit et fier, le vin rouge moussa dans les coupes et les chefs et hommes libres assemblés attendirent pour boire que les mots qui devaient les lier fussent prononcés.

Il avait choisi ses cadeaux de mariage avec grand soin. Un collier de verre bleuté venu d'Egypte, une pièce de soie de l'île de Cos qui brilla de toutes les couleurs de l'arc-en-ciel lorsque Eurgain, émerveillée, la fit passer entre ses doigts. Une paire de chiens de chasse et deux coupes à boire, de l'argent le plus pur, directement envoyées de Rome à cette occasion.

Sa dot avait été la plus forte qu'on ait jamais apportée à un guerrier de la tribu — deux cents têtes de bétail — et lorsque Caradoc lui prit la main et embrassa ses douces lèvres, il remarqua la grimace de Togodumnus tout près de lui. C'était maintenant Caradoc dont l'honneur était mis au prix le plus élevé, parmi tous les membres du clan. Il choisit également des cadeaux pour les chefs qui lui obéissaient, soucieux de n'offenser personne, mais à Cinnamus il donna cinquante têtes de bétail de race et une cape neuve. Cinnamus protesta avec véhémence, parlant de la honte d'être patronné. Caradoc lui fit remarquer qu'il ne faisait qu'acheter sa loyauté future et Cinnamus après avoir longuement pesé ses mots finit quand même par accepter le magnifique cadeau, sachant qu'il l'aurait éventuellement gagné au service de Caradoc.

Cunobelin avait offert au couple la plus grande maison de la ville. Elle possédait deux pièces, deux cheminées, (et il fallait deux fois plus de travail pour l'entretenir, comme l'avait souligné Fearachar dans sa barbe). Eurgain avait eu le plaisir de passer toute une journée à suspendre ses lampes et à disposer ses meubles. Elle avait persuadé Fearachar de percer pour elle une fenêtre basse. La vue n'était pas aussi remarquable que de son ancienne maison, mais elle savait qu'elle n'aurait guère le temps de contempler les étoiles. Elle le regrettait, mais sa maison rayonna bientôt de cette chaleur et cette paix qu'elle savait créer partout où elle se trouvait. Elle reportait sur Caradoc son amour pour le silence des collines lointaines. La fête de Belthaine approchait, la fertilité se voyait partout où le regard se portait. Elle sentait la chaleur du soleil sur son visage quand avec un sourire timide elle avançait la main vers les cheveux noirs et bouclés qui encadraient le visage brun. Il était à elle. Aricia était partie. Il finirait par l'aimer un jour. Sinon, cela n'avait pas d'importance. Il aurait besoin d'elle et elle saurait s'en contenter.

4.

Venutius partit vers l'ouest à vive allure et Aricia chevaucha derrière lui, la gorge serrée, la main toujours refermée sur les serpents magiques. Ils prirent le même chemin qui avait si souvent retenti des cris joyeux de la « Troupe Royale » lorsqu'ils chassaient le sanglier, et Aricia résista à ces souvenirs d'une époque désormais révolue. Une heure plus tard, ils dépassèrent le second portail et elle se retourna pour voir une dernière fois la rivière paresseuse, la forêt, la silhouette du garde planté devant les fortifications s'estompant dans la lumière du petit matin.

« Nous devons atteindre aussi vite que possible la frontière, dit Venutius. Un druide nous y attend pour nous escorter en pays coritanien, mais il doit continuer sa route et ne nous attendra pas si nous tardons. »

Ils s'arrêtèrent une seule fois au sommet d'une colline venteuse. Un somptueux patchwork s'étalait à leurs pieds où l'on reconnaissait les carrés sombres de la forêt, le vert tendre de pousses d'orge, d'avoine et de blé, avec au loin l'ourlet brodé de la rivière argentée et l'air bleuté du printemps vibrant à l'horizon sous le soleil de midi. Ils s'assirent sur l'herbe et mangèrent rapidement. La langue des hommes se déliait, ils riaient maintenant que la toute-puissance de Cunobelin redevenait affaire de contes et de chansons. Mais Aricia restait muette, mangeant à peine. Elle essayait de ne pas penser à l'avenir, de se persuader qu'il ne s'agissait là que d'un voyage d'agrément, un pèlerinage rendu à quelque déesse des bois peut-être, et que bientôt elle quitterait ces compagnons qu'elle n'avait pas choisis pour rentrer chez elle. C'était la seule façon qu'elle eût d'échapper à la rancœur et la nostalgie qui l'assaillaient. Venutius s'assit près d'elle. Il lui offrit de la viande et du fromage et lui donna à boire de la bière forte de sa gourde en peau de chèvre. Ils se remirent en route sans qu'elle lui fasse la grâce de ce sourire qui, dans la Grand-Salle, lui avait réchauffé le sang.

Au crépuscule du troisième jour, ils atteignirent les terres des Coritaniens, longeant les profondes excavations et les crevasses sombres là où l'on avait pris la terre pour construire ces remparts qui accompagnaient leur chevauchée vers l'intérieur. Mais gelée, sale, épuisée, Aricia ne prêta pas la moindre attention à ces défenses élevées contre les Catuvellauniens. Un peu plus haut, ils aperçurent une lumière isolée et Venutius commanda la halte, allant lui-même à pied en reconnaissance. Les autres restèrent en selle, Aricia en tombant presque, les yeux lourds et les mains crispées sur les rênes. Venutius ne tarda pas à revenir, aussi silencieux qu'une hermine. « Le druide est là, dit-il, chez l'un des chefs de ce peuple. La dame pourra se reposer ici et on lui donnera de l'eau chaude pour se laver. » Comme si, pensa Aricia épuisée, une personne du Sud comme moi n'avait besoin de rien de plus que d'un bol d'eau chaude. Venutius, tu n'es qu'un sot. Son cheval fit un dernier pas de travers et elle se laissa glisser avec peine vers le sol, abandonnant les rênes à l'esclave qui approchait en courant. Elle se baissa pour pénétrer dans la hutte et la clarté du feu l'aveugla. Un druide, assis, se réchauffait les mains et elle crut que c'était Bran mais lorsqu'il tourna la tête pour la saluer cordialement, elle vit que l'homme était beaucoup plus vieux, avec des yeux pétillants, une longue barbe et des anneaux de bronze attachés dans les cheveux.

Les chefs coritaniens se levèrent et prononcèrent les formules de bienvenue auxquelles elle répondit mécaniquement tandis que ses hommes restaient derrière elle dans l'ombre. Ils avaient du mal à masquer leur mépris pour la protégée des Catuvellauniens. Ils s'inclinèrent et partirent. Elle sombra sur les peaux de bête, près du feu et sa cape glissa de ses épaules.

« Fais bien garder mes chars, dit-elle à Venutius, les Coritaniens sont un peuple de voleurs. »

La forme blanche, devant les flammes, ricana : « Guère plus rapaces que les gens de votre tribu d'adoption, dame de Brigantia, dit-il. Il s'agit de mon peuple, surveillez vos paroles. Je suis un noble de cette tribu et si vous les insultez, je disparaîtrai dans la nuit et les laisserai couper votre jolie tête. » Il plaisantait, mais elle ne pouvait guère le suivre. Qu'ils viennent donc, pensa-t-elle en fixant les flammes, je ne défendrai pas ma tête.

Le druide se leva, s'étira, et le bruit de ses articulations qui craquaient la fit tressaillir d'agacement. « Je vois bien, Madame, que mes plaisanteries ne vous font pas rire, fit-il remarquer. Je vais donc me retirer. Un serviteur va vous apporter de l'eau chaude que vous pourrez, si vous le voulez bien, lui payer en argent de Cunobelin. Car si les Coritaniens crachent sur son nom, ils prisent beaucoup sa monnaie. Bonne nuit à vous. » Il sortit, les tentures de cuir bruissant sur son passage. Quelques instants plus tard, elle s'approcha doucement de la porte et jeta un coup d'œil dehors. « Vous avez besoin de quelque chose, Madame ? lui cria une voix dans les oreilles. — Non, non », murmura-t-elle en battant aussitôt en retraite. Elle retourna près du feu et sentit qu'elle s'abandonnait au sommeil, plus fort encore que la faim. Au moins, elle était bien gardée. Le serviteur apparut au moment où elle allait s'assoupir, le dos au mur. Elle lui demanda de lui apporter de la viande et du vin chaud dans une demi-heure. « Cela vous coûtera deux pièces de bronze, s'empressa-t-il de répondre. — Je vous paierai lorsque vous me les aurez apportés », lui répondit-elle. Il sourit hypocritement et sortit.

Elle retira avec plaisir la courte tunique d'homme et les larges braies et se lava soigneusement dans l'eau bouillante. Puis, revigorée, elle mit les vêtements propres qu'elle avait apportés dans une sacoche de cuir, dénoua ses cheveux, défaisant ses nattes et les peignant avec des gestes lents. Le serviteur entra, portant sur un plateau du bœuf chaud, du pain, des pommes de l'année dernière, petites et ridées et un pichet d'hydromel froid et mousseux. Il posa le plateau et se baissa pour rajouter du bois au feu.

« J'ai demandé du vin chaud, dit-elle avec rudesse. Ne me dis pas que les Coritaniens n'en boivent pas, ils sont connus pour n'en boire que trop. Apporte-moi du vin ! » Il se redressa, la regardant avec insolence. « On m'avait dit que les Brigantiens ne buvaient que de l'hydromel fort et de la bière d'orge, dit-il. Pardonnez-moi, je vous avais prise pour l'une d'eux. » Avant qu'elle puisse lui répondre, il était déjà parti et revint un peu plus tard avec une coupe pleine de vin. Il alla vers l'âtre, saisit un tison rougi au feu et le plongea dans la coupe. Le vin grésilla et commença à fumer, un riche arôme emplissant la hutte. Elle le lui arracha presque des mains.

« Maintenant, va-t'en ! L'hospitalité de cette tuatha laisse beaucoup à désirer ! » dit-elle en lui jetant deux piécettes.

Ils reprirent la route très tôt le lendemain, chevauchant vers le nord-est pour arriver à la côte. Le druide galopait près de Venutius, et Aricia, derrière eux, de meilleure humeur, souriait des boutades qu'ils échangeaient. La matinée était orageuse et dans le lointain des éclairs déchiraient les sombres marais du territoire des Iceniens. Vers la fin de la journée, Aricia perçut une nouvelle odeur autour d'eux, sauvage et forte — la senteur vivifiante de l'air marin. Ils établirent leur campement près d'un cercle de pierres grossières toutes inclinées dans la même direction, comme fatiguées par des siècles de station debout au même endroit. Elle prit la broche serpentine que lui avait donnée Gladys et la conserva au creux de sa main en s'allongeant dans l'obscurité. Et soit que le talisman eût réellement quelque pouvoir réconfortant ou parce qu'elle commençait à s'habituer aux manières de ses nouveaux compagnons, elle se sentit moins seule et dormit profondément. Elle se réveilla pleine d'espoir, au chant des oiseaux qui saluaient une aube grise.

Ils parvinrent à l'océan ce jour-là, laissant la forêt derrière eux. Devant, s'ouvrait une région dénudée de pentes douces et herbeuses qui se succédaient à l'infini, où seul le sifflement du vent brisait le silence, sous un ciel tourmenté dans lequel planaient aigles et faucons, toutes ailes déployées. Ils s'arrêtèrent au sommet d'une falaise. Aricia descendit de cheval et s'approcha de la corniche, luttant contre la bourrasque pour garder l'équilibre. Au-dessous d'elle, là où le sable humide et froid gémissait sous les tortures de l'océan, s'étalait l'eau grise et houleuse. Les mouettes criardes rebondissaient sur les vagues avant de s'abattre sur la plage parsemée ici et là d'algues noires dont elle sentait l'odeur pénétrante. Elle respira plusieurs fois profondément avant de remonter en selle, et ils suivirent une piste en bordure de mer avant de s'enfoncer dans les terres vers la rivière de Brigantia.

Cinq jours plus tard, dans la soirée, ils arrivèrent dans une région marécageuse où des oiseaux hauts sur pattes marchaient précautionneusement sur la boue qu'ils fouillaient de leurs longs becs à la recherche de vers. Les hommes s'animèrent, leurs rires et leurs voix portant loin dans l'air calme.

Le druide amena son cheval près du sien. « Eh bien, Madame, dit-il, demain, vous serez chez vous. » Elle ignorait tout des régions qu'elle venait de traverser et elle frissonna. « Je n'avais pas six ans lorsque mon père me conduisit chez Cunobelin, répondit-elle.

— Vous en souvenez-vous ? »

Elle fronça les sourcils, tentant de retrouver derrière les lumineux souvenirs d'hier un passé plus ancien. « Je n'en suis pas sûre, dit-elle lentement. Je crois parfois me souvenir d'une odeur de moutons et d'une énorme maison de pierre, aussi grande que la Grand-Salle de Camulodunum, mais c'est peut-être un rêve. » Il l'examina avec attention, ne voyant que des joues colorées par le vent et des yeux plus clairs que les étoiles. « Le voyant des Catuvellauniens a-t-il pris les auspices pour vous, Madame, avant votre départ ? » Elle le regarda, stupéfaite : « Cela ne se fait plus depuis des années ! » Il soupira. « C'est bien dommage. J'aurais aimé savoir ce qu'il aurait pu dire. Mais bien sûr, les Romains n'encouragent pas ces pratiques. » Il parlait sans colère et elle ne sut que répondre. L'agitation et la vulgarité des négociants romains lui semblaient bien loin.

« Vous allez sans doute nous quitter bientôt », dit-elle, et il hocha la tête. « Nous nous séparerons à la frontière. Je continue vers l'est, en traversant le pays des Cornovii, pour rester chez les Ordovices un certain temps. » Une lueur d'amusement brilla dans son regard. « C'est une tribu très farouche et peu civilisée qui vit dans une région de montagnes neigeuses, dit-il. Ils n'ont ni chariots, ni chevaux, ils vivent dans des masures de pierre. Je ne crois pas qu'ils vous plairaient beaucoup. »

C'est à ce moment-là que Venutius ordonna la halte, près d'un petit cours d'eau qui débouchait à la lisière d'un bois. Les hommes mirent pied à terre et préparèrent le campement. Aricia s'assit près de la rivière, regardant la lumière rose qui virait au gris, gagnée elle aussi par cette excitation heureuse que trahissaient les voix, humant dans le vent les premiers effluves de ce grand pays qu'elle verrait demain. A cette odeur vint se mêler bientôt celle de la fumée de bois et de cuisine et elle rejoignit le cercle des hommes autour du feu. L'un d'eux avait attrapé un lièvre et ils le mangèrent, buvant avec leur viande et leur gruau une eau de source fraîche. Puis ils s'allongèrent sur leurs capes, racontant des histoires, entonnant des refrains de guerre ou écoutant les bruits de la nuit au-delà du cercle rassurant de la danse orange des flammes. Aricia s'endormit paisiblement sur le sol, enroulée dans sa cape, la selle de Venutius pour oreiller.

Le lendemain, vers midi, ils arrivèrent à la frontière Une bruine fine les contraignit à rabattre leurs capuches. Rien n'indiquait Brigantia et pourtant les hommes firent tournoyer leurs épées au-dessus de leurs têtes en criant « Brigantia, Brigantia ! » Et lorsque Aricia chercha des yeux le druide, il avait disparu.

Elle eut soudain l'impression qu'en passant la frontière de son propre pays elle devenait une personne étrangère, même à ses propres yeux. Et bien que ses hommes continuent à s'adresser à elle comme à Aricia leur reine, elle n'était plus elle-même mais quelque esprit sombre et maléfique dont personne ne pouvait deviner la présence.

La pluie se fit plus forte dans l'après-midi, mais les hommes continuèrent à chanter. Lorsqu'il leur devint impossible de voir où ils allaient, ils s'arrêtèrent devant la masure d'un paysan et, attachant leurs chevaux à un piquet, se glissèrent à l'intérieur. La hutte sentait mauvais et par les claies mal ajustées des murs, un vent glacé sifflait. Venutius ranima le feu. A la lueur des flammes, ils découvrirent un vieil homme et une jeune femme qui les fixaient de leurs yeux noirs hébétés, assis, les pieds enfouis sous de mauvais tissus et le visage presque entièrement caché par des cheveux noirs en broussaille. Aricia essaya de leur parler mais ils restèrent comme pétrifiés. Elle tint un pot fermement pendant qu'un des hommes versait de l'eau pour réchauffer la soupe. La pluie tombait par les interstices du toit de chaume, faisant de petites mares froides sous leurs pieds. Ils mangèrent inconfortablement, partageant ce qu'ils avaient avec le couple qui subitement revint à la vie, se jetant sur les bols qu'on leur tendait comme des loups affamés.

« Est-ce que tous vos paysans sont aussi pauvres ? » demanda Aricia à Venutius à voix basse.

Il était furieux de la façon dont le mot « vos » lui avait échappé. « Non madame, seulement par ici, près de la frontière où les Coritaniens font fréquemment des raids, volant aux habitants leurs chèvres et leurs moutons. Ils vivent mal mais ne veulent pas quitter leurs terres pour aller vers l'intérieur. »

Ils partirent au matin, laissant un sac de haricots secs aux paysans qui pour tout remerciement les regardèrent s'éloigner rapidement dans l'aube maussade.

La rivière rétrécit et ils la quittèrent bientôt, s'engageant dans les herbes hautes. C'était une terre aride, clairsemée de maigres taillis et, sous cette pluie battante, Aricia crut n'avoir jamais vu de paysage plus désolé.

Au coucher du soleil, trois jours après avoir passé la frontière, Venutius, tirant sur les rênes, annonça : « Le cœur de Brigantia. » Elle regarda et son cœur à elle chavira. Pas de portail, pas de remparts, pas de sentiers soigneusement bordés d'arbres, pas une âme en vue, rien qu'un misérable ramassis de huttes bancales, la fumée s'échappant lentement de leurs toits de chaume et quelques chiens bâtards à demi morts de faim se disputant les os de quelque vieille fête. Elle suivit Venutius sans savoir où il la conduisait, les nerfs tendus, et ils descendirent de selle pour la dernière fois. Il porta ses mains à sa bouche et appela. Lentement, tels des fantômes qui auraient pris forme à son appel, des hommes sortirent des huttes et s'avancèrent vers eux. Ils s'approchèrent sans bruit, grands, barbus, la dévisageant de leurs yeux perçants. Elle ne recula pas, sachant qu'un seul pas en arrière lui ferait perdre son royaume. Les femmes se massèrent derrière elle, grandes elles aussi, les cheveux noirs et la peau très blanche, vêtues de tuniques aux formes étranges qui tombaient sur leurs pieds enveloppés de cuir. Elle retrouvait dans leurs yeux la rudesse des collines désolées. Ils la contemplaient sans respect et sans peur. Tout le monde enfin s'immobilisa et il n'y eut plus qu'un silence lourd et le bruit de la pluie.

Aricia écarta sa cape, pour qu'ils puissent voir l'épée à sa ceinture. « Quelle maladie vous a donc frappés, que vous me regardiez tous comme si le Corbeau de la Terreur avait pris forme humaine ? Ne savez-vous pas reconnaître un chef brigantien ? » demanda-t-elle avec hauteur, bien qu'elle fût grelottante de fièvre et sentît sa raison chavirer. Aussitôt les sourires apparurent et l'on vint toucher sa cape et ses cheveux, lui souhaitant la bienvenue. Puis Venutius leur parla.

« Préparez le feu et à manger, puis dispersez-vous. Il faut que la dame voie son père et ensuite qu'elle se repose. » La foule se dispersa aussitôt et elle fut frappée une fois de plus par l'autorité qu'exerçait Venutius. Elle le suivit, titubant légèrement, une sueur fine se formant sur son front. Venutius s'arrêta devant une maison construite en pierre — comme elle le remarqua avec soulagement. Elle se trouvait au centre du village, entourée d'une haute palissade et six chefs se tenaient devant la porte, indifférents à la pluie. Ils se redressèrent pour la saluer. « Votre père vous attend à l'intérieur, Madame, lui indiqua d'un geste Venutius. Il est très faible et ne vous reconnaîtra peut-être pas, mais je crois que l'espoir de votre venue l'a maintenu en vie et qu'il n'attendra plus longtemps. Je vais m'assurer qu'on vous prépare très vite des vêtements secs et à manger. » Elle lui sourit bravement, et il découvrit la sueur sur son front, les yeux brûlant de fièvre, les mains tremblantes. Il se sentit soudain inquiet pour elle mais n'en montra rien.

A l'intérieur, il faisait chaud. Un feu brûlait au centre et des peaux de mouton recouvraient la terre battue. Au moment où elle baissait la tête pour entrer, une femme, assise sur un tabouret près du lit se leva, mais Aricia ne la vit que dans un brouillard. Elle s'entendit saluer la femme mais c'était comme si quelqu'un d'autre parlait à sa place et la réponse polie, lorsqu'elle l'enregistra, semblait venir de très loin et n'avait plus aucun sens. Elle quitta sa cape lourde, la femme la mit sur son bras et sortit. Elle se tourna alors vers le lit, comme en rêve.

Elle s'installa sur le tabouret mais lorsqu'elle se pencha vers le lit, ce n'était pas Cunobelin qui s'y trouvait, sombrant dans son dernier sommeil. C'était un petit gnome blanchi avec une bouche fine tombante, des cheveux duveteux et gris, et qui respirait à peine. « Père », dit-elle très fort, sentant toute l'absurdité du mot. Il ouvrit les yeux et tourna péniblement la tête. Des yeux marron, mouillés et vagues, explorèrent la pièce. Elle s'approcha encore. « Père, c'est moi, Aricia. Je suis venue. » Il la vit alors et scruta son visage. Il tenta sans succès de lever les mains et elle les prit dans les siennes. C'était la sensation la plus désagréable qu'elle ait connue de sa vie, mais elle saisit les doigts fragiles, sentant le froid de la mort en eux et il lui sourit faiblement.

« Aricia, murmura-t-il, de retour, enfin. Tu n'as pas changé ma toute petite. »

Elle sentit un frisson passer de ses mains dans les siennes, et il ferma les yeux, rassemblant toutes ses forces. « Les chefs sont de grands enfants, continua-t-il doucement. Prompts à se mettre en colère mais loyaux jusqu'à la mort. Traite-les comme des enfants. Ne t'attaque pas aux Corvetii. Nous avons un traité avec eux et avec les Parisii. Fais la guerre aux Coritaniens et donne-leur une leçon. Suis les conseils des druides. Observe les sacrifices.

— Silence, vieil homme ! lui chuchota-t-elle. Soyez en paix. Ne suis-je pas de votre sang ? demanda-t-elle fièrement. Serais-je incapable de diriger le Conseil ? » Sa tête lui faisait mal et des taches noires lui dansaient devant les yeux.

Il laissa aller ses mains et elle se rassit, soulagée. Mais avant de refermer les yeux, il lui dit : « Venutius... honneur... grand prix.

Très puissant mais loyal à la Maison des Brigantiens. Donne-lui... Donne-lui... » Il poussa un soupir et s'endormit. Elle alla près du feu et épuisée mit sa tête entre ses genoux. Lui donner quoi ? Elle était épuisée. Me donner à lui ?

Elle s'endormit d'un sommeil lourd et agité et lorsque la femme la trouva dans cette posture, gémissante et malade, elle envoya chercher Venutius. Il la souleva comme fétu de paille et l'emmena à la hutte des invités, l'étendant doucement sur le lit et attisant les flammes jusqu'à ce qu'elles s'élèvent à mi-hauteur du plafond. Il posa sa main sur son front brûlant et la regarda qui se retournait en murmurant, cette enfant choyée, cette femme royale. Je pourrais la tuer maintenant, pensa-t-il. Je pourrais prendre cet oreiller et l'étouffer sans que jamais les chefs puissent imaginer qu'elle ne serait pas morte de fièvre. Pourtant, il écarta les cheveux noirs et mouillés du petit visage et ordonna sèchement à la femme qui attendait : « Déshabille-la et frictionne-la bien. Empile les fourrures sur elle et entretiens le feu. Viens me chercher lorsqu'elle se réveillera. » Et il sortit sans plus attendre, la boue collant à ses chaussures et la pluie continua à battre une berceuse folle sur les chaumes.

Elle resta quatre jours malade, et à la pluie un fort soleil d'été succéda. Son père était mort la veille, paisiblement, dans son sommeil, et les chefs le conduisirent à sa dernière demeure dans un cercueil, vêtu de ses plus beaux atours, son épée et sa lance à ses côtés. Ils ne regrettaient pas de le voir partir. S'il avait guéri, il aurait fallu qu'ils le tuent, car Brigantia la toute-puissante n'était plus qu'une vieille sorcière repoussante et incapable qui errait, radoteuse et criarde, par les collines déboisées, leur reprochant de n'avoir pas eu le courage de se débarrasser de lui depuis longtemps afin qu'elle puisse retrouver sa jeunesse. Le père d'Aricia savait que, naturelle ou non, l'heure de sa mort avait sonné. Il ne voulait que voir sa fille et s'en aller content. On avait placé son corps tout au fond d'un tertre funéraire, dans un caveau calme et sombre, entouré de ses parures de bronze et d'argent, avec dans son char ses coupes à boire, sa bière et sa viande.

Le cinquième jour, Aricia s'assit et demanda de l'eau et du poisson frais. A son regard clair, la servante comprit que la santé lui revenait. Aricia mangea et but puis se rendormit dans les bêlements des moutons qui paissaient sur les collines autour du village et un air sec réchauffé par un soleil qui allait rester. Le sixième jour, elle se leva et s'enveloppant dans des couvertures s'assit devant la porte, laissant son corps assoiffé de soleil s'imprégner de la douce chaleur, écoutant les allées et venues.

Le septième jour elle s'installa dans la maison de pierre et le soir, encore faible mais avec détermination, elle se rendit à l'orée du village où l'on avait allumé un grand feu.

Le crépuscule était plein d'odeurs d'herbes et de fleurs sauvages, et elle humait la brise légère avec délice lorsque Venutius vint la saluer en souriant. Et les chefs se levèrent, hurlant son nom en frappant leur bouclier du plat de leur épée. Elle s'assit en tailleur sur sa cape et les étincelles volèrent haut dans le ciel de velours noir maintenant tapissé d'étoiles scintillantes. Tout le village était là ainsi que des familles venues de plusieurs kilomètres à la ronde. Les conversations et les rires se firent plus bruyants lorsqu'on partagea la viande fumante et saignante. La bière passa de main en main. Venutius vint s'accroupir près d'elle et elle lui parla calmement, sensible à sa force, jetant de temps à autre un coup d'œil sur son visage rude. Il y répondait par un sourire, gardant les yeux insolemment plantés dans les siens, sachant ce dont elle avait besoin mais mis en garde pourtant par ce qu'il y lisait aussi : le calcul, le froid raisonnement, l'insécurité et la haine de soi et surtout un désir dévorant. De lui, du pouvoir, ou simplement d'une vie vécue pleinement ? Il n'aurait su le dire. C'était un guerrier expérimenté auquel d'innombrables expéditions avaient laissé bien des cicatrices et elle n'était qu'une enfant. Mais n'était-elle que cela ? Il but sa bière en réfléchissant et elle demeura silencieuse. Puis il se leva.

« L'heure est venue de tenir conseil, appela-t-il. Que les esclaves s'en aillent et que les hommes libres s'approchent. » Il dégrafa son épée et l'étendit sur l'herbe. Les autres chefs firent rapidement de même. « Que le druide parle le premier », déclara-t-il. Et il s'assit.

Aricia se raidit et regarda l'assemblée. Un homme s'était levé et avançait, sa robe blanche prenant des teintes rougeoyantes à la lueur du feu. Il s'inclina cérémonieusement devant elle, mais elle garda les yeux fixés sur les collines lointaines. Il se retourna alors et un frémissement parcourut l'assemblée. Il tendit d'abord la tête pour contempler les étoiles puis considéra les visages qui l'interrogeaient. Il se mit à faire les cent pas, les mains derrière le dos.

« Hommes et femmes libres, dit-il d'une voix sans colère, vous êtes réunis ce soir pour élire un nouveau chef, afin de remplacer celui qui nous a dirigés pendant bien des années. Et aussi pour accueillir sa fille qui a passé de nombreuses années loin de nous, son peuple. Certains seront fâchés par ce que je vais dire, d'autres croiront entendre les mots mêmes que leur dicteraient leurs cœurs inquiets, mais je vous supplie tous de me prêter attention. Vous me connaissez bien, Brigantiens, je me promène librement parmi les tribus, vous faisant bénéficier de la sagesse acquise en voyageant, et je vous livre parfois des vérités qu'il est bon pour vous d'entendre. Je vous demande de ne pas élire Aricia, la fille du Chef. » Curieusement, on n'entendit pas le moindre commentaire et Aricia sentit que la foule tout entière était suspendue aux paroles du druide. Près d'elle, Venutius tressaillit mais ne la regarda pas. Le druide s'immobilisa et leur fit face à tous : « Mes raisons sont peu nombreuses mais décisives. Jour après jour, des réfugiés de notre peuple, fuyant la Gaule, se déversent en Albion, échappant à la lente avance de l'agression romaine, apportant avec eux des récits d'une telle horreur que les tribus qui leur donnent asile ont parfois du mal à les croire. Ils viennent chercher de l'aide auprès de vous, auprès des peuples de l'Ouest, des Cornovii. Mais chez les puissants Catuvellauniens, ils ne vont jamais. Pourquoi ? » Il fit une pause. Cet homme, Aricia le sentait, savait convaincre des gens simples. Lorsqu'il reprit la parole, ce fut d'un ton plus grave. « Parce qu'à boire le vin de Rome les Catuvellauniens sont devenus arrogants. Parce qu'un homme libre, qui ne désire pas manger les miettes de leur table ou marchander dans leur langue n'y est plus en sécurité ! Et cette fille, bien que des vôtres, a vécu parmi eux depuis sa plus tendre enfance, buvant le lait de la louve romaine, se vautrant sur les coussins romains pendant que ses sœurs voyaient leurs enfants empalés par les lances romaines, leurs pères enchaînés au travail dans les mines romaines. Quand vous la regardez, hommes libres, qui voyez-vous ? Pour moi, je vois un être hybride, à demi catuvellaunienne, à demi romaine mais je ne reconnais pas une femme libre de Brigantia. » Il ne dit rien de plus, disparaissant dans la foule et laissant ses insinuations faire leur chemin dans l'esprit de son auditoire.

A la curiosité naturelle de la voir de retour se mêlait maintenant un début d'hostilité. Ils murmurèrent et s'agitèrent, regardant en direction de leur chef Venutius mais personne ne proféra un mot. Elle comprit qu'il lui fallait se défendre elle-même. Elle n'avait encore jamais parlé devant un Conseil, mais elle se leva lentement, sentant encore une légère faiblesse dans ses genoux et la sueur se former sur son cou. Que sont-ils donc pour moi, ces rustres, pensa-t-elle. Qu'ils me renvoient et retournent à leurs moutons ! Alors , plus forte que la peur, naquit en elle une grande détermination. « Peuple de Brigantia, dit-elle d'une voix basse mais qui portait, on vient de m'appeler mi-catuvellaunienne et mi-romaine ! Les druides ont-ils donc perdu leur fameuse mémoire ? Ont-ils donc oublié que les enfants royaux quittent leur maison et vont dans d'autres tribus pour pouvoir mieux servir les leurs à leur retour ? Est-ce là une nouveauté ? Cela ne l'était pas pour mon père lorsqu'il m'envoya chez Cunobelin pour y être instruite. » Elle poursuivit, avec un étrange sentiment d'exaltation : « Mais les fils et les filles un jour s'en retournent. Mon père, dans sa jeunesse, partit chez les Coritaniens. Sont-ils pour autant devenus vos amis ? Ne continuez-vous pas à les haïr au moins autant que vous haïssez les Catuvellauniens ? Je n'ai fait qu'obéir à mon père comme il avait obéi au sien. Regardez-moi, hommes libres ! » Elle écarta rageusement ses cheveux, montrant ses bras et son visage. « N'ai-je pas les cheveux noir corbeau ? Ma peau est-elle moins blanche que la vôtre ? Je suis de Brigantia et vous le savez bien. Vous savez bien plutôt ce qui fait peur au druide. Je suis une femme. Serai-je assez faible pour regretter mes amis et, pour leur plaire, finir par trahir mon peuple ? » (Le feras-tu ? questionnait une voix en elle). « Une femme vous a déjà gouvernés. Et c'était une grande guerrière. Je suis la dernière de ma lignée. Une lignée bien plus ancienne que les rivages d'Albion. Je suis la fille de mon père, et votre fille à tous. J'ai un droit inaliénable à votre loyauté. Le druide sait jouer habilement de vos peurs et je n'ai pas de belles paroles pour gagner vos faveurs. Vous préféreriez peut-être que Venutius vous gouverne, car vous le connaissez bien. » Elle avait touché une corde sensible. « Mais souvenez-vous que moi seule suis de sang royal et que si vous me chassez, vous vous déshonorez. » Elle se rassit brusquement, le cœur battant. Venutius se leva immédiatement pour parler.

Il ne dit que peu de mots car sa décision était déjà prise et le peuple ferait comme il le désirait. Avant son expédition à Camulodunum, l'idée d'avoir à s'incliner, lui, vénéré comme il l'était par toute la tribu, devant une jeune fille parlant avec l'accent du Sud et dont les yeux seraient pleins de dédain pour les paysages qu'il aimait, le remplissait d'amertume. Le voyage en sa compagnie l'avait encore plus profondément troublé. Son accent était lourd, oui. Ses vêtements étaient raffinés, ses yeux exprimaient bien un sourd refus de lui et des siens, mais il sentait pourtant en elle un mystère, un dédain obstiné pour l'inconfort du voyage qui révélait une force cachée. Cunobelin lui avait dit qu'elle savait se battre et chasser, et il ne l'avait pas cru. Pourtant, au souvenir de son endurance silencieuse, lorsqu'ils chevauchaient côte à côte dans la pluie et la boue, il n'était plus sûr de rien. Il voulait prendre le temps de la connaître mieux. De plus, il avait juré sur son honneur à son père de la servir et rien n'avait plus de valeur à ses yeux que son honneur — et la liberté.

« Je ne me soucie pas de ce que vous ferez, tous autant que vous êtes, dit-il au Conseil. Mais j'ai juré de mettre ma vie et mon épée au service de mon seigneur et cette dame est la fille de mon seigneur. Ses droits sont inaliénables et vous le savez. Peu m'importe où elle a passé son enfance. L'important, c'est qu'elle est désormais de retour. La déesse pourra de nouveau courir par les collines avec la légèreté de ses jeunes années. » Il s'inclina et jeta son épée devant elle. Puis il revint prendre sa place à ses côtés. Elle se tourna et lui sourit faiblement. Il y eut quelques secondes d'indécision, puis l'un après l'autre les autres chefs firent de même. Tout en voyant les épées s'entasser, elle pensait à Venutius. Que veux-tu donc de moi, homme des collines, pensait-elle. Pourquoi n'as-tu pas pris ton épée pour me couper la tête ? Elle croyait savoir pourquoi et ressentit au creux du ventre une chaleur différente.

Elle se leva. « J'accepte vos serments, dit-elle. Reprenez vos épées. Demain, nous chanterons pour mon père et notre vie ensemble pourra commencer. »

En compagnie de Venutius, elle quitta le cercle qu'éclairaient vivement les flammes et se dirigea à pas lents vers sa maison. Elle avait encore besoin de repos. Devant sa porte, Venutius tira soudain des plis de sa tunique une petite bourse. Il en sortit une pièce qu'il amena devant son visage. Ils se tenaient dans l'ombre épaisse du mur de pierre grise et elle ne voyait de lui qu'un reflet de lune dans ses yeux farouches et le mouvement de ses doigts.

« Voyez-vous ceci, Madame ? demanda-t-il doucement. C'est une pièce de monnaie brigantienne, grossière peut-être. Elle n'est pas en argent, mais elle est propre, Madame. Aucune main romaine ne l'a jamais touchée, aucun artisan romain n'y a apposé ses bizarres dessins. » Il mordit dans la pièce, par habitude et l'enfouit à nouveau.

« Est-il vrai que Cunobelin utilise des artisans romains dans ses forges et ses bijouteries ?

— C'est exact. »

Il eut une exclamation de dégoût. « Ne sous-estimez pas votre peuple, Madame, s'écria-t-il avec véhémence. Le commerce des Catuvellauniens fait peut-être bourdonner nuit et jour la rivière, mais nous faisons aussi des échanges à partir de nos côtes. Et pour des denrées autrement précieuses à nos yeux que les chiffons que Caesar envoie à Cunobelin. Nos échanges nous permettent d'acquérir des épées et des casques de bronze, des pots et des plats exécutés selon la tradition de nos pères. En retour, nous donnons des peaux de mouton et ceci. » Il fouilla sous sa tunique à nouveau et lui mit quelque chose de froid et dur dans la main. C'était une bague pour le pouce en bronze épais, sertie d'une pierre en forme de poire d'un poids inhabituel, et ses facettes brillèrent d'un éclat sinistre au clair de lune. Il s'agissait d'une pierre noire. Pas de celles qui suscitent d'emblée des cris d'admiration et d'envie mais plus on l'examinait plus on désirait la posséder, la contempler à loisir. Elle la lui rendit.

« Quelle sorte de pierre est-ce donc ?

— C'est une pierre de jais, Madame, noire comme la nuit. Pas aussi belle peut-être que les améthystes ou le corail éclatant qu'affectionnent les Catuvellauniens, mais c'est une pierre de votre pays, qui lui ressemble fidèlement. C'est un pays de solitude et de secrets, rude et dur, mais qui sait plaire à ceux qui s'y attachent. » Il s'avança d'un pas et elle leva la tête. Le souffle lui manquait. Une bouffée de désir les traversa tous deux. Il posa ses mains puissantes sur sa tête, caressant ses cheveux et ses épaules fines.

Sans réfléchir, elle se mit sur la pointe des pieds et effleura des lèvres ses joues couvertes par la barbe, mais au cœur même de la gratitude qu'elle ressentait pour lui, il restait un certain mépris, un refus de cette sauvagerie, de cette rusticité. D'ici peu, je ferai tout ce que je voudrai de toi — de vous tous, pensait-elle. Et vos estuaires s'empliront de négociants qui m'apporteront du vin, et cette ville s'élèvera sur les remparts que je construirai. J'amènerai du bétail qui se mêlera à ces stupides moutons. Elle se dégagea doucement de son étreinte mais n'échappa pas à son regard. Elle avait déjà vu des yeux semblables à travers les fourrés épais, lorsqu'elle chassait en forêt avec Togodumnus et Caradoc. C'était les yeux d'un animal qui ne connaissait pas la nature du danger mais qui le sentait.

Venutius lui sourit, les pensées soudain confuses et elle lui rendit son sourire en écartant les peaux qui couvraient sa porte. « Inutile de me donner des leçons, mon ami. J'arrive peut-être ici en étrangère, mais je suis jeune et je préfère faire face à l'aventure que prendre la fuite. Dis-moi, Venutius, rencontre-t-on beaucoup de druides par ici ?

— Il y en a toujours un ou deux qui résident dans la hutte des invités. — Je vois. Bonne nuit, Venutius. — Dormez en sécurité, Madame. »

Lorsqu'elle rentra, les tentures retombèrent derrière elle avec un bruit doux. Sa servante était déjà au lit mais le feu était toujours allumé et les ombres sur le mur dansaient avec lui. « Il faudra que les druides partent, pensa-t-elle dans le silence de la nuit. Il faudra que je dresse le peuple contre eux mais cela ne sera pas facile. » Le feu craqua et une bûche s'affaissa. Une vague de nostalgie l'envahit. Depuis deux semaines, pas une seule fois elle n'avait ri, ni rencontré quiconque avec qui partager les souvenirs de quinze années. Elle se trouvait au milieu d'étrangers, qui resteraient toujours pour elle des étrangers. Elle se tourna sur le côté et enfin elle pleura.

Dans la matinée, sous un beau soleil, les chefs se réunirent devant le caveau de son père. On avait allumé un feu, bien incapable de rivaliser avec le soleil qui inondait les alentours. Les hommes libres formaient un cercle et Aricia parmi eux était vêtue de jaune et de bleu, un bandeau d'or sur ses cheveux dénoués, l'épée attachée à la ceinture. Venutius se trouvait près d'elle, ses cheveux roux tombant en cascade, sa barbe bouclée bien peignée. Il avait son casque sur la tête et le bouclier au bras, car c'était le guerrier qu'ils étaient venus saluer et non le vieux radoteur fatigué. Le porteur de bouclier de son père et son barde se tenaient à l'écart. Puis apparut le druide, sa robe blanche brillant au soleil. Les sacrifices avaient eu lieu pendant qu'elle se débattait dans la fièvre et sa présence n'était plus nécessaire mais il eut l'insolence de se placer près d'elle et de sourire en la saluant.

Lorsque la compagnie fut prête, le barde se mit à l'ombre du petit tumulus et, s'accompagnant à la harpe, commença à chanter. Il chanta les fêtes d'un lointain passé, quand son père et sa mère encore jeunes marchaient par les collines dans les perles de l'aube, quand elle-même n'était qu'un bébé. Il chanta la rencontre de son père avec la déesse au bord de la mer, du baiser qu'elle lui avait donné et comment, depuis ce jour-là, son règne avait été juste et prospère. Lorsqu'il eut fini, les chefs commencèrent à chanter en l'honneur de son père, doucement d'abord, marquant le rythme en frappant leurs boucliers de leurs mains brunes et souples. Le soleil cascadait en myriades de reflets sur les innombrables broches et bracelets de bronze, sur les torques épais aux formes biscornues et couverts d'entrelacs serrés, chers aux artisans du Nord. Leur chanson s'enfla dans l'air pur au fur et à mesure que d'autres s'y associaient. Seuls, le druide et Aricia n'ouvrirent pas la bouche. Elle n'en connaissait pas les paroles. La majesté du rythme, la vue de ces grands hommes barbus s'appuyant sur leur épée pour chanter l'émurent, et brusquement, elle ne se sentit pas digne d'eux, de ce peuple innocent des collines sauvages. Ses nerfs, soumis à dure épreuve ces derniers jours, finirent par lâcher. Elle posa la tête sur la poitrine de Venutius et se mit à pleurer.

Faut-il que je mente ? pensa-t-elle lorsque vint son tour de parler. Dire comme je l'aimais et comme il m'a manqué ? Mais dès qu'elle eut commencé à parler, ses larmes cessèrent et sa voix s'affermit. A nouveau, elle ressentit la griserie du pouvoir. Etait-ce bien elle qui serrait la main de Venutius, avec un sourire si riche de promesses ? Une nouvelle Aricia était née.

5.

Hiver, an 40 après J.-C.

Fearachar lâcha les laisses et les chiens se jetèrent dans le taillis, dans une assourdissante cacophonie. « Ils sentent une piste, cria Cinnamus. Suivez-les ! »

C'était une matinée d'hiver. Il avait gelé pendant la nuit, des taches blanches persistaient sous les arbres et l'herbe craquait sous les pieds.

Dépassant Fearachar, Togodumnus sauta par-dessus un buisson et disparut au bout du sentier. Caradoc, son fils Llyn et Cinnamus coururent derrière lui. Caelte s'arrêta pour rajuster sa cape, reprit sa lance et se remit à courir lui aussi, coupant à travers les arbres. Plus besoin d'être silencieux. Le sanglier n'était pas loin, essayant de trouver une issue. Fearachar siffla mais les chiens ne lui obéirent pas. Il fonça en direction d'un pan de cape écarlate, celle de Tog, qu'il avait vue au loin. Caradoc, Llyn et Cinnamus l'eurent bientôt rattrapé. Caelte s'essoufflait derrière eux. Soudain, ils entendirent Tog qui criait : « Le voilà ! Il est énorme ! Où sont les filets ? »

Caradoc indiqua un point derrière le sanglier, qui restait pour l'instant immobile, soufflant bruyamment, apeuré.

« Vocorio et Mocuxsoma, ils devraient être par là, sur la gauche. Mais où sont donc passés les chiens ? » Fearachar siffla de nouveau rageusement et les chiens apparurent enfin, la langue pendante. Dès qu'il les vit, le sanglier se précipita dans le fourré et les chiens s'y jetèrent à ses trousses. « Restez où vous êtes, cria Caradoc. Vous, Cinnamus et Fearachar, prenez sur la droite. Toi et moi, Caelte, continuons tout droit. Si les filets sont à leur place, il est pris.

— C'est mon tour, je veux le tuer, je veux le tuer, supplia Llyn, mais son père lui signifia non de la tête. — Trop tôt, Llyn. Ta mère ne me le pardonnerait jamais, si tu étais blessé. Tu es encore trop jeune. » La déception se lut dans les yeux de Llyn, mais il haussa philosophiquement les épaules et Caradoc sourit à la petite tête bouclée. « Porte ma lance, lui proposa-t-il, et si c'est moi qui le tue, tu pourras avoir une défense. »

Il y eut soudain un grognement déchirant, suivi d'une mêlée. Vocorio et Mocuxsoma essayaient de maintenir le filet alors que le sanglier se débattait furieusement, une patte et une défense empêtrées dans les lanières de cuir solides. Les chiens aboyaient, couraient frénétiquement et tout en les fixant de ses petits yeux rouges, le sanglier se dégageait maintenant. « Attention ! cria Cinnamus. Jette le filet, Vocorio ! » L'homme se précipita en avant au moment où le sanglier chargeait le chien le plus proche. Le filet s'abattit sur lui et il roula sur le dos en poussant des cris perçants. Llyn rendit sa lance à son père et fit mine de saisir son couteau, mais Caradoc le retint fermement. « Non, Llyn. Tiens-toi tranquille.

— C'est ma prise », dit Tog en s'avançant. Mais Caelte s'interposa : « Non, Seigneur, c'est à moi qu'il revient », alors que le sanglier restait immobile, comme mort.

« Tu as déjà tué il y a trois jours, protesta Tog.

— Et vous, hier ! » s'entêta Caelte. Mais Tog ne voulait pas céder.

« Mais ce n'était qu'un daim ! dit-il d'un ton méprisant.

— N'importe. Ce sanglier est à moi. Désirez-vous vous battre ? » demanda froidement Caelte sans se laisser impressionner par le visage ulcéré de Tog. Mais celui-ci laissa retomber sa lance et se contenta de tourner le dos, comme un enfant gâté.

« En vérité, c'est à mon tour de tuer ce sanglier, mais c'est père qui ne veut pas me laisser… »

Tog regarda l'enfant. « Et il a bien raison, petit Llyn. Regarde. » Il s'approcha lentement du sanglier, levant le bras comme s'il tenait un couteau et la bête revint à la vie en grognant. Il poussa avec tant de force en direction de Tog que trois lanières de cuir cédèrent. Tog sauta vivement en arrière et le sanglier continua à se débattre furieusement, une défense fichée en terre là où précisément Tog se tenait un instant auparavant.

« Tu vois, dit Tog en souriant, si tu avais voulu lui trancher la gorge, c'est toi peut-être qui serais couché sur le sol en ce moment, avec une jambe déchirée jusqu'à l'os. »

Llyn lui rendit son sourire. Il adorait son oncle, son charme et cette impression d'être toujours à l'aise qu'il donnait. Il aimait bien son père aussi mais, à six ans, il le craignait encore trop pour être tout à fait naturel en sa présence. Quant à son grand-père... Llyn fit la grimace en rengainant son petit couteau. Cunobelin ressemblait à une grosse araignée malodorante qui ne quittait jamais la Grand-Salle et il l'évitait autant qu'il le pouvait.

« Eh bien, vas-y donc, Caelte », dit Tog. Et le couteau à la main, Caelte tourna autour du sanglier, attendant le moment où les petits yeux rouges regarderaient ailleurs. Puis il bondit, agrippant une défense d'une main et tranchant proprement de l'autre la gorge grise et tressaillante. Le sang jaillit, inondant le givre.

« Beau travail », approuva Caradoc. Vocorio et Mocuxsoma attendirent prudemment que les derniers soubresauts agitent la bête puis l'attachèrent par les pattes à une perche qu'ils avaient apportée. « Les chiens n'obéissent pas, dit Caradoc. Il faudra les dresser mieux que ça si nous voulons les expédier dans un mois. J'en parlerai aux éleveurs. » Il s'étira. « Bonne matinée de chasse. Et maintenant, c'est l'heure d'un bon vin et d'un bouillon chaud. » Vocorio et Mocuxsoma hissèrent la perche sur leurs épaules et retournèrent vers les chevaux et le char qui ramèneraient la prise. Les autres suivirent. Fearachar resta en arrière pour ramener les chiens et ses sifflements se perdirent bientôt au loin.

« Etait-ce vraiment à ton tour de tuer, Caelte ? demanda Llyn.

— Un peu de patience, louveteau. Encore un an, au moins, et seulement si ton père te le permet.

— Alors, je m'en irai tout seul et je tuerai sans que personne ne le sache. »

Caradoc se mit à rire, mais son rire contenait un avertissement. Il posa un bras sur les petites épaules robustes, fier de voir que ce garçon lui ressemblait plus qu'à sa mère, bien qu'il aimât Eurgain tendrement. Llyn avait les mêmes cheveux bruns que lui mais qui prenaient des reflets roux au soleil. Le menton carré, malgré la rondeur de l'enfance, était creusé d'une fossette, signe distinctif des membres de la famille royale des Catuvellaun. Il avait la démarche assurée de son père mais le rire facile et contagieux de son oncle et il ne restait jamais assez longtemps en place pour se perdre en profondes réflexions. Avec trois ou quatre petits amis, il passait le plus clair de son temps à parcourir Camulodunum et les environs, à traîner autour des étables dans l'espoir qu'on les autorise à monter sur les grands chevaux. Il avait cessé de monter les poneys qu'on attelait aux chariots depuis plus d'un an mais acceptait encore parfois de tenir compagnie à ses sœurs.

La petite Eurgain avait cinq ans. Elle était blonde et vigoureuse et déjà s'intéressait aux montures plus rapides. Gladys avait quatre ans — une enfant brune, comme sa tante, et qui ne pleurait jamais. Elle ressemblait étrangement à Aricia lorsqu'elle était enfant, fixant de ses yeux graves le monde étrange des Catuvellauniens, et plus d'une fois, grimpant sur les genoux de Caradoc, elle avait réveillé des souvenirs qu'il voulait oublier. Soudain, un désir brûlant, une impossible promesse de douceur, le terrassait tant était grande la précision des images et des odeurs qui l'assaillaient, même sept ans après le départ d'Aricia.

Il n'avait qu'à se louer d'Eurgain et savait que son choix avait été juste. Il aurait plus facilement perdu le prix de son honneur qu'elle. Leur septième année de vie commune était presque terminée, et en plaisantant, il lui avait demandé si elle était lasse de sa vie de femme mariée. Si elle reprendrait ses troupeaux et ses enfants en cette septième année, la coutume l'autorisant à le faire. Elle s'était contentée de rire. « J'ai un œil sur Cinnamus depuis longtemps, avait-elle dit en essayant de garder son sérieux. Il m'intéresse beaucoup, mais je préfère être ta première épouse que la seconde femme de Cinnamus.

— Cinnamus aime que ses femmes soient farouches et querelleuses, avait rétorqué Caradoc, sa jalousie légèrement piquée. Il ne saurait que faire de toi. »

Elle s'était approchée de lui, une flamme rieuse au fond de ses yeux bleus. « Mais Caradoc, avait-elle répondu doucement, il me disait l'autre jour que les hommes aiment le changement. Il est peut-être fatigué des griffes et des morsures de Vida. » Et avant qu'il puisse se mettre en colère, elle lui avait fermé la bouche d'un baiser. Elle savait qu'ils étaient liés l'un à l'autre pour toujours.

« Ne va jamais chasser tout seul, Llyn, dit-il à son fils comme ils sortaient du bois. Si tu étais blessé en forêt, qui pourrait te porter secours ? Tu ne vois peut-être pas grande différence entre le courage et la bougeotte, mais un homme qui ne peut pas tenir en place ne sera jamais respecté. »

Llyn ne répondit rien. Sur le chemin du retour, derrière eux, le chariot, chargé du sanglier et de tout leur équipement de chasse, grinçait, avec à l'arrière Vocorio et Mocuxsoma qui chantaient en balançant les jambes. Ils déchargèrent à l'ombre fraîche du portail, laissant le tout près du mur. Les hommes viendraient dépecer la bête, mettant de côté les défenses pour Caelte, et les armes seraient rendues à l'armurier afin d'être remises en état.

Ils se rendirent tous ensemble devant la Grand-Salle. Des groupes, certains debout, d'autres assis, s'y étaient formés. Ils entendaient un bruit d'armes entrechoquées et s'approchèrent pour mieux voir. Llyn, tout excité, tira sur la manche de Caradoc. « C'est Mère et Tante Gladys ! » dit-il. On leur fit place et ils s'assirent, en demandant à Llyn de se taire. Un cri ou un mouvement intempestif pouvait distraire l'attention des combattantes et conduire à une tragédie. Il s'agissait de s'entraîner et non de s'entretuer. Llyn le savait et il resta immobile, les yeux brillants et la bouche ouverte.

Sa mère et sa tante tournaient ensemble, l'épée levée. Les deux femmes portaient des braies et de courtes tuniques et leurs cheveux tressés étaient fermement attachés à leur ceinture. Leur bras gauche était libre. Caradoc aurait préféré qu'Eurgain porte un bouclier, mais elle ne le faisait que rarement et Gladys jamais. Il n'eût pourtant pas été inutile de s'habituer à ce poids supplémentaire. On le leur reprochait souvent mais elles n'en avaient cure.

L'entraîneur de Gladys cria quelque chose et les deux femmes se rapprochèrent. Soudain Eurgain esquiva le coup que lui portait Gladys et fit décrire à son épée un moulinet parfaitement horizontal qui aurait tranché sa belle-sœur en deux si Gladys, voyant le mouvement venir, n'y avait échappé en pirouettant sur elle-même. Elles haletaient toutes deux, épuisées, et la sueur leur coulait sur le visage. Gladys était la plus forte, avec un style clair et puissant, mais Eurgain s'avérait plus légère et plus rapide. Eurgain poursuivit son avantage, soumettant Gladys à une série d'attaques brèves, d'arrière en avant et d'avant en arrière, et la foule dut s'écarter pour leur livrer passage. Soudain, Gladys se retourna pour porter un coup. Le procédé était inhabituel. Les épées étaient faites pour les passes larges et appuyées, non pour un corps à corps, les pointes étant émoussées alors que le plat des lames était si aiguisé qu'il aurait pu couper en deux une motte d'herbe jetée en l'air. La pointe de l'épée de Gladys toucha pourtant le cou d'Eurgain et une tache de sang sombre apparut sur le col de sa tunique. Elle l'ignora, se baissant pour asséner un autre coup tournant mais l'entraîneur cria « Assez » et les deux femmes jetèrent immédiatement leurs épées et allèrent poser leur tête sur l'épaule l'une de l'autre en reprenant leur souffle. Caradoc les rejoignit, suivi de Cinnamus.

« Eurgain devrait s'entraîner avec moi, dit Cinnamus en traversant le carré de terre battue devant la porte de la Grand-Salle. Ses coups sont bien pensés mais elle perd l'équilibre en les prenant de trop loin.

— Elle n'est sans doute pas désireuse de se perfectionner au point de risquer sa tête en s'exerçant avec toi », répondit Caradoc arrivant à leur hauteur.

Llyn se suspendit au cou de sa mère. « Vous étiez excellente, mère, dit-il sérieusement. Mais vous tenez vos pieds trop rapprochés pour pouvoir bien garder l'équilibre. Un jour, si vous glissez par accident, Tante Gladys vous tuera. »

Gladys sourit, en s'essuyant le visage dans un pan de tunique sale. « Tante Gladys ne serait pas si maladroite, dit-elle. J'essaie toujours d'éviter un accident, et ta mère et moi croisons l'épée depuis bien trop longtemps, avant même que tu ne sois né. T'ai-je fait mal, Eurgain ? »

Caradoc écarta la tunique. La blessure au cou était peu profonde et elle secoua la tête. « Pas vraiment. Eh bien, Cinnamus, votre avis ?

— Llyn a raison, répondit-il. Ecartez plus les pieds et ne frappez pas de si haut. »

Gladys soupira : « Je suis sale et fatiguée, j'ai soif », et elle s'éloigna. Eurgain se leva également, la main sur le cou, le sang coulant toujours sur ses doigts.

« Llyn, dit-elle, cours à la maison et demande de l'eau chaude à Tallia. Avez-vous fait bonne chasse, Caradoc ?

— Pas mauvaise. Mais les chiens sont indisciplinés. C'est Caelte qui a tué.

— C'était mon tour, interrompit Llyn, mais Père... » Caradoc lui donna une tape sur le derrière. « Fais ce que ta mère t'a demandé, dit-il et l'enfant partit vers la maison en courant.

— Il a tellement envie de faire une prise, dit Caradoc à Eurgain, mais si je le lui permettais, je ne crois pas qu'il ait la force de tuer proprement.

— Il veut aussi à tout prix échanger son épée de bois contre une épée de fer, dit Cinnamus. C'est un enfant qui a de la suite dans les idées.

— Le bois suffira bien, dit vivement Eurgain, Cinnamus, ne lui cédez pas.

— Ne craignez rien, je ne le laisserai pas se tuer. »

Caradoc embrassa la joue chaude d'Eurgain et s'éloigna.

Dans un coin de la Grand-Salle, sur une pile de couvertures, Cunobelin était assis seul, les jambes repliées sous lui, serrant dans ses mains enflées une coupe à boire. Aucun de ses hommes ne se trouvait près de lui et Caradoc se demanda avec colère où ils étaient. Aucun chef n'était censé marcher, s'asseoir, chasser ou se battre sans au moins deux seigneurs de son clan à ses côtés et soudain Caradoc sentit combien son père avait vieilli, comme son corps et son esprit s'étaient affaiblis. Il regardait fixement dans le vide, droit devant lui et lorsque Caradoc eut fini de manger, il tira du vin, prit une poignée de fèves et alla vers son père. C'est à peine si Cunobelin tourna la tête lorsque Caradoc s'assit près de lui. Il se demandait si Adminius rentrerait de son raid avant la soirée. Au cours des cinq dernières années, Cunobelin avait fréquemment attaqué les Coritaniens. Adminius et Caradoc lui-même avaient souvent passé des heures dans les bois, transis et trempés, à attendre la nuit tombante pour aller tuer et voler de l'autre côté de la frontière. Les Coritaniens n'y pouvaient pas grand-chose. Cunobelin les poussait à bout, avançant au plus près de leur capitale, mais ils n'avaient pas de roi. Ils étaient gouvernés par un Conseil et deux juges qui ne parvenaient pas à décider s'il valait mieux faire la guerre aux Catuvellauniens ou continuer à protester à Rome. Et pendant qu'ils tergiversaient, Adminius, Caradoc et Togodumnus frappaient. Les Coritaniens attendaient trop des émissaires exaspérés qu'ils envoyaient à Rome. Après quarante-cinq ans de règne, Tibere était mort. Intelligent et juste, d'une grande ampleur de vue, il s'était servi de l'armée et de la loi pour créer la Pax Romana. Or en Albion, sa politique était autre. Albion l'intéressait pour le commerce et une conquête eût coûté trop cher. Il traça donc sa frontière occidentale sur la côte de Gaule. Mais Tibere n'était plus à Rome, Caius, dit Caligula, le nouveau Caesar, avec l'impatience de ses dix-sept ans, brûlait de montrer ce qu'il savait faire. Il se rapprochait dangereusement, massant ses légions indisciplinées de l'autre côté du Rhin. Cunobelin ne s'inquiétait pas plus de lui que de Tibere. Rome avait provoqué Albion et Albion avait riposté. Et Caius pouvait haranguer ses généraux et le Sénat autant qu'il le voulait. Les Coritaniens espéraient que Rome change de politique à l'égard de ces rapaces de Catuvellauniens mais leurs espoirs restaient vains.

Caradoc mâchonnait les fèves en buvant son vin et Cunobelin parut l'ignorer. Il respirait bruyamment. Ses doigts bleuis par l'arthrite ne portaient plus de bagues car elles ne glissaient plus sur ses phalanges enflées.

« Comment vous portez-vous, aujourd'hui, Père ? » lui demanda Caradoc doucement. Où sont donc vos seigneurs ? » Cunobelin bougea lentement la tête. Les petits yeux porcins qui avaient si souvent brillé de ruse ou de colère étaient renfoncés et voilés. La chair flasque de son visage tombait, pâle et pesante. Ses cheveux gris décoiffés pendaient en mèches poisseuses, et son cou était si gonflé que son torque mordait profondément dans les plis de sa chair blême. Il parvint tout juste à sourire à son fils, exhalant une haleine fétide. « Comment puis-je me porter, ces jours-ci, Caradoc ? » demanda-t-il d'une voix pâteuse et Caradoc réalisa qu'il était soûl jusqu'à la moelle des os. « Quant à mes hommes, si tu arrives à les trouver, demande-leur toi-même ce qu'ils complotent. Ils n'osent même plus me regarder en face. » Il leva sa coupe à deux mains et but une longue rasade, le vin lui coulant aux commissures des lèvres et dégoulinant dans son cou. Puis il laissa aller sa tête contre le mur, fermant les yeux et respirant avec difficulté.

Caradoc ne répondit pas immédiatement. Il connaissait assez les chefs de la tribu pour savoir que s'ils avaient quelque motif de plainte, ils le hurleraient au Conseil et n'iraient pas comploter derrière le dos de leur seigneur. Mais probablement sa condition les inquiétait et ils ne savaient que faire. Depuis un an, Cunobelin n'avait plus quitté la Salle. Il mangeait et dormait sur le même tas de couvertures. Il demandait sans cesse à Cathbad de lui chanter ses propres victoires. Chacun pouvait voir que sa fin était proche mais Cunobelin vivait toujours, s'épuisant à combattre son dernier ennemi, la mort. Peu à peu, la tribu s'était désintéressée de lui pour vaquer à ses occupations. Les chefs ne voulaient pas le tuer, cela Caradoc le savait. Ils auraient préféré qu'il décide lui-même de mourir. Mais les choses allaient mal. Il était clair que la déesse vacillait, que son pouvoir protecteur chancelait. Les pluies d'été avaient fait pourrir les récoltes. Des gelées tardives, au printemps, avaient tué plusieurs veaux. Il fallait faire quelque chose, mais qui en aurait le courage, par amour pour l'homme qui leur avait donné un royaume ? Caradoc arracha fermement la coupe des vieilles mains froides et la jeta de l'autre côté de la salle.

« Vous avez assez bu, dit-il. Si vous devez mourir, faites-le au moins comme l'ont fait nos pères, les yeux grands ouverts sur une vie prochaine et le rire aux lèvres ! De quoi êtes-vous malade ? De peur ? » Ce dernier mot, comme Caradoc s'y attendait, le piqua profondément, traversant l'épaisseur de l'intoxication et du désespoir. Cunobelin se redressa : « Non, je n'ai pas peur, dit-il avec rancœur, butant sur les mots. Je reste assis, je me souviens de tout ce que j'ai fait et je bous de colère ! Mon corps ne veut plus m'obéir mais mon esprit saute, danse et se moque de moi. Alors je bois et j'attends. Ils auront peut-être le courage de m'expédier, après tout. » Il essaya de ricaner, s'étouffant presque et Caradoc détourna les yeux, au bord de la nausée. Il avait déjà vu Cunobelin soûl à hurler, soûl à se battre mais jamais ainsi. Soûl, amer et désabusé. « Il est peut-être temps qu'ils le fassent, dit Caradoc en s'étranglant de tristesse. S'ils ne le font pas, je le ferai peut-être, moi. Un couteau sacré, Père, brandi au soleil, une mort honorable pour le bien de la tribu. Vous ne vous préoccupez que de vous, alors que les Dagda détestent la déesse et que le pouvoir de la tribu vacille. Tuez-vous vous-même et mourez avec fierté ! Que vous est-il arrivé, que vous restiez ici accroupi dans l'ombre, à contempler notre destruction ? » Il se leva maladroitement, renversant les fèves sur le sol et jeta sa coupe vide en direction de son père. Il sortit comme un fou, désireux de respirer l'air frais, de voir à nouveau des hommes capables de parler et de rire.

Adminius rentra ce soir-là avec ses hommes, poussant trente têtes de bétail coritanien devant lui. Les festivités du soir avaient commencé et la Grand-Salle était pleine. Il alla droit vers Cunobelin, qui buvait à nouveau dans son coin et lui fit un récit complet de l'expédition. Caradoc se demanda si son père avait même remarqué la présence de son fils aîné près de lui. Au bout d'un instant, Adminius alla s'asseoir au milieu de ses hommes. Cunobelin continua à boire. « L'expédition a été fructueuse, on dirait, chuchota Cinnamus à l'oreille de Caradoc, mais je crois que Cunobelin a tort de vouloir pousser les choses si loin. Nous pourrions vite nous retrouver confrontés à une armée furieuse de Coritaniens, sans chef pour nous conduire à la bataille. » Caradoc fixa les flammes, le menton dans la main. Nous n'avons plus de seigneur, pensa-t-il, cet homme qui fut mon père, cette carcasse écroulée dans un coin, n'est plus un seigneur et le Conseil se tait, sans pouvoir, puisque sans chef. Mais c'est Adminius l'aîné. Pourquoi Tog et moi devrions-nous prendre cette responsabilité ? Il savait qu'Adminius refuserait avec horreur le parricide, tout imbu de coutumes romaines qu'il était. Les pensées dans sa tête tournaient. Il était fatigué lui aussi. Il allait se lever, et Cinnamus avec lui, lorsqu'un profond silence tomba soudain sur l'assemblée. C'était si brutal qu'instinctivement il fit un geste vers son épée. L'ombre au coin de la salle avait bougé. Elle s'agita, grandit et Cunobelin marcha pesamment vers la lumière des flammes. Il tituba et s'arrêta devant Caradoc. Cinnamus se rapprocha de son seigneur et Caradoc sentit Togodumnus qui venait silencieusement se placer derrière lui car ces yeux rougeoyants et ces dents menaçantes n'appartenaient plus au père qu'ils avaient connu mais à quelque vieux sanglier aux abois. Cunobelin peinait, rassemblant toutes ses forces pour parler, mais la main de Caradoc resta sur la garde de son épée. Les hommes autour de lui savaient tous que le sanglier sauvage peut feindre la défaite et à la dernière minute se relever pour déchirer, dans un paroxysme de haine malfaisante. Cunobelin parla d'une voix éraillée presque incompréhensible.

« Tuez-vous, mourez avec fierté, me dit mon fils avec la légèreté de la jeunesse. Tu as déjà tué, mais tu n'as jamais eu en face de toi un ennemi auquel nul ne peut échapper. Le Prince des Ténèbres qui vient vers moi ne me laisse aucun choix. » Sa tête tomba sur son énorme poitrine mais il la releva à nouveau au prix d'un effort surhumain. Sans oser respirer, ils assistaient à la désintégration finale d'un homme autrefois tout-puissant. « L'un de vous, cria-t-il, cherchant le visage de ses fils dans l'obscurité, l'un de vous ramassera ma cape et portera le torque de ricon, et alors qu'il fasse bien attention ! La mort viendra te dénicher toi aussi, même si tu vis avec courage et si tu la méprises comme je l'ai fait. Brutes que vous êtes, venez donc me tuer ! » Il fouilla sa ceinture, essayant de tirer son épée mais personne ne bougea.

Caradoc restait immobile, comme statufié. Il sentit une main qui se glissait dans la sienne. C'était Eurgain, pâle et affligée.

« Fais quelque chose, Caradoc, murmura-t-elle. Ne laisse pas la folie ternir sa mémoire. »

Cunobelin s'était mis à pleurer en silence, ses mains molles tombant de sa ceinture. Soudain le vieil homme s'élança vers la porte en titubant, et disparut dans la nuit. Gladys courut derrière lui. Cathbad fit de même. La nuit était claire et froide, saupoudrée d'étoiles. Ils pouvaient entendre les cris de Cunobelin au-delà du dernier rempart et Gladys qui l'appelait avec une pointe d'angoisse et de supplication dans la voix. Quand ils la rejoignirent, elle était appuyée au mur de l'étable.

« Il est parti, parvint-elle à dire. Prends Brutus et son cheval. » Caradoc fit mine de se précipiter dans l'étable mais Togodumnus le retint. « Laisse-le aller, Caradoc, lui dit-il avec force. Il ne reste que toi, moi et Adminius. Laisse le vieux fou courir. » Avec un juron, Caradoc se libéra violemment de son frère. « Pas de cette façon-là ! cria-t-il. A cheval, Tog ! » Et arrachant les rênes au garçon d'écurie Caradoc sauta en selle. « Vite Tog, vite ! » Togodumnus se hissa à contrecœur sur le dos de sa bête, prenant soudain conscience de tous ceux qui les entouraient : Eurgain se trouvait près de Gladys. Elle grelottait de froid mais ne semblait pas s'en soucier. Adminius était là également, les bras croisés sur sa large poitrine. Caradoc savait que leur aîné se contenterait de rentrer chez lui et de boire encore un peu en attendant tranquillement des nouvelles.

Ils cherchèrent pendant deux heures, gênés par la nuit. Togodumnus sifflait Brutus, et Caradoc descendit souvent de cheval, s'agenouillant pour retrouver des traces de sabots, mais le sol était gelé, il ne découvrit rien. Ils s'enfoncèrent plus avant dans la solitude de la forêt qui les entourait, puis durent s'arrêter. Ils se regardèrent, perplexes.

« Il n'est peut-être pas venu par ici, suggéra Tog. Il a peut-être été vers l'est et la rivière... » Mais Caradoc était sûr que c'était dans les bois que Cunobelin s'était jeté aveuglément, comme une bête à l'agonie cherchant un trou noir où se terrer pour y cacher sa souffrance. On ne retrouverait peut-être jamais le corps de leur père s'ils rentraient à Camulodunum et attendaient que le cheval de Cunobelin revienne le lendemain.

Soudain, ils entendirent un gémissement très loin.

« Par ici ! » dit Togodumnus, et ils sortirent du chemin, conduisant leurs chevaux à la main, avançant lentement dans l'enchevêtrement épais de bruyères mortes et de vignes folles. Le gémissement sourd devint plus fort. Brutus les entendit et vint à leur rencontre, la queue entre les jambes et ce qui lui restait d'oreille basse.

Ils attachèrent rapidement leurs chevaux, et restant l'un près de l'autre tirèrent leur épée sans même se consulter. C'est alors qu'ils le virent. Caradoc aperçut une forme blanchâtre sur le sol et avec un cri s'élança, suivi de Togodumnus. Cunobelin était affalé contre un chêne la tête tombant sur l'épaule. Lorsque ses fils se penchèrent au-dessus de lui, le vent, par ironie ou par tristesse, courant parmi les branches dénudées, fit jouer des ombres noires sur son visage. Mais les yeux ne bougèrent pas. Ils les fixaient tous deux, vidés de toute la ruse qui les avaient si longtemps habités. Les cheveux gris se perdaient dans les herbes hautes. « Il a le cou cassé », dit Togodumnus.

Caradoc scruta l'obscurité. Il découvrit les branches brisées, les feuillages déchiquetés et il baissa les yeux sur la forme immobile. « Quelle chevauchée ! fit-il avec stupeur. Son cheval a dû trébucher, le jeter à bas et il est certainement mort sur le coup. Il vaut mieux que nous le ramenions, Tog. Nous le mettrons sur mon cheval et je monterai derrière toi. »

Caradoc, surmontant l'appréhension qu'il avait à toucher ce corps lourd, à admettre qu'il était bien mort, se baissa, le souleva doucement par les épaules et Tog prit les cuisses dans ses bras forts. Ils parvinrent à grand-peine à le hisser en travers du dos du cheval. Sa tête avait gardé la pose dans laquelle la mort l'avait trouvée. Caradoc monta derrière son frère et ils se mirent lentement en route, Brutus trottant tristement à la hauteur des chevilles brinqueballantes de son maître.

Ils amenèrent les chevaux jusqu'à la porte de la Grand-Salle et Gladys vint en courant à leur rencontre, pâle et désolée. Lorsqu'elle vit leur fardeau elle s'arrêta. Son fin visage, sous l'effet du choc, perdit toute expression. Caradoc lui parla avec douceur.

« Non, Gladys. Nous ne l'avons pas poursuivi dans les bois pour le tuer. Nous l'aurions fait si cela avait été nécessaire. Mais il est tombé et s'est brisé le cou. Ce n'est pas la fin la plus honorable, mais il aurait pu en connaître une pire. » Elle parut soulagée. Elle posa doucement sa main sur la tête ensanglantée. Derrière elle les membres de la tuatha défilèrent, et Caradoc les sentit plus soulagés que peinés. Cunobelin avait vécu au-delà de son utilité pour la tribu. Ils conserveraient sa mémoire avec respect, écouteraient sans se lasser les innombrables poèmes qui vantaient son règne, mais ils étaient heureux de savoir qu'un sang neuf les gouvernerait et qu'une nouvelle ère commençait. Tog se dirigea vers la Grand-Salle, ne pensant déjà plus qu'à se réchauffer et à boire du vin, mais Gladys, Caradoc et Eurgain marchèrent derrière le cheval qui portait Cunobelin et trois chefs les rejoignirent pour s'occuper du corps. Il serait lavé et habillé d'une tunique brodée d'or et de braies. Ses cheveux seraient coiffés, on placerait un heaume sur sa tête et son épée dans sa main. Gladys les quitta. Eurgain et Caradoc rentrèrent à pas lents vers leur petite maison. Llyn était à la porte, les cheveux brillant dans la lumière. « Est-ce qu'on a trouvé Cunobelin, Père ? »

Caradoc prit impulsivement son fils dans ses bras, sentant la force du jeune corps, le sang que faisait battre un cœur neuf. « Il est mort, Llyn. Il a galopé en forêt et la déesse l'a repris. Il est mort comme il convient.

— Oh ! dit Llyn en échappant à son père, il aurait préféré mourir en se battant, j'en suis sûr, mais il n'avait plus la force. Il avait attendu trop longtemps. Bon, je vais me coucher. » Caradoc et Eurgain rentrèrent derrière lui.

La pièce était chaude et faiblement éclairée, rassurante comme le sommeil des enfants. Caradoc mit une bûche sur le feu, puis Eurgain et lui se glissèrent dans la pièce voisine où le rideau de leur grand lit était tiré et où les flammes de leur propre foyer dansaient joyeusement.

Caradoc s'assit et ferma les yeux pendant qu'Eurgain dégrafait délicatement le torque de son cou et retirait les bottes de ses pieds mouillés. Elle allait prendre ses bracelets quand il la saisit par le poignet et la fit asseoir sur ses genoux. Ils restèrent assis un instant sans bouger, enlacés. Dans le lointain, une chouette hulula à deux reprises et Eurgain crut entendre comme l'écho d'un cri de loup, venu peut-être d'un autre monde où Cunobelin marchait, jeune et libre à nouveau.

« Que fera le Conseil, Caradoc ? demanda-t-elle sans quitter les bras de son mari. Vont-ils élire Adminius ? » Elle sentit que sa question troublait Caradoc.

« Je ne sais pas. Adminius croit que le vote lui est acquis depuis longtemps déjà, il agit comme le futur ricon. Mais si j'étais un des chefs, je ne mettrais pas mon épée à ses pieds. Il passe plus de temps à réfléchir ou à parler avec les négociants, qu'à se battre. »

Il la laissa aller. « Crains-tu qu'Adminius fasse plus pour Rome qu'envoyer des peaux, des esclaves et des chiens ?

— Peut-être. Et les chefs veulent la guerre. Ils sont instables et querelleurs. Ils voteront pour Tog.

— Non ! » Elle le regardait, pleine d'une jalousie protectrice. Elle le connaissait si bien — mieux qu'il ne se connaissait lui-même, pensait-elle — et elle avait du mal à croire qu'aucune des rumeurs qui couraient dans la tribu ne soit parvenue jusqu'à lui.

Elle commença à se déshabiller lentement, laissant tomber bracelets et bandeau sur le sol, près du lit. Elle enfila sa tunique bleue par-dessus sa tête et libéra ses cheveux. Il la regarda avec plaisir, attendant qu'elle parle à nouveau. Elle ne se pressait jamais et ses paroles valaient toujours la peine qu'on les attende. Il lui prit le peigne des mains et le passa avec des gestes lents au travers des lourdes tresses. Elle ferma les yeux en souriant. « Comme tu es têtu, Caradoc, dit-elle. A quoi penses-tu donc ? » Elle ouvrit les yeux pour prendre le miroir, l'orientant de façon à le voir pendant qu'il travaillait. « La tribu est divisée en factions. Certains sont en faveur de Tog, d'autres sont pour Adminius, mais la plupart des chefs affirment qu'ils voteront pour toi. » Ses mains s'immobilisèrent et leurs yeux se rencontrèrent dans le miroir. Il se remit à peigner lentement la chevelure qui brillait à la lueur des flammes.

« Si je suis élu, Tog se battra avec moi et quoi qu'il arrive, je refuse de le tuer. Adminius ne se battra pas. Il s'empressera de comploter et de créer des complications. Et Gladys ? Elle a les mêmes droits que moi.

— Ils n'éliront pas Gladys tant qu'il y aura des hommes pour porter le torque de ricon, tu le sais bien, dit Eurgain. Tu peux t'attendre à une séance houleuse au Conseil. » Il commença à se déshabiller. Elle se mit au lit, se couchant sur le côté, un bras pour oreiller. Lorsqu'il vint doucement près d'elle, elle souleva les couvertures pour lui. Caradoc s'étendit sur le dos, et elle se blottit au creux de son épaule. Il se tourna pour l'embrasser sur le front mais ils gardèrent les yeux ouverts, méditant. Finalement elle murmura : « Caradoc, Tog accepterait peut-être un compromis.

— Je sais », dit-il brièvement. Et longtemps après qu'elle se fût endormie contre lui, sa respiration lente lui réchauffant la poitrine, il continua à réfléchir dans l'obscurité.

La journée du lendemain parut longue. Caradoc réunit quelques chefs et alla voir ses troupeaux pour discuter de la saison à venir avec Alan. Togodumnus et Adminius passèrent leur temps à compter des dents de sanglier dans la hutte de ce dernier, à rire de souvenirs de vieilles expéditions, à boire de la bière et à se surveiller. Seule Gladys monta la garde près de la hutte où le corps de Cunobelin reposait, gardé par les chefs chenus. Le menton sur ses genoux ramenés sous sa cape noire, elle essayait d'envisager toutes les éventualités. Elle se surprit à souhaiter la présence d'un druide et d'un voyant, l'un pour lire les présages et calmer les peurs, l'autre pour diriger le Conseil. Mais aucun druide n'osait s'aventurer en pays catuvellaunien, à moins d'avoir à y accompagner un chef. En terrain plat, devant le portail, non loin des tertres funéraires sous lesquels ses ancêtres reposaient, la stèle de Cunobelin lentement s'élevait.

Le repas du soir fut bref. Seuls les enfants et quelques hommes libres avaient le cœur à rire. Les autres, chefs et femmes, mangèrent rapidement et se dispersèrent. Adminius n'apparut même pas dans la Grand-Salle, non plus que Gladys. Togodumnus vint s'accroupir auprès de Caradoc qui fit signe à Cinnamus de se tenir prêt à intervenir, utilisant le langage des mains que tous les chefs comprenaient. Le sourire de Tog s'élargit, ses yeux marron pétillaient de contentement. La Salle était presque vide, le feu mourait, faisant danser les ombres longues sur le sol. Tog s'approcha de Caradoc et s'assit, les jambes croisées.

« Il ne reste que toi et moi, comme je te le disais, déclara-t-il. Adminius ne sera pas élu. Les chefs me l'ont dit. » Il se rapprocha encore et Caradoc se raidit. Fixant les yeux fiévreux de son frère, il découvrit quelque chose qu'il n'y avait encore jamais vu, une flamme d'ambition.

« J'aimerais savoir... Si je suis élu, te battras-tu avec moi ? »

Caradoc chercha vainement dans ses yeux leur gaieté de naguère et n'y trouva que l'instinct de puissance et l'amour de soi. N'était-ce qu'un accès passager ou son caractère instable, sentant le pouvoir si proche, s'était-il réellement modifié ? Caradoc détourna les yeux. « Si tu es élu selon les règles, bien sûr que non. Pourquoi le ferais-je ? C'est de toute façon interdit lorsque le Conseil a voté. Et si c'est moi qui suis élu ? demanda-t-il à son tour, accepteras-tu calmement cette décision, Tog, ou serai-je forcé de tuer ? » Il savait qu'il ne tuerait jamais Tog et le compromis auquel il avait pensé saurait tout résoudre si Tog avait conservé un tant soit peu de dignité.

Togodumnus brandit son poing en riant sous le menton de Caradoc. « Qu'est-ce qui te fait croire que tu seras choisi ? demanda-t-il. S'il le faut je me battrai. Je veux que le pays catuvellaunien m'appartienne, Caradoc, je le veux pour moi seul. » Cinnamus, qui avait entendu la conversation, ne parvint plus à se contenir. « Nous ne sommes la propriété de personne, dit-il d'un ton cinglant. Nous sommes nos propres maîtres. Togodumnus ap Cunobelin, c'est nous qui donnons à nos rois le droit de nous guider. Si vous vous battez et tuez mon seigneur, il faudra me tuer moi aussi, et vous devrez vous battre également avec Vocorio et Mocuxsoma. Et avec tous les autres chefs, qui n'accepteront jamais d'être l'esclave de personne. »

Caradoc se tourna vers Cinnamus et lui demanda avec froideur : « Comment as-tu l'audace de t'interposer entre deux seigneurs ? » Togodumnus s'éloigna. « Seigneur, dit alors Cinnamus calmement à Caradoc, votre frère n'en est plus aux frasques de jeunesse, il faut vous méfier de lui. »

Caradoc ne dit rien, connaissant bien l'antipathie que Cinnamus lui portait. Peut-être exagérait-il. Tog avait toujours été impulsif, fantasque et faible. Mais avait-il vraiment changé ? « Togodumnus a été trouver les seigneurs, et fait miroiter les nombreux avantages matériels qu'il leur accorderait s'ils votaient pour lui. Il a commencé ce manège bien avant que Cunobelin ne soit malade et je suis supris que vous n'en sachiez rien. La plupart des chefs ont fait la sourde oreille. Mais pas tous. » Caradoc ne savait s'il devait rire ou courir après Tog pour lui couper la tête, mais l'envie de rire l'emporta.

« C'est enfantin ! Il perdra le prix de son honneur pour quelques mots qui n'engagent à rien. »

Ils restèrent un moment assis à réfléchir. La Grand-Salle s'était vidée.

Caradoc se demanda si son père avait prévu l'indécision du Conseil et l'inévitable division du clan. Probablement. Il en aurait sans doute ri et s'en serait remis au destin.

Il se leva lentement et Cinnamus fit de même. Leurs pas résonnèrent sous la haute voûte. Demain, on brûlerait Cunobelin, puis... un autre jour viendrait qui effacerait le passé et déciderait de l'avenir avec la soudaineté de l'orage.

Il souhaita une bonne nuit à Cinnamus et marcha jusqu'au portail. Il monta sur le remblai de terre qui surplombait la vallée, enveloppé dans sa cape, les cheveux flottant dans le vent nocturne. Il médita longuement, sachant que sa vie et le bonheur de sa tribu ne tenaient qu'à un fil, et que ce fil dépendait de son frère. Le sens de sa destinée, lentement, l'envahit. Il essayait de prévoir la décision du Conseil. Et très vite, son esprit l'emmena bien loin de Togodumnus.

6.

La tuatha se rassembla près du tertre funéraire de Cunobelin, dans le froid de l'aube finissante. Des taches bleues, rouges et jaunes dansaient dans la lumière maussade. Les chefs portaient leurs casques de bronze, des boucliers sertis de corail et d'émaux, le bras posé sur les emblèmes massifs, redoutable faisceau de lances de fer. Caradoc se tenait près de Togodumnus et d'Adminius, chacun d'eux entouré de ses seigneurs. Il portait une cape à rayures bleues et écarlates. Des bracelets d'or brillaient d'un sourd éclat sur son bras et sa broche était d'améthyste sertie d'or. Il portait l'épée que lui avait donnée son père lorsqu'il était parvenu à l'âge adulte. C'était une épée de fer, dont la garde était simple, mais le fourreau de bronze orné de vagues sculptées aux creux desquelles était incrustées des perles. Son torque, le torque royal, était d'or également, une boucle de métal brillant à chaque extrémité de la gueule ouverte d'un lévrier. Il se tenait fièrement appuyé sur son bouclier, attendant avec calme. Les hommes et les femmes libres de son clan étaient massés derrière lui, du tertre jusqu'au portail de bois.

Eurgain attendait aussi, tenant les enfants par la main. Elle était revêtue d'une tunique de bure feuille morte, brodée de fleurs d'argent. Sa cape était de bure brune également, striée de vert. Un fin bandeau d'argent ornait sa tête et pour la circonstance, Gladys et elle avaient abandonné leurs épées posées contre la porte de la Salle. Il n'y avait pas le moindre vent. Comme si les Dagda et la déesse retenaient la brise par respect pour l'homme étendu dans son cercueil que quatre seigneurs de son clan portaient maintenant. Caradoc les vit avancer majestueusement, sans douleur mais avec fierté. C'était son père, un homme dont la place serait impossible à prendre. Togodumnus regardait lui aussi, les yeux brillant d'orgueil et Caradoc sentit qu'il se croyait capable d'égaler Cunobelin et même de le surpasser en éloquence et bravoure. Derrière le cercueil marchaient Cathbad et le porteur de bouclier de Cunobelin, ce dernier avec le lourd bouclier sur sa tête, dernière tâche qu'il accomplirait pour son maître. Gladys venait ensuite, sa cape noire s'ouvrant sur une simple tunique blanche. Elle n'avait d'autre parure qu'un rang de perles. Elle souffrait visiblement. Pourtant elle gardait la tête haute et les larmes coulaient sans retenue sur son visage.

Les chefs firent halte un instant près d'une pile de bois. Puis, à un signal, ils soulevèrent Cunobelin, bien au-dessus de la foule silencieuse. Alors Adminius, Togodumnus et Caradoc avancèrent pour prendre les torches allumées des mains des serviteurs. Une grande clameur s'éleva, les chefs dégainant leurs épées et battant sur leurs boucliers au cri de : « Ricon, ricon ! voyage en paix ! » Et Caradoc vit le petit Llyn qui faisait la grimace au moment où il jeta la torche allumée dans le bois. Une flamme rouge et crépitante s'éleva et le porteur de bouclier vint déposer avec précaution son bouclier sur la poitrine de Cunobelin. Puis Cathbad fit vibrer une corde de sa harpe, et la note résonna fort et longtemps, se mêlant au rugissement des flammes voraces.

« Je vais chanter pour vous les exploits de Cunobelin », dit-il. Les spectateurs laissèrent Cathbad leur rappeler les temps anciens, les temps heureux et celui des épreuves. L'art du barde était tel que c'était Cunobelin lui-même qu'ils croyaient revoir devant eux.

Gladys, effondrée sur le sol, cachait son visage dans sa cape. Caradoc regarda la hâte des flammes gourmandes qui montaient lentement vers son père gisant, immobile, les mains croisées, protégé par son bouclier, l'épée au côté. Cathbad chantait maintenant l'époque où l'on se préparait à la guerre contre les Brigantiens et le pacte qu'avait signé Cunobelin avec les Coritaniens, accordant le libre passage à la « Bande Guerrière » jusqu'aux frontières de Brigantia. Puis il chanta la venue d'une petite fille aux cheveux noirs.

Caradoc sentit les yeux d'Eurgain qui se posaient sur lui et il garda un visage impassible. Mais les souvenirs, malgré lui, le submergeaient. Sept ans ! Sa gorge se serra. Il ressentit une fois de plus ce doux désir impossible et il baissa la tête, se concentrant sur le présent. Sorcière, tu l'avais prédit, pensa-t-il. On dit que tu es mariée maintenant à ce fils des collines dont la barbe tombait jusqu'à la ceinture et dont les mains n'étaient jamais loin de l'épée. La nouvelle ne m'a pas été agréable. Mais j'ai Eurgain, ma bien-aimée. Et toi, qu'as-tu ? Une maison déchirée par les querelles et une tuatha affaiblie par tes ambitions et ta cupidité ? Caradoc releva la tête et regarda Eurgain. Elle lui sourit avec chaleur, lisant l'amertume sur son visage. Il lui rendit son sourire, réconforté et honteux.

Cathbad se tut, s'inclina devant l'assistance et se retira. Adminius entonna un chant funèbre. Ils se joignirent tous à lui. Mille voix montèrent ensemble, rythmées par les battements de pieds. Ils agitèrent leurs boucliers tandis que Gladys continuait à pleurer. Loin à l'est, les nuages se déchiraient et des rayons de soleil brillant comme de grandes épées dorées touchaient les prairies lointaines. Mais ici la matinée restait maussade et la fumée du bûcher s'élevait comme une plume noire, survolant les huttes et s'effilochant au-dessus de la ville.

Puis les eulogies commencèrent. Les fils de Cunobelin s'approchèrent du feu l'un après l'autre, leurs paroles portant loin dans l'air lourd, ressuscitant de façon poignante les temps révolus. Et les chefs se levèrent aussi, mimant les expéditions et les fêtes avec des yeux brillants et des gestes exubérants. Seule Gladys ne put parler. Elle resta allongée sur le sol et sa peine révélait la présence et le pouvoir de Cunobelin avec plus d'éloquence encore que les mots n'auraient pu le faire. Finalement les participants se prirent par le bras et, tournés vers le soleil, chantèrent le dernier chant d'adieu, leurs épées, leurs boucliers et leurs lances empilés devant eux. Puis ils se dispersèrent sans bruit, pendant que les flammes derrière eux léchaient la tunique blanche, les mains nouées sans défense, purifiant tout avec hâte et indifférence.

Caradoc et Eurgain rentrèrent à la maison. Togodumnus et Adminius se retirèrent dans la Grand-Salle avec leurs hommes. Ils s'assirent près du feu, s'observant l'un l'autre à la dérobée. Gladys s'assit, le visage à découvert maintenant qu'elle était seule, contemplant les flammes poursuivre leur destruction. Son accès de douleur violente s'était calmé et elle n'éprouvait plus maintenant ni rancœur ni regret. Elle repensait aux éclats de rires, aux disputes, et aux rudes embrassades paternelles. Elle essuya ses larmes et sourit.

Toute la journée et tard dans la nuit, les flammes continuèrent à brûler et la ville demeura silencieuse. A la tombée de la nuit Caradoc resta dans l'encoignure de sa porte, regardant la colonne d'étincelles qui explosait en flammèches rouges dans le ciel nocturne, l'esprit enfin en paix. Eurgain et lui avaient passé la journée à discuter de la prochaine réunion du Conseil et ils avaient décidé que Caradoc proposerait son compromis si les chefs votaient pour lui. C'était la seule façon d'éviter les effusions de sang avec Tog, et d'avoir à commencer son règne sous les auspices de la violence et de la haine. Il parlerait aussi si l'on votait pour Tog, car Eurgain et lui étaient persuadés que les Catuvellauniens sous sa conduite deviendraient rapidement une tribu querelleuse et indisciplinée.

Et que se passerait-il avec Adminius ? Caradoc s'accroupit devant sa porte, réfléchissant. Il ne connaissait guère Adminius. Personne ne le comprenait. Il allait et venait à sa guise avec une confiance en lui évidente. Il détestait se battre, préférant la chasse ou la compagnie des négociants à celle des membres de sa propre tribu. Il tenait pour assuré que le titre de ricon lui reviendrait.

Au matin, le feu était rassasié et les seigneurs de Cunobelin ramassèrent ses cendres chaudes pour les déposer dans une urne grise haute et incurvée. Plus tard, l'urne serait enterrée, avec de la viande et du pain, des armes, des chiens, les bijoux du vieil homme et ses amples tuniques. Mais pour l'instant ils la confièrent à un garde, impatients d'assister au Conseil. Le froid était toujours tenace mais les bruits et les rires faisaient revivre la ville.

Adminius et Togodumnus furent les premiers à prendre place dans la Grand-Salle, peu après le lever du soleil. Caradoc et Gladys entrèrent ensemble, suivis d'Eurgain et de Llyn, entourés des seigneurs de leur maison. Derrière eux les hommes libres se bousculaient, parlant avec animation et lorsque la Salle fut si pleine qu'on s'y trouvait genoux contre genoux, les négociants pénétrèrent l'un après l'autre, et se massèrent tout au fond dans l'ombre. Sur l'ordre de Caradoc, Vocorio et Mocuxsoma se tenaient près de la porte pour s'assurer qu'ils n'entraient pas armés. En effet, la plupart étaient des aventuriers, des rebuts de l'Empire, venus en Albion pour y faire fortune. Ils se soûlaient souvent, et devenaient bruyants. Des bagarres éclataient alors entre eux et les hommes libres. Mais ils étaient plus frustes que rusés. Sauf les espions évidemment. Caradoc repoussa ces pensées qui le ramenaient toutes à Adminius.

« J'aimerais qu'un druide soit ici, lui dit Gladys anxieuse. Nous n'aurions pas à craindre que la tuatha se déshonore. J'ai peur, Caradoc. — Toi ? » Il lui sourit. « As-tu décidé de ta propre tactique,

Gladys ? Es-tu prête à essayer d'infléchir le vote ? » Elle fut incapable de rire. Elle s'assit plus droite, sa natte noire enroulée sur les genoux et il remarqua que son fourreau était vide. « Où est ton épée ? » lui demanda-t-il.

Brusquement et pour toute réponse elle souleva la jupe de sa tunique, sans le regarder. La lame nue était sous ses genoux. « Aujourd'hui la famille de la maison Catuvellaun va se diviser, dit-elle. Il ne peut en être autrement et j'ai décidé de ne pas prendre la parole. Mon cœur s'emplit de tristesse, Caradoc, quand je pense aux jours où nous nous aimions, et pourtant le bien de la tuatha est plus important. Je crains seulement que le nouveau règne ne commence dans le sang, sous de mauvais auspices.

— Feras-tu couler le sang ? interrogea-t-il avec insistance. Gladys, pourquoi es-tu assise sur ton épée ? »

Elle lui fit face sauvagement : « Parce que je ne la déposerai pas aux pieds d'Adminius s'il est choisi, ni devant ceux de Togodumnus ! Je ne la mettrai pas à tes pieds non plus, mon frère : je ne prêterai pas un serment d'allégeance qui viendrait à me peser si je changeais d'avis ! »

Elle allait continuer mais le silence s'installait.

Adminius s'avança dans l'espace réservé aux orateurs et se tourna vers les siens. Il commença à parler mais les cris de la foule couvrirent immédiatement ses mots. « Votre épée, votre épée ! » et au bout d'un moment, il haussa les épaules et de mauvaise grâce dégaina son épée pour la laisser tomber. Lorsqu'il reprit, les protestations se turent mais il continua à parler en fixant le sol, ne le quittant des yeux que pour regarder ses frères.

Togodumnus lui décocha un sourire insolent.

« Catuvellauniens ! Hommes libres de la tuatha ! Je parle le premier car, comme vous le savez, mes droits prévalent. Je suis le fils aîné de Cunobelin, l'héritier légitime au titre de ricon. Je ne vous emmènerai pas vers de nouvelles conquêtes. Cunobelin l'a déjà fait. Je ne vous apporterai pas la famine et la mort. Togodumnus, si vous avez la folie de l'élire, le fera. Je vous apporterai de nouvelles richesses, du bronze et de l'argent pour vos femmes et vos chevaux, des plats raffinés, des huttes plus vastes et plus chaudes, des récoltes et des troupeaux plus abondants. Pourquoi vous proposerais-je la guerre ? Pourquoi devrions-nous encore annexer de nouvelles terres ? Nous sommes déjà la plus importante de toutes les tribus Et quel est donc le secret de notre puissance ? »

Il n'eut pour toute réponse que le silence. Il sentit l'hostilité mais poursuivit : « Je vais vous le dire en toute honnêteté, petits seigneurs. Je ne mentirai pas pour m'attirer vos votes. Notre force et nos richesses se sont accrues parce que Caesar l'a bien voulu. »

Il s'attendait à des explosions de rage mais le silence ne fit que s'épaissir et il en resta surpris. Il en oublia ce qu'il voulait dire et fixa intensément son épée. On n'entendit plus que le crépitement des flammes. Il regarda vers le fond de la salle, essayant de deviner un mouvement de sympathie chez les négociants, mais il était séparé d'eux par un océan de visage levés, indéchiffrables. Sourd à tout ce qui n'était pas sa propre supériorité, l'idée que les chefs puissent ne pas l'admirer ne lui était jamais venue. Pour la première fois de sa vie, il était confronté à une réalité qui n'obéissait pas à ses désirs et les éléments de son discours en furent troublés. « Le bon plaisir de Caesar, répéta-t-il doucement. Nos liens avec Rome se sont resserrés. Depuis cent ans, nous sommes des alliés de fait, sinon des amis. Si Rome retirait son aide à Albion, nous serions réduits à la pauvreté et à l'impuissance en moins d'un an. »

Est-ce vrai ? se demandait-il soudain, doutant pour la première fois. Mais pourquoi en douter puisque jour après jour ses amis romains ne cessaient de le répéter ? Il redressa les épaules. « Je dois être élu pour que notre prospérité soit assurée. Je rendrai notre accord avec Rome officiel. Je signerai des traités qui protégeront notre commerce et notre tribu à tout jamais. »

Les hommes devant lui étaient pétrifiés, même leurs yeux ne bougeaient plus. Il aurait voulu ajouter quelque chose, mais il ne savait trop quoi. Il se baissa brusquement, ramassa son épée et s'assit.

Personne ne bougea. Caradoc était stupéfait. Il s'attendait bien à de tels propos de la part d'Adminius. Mais ils étaient plus choquants à entendre qu'à imaginer et il avait espéré — tant espéré ! — que son frère changerait de comportement. Mais non. Adminius était l'outil de Rome. Il imaginait la satisfaction des négociants derrière lui et lorsqu'il se tourna vers eux, la foule se détendit et reprit vie.

Togodumnus jeta son épée au centre, et vint se camper derrière elle, le visage soucieux mais les yeux brûlant du désir de gagner. Adminius était plus qu'un idiot. Adminius était un homme mort. Il jeta un bref coup d'œil en direction de Caradoc puis leur cria à tous : « Je ne suivrai pas les coutumes du Conseil. Je ne vanterai pas mes propres exploits, je n'enroberai pas mes paroles de miel. Je ne dirai qu'une chose. Mon frère est un traître et ceux qui voteront pour lui sont des traîtres. L'accord avec Caesar, nous dit Adminius, ne nous apportera que des avantages ? Nous donnera-t-il tout sans rien demander en échange ? Adminius est prêt à nous vendre à Rome pour quelques joujoux de plus, et Rome nous enverra un gouverneur pour diriger le Conseil, des soldats pour violer nos femmes et manger nos récoltes. Voilà ce que veut Adminius. Je dis, moi, que nos liens avec Rome deviennent la corde qui nous étrangle et à moins de la couper très vite, le nœud se resserrera bientôt. Chassons les négociants ! Brûlons leurs bateaux ! Puis tournons-nous du côté des Iceniens et des Dobunniens pour leur faire la guerre comme le souhaitait mon père. Il craignait Rome, dans son vieil âge. Moi pas. Et vous ? » Il les défiait et Caradoc vit avec inquiétude les chefs qui protestaient violemment. Il attendit pourtant, sachant que Tog avait le droit de finir son discours. Il espérait qu'ensuite, il serait plus conciliant. Autrement, pensa-t-il, l'un de nous devra mourir.

Togodumnus virevolta et marcha de long en large devant eux, son grand corps élégant bien cambré, ses cheveux châtain clair dansant autour du visage. Il les foudroyait du regard.

« Votez pour moi, chefs et guerriers, et nous retrouverons les façons de nos pères. Nous ferons la guerre et l'honneur des Catuvellauniens sera restauré dans toute sa puissance. Je vous apporterai la tête de Subidasto à la pointe de ma lance. Verica sera noyé en mer et tout nous appartiendra ! Qu'en dites-vous ? » Il leva les bras et soudain les chefs se ranimèrent.

Pendant des années, Cunobelin les avait tenus d'une poigne de fer, leur octroyant expéditions et bétail comme des os qu'on jette à un chien affamé. Maintenant, c'était un énorme morceau que leur offrait Togodumnus et ils se jetèrent dessus à belles dents. Ils hurlèrent son nom. Ricon ! Ricon ! Ils se levèrent, la folie dans le regard et Caradoc vit à l'arrière les négociants qui se pressaient pour sortir. Il se leva, Cinnamus et Caelte à ses côtés, essayant de dégainer son épée, mais on le serrait de trop près. Il vit Vocorio courir vers la porte, entraînant les petites filles. Où était Llyn ? Il fut repoussé contre un mur. Il sortit un couteau de sous sa tunique et tenta de se frayer un chemin vers Gladys qui avait sauté sur une table, brandissant son épée. « Caradoc n'a pas parlé ! hurlait-elle. C'est au tour de Caradoc de parler ! » Cinnamus et Caelte bourraient de coups de poings les hommes les plus proches et la foule finit par s'ouvrir pour leur livrer passage.

C'est alors que Caradoc vit Togodumnus. Il se faufilait dans l'ombre, couteau à la main, vers l'endroit où Adminius se trouvait bloqué. Dans un instant, le couteau serait planté dans le dos d'Adminius et Togodumnus aurait coupé ses derniers liens avec le bon sens. Caradoc se précipita en avant, écartant violemment ses hommes. Il entendit Gladys qui criait « Adminius, Attention ! »

Caradoc sauta à la gorge de son frère et tous deux roulèrent à terre. Adminius fit volte-face. Tog résista d'abord de toutes ses forces puis lâcha son couteau et resta sur le sol, immobile. Caradoc se jeta sur lui, sentant son souffle chaud et saccadé sur son cou. Puis il se releva et prit Togodumnus par le bras pour le remettre sur pieds. Le visage de Tog était enflammé. Adminius le saisit par le cou, puis le repoussa, sans faire le moindre geste vers son épée. « Lâche imbécile ! cria-t-il. Est-ce ainsi que tu gouverneras la tuatha ? Un coup de couteau dans le dos de tous ceux qui n'obéiront pas à tes ordres ? Faites bien attention, chefs et hommes libres ! Que dites-vous de votre nouveau ricon, maintenant ? » Il fit demi-tour et les gens s'écartèrent sur son passage tant était grande l'amertume qu'on lisait sur son visage. Il savait qu'un combat ne servirait à rien et que même s'il était vainqueur, les chefs ne voudraient pas de lui pour ricon. Il passa rapidement la porte et se retrouva en plein soleil, Gladys courut derrière lui.

« Maintenant, Tog, dit Caradoc avec calme en lui rendant son couteau, c'est à mon tour de parler et tu vas m'écouter ! Vous pouvez avoir honte, chefs et hommes libres ! leur cria-t-il avec colère. A quelle honteuse extrémité sommes-nous parvenus, pour tenir Conseil dans un tel désordre ? Asseyez-vous, asseyez-vous ! » En silence, ils s'écartèrent de lui et s'assirent mais Togodumnus marcha vers lui et posa une main sur son épaule.

« Je serai ricon, murmura-t-il. Les chefs t'écouteront parce que tu leur donnes honte mais tu as entendu comment ils ont accueilli mon discours. Il ne sera pas facile de les tenir en laisse, Caradoc. » Les mains fines se durcirent, tremblant d'excitation, mais Caradoc dégagea doucement sa cape. A sa droite, près de Mocuxsoma, l'épée au clair, prêt à tout, Eurgain et Llyn attendaient. Eurgain avait la main sur le pommeau de son épée et Llyn ne quittait pas son oncle des yeux. « Assieds-toi donc, dit Caradoc légèrement, bien que son cœur battît à tout rompre. Tu n'es pas Cunobelin et tu ne le seras jamais. » Il fit un pas qui le ramena dans la lumière, tournant le dos à Togodumnus, et Cinnamus et Caelte le suivirent de près.

« Hommes de mon clan, dit-il, seigneurs de la tuatha. Vous assistez aujourd'hui à quelque chose d'horrible. Frère contre frère, jalousie et rapacité à la place de l'harmonie et de l'affection. Vous avez repoussé la proposition d'Adminius et je pense que vous avez raison. Mais vous n'avez pas encore voté pour Togodumnus. N'êtes-vous donc que des enfants, sauvages et indisciplinés ? Suivrez-vous Togodumnus dans la guerre et le chaos ?

— C'est lui que nous voulons », marmonna quelqu'un et le murmure hostile enfla : « Togodumnus pour ricon ! Une tuatha propre, une guerre honorable ! » Des voix coléreuses se firent également entendre qui réclamaient : « Caradoc pour ricon ! » Caradoc éleva la voix avant que les murmures ne se changent à nouveau en éruption de violence.

« Même vous, êtes divisés, dit-il avec force et amertume. Certains sont en faveur de Togodumnus, parce qu'ils en ont assez de festoyer plus souvent qu'ils ne partent en expédition. D'autres se tournent vers moi pour que je les conseille, connaissant ma modération en toutes choses. Nous pourrions passer des jours et des nuits ici sans arriver à prendre une décision. » Il regarda en direction d'Eurgain qui approuva imperceptiblement. « A vous tous, chefs, et à toi Tog, je propose un compromis. » Tous les yeux se tournèrent vers lui.

« La tuatha se divisera. » Il s'arrêta, croyant presque entendre, venant du coin qu'avait occupé son père, une sorte de sourd ricanement. « Je resterai ici à Camulodunum avec tous ceux qui choisiront de rester avec moi, et toi Tog, tu pourras retourner à Verulamium, d'où les Catuvellauniens sont autrefois partis, et régner sur l'Ouest. Nous battrons la même monnaie et nous nous engagerons à ne jamais nous faire la guerre, nous ferons du commerce ensemble mais toi et moi porterons tous deux le titre de ricon. » Il resta immobile. Maintenant, pensa-t-il, Tog va-t-il accepter ou se jeter sur moi ? Il ne tourna pas la tête mais sentit son frère qui s'avançait silencieusement vers la lumière. Il se raidit, cherchant un signe dans les yeux des hommes qui étaient proches de lui.

Soudain Togodumnus se mit à rire. Il bondit devant Caradoc, le visage rayonnant, et lui ouvrit largement les bras. Il prit à bras-le-corps Caradoc et rugit devant la compagnie stupéfaite : « Un compromis ! Naturellement. Que devais-je attendre d'autre de ce roublard de Caradoc, digne fils de son père ? J'accepte ! hurla Togodumnus. Que tous ceux qui veulent me suivre à Verulamium viennent me présenter leur épée. Combien y en aura-t-il qui voudront te prêter serment, à ton avis ? » demanda-t-il à voix basse à Caradoc.

Celui-ci se contenta de sourire. Il savait bien que les ennuis ne faisaient que commencer. Mais pour l'instant, tout allait bien et il regarda les épées s'amonceler devant ses genoux repliés, dans un brouillard de fatigue et de tristesse. Eurgain déposa son épée sur ses genoux, s'agenouilla et l'embrassa, Llyn lui jeta les bras autour du cou. Il était surtout conscient de la présence de Tog, à côté de lui, qui comptait les épées au fur et à mesure qu'elles tombaient. Puis Caradoc se leva et les renvoya tous. Ils vinrent reprendre leurs armes, quittant la Salle dans un silence satisfait. Tog poussa un soupir et ses chefs s'installèrent près de lui. Cinnamus et Caelte s'accroupirent assez près de Caradoc et Eurgain s'assit loin derrière, forme pâle dans l'obscurité.

« Eh bien ! dit Togodumnus en s'étirant et en souriant à son frère, tu as réussi ton coup avec beaucoup d'adresse, je dois l'admettre. Même si nous ne nous étions pas battus, et quel que soit celui d'entre nous qu'ils élisent, la dissension aurait continué à régner chez les chefs. Cette solution est la meilleure. Je suis surpris de ne pas y avoir pensé moi-même !

— Tu étais trop occupé à soupeser les chances d'Adminius. » Togodumnus soupira et une étrange lueur se ralluma dans ses yeux. « Ah ! oui, Adminius. Nous devrons le tuer, Caradoc. Autrement il continuera à nous créer des ennuis et à monter les négociants contre nous.

— Je sais, dit Caradoc à contrecœur. Mais cela doit être fait ouvertement et comme il convient, avec l'accord des chefs. »

Ils restèrent assis un moment sans parler, Caradoc s'assombrissant à la pensée de son frère aîné. Il se secoua. « Tes chefs voudront passer immédiatement à l'action. Que vas-tu faire ? »

Tog le regarda et son sourire exprimait une joie intense. « Je ferai la guerre aux Coritaniens et je les soumettrai. Puis j'envahirai les Dobunniens. Cela ne devrait pas prendre longtemps. Boduocus ne fait que dormir toute la journée. Puis — il se frotta les mains — droit sur Brigantia ! Tu sais, Caradoc, je crois que si je vaincs Aricia à la guerre, je l'épouserai. » Caradoc releva vivement la tête, et dans les yeux de Togodumnus il vit sa propre obsession se refléter comme dans un miroir.

« Oui, mon frère, moi aussi je suis atteint de cette maladie et je n'ai pas une Eurgain aimante pour appliquer un baume sur mes plaies. » Il se redressa, et rit à nouveau.

« Et toi, que vas-tu faire ? Quels sont tes plans pour Verica ?

— Il faudra qu'il s'en aille, répliqua Caradoc. Nous avons besoin de ses mines. Il ne veut pas nous vendre son fer, il faudra bien que nous le prenions.

— Et ensuite ? »

Caradoc haussa les épaules. « Les Iceniens et les Cantiaciens, peut-être... »

Togodumnus se remit sur pieds. « Continueras-tu à fraterniser avec Rome ? » fit-il d'un ton léger.

Caradoc se leva également. Il sourit et prit son frère dans ses bras. « Je ne sais pas, dit-il. Occupons-nous d'abord d'Adminius. »

Et se tenant par le bras, ils avancèrent dans la lumière de cette journée ensoleillée.

Adminius harnachait nerveusement sa monture lorsque Gladys, se glissant entre le flanc du cheval et le mur, le dévisagea. Il voulut l'ignorer, les traits tirés, la bouche crispée, les yeux creusés par la colère.

« Où vas-tu, Adminius ? » lui demanda-t-elle doucement. Il ne répondit pas, se penchant sous l'encolure du cheval et repoussant Gladys sans ménagements. Soudain il s'arrêta, posant un instant son front contre la peau brune de la bête. « Je vais trouver Caesar, dit-il d'une voix rauque.

— C'est impossible, Adminius. Comment peux-tu penser à une chose pareille ? Veux-tu donc finir comme Dubnovellaunus ? Végéter à Rome, à courtiser le Sénat et à subir les pires rebuffades ? Dans quel but ? Reste ici !

— Caradoc et Togodumnus me tueront, dit-il en plissant les yeux. Dans un instant ils se rappelleront que je suis en liberté et ils viendront me tuer, mais je me vengerai. Caesar m'écoutera. Il est fou, il est vrai, mais les mots justes savent le toucher. Je demanderai justice et Caius me l'accordera parce que je lui dirai... » Il s'écarta d'elle et monta en selle. Elle échappa de justesse aux sabots du cheval qui avançait de côté. « Je lui dirai que le Conseil m'a élu et que mes frères m'ont chassé. Je lui dirai que s'il ne m'aide pas, tous ses contacts commerciaux avec Albion seront rompus.

— Tu n'oseras jamais ! lui lança-t-elle. Et ton honneur, et ta liberté ? Adminius, si tu t'en vas, le Conseil te fera déchoir de la condition d'homme libre, tu seras un esclave et toutes tes richesses te seront retirées. Est-ce vraiment ce que tu veux ? » Il la regarda d'en haut, les dents serrées, jouant nerveusement avec les rênes. « De quelle compréhension la tuatha fait-elle preuve à mon égard ? articula-t-il enfin. Allons, je suis un Romain. » Il arracha le torque de son cou et le lui jeta. Celui-ci lui toucha la joue, l'égratignant avant de tomber sur le sol. « Les Catuvellauniens ne sont qu'un ramassis de paysans crottés ! cria-t-il. Lorsque je reviendrai, ce sera pour vous voir tous foulés aux pieds par les légions romaines ! » Il donna une bourrade cruelle dans les côtes de son cheval qui bondit vers la porte en hennissant. L'homme et son cheval furent bientôt loin et Gladys resta sur place, tremblante, essuyant sa joue ensanglantée avec sa manche. Elle ramassa le torque et marcha gauchement vers la porte.

Déjà les hommes se précipitaient vers elle, Caradoc et Togodumnus en tête. Elle les attendit, une main sur la joue.

« Où est-il ? » demanda Togodumnus hors d'haleine lorsqu'il fut à sa hauteur. Mais elle se tourna vers Caradoc, soutenant calmement le regard de ses yeux sombres.

« Il a été trouver Caligula, dit-elle. Il est parti chercher vengeance. » Togodumnus éclata d'un rire méprisant. Caradoc s'approcha et la prit affectueusement par la taille.

« Es-tu blessée ? » demanda-t-il, et elle hocha négativement la tête, lui tendant le torque sans rien dire. Il le prit avec stupeur. « Sait-il bien ce qu'il fait ? » demanda-t-il. Elle acquiesça, et répéta les mots empoisonnés d'Adminius.

« Prétentieux imbécile, dit Togodumnus avec mépris. Caius ne se soucie pas plus de nous que Tibere. Ce n'est pas pour un petit chef déçu de plus qu'il se mettra en guerre. » Il ouvrit grand les bras et offrit son visage à la bénédiction du soleil d'hiver. « Maintenant nous avons les mains libres ! Que la troupe des guerriers prenne les armes ! Oh ! Caradoc, nous nous partagerons un empire aussi vaste que celui de Rome ! » Cinnamus échangea un sourire sarcastique avec Caradoc et Gladys, essuyant ses larmes, s'éloigna.

« Où vas-tu ? » lui demanda Caradoc lorsqu'elle sortit de l'ombre que faisait la porte de l'étable. Elle s'arrêta et lui répondit gravement : « A la mer. »

7.

Caradoc, Togodumnus, et toute la tuatha se préparèrent avec fièvre. Pour la première fois depuis trente ans, Camulodunum résonnait des bruits de la guerre imminente. L'atelier du forgeron rougeoyait jour et nuit. La Grand-Salle était pleine de gens qui discutaient pendant des heures. Les chefs étaient le plus souvent près de la rivière, passant et repassant dans leur char, leurs hommes aiguisant et polissant les épées brillantes et les boucliers massifs. Les femmes participaient également à l'agitation générale et les combats éclataient souvent entre elles, chacune appuyant les ambitions de son mari.

Caradoc et Togodumnus avaient décidé de diviser leurs forces, et de frapper au même moment les Coritaniens sous la direction de Tog et les Atrebates sous celle de Caradoc. Les espions entrèrent discrètement chez Verica et chez les Coritaniens. Les tribus se préparaient à la guerre, maudissant le manque d'intérêt de Caius Caesar pour leur cause, et les Catuvellauniens pour leur rapacité. Llyn suppliait Caradoc de l'emmmener se battre avec lui, et les petites filles se poursuivaient autour de la maison avec des bâtons. Les femmes ne se battraient pas — Caradoc avait décidé que ce n'était pas nécessaire — mais elles suivraient naturellement les guerriers avec les enfants dans des chars et observeraient la bataille, de la colline la plus proche. Caradoc et Tog étaient fermement convaincus qu'aucune tribu ne pourrait leur résister. Ils passèrent des heures dans la hutte de Tog à boire du vin et les appréhensions de Caradoc furent balayées par l'enthousiasme de Tog. Ils avaient décidé d'attaquer au printemps, au moment où les tribus s'occupaient des semailles et de la mise à bas. Les paysans catuvellauniens qui voulaient se battre seraient armés aux frais des chefs mais beaucoup devraient rester aux champs pour surveiller les récoltes et les troupeaux.

Le temps passa. Les fêtes de Samhain eurent lieu, bref répit dans un Camulodunum plongé dans les préparatifs. En un mois, les chefs furent prêts et recommencèrent à parier et à se battre autour des grands feux. Six semaines plus tard, Togodumnus et Caradoc s'apprêtaient à partir car Togodumnus et ses hommes devaient passer quelque temps à Verulamium, à inspecter les fortifications pour le cas peu probable où les Dobunniens ou les Coritaniens forceraient les Catuvellauniens à se replier.

Un après-midi où Caradoc et Togodumnus se trouvaient devant les écuries, surveillant l'attelage de leurs chariots, Cinnamus déboula par le portail. Son cheval écumait, et la peur se lisait sur son visage en sueur. Il se laissa tomber de sa monture, s'appuyant un instant contre la bête pour reprendre haleine. « Les négociants ! » cria-t-il à Caradoc qui, envoyant Fearachar chercher de l'eau au puits, venait vers lui. Cinnamus s'essuya le visage avec un coin de sa cape et s'accroupit, luttant pour retrouver son souffle. Il s'aspergea avec l'eau qu'on lui apportait dans un bol de bois. Puis il but, et dit aux hommes qui l'observaient avec surprise : « Seigneurs, les négociants s'en vont. Cinq bateaux sont déjà partis avec la marée et dix autres attendent. Ils se tiennent sur la rive, avec leurs bagages, seul un marchand de vin était moins hostile. Caius Caesar est en marche, continua-t-il. Il est à un jour de marche de Gesioracum, à la tête de trois ou peut-être même quatre légions. Le marchand dit qu'il s'apprête à passer la rivière. »

Nul ne prononça un mot. Puis un juron sonore de Togodumnus retentit. « Et nous savons bien qui se trouve avec lui ! rugit-il. C'est cet Adminius trois fois maudit ! Nous aurions dû le poursuivre et lui couper la tête, Caradoc. Voilà le résultat de ses manigances ! »

Caradoc interrogea Cinnamus du regard et celui-ci hocha la tête. « C'est exact. Dans sa folie, Caligula s'imagine que c'est tout Albion que Rome lui offre et il vient pour la réclamer. Les négociants ne veulent pas d'ennuis. Ils feront voile vers la Gaule et se disperseront en attendant que les légions aient terminé la conquête et que le commerce puisse reprendre. — Et les généraux de Caius ? demanda Caradoc. Ils doivent bien voir qu'Adminius n'est qu'un fugitif et pas un ricon. D'ailleurs, un ricon d'Albion qui conduirait volontairement sa tribu à l'esclavage serait un fou.

— Ils le savent naturellement, répondit Cinnamus. Mais comment peuvent-ils en persuader Caesar sans y laisser leur tête ? Leur tâche n'est pas facile. Espérons que l'un d'eux saura convaincre l'empereur qu'Adminius n'est qu'un criminel. » Togodumnus cracha dans la poussière et grommela : « Qu'ils viennent donc ! Qu'ont dit les esprits forts lorsqu'ils ont vu Jules Cesar rentrer tout penaud à Rome, bien malmené par le puissant Cassivellaunus : « Je suis venu, j'ai vu, mais je n'ai pas vaincu. » Rome a trouvé son maître chez les Catuvellauniens il y a cent ans.

— Ce n'est pas Cassivellaunus qui a vaincu Cesar, c'est le mauvais temps et la mer », dit Caradoc, et il s'interrompit, interdit. Qui lui avait dit cela ? « Est-ce là ce que Cesar a prétendu ? demanda Togodumnus en riant. — Il fallait bien qu'il dise quelque chose. » Les chefs se mirent à rire. Togodumnus monta dans son chariot. « Tu t'es épuisé pour rien, Cinnamus, main de fer, dit-il en se moquant. Je t'attendrai à la rivière, Caradoc. »

Alors qu'il s'éloignait Caradoc se tourna vers Cinnamus : « Est-ce bien vrai ? demanda-t-il calmement. Caius le fou est en route ? »

Cinnamus haussa les épaules avec son flegme habituel. « Je n'en sais rien, mais une simple rumeur ne saurait déclencher une telle panique chez les négociants. Ils savent quelque chose, Seigneur, et à votre place je demanderais à Togodumnus et à ses hommes de rester ici, prêts à se battre.

— Adminius a fait ça, dit Caradoc amèrement. Ce lâche, cet hypocrite au service des Romains ! Il a su se servir de la folie de l'empereur. Si Caius vient ici et si nous avons la victoire, je brûlerai Adminius vif sur sa propre tombe. » Cinnamus eut un rire bref. « Gladys aurait dû le tuer quand elle en avait l'occasion, fit-il observer. Elle aura des regrets éternels pour ne pas l'avoir fait. »

Caradoc eut du mal à convaincre Togodumnus de retarder son départ. Tog jura et s'emporta, mais les chefs écoutèrent Caradoc et le Conseil appuya sa décision. Toute la journée, Tog ne décoléra pas. Le lendemain, il se soûla, alla à la pêche et consentit finalement à attendre avec Caradoc. Jour après jour, des hommes revenaient de la côte à Camulodunum, rapportant qu'aucune voile n'était en vue. Le mauvais temps lui-même semblait faire trêve. Les chefs restaient assis dans leur hutte enfumée, à polir des épées et des lances qui brillaient déjà comme le soleil.

Deux longues semaines s'écoulèrent. Caradoc et ses hommes sacrifièrent trois bœufs à Camulos et rendirent hommage à la déesse et aux Dagda dans les bois. Caradoc se demandait s'il ne s'était pas inquiété un peu vite, lorsqu'un jour, tôt dans la matinée, un messager vint le trouver. « Quelles nouvelles ? demanda-t-il.

— Bonnes nouvelles, répondit l'homme libre avec un sourire. Les navires sont rentrés dans la soirée mais aucun soldat n'était en vue. Les négociants reviennent. »

Caradoc se sentit libéré d'un grand poids et eut soudain très faim. L'homme poursuivit :

« Les négociants disent que les généraux n'ont pas réussi à faire revenir l'empereur sur sa décision mais les troupes se sont mutinées. Elles ne voulaient pas traverser la mer. Ils disaient qu'Albion est une île magique pleine de monstres et de sortilèges et que même pour Jupiter, ils n'embarqueraient pas. Selon les négociants, l'empereur est furieux. Il a fait crucifier une douzaine de légionnaires mais sans résultat. Finalement les généraux ont réussi à le convaincre et il rentre à Rome. Certains disent qu'il réclamera peut-être Albion quand même. »

Caradoc se mit à rire. Il rit à en perdre l'équilibre, et tomba sur les peaux, s'esclaffant toujours. Llyn se réveilla et vint demander ce qui se passait. Eurgain vit avec joie le sourire revenir sur le visage de son mari dont l'inquiétude ces jours derniers commençait à l'alarmer. Caradoc se releva. « Des monstres et des sortilèges ! s'exclama-t-il. Et bien pire encore ! Des épées, des lances et des géants ! Entends-tu Eurgain ? Eh bien ! Qu'il réclame toujours Albion, ce faible d'esprit ! Va porter la nouvelle à Togodumnus, dit-il joyeusement à l'homme libre. Et toi, Eurgain, habille-toi vite. Ce matin nous irons chasser le sanglier et demain nous chasserons les Coritaniens ! »

8.

Ils chassèrent, festoyèrent, rirent et burent ensemble puis ils partirent à la guerre. La menace de Rome s'était évanouie comme une bourrasque en été et rien ne retenait plus les seigneurs catuvellauniens. Togodumnus et ses hommes emmenèrent femmes, enfants, armes et bagages et partirent en chantant vers Verulamium. Caradoc conçut minutieusement son plan d'attaque de Verica, et au début du printemps, quand les pommiers se couvrent de fleurs blanches et parfumées, Togodumnus et lui se jetèrent impétueusement dans l'action. Ils franchirent les frontières avec la fougue de la jeunesse et l'impétuosité d'un raz de marée, à la tête de leurs hordes hurlantes et assoiffées de sang. Les Coritaniens fléchirent, cédèrent et prirent la fuite. Verica, après une lutte farouche et désespérée sur la côte orientale, embarqua sur un navire et s'enfuit en Gaule. Ce n'était qu'un début. Pendant tout l'été, les Coritaniens se tapirent dans leurs forteresses du Nord et n'en sortirent que pour combattre Togodumnus avec acharnement. Caradoc passa les mois chauds à pourchasser les derniers hommes de Verica qui s'étaient évaporés dans la forêt, comme neige au printemps.

En automne, quand les arbres prirent leurs couleurs flamboyantes, ils rentrèrent tous deux, bronzés et fourbus, à Camulodunum. Derrière eux, leurs chars regorgeaient de butin, et devant eux se pressaient les troupeaux d'animaux volés. Dans la Grand-Salle, Togodumnus et Caradoc se retrouvèrent et se donnèrent l'accolade. « Quel été ! s'exclama Tog, alors qu'ils s'asseyaient en tailleur près du feu. Ah ! Caradoc tu aurais dû nous voir ! Ces Coritaniens savent vraiment se battre. Nous les avons attaqués, mis leurs chefs en pièces, traqués jusque dans les collines, mais ils nous ont fait face et nous ont résisté jusqu'au dernier. J'ai bien failli y laisser ma tête, sais-tu ? Un chef trapu avec des cornes de bœuf sur son casque a bondi sur moi, alors que je me battais dans un fossé. Il m'a mis à terre, mais j'ai réussi à me dégager. Il m'aurait coupé le cou, grognant comme un ours mais aah ! » Il rejeta ses cheveux en arrière et de son bras couvert de bracelets trancha l'air enfumé d'un grand geste. « Je l'ai presque coupé en deux ! » Il poussa un soupir de contentement. « Quel été ! »

Les chefs se rassemblèrent autour d'eux, chacun racontant sa propre histoire, et les femmes bavardaient, heureuses de se réinstaller chez elles. Les enfants couraient à travers la Grand-Salle, poursuivant les chiens ou luttant ensemble. Les bardes accordaient leurs harpes d'un air pensif, déjà prêts à chanter les nouveaux récits qu'ils avaient composés. Fearachar apporta du vin et du porc fumant, et le silence se fit pendant que les seigneurs et leur entourage mangeaient.

« Dis-moi donc, Tog, demanda Caradoc en prenant une gorgée de vin chaud, est-ce que les Coritaniens resteront tranquilles l'année prochaine ? Pouvons-nous installer là-haut les nôtres l'été prochain, ou feront-ils un traité avec les Brigantiens pour nous combattre avec mille hommes en renfort vers le printemps ?

— Je n'en sais rien, déclara Togodumnus d'un air pensif. Les Coritaniens et les Brigantiens ne s'aiment guère mais peut-être Aricia les poussera-t-elle à conclure un traité, sachant bien que j'attaquerai les Brigantiens dès que les Coritaniens seront anéantis. Il vaudrait pourtant mieux pour elle et pour ses sauvages qu'elle passe un traité avec nous !

— Et toi, avec les Atrebates, demanda-t-il en s'essuyant avec sa manche, comment cela s'est-il passé ?

— Verica s'est enfui à Rome, tu le sais sans doute, répondit Caradoc, et son peuple est rusé. Ils se cachent dans les forêts et évitent la bataille. A vrai dire, ajouta-t-il d'un air sombre, j'ai bien l'impression d'avoir passé l'été à me battre contre des ombres. Je crois qu'au printemps, j'installerai quelques familles d'hommes libres sur les terres de Verica et nommerai des chefs. La résistance est si faible et si dispersée qu'ils sauront bien la mater — surtout avec l'appât d'énormes récompenses. Ensuite... » Il sourit. « Ensuite ce sera le tour des Dobunniens. Ils se battent déjà entre eux. Il ne devrait pas être trop difficile d'en faire des Catuvellauniens ! » Tog et lui se regardèrent avec orgueil. « Un empire ! dit Caradoc doucement. Déjà, ce n'est pas un mauvais début, Tog.

— Cunobelin rirait bien, s'il pouvait nous voir ! »

Tog finit son vin, s'appuya contre le mur, et la compagnie s'installa sur le sol. « Notre nom sera craint d'un bout à l'autre de la terre. Et les Durotriges, Caradoc, et les hommes de l'Ouest ? Les garderons-nous pour la fin ? »

Caradoc haussa les épaules. « Nous n'y toucherons pas. Même Cunobelin n'osait pas provoquer les hommes de l'Ouest car ils se battent comme s'ils étaient possédés par le Corbeau des batailles. Quant aux Durotriges... » Il fronça les sourcils. « D'abord les Cornovii, Tog, et ensuite nous verrons. Nous devrons être beaucoup plus forts si nous voulons nous mesurer à eux. »

On remplit les coupes, on emmena les enfants se coucher et Eurgain vint s'asseoir entre Caradoc et Cinnamus. Caradoc la prit par la taille et l'embrassa sur la joue. « Maintenant nous allons entendre les récits de notre été, lui dit-il. Es-tu contente d'être de retour, Eurgain ? » Elle fit signe que oui en posant sa tête au creux de son épaule. Il appela Caelte. Le barde se leva, décrocha sa harpe et le silence se fit. Il avait pris un coup de lance dans l'épaule et en souffrait encore, mais ses doigts n'avaient rien perdu de leur habileté et savaient toujours tirer de son petit instrument une musique aussi légère que le vent dans la cime des arbres. Il pinça une corde, la tendit, sourit à l'entourage et s'éclaircit la gorge.

« Gens de la tuatha, annonça-t-il, je chanterai ce soir la geste de Caradoc le Magnifique et le Déshonneur de Verica.

— Mon barde a composé une chanson sur moi qui dure plus d'une heure », chuchota Togodumnus à Eurgain, mais elle ne le regarda pas, se contentant poliment de sourire alors que la voix suave de Caelte s'envolait comme une alouette dans les prairies de l'été.

Caelte, le barde de Togodumnus, et les gens de la tribu chantèrent toute la nuit. Lorsque les hauts faits de l'été, portés par la voix chaude de Caelte, eurent tourbillonné dans leur mémoire, ils réclamèrent les chants de Cunobelin. Le récit des jours anciens les remplissait d'une puissante nostalgie et ils pleurèrent. Le feu fut réalimenté sans cesse et les flammes rouges s'élevèrent sur les ailes de leurs mélodies, douces ou amères, mélancoliques ou triomphantes. Les barils de vin se vidèrent. La sueur coula sur le visage des bardes. Puis Togodumnus cria : « Le Navire, Caelte, le Navire ! » et les autres répétèrent avec lui. « Oui, joue-nous le Navire, maître musicien, le Navire ! »

Caelte secoua la tête, prétendant qu'il était sans voix, mais ils s'obstinèrent et il fallut bien qu'il se lève. « Le Navire », annonça-t-il enfin, avec un sourire contraint. Et après quelques notes éraillées, sa voix retrouva sa force. C'était une cadence prenante, à la fois lente et triste.

Un navire aux voiles de soie rouge
Sur l'eau calme et dorée glissait
... Sur le pont comme un roc, il attendait
Elle n'était pas venue, elle n'était pas venue
... et la nuit l'emportait.

Togodumnus ouvrit les yeux lorsque Caelte s'inclina, s'essuyant le front avant de se rasseoir. « Aaah ! Quelle joie c'est, que d'être encore vivant, hein Caradoc ? A la place de Ceredig j'aurais emporté son corps dans l'océan et nous nous serions noyés ensemble.

— Mais Ceredig ne savait pas qu'elle était morte », dit Caradoc n'écoutant plus son frère que d'une oreille, soudain tenaillé par le souvenir d'Aricia étendue sous les chênes, sa bouche éclatante sous la sienne. Eurgain se mit à bâiller et se leva. Les gens commencèrent à sortir.

« Je pourrais dormir une journée entière, murmura-t-elle, mais nous avons fêté notre retour magnifiquement. » Caradoc et elle firent leurs adieux, et se retirèrent, suivis de Fearachar, Cinammus et d'un Caelte épuisé. Mais Togodumnus resta allongé sur les peaux de bête, près du feu, regardant les cendres se refroidir en rêvant d'Aricia et de batailles à venir.

9.

Vers la fin de l'hiver, alors que les hordes guerrières se préparaient à repartir, on apprit par les négociants que Caius Caesar était mort. Caradoc écouta le récit, incrédule. Comment des membres tout-puissants de la garde prétorienne avaient-ils été amenés à commettre un meurtre, plongeant Rome dans un tourbillon de traîtrises et de trahisons ?

Togodumnus fit valser sa cape rouge par-dessus sa tête et claironna : « Qu'en a dit son cheval favori, celui qu'il avait fait consul ? Oh ! comme j'aurais aimé être là !

— Son successeur a-t-il été nommé ? demanda Caradoc au marchand.

— Très certainement, Seigneur, répondit-il. Les prétoriens savaient que s'ils ne le choisissaient pas eux-mêmes, leur témérité pourrait bien leur coûter la vie. Ils l'ont trouvé, j'imagine, caché derrière un rideau et bégayant de peur. C'est Tiberius Claudius Drusus Germanicus, petit-fils d'Auguste, un homme paisible qui passe sa vie dans les livres. Chacun sait que ce sont désormais les gardes prétoriens qui gouvernent Rome. »

Caradoc fut saisi d'un étrange frisson. « Est-il jeune ? Vieux ? Marié ? Comment est-il ? » Il pressait l'homme de questions mais celui-ci n'en dirait pas plus. Caradoc le renvoya et les seigneurs de Togodumnus s'écartèrent un peu.

« C'est le moment, dit Tog à Caradoc. Exigeons de Rome qu'elle nous renvoie Adminius et Verica !

— Pourquoi ? » demanda Caradoc encore sous le coup de ce qu'il venait d'apprendre. Togodumnus le secoua gentiment.

« Pour écraser le dernier espoir des Atrebates et pour nous débarrasser d'Adminius. Tant que ces deux-là resteront à Rome, nous ne serons pas en sécurité. D'ailleurs, ajouta-t-il avec hauteur, il est temps que Rome sache que nous autres Catuvellauniens sommes une force avec laquelle il faut compter. Mettons ce petit Claude à l'épreuve, Caradoc, laisse-moi exiger le retour des traîtres !

— Si tu y tiens », répondit Caradoc d'un air absent.

Cela occuperait Tog pendant les prochains mois. Rome lui semblait avoir plus urgent à faire que se préoccuper de deux petits chefs dépossédés. Caius avait fait parvenir des messages de protestations énergiques aux Catuvellauniens lorsque les négociants rentrés en Gaule avaient annoncé les nouveaux soulèvements en Albion, mais Caius n'était plus.

« Prends bien garde au ton de ta requête, Tog. N'exige rien de Rome si tu veux voir rentrer Verica et Adminius à Camulodunum.

— Bah ! » fit Tog pour toute réponse.

Togodumnus envoya une requête insolente et en attendit impatiemment la réponse. Mais l'hiver se changea en printemps et ni Adminius ni Verica ne revinrent. La saison des batailles reprit. Caradoc et Togodumnus combattirent côte à côte cette fois, car les Coritaniens avaient passé des traités avec Aricia et Prasutugas, le chef des Iceniens. Quand les espions catuvellauniens l'apprirent à Caradoc, il en fut surpris, se demandant ce qui s'était passé dans ce pays de marais lointain après la mort de Subidasto. Pourquoi la petite Boudicca n'avait-elle pas pris la tête de la tribu ? Il se souvenait vaguement d'elle comme d'un petit bout de fillette aux yeux ronds, aux cheveux roux et bouclés. Il avait peine à l'imaginer, femme de seize ou dix-sept ans maintenant. Il souriait encore de la candeur avec laquelle elle avait parlé de la « maladie romaine » des Catuvellauniens.

Quels qualificatifs avait-elle pour eux maintenant ?

Togodumnus et lui chevauchèrent vers le nord, passant l'été dans le feu et le sang, un été d'une chaleur inhabituelle où l'herbe se dessécha jusqu'à devenir brune et où les cours d'eau, à travers bois, ne furent plus que flaques boueuses. Caradoc se battit sans entrain, craignant sans cesse de voir un jour Aricia elle-même, debout sur son char, entourée des seigneurs de son clan. Là, si près des basses terres de son pays, par les nuits chaudes, il se reprit à rêver d'elle. Mais les batailles succédaient aux batailles et si elle était là, parmi les chefs coritaniens coiffés de bronze et vociférants, il ne la vit pas. Leurs effectifs grossis par les Iceniens et par les géants barbus de Brigantia, les Coritaniens résistèrent. Même leurs femmes, grandes et fortes, prenaient part aux combats, hurlant d'étranges malédictions. Caradoc n'en autorisa pas pour autant les femmes catuvellauniennes à se battre. Seule Gladys lui désobéit. Elle n'avait toujours suivi que sa propre loi et d'ailleurs, comme elle le lui rappela, elle n'avait prêté serment d'allégeance à personne. Elle chevauchait en solitaire, protégeant ce qui lui appartenait, et se battant quand et où elle le voulait.

L'automne fut bientôt là et les Catuvellauniens rentrèrent à Camulodunum mécontents de ces mois de guerre. Trop d'hommes libres avaient péri, trop peu de territoires avaient été conquis.

Caradoc et Togodumnus commençaient à se lasser des querelles permanentes de leurs hommes enfermés dans leurs huttes sans occupations, du temps qui, n'amenant que la pluie, rendait impossible la chasse et les courses de chars. Ils commençaient aussi à se fatiguer l'un de l'autre.

Togodumnus devint de plus en plus insupportable au fur et à mesure que l'hiver avançait. Il provoquait sans cesse Caradoc par des remarques qu'il était seul à trouver spirituelles, et celui-ci, poussé à bout, finit un jour par lui crier : « Va donc au diable, Tog ! Pourquoi ne rassembles-tu pas tes chefs incapables pour rentrer à Verulamium comme c'était convenu ! Je ne veux plus de toi ici ! »

Togodumnus réfléchit, sans prendre garde à la pâleur de Caradoc. « Très bien, dit-il enfin. Je crois que c'est ce que je vais faire. Ce n'est pas un temps propice aux expéditions, mais tout vaut mieux que cette inaction. » Il s'approcha. « Et je ne reviendrai pas. Sois-en certain, mon frère. Tu nous donnes des ordres comme si toi seul étais ricon et nous n'aimons pas ça. D'ailleurs sous ton commandement, nous n'avons guère remporté de succès. Et mes hommes déclarent qu'il est temps que je les mène moi-même à la gloire. »

Caradoc resta muet de rage et Togodumnus s'élança sous la pluie, son porteur de bouclier et son barde trottant derrière lui.

Caradoc était toujours en colère quand Eurgain lui tendit le peigne ce soir-là et il le passa dans ses cheveux avec une brutalité qui la fit gémir. Tog était parti. Très rapidement, il avait réuni seigneurs, hommes et femmes libres et ils s'en étaient allés sans faire d'adieux.

« Pourquoi es-tu si furieux, mon époux ? demanda-t-elle, tu sais bien qu'il reviendra.

— Je ne pense pas. En tout cas pas à la saison des batailles prochaines. Cet insensé veut affronter tout seul les Coritaniens et ruiner tous les plans que nous avions élaborés ensemble.

— Eh bien, laisse-le faire à sa guise. » Elle essayait de lui cacher ses propres inquiétudes.

« Je regrette, Eurgain, lui dit-il, se radoucissant. C'est le temps. Et tu sais à quel point je redoute l'ambition de Tog. Une fois livré à lui-même à Verulamium, et surtout s'il réussit, au printemps prochain, là où j'ai échoué, il n'aura aucun mal à convaincre les chefs de son nouveau Conseil de m'attaquer. »

Elle savait qu'il avait raison. Il s'agenouilla près de sa chaise basse et la serra dans ses bras, posant sa tête contre sa poitrine généreuse, mais malgré la chaleur de leur étreinte, il pouvait sentir son cœur qui battait comme celui d'un oiseau apeuré.

Deux semaines après le départ intempestif de Tog, Fearachar vint trouver Caradoc. La pluie avait cessé et, par intermittences, un soleil pâle éclairait Camulodunum. Dès qu'ils l'avaient pu, les enfants s'étaient dispersés. Llyn, à cheval, parcourait les bois et les filles jouaient dans l'herbe devant la hutte de Gladys avec des coquillages. Caradoc, d'humeur sombre, était en train de boire et Eurgain, penchée au-dessus de la table, polissait des cristaux en chantonnant.

« Pardonnez-moi, seigneur, dit Fearachar d'un ton lugubre mais il y a un drôle d'animal dehors qui veut vous voir.

— Oh ! dit Caradoc sans sourire. Quel genre d'animal ?

— Un genre d'animal qui voudrait se faire passer pour un marchand mais qui n'y parvient pas », ajouta Fearachar.

Caradoc sentit son intérêt se réveiller.

« Il a plutôt l'air d'un patricien. Et à ses mains et à ses yeux, on voit bien que ce n'est pas un espion ordinaire. Il dit qu'il veut vous parler des mauvaises conditions du commerce, mais même moi, dit Fearachar fier de sa perspicacité, je pourrais faire mieux que ça. »

Caradoc sentit instantanément son vague à l'âme le quitter. « Où sont Cinnamus et Caelte ? demanda-t-il immédiatement.

— Je les ai déjà envoyé chercher et eux aussi vous attendent. C'est un étrange trio, dehors — un marchand grelottant et deux seigneurs qui l'embrochent du regard.

— Fais entrer d'abord Cinnamus et Caelte, ensuite, le marchand. »

Fearachar s'inclina et sortit. Caradoc dit à Eurgain sans se retourner : « Continue à astiquer mais fais travailler ta mémoire. Souviens-toi de chacun des mots qui seront prononcés ici. »

Ses hommes entrèrent dans la pièce. « Restez près de moi, et écoutez bien. » Et lorsqu'un homme grand et mince pénétra dans la salle, s'avançant vers lui, son pressentiment devint une certitude. Fearachar avait raison. Il ne s'agissait pas d'un vulgaire marchand de vin ou d'un éleveur de chiens. Les yeux étaient calmes et perçants, le nez droit, la bouche sensible mais autoritaire. L'homme était affublé d'une tunique grise et sale sous une cape brune déchirée. Ses braies tachées de boue étaient retenues par une simple ceinture de cuir à laquelle était attaché un couteau. Caradoc avança, le bras tendu, et l'autre, de sa main fine et élégante, le saisit.

« Bienvenue dans la tuatha, dit Caradoc d'un ton égal. Que votre séjour ici vous apporte le repos et la paix. Il y a du vin et des galettes d'orge. Voulez-vous vous restaurer avant de communiquer votre message ? » L'homme le regarda, surpris. Puis il éclata de rire.

« J'avais sous-estimé la perspicacité des seigneurs catuvellauniens. Depuis quand accorde-t-on aux marchands l'hospitalité de la tribu ? Eh bien, Caradoc, je l'admets. Je ne suis pas un marchand, mais je ne tenais pas à mourir d'une lance dans le ventre, j'ai donc prétendu en être un. Je mangerai et boirai volontiers avec vous, continua-t-il sans quitter Caradoc des yeux. Il y a loin de la rivière à ici, si l'on n'a pas de cheval. »

Cinnamus lui approcha une chaise mais il ne la prit que lorsque Caradoc se fut rassis lui-même, et il se mit lentement à manger. Caradoc lui versa du vin et l'homme remarqua sans doute en la portant à sa bouche que la coupe d'argent ciselé venait de Rome. Comme tout ce qui nous entoure, pensa Caradoc. Quoi de surprenant chez des barbares tels que nous ? La dernière miette de galette avalée, et chaque détail de la pièce soigneusement enregistré, il se tourna vers Caradoc. « Je ne veux pas abuser de votre temps. Il faut que je vous parle en privé.

— Aucun chef ne reçoit seul un envoyé, dit Caradoc. Les chefs n'ont pas le droit d'avoir des entretiens particuliers sur des sujets qui concernent le Conseil et la tuatha. »

L'homme haussa les épaules, agacé. « Dans ce cas, j'aimerais que votre femme sorte. Les femmes ont la langue bien pendue, n'est-ce pas ? »

Sa plaisanterie et son sourire ne trouvèrent aucun écho. Et il était heureux pour lui que ce ne fût pas Vida qui se tînt dans l'ombre, à la place d'Eurgain.

« C'est ma femme, répondit froidement Caradoc. Elle est membre à part entière du Conseil et son honneur vaut son prix. Exposez votre affaire.

— Très bien. J'ai une proposition à vous faire — qui contient également un avertissement. »

Les mains d'Eurgain s'immobilisèrent et elle se concentra, vidant son esprit de toute pensée personnelle comme les druides l'avaient appris à son père.

« Nous connaissons vos agissements, à Rome, Caradoc. Nous avons vu votre ascension à la tête de votre tribu et vos rapides conquêtes. Nous vous reconnaissons le droit de vivre à votre guise — s'empressa-t-il d'ajouter voyant le visage de Caradoc se renfrogner — mais comment ne pas nous inquiéter quand nous voyons les bonnes relations commerciales que nous avions du temps de Cunobelin sombrer dans le chaos ? Et s'il n'y avait que vous ici à Camulodunum, nous n'aurions peut-être rien à craindre. Mais maintenant... » Il fit une pause à dessein, jouant avec son menton. « Maintenant que votre frère est à Verulamium et se prépare à vous attaquer, le moment est venu de vous offrir notre aide. »

Son discours leur fit l'effet d'un trait d'arbalète. Cinnamus et Caelte poussèrent un cri de saisissement. Caradoc bondit sur ses pieds. Seule Eurgain ne réagit pas, enregistrant mécaniquement tout ce qui se disait.

« Expliquez-vous, gronda Caradoc. D'où tenez-vous cela ? » L'homme voulut l'apaiser d'un geste.

« Vous savez bien, Seigneur, fit-il doctement, que nous sommes partout dans le monde. Tous les marchands ne sont pas que des marchands. Certains d'entre eux sont des espions. Je ne vous le cacherai pas. Mes espions sont rentrés de Verulamium hier alors que mon bateau se trouvait à l'embouchure de votre fleuve. Ils m'ont rapporté que ce ne sont pas les Iceniens ou les Dobunniens, mais vous que votre frère a l'intention d'attaquer au printemps. »

Caradoc fit un énorme effort pour garder un visage impassible. Il savait que l'homme disait vrai, et prit soudain conscience du vent froid qui glissait sous la porte. Il frissonna.

« Et que proposez-vous ? parvint-il à dire.

— Laissez-nous vous aider, Caradoc. Vous êtes un homme honnête, un bon guerrier et un chef capable. Votre frère est imprévisible et irresponsable. Vous ne voulez pas plus que nous le voir ricon ici à Camulodunum. Ce serait la fin du commerce avec Rome et ce serait regrettable. On m'a donné pleins pouvoirs pour vous offrir tout l'or nécessaire pour acheter l'aide des autres tribus. Et pour grossir vos rangs, vous pourrez faire appel aux légions actuellement installées en Gaule. Le *legatus legionis* et vous pourrez collaborer et vous battre ensemble jusqu'à ce que Togodumnus soit vaincu et le commerce rétabli. »

Caradoc sentit un sourire idiot s'étaler sur son visage alors que tous ses muscles étaient tendus à craquer. Naturellement, naturellement. Oh ! Camulos, que dois-je faire ? Que dois-je dire ? Il se força à réprimer son sourire. « Quelle forme d'accent passerions-nous ? demanda-t-il.

— Il y aurait un traité, naturellement. Même les alliés en signent entre eux pour éviter toute contestation. Nous vous promettrions de l'or et des soldats. Vous vous engageriez à développer le commerce autant que possible, lorsque Togodumnus serait... vaincu. »

Il se leva, tendant la main et Caradoc lui prit le poignet, certain que le dégoût qu'il éprouvait passerait dans ce contact. « Réfléchissez, conseilla l'homme, et informez-moi de votre décision. Mon bateau est ancré à l'estuaire et y restera quelque temps. Mais n'attendez pas trop. Votre frère frappera avant que les arbres ne se couvrent à nouveau de feuilles. » Il eut un sourire un peu vain, inspecta une dernière fois la pièce et sortit. Ni Cinnamus, ni Caelte ni Caradoc ne bougèrent. Eurgain vint s'asseoir en face de son mari, le visage neutre et les bras ballants.

« Et maintenant, Eurgain, lui dit Caradoc d'une voix douce, tu vas me répéter la conversation mot pour mot. » Elle ferma les yeux et commença à réciter d'une voix basse, sans intonation ni pause. Caradoc fixait la carafe de vin pendant qu'elle parlait. Lorsqu'elle eut fini, il lui demanda de tout répéter à nouveau. Puis il lui toucha la joue. « Pense au sens des paroles que l'homme a prononcées maintenant, Eurgain. Comment les interprètes-tu ? »

Cinnamus s'accroupit devant le feu et Caelte s'appuya au mur, écoutant avec gravité.

« Ce n'est pas un chevalier, dit-elle sans hésiter, car les chevaliers ne se livrent pas à ces sortes de besognes. C'est un patricien. C'est également un hypocrite et un menteur. » Caradoc approuva de la tête. « Il dit vrai lorsqu'il parle des intentions de Tog. Il ment lorsqu'il dit qu'il ne vient que proposer son aide.

— Et que penses-tu encore ? »

Elle hésita, regardant autour d'elle. « Je pressens qu'il ne nous a montré que la plus petite partie d'une machination dont le véritable sens est beaucoup plus profond. »

Cinnamus se mit à rire : « Eurgain, voilà que tu parles comme un druide ! Je suis de ton avis pourtant. Mais quel but cet envoyé de Rome poursuit-il réellement ? »

Caradoc les poussa dehors et s'assit, regardant droit devant lui, le visage fermé. Il avait peur — de Tog, de Rome, de la décision à prendre. S'il acceptait cette offre, à la fin de l'été prochain Tog serait mort et il serait seul ricon. Mais pourquoi Rome enverrait-elle de bons soldats mourir pour le compte d'un petit chef vivant à l'autre bout du monde ? Les raisons commerciales, il les savait fausses à la minute même où elles avaient été évoquées. Alors pourquoi, pourquoi ?

« Eh bien, dit Caelte comme s'il avait lu la question dans les yeux de Caradoc, s'agirait-il d'un nouveau mode de conquête, plus hypocrite cette fois ? »

Il touchait du doigt ce que Caradoc lui-même redoutait le plus. « Cours nous chercher des chevaux, Cinnamus, dit Caradoc en se levant. Eurgain, va trouver Gladys. Raconte-lui ce qui s'est passé ici. Caelte, toi et moi irons à Verulamium avec Cinnamus. Il faut que je parle à mon frère. »

Eurgain s'interposa, inquiète. « Non, Caradoc, si tu y vas sans l'escorte d'un druide, Tog en profitera pour te tuer, évitant ainsi de grandes effusions de sang. Si tu dois partir, envoie au moins chercher un druide !

— Nous n'avons pas le temps d'envoyer des hommes se perdre en forêt à la recherche de druides qui nous évitent comme la peste. Je n'ai rien à craindre, s'il écoute ce que j'ai à lui dire jusqu'au bout. » Il l'embrassa rapidement, l'esprit ailleurs. Il allait passer la porte, lorsqu'elle ajouta :

« Il y a une chose que tu oublies.

— Quoi ?

— L'homme n'a pas mentionné Adminius. »

Evidemment. Caradoc était comme un bijoutier essayant d'ajuster de minuscules émaux brillant sur un collier d'argent. Tous les éléments étaient là mais il avait été incapable de leur donner forme.

« Impossible, dit-il, comprenant tout ce qu'elle impliquait dans ces mots.

— Ce n'est que trop possible. Combien de fois Albion a-t-elle tenu Rome en échec ? Trop souvent pour sa dignité outragée. »

Caradoc sortit en courant, sans la regarder. Il ne ralentit que pour dire à Fearachar de surveiller Llyn, puis fonça vers le portail où ses seigneurs et leurs chevaux l'attendaient.

Ils passèrent deux nuits sous les feuillages de la grande forêt de chênes qui s'étendait de plaine de Verulamium jusqu'en pays atrebate, adressant des prières à la déesse du lieu, avant de s'enrouler dans leurs couvertures. Le soir suivant, ils arrivèrent devant les murailles de terre de Verulamium. Le portail était encore ouvert mais le garde sortit, l'épée à la main, et refusa de les laisser passer jusqu'à ce que Caradoc exaspéré lui crie : « Regarde-moi bien, homme libre ! Sais-tu qui je suis ? Je suis Caradoc, ton seigneur !

— Togodumnus est mon seigneur », répondit-il d'un air soupçonneux. Il s'écarta quand même et ils passèrent le portail, tenant leurs chevaux par la bride, et montèrent le petit chemin sinueux et escarpé.

« Les hommes n'ont pas perdu de temps », fit remarquer Caelte en voyant les brèches dans la muraille qu'on avait comblées à la hâte avec de la terre fraîche et les énormes pierres entassées qui attendaient d'être posées là où la défense l'exigerait. Caradoc tira son épée. La ville était calme. La fumée s'échappait des toits de chaume et la lueur des foyers projetait des reflets orange sur leurs pieds lorsqu'ils passaient devant les portes. Au bout du chemin, ils trouvèrent Togodumnus. Il se tenait sans cape sous la pluie fine, les mains sur les hanches au milieu de ses hommes. Ils regardaient deux chefs qui grognaient et s'entredéchiraient dans la lumière finissante. Il les entendit venir et se retourna, mais ne leur sourit pas. Ses chefs dégainèrent leurs épées, formant un groupe compact près de lui.

Caradoc et Cinnamus se consultèrent du regard. Une telle méfiance était inhabituelle. On emmena les chevaux sur un ordre et Togodumnus marcha vers Caradoc, le bras tendu, prononçant froidement les mots de bienvenue. Caradoc retira son bras. « Comment oses-tu me recevoir comme un visiteur ou un émissaire étranger, Tog, sur mon propre territoire ! Il m'a presque fallu tuer ton garde tant il était hostile !

— Et pourquoi viens-tu chez moi l'épée tirée, Caradoc ? Qu'est-ce qui t'amène ? » Ses yeux se portèrent sur ses hommes puis sur Caradoc à nouveau, mille suppositions s'échafaudaient dans son esprit.

« Je dois te parler seul à seul, Tog. Ne me malmène pas avant de m'avoir entendu. » Soudain, Togodumnus se mit à rire et lui donna une légère accolade. « J'écouterai, mais je te tuerai peut-être, dit-il. Et pas seul, naturellement. Les nouvelles nous concernent tous.

— Pas en l'occurrence, dit Caradoc et le sourire de Tog disparut. J'ai besoin de te parler, à toi, Tog. Mes chefs attendront dehors avec les tiens et toutes les épées seront déposées ensemble en un lieu convenu. Les nouvelles que j'apporte ne concernent pas la tuatha.

— Dis à tes hommes de déposer leur épée ici, fit Tog pour toute réponse en indiquant le sol. Mais mes hommes s'en dispenseront. Verulamium m'appartient. De plus, vous serez fouillés.

— A-t-il perdu la tête ? chuchota Cinnamus avec colère à l'oreille de Caradoc, on pourrait croire que nous sommes iceniens ou brigantiens !

— Reste où tu es, Main-de-fer, cria Togodumnus. Pas de secrets ! » Il fit un signe de tête à l'un de ses seigneurs qui s'approcha rapidement de Caradoc, rengainant son épée.

« Recule-toi, Cinnamus », dit Caradoc. Et celui-ci fit deux pas en arrière.

« Fouille-le », ordonna Tog et l'homme se pencha, palpant avec méthode et indifférence la tunique de Caradoc, sa ceinture, ses cheveux. Puis il secoua la tête et revint à sa place. Caradoc se sentit rougir. Puis Togodumnus lui fit signe de le suivre avec désinvolture et disparut par la porte qui se trouvait derrière lui. Caradoc lui emboîta le pas, se sentant totalement sans défense. Il serra les dents, regrettant d'être venu. Sur un mot de Tog, Cinnamus et Caelte étaient des hommes morts et lui-même un otage.

La pièce était bien chauffée mais très sale. Les vêtements et les armes de Tog étaient éparpillés sur le sol et sur le lit. Un reste de porc figé dans la graisse froide traînait sur la table près d'un pichet de vin. Tog leur en versa à tous deux mais Caradoc avait dû prendre la coupe lui-même.

« Assieds-toi donc, Caradoc, dit avec impatience Tog en se jetant sur sa chaise. Et arrête donc d'observer mes moindres gestes. Dis-moi ce que tu as à me dire et va-t'en. »

Caradoc resta debout. Il souleva sa coupe à deux mains, scrutant le beau visage fin qu'il avait en face de lui, pour ne découvrir qu'une lueur un peu folle dans les yeux marron clair.

« J'ai reçu une étrange visite », dit-il enfin. Tog ne réagit pas et Caradoc, sachant qu'il pensait déjà à ses chefs en armes et à une tuerie facile, décida de continuer aussi vite que possible. « Un espion romain est venu me trouver, Tog, déguisé en marchand. Il m'a dit que tu préparais une guerre contre moi au printemps. Il m'a offert de l'argent et des soldats pour me débarrasser de toi. » Les yeux clairs marquèrent la surprise. « Il a déclaré que tu étais un ricon hautement indésirable du point de vue de Rome. »

Tog réfléchit un long moment. Puis il esquissa un sourire. Les lèvres fines découvrirent ses dents blanches et il se mit à rire à gorge déployée. Il finit par prendre Caradoc dans ses bras, l'étouffant presque. Il versa à nouveau du vin et se rassit, des larmes de rire sur les joues. Caradoc n'était pas surpris. Il connaissait bien les sautes d'humeur de Tog et savait que la seule constante chez lui était sa totale instabilité. On ne pouvait jamais se fier à lui.

« Et pourquoi viens-tu en courant me le dire ? demanda Togodumnus, riant encore, pourquoi ne pas accepter son offre, Caradoc, et te débarrasser de moi ? Telles sont en effet mes intentions. J'ai même choisi l'endroit où ta tête devait pendre. Là, indiqua-t-il en montrant la porte, pour pouvoir la caresser chaque jour en entrant.

— Voici pourquoi je suis venu, rétorqua Caradoc en s'asseyant sa coupe à la main. Je ne pense pas que Rome se soucie le moins du monde de qui est ricon à Camulodunum. Il y a un autre mobile mais je veux l'entendre de ta bouche pour m'assurer que je ne suis pas fou.

— Tu n'es pas fou, dit Tog, surpris. Tu as tout à fait raison. Et sais-tu pourquoi ? Il y a deux semaines j'ai reçu une visite également, mon cher frère. Un homme grand et mince aux doigts longs qui ne cessait de se triturer le menton. Il m'a dit que tu étais jaloux de ma popularité parmi les chefs et que tu avais décidé de m'attaquer au printemps. Il a offert de l'or, des soldats et un traité. J'ai accepté immédiatement.

— Tog ! mais pourquoi as-tu accepté ?

— J'avais besoin de l'or. Les chefs aiment se faire payer en or, pour des guerres comme les nôtres. Quant aux traités, ils ne sont d'aucune utilité. »

« Et ensuite, c'est moi qu'il est venu trouver, dit Caradoc. Comme tout cela est bien agencé ! »

« Les Romains ont voulu nous séparer, c'est l'évidence, ajouta Tog. Mais pourquoi ne pas avoir simplement attendu que nous nous entredéchirions ?

— Parce que nous pourrions passer une alliance, nous quereller à nouveau, avant de nous réallier encore, répondit Caradoc. Et Rome ne peut attendre. Elle est pressée. » Ils se regardèrent, tous deux face à une autre évidence.

« Se pourrait-il ? demanda doucement Tog. Que fait donc Adminius ?

— Voilà ce que j'imagine, dit Caradoc reconnaissant l'intelligence de son frère. Les légions viendront nous conquérir au nom d'Adminius, mais Caesar sera là aussi et réclamera Albion pour son propre compte.

— Ces augustes imbéciles s'y casseront le nez, comme cela s'est déjà produit ! Jules Cesar a échoué, ce fou de Caius a échoué. Et ce Claude, cette chiffe molle aux mains des prétoriens, échouera de même. Nous sommes invincibles ! »

Caradoc secoua la tête avec solennité. « Ils ne s'en iront pas, Tog, pas cette fois-ci. Ils ne peuvent plus se permettre une nouvelle défaite.

— Alors, la guerre nous guette. Quel dommage ! Je mourais d'envie d'accrocher ta tête sur mon mur. »

Ils échangèrent un sourire, levèrent leurs coupes et burent.

« Reviens à Camulodunum, Tog, dit Caradoc, avec tes chefs. Nous enverrons des émissaires, des espions sur la côte, nous réunirons les seigneurs. »

Togodumnus réfléchit, la tête penchée. « Te préparais-tu vraiment à me faire la guerre, Caradoc ? demanda-t-il avec reproche. — Non, Tog, répondit Caradoc. Rentre chez nous.

— Très bien alors. Je partirai demain. Combien de temps devrons-nous attendre ? »

Caradoc contempla le vin sombre dans sa coupe. « Une semaine ? Une saison ? Je ne sais pas. Ce que je sais, c'est qu'ils viendront. »

Au retour, Cinnamus, Caelte et lui dormirent une fois de plus sous les bras noueux des grands chênes. Cinnamus se fâcha violemment. Il refusait que Togodumnus rentre à Camulodunum. Selon lui Togodumnus avait passé un accord avec Rome et n'avait pas la moindre intention de les aider. Caradoc avait tenté de le convaincre avec patience mais Cinnamus avait rétorqué : « S'il rentre, Seigneur, je le tuerai dans son sommeil et je pourrai me battre contre Rome sans craindre que Togodumnus vous poignarde dans le dos. »

Entendant dire à voix haute ce qu'il souhaitait peut-être lui-même secrètement, Caradoc lui cria : « Mon honneur compte plus à mes yeux que ma vie même ! Les seigneurs suivraient-ils un meurtrier qu'on dépouillerait du prix de son honneur ?

— Vous devriez au moins y penser. Je le ferai pour vous, si vous le désirez. »

Caradoc ne dit plus rien. Il était furieux d'être — force ou faiblesse ? — incapable de se débarrasser de son frère. « Tog connaît le danger, vociféra-t-il, il saura se protéger. Il faut qu'il me fasse confiance, ou nous sommes perdus. As-tu perdu la raison ?

— Je la perds à chercher la vôtre », répondit le jeune homme avec insolence. Et ils chevauchèrent, accompagnés du chant de Caelte et du bruit de la pluie.

De retour à Camulodunum, Caradoc envoya chercher Vocorio et Mocuxsoma. « Prenez cinq guerriers, leur dit-il, et retrouvez le négociant romain qui est venu ici. Que Fearachar aille avec vous, il saura le reconnaître.

— Et quand nous l'aurons trouvé ? » demanda Vocorio. Caradoc leva les yeux vers le ciel uniformément gris et le toit luisant de pluie de la Grand-Salle. Puis il grimaça un sourire et ses hommes crurent voir les yeux bridés et sanguinaires de Cunobelin.

« Tuez-le ! » dit-il.

10.

Trois jours plus tard, Togodumnus, seigneurs, femmes, enfants et bagages rentrèrent à Camulodunum. Un festin fut donné en leur honneur. Caradoc envoya des éclaireurs sur la côte et l'hiver régnait toujours. « Comment savoir où poster des observateurs ? » avait demandé Tog. Mais Caradoc le savait. Les Romains débarqueraient là où avait débarqué Jules Cesar : sur la péninsule de Cantiaca. Il envoya des messagers aux Cantiaciens, les invitant à un Conseil commun. Il envoya également des émissaires à toutes les autres tribus. La lune crut et décrut, la pluie fit place à la neige et à la grêle. Togodumnus ne s'endormait que veillé par ses chefs en armes. Il ne voulait courir aucun risque et ne cachait pas sa méfiance. Caradoc ne tenta rien contre lui. Il ne pensait qu'au conflit avec Rome, qu'il sentait imminent.

Il ordonna des séances régulières d'entraînement à l'épée pour les femmes, et une fois de plus Eurgain et Gladys firent assaut sur le sol gelé, alourdies par les boucliers qu'il exigea qu'elles portent. Llyn avait neuf ans maintenant. C'était un garçonnet robuste, de petite taille, et Caradoc permit à Cinnamus de lui donner une épée de fer. On rangea son épée de bois et Llyn s'essouffla, criant de joie, portant des coups à Cinnamus, acceptant avec une joyeuse insouciance les égratignures que la dangereuse lame de son maître lui infligeait.

L'un après l'autre, les émissaires revinrent, et le vent souffla vers l'ouest, apportant les premières odeurs du printemps. Les Cantiaciens acceptèrent de participer à un Conseil commun. Les fiers Durotriges, les Dumnoniens et les Belges, vieux alliés de Cunobelin, firent de même. Les hommes de l'Ouest, les Silures et les Ordovices frustes dirent qu'ils préféraient attendre. Ils ne voulaient aucun contact avec Rome, mais ne désiraient guère non plus se mêler à ces Catuvellauniens amollis par les plaisirs. Les Iceniens, Coritaniens, Dobunniens et Atrebates — ceux qui restaient des hommes de Verica — furent heureux de refuser leur aide à la Maison Catuvellaun. Caradoc voyait avec angoisse les refus se multiplier. « Attends un peu que nous soyons débarrassés de Rome, bouillait-il, nous réglerons leur compte à ces idiots de paysans. Ils regretteront de nous avoir refusé leur aide. Qu'a dit Aricia ?

— Elle a répondu qu'elle ne passerait aucune alliance avec une tribu qui ne respecte pas les frontières. Elle souhaite que les légions nous réduisent en poussière. » Ces mots lui faisaient mal. Ils le remplissaient de dépit et d'amertume, ravivant comme une brûlure au creux de ses reins. Il aurait aimé la battre jusqu'à ce qu'elle implore son pardon !

« Nous nous passerons d'elle, alors, déclara Tog. La femelle obstinée ! Si je mets la main sur elle, elle devra me supplier d'arrêter !

— Avant que les chefs quittent leur territoire, il faudra nous occuper des marchands, dit Caradoc en changeant volontairement de sujet. Nous devrons les rassembler et les emprisonner jusqu'à la fin des hostilités. Autrement, ils courront chez Caesar pour lui rapporter tous nos plans.

— Il faut tous les tuer, à mon avis, déclara Tog. Si nous les gardons en captivité, il faudra les nourrir et les faire surveiller. Et nous avons besoin de tout le grain et de toute la viande salée que nous pouvons emporter pour affronter les légions romaines. » Caradoc vit la logique de l'argumentation bien qu'une telle cruauté lui répugnât. Bon nombre de marchands étaient de ses amis. Il avait passé des journées entières avec eux du vivant de son père, et même s'il ne les respectait guère (ne voyant en eux que des paysans romains sans morale dont l'honneur n'était pas mis à prix), il n'était pas aussi prodigue en vies humaines que son frère. Cependant il lui fallut accepter. Les négociants devaient mourir. C'était affaire de bon sens.

« Tes chefs et toi pourrez vous en occuper. Je déteste les meurtres inutiles, dit-il à Tog. — Certainement pas inutiles », répondit Tog, qui affectait de n'aimer tuer que lorsque son sens de l'honneur était en jeu. Quelle gloire y avait-il à tuer des hommes qui vivaient de leur ruse et non de leurs couteaux ?

Ce fut donc fait, vite et en secret.

Les chefs et seigneurs des autres tuatha commencèrent à arriver pour le Conseil, accompagnés de leurs femmes exubérantes et querelleuses, vêtus de capes aux couleurs criardes, coiffés de casques de bronze imitant griffes, cornes ou plumes flamboyantes. On les logea dans des huttes vides, des étables et des tentes. Camulodunum devint une vaste fourmilière, parcourue jour et nuit par des hommes et des femmes qui se battaient sans cesse pour prouver leur supériorité. Ils consommaient de grandes quantités de vin importé, mangeaient énormément et Caradoc fut heureux de voir le soir du Conseil arriver.

Caradoc se demandait comment cette foule braillarde et hétéroclite pourrait jamais être mobilisée pour quelque cause que ce soit. Or il avait tort de s'alarmer. Le Conseil dura toute la nuit, les Dumnoniens et les Durotriges étaient venus accompagnés de druides qui modérèrent les débats avec une habileté consommée. Les plaisanteries fusèrent, l'air de la Grand-Salle devint irrespirable, mais les questions sérieuses furent abordées et il n'y eut pas de bagarres, même si beaucoup de chefs étaient très soûls. On chanta des chansons, récita des poèmes, il y eut même quelques danses improvisées. Les tribus pouvaient bien s'entre-égorger, se voler, se battre pour du bétail ou des femmes mais elles avaient toutes une peur en commun : l'esclavage. Un esclave était moins qu'un homme, guère plus qu'un animal. Et s'ils ne résistaient pas, les Romains feraient d'eux des esclaves. C'est ce que, inlassablement, les druides et Caradoc leur répétèrent et ils finirent par jurer de rester unis.

Les tribus rentrèrent chez elles. La température s'adoucit, les arbres se couvrirent de tendres bourgeons. Les paysans abandonnèrent les armes pour prendre la charrue. Les espions de Caradoc revenaient toujours sans rien à signaler. La nuit, il se réveillait en sursaut, se demandant s'il ne s'était pas trompé. Pourtant par un chaud après-midi, un homme épuisé se laissa tomber de son cheval devant Caradoc, Togodumnus et les chefs paresseusement allongés sur une colline près des fortifications. Ils se levèrent pour le saluer, sentant qu'il y avait du nouveau et Togodumnus se précipita à sa rencontre.

« Parle tout de suite, demanda-t-il sans passer par l'offre traditionnelle du pain, de la viande et du vin. L'heure est-elle arrivée ? » L'homme s'écroula dans les hautes herbes sèches.

« L'heure est arrivée, dit-il. Des éclaireurs venant de Gaule ont bravé la marée de Mortecan pour nous avertir. Rome stationne sur les plages de Gesioracum. Des radeaux et des bateaux solides sont prêts à transporter les soldats. Et les vivres s'élèvent en hautes piles sur le sable. Il ne s'agit guère d'une expédition, Seigneurs. C'est une invasion. »

Caradoc s'accroupit près de lui. « Combien de légions ? aboya-t-il.

— Quatre. »

Togodumnus émit un juron sonore : « Par Camulos tout-puissant ! Rien que ça ? »

Caradoc imagina leur approche terrifiante, une armée d'insectes bardés de fer envahissant la plage. Quarante mille soldats prêts à se battre. Oh ! doux Corbeau des Cauchemars, Reine des Batailles, viens-nous en aide maintenant ! « Qui commande ? demanda-t-il fébrilement.

— Aulus Plautius Silvanus, l'ex-*legatus augusti* à Pannonia. Il amène avec lui sa propre légion, la Neuvième Hispana et des renforts de Thrace, qui font aussi partie des troupes pannoniennes. Les trois autres sont la Deuxième Légion Augusta, la Quatorzième Gemina, et la Douzième Valeria. Toutes avec des renforts. »

Caradoc ferma les yeux. Togodumnus se mordilla les lèvres en fixant le sol. Le messager leva la tête vers eux, la bouche déformée par l'inquiétude. « Mais ce n'est pas tout, dit-il, Geta arrive. »

Les chefs sursautèrent. Cinnamus s'écria : « Hosidius Geta ? Le vainqueur de Mauritanie ? Ils envoient les éléphants pour écraser des souris ! »

A ces mots, Caradoc se sentit moins oppressé. Il sourit à Cinnamus. « On prétend que les éléphants ont peur des souris, Cinnamus, dit-il. Et ces éléphants ont un handicap. Ils avancent à l'aveuglette dans un pays qu'ils ne connaissent pas. Nous aussi, nous avons plusieurs milliers de chefs et d'hommes libres, de chars et d'épées flamboyantes. Ils viennent en sachant qu'ils ont déjà été vaincus. Nous leur ferons face en vainqueurs.

— Nous devons réunir nos alliés, déclara Togodumnus. Le compte des épées doit commencer. » Il respira profondément et ajouta : « Et ensuite, en route ! Vers la côte ! »

Les messagers repartirent et les sentinelles reprirent leur garde solitaire en haut des plages vides et venteuses du Sud, pendant que les Catuvellauniens se préparaient à quitter Camulodunum. La ville retentit du bruit des armes entrechoquées et du tonnerre des roues des chars.

Caradoc, un matin, trouva Eurgain au milieu de la chambre à coucher, l'air soucieuse. Un petit coffret était ouvert sur la table qu'elle venait de remplir de ses cartes du firmament et de ses cristaux. Ses tuniques et ses capes étaient empilées sur le lit et ses bijoux éparpillés sur les peaux de bête, son épée était posée contre le mur près d'une pierre à aiguiser et d'un bol d'eau. Tallia, sa servante, se déplaçait sans bruit au milieu du naufrage d'une maison autrefois paisible.

« Eurgain, s'écria-t-il, que fais-tu donc ?

— Mes bagages, tu le vois bien, répondit-elle d'un air absent. Non, Tallia, n'y mets pas la ceinture d'or et d'améthystes. Je serais trop fâchée si elle était perdue ou volée. Remets-la à sa place. J'emporterai les trois en cuir. »

Caradoc avança avec précaution dans ce joyeux désordre. « Tu peux tout remettre à sa place, Tallia, dit-il. Eurgain, tu ne pars pas !

— Ne sois pas stupide, Caradoc ! dit-elle sans même le regarder. Tallia, cinq tuniques devraient suffire. N'oublie pas la courte et mes braies. Si tu les oublies, il faudra que je me batte en robe longue.

— Eurgain, répéta-t-il plus fort, tu ne pars pas ! » Elle lui fit face, visiblement exaspérée. « Comment cela, Caradoc ? Bien sûr que si, je pars. Toutes les femmes partent. Et les enfants aussi. C'est la coutume. »

Il alla vers elle et la prit par les bras. « Ce que font les autres femmes ne me concerne pas, mais toi, tu restes ici en sécurité avec les filles. » Pour la première fois, Caradoc lui vit perdre son calme et découvrit une femme qui le toisait avec fierté.

« Je ne vais pas rester ici à trembler comme une biche alors que les autres femmes vont se battre et mourir ! Je suis une femme d'épée. L'avez-vous oublié, mon mari ?

— Eurgain, lui dit-il avec solennité, il ne s'agit pas d'une expédition, d'un duel ou d'un conflit entre deux tribus. Nous avons en face de nous des hommes habitués à se battre jour et nuit, d'impitoyables machines à faire la guerre. Ce sont tous des soldats d'élite qui ne connaissent pas la pitié. Ou nous les tuons tous, ou nous mourrons. Leur tactique nous est étrangère et cela rend cette guerre deux fois plus hasardeuse. »

Ses joues prirent soudain la couleur du corail. « Mais tu veux bien emmener Llyn ! — Llyn observera d'un lieu sûr et apprendra.

— Gladys va partir !

— Gladys n'a ni mari ni enfants. D'ailleurs elle est aussi forte que Cinnamus au combat.

— Et moi, Caradoc ap Cunobelin, ne suis-je donc à tes yeux qu'une servante paresseuse tout juste capable de ronfler au soleil et de faire des enfants ? Je me battrai pour partir ! Je suis une guerrière et non une nourrice ! »

Il la prit par les épaules et la secoua violemment. « Souviens-toi du serment que tu m'as fait, femme ! cria-t-il. Tu ne partiras pas ! »

Elle se dégagea et lui envoya une gifle sonore. Des larmes brûlantes lui vinrent aux yeux et il recula.

« Eurgain, dit-il, si nous sommes vaincus et ne rentrons jamais, alors tu devras te battre seule et personne ne chantera jamais la façon dont tu seras tombée dans les rues désertes de Camulodunum. Diras-tu qu'un tel destin est indigne ? Je veux que tous les chefs persuadent leurs femmes de ne pas partir. Les femmes aussi doivent préférer la mort à l'esclavage.

— Je comprends, dit-elle avec amertume en se croisant les bras. Les hommes attaquent et nous défendons.

— Oui, il en sera ainsi pour cette fois. »

Les tribus commencèrent à se rassembler. Seigneurs, chefs, hommes libres, fermiers, forgerons et artisans se massèrent à Camulodunum, emplissant les bois de la ville jusqu'à la rivière. Caradoc avait armé les paysans, bien que n'étant ni esclaves ni libres, ils n'étaient pas tenus de faire la guerre. Il leur laissa juste assez d'armes pour se défendre au cas où les guerriers ne rentreraient pas. Les coupes d'adieu passaient de mains en mains et dans la douceur de l'aube Caradoc étreignit sa femme pendant que Togodumnus faisait les cent pas, avec impatience.

« Si c'est Rome qui l'emporte, souviens-toi de mes instructions, dit-il. Arrache le portail et comble les issues avec de la terre et des pierres. Détruis le pont au-dessus du fossé. Si les murailles sont prises, rassemble tes femmes en cercle autour de la Grand-Salle. Ne laisse pas tous les enfants ensemble dans une hutte, les Romains y mettraient le feu. Conduis-les dans les bois. Envoie-les vers l'ouest. Fais des sacrifices aux Dagda en notre absence. »

Elle le fixa avec des yeux cernés et un sourire tremblant. « Va en sécurité, marche en paix », murmura-t-elle. Ils s'enlacèrent et le temps s'arrêta, les soustrayant même au Corbeau des Terreurs.

« Dépêche-toi, Caradoc, cria Togodumnus. Les seigneurs se battent déjà pour savoir qui ouvrira la marche. »

Pendant cinq jours la horde chantante, buveuse et querelleuse avança lentement à travers la campagne. C'était l'époque où les pommiers se couvrent de flocons blancs et parfumés. Ils traversèrent la Tamise, caracolant sur le pont de bois étroit qui enjambait l'eau calme, accompagnés des cris aigus des martinets et des hirondelles qui tournoyaient en piquant du nez. Chaque nuit, Caradoc envoyait dans les bois des chasseurs qui ramenaient des daims et des lapins. Ils avaient rempli les chariots de grain, de viande et de poisson salé, mais déjà les provisions s'épuisaient.

Ils poursuivirent en direction de la côte, suivant d'anciennes routes qui serpentaient paresseusement parmi les collines boisées. A marée basse ils passèrent le Medway à gué, les hommes libres poussant les bœufs effrayés dans un concert de cris et de coups de fouets. Togodumnus et Caradoc, ainsi que tous les chefs catuvellauniens, arrivèrent enfin au sommet des falaises blanches. En bas, le soleil éclaboussait les brisants entourés d'écume et au loin ils apercevaient les côtes de la Gaule, forme grise que rendaient imprécise les brouillards du printemps.

Les éclaireurs rentraient sans nouvelles. Les bateaux étaient prêts sur les plages du continent et les vivres chargés, mais sous l'œil gris et froid de Plautius, les légions faisaient toujours l'exercice et les centurions se promenaient dans les rangs, distribuant coups et jurons.

Les tribus attendirent, plantant leurs petites tentes de cuir autour des feux. Gladys se perdit dans les dunes, collectionnant coquillages et bois flottés. Deux jours passèrent encore et dans l'inaction les chefs étaient comme du lait qui tourne à l'aigre au soleil. La nuit, ils jouaient et se querellaient. Le jour ils volaient et se battaient. Caradoc se démenait au milieu d'eux, tempêtant, l'épée tirée, menaçant, jurant et exhortant au calme sous l'œil ironique de son frère, qui défiait la mort vingt fois par jour en dévalant à toute allure la corniche, cheveux et cape au vent.

Puis une nuit, un bateau accosta sur la plage obscure et un éclaireur escalada la falaise crayeuse. Il rejoignit Caradoc, Togodumnus et les autres, mangea et but tout son soûl, puis leur sourit à tous, visiblement réconforté.

« Seigneurs, ils ne viendront pas, dit-il. Une fois de plus les soldats refusent de faire la traversée. Trois légions ne connaissent pas Plautius et ne lui accordent pas leur confiance. Il y a eu des exécutions mais la révolte s'étend. Plautius a appelé l'empereur à son secours. »

Togodumnus poussa un cri de triomphe et bondit sur ses pieds. « Je te le disais bien, Caradoc ! Maintenant, nous pouvons rentrer chez nous et terminer ce que nous avons à faire. »

Caradoc, stupéfait, se sentit d'abord exulter. Mais regardant Togodumnus sa jubilation fut de courte durée et le doute l'atteignit de plein fouet.

Il regarda en direction de Gladys. Elle fixait sans bouger la coupe qu'elle serrait dans ses deux mains fines. Les chefs parlaient entre eux avec animation mais l'attitude de Cinnamus et de Caelte n'était pas moins pensive que celle de Gladys. Fearachar grogna avec mépris : « Les seuls Romains qui ne mentent pas sont les Romains morts. »

Caradoc se tourna vers l'éclaireur. « Quand Plautius a-t-il envoyé des messagers à Rome ?

— Il y a une semaine. En ce moment l'empereur doit délibérer et la semaine prochaine, Plautius recevra des ordres.

— Des ordres, explosa Togodumnus. Laissez-moi rire ! Un général qui va bêler chez ses supérieurs lorsqu'il ne peut plus tenir ses hommes est au bord de la disgrâce. Moi qui croyais Plautius puissant et respecté ! » Il s'éloignait lorsque Caradoc le rappela vivement : « Où vas-tu ?

— Ordonner qu'on charge mes chars et démonte ma tente, cria Togodumnus, ta stupidité est sans pareille, Caradoc. » Plusieurs chefs se levèrent et commencèrent à se disperser derrière Togodumnus. L'un d'eux, un grand Durotrige barbu dont les cheveux noirs pendaient jusqu'à la taille, déclara : « Il a raison, votre frère. Les Romains n'ont plus la moindre chance. » Et il secoua sa tête hirsute en s'en allant.

« Cela ne me paraît pas possible, dit Caradoc avec colère. C'est trop facile. Je sais, je suis certain qu'ils vont venir. »

Gladys lui répondit d'une voix que l'inquiétude voilait : « Naturellement, ils viendront. Plautius est rusé, mes amis. Il sait que nous sommes là à l'attendre sur les falaises et il veut nous disperser. Comment y arriver plus facilement qu'en répandant la rumeur d'une rébellion ? Ils appellent Caesar à l'aide et Caesar viendra. Il faut que les chefs le comprennent. »

Caradoc se leva et ses hommes firent de même. « Allez parler tout de suite aux autres chefs. Je convoquerai le Conseil ce soir.

— Laisse-moi parler à Togodumnus, dit Gladys. Je crois qu'il n'est plus capable de t'écouter mais que je saurai lui faire entendre raison. »

Ils se séparèrent alors que des grincements de roues déchiraient déjà la nuit.

Les chefs assistèrent au Conseil de mauvaise grâce. Caradoc leur parla plus d'une heure, essayant de les persuader tandis que Togodumnus, au milieu de ses hommes, contemplait sa propre tunique écarlate, rêvant de voir la tête de son frère, enfin silencieuse, se balancer à l'un des poteaux de sa porte.

Les hommes des tribus étrangères ne dissimulaient pas le mépris qu'ils lui vouaient — un rêveur, un beau parleur de Catuvellaunien qui les avait arrachés au vêlage et aux moissons pour poursuivre un mensonge. Pourtant l'éloquence désespérée, la conviction de Caradoc finit par l'emporter et ils acceptèrent d'attendre encore deux semaines.

Deux semaines de cauchemar passèrent. Caradoc se demandait si Plautius attendait aussi de savoir si sa ruse avait réussi et que ses espions lui apprennent enfin que les tribus d'Albion avaient quitté la côte. Ses propres éclaireurs lui ramenaient chaque jour la même réponse négative — rien ne bougeait hors de Gesioracum.

Le quatorzième jour, avant même que le rose pâle de l'aube vire au jaune, les chefs commencèrent à partir. Caradoc n'essaya pas de les retenir. Il s'assit sur un tertre, et regarda les chars et les charrettes disparaître entre les collines boisées.

Togodumnus fut le dernier à partir. Il alla vers Caradoc, lui dit sèchement : « Je rentre à Verulamiun », et pirouetta sur ses talons. Je ne regrette rien, s'obstinait à penser Caradoc. Ils vont venir, je le sais. Pourtant je ne peux rester ici avec plusieurs milliers d'hommes libres à attendre Plautius.

Il aperçut Gladys qui se dirigeait vers lui le long de la falaise, sa cape sur le bras, ses cheveux noirs lui fouettant le visage. Il se leva, péniblement, comme un vieil homme.

« Caelte, va trouver Llyn et prépare les chars pour le départ. Cinnamus, rassemble tous les éclaireurs qui nous restent et dis-leur... de retourner à leur poste et d'y rester jusqu'à ce que je les en rappelle ou jusqu'à ce qu'ils m'apprennent que les Romains sont en vue. »

Gladys vint plus près de lui « Caradoc, as-tu envisagé de faire dire les présages ? » Sa peau bronzée sentait les algues. Ses yeux étaient clairs comme une nuit d'été. « Beaucoup d'autres chefs l'ont fait. Ils ont déclaré que les signes n'étaient pas bons mais personne n'a su dire pourquoi. Avons-nous un voyant à Camulodunum ?

— Il est mort, Gladys. J'y ai bien pensé. Mais il est trop tard maintenant. Il nous faudrait demander au Maître Druide de l'île de Mona de nous en envoyer un autre. Et tu sais comme moi que les voyants parent leurs prédictions d'un langage si étrange que le sacrifice ne paraît guère en valoir la peine.

— Je sais lire les présages, insista-t-elle. Laisse-moi essayer, Caradoc. » Il était trop fatigué pour être surpris. « Non Gladys, dit-il, nous rentrons. Je n'ai pas besoin de présages pour me dire ce que je sais déjà. »

Les Catuvellauniens se mirent en route vers Camulodunum, laissant derrière eux de nombreux arpents d'herbe piétinée et leurs rêves d'une victoire rapide et écrasante.

Caradoc était épuisé et rien ne pouvait plus le tirer de sa léthargie.

A deux jours de Camulodunum, les éclaireurs les rejoignirent, porteurs de nouvelles qui se répandirent avec la rapidité d'un feu de forêt impossible à maîtriser.

« Ils sont arrivés ! Les plages sont envahies. Ils ont déjà commencé à creuser et à élever des murs autour de leurs vivres. La cavalerie est toujours en mer, mais elle ne tardera plus. »

Caradoc revint à la vie. « Mocuxsoma, cria-t-il, cours à Verulamium. Emmène un éclaireur avec toi : Tog doit revenir. Gladys, va aussi vite que possible à Camulodunum. Informe Eurgain de ce qui se passe. Dis-lui que nous sommes seuls à leur résister et qu'elle doit se préparer à un siège. Reste ou reviens comme tu le voudras. Fearachar, à partir de maintenant, tu ne dois plus quitter Llyn des yeux. » Il calcula rapidement la distance qui séparait sa tribu des autres et se demanda s'il devait envoyer des hommes à leur poursuite. Cela ne servirait à rien. Au moins pour leur première rencontre avec l'ennemi. L'ennemi ! Il se revit enfant, riant avec les marchands, entiché de toutes les nouveautés qu'ils apportaient — s'asseyant sur la couche romaine d'Eurgain, buvant du vin romain. Comme il avait changé ! Mais le temps n'était plus aux regrets. Rome, maintenant, était l'ennemi.

« Vocorio, choisis six de mes chefs. Envoie-les au sud, à l'ouest et au nord. Les tribus ne nous seront d'aucun secours, mais peut-être finiront-elles par se battre contre Plautius, s'il nous déborde.

— Nous pourrions faire demi-tour et essayer de rejoindre les Cantiaciens, dit Cinnamus. Le lieu de débarquement de Plautius est sur leur territoire. Ensemble, nous serions peut-être capables de les contenir jusqu'à ce que les autres arrivent. »

Caradoc acquiesça, essayant de penser vite. Il y avait une chance pour que les Cantiaciens ne se soient pas dispersés. Parmi toutes les tribus, eux au moins savaient bien que les Romains étaient là. « Va les trouver, Cinnamus, dit-il. Ne t'arrête ni pour manger ni pour dormir. Prends un cheval de rechange avec toi. Demande-leur de passer le Medway et d'attendre de notre côté de la rivière. Ensuite reviens ici. »

Ses chefs et Gladys s'éparpillèrent. Caradoc se retourna : « Demi-tour, vous tous ! Le Corbeau des Batailles est arrivé ! Retournons au Medway ! »

Aulus Plautius Silvanus se tenait sur le sable, regardant ses hommes débarquer. Les tribuns étaient groupés autour de lui, les plumes de leur casque dansant dans la brise. Les troupes s'affairaient le long de la plage, obéissant aux ordres des centurions. Un peu plus haut, les étendards et les aigles avaient été plantés dans l'herbe qui faisait place aux galets, et peu à peu la masse compacte et bruyante se divisait pour se regrouper par unités.

« Où se trouve l'ennemi ? demanda Rufus Pudens. Nous arrivons, prêts à affronter une horde de sauvages hurlants et rien n'est en vue. Pas même un monstre ! »

Plautius adressa un bref sourire à son tribun sénatorial, se demandant ce que pouvait bien faire en ce moment Vespasianus. Probablement essayait-il d'insuffler quelque discipline à ses hommes épuisés par le mal de mer. Il n'a pas plus d'imagination que la colombe favorite de Claude, pensa Plautius, mais c'est un soldat né. Où en serait la Deuxième Légion Augusta sans sa sévérité ?

« Ils nous attendaient près des falaises, d'après ce qu'on m'a dit. La Vingtième Légion le saura bientôt. »

Un hennissement aigu et apeuré coupa l'air et les hommes se retournèrent pour regarder les premiers chevaux qu'on amenait à terre. Déjà l'ordre s'établissait rapidement et ils entendaient les soldats creuser les tranchées qui constitueraient le pourtour de leur premier camp. Avant la tombée de la nuit, des remblais s'élèveraient, des tours surplomberaient les tentes plantées en rangs réguliers et les officiers dormiraient dans leurs propres lits de camp. Plautius était satisfait. Pour l'instant tout allait bien.

« Pudens, dit-il, trouvez-moi le primipile. Je veux savoir combien d'hommes ont été mis hors de combat par la tempête. Et veillez à ce qu'on poste des sentinelles vers l'intérieur. Au travail, messieurs ! Que diriez-vous d'un bain ? » Ils rirent, comme le leur dictait leur devoir, et s'en allèrent. Il soupira, contemplant l'océan calme et brillant. Malgré l'agitation qui l'entourait, il se sentait profondément en paix. Avant le coucher du soleil, il aurait des nouvelles de Vespasianus et de la XXe Légion. Et au matin, ils pourraient se mettre en marche. Il préférait être sur cette plage-ci, au soleil, qu'à la place de Paulinus, au même moment dans les montagnes de Mauritanie. Il se demanda comment les émissaires de Vespasianus s'entendaient avec les Atrebates et leur nouveau chef Cogidumnus, qui avait offert son aide contre les deux intrépides frères catuvellauniens. Il eut une brève pensée pour le morose Adminius, encore à bord de l'un des bateaux, et l'ironie lui retroussa la lèvre. Il aurait son utilité, mais Plautius le méprisait. A la hauteur de son coude, le primipile toussa poliment, rappelant Plautius à la réalité. Il y avait beaucoup à faire avant qu'il puisse se retirer sous sa tente. La lecture attendrait. Et les Commentaires de Jules Cesar resteraient confortablement nichés dans son sac à dos.

11.

Caradoc et les chefs catuvellauniens rebroussèrent chemin. De nombreuses femmes avaient décidé de rejoindre Eurgain pour l'aider à défendre leur ville, emmenant les enfants avec elles. Seule Gladys revint et les rattrapa un peu avant qu'ils ne traversent la Tamise. Ils campèrent en bordure de la rivière, et se remirent rapidement en route pour arriver au Medway à midi le lendemain. Des éclaireurs partaient et revenaient, informant Caradoc des moindres mouvements de l'ennemi. Vers le milieu de la nuit, Togodumnus arriva avec ses hommes fourbus et affamés. Togodumnus, oublieux des éclats de la veille, réintégra le camp sans aucune gêne, salua son frère, et demanda de la viande. Llyn échappa à Fearachar pour se précipiter dans les bras de son oncle, entourant la taille fine et musclée de ses petits bras, mais Caradoc le rappela vivement à l'ordre, lui promettant une correction s'il ne restait pas en place. Il ne voulait pas que son fils suive aveuglément Tog au cœur de la bataille, sachant bien que c'était l'unique préoccupation de Llyn.

A l'aube un éclaireur vint les prévenir que les légions, qui par extrême prudence avaient débarqué en trois lieux différents sur la côte, s'étaient maintenant réunies et mises en marche. Caradoc expédia son déjeuner pour disparaître dans la brume matinale, Cinnamus et Caelte à ses côtés et les autres Catuvellauniens suivirent, se déployant le long des berges plates.

Cinnamus avait annoncé à Caradoc que les Cantiaciens viendraient se joindre à eux mais ils feraient un vaste détour et emprunteraient les gués du sud pour éviter la colonne romaine. On ne pouvait les attendre avant midi. Caradoc écouta, réfléchit et haussa les épaules.

Ses hommes et lui pourraient sûrement tenir la rivière jusque-là. Il revint à Fearachar et Llyn.

« Prends le garçon avec toi, dit-il, et retourne vers les collines. Choisis un point d'observation suffisamment élevé et assure-toi d'une voie de repli avant de t'arrêter, mon ami. Toi Llyn, dit-il sévèrement à son fils en lui prenant les mains, si tu t'éloignes de Fearachar, je reprendrai ta liberté devant le Conseil et tu deviendras son esclave pour toujours. Est-ce clair ? »

Llyn blêmit et promit solennellement, sachant que son père ne parlait pas à la légère. Caradoc l'embrassa et leur dit de partir. Puis il rejoignit ses chefs sur l'herbe humide. Il s'assit, ramenant frileusement sa cape et pensa à Eurgain et à la paix de leur foyer ; à Cunobelin qui malgré toutes ses machinations ambitieuses n'avait jamais osé tenir tête à une armée romaine. Il pensa aussi à sa propre peur, à ce qu'il ressentirait bientôt en sonnant le *carnyx,* quand ses chars commenceraient à rouler. Il se leva brusquement et se remit à parcourir les lignes, au milieu des invocations murmurées, des jurons étouffés, des vœux à Camulos. Ils avaient fait les sacrifices hier. Beaucoup avaient réclamé une victime humaine, mais Caradoc, pas encore tout à fait libéré des années d'influence romaine — bien qu'il n'en fût pas conscient — interdit l'usage des couteaux sacrés. D'ailleurs il n'y avait pas de druide parmi eux.

Il trouva Togodumnus entouré de ses hommes, appuyé contre son char et chantonnant doucement. Ils n'avaient rien à se dire. Rien. Ils s'embrassèrent sans rancune et Caradoc retourna à son poste. Il tira ses cheveux en arrière, mit son heaume, prit sa lance et libéra son épée du fourreau. Il retira ses bracelets de bronze et d'argent et les mit dans une poche de sa ceinture. Il caressa le torque d'or qu'il avait au cou et ce geste le remplit de fierté. Loup catuvellaunien ! Ils sentiront mes crocs aujourd'hui, pensa-t-il. Puis il ramassa son bouclier et fixa les lanières de cuir à son bras. La brume soudain se dissipa et le soleil matinal descendit sur eux, incendiant l'eau paresseuse.

C'est alors qu'il les vit : mille statues de divinités infernales sculptées dans la pierre noire, attendant le mot magique qui les mettrait en mouvement. Dans un tonnerre d'imprécations qui déchira les airs, les Catuvellauniens se matérialisèrent. Ils hurlaient à pleins poumons, frappant leurs épées contre leurs boucliers. Les forces romaines ne bougeaient toujours pas. Seul le panache des casques de leurs officiers dansait gaiement dans la brise.

« Jupiter ! dit Pudens. Je n'ai jamais rien vu de pareil ! Mais écoutez-les ! Sont-ils soûls ?

— Certains d'entre eux peut-être, répondit Plautius, mais ce bruit est rituel, Rufus. Ils chassent les démons de la mort et veulent en même temps nous faire peur. » Il regarda au-delà de la rivière la foule hurlante et bariolée. A quelle distance ? pensa-t-il rapidement. Un quart de mile ?

Près de lui, Vespasianus grogna avec mépris : « Des Barbares. Et bien peu nombreux. Jules Cesar avait raison, ils ont la folie de la guerre. »

Plautius se tourna vers le visage épais et rougeaud. « Souvenez-vous de ce que je vous disais à tous hier soir, dit-il. Leur première attaque est la plus redoutable. Ils y mettent toute leur énergie. Et n'oubliez pas non plus ce que je vous ai dit au sujet des femmes ! »

Vespasianus eut un rire gras. « Nos hommes ne risquent pas de se préocupper du sexe de ceux qui tiendront l'épée. Et pour ce qui est d'une bataille, s'ils sont assez naïfs pour en attendre une aujourd'hui, ils seront bien déçus. »

Plautius survola une dernière fois du regard la vallée découverte. Puis il se raidit. « Vespasianus, ordonne aux Thraces de se mettre à l'eau. Sonne l'*incursus.* »

Les hommes autour de lui saluèrent, se dispersèrent et les notes stridentes de la trompette mirent fin à la tranquillité rêveuse de cette matinée d'été.

En réponse à l'appel de la trompette Caradoc se jeta dans son char et Cinnamus rassembla les rênes. Ils avancèrent rapidement, les chefs courant derrière, lances levées et épées tirées, dans un vacarme terrifiant. Arrivés sur la rive, ils s'arrêtèrent, incrédules. Il y avait des soldats en armure dans la rivière, nageant vigoureusement et des troupes derrière eux qui pataugeaient sur la rive, prêtes à avancer par centaines. Caradoc entendit Caelte crier : « Les imbéciles vont se noyer, c'est certain ! La rivière est trop profonde et les courants sont forts ! » Mais Caradoc sentit son cœur sombrer. Les hommes déjà parvenus au milieu de la rivière n'étaient pas des Romains mais des alliés, Bataviens, Thraces ou les deux, tribus connues pour leur habitude de l'eau.

« A la rivière ! » cria-t-il. Le carnyx de bronze brilla soudain au bout de son bras. Il en saisit les griffes sculptées, en porta l'embouchure à ses lèvres, les crocs de loup qui le décoraient vinrent buter contre ses dents. Les guerriers se remirent à hurler et à courir.

« Camulos et les Catuvellauniens ! cria-t-il d'une voix qui dominait le fracas. La victoire ou la mort ! » Puis il jeta le carnyx sur le plancher du char et ils galopèrent à toute allure sur la boue sèche et craquelée.

Les auxiliaires atteignirent la rive et entreprirent de sortir de l'eau pour essuyer la folle violence de la première attaque. Ils tombèrent comme des sangliers qu'on abat. L'eau rougit de leur sang. Mais la deuxième vague puis la troisième parvinrent à gagner la rive et à se relever pour se battre. Caradoc, qui était descendu de son char et brandissait sa lame, sentit un étrange flottement dans les visages sans expression qui se pressaient devant lui. Les soldats esquivaient les coups, courant ici ou là, poussant vers l'arrière et soudain Caradoc comprit pourquoi. Un hurlement de terreur déchirant se fit entendre puis un autre, un cri aigu de douleur aveugle et animale. Il se retourna en poussant un juron. Les légionnaires tailladaient les jarrets des chevaux attelés aux chars, se faufilant entre les coups largement assenés des chefs pour frapper vite et s'enfuir aussitôt. L'une après l'autre, les vaillantes bêtes tombèrent sur les genoux, les yeux révulsés, le son terrifiant de leur agonie assourdissant leurs maîtres. Caradoc n'avait pas le temps de s'indigner devant la lâcheté de cette attaque. La rive était couverte de soldats et il en venait encore d'autres, qui sortaient, dégouttant d'eau, de la rivière, et il se détourna des chars désormais inutiles, soudain en proie à une véritable soif de sang. Il aperçut Gladys, près de Caelte, qui tenait à deux mains la garde de son épée tranchante, les pieds solidement écartés. Elle frappa, mais Caradoc, se précipitant vers l'enchevêtrement de corps romains bardés de cuir, ne vit pas le coup partir.

Du haut de son cheval, Plautius regardait. La résistance était plus soutenue qu'il ne s'y attendait. La journée serait longue, il le sentait. Bientôt, il y eut sur l'autre rive un nombre de soldats suffisant pour former des rangs et heure après heure, la machine romaine presque impénétrable repoussa les Catuvellauniens enragés, utilisant une tactique simple mais terriblement efficace.

Caradoc sale et en sueur, légèrement à l'écart, voyait la première ligne se retirer et la seconde prendre sa place, chaque homme avançant bravement pour permettre à la première ligne de reculer.

Les Romains se battaient sans aucune émotion. Leurs visages restaient inexpressifs, leurs gestes précis, alors que ses chefs venaient se heurter aux boucliers de cuir cruellement cloutés avec un acharnement héroïque. Il se retourna et ce qu'il découvrit dans la mêlée lui arracha un cri de joie incrédule. Le cœur de la bataille, en s'éloignant de lui, avait libéré une avenue qui conduisait tout droit sur Hosidius Geta, calmement assis sur son cheval, à la tête de ses cohortes. Caradoc regarda fiévreusement autour de lui.

« Guerriers Royaux ! A moi ! » cria-t-il et sa suite se dégagea rapidement du tourbillon de la bataille. D'autres chefs avaient vu cette chance inespérée et vinrent se placer derrière Caradoc. Togodumnus les rejoignit, ensanglanté et souriant. Ils attaquèrent ensemble. « Ne le tuez pas ! » hurla Caradoc. « Prenez-le vivant ! » et les cohortes décontenancées s'empressèrent de reformer les rangs autour du général.

Plautius — de son point d'observation — sentit soudain le mouvement du combat se défaire pour s'engouffrer dans une autre direction. Etonné, il découvrit Geta isolé au milieu d'une foule de chefs hurleurs et jubilants, ses cohortes dépassées. « Jupiter tout-puissant ! explosa-t-il, Rufus, rappelle l'aile gauche et fais vite ! » Les trompettes sonnèrent et deux centuries se dégagèrent aussitôt, avançant en ordre serré et les chefs amèrement déçus se trouvèrent repoussés de plus en plus loin de leur cible presque sans défense.

« Bien pensé, mais pas de chance ! » cria Togodumnus. Caradoc et lui se saluèrent sombrement et se séparèrent. Plautius vit son ami qui revenait vers lui au galop, cape et panache au vent.

Geta tira sur les rênes et souffla. « Un moment difficile, Aulus ! Quel atout j'aurais été pour eux ! Ils auraient marchandé notre départ de l'île ! »

Plautius se mit à rire « Hosidius, tu te fais vieux. »

Les Cantiaciens arrivèrent enfin, se jetant à grands cris dans la bataille, redonnant du courage aux Catuvellauniens encerclés. Puis le soleil disparut et lorsqu'il fit trop sombre pour distinguer les amis des ennemis, les armées se désengagèrent et rentrèrent dans leurs camps, titubant de fatigue.

Toutes les légions n'avaient pas traversé la rivière. Les soldats de la Deuxième Légion attendaient encore derrière leur commandant Vespasianus qui faisait les cent pas. Quand rien ne fut plus visible que la flamme tremblante des feux de sentinelle, Plautius l'envoya chercher.

« Prends tous tes hommes, dit-il, et pars au sud. Essaye de trouver un gué plus bas. Nous pourrions peut-être encercler les barbares et en finir avec cette incertitude. Ils se battent bien n'est-ce pas ?

— Par Mithras ! répondit Vespasianus, une pointe d'admiration dans la voix, ils se battent comme s'ils étaient possédés. Je n'éprouve plus la moindre pitié pour eux. » Il salua avant de s'éloigner et Plautius se tourna d'un air soucieux vers Pudens.

« Rufus, amène-moi le barbare, ordonna-t-il, il est temps qu'il nous montre ce dont il est capable. »

Pudens disparut pour revenir quelques minutes plus tard avec Adminius. Les traits bien dessinés, le menton à fossette de la Maison Catuvellaun, qui le faisaient ressembler à ses frères s'épaississaient avec l'âge et son apparence était négligée et malsaine. Les années à Rome l'avaient fait engraisser, l'oisiveté et la frustration l'avait rendu amer.

Plautius ne le regarda pas. Il craignait que son dégoût transparaisse. « Eh bien, Seigneur, dit-il avec raideur, je veux que vous passiez la rivière. Faufilez-vous discrètement parmi les vôtres. Vous savez ce que vous avez à leur dire. Ils seront fatigués et démoralisés ce soir et vos paroles porteront.

— Inutile, dit Adminius sombrement. Ils me détestent, tous autant qu'ils sont, et ils me haïront encore plus de représenter la puissance de Rome.

— Mais Adminius, vous avez fait croire à l'empereur que votre tribu n'attendait que l'arrivée de Rome pour vous rendre votre titre. »

Il faisait trop sombre pour qu'Adminius puisse lire la lueur sarcastique dans les yeux gris.

« C'est exact, protesta Adminius avec véhémence. Mais pas au beau milieu d'une bataille !

— Si vous réussissez, la bataille est terminée, lui rappela Plautius. Il est temps maintenant, partez ! » Ces derniers mots étaient sans réplique, Adminius fit un bref salut et disparut.

Caradoc était étendu près du feu, trop épuisé pour se laver ou manger. Il refusa la viande de chèvre et le pain que Fearachar lui offrait. Cinnamus s'assit près de lui, enveloppé dans sa cape à fleurs pourpres. Il polissait sa grande épée, une coupe et un pichet de vin à proximité et ses tresses avaient des reflets d'or à la lueur des flammes.

Llyn était recroquevillé près du feu, profondément endormi, une main sale sur sa joue brune, sa cape en guise de couverture. Non loin de lui, Gladys était assise, la tête inclinée et les bras serrés sur la poitrine. Elle n'avait pas dit un mot depuis la tombée de la nuit et Caradoc savait qu'elle souffrait. Pourtant, il était trop épuisé pour y prêter attention. Togodumnus était venu le trouver, se vantant du nombre d'ennemis tués, mais Caradoc, sans se relever, les muscles échauffés, le bras presque ankylosé, l'avait renvoyé durement.

Des voix chuchotantes parvenaient jusqu'à eux au travers des branches et Caradoc se redressa.

« Combien d'hommes avons-nous perdus, Cinnamus ? » Cinnamus sans relever la tête, les mains toujours occupées, répondit : « Je ne sais pas, Seigneur.

— Approximativement ? Cent ? Mille ?

— Je n'en sais rien ! répéta Cinnamus. Tout ce que je sais c'est que nos chefs sont à bout. Les Romains eux, sont frais comme des pâquerettes et le sort qui nous attend demain est bien incertain. »

Une heure avant l'aube, Caradoc se réveilla, engourdi par le froid. Llyn était déjà assis en tailleur de l'autre côté du feu, mâchant pensivement un morceau de bœuf séché. Caradoc lui dit bonjour et Fearachar descendit de la branche basse du chêne sur laquelle il avait dormi pour aller lui chercher de la viande et de la bière.

« Comment as-tu trouvé la bataille d'hier ? demanda Caradoc à Llyn. Avais-tu peur ? »

Les yeux noirs et ronds le regardèrent d'un air de reproche. « Bien sûr que non. Les Catuvellauniens n'ont peur de rien ni de personne. Mais je ne pouvais pas voir grand-chose, père. Fearachar m'a fait allonger et regarder depuis la colline.

— Il a eu raison.

— Allons-nous vaincre les Romains aujourd'hui ? »

Caradoc prit la nourriture que Fearachar lui tendait. « Je ne sais pas, Llyn. Peut-être. Maintenant Fearachar et toi devez partir, car le soleil se lève et nous avons à faire.

— Si vous ne les battez pas aujourd'hui, Père, je crois que je rentrerai à la maison, dit-il en se levant, obéissant. C'est un bon temps pour la chasse et mes chiens doivent m'attendre. »

Soudain la viande eut dans la bouche de Caradoc un goût de vieille écorce et il la recracha. « C'est une très bonne idée, Llyn ! dit-il gravement. Pourquoi ne rentres-tu pas tout de suite ? Si tu te dépêches, tu seras avec ta mère dans trois jours. »

Llyn secoua la tête. « Pas tout de suite, Père.

— Au revoir, donc. Obéis bien à Fearachar. »

L'homme et l'enfant s'éloignèrent dans la brume. Le soleil se leva. L'herbe restait humide mais, à travers les verts feuillages, il aperçut le ciel bleu. Beau temps pour la chasse. Caradoc sourit amèrement, but sa bière et partit à travers bois, avançant sans bruit, se dissimulant derrière des troncs d'arbres. Il arriva à la lisière, se laissa tomber sur le sol, disparaissant sans peine entre les herbes hautes puis regarda. De l'autre côté de l'eau, la berge était déserte. Les légions étaient parties. Où avaient-elles disparu ? La terreur le cloua sur place. Devant lui, sur la même rive, les Romains formaient déjà les rangs, se préparant à une nouvelle journée de tuerie. Ils avaient empilé les morts en grands tas, loin des feux, et ici, il n'y avait même pas trace de blessés. Caradoc retourna rapidement en rampant d'où il venait puis courut à toutes jambes à travers ronces et bruyères. Où, où, où ? Il fit irruption dans son camp, trouvant Mocuxsoma et Cinnamus qui le cherchaient désespérément.

« Où étiez-vous ? demanda Cinnamus haletant. Il y a du nouveau. » Mocuxsoma se précipita sur lui : « Seigneur, votre frère est venu pendant la nuit. Il a réussi à tromper la vigilance des gardes puis a été trouver certains chefs et hommes libres. La moitié de nos forces sont parties.

— Que veux-tu dire ? » Son cœur battait à tout rompre et sa gorge était sèche.

Mocuxsoma tapa du pied. « Pas Togodumnus ! Adminius ! Il a réussi à convaincre des hommes de passer du côté de Rome. »

Ces mots blessèrent Caradoc au plus profond. Il rejeta la tête et gronda comme un sanglier blessé. Les yeux fermés il s'écria : « Que Camulos l'étripe et lui vide les entrailles ! Qu'Epone lui écrase la cervelle ! Je le maudis ! Que Taran le brûle vif ! Que Bel le noie ! Qu'Esus l'étrangle ! »

Cinnamus alla vers lui et lui effleura le bras, mais Caradoc le repoussa violemment, accablé par la douleur d'avoir été trahi. La tuatha était à tout jamais déshonorée.

Rome vaincrait. C'était la fin.

Caradoc grimaça à l'idée que leur vie libre était menacée, mais bien vite sa peine fit place une détermination farouche.

« Dis-moi, murmura-t-il d'une voix tremblante, quels mots magiques cet animal a-t-il employés pour convaincre nos soldats ?

— Il leur a dit qu'ils n'avaient aucune chance. Que la Deuxième Légion postée dans les bois nous encerclait déjà, et qu'au matin nous serions balayés. Il leur a dit que s'ils se rendaient, ils pourraient rentrer pour cultiver leur terre et élever leur bétail. Et que le commerce redeviendrait excellent. »

Caradoc s'assit et les deux chefs firent de même. Le peu de chars qui restaient auraient dû avancer vers la rivière, mais Caradoc était cloué sur place, prisonnier d'un moment d'enfer qui s'éternisait, incapable de penser ou d'agir.

« Seigneur, dit Cinnamus, je regrette car ce n'est pas tout. M'écouterez-vous ou devrai-je me taire ? »

Que pouvait-il arriver de pire ? « Je t'écoute, dit-il.

— Dans la nuit, des Dobunniens sont venus. On a promis à Boduocus qu'on lui rendrait ses anciennes frontières et il se battra contre nous avec Plautius. Les Atrebates sont également avec eux. Ils ont un nouveau ricon, qui a l'appui de l'Empereur, un certain Cogidumnus. Tout est perdu. »

Et moi qui dormais ! pensa Caradoc, maîtrisant maintenant sa rage et son amertume.

Il chercha Mocuxsoma des yeux. « Est-ce que Togodumnus est averti de tout cela ? lui demanda-t-il.

— Je ne sais pas, Seigneur, répondit Mocuxsoma.

— Eh bien, cours le trouver, informe-le et ramène-le ici. Cours ! »

Cinnamus et lui s'assirent en silence. Tog et moi avons semé ces graines et la récolte dépasse nos prévisions. Raids, insultes, meurtres — toujours un peu plus. Si j'avais été ricon des Atrebates, qu'aurais-je fait ? La réponse vint sans hésitation : je n'aurais jamais conduit mon peuple à l'esclavage. Je me serais plutôt offert moi-même aux flèches sacrées.

Togodumnus apparut, tirant son char qui cahotait sur le chemin. « Pas un mot, mon frère, dit-il, livide, d'abord nous tuerons Plautius, puis Adminius, puis Cogidumnus et Boduocus ! »

Caradoc éclata de rire bruyamment. Lentement, péniblement, il mit son heaume et marcha vers son char. Il saisit le carnyx. « Je t'aime, espèce de fou », avoua-t-il. Il souffla une longue note brutale et le reste des chefs sortit de la forêt. Leur visage était lugubre, on lisait dans leurs yeux la certitude de la mort prochaine et comme un reproche à l'égard de Caradoc.

« Un matin rouge ! cria-t-il, étouffé par la peine. Un matin sanglant. Nous chevaucherons pour l'honneur, mes frères ! »

Ils prirent de la vitesse, débouchant des bois pour dévaler à toute allure en terrain découvert au moment où l'incursus sonnait et où les étendards de Rome se levaient pour venir à leur rencontre. Mais c'était sans espoir. Les légions leur faisaient face, les Dobunniens à droite, les Atrebates à gauche, et l'épée levée ils se précipitèrent à leur perte.

Courageusement, les Cantiaciens suivaient. Caradoc descendit de cheval et courut. Un guerrier de haute taille se jeta contre lui — un Catuvellaunien aux cheveux bruns, aux yeux bleus maintenant injectés de sang. Les larmes coulèrent sur les joues de Caradoc lorsqu'ils se frappèrent et le guerrier mordit la poussière. Qui me purifiera du sang de mon peuple ? pensa-t-il et tout à coup un cri de terreur s'éleva parmi ses hommes. Derrière eux sortait des bois un groupe de légionnaires bardés de fer. Le cri de peur se changea en panique. C'était Vespasianus et la Deuxième Légion, boueux, mouillés et triomphants. Les Catuvellauniens commencèrent à jeter leurs armes et à courir en tous sens. Les Romains et leurs compatriotes les entourèrent de toutes parts, les saignant comme des lapins.

« Relevez-vous et combattez ! » hurla Caradoc mais une peur animale s'était emparée d'eux et ils ne lui prêtaient plus attention.

Cinnamus courut vers lui, évitant de justesse le tranchant d'une épée dobunnienne. « Courez, Caradoc, courez ! cria-t-il. Rentrons à Camulodunum. »

Soudain, Caradoc se vit emporté, poussé et dépassé par ses hommes qui couraient. Il courut, lui aussi, trébuchant, s'essoufflant. Ils retrouvèrent l'abri des arbres, hors d'haleine, mais ne s'arrêtèrent pas, la troupe des Catuvellauniens en fuite se faisant plus nombreuse.

« Llyn ! » fit Caradoc. Mais Cinnamus l'exhorta à poursuivre. « Fearachar et lui sont partis », parvint-il à lui dire, et ils continuèrent jusqu'à ce que le bruit du carnage cesse et que les grands arbres les toisent en silence. Alors seulement ils se laissèrent tomber dans l'herbe, ne se souciant même plus de vivre ou de mourir.

Pendant deux jours ils se perdirent à travers bois. L'un après l'autre, d'autres chefs vinrent les rejoindre, survivants hagards et en haillons, incapables même de parler.

Le second jour, vers la tombée de la nuit, au détour du chemin ils découvrirent un autre groupe de cinq ou six chefs assis sur le bord de la route, la tête basse. Devant eux, se trouvait une civière de fortune, deux branches auxquelles une cape était attachée. Alors, le cœur de Caradoc chavira et il se précipita, tremblant. Il s'agenouilla près de la civière et lentement Togodumnus tourna la tête. Il avait du sang séché dans les cheveux et aux commissures des lèvres. Une de ses épaules n'était plus qu'une bouillie d'os et de chairs déchirées et Caradoc, soulevant la cape avec des doigts gourds, découvrit des blessures profondes à la poitrine et à la hanche. Togodumnus continuait à perdre abondamment son sang qui maculait la terre de corail vif et imprégna la main de Caradoc lorsque celui-ci eut reposé la cape. Le visage de Togodumnus était gris, comme vieilli. Il ouvrit la bouche pour parler et un flot de sang jaillit entre ses dents et vint dégouliner sur sa joue.

« Caradoc, murmura-t-il, je n'aurais jamais pensé qu'il était si dur de mourir ! Ah ! comme cela fait mal. » Les doigts noircis et meurtris attrapèrent la manche déchirée de Caradoc. « Je crache sur la mort ! » Il essaya de rire et un autre jet de sang noir s'échappa de ses lèvres. « Les puissants Catuvellauniens ne sont plus. Je suis heureux... heureux... de mourir maintenant. Mets mon corps sur un bûcher, mon frère, et fais-le bien flamber. » Un spasme d'agonie lui déforma le visage puis ses yeux s'agrandirent, pleins d'une terreur à laquelle nul ne pouvait le soustraire.

« Je ne crois pas que je pourrai en supporter davantage. »

Caradoc ne pouvait répondre. Les derniers rayons du soleil illuminaient le chemin, les oiseaux sifflaient et pépiaient sous la vaste voûte de verdure mais il ne pouvait penser qu'à cet être autrefois exubérant qui gisait maintenant devant lui, mutilé et mourant. Les yeux qui essayaient de le fixer étaient emplis d'un indomptable désir de vivre, Togodumnus luttait encore.

Caradoc se redressa. « Soulevez-le », ordonna-t-il, sans cacher les larmes qui coulaient sur son visage. Ils se remirent en route, Caradoc marchant près de la civière, Cinnamus et les autres suivant en silence.

Quand le soleil se fut couché, ils s'arrêtèrent, la faim tiraillant leurs ventres vides. Caradoc reprocha sévèrement leur maladresse aux porteurs de civière qui trébuchaient de faiblesse, mais Cinnamus lui dit : « Cela n'a pas d'importance, Seigneur. Il est mort. » Caradoc tomba près de la forme obscure et se pencha au-dessus du visage ensanglanté en saisissant une main sans vie. Caradoc rabattit la cape de Tog sur son visage et se laissa tomber sur le sol. Les chefs contemplèrent en silence le dernier ricon de la Maison Catuvellaun qui pleurait son frère.

Ils atteignirent Camulodunum dans la soirée du quatrième jour, portant toujours leur fardeau. Personne ne se trouvait au premier portail, mais le garde du second les vit arriver, comme un troupeau de bêtes malades et courut chercher de l'aide. Des hommes et des femmes surgirent des huttes, les accueillant avec des cris et des larmes. Ils prirent la civière de leurs bras fatigués. Entendant le vacarme, Eurgain sortit de la Grand-Salle. Gladys était près d'elle. Le groupe titubant des hommes monta lentement à sa rencontre, et elle se figea, cherchant désespérément Caradoc des yeux. Enfin, elle l'aperçut, les cheveux en broussaille, les yeux creusés par la douleur. Elle se précipita vers lui et tomba à genoux, se serrant contre lui, posant ses mains sur ses cheveux. « Eurgain », murmura-t-il. Mais ses jambes refusèrent de le porter plus longtemps et il tomba devant elle, l'entourant de ses bras. Ils restèrent dans les bras l'un de l'autre, les yeux fermés, et les premières lamentations de deuil s'élevèrent près du corps de Togodumnus. Le portail fut solidement verrouillé.

Ils se retrouvèrent dans la Grand-Salle, indifférents à tout ce qui n'était pas leur fatigue. Les serviteurs s'affairèrent pour alimenter le feu et découper la viande d'un rôti de bœuf. Caradoc avait fermé les yeux dès qu'il s'était assis. Eurgain était toujours près de lui. Gladys traversa la salle pour s'accroupir devant lui. Aucune des deux femmes ne souffla mot. Il faisait lourd dans la Grand-Salle. Le soleil chauffait les murs et un mélange de fumée et de graisse brûlée rendait l'air sec encore moins respirable. Finalement, Fearachar accourut portant un plateau chargé de viande et de pain, de porridge et de pois bouillis, ainsi qu'une chope de bière. Caradoc ouvrit les yeux et se redressa avec peine lorsque Fearachar posa l'assiette près de lui. Il se mit à manger lentement malgré sa faim, mais vida la chope d'un seul trait et Fearachar repartit la remplir. Le sang de Caradoc recommença peu à peu à circuler et il se sentit l'esprit plus clair. Il essuya les dernières traces de sauce sur son assiette et se tourna vers Eurgain.

« Llyn ? demanda-t-il, le regard inquiet, d'une voix encore faible.

— Il est rentré hier soir avec Fearachar. Les filles et lui sont avec Tallia à la maison. »

Il parut soulagé puis se tourna vers Gladys. « Et toi, comment es-tu rentrée ?

— J'ai trouvé un soldat de cavalerie dans les bois, Caradoc, répondit-elle. Il était blessé. Je l'ai tué et j'ai pris son cheval. Que s'est-il passé là-bas, près de la rivière ? Comment avons-nous pu ainsi nous déshonorer ? » Son ton n'était qu'interrogateur, vide de toute amertume. Elle était en proie à une stupeur désespérée. Caradoc répondit brièvement, sachant à peine ce qu'il disait tant il avait sommeil.

« Nous avons été trahis par un membre de notre famille, trompés par l'ennemi, attaqués par nos propres compatriotes. Comment s'étonner alors que Camulos et la déesse nous aient abandonnés ? Nous ne sommes pas déshonorés. Nous étions trop peu nombreux et attaqués par surprise. Nous continuerons à nous battre ! » Dehors la mélopée funèbre en l'honneur de Togodumnus lui parvint et il comprit l'urgence de la décision à prendre.

Eurgain commença à protester violemment mais il lui mit un doigt sur les lèvres en se levant avec raideur.

« Je convoque le Conseil ! dit-il et les conversations cessèrent. Que les esclaves sortent et vous autres, approchez. Je n'ai pas la force d'élever la voix. »

Ils se rassemblèrent autour de lui et il les regarda tristement, débordant de pitié et de rage. Ils avaient l'air d'un troupeau de loups affamés et malades, pourtant ils le regardaient avec confiance.

« Je ne dirai rien d'une horreur qui dépasse les mots, ni de la mort de mon frère. Nous sommes catuvellauniens. Nous ne nous rendrons jamais. La tuatha combattra jusqu'à ce que tombe le dernier d'entre nous. Si quelqu'un veut quitter Camulodunum pendant qu'il est encore temps, et s'enfuir vers l'ouest ou rejoindre les druides sur l'île de Mona, je ne lui retirerai pas le prix de son honneur, je ne le décréterai pas esclave. Y a-t-il quelqu'un qui veuille partir ? » Il s'arrêta pour reprendre des forces. Personne ne bougea et il sentit un faible et pathétique mouvement de fierté retrouvée briller dans les yeux désolés qui le fixaient.

Il reprit d'une voix ferme et décidée :

« Nous nous préparerons donc à un autre combat. Je veux qu'on abatte le portail et qu'on le comble avec de la terre et des pierres. Alan est-il ici ? » Son fermier se leva. « Alan, veille à ce que tout le bétail, celui des autres comme le mien, soit conduit dans les bois du Nord. Fais-le garder par quelques paysans. S'il le faut, nous abattrons toutes les bêtes. Je ne veux pas qu'un seul Romain puisse se régaler de mes bêtes. » Alan acquiesça et se rassit. « Vocorio, toi et tes hommes libres, faites rentrer tous les fermiers et tous les paysans à l'intérieur des défenses. Ils se sont sans doute pour la plupart cachés dans les bois, mais rassemble ceux qui viendront. Les huttes vides ne manquent pas. » Personne ne pouvait plus rien pour les chefs qui ne reviendraient pas. « Mocuxsoma, dit-il sans vouloir encore évoquer leur sort, brûle le pont qui traverse le fossé. Fais-le tout de suite. Les paysans pourront traverser sur des troncs d'arbre. Vous tous, rassemblez toutes les armes possibles. Tout ce qui peut tuer un Romain fera l'affaire. Pour cette nuit allez chez vous et reposez-vous. »

Il les renvoya, puis s'effondra à nouveau sur les peaux. La fatigue et les événements tragiques de ces derniers jours lui donnaient la nausée. « Construis un haut bûcher, avait dit Tog, et fais-moi bien flamber. » En repensant à ces mots que Tog avait prononcés d'une voix mourante, sa douleur le reprit. Tog, tu étais faible et indiscipliné, tu piochais des deux mains dans le riche panier de la vie, et pourtant je t'aimais. Tu étais une étoile filante tandis que moi... Il regarda ses doigts sales et tremblants... Moi je suis enchaîné à la terre et mes mains n'atteindront jamais les étoiles. Elles ne sauront que tenir cette épée cruelle et vengeresse. Il lutta contre son émotion, que la fatigue rendait étouffante puis leva les yeux. La Salle s'était vidée. Il s'efforça de regarder les deux femmes qui attendaient.

« Il n'y a plus d'espoir, n'est-ce pas ? demanda Eurgain.

— Aucun, répondit-il sans ménagements. C'en est fini de notre tuatha et de notre liberté. Eurgain, je veux que les enfants et toi alliez à l'ouest. »

Elle s'attendait à une demande de ce genre et répondit avec passion : « Non, Caradoc, cette fois, je ne me réfugierai pas derrière mes enfants. Je ne veux pas partir à l'ouest, sachant que ma famille et moi sommes les seuls survivants des grands Catuvellauniens. Une telle solitude serait insupportable. » Elle prit sa main et l'embrassa. Gladys détourna les yeux, se sentant totalement seule pour la première fois de sa vie. « Si nous devons mourir, mon époux, mourons ensemble. Je vous aime et ne saurais vivre sans vous parmi

des étrangers. » Il l'embrassa, trop fatigué pour répondre mais réchauffé par ses mots. Ils se levèrent et sortirent ensemble, abandonnant Gladys dans la salle déserte, sa lourde épée au côté, des larmes brûlantes coulant sur ses joues brunes.

Les derniers guerriers de Camulodunum se préparèrent donc à la défaite. Les rites pour Togodumnus eurent lieu et les flammes de son bûcher furent le seul bruit qu'on put entendre pendant un jour et une nuit. Le ciel se couvrit, de lourds nuages venant lentement de la côte pour peser sur la ville et des éclairs éclataient spasmodiquement au-dessus des champs mûrissants. Caradoc ne ressentit rien, lorsqu'il lança la torche dans le fagot sur lequel son frère reposait. La douleur ne l'atteignait plus. Personne ne pleura lorsque les flammes s'élevèrent. Ils entendirent tous dans le ronronnement des flammes l'annonce brûlante et impitoyable de leur mort prochaine, et ils restèrent muets, comme si c'était à l'incinération de leur propre corps qu'ils assistaient.

Les Romains n'arrivaient toujours pas. Gladys disparut sans dire où elle allait. Elle revint quelques jours plus tard, accompagnée d'un éclaireur, l'un des derniers à observer les légions. Caradoc et Eurgain, surplombant la vallée, les virent venir de loin et descendirent à leur rencontre, au moment où ils se glissaient par le mince passage qu'on avait laissé dans le mur des fortifications.

« Ils attendent l'arrivée de Claude, de l'empereur lui-même, dit l'éclaireur sans préambule. Ils campent dans les bois à moins de cinq miles d'ici. Plautius est furieux de ce retard mais n'ose bouger avant l'arrivée de la délégation romaine. En attendant, il a envoyé Vespasianus et la Deuxième Légion se battre contre les Durotriges.

— Quand viendra-t-il ? demanda Caradoc.

— Comment pourrais-je le savoir, Seigneur ? répondit l'homme. Le message est parti il y a deux semaines. Peut-être devront-ils attendre deux semaines de plus.

— Et ensuite ? »

L'éclaireur les considéra avec curiosité. Il y avait dans leur expression quelque chose de si fataliste, de si hiératique qu'il les reconnaissait à peine. Caradoc avait posé une main légère et confiante sur l'épaule de sa femme et elle regardait droit devant elle avec des yeux clairs et sans crainte. Il ressentit un étrange respect, comme si tous deux avaient été des dieux au-dessus de la peur et de l'inquiétude, et il s'agita, conscient de sa propre fragilité. « Ensuite, l'empereur lui-même conduira les troupes vers une victoire facile et les aigles de la légion encercleront la Grand-Salle. »

Caradoc et Eurgain restèrent immobiles lorsqu'il eut fini de parler. Gladys les quitta et marcha vers sa propre hutte austère. Alors Caradoc lui sourit chaleureusement. « Va dans la Salle et mange. Ensuite dors, et retourne dans la forêt. Il serait plus prudent pour toi de ne pas revenir. » L'éclaireur remercia, salua et grimpa le chemin escarpé. Caradoc se retourna vers sa femme.

« La nouvelle ne m'inquiète guère, dit-il, je ne ressens rien. Dans deux semaines nous serons morts et Camulodunum en flammes. Pourtant, lorsque je te regarde, mon cœur rit. Pourquoi ? »

Elle lui fit face et prenant ses joues hâves dans ses deux mains, l'embrassa sur la bouche de ses lèvres fermes et fraîches, puis se mit sur la pointe des pieds pour toucher ses yeux. « Parce que nous n'avons plus rien à attendre, que tout est clair, répondit-elle avec vivacité. Il n'y a que toi et moi, le soleil et la mort. » Ils restèrent un long moment enlacés, les yeux fermés, à l'ombre du rempart, pendant qu'au-dessus d'eux les moineaux virevoltaient librement dans le ciel bleu.

12.

Dans l'air silencieux d'une belle aube d'été, les Catuvellauniens se réveillèrent un jour pour découvrir que leur ville était encerclée par une masse compacte de casques et de boucliers cloutés. Ils ne s'affolèrent pas, se contentant de ceindre leurs épées, prendre leurs lances, et faisant leurs derniers adieux, ils se rendirent aux postes qui leur étaient assignés.

Caradoc remit un couteau à Tallia et la poussa avec les enfants vers la Grand-Salle. « Quand tu entendras les Romains monter par ce chemin, dit-il, tue les enfants. Sois bien certaine que je serai mort et Eurgain avec moi. Adieu Tallia. » Llyn se jeta sur lui, l'embrassant et poussant des cris incohérents, le frappant de ses poings refermés durs comme de petites pierres. Caradoc le saisit fermement par les deux poignets et le força à reculer.

« Llyn, dit-il à son fils, au lieu de le prendre dans ses bras et de pleurer avec lui comme il l'aurait voulu, comment meurt un chef catuvellaunien ? »

Le garçonnet leva un visage plein de larmes. « Il meurt... comme un guerrier. Sans peur.

— Précisément. » Caradoc ne se sentit pas la force de continuer. Il s'arracha à l'étreinte de Llyn et se tourna vers les petites filles qui le regardaient en silence. Il se baissa pour les embrasser au moment où les Romains sonnaient la charge et dehors Cinnamus cria : « Venez, Seigneur ! » Il n'osa plus regarder le petit groupe apeuré, il tira son épée et se précipita dehors.

Cinnamus, Caelte et Eurgain le rejoignirent. Une clameur s'élevait déjà sur les remparts, et d'en bas il entendit les ordres brefs et précis qui scandaient l'avance des légions qui avaient installé de larges planches au-dessus du fossé. A mi-chemin du portail condamné, Gladys les rejoignit, les cheveux en désordre, les yeux encore ensommeillés. Ils atteignirent le haut du rempart et regardèrent l'horizon.

La vallée grouillait de soldats, et Caradoc remarqua, sur un monticule un peu à l'écart, un petit groupe qui se tenait au loin. « Cela doit être l'empereur, qu'il soit maudit ! Où est Plautius ? Et qu'est-ce que cela signifie ? » Juste au-dessous d'eux, les rangs s'ouvrirent et il vit qu'on poussait une étrange machine sur roues.

« Une baliste, Seigneur, fit Cinnamus froidement. Ils vont affaiblir le mur et les soldats y feront une brèche. Ils s'y engouffreront comme l'eau par une digue fissurée. » Il n'avait pas fini de parler qu'un bruit sourd fit vibrer l'atmosphère et la terre trembla sous leurs pieds.

« Nous ne pouvons pas nous battre. Pas encore, dit Gladys d'un ton si venimeux qu'Eurgain tourna la tête pour la regarder. Nous sommes forcés de rester bêtement perchés ici comme des faisans sur un arbre à attendre qu'on nous en fasse tomber. » Et voyant, près du mur, les chefs appuyés sur leur lance, leurs femmes auprès d'eux, taches vives d'écarlate, de bleu ou de jaune, elle ajouta : « Il vaudrait mieux sauter par-dessus le mur et mourir tout de suite.

— Paix, dit Cinnamus avec gentillesse. On croirait entendre Vida. » Et contre toute attente, ils éclatèrent de rire. Cette brève onde de joie se répercuta sur les soldats qui s'arrêtèrent et levèrent la tête. Alors froidement, Cinnamus se pencha et jeta sa lance. Au-dessous l'un des hommes tomba à la renverse. Ses compagnons s'abritèrent sous leurs boucliers et se remirent à creuser.

« Où est Vida ? » demanda Eurgain.

Cinnamus haussa les épaules. « Elle est encore au lit. Elle viendra lorsqu'elle sera prête. »

Eurgain posa une main sur le bras de Caradoc.

« Et le feu, Caradoc, as-tu oublié ? »

Il frappa son heaume, exaspéré. « Le feu ! Naturellement ! Caelte, cours chercher Mocuxsoma et les autres. Commence par démolir les chenils et les étables. Cinnamus, trouve Fearachar et dis-lui de nous apporter du feu. A quoi pensais-je donc ? » Ils partirent en courant exécuter ses ordres et Gladys, Eurgain et lui se camouflèrent derrière le mur, sentant les vibrations de la machine faire trembler les rocs et la terre tassée sous leurs pieds.

Vida les rejoignit. Elle portait l'une des tuniques ordinaires de Cinnamus mais ses jambes étaient nues et elle n'avait pas de chaussures. Elle tenait négligemment son épée d'une main et avait pendu deux couteaux à sa ceinture.

« Vida, où est ton bouclier ? » lui demanda Caradoc. Elle bâilla encore, puis un sourire fit briller ses dents blanches.

« Je l'ai perdu la nuit dernière, au jeu, contre l'un des hommes de mon mari, Seigneur. » Caradoc était furieux. Il allait lui adresser des paroles cinglantes lorsque Fearachar et les autres chefs arrivèrent en courant, les bras chargés de bois. Il se leva.

« Faites un feu ici, leur ordonna-t-il. Empilez le bois. Prenez tout ce qui peut brûler. Cela ralentira les soldats, ne serait-ce qu'un moment. » Tous jetèrent à la hâte fagots, chaume, poteaux arrachés aux huttes et planches des étables sur le feu allumé par Fearachar, et les flammes ne tardèrent pas à s'élever, pâles sous le soleil.

Avec un bruit sourd, la baliste frappa. En bas, les soldats s'acharnaient contre le mur. Les autres chefs, comprenant le plan de Caradoc, vinrent chercher chacun un tison dans les flammes. Bientôt, cent feux s'allumèrent en bordure des remparts et près d'eux les tas de bois grossirent. Caradoc fut enfin satisfait. Il saisit un tison brûlant, se pencha par-dessus le mur et le jeta. Sous lui, un cri se fit entendre. Gladys trépigna « En pleine figure ! Au travail Eurgain ! » Et Eurgain et Vida commencèrent à tirer du bois du feu tandis que Fearachar en ajoutait.

Toute la journée, les Catuvellauniens parvinrent à maintenir les légions hors des murs, jusqu'à ce que tout le bois des chenils, des étables et des huttes ait brûlé. Claude, qui suivait de près les opérations depuis son petit tertre, commença à transpirer sous le soleil de midi. Il demanda un parasol et s'épongea le front. Finalement Plautius eut recours aux *tormentae* et aux *scorpios.* Certains chefs commencèrent à tomber des murs, transpercés par des flèches au moment où ils se penchaient pour envoyer leurs projectiles enflammés. Mais la pluie de flammes orange ne cessa pas pour autant. Plautius donna un nouvel ordre, s'émerveillant de la résistance farouche de ce peuple rude et un grand cri s'éleva chez les Catuvellauniens. Des flèches incendiaires volaient maintenant par-dessus leurs têtes, s'enfonçant profondément dans les toits des huttes les plus proches, celles du cercle des chefs. Elles ne furent bientôt plus que des torches rougeoyantes au soleil couchant.

« Caradoc, les enfants ! lui cria Eurgain. Le couteau, passe encore, mais je ne veux pas qu'ils soient brûlés vivants ! »

Caradoc s'arrêta, essuyant la sueur et les traces de fumée sur son visage. Il vit que la Grand-Salle, toujours intacte, se dressait fièrement, hors d'atteinte des scorpios. « J'ai besoin de toi ici, Eurgain, dit-il sèchement. La Salle tiendra tant qu'on n'en démolira pas les murs. » Elle parut réfléchir à cette affirmation, puis se remit au travail, ses nattes blondes grises de cendres, les mains enflées et brûlées, les bras couverts d'écorchures.

La nuit tomba et Plautius fit sonner la retraite, satisfait des progrès réalisés dans la journée. Les murs de la ville étaient maintenant à ce point affaiblis que ses hommes auraient pu finir à main nue leur travail de démolition, et les scorpios avaient fait perdre beaucoup d'hommes à l'ennemi. Il se tenait près d'un empereur fatigué et de mauvaise humeur, assistant à la destruction de Camulodunum.

Toute la ville était en flammes, à l'exception du grand bâtiment de bois au sommet de la colline. Mais au matin, les légions pourraient y pénétrer et la destruction serait complète.

Curieusement, il regrettait que tout soit terminé. Il aurait aimé rencontrer ce Caradoc, ce chef dont la détermination, face à une défaite certaine, avait réussi à faire résister ses hommes jusqu'au bout comme des démons. Il aurait aimé partager une coupe de vin avec lui, parler de stratégie et de manœuvres au cours d'un bon dîner. Déjà, le mystère de ce pays opérait. Nuit vibrante, forêt dense, terre pleine de sortilèges, d'une magie subtile et efficace. Il repensait au chef de haute taille qu'il avait entr'aperçu, en haut du mur, son casque de bronze brillant au soleil, lorsque Claude l'appela avec une pointe d'exaspération dans la voix. Il soupira et s'inclina pour répondre. Il n'était plus si sûr maintenant d'avoir eu plus de chance que son collègue Paulinus.

Les chefs épuisés s'éparpillèrent dans la Grand-Salle, mâchonnant des morceaux de viande froide et buvant ce qui restait de bière, prêtant l'oreille au bruit des flammes qui réduisaient méthodiquement leur ville en cendres. Caradoc assis près de Llyn, portant les petites filles dans ses bras fatigués, les regarda avec émotion. Eurgain était assise, les mains dans un récipient d'eau froide, les yeux fermés, et Gladys était affalée contre le mur, son épée dégainée posée sur les genoux. Vida et Cinnamus étaient allongés côte à côte sur les peaux et semblaient dormir. Caelte, qui avait récupéré sa harpe dans le coin de la salle où il l'avait cachée, chantait doucement pour lui-même, apparemment indifférent à la mauvaise brûlure rouge qui serpentait sur son avant-bras.

Puis Caradoc posa doucement ses filles endormies près de lui et Fearachar les recouvrit avec des capes. Llyn, allongé à côté de sa mère, s'endormait déjà. Caradoc recula pour s'appuyer contre le mur et Eurgain vint s'asseoir près de lui. Il l'enlaça et elle posa sa tête sur son épaule.

« Comment vont tes mains ? demanda-t-il doucement.

— Mieux, répondit-elle, mais elles sont pleines d'ampoules. Si je veux tenir une épée demain, je devrai mettre des bandages serrés.

— Il n'est pas trop tard pour partir, lui dit-il au bout d'un moment. Je pourrais te faire passer, toi et les enfants, de l'autre côté du mur avec une corde.

— Oh ! ne dis plus rien ! » murmura-t-elle et il finit par poser la tête sur elle et par s'endormir.

13.

Au milieu de la nuit, au cœur d'un cauchemar, Caradoc sentit une main qui se posait sur son bras. Il poussa un cri, cherchant son épée et bondit sur ses pieds. Il était bien dans la Grand-Salle. Eurgain près de lui se réveillait aussi. Cinnamus se jeta dans sa direction, la main sur le couteau qu'il portait à la ceinture. Une seule lampe brûlait et tout autour, dans l'ombre épaisse, absolument rien ne bougeait. Dehors, le rugissement des flammes avait fait place à quelques craquements épisodiques et une pluie fine martelait le toit, tandis que par intermittence le tonnerre se faisait entendre. Une haute silhouette se tenait devant Caradoc, enveloppée dans une cape, capuche rabattue. Le visage de l'homme était invisible. Il défit sa capuche. Sous des cheveux noirs en broussaille apparurent un front haut, des yeux noirs perçants, une barbe noire qui couvrait même la bouche et se répandait en boucles désordonnées sur une poitrine massive. Il écarta un instant sa barbe, révélant un torque de bronze, et une main robuste se tendit vers Caradoc qui avança pour serrer son poignet.

« Aucun mot de bienvenue dans votre Salle, Caradoc ap Cunobelin ? Ne suis-je pas invité à me reposer en paix ? »

Caradoc retira sa main. « Il n'y a plus de paix entre mes murs, homme libre, et je n'ai rien à t'offrir que quelques vieux morceaux de bœuf froid et un fond de baril. Je ne prononce pas les mots d'hospitalité sans savoir d'abord à qui je m'adresse, ami ou ennemi. »

L'homme regarda les chefs qui l'écoutaient. « Il fut un temps où la fière tuatha des Catuvellauniens et ses amis romains nous auraient considérés, moi et les miens, comme des ennemis, dit-il, mais on dirait que certains amis ont eu maille à partir et que les tribus des basses terres se précipitent pour s'arracher leurs dépouilles. Qui suis-je à ton avis, ricon sans peuple. Un ami ou un ennemi ?

— Je ne jouerai pas au plus fin avec toi, étranger, répliqua sèchement Caradoc. Ce n'est plus ni le lieu, ni l'heure. Si tu veux manger et boire, je t'offre volontiers ce que nous avons. Sinon, dis ce qui t'amène. D'où viens-tu ? Comment as-tu pu passer au travers des sentinelles romaines ? »

C'était la question qu'ils se posaient tous. Il était peut-être envoyé par les Romains. L'homme se mit à rire.

« Les Romains ont travaillé plus dur que vous, à creuser vos murs pendant des heures, et la nuit est avancée. Les yeux des sentinelles sont lourds de sommeil. Laissez-moi donc vous dire pourquoi je suis ici. » Il défit sa cape lentement et tous purent voir les traces d'herbe sur sa tunique brune ; il dégrafa sa ceinture et se laissa tomber sur les fourrures avec un grognement. « Je suis venu pour vous emmener tous avec moi, du moins ceux qui voudront venir. Mes hommes vous attendent dans les bois avec des chevaux. »

Un silence stupéfait et incrédule accueillit ses mots. « D'où venez-vous ? » répéta Caradoc, faisant signe à Cinnamus et à Gladys de reposer leurs armes.

« Vous savez bien d'où je viens, dit l'homme avec impatience. Nous n'avons pas de temps à perdre. Je suis un homme de l'Ouest. J'appartiens à la tuatha des Silures. J'ai ordre de vous conduire dans mon pays, Caradoc, avec votre famille et les nobles de votre clan.

— Pourquoi ?

— Parce que si je ne le fais pas, demain, vous allez tous mourir. Et que vous morts, c'en est fait de la résistance des basses terres. Vous avez toujours été mous, vous autres gens de la rivière, dit-il par dérision. Nous avons eu raison de ne pas vous faire confiance ! Voyez donc ce qui vous arrive ! Les Atrebates se sont rendus, les Dobunniens se sont rendus, les Iceniens, les Brigantiens, les Loritaniens, les Cornovii, sont prêts à négocier la paix sans une seule épée levée ! Et les Durotriges ont été vaincus. »

Caradoc sursauta. Ainsi, Vespasianus était rentré victorieux, sans plus de difficultés. Comment était-ce possible ? Les Durotriges étaient les meilleurs guerriers, la tribu la plus farouche de toutes ! A l'exception peut-être... Il regarda le Silure et vit la réponse à la question qu'il se posait. A l'exception des hommes de l'Ouest.

« Votre avidité a causé votre perte, chef catuvellaunien. On a demandé à mon seigneur de vous sauver. Pour moi, j'étais d'avis contraire. Je l'ai dit au Conseil, mais le druide a parlé et l'on ne m'a pas écouté. » Il sourit malicieusement. « Il paraît qu'on a besoin de vous dans l'Ouest. Peut-être pour vous offrir en sacrifice à Taran ou à Bel. »

Les chefs commencèrent à murmurer entre eux. Caradoc vit leurs regards obliques et son cœur sombra. Voilà qu'au moment même où ils allaient être exterminés, apparaissait un envoyé de la déesse, une chance inespérée de continuer à vivre. Et soudain, le serment qu'ils avaient prêté sur l'honneur ne pesait plus lourd devant la possibilité de rester en vie encore un instant. Découvrant dans les yeux d'Eurgain une lueur d'espoir, il fixa sa femme avec insistance, et répondit au Silure avec véhémence : « J'ai fait serment de défendre jusqu'au bout les droits que me confère ma naissance, et mes chefs ont juré avec moi. Je ne partirai pas vers l'Ouest comme un esclave et un renégat, en laissant les Romains démolir nos autels et planter leurs emblèmes sur la terre sacrée. »

L'homme renifla grossièrement. « Sottises ! Ils le feront de toute façon. De plus, je vous jure sur l'honneur que ce n'est pas pour ramasser du bois ou tirer de l'eau qu'on m'envoie vous chercher. Les druides savent pourquoi ils ont besoin de vous.

Bien sûr, pensa Caradoc fiévreusement. Il y a quelque chose que je sais, il faut que je m'en souvienne. Mais rien ne vint. Il secoua la tête. « Ma tuatha est ici. Je ne partirai pas. »

Les chefs se jetèrent tous ensemble en avant, criant avec colère, à l'exception de l'entourage de Caradoc. « Convoquez le Conseil, Seigneur ! C'est une décision qui nous concerne tous ! » Et l'homme attendit, avec un sourire.

Caradoc ne dit rien, mais Eurgain s'avança, la bouche mauvaise. « Il est temps de tenir conseil, cria-t-elle. Que les esclaves s'en aillent et que les hommes libres s'approchent. » Caradoc bondit mais il était trop tard. Elle soutint son regard avec un air de défi, et se rassit près de Llyn. Il sut qu'il avait perdu. Un par un, les chefs se levèrent et votèrent le départ. Peu leur importait où ils allaient. Certains avaient déjà décidé de s'échapper avec le Silure, pour l'abandonner ensuite et se rendre vers le Nord ou le Sud-Ouest, vers la côte ; de partir n'importe où mais libres, libres... Seule Gladys ne dit rien, les regardant tous avec une expression de profond mépris.

Sa décision à elle était déjà prise. Elle ne voulait pas mourir mais elle n'avait jamais fui devant rien ni personne et elle n'allait pas commencer aujourd'hui. Personne ne l'aimait, aucun lien ne la retenait. Elle n'avait que son honneur et sa volonté indomptable. Et si elle s'enfuyait, elle savait que même cela, elle le perdrait. Son pouce courut sur sa lame pour en éprouver le tranchant.

Il y eut enfin un moment de silence. « Et vous, Cinnamus et Caelte ? demanda Caradoc en essayant de ne pas se laisser submerger par la colère. Fearachar ? Vocorio ? Mocuxsoma ? Vous aussi, vous avez droit à la parole. » Fearachar se leva péniblement, avec des yeux tristes de chien fidèle.

« Je resterai près de vous, Seigneur, grommela-t-il. Je savais bien que je mourrais de mort violente. Qu'importe ! Une dernière misère viendra mettre un terme à toute une vie remplie de misère ! » Il se rassit et Cinnamus parla à son tour, les yeux fixés sur sa femme qui se tenait rageusement campée devant le mur, les mains sur les hanches.

« Je reste », dit-il sans plus.

Caelte cogna de la main les cordes de sa harpe et un accord dissonnant se fit entendre. « Moi aussi », dit-il. Vocorio et Mocuxsoma firent signe de la tête qu'ils feraient de même.

Caradoc s'avança et toisa tous les autres. « Je ne peux m'élever contre les décisions du Conseil, dit-il avec amertume. Vous êtes libres de partir, comme vous avez toujours été libres à mon service. » Alors le Silure se leva en agitant les mains. « Non, dit-il avec fermeté. Si le seigneur et ses hommes ne viennent pas, j'ai ordre de vous laisser tous ici. » Une tempête de cris de colère accueillit ces mots.

Eurgain s'approcha de Caradoc, la bouche tremblante, et lui posa les mains sur les épaules.

« Mon mari, dit-elle à voix basse. Nous étions tous prêts à mourir avec toi mais les Dagda nous ont envoyé une chance de survie. Réfléchis bien. Il est bon de mourir pour défendre son honneur mais ne vaut-il pas mieux s'enfuir, quitte à faire demi-tour ensuite pour se battre à nouveau ? Je sais pourquoi cet homme est venu. Les Silures ont besoin de toi. Tu connais les Romains mieux qu'aucun d'entre eux. Tu sauras gagner la confiance de leurs chefs. Les hommes t'obéissent. Oh ! Caradoc, je t'en prie, je t'en prie, écoute-moi. Je n'ai pas peur de la mort. Il n'y a pas de lâches parmi nous. Mourir par orgueil et par obstination, nous n'en voyons pas la raison. Si tu restes, les enfants et moi, nous mourrons avec toi. Mais n'aimerais-tu pas voir le soleil se coucher derrière les montagnes d'un pays libre et te savoir en vie pour pouvoir combattre à nouveau ? » De lourdes larmes brillèrent sur ses longs cils blonds, et elle joignit fébrilement les mains.

Il la regarda longuement. Toute son éducation le poussait à tirer l'épée et leur faire face à tous. Or ses hommes maintenant ne pensaient plus à leur honneur et soudain il sentit qu'il ne pouvait leur en vouloir. Tout était perdu. Seule la fierté demeurait et pour une tuatha brisée le prix de cette fierté était trop élevé. Il savait ce que Tog à sa place aurait fait. Tog aurait tué le chef étranger et peut-être quelques-uns de ses propres hommes. Puis il aurait marché à la mort d'un cœur léger. Mais Tog évidemment était fou. Et vous mon père ? se demanda-t-il en pensée ; qu'auriez-vous fait ? Là encore, il connaissait la réponse. Cunobelin avait toujours adopté les solutions moyennes et c'est ce qui avait fait des Catuvellauniens la tribu la plus puissante des basses terres. Cunobelin aurait pris la fuite et serait resté en vie pour revenir frapper ses ennemis. Caradoc savait qu'aucune décision ne pourrait le satisfaire. L'honneur ou la vie ? Mourir comme un guerrier ou s'éclipser, en livrant les paysans au carnage ?

« Dépêchez-vous, conseilla le Silure. La lune aura bientôt disparu et vous n'aurez plus le choix. »

A contrecœur, Caradoc remit son épée au fourreau, prit sa cape et regarda avec hauteur les visages attentifs. « Je partirai », dit-il.

Les hommes revinrent à la vie, s'enveloppant dans leurs capes et tirant leurs capuches, enfouissant leurs rares trésors sous leurs tuniques. Eurgain réveilla doucement les petites filles. Fearachar parla à Llyn, le prenant par la main. Caelte enveloppa soigneusement sa harpe et ils marchèrent tous en direction de la porte qui s'ouvrait sur l'obscurité.

Seule Gladys resta où elle se trouvait.

Caradoc courut vers elle. « Gladys, rengaine ton épée. Dépêche-toi. — Je ne viens pas », dit-elle, levant la tête avec fatigue.

Caradoc la regarda avec colère. Sa raison lui avait commandé de partir mais son cœur aurait voulu rester avec elle. « Il faut que tu partes ! lui cria-t-il. Personne ne doit rester ! Nous pouvons continuer à nous battre, Gladys ! » Il la prit par le bras, la tirant dehors, mais elle laissa aller son épée et lui frappa la main pour se dégager.

« Quelqu'un doit être ici lorsque les paysans se réveilleront. Quelqu'un doit les conduire, quelqu'un doit présenter un semblant de résistance. Jamais encore les Catuvellauniens n'ont abandonné un domaine sans le défendre !

— Gladys, lui répondit-il rapidement car les chefs s'impatientaient à l'autre bout de la salle, notre père lui-même nous aurait conseillé de fuir si nous en avions la possibilité. Nous ne nous étions encore jamais heurtés à la toute-puissance de Rome. Nous leur avons livré bataille sur les rives du Medway. Nous les avons contenus pendant presque deux jours. Nous ne nous sommes pas déshonorés à ce moment-là, et maintenant non plus. »

Elle lui montra ses mains. « Mes doigts sont tachés de sang, Caradoc, d'un sang que je ne peux effacer. Non tant celui des Romains, qui est froid et fluide, que celui de mes amis, des membres de ma tribu. C'est un sang riche et fort, qui ne s'effacera jamais. » Elle se tourna vers lui, les yeux pleins d'une souffrance qu'il sentait profonde sans pouvoir la partager. « Toi et moi, nous tous, nous nous sommes déshonorés en tuant des membres de notre propre tuatha. Je dois rester. Il faut que je sauve ce qui reste de mon honneur, d'une façon ou d'une autre. »

Etreint par la pitié, il la serra dans ses bras. « Gladys, tu veux donc mourir ? lui chuchota-t-il. Nous sommes tous coupables d'avoir fait couler ce sang. Aucun de nous n'en sera jamais lavé, mais peut-être les vies romaines que nous pouvons encore prendre nous rachèteront-elles de cette infamie. »

Elle se dégagea et se baissa pour saisir son épée. « Comment purifie-t-on son âme, mon frère ? lui demanda-t-elle. Oui, je suis prête à mourir. »

Il vit que rien ne pourrait la convaincre. Les autres l'appelaient déjà, un début de panique dans la voix. Il l'embrassa sur le front. « Au revoir, ma sœur, lui dit-il en cachant ses larmes. — Va en paix », répondit-elle.

Le Silure fit un signe à ceux qui attendaient dès que Caradoc les rejoignit : « Suivez-moi, dit-il, baissez-vous et ne parlez pas. » Il disparut dans la nuit et ils s'enfoncèrent sous la pluie derrière lui. Il leur fit descendre le chemin qui menait au portail désormais condamné et ils se hâtèrent, glissant, invisibles, entre les tas de cendres encore chaudes et fumantes de ce qui avait été leurs maisons.

Caradoc, un enfant dans les bras, pleura mais reprit courage. Ces semaines vécues avec la certitude de la mort prochaine étaient finies. Comme c'était bon de faire quelque chose, d'aller quelque part, de pouvoir penser au futur sans effroi. Il ne porterait pas le deuil de Gladys et de son destin. Tout homme ou toute femme libre avait le droit de choisir la mort, et si cette mort était honorable, il n'était point besoin de larmes. Ce sont les souvenirs qui faisaient verser des larmes. Mais on n'avait pas de regret. Chaque membre de la tuatha était responsable de son destin, et c'était bien ainsi.

Le Silure fit un brusque crochet, s'allongea sur le ventre et se mit à ramper, suivi d'Eurgain et de Cinnamus portant la petite Eurgain dans ses bras. Caradoc les coudes et les genoux dans la boue, le dos trempé de pluie, leva les yeux. Le mur était un peu plus bas. Il enfouit un peu plus sa fille dans ses bras et elle lui murmura : « Fais-moi descendre, Père. Je peux ramper. » Il accepta et elle disparut devant lui. Il n'y avait pas trace des paysans. Un sentiment de honte l'assaillit à la pensée qu'ils dormaient probablement entassés dans les quelques huttes qui restaient, derrière la Grand-Salle.

Finalement, l'homme s'arrêta. Ils se trouvaient au pied du mur maintenant. Il indiqua en silence un gros roc et l'entoura de ses bras puissants. Deux chefs rampèrent pour lui venir en aide et avec une surprenante facilité, l'énorme pierre bougea et ils la firent basculer à l'extérieur. L'homme disparut par l'ouverture, s'y faufila à nouveau, leur fit signe et ils se serrèrent derrière lui. Caradoc, se frayant un chemin derrière la petite Gladys, se retrouva soudain hors de Camulodunum, en un lieu où le mur se lovant sur lui-même formait un coin à l'abri des regards. La vallée était obscure et silencieuse. Les feux des Romains étaient depuis longtemps éteints mais Caradoc, tendant l'oreille, crut entendre les voix basses de sentinelles sur sa gauche. Ils étaient devant le fossé. Faudrait-il qu'ils le passent à la nage ? Le dernier chef sortit du trou et le Silure leur fit signe, s'enfonçant une fois de plus sous la pluie fine, descendant la pente herbeuse, aux abords du fossé. Presque sans faire une ride, il se glissa dans l'eau noire et huileuse et commença à nager, Eurgain le suivit, sa tunique se gonflant un instant sur l'eau. Caradoc saisit la petite Gladys et la prit sur ses épaules. Elle était visible, à ce moment-là, et si un soldat avait regardé dans leur direction avec quelque attention, il aurait pu la voir mais il fallait courir ce risque. L'instant d'après, Caradoc était dans l'eau. Gladys glissa sur son dos et s'accrocha nerveusement à lui. Il lutta pour traverser, le froid de l'eau le glaçant jusqu'aux os bien qu'on fût en plein été. Le Silure s'était déjà hissé sur l'autre rive et une file presque invisible d'hommes et de femmes rampait à nouveau dans son sillage. Caradoc déposa Gladys sur la rive et au sortir de l'eau découvrit Cinnamus qui l'attendait. Tout à coup, Caradoc eut une idée. Il se tourna vers les chefs qui le suivaient. « Tiens, Vocorio, occupe-toi de Gladys. Cinnamus, donne Eurgain à Mocuxsoma », et les chefs, sans un mot, prirent les enfants et continuèrent leur chemin. Caradoc s'approcha alors de Cinnamus et lui chuchota à l'oreille : « Adminius, où crois-tu donc qu'il est ? J'essayerais bien de le trouver ! »

Cinnamus secoua la tête. « C'est trop risqué, Seigneur. Nous le trouverions peut-être mais cela prendrait trop longtemps. Il est probablement bien gardé. Non, nous devons l'abandonner aux démons de son triste sort. »

Caradoc dut en convenir. Ce n'était qu'une idée mais elle l'avait enchanté. Il ne désirait rien tant que sentir la poitrine de son frère sous son couteau. Cinnamus et lui se remirent à ramper.

Une demi-heure plus tard, ils avaient traversé les lignes bien tracées des tentes de l'ennemi. Le Silure avait choisi le moment propice pour mettre son projet à exécution car c'était l'heure où les hommes dormaient le plus profondément, où la tête lourde des sentinelles dodelinait. Allongé sur le dos, Claude ronflait, sous les vastes tentures de soie. Plautius sursauta, dans un sommeil que l'inquiétude dérangeait sans cesse comme un vol de moustique. Les Catuvellauniens retrouvèrent avec soulagement le couvert de la forêt. Le Silure ne s'arrêta pas. Il s'engouffra sous les branchages, tantôt courant, tantôt marchant, tel un animal, et les autres suivirent ; Caradoc savait où ils étaient. Tog, Adminius et lui avaient maintes fois emprunté ce chemin au cours de leurs expéditions vers le nord. Au bout d'un mile, l'homme de l'Ouest abandonna la route pour couper à travers bois. Il voulait probablement longer la frontière qui séparait Atrebates et Durotriges. Caradoc vit le petit Llyn devant lui qui peinait dans les pas de Fearachar. Au même moment, ils se trouvèrent face à un groupe d'hommes à cheval. Ils firent halte, pour reprendre haleine. Le Silure avança, dit quelques mots rapides aux cavaliers et revint vers Caradoc. Par la force de l'habitude, Caradoc dégaina son épée et fit un pas en avant. Cinnamus et Caelte furent de suite à ses côtés et tous ensemble ils avancèrent sans bruit vers les bêtes noires qui piétinaient, muselées.

Un homme de haute taille descendit de cheval et se dirigea vers eux à grands pas décidés. Sa capuche était relevée et un reflet d'argent brilla à son poignet lorsqu'il tendit la main.

« Bienvenue, Caradoc ap Cunobelin, dit-il d'une voix douce. Voilà que nous nous rencontrons à nouveau. Je vous avais bien dit qu'un jour viendrait où vous auriez besoin de moi. » Caradoc saisit le fin poignet et ressentit un choc en le faisant. « Souvenez-vous », dit l'étranger en retirant sa capuche et Caradoc découvrit un visage mince et barbu dont on voyait surtout deux yeux brillants qui le fixaient intensément. « C'est moi, Bran », dit-il et soudain Caradoc se revit dans sa chambre à Camulodunum, tard dans la soirée, un druide assis devant son foyer, les flammes projetant des ombres grotesques sur les murs.

Bran n'avait pas changé, pensa Caradoc. La barbe était plus épaisse peut-être, et le visage plus osseux, mais la voix était toujours séduisante, vibrante. Il ressentait encore la fascination de ces yeux sombres lorsqu'ils rencontraient les siens. A son tour, Bran regarda le visage de Caradoc et se sentit envahi par la pitié et l'admiration. La souffrance se lisait dans les yeux creusés et le pli des lèvres, mais elle était soigneusement maîtrisée et la forte détermination que Bran avait pressentie chez le jeune homme des années auparavant était maintenant évidente. Les lèvres sensibles étaient fines, tendues et ne laissaient échapper un sourire que par mégarde. Le haut front était traversé de deux rides profondes. Bran se demanda si l'amertume lui avait fait perdre cette lucidité qu'il avait entrevue cette nuit-là. Alors Caradoc sourit lentement et Bran sentit que son intuition ne l'avait pas trompé.

« Oui, je me souviens de vous, dit Caradoc d'un ton égal. Je me souviens très bien. Vous vous êtes assis dans mon fauteuil et vous avez prophétisé, mais j'étais jeune et stupide et je ne voulais rien entendre. Je ne vous remercierai pas de m'avoir soustrait au glaive de Rome, vous ne nous avez apporté, à moi et aux miens, que la tristesse de la dissension et l'agonie du déshonneur. Qu'attendez-vous de moi ?

— Vous savez ce que je veux, Caradoc. » L'anneau de bronze que le druide avait dans les cheveux brilla lorsqu'il parla. « Les Silures vous auraient laissé mourir, mais ils ont bien voulu m'écouter. Je vous demande de vous en remettre à moi. Les Romains peuvent être battus mais pas avant que les tribus n'oublient leurs différends et n'agissent ensemble. » Il se rapprocha. « Je veux que vous deveniez *arviragus*, Caradoc. »

Caradoc éclata d'un rire amer. « Vous êtes fou. Le dernier arviragus de notre peuple fut Vercingetorix. Et après s'être trouvé à la tête de deux cent mille guerriers, il a quand même moisi dans les cachots de Rome, pendant six ans, avant que Jules Cesar ne le promène autour du Forum pour le faire étrangler comme une bête malade. Les tribus gauloises se souviennent de lui, mais elles ont abandonné le combat.

— Oui, il a échoué, dit Bran, et nous pourrions échouer également, et vous Caradoc finirez peut-être vos jours dans les cachots de Rome, ou n'en sortirez que pour trouver l'humiliation et la mort. Mais réfléchissez bien, comme je le fais moi-même depuis des années. Il n'y a qu'une alternative. Continuer à se battre ou se rendre.

— Alors, il n'y a pas le choix. J'ai abandonné mes paysans, Bran, ma sœur et ma Grand-Salle, parce que c'était la seule façon de continuer à combattre. Mais je le fais sans illusions. Votre rêve est insensé. Les hommes de l'Ouest ne s'uniront jamais. »

Bran considéra Caradoc un instant dans l'obscurité puis lui dit : « Je ne suis pas capable de prédire l'avenir, comme je vous l'avais dit autrefois. Pourtant, vous avez tort. Les tribus peuvent être rassemblées, s'il se trouve un homme capable de les conseiller, un homme doué de raison, sachant inspirer la confiance. Ce n'est pas un rêve, c'est une idée. Essayerez-vous de la réaliser ? » demanda-t-il.

Arviragus ! Non, c'était impossible, pensa Caradoc. Peut-être valait-il mieux essayer de réaliser l'impossible que de faire demi-tour et mourir à Camulodunum. Ou encore continuer à combattre sans autre aide que les quelques chefs qui se trouvaient avec lui. Les Silures étaient prêts à se battre contre les Romains jusqu'au dernier, c'était clair, mais que feraient les Ordovices, les Demetes, les Deceangles et les autres tribus de l'Ouest ? Il n'était plus un enfant, pourtant il gardait une terreur superstitieuse des étendues désertiques et couronnées de neige de leurs pays montagneux. Ils continueraient à se battre, pensa-t-il, avec ou sans lui, car aucun commerce avec Rome n'avait amolli leurs épées. Il leva les yeux vers Bran qui n'avait pas bougé. Caradoc savait ce qu'il devait dire, sa décision était prise mais les mots lui restaient soudain dans la gorge. Un arviragus n'était pas un homme comme les autres et s'il acceptait, il deviendrait un personnage que lui-même avait peine à imaginer. Il crut sentir les esprits et les démons de l'ombre tapis derrière chaque arbre et reconnaître entre les branches leurs casques aux formes cornues. Sa responsabilité lui parut soudain écrasante. Il rencontra le regard de Bran et une fois de plus la force de son aîné passa en lui. Il redressa les épaules.

« J'irai avec vous », parvint-il à dire et il vit une brève lueur de sympathie éclairer alors le visage hâve.

Bran hocha la tête et se tourna brusquement vers ses hommes. « Bien. Jodocus, amène les chevaux. Nous devons faire vite et être loin d'ici, quand la bataille terminée, les Romains se mettront à notre poursuite. » Il donna encore quelques ordres puis se retourna vers Caradoc qui n'avait pas bougé et lui demanda : « Combien de chefs avez-vous amenés ?

— Cent, à peu près.

— Votre famille ? Votre fils ?

— Oui ». Les questions étaient brèves, officielles. Bran s'éloigna, se dirigeant vers les chevaux qu'on amenait devant les chefs silures maussades et silencieux.

« Nous irons avec eux, dit Caradoc à ses hommes. Cinnamus, prends la petite Gladys sur ton cheval. Il n'y a pas de chars. J'emmènerai Eurgain. Llyn, tu peux monter, mais souviens-toi que si tu te fatigues et tombes de selle, personne ne s'arrêtera. Préfères-tu monter derrière Fearachar ? »

Llyn grelottait mais il répondit fièrement : « Bien sûr que non, Père. Je ne me fatiguerai pas et je ne tomberai pas. »

Caradoc hocha la tête et alla trouver Eurgain. Elle avait ouvert sa capuche. Dans les yeux bleus qui se tournaient vers lui, on lisait la lassitude. Il l'embrassa, écartant les cheveux blonds qui lui collaient au visage.

« Ils veulent que je devienne leur arviragus, dit-il. Que je rassemble toutes les tribus. Si seulement j'arrive à me battre aux côtés des chefs silures, j'aurai déjà accompli quelque chose. Qu'en penses-tu ?

— Si le druide ne t'en croyait pas capable, il ne serait jamais venu de si loin pour te le demander, répondit-elle. Cela vaut la peine d'essayer, mon amour.

— Tu sais ce que cela signifie ?

— Oui, je sais. » Elle l'enlaça. « Ne sois pas triste, Caradoc. Nous sommes encore libres, nous sommes bien vivants. Qui sait quelles nouvelles bonnes fortunes nous attendent de l'autre côté des montagnes ? » Sa voix tremblait sans qu'il puisse dire si c'était de peur ou d'excitation. « On dirait que tu n'es pas mécontente de les voir enfin, ces montagnes », lui dit-il gentiment et elle recula, réenfouissant ses bras dans sa cape avec un sourire.

« Je me sens en paix, dit-elle. Nous sommes ici dans le froid, affamés, sans tribu ou tuatha et le monde autour de nous est devenu fou. Pourtant à l'idée de voir une terre dont je ne connais l'existence que par les contes, mon cœur bat aussi fort que le jour où nous avons partagé la coupe du mariage ! » Sois joyeux, semblait-elle signifier, avec ces mots simples, garde courage. Nous nous appartenons l'un à l'autre, même si le monde court à sa fin. Il la quitta pour enfourcher le cheval qu'on lui avait préparé. Fearachar lui tendit la petite Eurgain. Il l'installa devant lui, la tête posée contre sa poitrine mouillée, les yeux presque fermés. « J'ai faim, Père », murmura-t-elle, mais il ne répondit pas, sachant qu'elle dormirait encore plusieurs heures et qu'ils resteraient à jeun au moins jusqu'au lendemain matin. En se retournant, il vit Llyn ramasser les rênes de son cheval et Fearachar rapprocher le sien pour vérifier les harnais. Puis Bran se retourna, leva sa manche blanche et ils se mirent en marche. Caradoc cala plus solidement sa fille contre lui. L'Ouest, pensa-t-il. Il y a de la magie dans ce mot, des sortilèges et des mystères plus profonds que les rivières. J'ai changé, je le sens déjà. Adieu, Gladys, ma sœur. Puisse le vin de l'autre monde t'apporter l'oubli et la paix. Au revoir, Camulodunum, ruine calcinée où je ne reconnais plus les lieux de ma jeunesse heureuse. Ah ! Cunobelin... Togodumnus...

Il se retourna. La nuit s'éclaircissait déjà. Le sentier derrière lui tournait autour d'un grand chêne noueux avant de disparaître. Les verts feuillages formaient un mur dans les premiers brouillards du matin et semblaient chuchoter : tu ne peux pas retourner en arrière. Il éperonna sa monture, et disparut comme un fantôme gris courant après le spectre de la nuit.

14.

Gladys était assise, seule dans la Grand-Salle, écoutant la pluie qui tapotait sur le toit, prostrée. Ses yeux étaient brûlants de fatigue, d'avoir trop pleuré. Quand la dernière lampe s'éteignit et que l'ombre commença à se dissiper, elle s'assoupit. Elle dormit d'un sommeil léger, rêvant qu'elle était étendue au bord de l'océan. Elle se réveilla, comme rafraîchie. Elle rattacha son épée, alla vers le baril d'eau, y plongea la tête et les mains puis poussa les tentures de la porte, regardant le petit matin. Les feux se mouraient. Il ne restait plus que braises rougeoyantes et cendres là où se trouvaient autrefois des huttes. Elle marcha vers les huttes, derrière la Grand-Salle, qui étaient toujours debout, allant de porte en porte et saluant les paysans qui la regardaient avec la fixité que donne au regard un ventre affamé. Puis elle retourna devant la porte de la Grand-Salle et s'accroupit, fixant le bleu intense du ciel et se laissant réchauffer par le soleil.

Par petits groupes, les paysans vinrent vers elle. Ils s'assirent devant elle, les yeux interrogateurs. Elle essaya de les compter au fur et à mesure qu'ils remplissaient l'espace découvert. Deux cents, trois cents. C'était dérisoire. Elle leva les bras pour obtenir le silence au moment même où de l'autre côté du mur retentissait un son de trompette et où les soldats romains saisissaient leurs heaumes et leurs armes. Elle ne mâcha pas ses mots. « Trinovantes, cria-t-elle, mon frère et les chefs de ma tribu ont quitté Camulodunum. Ils sont partis combattre dans l'Ouest. Ils m'ont laissée ici pour vous conduire à la bataille. »

Une explosion de rage lui répondit, comme elle s'y attendait, et les paysans se mirent à courir vers elle avec des visages déformés par la faim et la colère d'avoir été abandonnés. Elle cria plus fort qu'eux pour obtenir le silence et y parvint presque. « Ils vont revenir », mentit-elle, mais sa voix n'était guère convaincante et un homme grand et fort se fraya un chemin jusqu'à elle. Ses cheveux noirs étaient en broussaille et ses bras nus couverts de cicatrices gros comme des massues.

« Ils ne reviendront pas, dit-il. Les lâches ! Les Catuvellauniens se montrent enfin sous leur vrai jour. Vous auriez dû partir aussi, la dame, et nous éviter d'avoir à vous tuer avant de prendre la fuite nous-mêmes. Pensiez-vous que nous resterions nous battre pour vous ? » Il cracha à ses pieds. « Mon père était un chef, et son père avant lui, avant que Cunobelin ne vienne lui retirer son torque et ne le déshonore en lui faisant cultiver la terre. Maintenant, les Catuvellauniens sont anéantis et Camulodunum nous appartient à nouveau.

— Ecoutez-moi, insensés ! cria-t-elle. Si les Catuvellauniens étaient des maîtres difficiles, les Romains seront pires encore. Ils sont venus pour vous réduire en esclavage. Restez et combattez ! Je vous rends votre liberté et je vous rends le prix de votre honneur, à tous ! Je jure par Camulos, par la déesse que si vous restez et que nous remportons la victoire, vous redeviendrez maîtres de cette terre ! » Elle baissa les yeux vers l'homme exaspéré qui se tenait devant elle. « Approche et reste à mes côtés, dit-elle d'une voix plus basse. Si tu es un chef, agis comme tel, bats-toi comme tel, et si c'est nécessaire, meurs comme un chef ! » Il se mordit les lèvres. Voyant qu'il hésitait encore, elle joua le tout pour le tout.

« S'il vous reste un tant soit peu d'honneur, vous vous battrez. Sinon je combattrai et je mourrai seule et vous aurez prouvé que Cunobelin avait raison de vous traiter en bêtes ignorantes ! »

Ses yeux la foudroyèrent. Il grogna comme un taureau blessé, puis il fit un pas en avant et se plaça à côté d'elle.

« Nous nous battrons ! dit-il. Si nous gagnons, nous vous sacrifierons à Taran et reprendrons possession de ces lieux. Sinon... » Il lui sourit. « Sinon, nous mourrons comme des guerriers. »

Elle fut saisie d'impatience. Elle dégaina son épée. « J'accepte, dit-elle. Et maintenant, déployez-vous. Montez sur le mur. Prenez vos frondes. Les soldats sont prêts à passer le mur aujourd'hui et vous devez les empêcher d'y faire une brèche. Je n'ai ni nourriture ni bière à vous offrir. Il ne reste plus rien. Mais si nous gagnons, vous pourrez ce soir faire un festin de Romain. »

Ils s'éparpillèrent alors en courant, préparant leurs frondes pour défendre le mur. Elle quitta les chefs belliqueux et se dirigea vers l'ancien portail, sans remords d'avoir usé d'un stratagème. Elle savait qu'ils n'hériteraient pas plus qu'elle de Camulodunum, mais au moins ils verseraient leur sang en hommes d'honneur alors qu'ils vivaient comme des serfs depuis quarante ans. L'incursus sonna et les troupes s'élancèrent avec de grands cris. Au-dessus d'elle, elle aperçut les Trinovantes ramasser des pierres en bordure du mur, les ajuster à leurs frondes de cuir et les envoyer voler. Elle entendit hurlements et jurons de l'autre côté. Elle savait que pour chaque Romain touché il en viendrait cinquante à sa place et que bientôt le mur s'écroulerait. Elle entendait déjà le raclement des piques et voyait la terre voler de toutes parts au milieu des bruits assourdissants de la bataille. Puis, juste en face d'elle, un trou apparut, une pique résonna contre un roc, se retira et une main commença à déblayer fiévreusement la terre friable. Elle se jeta en avant, leva froidement son épée et sectionna les doigts. Elle entendit l'homme hurler, mais immédiatement d'autres mains apparurent et à sa droite comme à sa gauche, de nouveaux trous s'élargirent. Deux alouettes chantèrent. Gladys, en un dernier sursaut, visa la première tête qui apparut presque à la hauteur de son coude, y mettant toute sa force, alors que tout autour d'elle les légions commençaient à envahir Camulodunum. Les paysans avaient abandonné les murs, se battant à coups de couteaux, de poings et de dents, allant à la mort sans se plaindre. Gladys fit demi-tour, s'enfuit vers la Grand-Salle et l'autel de Camulos. Jetant son bouclier, elle poussa en toute hâte la porte du sanctuaire. Des bribes de vieilles prières et d'incantations traversaient sa mémoire et hors d'haleine, appuyée sur son épée sanglante, elle assista au pillage de sa ville.

La bataille faisait toujours rage à deux cercles de l'endroit où elle se trouvait. Les paysans, hommes et femmes, ne reculèrent pas. Elle les vit mourir, toujours avec cet étrange mutisme, transpercés par les épées, empalés par les lances. Maintenant, il y avait des officiers devant les hommes et Gladys assista à la scène dans ses moindres détails, comme vêtue d'une armure de fatalité qui la rendait presque étrangère à la scène. Le temps de mourir était simplement venu. Les officiers avançaient très lentement, avec circonspection, et Gladys se raidit. Elle glissa son épée derrière sa nuque, et vida son esprit de toute pensée.

Ils approchaient maintenant, leurs visages rougeauds inspectant le chemin, le bras recourbé, l'épée sur la poitrine. Elle sentit un grand calme la gagner. Ils la virent et se précipitèrent en avant, en se couvrant de leurs boucliers. Elle leva l'épée, prenant la garde à deux mains et bondit à leur rencontre. Il y eut un moment de confusion. Elle était entourée d'épées, piquant ici et là comme des langues de feu. Un homme tomba, la jambe sectionnée au-dessous du genou et elle frappa à nouveau, son épée venant buter sur un bouclier avec une force dont elle ne se savait pas capable. Elle ressentit la douleur du choc puis son bras devint insensible. Elle dégagea sa lame, et se retourna pour faire face au soldat qui était derrière elle, respirant avec calme alors que son corps dansait comme un feu follet. Il s'abrita derrière son bouclier et les bosselages lui enfoncèrent cruellement les côtes, lui faisant perdre le souffle au moment où l'épée cherchait son ventre. Elle recula et entendit un ordre brutalement crié. Elle sentit que les hommes se massaient derrière elle, sans pouvoir se défendre et tendit les épaules, attendant le coup qui allait tomber. Mais il ne vint pas. Des bras forts l'entourèrent. Elle se débattit comme une forcenée, hurlant de rage. Elle donna des coups de pieds, ses mains prisonnières essayant de saisir le couteau à sa ceinture, mais les poignes impitoyables ne firent que se resserrer et elle sentit le sang qui quittait sa tête. Elle ne vit plus qu'un trou noir et ses jambes cédèrent sous elle.

Elle entendit une voix qui disait : « Ne l'étrangle pas, Quintus. C'est du sang royal que tu as entre les mains. Plautius voudra la voir. » Tout à coup, elle sentit qu'on la jetait comme un tas de tuniques sales et qu'on lui arrachait l'épée des mains. Quelqu'un dégrafa sa ceinture, et des mains se promenèrent sur elle, cherchant d'autres armes. Son bras qui tenait l'épée l'élançait cruellement. Sa tête brinqueballait. Elle aurait voulu ouvrir les yeux, mais c'était impossible. Elle resta là, entendant le vacarme qui l'entourait, essayant de respirer profondément, sentant sa tête s'éclaircir et la force revenir dans ses jambes.

Elle finit par ouvrir les yeux. Elle avait le dos appuyé contre l'autel de Camulos. Au-dessus d'elle, une main sur la hanche, l'autre sur la cravache qu'il tenait sous son bras, se trouvait un centurion, avec à ses côtés son *optio,* un homme musclé au visage abîmé de lutteur. Il avait toujours l'épée de la guerrière à la main et son couteau était maintenant passé à sa ceinture. Le centurion baissa les yeux sur elle et fit signe à son second.

« Elle a repris connaissance, Quintus. Mets-la sur pieds mais fais bien attention à elle. Ces barbares sont rusés comme des renards. »

Gladys se sentit soulevée sans ménagements. Ses jambes tremblaient et là où les bosses du bouclier avaient heurté sa poitrine, elle était si meurtrie que chaque respiration lui faisait mal. Elle croisa pourtant les bras et regarda le centurion droit dans les yeux tandis que l'optio la couvait du regard, la main sur son couteau.

« Qui êtes-vous ? demanda l'officier. Je sais que vous êtes de la famille royale. Couverte de bijoux d'argent comme vous l'êtes, c'est évident. Comment vous appelez-vous ? » Elle ne répondit pas. « Elle ne peut probablement pas vous comprendre, dit l'optio. Parlez-vous sa langue ? »

Le centurion secoua la tête, mal à l'aise sous l'œil noir et hostile de Gladys. « Non. Que dois-je faire d'elle maintenant ? Plautius voudra la voir mais il sera trop occupé pendant plusieurs heures. Il faut ouvrir le portail et préparer un logement pour l'empereur. Trouve deux soldats, Quintus et garde-la dans le temple pour quelque temps. » Quintus salua et le centurion, avec un dernier regard furtif vers sa prise, s'éloigna. L'optio la prit par le bras.

« Par ici, vous autres », dit-il. Deux légionnaires qui passaient s'arrêtèrent et saluèrent. « Gardez-moi cette prisonnière. Je la place sous votre responsabilité. » Il la poussa dans le petit temple et s'éloigna. Les soldats prirent leur poste de chaque côté de la porte étroite et basse en rechignant.

« Finis le pichet de vin et le repas, dit l'un d'eux. Je suppose que nous devrons rester là jusqu'à ce que Quintus se souvienne de nous. Cela peut prendre des heures. Tu as tes dés sur toi ?

— Jetons un coup d'œil sur la prisonnière d'abord », suggéra l'autre et ils se tournèrent vers la porte. Gladys, les mains pressées sur ses côtes là où la douleur la tenaillait, leur fit face.

« C'est un lieu sacré, dit-elle d'une voix égale. Si l'un de vous pose ses pieds sales sur l'autel, le dieu vous maudira. Votre ventre commencera à brûler. Votre tête vous fera si mal que vous serez obligés de supplier quelqu'un de vous la couper. Et les démons vous poursuivront jour et nuit, vous rendant fous de peur. » Ils reculèrent, pleins de cette terreur superstitieuse qu'avaient tous les soldats devant les dieux étrangers, et Gladys se laissa glisser sur le sol.

Dans la pénombre, Camulos était accroupi face à la porte, ses grosses mains posées sur son ventre gras, les lobes de ses oreilles s'allongeant jusqu'à recouvrir sa tête belliqueuse. Gladys lui sourit avec lassitude. « Où étais-tu quand j'avais besoin de toi Camulos ? murmura-t-elle. Es-tu fatigué de servir les Catuvellauniens ? » Elle se baissa, s'allongeant sur le côté mais quelque pose qu'elle essaie de prendre, ses côtes à chaque respiration lui faisaient mal. Le bosselage l'avait frappée avec une telle force que sa tunique lui était entrée dans la chair. Cependant elle n'essaya pas de la décoller, sachant que cela ne pourrait qu'ajouter à sa douleur.

Dehors, les soldats s'étaient assis sur les marches et elle entendit le bruit des dés et leurs rires grossiers. Elle essaya de se calmer en fermant les yeux et en pensant à son frère, maintenant sans doute loin dans la forêt avec sur les bras le doux fardeau de ses petites nièces.

Elle s'endormit. La matinée s'écoula puis l'après-midi et le soleil d'été commença à sombrer lourdement à l'horizon.

Elle se réveilla en sueur, le cœur battant et la tête lourde, au bruit de voix fortes et, bien qu'elle s'assît avec précaution, chacun de ses muscles en souffrit. « Rentre et va la chercher, entendit-elle ordonner avec impatience. Qu'avez-vous donc ? » Et l'un des soldats répondit en bougonnant :

« Le dieu va nous maudire si nous le faisons. C'est la femme qui l'a dit.

— Ah ! vraiment, elle a dit ça ? Elle sait donc parler une langue civilisée, à ce qu'il paraît ! Eh bien, Quintus, rentre et va la chercher. Vous deux, redescendez au camp. »

Gladys se leva en tremblant, s'accrochant au mur, essayant de ne plus respirer tant cela lui était douloureux. La silhouette énorme de l'optio obscurcit la porte. Avant qu'il puisse entrer, elle marcha vers lui, forçant ses pieds à lui obéir, et il claqua des doigts.

« Dépêche-toi, le commandant attend ! » Elle avança lentement dans la lumière, clignant des yeux au soleil et s'arrêta un instant pour contempler la ville. La vallée baignait paisiblement dans la lumière du soir et la fumée des feux romains montait en spirale dans l'air humide. Un peu plus bas une multitude de soldats travaillait à abattre les remparts de terre et les fortifications avaient déjà diminué de moitié. A sa gauche, des hommes allaient et venaient et des bagages marqués de l'aigle impériale étaient empilés devant la porte de la Grand-Salle.

De l'intérieur parvenait le crépitement d'un feu ainsi que les parlotes et les rires des serviteurs de l'empereur.

Quintus la tira par le bras, des gardes la suivirent. Elle avança, la tête haute, espérant seulement ne pas s'évanouir. Ils passèrent devant la Grand-Salle, tournèrent à gauche et prirent le chemin qui conduisait au sommet. Puis Quintus la fit s'arrêter devant la maison de pierre grise de Caradoc. Non, pensa-t-elle avec terreur, pas ici ! Mais le centurion était déjà à l'intérieur. Il ressortit et lui fit signe. Elle passa la porte, poussée par le centurion et s'arrêta. Trois hommes la regardaient avec une franche curiosité. Elle leur rendit leur regard, apercevant du coin de l'œil des objets familiers. Elle sentit une boule dans sa gorge desséchée. Le coffret d'Eurgain gisait par terre dans un coin, ouvert et vide. Une de ses coupes à boire en argent se trouvait sur la table, à portée de mains du commandant et près de l'âtre, dans lequel un feu brûlait, traînait par terre une cape de Caradoc brodée d'or. Elle lutta contre les larmes qui lui venaient aux yeux. Quelque chose d'Eurgain demeurait dans la pièce. Un parfum de paix, de confort, et Gladys se sentit sécurisée à la vue des flammèches qui sautillaient dans les lampes de cuivre d'Eurgain. Elle se redressa.

« Merci, Varius, vous pouvez disposer », dit le commandant. Le centurion sortit. Gladys étudia l'homme qui venait de parler. La trentaine, pensa-t-elle. Il avait les cheveux courts saupoudrés de gris. Le visage était long et maigre, le nez légèrement crochu et le menton décidé. Sa bouche au repos avait une expression dure mais s'adoucissait lorsqu'il parlait. Il était habillé impeccablement. Son linge blanc tout comme sa cape courte et plissée étaient immaculés. La boucle à son épaule brillait, ainsi que les bracelets de bronze épais qu'il portait aux deux bras. A l'index de sa main gauche il portait un sceau en or massif. Les yeux de Gladys finirent par rencontrer ceux du Romain et elle eut un choc. C'était comme si quelque part, hors de sa mémoire, elle avait déjà longuement scruté leur profondeur, comme si elle y retrouvait une partie d'elle-même. C'était des yeux bleu-gris, pensifs, exprimant la connaissance du monde et de soi-même. Ils révélaient aussi un homme secret, capable de se suffire à lui-même. Elle s'arracha à cette contemplation qui lui plaisait étrangement et regarda les autres. Un gros homme rougeaud et laid se tenait près de la table, les mains derrière le dos. Sa poitrine massive, sous sa cuirasse de bronze, était bombée et le tablier de plaques de fer autour de sa taille recouvrait des cuisses épaisses comme des poteaux. Sur sa droite, un jeune homme au visage agréable avait posé une sandale sur le tabouret de Caradoc et la dévisageait avec curiosité. Elle détourna les yeux.

« Comment t'appelles-tu ? » demanda le commandant. Elle le regarda sans répondre. « Quel est ton nom ? insista-t-il et elle lui dit avec froideur :

— Je ne donne mon nom qu'à ceux de mon peuple.

— Où sont tes chefs ? Où est ton ricon ?

— Morts. »

Il secoua négativement la tête puis reprit avec plus de rudesse : « Non. Il n'y a pas de chefs parmi les cadavres. Et j'ai passé moi-même en revue les prisonniers. Où sont-ils partis ? »

Les douces lèvres restèrent énergiquement closes. Plautius, comme le centurion, savait qu'elle était une prise importante, membre de quelque famille royale. Tous ses bracelets étaient d'argent, l'ourlet de sa tunique brodé d'or et les deux colliers qui ornaient sa gorge brune étaient d'argent finement filigrané. Qui était-elle ? Quel chef pourrait-on contraindre à la reddition si Rome gardait cette femme en otage ? Un mari ? Un père ? Non, pas un père. Elle n'était plus si jeune, même si le corps gracile était celui d'une adolescente et si ses cheveux noirs tombaient en cascade brouillonne sur son dos, sans la moindre trace de gris. De fines rides marquaient déjà le tour des grands yeux, le nez fin, la bouche sévère, mais ces yeux... Il s'arrêta là, mécontent de lui-même. Le temps n'était pas à philosopher sur les perpétuelles contradictions de ces barbares. Et pourtant, il y avait quelque chose de familier dans ce visage, une tension cachée, que son immobilité même trahissait, le résultat peut-être d'années de discipline. Il avait déjà vu cette expression sur le visage d'hommes qui s'étaient entièrement consacrés à l'art et s'étaient refermés sur eux-mêmes. Il la regarda à nouveau et vit ses joues devenir exsangues. Elle porta une main tremblante à sa poitrine et vacilla. Il parla rapidement.

« Elle est blessée. Rufus, donne-lui un tabouret. » Le jeune homme le lui apporta. Elle s'y laissa tomber et ils attendirent. Lorsqu'elle releva la tête, son visage commença à reprendre des couleurs.

« Vous me demandez où ils sont partis ? dit-elle, tenant ses côtes endolories, si affaiblie par la faim et la fatigue qu'elle risquait à tout moment de s'évanouir. Et puisque cela n'a désormais plus d'importance, je vous le dirai. Ils sont partis rassembler de nouvelles forces. Ils se battront encore contre vous, Romains, ils vous combattront sans trêve jusqu'à ce que vous retourniez en rampant dans votre trou et nous laissiez enfin tranquilles. » L'insulte ne fut pas relevée. Pudens leva les sourcils et sourit. Plautius quitta sa chaise et vint se planter devant elle.

« Où sont-ils partis ?

— Je vous en ai assez dit. » Elle parlait latin avec un léger accent chantant ; sa voix était profonde, pour une femme, mais douce et d'un grand charme. Il eut du mal à se rappeler qu'elle était guerrière et responsable des blessures ou de la mort de bon nombres de ses hommes.

« Pourquoi n'es-tu pas partie avec eux ? » hasarda-t-il, plus gentiment qu'il ne l'eût voulu, et elle le considéra avec tristesse.

« C'était... une question d'honneur. »

Vespasianus grommela quelque chose en s'asseyant sur le rebord de la table, et Pudens s'appuya contre le mur, les bras croisés, souriant plus ouvertement. Il sentait naître en lui un certain respect pour elle. Plautius poursuivit après réflexion :

« Madame, je dois savoir dans quelle direction ils sont partis, vous le comprenez sans doute, c'est pourquoi je vous le demande à nouveau : combien de chefs ont quitté ces lieux ? Quelle est l'importance de leurs forces ?

— Encore faible, dit-elle, mais elle grandira. Et si vous avez l'intention de me garder ici en otage, c'est inutile, mon frère préférerait me voir mourir que se rendre à vous.

— Et vous-même, désirez-vous vivre ? »

Elle répondit avec fierté : « Sans honneur, la vie ne vaut rien. Je mourrai s'il le faut. Rien ne me rattache plus à la vie. »

Et pourtant tu veux vivre, pensa Plautius. Tu l'ignores, mais moi je le sais. Ton cœur est meurtri, jeune dame, mais il est plein de rêves et de désirs inassouvis que je devine dans tes yeux sombres. Il alla vers la porte et appela. Varius rentra et salua. « Trouve une hutte pour cette dame, dit Plautius. Envoie-lui mon chirurgien ; fais-lui donner à manger et à boire. Mais qu'on la surveille bien. » Varius fit signe qu'il avait compris. Gladys se leva lentement pour le rejoindre et sortit sans se retourner. Plautius se tourna vers ses hommes. « Eh bien ? » dit-il. Vespasianus grogna.

« Quelle idée primitive ces gens se font du sens de l'honneur ! répondit-il. Confie-la à Quintus. Il aura vite fait de lui arracher la vérité, avant qu'il ne soit trop tard pour capturer les chefs. » Plautius réfléchit à sa proposition, puis l'abandonna vite.

« Elle ne parlerait pas, et il est de toute façon trop tard pour que cela nous soit de la moindre utilité. Elle ne vit que pour son honneur. Qui est-elle, Rufus ? »

Pudens s'approcha d'eux. « Elle a mentionné son frère. Nous savons que le plus jeune frère est mort. Quant à l'aîné, il est ici avec nous. Ce doit donc être Caradoc qui s'est enfui avec le reste de ses hommes. Cunobelin n'avait qu'une fille, monsieur. »

Plautius hocha la tête. « Gladys, je crois. Une prise d'importance pour nous messieurs ! Elle aurait dû partir avec son frère. » Alors même qu'il prononçait ces mots, il se sentait heureux qu'elle ne l'eût pas fait.

Ils la logèrent dans une hutte du premier cercle qui avait échappé aux ravages du feu. Le chirurgien de Plautius vint la voir, un homme brusque et efficace qui arracha le tissu collé sur ses côtes, lui appliqua sans autre commentaire un baume froid et un bandage. Il lui dit que son bras guérirait et qu'il retrouverait sa sensibilité mais pas avant quelques semaines. On lui apporta un repas de soldat — du bouillon, des poireaux, des haricots et du porridge d'orge, avec de l'eau rougie de vin. Elle dévora le tout pendant que l'homme allait chercher ses vêtements, qu'il lui rapporta dans un sac. Tous ses bijoux manquaient, désormais au fond des sacs des légionnaires.

Elle supplia qu'on lui rende son épée et son couteau mais l'homme ne fit qu'en rire et s'en alla.

Trois jours plus tard, Claude, accompagné de la Huitième Légion Moesia au grand complet, fit son entrée triomphale dans Camulodunum.

15.

Cette nuit-là, après les fanfares et les ovations, les sacrifices et les cérémonies officielles, l'empereur et ses officiers se rassemblèrent dans la Grand-Salle pour célébrer la victoire. Plautius, dans une parure royale rutilante, était à la place d'honneur à la droite de Claude et l'écoutait, penché vers lui, exposer en quelques mots les plans qu'il faisait pour l'avenir de la nouvelle province, parler de sa santé délicate sous ce climat détestable et promettre promotions et récompenses.

Plautius dégusta lentement son vin, en appréciant le mordant un peu sec. Claude se détourna de lui pour s'adresser à Galba. Voilà un homme, pensa Plautius, qui mérite d'être écouté. L'empereur place sa confiance dans de bonnes mains. Mais ce n'était pas sans inquiétude car Galba aimait le luxe et menait grand train. Galba était un fanatique, aussi exigeant à l'égard de lui-même qu'à l'égard de ses légions qu'il menait à la dure. Il était là pour évaluer la situation en Albion et pour se prononcer. Plautius et lui avaient passé des heures ensemble à discuter de la stratégie à employer pour la suite des opérations dans ce pays sauvage, insaisissable et étonnamment attachant. Pourtant Plautius, bien qu'il reconnût sa vaste expérience et ses connaissances tactiques, ne l'aimait pas. Il n'arrivait pas à croire que la puissance et l'énergie dévorante de cet homme ne cachent quelque ambition secrète. Claude partageait peut-être ces soupçons car il le gardait toujours à ses côtés. Ayant écrasé les Chatti en Germanie, il prenait cet honneur comme un dû. Et surtout, Galba était de la famille de la vieille impératrice Livia, et cela, Claude ne pouvait l'oublier.

« Quel sinistre trou malodorant, hein, Plautius ? » Claude s'adressait de nouveau à lui, l'arrachant à sa rêverie. « Quand je serai parti, brûle tout. Cela pue le porc ranci et la magie. Nous construirons un temple ici — en mon honneur, naturellement. Au début, cela donnera du cœur à nos soldats, et plus tard, quand les barbares commenceront à se civiliser, cela orientera peut-être leur sens dépravé de la religiosité. Qu'en dis-tu ? »

Plautius jeta un bref coup d'œil sur l'empereur. Le visage était beau, noble, un vrai visage de patricien, mais son nez avait recommencé à couler et de petites bulles de salive s'accumulaient aux commissures des lèvres. « Je pense que cela serait sage, seigneur, répondit-il. Les paysans ont commencé à regagner leurs fermes maintenant. Je vais les mettre au travail. Cela leur occupera le corps et l'esprit. »

Claude sourit. « Je vous félicite, Plautius. Belle campagne. J'ai décidé d'appeler mon fils Britannicus, du nom de ma nouvelle province. J'avoue qu'il me tarde de rentrer. Les *triumphalis ornamenta* pour Vespasianus et Geta, et l'hommage du Sénat pour moi. » Il avala sa salive et s'enfonça dans son siège. « On m'a dit que nous avons fait un prisonnier de marque, continua-t-il. Une princesse barbare. Fais-la amener, Plautius. Je veux voir de quoi elle a l'air. »

Plautius se leva à contrecœur et Claude, voyant son hésitation, agita vers lui une main couverte de bijoux.

« Ne craignez pas qu'elle insulte ma Divine personne. Elle peut bien me dire tout ce qui lui plaira, j'en serai formidablement amusé. Vous disiez bien, insista-t-il, qu'elle parlait latin ?

— La plupart des gens de sa tribu connaissent notre langue, répondit Plautius. Les commerçants disent qu'ils la parlent à la perfection. »

Claude ne perçut pas la légère nuance de reproche. Il estimait Plautius. Il l'invita à sortir, avec un sourire.

Plautius envoya deux soldats chercher Gladys dans sa hutte. Il craignait qu'un seul homme ne suffise pas, surtout depuis qu'il avait vu son épée, sanglante et ébréchée. Il attendit patiemment, admirant la beauté de la nuit étoilée, des milliers de petits foyers rouges constellant la vallée, et ressentit un grand contentement. La vie était bonne. L'expédition avait été un succès et bientôt Claude rentrerait à Rome, le laissant, lui Plautius, tailler une province dans cette terre sauvage. Pannonia s'était avérée une expérience intéressante, mais ici... ce serait comme sauter dans l'arène face à un lion affamé avec pour seule arme un couteau.

Il les entendit approcher et se retourna. Elle était enveloppée dans une longue cape noire et flottante. Ses longs cheveux noirs se confondaient avec son col, si bien qu'on aurait pu croire qu'elle portait une capuche. La lueur des étoiles se reflétait sur son visage pâle, lui conférant une beauté éthérée et irréelle, une douceur qu'il ne lui avait jamais vue. Il s'inclina presque en lui tendant le bras. Elle leva les yeux vers lui, sans crainte ni exigence. Il fit signe aux soldats de s'éloigner et lui parla avec politesse.

« Vos douleurs s'apaisent-elles, Madame ? » Elle hocha la tête une seule fois, sans répondre. « L'empereur vous demande, dit-il. Vous n'avez rien à craindre de lui. Il est curieux, voilà tout. Suivez-moi. » Elle sourit alors, avec une expression sarcastique et amère qui lui fit ressentir l'absurdité de ses mots. Il fit demi-tour et elle le suivit.

Gladys se tint un instant sur le seuil, stupéfaite des changements que la Grand-Salle avait subis. Ses yeux allèrent d'un mur à l'autre, sans s'arrêter sur la compagnie soudain silencieuse qui la dévisageait. Le sol de terre battue avait été recouvert de tapis bleus et jaunes, moelleux et épais. Le feu brûlait, mais sur une énorme grille suspendue bien au-dessus de l'âtre. Des torches flamboyaient partout, accrochées aux murs et à tous les piliers. Leur lumière jaune se reflétait dans les innombrables armures, les agrafes d'or et les bracelets de bronze des hommes qui emplissaient la salle. Des divans avaient été installés, formant un vaste demi-cercle, brocart et damas étaient tendus d'un mur à l'autre. Au centre se trouvait une table recouverte d'un tissu éclatant, chargée de fruits étranges, de flacons dorés, de plats débordant de mets qu'elle était totalement incapable de reconnaître. Soudain, elle se sentit intimidée par les regards amusés et méprisants de l'aristocratie romaine. Puis elle reprit toute son assurance royale et avança, derrière la haute silhouette de Plautius. Il s'arrêta, s'inclina et s'écarta. « La princesse Gladys, Seigneur », dit-il. Il retourna vers sa place, laissant Gladys face à l'homme le plus puissant du monde.

Tout d'abord, elle fut impressionnée. Il était grand, même assis. Son front était haut, couronné de cheveux gris coupés en frange au-dessus des sourcils et tombant sous les oreilles. Son nez était fort, comme celui de Caradoc mais plus large, et des rides profondes lui donnaient une allure triste et cruelle. Les yeux, qui se posaient avidement sur elle, étaient beaux, intelligents, capables même de gentillesse. Gladys ressentit soudain une certaine pitié, car l'empereur bavait, essuyant sa salive de temps en temps avec un mouchoir blanc, et rien ne pouvait cacher à quel point il était timoré. Il lui tendit une main élégante et la cape pourpre s'ouvrit. « Viens plus près », dit-il, et Gladys obéit, essayant de se rappeler ce que son frère lui avait appris sur cet homme. Il vivait dans la peur continuelle d'être empoisonné et trahi. C'était un génie, un historien, un homme cultivé, au savoir étendu. Il était manipulé par ses prétoriens, les Grecs libres, et ses femmes. « Nous saluons votre courage, femme barbare, poursuivit-il. Vous vous êtes bien battue, du moins c'est ce qu'on m'a dit. Nous n'avons pas de rancune, Gladys. Nous vous apportons, à vous et à votre peuple, une nouvelle paix et la prospérité. Pendant de nombreuses années, vos compatriotes et nous avons maintenu de bonnes relations commerciales. Nous étions devenus presque frères. Eh bien, comme des frères, coopérons désormais à notre croissance commune. Qu'en dites-vous ? »

Gladys ne savait si elle devait éclater de rire, lui cracher au visage ou fondre en larmes... Tog... Elle sentit une boule se former dans sa gorge. En secouant sa chevelure, elle lutta contre ce sentiment. « Ma ville est en cendres, dit-elle d'une voix rauque. Mon frère a été tué, mon peuple dispersé. Je n'ai plus ni bétail ni position. Même mon épée m'a été arrachée. Et vous osez parler de paix et de coopération ! » Elle fut incapable de poursuivre. Un mot de plus aurait amené les larmes et elle eût préféré mourir plutôt que de donner à ces seigneurs hautains et somptueusement vêtus le spectacle d'une femme d'épée perdant publiquement la face.

Claude la regarda, la tête penchée. « Délicieux accent, dit-il. Elle a très bien parlé, pour une sauvage. » Plautius retint son souffle. Qu'est-ce que cela peut bien me faire, pensa-t-il, surpris de sa réaction. Combien de barbares, hommes et femmes, n'ai-je pas vus se traîner à genoux devant l'empereur ? Qu'il l'humilie donc. Cela matera cette femelle obstinée. Mais ses doigts se resserrèrent avec nervosité sur sa coupe.

Pour l'instant, Claude était de bonne humeur, bien que plus fantasque que par le passé. Il était capable de commander qu'on l'exécute si le jeu cessait de l'amuser. « Rome est ici, dit Claude avec affabilité, que cela vous plaise ou pas, ma chère. D'ailleurs cela vous plaira bientôt, nous en sommes sûrs. Venez boire avec moi. » Plautius se crispa plus encore, espérant qu'elle courberait cette tête arrogante et prendrait la coupe que lui tendait le serviteur. Mais en lui-même, il espérait qu'elle ne le ferait pas. Elle fixait l'empereur. Ils se mesurèrent un instant du regard, puis Gladys recula, un curieux sourire aux lèvres.

« Et qui goûtera ma coupe ? » demanda-t-elle calmement. Un profond silence suivit ses mots lorsque la compagnie joyeuse et sûre d'elle en comprit les implications. Plautius aurait voulu se lever et applaudir. Il sentit ses genoux se raidir. On n'entendit plus que le crépitement joyeux des flammes puis Claude arracha la coupe des mains du serviteur et la renversa, le vin rouge éclaboussant le tapis.

« Va-t'en, dit-il d'une voix qui tremblait. Va-t'en ! » Gladys regarda lentement les visages fermés et muets qui l'entouraient. Ils étaient maintenant pleins d'hostilité mais aussi de respect. Elle tourna les talons et se faufila dehors. Personne ne dit rien. On entendit le souffle rauque de Claude déchirer le silence pesant puis il se tourna vers Plautius. « S'ils sont tous ainsi, dit-il, le visage rouge de colère rentrée, nous ferions peut-être aussi bien de tous les exterminer. »

Mais ils n'étaient pas tous comme cela. Dans l'après-midi du lendemain, des ambassades commencèrent à arriver à Camulodunum, traversant le portail à cheval avec leurs capes bariolées et leurs bijoux de bronze brillant, regardant avec une stupéfaction gênée les transformations qu'ils découvraient. Il ne restait plus qu'un muret à la place des fortifications, n'arrivant guère qu'à hauteur de poitrine, comme un parapet d'où l'on pouvait mieux découvrir la rivière et la vallée. Les monceaux de cendres et de décombres avaient été déblayés et les tentes des officiers entouraient la Grand-Salle en cercles sévères et bien ordonnés. Devant la salle, les étendards et les hautes aigles de bronze des cinq légions étaient groupés, gardés par des soldats immobiles. Claude et son entourage, ainsi que les officiers des légions, se tenaient dans la Grand-Salle pour y recevoir la reddition formelle des chefs vaincus qui défilaient, avec leurs porteurs de boucliers et leurs bardes, seulement préoccupés de préserver la paix. L'écrasement brutal de la puissance des Catuvellauniens les avait confondus. Ils ne voulaient rien d'autre qu'un traité et une chevauchée pour rentrer chez eux.

Gladys, marchant de long en large dans la hutte obscure, entendit les grelots de leurs montures et la douce familiarité de leurs dialectes. Elle alla à la porte. « S'il vous plaît, laissez-moi sortir, dit-elle à son garde. Je veux parler avec les seigneurs. Je ne m'enfuierai pas. » Il la regarda d'un air incrédule et secoua la tête. « Attendez une heure, que vienne la relève, répondit-il, et j'en demanderai la permission à mon tribun. Mais je sais qu'il refusera. »

Elle revint dans la pièce et se remit à faire les cent pas entre le lit et la porte, ignorant la légère morsure sur les côtes, là où un énorme bleu la tiraillait. Elle prêta désespérément l'oreille aux bribes de conversation à l'extérieur. Elle entendit le nouveau garde arriver puis s'assit sur la chaise basse, luttant contre l'impression d'étouffement que l'obscurité et le manque d'air lui donnaient. Des dizaines de visions folles lui traversaient l'esprit. Elle se glisserait dehors, volerait un bateau et courrait, libre sur le sable, sous le soleil chaud. Elle maîtriserait son gardien et prendrait son couteau, s'introduirait dans la Grand-Salle et tuerait l'empereur. Mais entre elle et ses désirs fous, s'interposaient les yeux du garde, sérieux, sévères et elle ferma les siens, un nouveau malaise venant s'ajouter aux autres.

Les tentures de la porte s'écartèrent et elle se leva vivement. Elle aperçut des épaulettes et du crin coloré sur un casque recourbé. C'était un tribun. « Vous avez une requête ? » demanda-t-il rudement. Elle hocha la tête. « Je veux marcher un peu, prendre de l'exercice. S'il vous plaît, autorisez-moi à le faire. » Le mot « s'il vous plaît » eut du mal à passer ses lèvres mais elle commençait à en deviner l'utilité. Il la regarda, pensif.

« Si vous n'étiez qu'un prisonnier ordinaire, je vous refuserais ce que vous demandez, mais ce n'est pas le cas. Je dois consulter mon commandant. » Il partit et elle retomba sur son lit, espérant que Plautius n'était pas dans la Grand-Salle avec l'empereur, car Claude refuserait sans doute immédiatement. Elle sourit en repensant à son visage courroucé. Personne n'avait sans doute osé l'insulter depuis bien longtemps. Elle entendit un bruit de voix puis Plautius lui-même entra dans la pièce, courbant la tête sous le linteau en entrant, emplissant ce petit espace obscur de son calme et de son autorité. Son cœur soudain se mit à battre et elle ne se sentit pas la force d'affronter son regard.

« Vous aimeriez profiter du soleil, Madame ? dit-il avec courtoisie. Je regrette, mais vous êtes un prisonnier trop précieux pour qu'on puisse vous permettre de vous promener à votre guise. Mes hommes sont occupés aujourd'hui, mais si vous avez la patience d'attendre jusqu'à ce soir, je vous autoriserai à marcher dans les alentours de la

Grand-Salle. » Gladys s'approcha de lui, posant une main sur son bras nu, n'ayant plus que des lambeaux de dignité, les yeux remplis de larmes.

« Seigneur, dit-elle d'une voix qui tremblait, si vous me forcez à rester un instant de plus dans cette obscurité, je deviendrai folle. Je jure par tous mes dieux, sur mon honneur, que je n'essaierai pas de m'enfuir mais je vous en supplie, laissez-moi sortir ! » Il hésita. Elle respirait le vent, le soleil, l'herbe coupée, la rosée et les fleurs ; il sentait la chaleur de sa main sur son poignet. Avec un mélange d'irritation et d'impatience, il chercha ses yeux, les vit brouillés de larmes et pensa : quelle importance ? Qui saura jamais qu'elle a passé une heure au soleil ? Il dégagea poliment son bras.

« Cela n'est guère raisonnable, dit-il, mais si vous y tenez tant, vous pouvez vous promener un peu en compagnie de votre garde. Ne vous approchez ni du portail ni du mur. Si vous essayez de vous échapper, le garde aura ordre de vous tuer sur-le-champ. »

Un sourire illumina son visage. Il lui sourit à son tour et partit, le tribun sur ses talons. Elle l'entendit qui donnait des ordres brefs à son garde, puis saisit sa cape et sortit au soleil.

Pendant une heure, elle déambula dans Camulodunum, se gavant de soleil, regardant l'agitation, s'approchant des chefs qui se tenaient vers le troisième cercle et discutaient avec de grands gestes. Les motifs écarlate et bleu, les carreaux jaune et noir des tuniques, les longs cheveux, roux ou blonds, indisciplinés, tout cela lui était si familier. Pour l'instant, peu lui importait que ces hommes fussent des petits seigneurs prêts à vendre leur peuple sans tirer une seule fois l'épée. Ils lui parlaient avec gêne, les yeux rivés sur le soldat peu engageant qui l'accompagnait, secouant négativement la tête en réponse à la seule question qu'elle brûlait de poser. « A-t-on des nouvelles de l'Ouest ? » Elle se trouva près d'un visage qu'elle croyait connaître, un chef de haute taille, aux cheveux noirs, qui se tenait un peu à l'écart des autres, comme s'il avait honte d'eux et de lui-même. Sa cape orange se refermait sur ses pieds bottés et sa main était posée sur la garde de sa lourde épée. Autour de son cou, il portait des colliers d'une pierre noire et luisante, la même qui retenait sa cape et brillait mystérieusement dans ses cheveux. Alors, elle se souvint de lui, monté sur un cheval noir, posant sur Caradoc un regard lourd lorsqu'il avait pris Aricia dans ses bras, par cette matinée pluvieuse et froide où elle avait disparu dans la brume aux côtés de son chef à la barbe rousse. Elle le salua dans les formes : « Bonne journée à vous. Je suis Gladys, sœur de Caradoc, ricon de la maison Catuvellaun. »

Il ne changea pas d'expression. Ses yeux restèrent méfiants et hautains, et il lui répondit avec la même politesse : « Je suis Domnall, chef de l'entourage d'Aricia, de la Maison de Brigantia. Que voulez-vous de moi ? »

Son garde lui toucha l'épaule. « Parlez latin, Madame », l'avertit-il et Gladys changea de langue, parlant lentement et distinctement, convaincue que cet homme ne savait que quelques rudiments de la langue romaine. Mais avec surprise elle découvrit qu'il la maîtrisait parfaitement. Cela, plus que toute autre chose, indiquait les changements que les années avaient apportés chez ce peuple de bergers. Aricia avait réalisé son vœu d'en faire des Catuvellauniens.

« J'aimerais avoir des nouvelles de votre ricon. Comment va-t-elle ? » Il réfléchit longuement avant de lui répondre. Il ne veut pas mentir, comprit-elle d'instinct. Mais il ne veut pas non plus paraître déloyal. Oh ! Aricia quels ravages as-tu causés chez ton peuple fier ?

« Elle est en bonne santé, Madame. Notre tuatha a prospéré depuis son retour. Elle nous a donné beaucoup de commerce avec la Gaule et Rome et nous sommes plus riches que nous ne l'avions jamais rêvé. » La voix grave ne trahissait aucune émotion.

« Et son mari Venutius ? » Domnall la regarda avec pénétration. « Il va bien également », dit-il sèchement et il tourna les talons. Gladys s'écarta du petit groupe coloré. Domnall lui en avait dit beaucoup en peu de mots. Aricia avait ordonné qu'on se rende, Aricia avait envoyé une délégation pour rendre sa soumission officielle, très certainement contre l'avis de son mari. Que se serait-il passé si Caradoc avait épousé Aricia au lieu de se servir d'elle et avait affronté Plautius avec une armée alliant les forces des Catuvellauniens et celles des Brigantiens ? Tant de vaines spéculations ! Elle s'arrêta au milieu du chemin, fermant les yeux et offrant son visage au soleil. Je suis en vie, se dit-elle sans trop y croire. Envers et contre tout, je vis. Le soleil réchauffait son sang et un bonheur intense, comme elle n'en avait jamais connu, l'envahit.

« Il est temps de rentrer, dit son garde et elle se tourna vers lui avec un sourire juvénile et rayonnant.

— Oui, oui, je sais. Croyez-vous qu'il me laissera sortir à nouveau ? » L'homme haussa les épaules, gêné par ce brusque changement d'humeur. Ils commencèrent à gravir ensemble le chemin qui menait à sa hutte.

Trois jours plus tard, Claude et la Huitième Légion inutile, sous les ordres de Didius Gallus, quittèrent Camulodunum. Vespasianus et Geta partirent avec lui. Ils devaient parader à ses côtés lors de son triomphe et recevoir des lauriers de sa main pour le rôle qu'ils avaient joué dans la conquête. Plautius et Pudens s'inclinèrent et les virent s'éloigner en bateau avec soulagement.

Claude avait nommé Plautius Premier Légat de la province impériale de Britannia, un poste qui découlait presque automatiquement de sa direction des forces d'invasion, et il avait parlé à nouveau du temple qu'il voulait voir s'élever sur le site de la Grand-Salle, une fois celle-ci rasée. Plautius avait écouté d'une oreille distraite, considérant l'élévation de ce temple comme le dernier de ses soucis. Les marchands et négociants envahissaient déjà le territoire occupé, et il savait que derrière eux viendraient les spéculateurs fonciers, les usuriers, les aventuriers, les mendiants et les rebuts de l'empire.

Au moins n'avait-il pas à se préoccuper de fixer et de lever les impôts. Le Procurateur viendrait bientôt avec ses hommes. Plautius savait comment s'y prendre avec les procurateurs. Un peu de tact, de la dignité et de la persuasion, voilà ce qu'il fallait. D'ailleurs, il était lui-même suffisamment en faveur pour n'avoir rien à craindre des dépêches scellées qui partaient constamment des bureaux du procurateur pour être remises à l'empereur en main propre. Il aimait bien Claude. Ils avaient passé des heures à discuter ensemble des livres récemment écrits. Plautius était toujours touché de voir son empereur oublier momentanément toute peur pour s'enflammer et rire des dernières formules lapidaires ou de l'ironie de Sénèque. Mais lorsqu'il écoutait l'empereur s'étendre sur les dimensions que devait avoir son temple, il n'était pas mécontent de savoir qu'il pourrait bientôt se consacrer tranquillement à son travail. Claude avait très clairement défini la tâche. « C'est notre devoir que d'apporter la civilisation à ces barbares, avait-il affirmé avec conviction. Telle est la mission de Rome de par le monde, Plautius. Il faut, pour leur propre bien et pour le bien commun, qu'ils soient civilisés. Ils vivront assez vieux pour remercier les dieux de Rome. »

Plautius et Pudens échangèrent des sourires imperceptibles au moment où la barque impériale, après les sonneries de trompettes, disparut sur la rivière.

Vers la fin de l'après-midi, Plautius envoya chercher Gladys. Il ne savait pas très bien pourquoi, mais dans ce bref répit qu'il avait entre le départ de Claude et les nouvelles tâches à accomplir, il avait envie de la voir. Elle s'avança avec lenteur, aussi digne que le soir où elle avait tenu tête à l'empereur, et resta devant lui, dans la Grand-Salle, sans manifester d'impatience. Sabinus, le frère de Vespasianus, et Pudens étaient absorbés dans des travaux d'écriture, tête penchée sur une table où des rouleaux étaient empilés. Les secrétaires attendaient leur dictée et ils la regardèrent à peine lorsque Plautius renvoya son garde et l'invita à s'approcher. Elle refusa pourtant de s'asseoir, cachant ses mains dans les manches de sa tunique verte. « Avez-vous à vous plaindre de quoi que ce soit ? demanda-t-il. Appréciez-vous vos promenades ? » Elle semblait aller mieux, pensa-t-il. Ses joues avaient repris des couleurs, ses yeux n'étaient plus assombris par la douleur mais il y avait cette étrange tension en elle, lui conférant toujours une sorte d'aura.

« Je les ai appréciées plus que vous ne pourriez l'imaginer. Je vous en remercie, dit-elle. Mais j'aimerais maintenant abuser de votre bon vouloir en vous demandant autre chose. » Plautius recula dans son siège, croisa les jambes et elle lut un sourire de contentement dans les yeux austères.

« Je vous ai déjà autorisé plus de liberté que mon devoir ne l'exigeait. Mais demandez toujours. Je refuserai s'il le faut. » Elle s'approcha un peu.

« Seigneur, laissez-moi me promener au bord de la mer. » L'inflexion pressante de sa voix la lui fit apparaître sous un jour nouveau, intrigant.

« Pourquoi ? C'est bien de l'orgueil, madame. Il vous est permis de vous promener dans la ville chaque jour. Qu'avez-vous besoin de l'océan ? » Il avait mis le doigt sur l'un des aspects cachés de sa personnalité que Gladys elle-même n'avait jamais su s'expliquer.

« Je n'ai guère l'habitude des cages, Seigneur, et même Camulodunum peut devenir une cage si l'oiseau est d'une certaine taille ! »

Il resta assis à la regarder, sachant bien qu'il devrait refuser. Il serait trop difficile de la faire garder sur les grands espaces ouverts de la plage et puis, que demanderait-elle ensuite ? Qu'on lui rende ses armes ? Il se retourna vers Pudens. « Dis-moi, Rufus, quand doit arriver le bateau apportant des vivres pour les troupes ?

— Il aurait dû arriver ce matin, Seigneur », répondit Pudens sans lever le nez. Plautius regarda Gladys.

« Le risque est trop grand, de vous laisser aller à l'estuaire sans autre escorte que votre garde, dit-il, et si vous vous échappiez, l'empereur m'en tiendrait pour responsable.

— Si vous le désirez, dit Gladys, je peux prêter serment de ne pas m'échapper. »

Il secoua la tête en souriant.

« Un tel serment ne vous coûterait pas grand-chose à briser, dit-il. N'est-il pas vrai que l'on n'est pas tenu de respecter indéfiniment les serments faits à l'ennemi ? »

Elle ne répondit pas mais ses épaules s'affaissèrent. Alors il vida sa coupe et se leva. « Je veux voir l'arrivage d'aujourd'hui, dit-il. Je pourrais attendre que tout soit déchargé mais une promenade sur la plage ne me déplairait pas à moi non plus. Je vais aller avec vous. » Elle lui sourit, une joie inconnue éclatant sur son visage comme une fleur au printemps. Il cria à son ordonnance : « Ma cape, Junius, et mon casque. Ne vous y trompez pas, Madame. Mes jours de simple soldat sont peut-être bien loin, mais vous aurez affaire à moi si vous essayez de vous enfuir ! » Elle sourit plus franchement encore. Ils quittèrent la Salle ensemble et marchèrent vers le nouveau portail, au milieu de l'affairement général.

Ils chevauchèrent lentement à travers la verdure tendre du sous-bois, accompagnés du questeur, de deux centurions et de trois soldats. Les hommes parlaient à bâtons rompus et Plautius, tout en répondant aux saluts des légionnaires qu'ils croisaient entre la ville et la rivière, se sentit porté par une puissante vague de bien-être. Gladys ne parlait pas. Elle chevauchait sans effort, les yeux perdus dans les arbres, pensant à Caradoc. Etait-il passé par là ? Où était-il maintenant ? A l'idée qu'il la croyait probablement morte, elle eut un pincement de remords mais sa tristesse fut de courte durée. Au tournant du chemin, les berges de la rivière leur apparurent, l'eau brune coulant lentement sous le soleil, les bateaux amenés jusqu'aux jetées se balançant doucement. Elle descendit de cheval. Elle, Plautius et ses hommes montèrent dans une barque. « Allez-y », ordonna Plautius. Et ils se lancèrent dans le courant agité, le vent fort, au large, mêlant les lourdes senteurs de la forêt à une vivifiante bouffée d'air marin.

L'estuaire était en pleine activité. Derrière les marais, là où la rivière faisait quelques lacets avant de se jeter dans l'océan, un camp avait été établi avec ses tentes blanches et ses remparts de terre. La baie était pleine des bateaux élancés de la *Classis Britannica* nouvellement formée. Leur barque accosta contre une nouvelle jetée solide. Des sentinelles coururent pour l'amarrer, se raidissant pour saluer lorsque Plautius et les officiers descendirent, suivis de Gladys.

On entendait sur la plage les cris des hommes qui déchargeaient les bateaux.

« Où aimeriez-vous aller ? » lui demanda Plautius. Elle leva les yeux vers les falaises escarpées qui surplombaient la baie, les oiseaux tournoyant au sommet, et dont les flancs couverts d'herbe se posaient sur les rochers noirs.

« Derrière ces rochers, il y a du sable, de l'eau et du silence, dit-elle. Laissez-moi marcher là-bas. »

Il hocha la tête. « Questeur, occupez-vous des comptes », dit-il, car un soldat en fonction s'était approché avec, visiblement, un problème à régler. « Je vais avec vous. »

Gladys étendit le bras, suppliante. « Je vous en prie, Seigneur, laissez-moi y aller seule, mais il repoussa sa demande avec impatience.

— Pour quelle sorte d'idiot me prenez-vous ? » dit-il d'un ton cinglant, alors que le questeur prenait l'ardoise, les yeux sur les montagnes de sacs et de caisses qui se trouvaient près de l'eau. Elle fit demi-tour et Plautius la suivit.

Les cris des officiers et les bruits sourds des barques qui se cognaient ou accostaient s'estompèrent peu à peu. Elle retira ses sandales et les posa sur un rocher, sous sa cape. Puis elle se redressa, prit une profonde bouffée d'air et secoua la tête. Le vent se prit dans ses cheveux et les fit flotter derrière elle. Les vagues grondèrent en roulant et l'écume furieuse vint se briser à ses pieds. « Plautius, ne vous inquiétez pas, cria-t-elle, je vais me mettre à courir ! » Elle le vit acquiescer. Elle courut à toute vitesse sur le sable, les bras écartés et les yeux plissés, aveuglée par l'intensité du soleil qui se reflétait sur l'eau bleue. La courbe de la baie rétrécit mais elle ne ralentit pas. Elle fit brusquement demi-tour en soulevant une pluie de sable et revint à toute allure, le souffle court, le cœur battant, sentant la joie la pénétrer jusqu'à l'extrémité de ses membres. Plautius la regarda, amusé, les bras croisés sur sa cuirasse. Elle s'arrêta devant lui, riant, hors d'haleine.

« Maintenant, je pourrai marcher ! pouffa-t-elle. Comme vous avez l'air d'avoir chaud ! Retirez votre casque et votre armure ! Vous n'avez pas besoin de vous défendre de moi. Je n'ai pas de couteau ! »

Il indiqua le haut de la falaise. « On pourrait m'atteindre de là-haut », protesta-t-il et elle rit, se moquant encore de lui, ses cheveux noirs lui fouettant les épaules. Il retira son casque, déboucla sa cotte de mailles, et le vent chaud joua dans ses cheveux grisonnants. Elle redescendit vers l'eau, s'accroupit, laissant glisser ses mains dans la mer, puis passant ses paumes humides sur son visage. Il resta derrière elle, contemplant la courbe de son dos vêtu d'une tunique verte. Elle était toute innocence aujourd'hui. Elle lui faisait sentir son âge et sa fatigue et la tendresse l'envahit. Il aurait voulu la serrer dans ses bras comme une mère consolant son enfant blessé. Elle tendit le bras pour atteindre un bout d'algue qui flottait par là et la manche de sa tunique retomba. Son bras était lardé de cicatrices et de bourrelets dus aux coups d'épée, et à nouveau il ne sut que penser.

Elle se releva et ils explorèrent la plage ensemble. Ils pataugèrent jusqu'aux chevilles dans les flaques chaudes laissées par la marée. Ils excitèrent les crabes furieux qui levaient maladroitement vers eux leurs pinces offensées. Ils arrachèrent aux rochers couverts d'algues grises et pourrissantes des coquillages dont Plautius lui offrit la chair iodée à la pointe de son couteau. Il lui sourit et elle se prit à rire elle-même, sans raison, comme une écervelée. Puis quand le soleil commença à disparaître derrière les falaises, ils s'assirent côte à côte, les pieds enfouis dans le sable mouillé, en silence. Les mouettes tournoyaient au-dessus d'eux en criant. Le vent tourna et commença à souffler par rafales au sommet des falaises. Là où ils se trouvaient, il y eut une soudaine accalmie. Gladys regarda l'océan qui passait lentement d'un bleu éclatant à un gris sombre et froid. Ah ! la liberté, la liberté, chantait une voix en elle, richesse inépuisable de mon âme. Lorsqu'elle tourna la tête, elle vit qu'il l'observait. Tout à coup, la liberté lui parut vaciller, rétrécir jusqu'à ne plus être que ces yeux plissés qui avaient la couleur et le mystère de la mer. Elle regarda vivement ailleurs mais même l'océan était maintenant à l'image de ce regard sérieux et gris. Elle soupira. Qu'était-ce que la liberté ?

« Je vous remercie pour tout cela, dit-elle. Je crois être tout à fait guérie.

— Je vous remercie également, dit-il simplement. J'avais besoin de quelques heures de paix.

— Qu'allez-vous faire de moi ? » lui demanda-t-elle, les yeux fixés sur l'horizon où les nuages du soir se formaient et il suivit son regard.

« Il y a plusieurs possibilités, dit-il d'un ton égal. Je pourrais vous envoyer à Rome en tant que prisonnier de guerre de marque et l'on vous promènerait dans les rues, enchaînée. Je pourrais vous garder ici pour encourager ceux de votre peuple qui sont restés à coopérer sans crainte. Je pourrais vous tuer et envoyer votre corps à votre frère. »

Elle ne marqua pas la moindre émotion.

« Et que voulez-vous faire de moi ? insista-t-elle.

— Je ne sais pas. Vous pourriez être utile, mais si vous ne coopérez pas, votre présence est gênante. Je devrais vous envoyer à Claude et vous oublier. » Quelque chose dans sa voix lui fit comprendre qu'il valait mieux ne pas discuter et elle changea de sujet.

« Où est Adminius ?

— Votre frère ? Il a entrepris une petite tournée avec l'une de mes cohortes pour essayer de rallier les chefs et les peuplades qui vivent encore dans les bois. Je l'ai également envoyé voir Cogidumnus et Boduocus. Il représente la preuve vivante que Rome ne cherche pas à détruire les tribus. Il rentrera dans deux ou trois jours. Désirez-vous le voir ?

— Qu'il ne m'approche pas ! explosa-t-elle. Cet esclave, ce pourceau puant au service des Romains ! Je ne le connais plus. Je n'ai plus qu'un seul frère ! »

Elle s'était mise à trembler et sa voix trahissait une telle anxiété qu'il en fut gêné. « Parlez-moi de votre autre frère, dit-il avec calme. Je ne l'ai aperçu qu'une fois, vous savez, debout sur les remparts et je ne sais pourquoi j'ai eu très envie de le rencontrer.

— N'était-ce pas pour le tuer ? » rétorqua-t-elle, encore sous le coup de la rage. Puis elle se calma et laissa couler le sable chaud entre ses doigts. « Pardonnez-moi. C'est seulement que je me trouve dans une situation bien pénible, et à des moments pareils je vois l'avenir sous un jour très sombre. Caradoc ? » Elle sourit, pensant à lui avec amour. « C'est un homme droit, pétri d'honneur, un grand guerrier. Les hommes considèrent comme un privilège de l'avoir pour ennemi.

— C'est un privilège à mes yeux, dit-il doucement et elle se tourna vers le visage maigre et sévère.

— Vraiment ? Comment, vous, un Romain, pourriez-vous comprendre que nous puissions aimer notre ennemi au moment même où notre épée le coupe en deux ? Comment pouvez-vous, avec le dégoût que nous vous inspirons, savoir ce qu'est pour nous le sens de l'honneur ?

— Je n'ai aucun dégoût pour vous ou votre peuple, dit-il. Moi aussi, ma vie obéit à un code d'honneur. Nous avons une conception différente de l'honneur, voilà tout. Je fais mon devoir et j'en suis fier, et si mon devoir me commandait l'*atrocitas* pour le bien de mon empereur, je la commanderais. Mais Gladys, je préfère les batailles rapides qui aboutissent à une transformation lente et pacifique.

— Eh bien, vous n'obtiendrez pas cela ici ! rétorqua-t-elle.

— Pourquoi pas ?

— Parce que les tribus placent au-dessus de tout un sentiment que Rome ne pourra jamais promettre, acheter ni donner. La liberté. Vous ne viendrez jamais à bout de la résistance, aussi longtemps que vous restiez ici en Albion. Parce que la mort vaudra toujours mieux que l'esclavage et que la liberté est un joyau sans prix.

— Comme vous ressemblez à un oiseau, dit-il. Un pauvre oiseau qui se débat, ailes et griffes rognées. J'aimerais pouvoir vous libérer.

— Rien de plus facile, répondit-elle vivement. Ouvrez la porte de la cage et laissez-moi partir.

— Où iriez-vous ?

— Vers l'Ouest. Quelle importance peut bien avoir la détention d'une misérable femme libre, vieillissante, pour le grand effort de guerre de Rome ? » Elle détourna le visage pour cacher un début de larmes si près de couler après des jours d'épuisement physique et mental. Le soleil se coucha. Puis la nuit tomba, enveloppante et chaude et les premières étoiles commencèrent à briller faiblement.

« Vous sous-estimez votre valeur », lui rappela-t-il, affectant de ne pas voir les efforts qu'elle faisait pour ne pas fondre en larmes. Elle secoua dramatiquement la tête en soulevant l'ourlet de sa tunique courte pour s'essuyer les yeux.

Elle lui fit face. « Ma seule utilité pour vous consisterait à convaincre Caradoc de se rendre à vous, mais je sais qu'il ne le fera jamais. »

Ils se levèrent alors d'un accord tacite et retournèrent vers l'endroit où ils avaient laissé sandales, cape, casque et cuirasse. Il semblait à Plautius qu'il les avait quittés des années plus tôt. Lorsqu'ils y arrivèrent, il lui posa gentiment la cape sur les épaules et elle le remercia d'un mot. L'enfant exubérante et rieuse avait disparu. Plautius, la main sous son bras, étudiant son profil, sentit sa dignité l'envelopper à nouveau. Près de la barque, ses officiers attendaient, portant des torches allumées. Il sentit qu'elle s'écartait de lui, arrachant son coude à son étreinte et il réalisa qu'il l'avait tenue plus serrée qu'il n'était poli de le faire. Il rajusta son casque.

« Madame, dit-il alors qu'ils approchaient du bateau, accepterez-vous de dîner avec moi et mes officiers demain soir dans la Salle ? Je peux vous promettre une bonne conversation, quelques plaisanteries et naturellement un menu quelque peu différent de celui d'un prisonnier !

— Je n'ai aucune envie de me laisser dévisager toute la soirée ! répondit-elle, mais elle avait souri.

— Je condamnerai à dix coups de fouet le premier qui lèvera les yeux sur vous ! » promit-il. Alors elle se mit à rire, sans pouvoir pourtant chasser la tristesse d'un avenir où elle ne voyait que de nouveaux tourments.

Pudens lui-même vint la chercher. Il avait revêtu sa toge de lin blanc, légèrement plissée autour des jambes. Il s'inclina devant elle et lui offrit son bras. Elle sortit de la hutte, la longue tunique bleue d'Eurgain flottant autour d'elle. Ses cheveux étaient propres et brillants et les rares bijoux d'argent qui lui restaient luisaient de tous leurs feux. Plautius, au cours de ses recherches, avait découvert un des coffres d'Eurgain repoussé sous le lit et, dedans, une tunique et un fin cercle d'argent. Il les avait envoyés à Gladys dans la matinée et elle était restée longtemps assise à palper la tenue fine et royale qui avait encore un parfum d'amitié et de bonheur. Elle était décidée à ne pas la mettre, mais la tunique resta toute la journée sur le lit, comme un reproche qu'Eurgain elle-même n'eût pas manqué de lui faire. Gladys fit les cent pas sans la quitter des yeux. Si elle la mettait, c'était admettre quelque chose. A ses yeux comme à ceux de Plautius, quelque chose qu'elle refusait encore de voir en face. Si elle se rendait à la Salle dans sa tunique d'homme verte, usée et déchirée au combat, cela aurait une tout autre signification. Elle resterait en proie à cette solitude qu'elle aurait choisie. Finalement, elle se déshabilla, se lavant avec l'eau chaude que le garde lui apporta. Puis elle enfila la tunique d'Eurgain, l'attachant avec sa propre ceinture de cuir et posa le bandeau d'argent sur son front. Tu es folle, se disait-elle. Encore plus folle que Togodumnus ne le fut jamais. Elle posa la main sur le bras de Pudens et marcha lentement vers la Salle.

La lueur des chandelles et le reflet des flammes allèrent à sa rencontre. Plautius était à la porte pour la recevoir, imposant, comme un étranger pour elle, dans sa toge neigeuse bordée de la pourpre sénatoriale. La main qu'on lui offrit était chargée de bagues et ses poignets étaient couverts de larges bracelets d'or repoussé. Il inclina la tête. « Je ne vous ferai pas l'insulte, Madame, de vous souhaiter la bienvenue dans votre propre salle, dit-il. Laissez-moi plutôt vous inviter à partager ma table et la compagnie de mes amis. Il m'est apparu dans la nuit que peut-être mon invitation ressemblerait à une nouvelle ruse pour obtenir votre accord. Ce que je n'ai pu obtenir par la force, peut-être pourrais-je l'obtenir par une voie plus aimable et plus détournée, n'est-ce pas ? » Il sourit. « Si je vous ai donné cette impression, je m'en excuse et vous assure que telle n'est pas mon intention. » Elle prit son poignet couvert de bracelets, pensant à la grossière méprise que Tog et Caradoc avait faite en sous-estimant l'intelligence des Romains. Il devait y avoir plus, chez des hommes qui s'étaient rendus maîtres du monde, qu'une habileté sans pareille à faire la guerre. Elle comprit pourquoi Plautius était devenu sénateur, général, un homme très aimé et hautement respecté. Elle avala sa salive. Pardonne-moi, mon frère, pensa-telle. Pardonne-moi, Cunobelin, vrai père, pardonnez, pardonnez, membres de mon Conseil. Elle parla en détachant les mots.

« Bienvenue dans cette Grand-Salle, dit-elle, serrant son poignet sans trembler. Que votre séjour ici vous apporte le repos et la paix. » Il étudia longtemps son visage, y lisant comme une fière soumission, la promesse d'un don, et il fut profondément ému. Il savait que ces mots ne s'adressaient pas à Rome mais à lui. Pourtant, en l'assurant formellement qu'il n'avait rien à craindre d'elle, elle encourait finalement l'ostracisme de sa tribu. Il dégagea sa main et prit ses doigts dans les siens, sentant leur chaleur et leur fermeté.

« Entrez », dit-il doucement et elle le suivit. Les hommes dans la salle se turent et se levèrent, la coupe à la main.

Après cette soirée, Plautius lui permit de se promener librement. Il était occupé à nouveau, enfermé, nuit après nuit, avec ses officiers et bientôt Gladys, près du portail, vit les légions s'éloigner. La Neuvième vers les terres des Coritaniens, aux frontières du pays d'Aricia. La Seconde — celle de Sabinus et de Vespasianus — vers le sud-ouest pour réprimer de nouvelles révoltes chez les Durotriges. La Quatorzième puis la fière et indépendante Vingtième, vers l'ouest.

Camulodunum se vida — à l'exception du haut commandement et

des soldats qu'on avait chargés de construire des habitations plus durables et de garder la ville. Enfin, des paysans trinovantes et des hommes libres catuvellauniens, qui ne s'étaient dispersés que pour qu'Adminius les persuade de revenir discrètement. Plautius les mit au travail. Les légions progressaient lentement, utilisant les populations locales pour construire des routes au fur et à mesure qu'ils avançaient. Les *speculatores* et *beneficiari* chevauchaient sur les graviers fins, apportant des messages vers et en provenance de Camulodunum.

La Grand-Salle fut finalement totalement détruite. Gladys la vit brûler sans émotion. Tous les adieux avaient été dits, tous les souvenirs, doux ou amers, avaient été évoqués ou rejetés. Quand les cendres furent froides, Plautius ordonna qu'on déblaie et nivelle entièrement le site. Alors le nouveau procurateur, les architectes venus de Rome et les officiers se réunirent pour discuter de la construction et du financement du temple de Claude. Des taxes — à la fois *annona* et *tributum soli* — furent perçues et elles étaient lourdes, car Claude avait refusé de prélever des fonds personnels pour la construction de son temple. L'argent et le labeur devaient venir des paysans qui battaient et engrangeaient à cette époque leurs moissons et préparaient leur bétail pour l'hiver. Les paysans se révoltèrent non tant pour les impôts en maïs ou en bétail qu'on prélevait de leurs champs que pour les chaînes d'esclaves qu'on leur passa au cou ou les optios qui supervisaient leur ouvrage à coups de fouets. Il y eut du sang versé et des lamentations s'élevèrent, car un esclave était moins qu'un homme. Mais Claude ordonna avec calme des flagellations publiques, des exécutions et les protestations moururent. La dernière résistance devint clandestine, et resta au cœur de ces paysans farouches et en guenilles qui avaient été autrefois libres membres d'une tribu. Gladys, marchant près d'eux un matin, se sentit transpercée par l'écrasante et confondante noirceur de leurs regards haineux. Un sentiment de culpabilité revint l'étreindre et, une fois de plus, elle se sentit déshonorée, à lire le profond mépris contenu dans ces yeux qui souffraient. Elle aurait dû se trouver à leurs côtés au lieu de déjeuner sous la tente de Plautius en discutant des mérites de l'art romain. Pourtant bien qu'elle fût moins prisonnière qu'eux, ses mains étaient liées. Je suis restée, ne cessait-elle de se dire. Je me suis battue jusqu'au bout. J'ai défendu pied à pied mon honneur. Mais elle sentait les muscles du bras qui tenait l'épée s'amollir par manque d'exercice et son corps s'arrondissait de trop de bonne chère et trop de loisirs. Elle s'en voulait. Elle demanda la permission à Plautius de s'exercer à l'épée et il la lui accorda. Il vint la voir, un sourire amusé aux lèvres, alors qu'elle tournait autour d'un Varius décontenancé auquel son commandant avait ordonné de faire plaisir à la princesse barbare. Une fois ou deux, elle aurait pu le tuer, mais elle ne le fit pas. Non qu'elle craignît des représailles mais parce qu'elle se souvenait de la promesse faite à Plautius et qu'elle ne voulait pas trahir sa confiance.

Un jour, assise, haletante, après une séance épuisante, à l'ombre d'une des nouvelles maisons qui bordaient maintenant la route vers le portail, elle sentit tout à coup quelque chose sous sa main. Elle gratta la terre sans en avoir l'air et déterra une fronde de cuir, enroulée, brune de sang séché. Elle la glissa rapidement sous sa ceinture sans trop savoir pourquoi. Le soldat de l'armurerie — solidement plantée entre les écuries, l'hôpital, les réserves de grain et les nouveaux logements des militaires, là où le dernier cercle se trouvait autrefois — vint chercher son épée et elle la lui tendit, se levant avec peine pour aller chercher de l'eau. Une fronde n'était d'aucune utilité, surtout avec cette trêve qu'elle avait choisi de s'imposer, mais elle l'emporta quand même dans sa hutte pour la nettoyer.

Deux jours plus tard, elle sut pourquoi Camulos — maintenant caché derrière les étables — lui avait procuré cette arme. Elle prit un radeau et descendit la rivière, s'agrippant à la rive pour éviter les bateaux à fond plat qui faisaient chaque jour la navette entre la côte et Camulodunum, levant de temps en temps le bras pour répondre aux salutations des soldats qui se trouvaient derrière les marchandises empilées. A un demi-mile de l'estuaire, elle échoua sa petite embarcation, la tira loin de l'eau et l'abandonna là. Elle monta vers le sommet de la falaise, au-dessus des collines herbeuses, respirant avec joie à pleins poumons les bouffées de fraîcheur que le vent soufflant vers les terres lui envoyait.

Elle franchit la dernière crête et il n'y avait plus au-dessus d'elle que le ciel bleu lorsqu'elle aperçut deux hommes en conversation sur le rebord de la falaise. Elle se laissa immédiatement tomber sur le ventre, restant immobile dans l'herbe sèche, surprise de cette réaction instinctive. Elle n'avait plus rien à craindre des Romains. Elle releva quand même la tête avec précaution, épiant à travers les herbes mouvantes. Alors, un étrange frisson la parcourut. L'un des hommes était un centurion, qui tenait nonchalamment sa cravache à la main, le soleil brillant sur le métal de son armure, mais l'autre homme... l'autre était Adminius. Il ne pouvait y avoir le moindre doute. Les cheveux châtain clair brillaient dans sa direction, sa tunique était écarlate et jaune, la longue épée collait à sa jambe revêtue de braies et lorsqu'il se retourna pour dire quelque chose au soldat, elle reconnut le nez large et le menton fourchu de son père mais ce n'était plus qu'une caricature des traits qu'elle aimait. Adminius avait trop grossi et l'amertume de la trahison avait dévoré le beau visage pour lui donner une expression hargneuse et sournoise. Gladys eut la nausée. Elle savait que Plautius, volontairement, ne les avait pas réunis, par respect pour elle, mais maintenant voilà qu'il était là, seul avec un soldat, à sa merci. Elle tira la fronde de sa ceinture, pensant à la dernière fois où elle l'avait vu. Il lui avait jeté son torque au visage, lui égratignant la joue. J'aurais dû le tuer ce jour-là, pensa-t-elle, mais Claude aurait quand même entrepris la conquête. Et Plautius serait venu. Et je promènerais quand même partout la brûlure du déshonneur de ma tribu et de ma propre culpabilité. Elle observa les alentours, soigneusement. Une pierre, pria-t-elle, les yeux fermés. Camulos, vous avez mis Adminius à ma portée. Maintenant, donnez-moi une pierre. Elle oublia son nouveau bonheur, elle oublia ses rêves encore mal formulés de voir se refermer sur elle les bras forts et attirants de Plautius. Elle n'était plus qu'une guerrière à l'affût de l'ennemi et l'homme qui faisait de grands gestes, riant des mots du centurion, n'était plus son frère. Ses doigts se refermèrent autour d'une pierre, ronde, lisse, trop petite, il faudrait pourtant qu'elle s'en contente. Elle savait qu'elle n'était pas d'une grande habileté avec cette arme de paysans et tout ce qu'elle pouvait en attendre, c'était de le faire basculer par-dessus la falaise. Elle secoua la fronde et y ajusta soigneusement la pierre. Elle se leva, commença à faire tournoyer le lance-pierre en évaluant la force du vent. Meurs donc, misérable, pensa-t-elle en faisant tournoyer l'arme encore plus vite. Elle laissa le coup partir puis recula. Avant de ramper vers l'abri des arbres en bordure de la rivière elle attendit pour voir si le destin avait été de son côté. La pierre frappa. Adminius cria, portant la main à son cou et bien qu'il étendît le bras pour rétablir l'équilibre, son pied glissa et il bascula. Le centurion bondit en avant, l'attrapant par la tunique, mais elle se déchira et le hurlement qui transperça l'air gorgé de soleil de l'été fut plus doux aux oreilles de Gladys que le chant le plus pur que Caelte ait jamais chanté.

Enfin, enfin, exulta-t-elle, rampant à travers les herbes alors que le centurion jetait les misérables débris qui lui étaient restés dans les mains et se mettait à courir en criant le long de la falaise. Je suis purifiée, je suis vengée. Soyez-en témoins, Tog, et vous autres, morts héroïques. Elle atteignit les arbres et se força à marcher lentement le long de l'eau jusqu'à ce qu'elle retrouve son radeau, le prenne, et saisisse la rame après avoir jeté la fronde dans la rivière. Le soleil brilla et les poissons s'enfuirent pour se cacher dans les algues sombres. Son embarcation remonta le courant. Elle rentrerait à Camulodunum. Elle n'avait plus besoin du baume de l'océan, ce jour-là.

Plautius garda pour lui sa version de ce qui avait causé la mort du catuvellaunien. Il posa rapidement quelques questions au centurion, écoutant son histoire en souriant intérieurement. Puis il envoya chercher les soldats de garde près de la rivière et demanda à quelle heure la dame Gladys avait emprunté un radeau ce jour-là. La compréhension et l'intuition grandissante qu'il avait d'elle firent le reste. Les soldats disaient qu'un insecte avait piqué le barbare dans le cou et que voulant l'écraser, il avait perdu l'équilibre et il était tombé. L'histoire fit parler pendant deux jours. Puis Vespasianus revint de Rome et les légionnaires trouvèrent d'autres sujets de conversation. Plautius abandonna l'affaire. Il connaissait la nécessité de se servir de traîtres et d'informateurs. Il avait souvent eu recours à eux par le passé mais toujours avec un dégoût presque physique et il ne fut pas fâché de la mort d'Adminius. Cet acte n'était pas un meurtre. Pour une guerrière catuvellaunienne, c'était une sanction et Plautius savait que Gladys ne tuerait plus jamais de cette façon-là. A dater de ce jour, il ne fit jamais plus allusion à Adminius en sa présence et à cela, elle comprit qu'il savait.

Il prit l'habitude de l'accompagner chaque soir lorsqu'elle descendait vers la plage et marchait en bordure de l'eau sombre. Devant son calme, les soucis et les décisions de sa journée reprenaient de plus justes proportions. C'était presque la fin de l'été, et jour après jour les oiseaux migrateurs s'assemblaient en nuages sombres et pépiants. Les préparations pour l'hiver suivaient leur cours. La Neuvième avait construit un camp dans les marches de Brigantia et se préparait à y prendre ses quartiers d'hiver, sur un front renforcé par les promesses d'Aricia de coopérer. Vespasianus avait rejoint la Seconde Légion, dans des quartiers temporaires, alors que les Durotriges se cachaient, affaiblis par plus d'une douzaine de nouvelles défaites. Vespasianus prévoyait déjà de poursuivre son avance au nord-ouest, au printemps, si tout allait bien. La Quatorzième et la Vingtième continuaient à avancer péniblement en territoire Cornovii, n'étant que trop conscientes de la proximité des hommes de l'Ouest. Or tout semblait calme.

Plautius savait qu'il lui faudrait bientôt passer en revue toutes ses légions, mais dans les quelques jours qu'il lui restait à passer à Camulodunum, il fit de nombreuses promenades avec Gladys, le plus souvent en silence. Tous deux s'habillaient pour se protéger du froid nocturne et regardaient la lune s'élever dans toute sa pureté, baignant d'argent l'eau calme. Ils restaient près de l'écume grise et bouillonnante alors que les étoiles nichées au creux des nuages immobiles commençaient à briller.

Lorsqu'il finit par l'embrasser, à l'ombre protectrice d'un roc qui sentait le sel et les temps anciens, ce fut avec un grand naturel, comme si elle et lui, le sable, les falaises et l'océan étaient tous liés par une douce et ancienne innocence. Les lèvres de Gladys, douces et fraîches, trouvèrent facilement les siennes et elles avaient un goût de vent et d'herbes sèches. Il n'éprouva guère de passion. Il ne voulait que sentir ses longs cheveux, suivre des doigts les contours de son visage bien dessiné, tenir son corps serré contre lui, à l'abri de sa cape, sachant qu'avec cette femme la vie pourrait être riche et pleine. Il posa sa cape à elle sur le sable gris et ils s'assirent ensemble. Il lui parla doucement de sa propriété sur une colline près de Rome et de l'immobilité de ses salles de marbre dans la chaleur accablante du milieu de l'été. Il lui parla des nuances de vert de son jardin, d'où l'on apercevait les vignobles et au-delà les larges approches du Tibre, les tours et les colonnes du bout de la ville. Il lui parla des salles vides et ensoleillées, de son bureau couvert de livres et de rouleaux, des années qu'il avait passées comme gouverneur à Pannonia, loin des lieux qu'il aimait. Albion était sa dernière affectation. Dans cinq ans, ou six, ou sept, il pourrait rentrer à Rome avec les honneurs, retrouver ses raisins, ses chevaux et la tranquillité de sa belle maison. Il ne lui demanda rien. Un peu plus tard, il cessa de parler et mit son bras autour d'elle, l'attirant vers lui. Et l'océan vint se briser à leurs pieds, parlant à Gladys d'une liberté nouvelle.

16.

Été 43 après J.-C.

Dès qu'elle entendit les cris et les clameurs s'élever, Boudicca écarta le bébé dodu et endormi de sa poitrine, l'emmaillota rapidement, le tendit à Hulda et se précipita dehors. Autour de la ville, la forêt était immobile, comme incapable de secouer le poids de l'air étouffant et les marais étaient silencieux sous le soleil haut et brûlant. Elle vit son mari qui quittait l'ombre fraîche de la salle du Conseil pour avancer vers le portail et elle courut pour le rejoindre, attrapant au passage, près de la porte, son épée pour l'attacher à sa ceinture. La voyant venir, il s'arrêta pour l'attendre.

« Que se passe-t-il ? lui cria-t-elle. Pourquoi toute cette excitation ? » Elle arriva à sa hauteur, le sang au visage, ses bras nus et bronzés, ses cheveux couleur de cuivre et son visage plein de taches de rousseur offerts au soleil.

« Est-ce que le ciel nous tombe sur la tête ? »

Prasutugas sourit devant ce fier mélange de courage et d'inquiétude. Et Lovernius, le barde, appuya cette plaisanterie bien connue d'une roulade de ses dés et d'un sifflement aigu. « Certains diraient que oui, et d'autres que non, répondit Lovernius. Cela dépend de l'importance que vous voulez donner au retour de notre ambassade de Camulodunum.

— C'est notre délégation, Prasutugas ? demanda-t-elle.

— Je crois. »

Ils avancèrent vers le portail où une foule de plus en plus nombreuse regardait trois cavaliers venir du sud. On acclama Prasutugas lorsqu'il se fraya un passage parmi eux, suivi de son barde, de son conducteur de char et de sa femme.

« La paix soit avec nous tous ! » jeta quelqu'un gaiement. Il hocha la tête et salua de la main, évitant soigneusement de regarder Boudicca qui était venue se placer à ses côtés et s'accrochait à son bras nu.

« Y a-t-il des Romains avec eux ? souffla-t-elle. S'ils ont ramené l'ennemi ici, je m'enfermerai, je refuserai de les recevoir, je...

— Comment va ma petite Ethelind aujourd'hui ? lui demanda-t-il. A-t-elle bien tété ?

— Parfois, Prasutugas, répondit-elle vertement, je crois que je te hais, car tu es totalement dépourvu d'intuition et d'intelligence. »

Il planta un baiser rapide sur le bout de son petit nez. « Bien, bien, dit-il d'un ton taquin. Déteste-moi autant que tu voudras. Peut-être ainsi, me laisseras-tu tranquille ? Je suis l'homme le plus harcelé par sa femme de toute la tribu, c'est bien connu ! »

Elle regarda ses yeux bleus et souriants et posa soudain sa tête bouclée contre lui. Mais avant qu'elle puisse parler une clameur s'éleva de la foule et elle vit que les silhouettes dansant au loin dans l'air chaud prenaient l'allure de cavaliers, leurs tuniques bleues, jaunes et écarlates collées au corps par la sueur. Lorsqu'ils ne furent plus qu'à une portée d'arc, ils tirèrent leurs épées et les tinrent haut. L'instant d'après, ils lâchaient les rênes. Le chef le plus proche jeta son épée aux pieds de Prasutugas et la pointe s'en ficha en terre.

« Un succès, Seigneur ! dit-il hors d'haleine, glissant de sa monture. Nous avons beaucoup de nouvelles, de bonnes nouvelles. Les Iceniens sont sauvés !

— La paix ?

— La paix ! »

Le cri fut repris. La paix, la paix, criait-on au passage de Prasutugas et des membres de la délégation sur le chemin de la ville. Seule Boudicca avançait avec raideur et une expression furieuse.

Les hommes et les femmes se pressaient à la porte, allant s'asseoir sur les peaux de bête ou restant debout. Prasutugas, Boudicca, les membres de la délégation et quelques autres s'approchèrent de l'âtre encore froid. On apporta de la bière et les voyageurs burent avec avidité, en ingurgitant deux ou trois chopes à la suite. Le chef de la délégation s'essuya soigneusement la bouche sur sa tunique et poussa un soupir de soulagement lorsqu'un serviteur leur apporta du fromage, du pain et du poisson frais cuit à la vapeur.

« Eh bien, demanda Prasutugas, avez-vous parlé à l'empereur ? Qu'a-t-il dit ? A-t-il accepté notre offre de coopération ? »

Le silence se fit dans la salle, chacun essayant d'entendre ce qui se disait.

L'homme prit une miche sur le plateau qu'on lui offrait et la brisa. « Nous avons rencontré l'empereur, dit-il lentement avec fierté. C'est un très grand ricon et son hospitalité est sans bornes. Il nous a offert des plats étranges et nous a fait boire un vin doux. Mais nous avons vite compris que nous aurions affaire à l'homme qui a vaincu les Catuvellauniens. Il y avait de nombreuses autres délégations présentes, qui mangeaient également à la table de l'empereur, et il était si poli que notre honneur a toujours été ménagé. »

Boudicca renifla et voulut parler mais Prasutugas ne lui en laissa pas le temps.

« Dis-nous ce qui s'est passé à Camulodunum. Qu'est-il arrivé aux Catuvellauniens ? »

Le chef arrêta de mâcher. « Il y a des soldats partout, ils nous ont traités avec respect. Ils ont abattu les murs et presque toute la ville a brûlé. Quant au peuple, il travaille déjà dur pour ses nouveaux maîtres et c'est bien fait pour lui. J'étais content de voir ces fils de chiens suer avec des pics et des pioches à la main au lieu de leurs épées !

— Et Caradoc ? » Boudicca ne put s'empêcher d'intervenir. « Est-il mort ? Captif ? Que lui est-il arrivé ? » Prasutugas fut surpris de la tristesse contenue dans sa voix grave, et ceux parmi la foule qui avaient perdu des proches dans les guerres contre Cunobelin s'approchèrent.

Le chef redemanda de la bière.

« Caradoc et de nombreux chefs se sont enfuis. Certains disent que les dieux des Catuvellauniens leur ont fait passer les murs pour les mettre en sécurité, mais la rumeur générale dit qu'il est parti vers l'ouest. Il a laissé ses paysans se faire massacrer et sa sœur prisonnière, ce lâche. Enfin, quoi de surprenant de la part d'un Catuvellaunien ? »

Un murmure d'approbation parcourut la foule attentive, mais Boudicca ne bougea pas, se souvenant du grand jeune homme aux yeux bruns qui l'avait juchée sur son cheval et qui avait galopé avec elle à travers les arbres dénudés dans l'air vif de l'hiver. Elle avait senti alors sa gentillesse à l'égard de l'enfant qu'elle était, et sa fierté avait été blessée du dédain qu'il affichait pour son père. C'est ce dédain qui avait attisé sa colère quand elle avait fait campagne avec

Subidasto contre ces deux jeunes arrogants de frères catuvellauniens. Mais maintenant, en entendant le chef parler si légèrement de l'esclavage de sa tribu, elle se souvint de la poigne ferme de Caradoc qui l'avait maintenue en selle. Ainsi, il s'était échappé. Un frisson de contentement la parcourut. Il n'avait quand même pas capitulé devant Rome. Tous comptes faits, son honneur était mieux gardé que celui de son mari ou de sa prore tribu. Pourquoi était-il parti vers l'ouest ? Quel sortilège l'avait contraint à sacrifier les siens ? Elle ne crut pas un seul instant qu'il se soit enfui.

« J'ai vu sa sœur, continuait le chef. Elle se promenait dans la ville en compagnie d'un garde et parlait avec d'autres chefs, mais elle ne s'est pas approchée de nous. Personne ne sait pourquoi les Romains ne l'ont pas exécutée. » Ses lèvres se retroussèrent méchamment. « Ils l'enverront peut-être à Rome se faire massacrer dans l'arène. »

Prasutugas sentit l'impatience de sa femme monter. « Caradoc a donc quitté les basses terres ? dit-il. Eh bien, que va faire Plautius ? Nous laissera-t-il tranquilles, si nous nous soumettons ?

— Il ne nous fera aucun mal tant que nous ne lui déclarerons pas la guerre, cependant, nous devons lui laisser construire des routes à travers nos terres s'il le juge nécessaire et peut-être recevoir une garnison. L'empereur offre de l'or à toutes les tribus qui veulent la paix avec lui, et ce don s'accompagne de sa promesse de ne pas nous inquiéter. »

Boudicca bondit, les cheveux au vent. « On nous achète ! hurla-t-elle. Appelle les choses par leur nom et cesse de tourner autour du pot avec des propos aussi mielleux ! Le prétendu cadeau en or n'est rien d'autre que de la corruption et ne s'accompagne de la signature d'aucun traité. Crois-tu donc vraiment que Claude donne de l'or et des promesses sans rien attendre en retour que des sourires ? Tu me fais honte ! tonna-t-elle en direction de Prasutugas, et peur également. Quelle graine de catastrophe es-tu en train de planter ?

— Assieds-toi, Boudicca, cria quelqu'un. — Plus de guerre », cria une autre voix. Le cri fut repris : « Plus de guerre. » Les chefs et leurs femmes le scandèrent et, devant leurs visages fermés et déterminés, elle frappa du pied, montra le poing à Prasutugas et sortit.

Il la retrouva dehors, assise avec mauvaise humeur sur la berge, ses jambes nues trempant dans la rivière fraîche. Il retira tranquillement ses sandales et son épée et s'assit près d'elle, retenant son souffle au moment où ses pieds en sueur touchèrent le fond de l'eau peu profonde. Elle garda la tête tournée.

« Dans deux jours, un Romain du nom de Rufus Pudens sera ici, dit-il un instant après, avec son escorte. Il nous apporte l'or et l'accord à signer.

— Sais-tu lire le latin ? » lui rétorqua-t-elle, les yeux toujours fixés sur les reflets d'argent du soleil dans l'eau.

Il lui prit la joue et la força à le regarder. « Boudicca, dit-il doucement, te souviens-tu de la nuit où les chefs ont ramené le corps décapité de ton père et comme nous avons marché dans l'obscurité en pleurant près de son cercueil, sous la pluie ? Te souviens-tu de la façon dont Iain a transpercé le grand guerrier catuvellaunien qui m'avait tranché le bras et qui le faisait tournoyer autour de sa tête en rugissant de rire ? As-tu déjà oublié les cris dont tu accablais Lovernius lorsqu'il t'a dit que j'allais mourir ? Des moments aussi affreux, veux-tu donc qu'ils se reproduisent toute ta vie ? »

Elle s'écarta de lui, se mit debout dans l'eau et avança jusqu'à ce que le courant vienne se briser contre ses genoux bruns. Se penchant, elle recueillit de l'eau dans sa paume, s'en aspergea le visage, puis se croisa les bras et le regarda. Elle fut émue de le voir si ouvert, si franc et si vulnérable.

« Nous avons combattu les Catuvellauniens en tant que peuple libre, dit-elle rudement. Nous aurions pu perdre, nous aurions pu gagner, nous aurions pu faire la paix avant de repartir en guerre contre les Coritaniens. Il en a toujours été ainsi. Un jour, les Romains sont venus, et Caradoc nous a suppliés de l'aider. Par rancune, nous avons refusé, et parce que le peuple ne voulait pas voir plus loin que son désir de vengeance. Mais un danger bien plus grand nous attend.

— Ce n'est pas la seule raison, lui rappela-t-il, le peuple était fatigué de se battre.

— Tu les as persuadés qu'ils en étaient fatigués, cria-t-elle. Ils t'ont préféré à moi comme ricon sur tes promesses de paix. Mais à quel prix, Prasutugas, à quel prix ! En leur offrant la ruine des Catuvellauniens, en leur donnant l'or des Romains, en leur promettant la paix, c'est leur âme que tu leur as volée !

— Je ne te comprends pas, Boudicca, de quoi as-tu donc peur ? »

Elle tira ses cheveux roux de ses deux mains mouillées puis contempla derrière lui le bétail bien nourri dans les verts pâturages. « Ce n'est pas tant Rome que je crains, répondit-elle lentement. Et ce n'est pas par ignorance ou par pure aigreur que je m'oppose à toi, très cher. Les Iceniens vont perdre quelque chose de précieux, Prasutugas. Je ne sais pas quoi exactement, mais je le sens profondément. » Elle leva les bras. « Déjà les druides sont partis et les dieux ne nous parlent plus. C'est la mort qui s'approche des Iceniens !

— Non, répondit-il avec calme. Tu te laisses emporter par ton sens de la tragédie et griser par le son de ta propre voix !

— Idiot ! dit-elle avec véhémence. Mon père avait raison. Je n'aurais jamais dû t'épouser. Cette année a été suffisamment éprouvante pour moi, je crois que je vais prendre un autre mari. »

Il éclata de rire. « Un autre que moi t'aurait fait depuis longtemps taire avec des coups.

— Eh bien, j'aimerais mieux rencontrer tes poings que ton continuel persiflage et ton acceptation bovine ! »

Il baissa la tête et fit mine de se lever, puis tout à coup fonça en avant, riant toujours et la prit par surprise. Son bras valide s'élança, l'attrapant par le cou. Elle perdit l'équilibre et ils tombèrent ensemble dans l'eau plus profonde. Il lui maintint la tête sous l'eau, alors qu'elle se débattait furieusement puis la lâcha comme à contrecœur et se mit hors d'atteinte avec un sourire. « Boudicca, cria-t-il, alors qu'elle reprenait son souffle.

— Quoi, quoi, quoi ? fit-elle avec rage, toussant toujours. Par Andrasta, comment un homme avec un seul bras peut-il saisir en tant d'endroits à la fois ?

— Je t'aime tant. Donne-moi ta main. » Il tint ses doigts serrés et un instant, ils s'immobilisèrent. Leurs vêtements collaient à leurs corps robustes. Et l'eau faisait briller leurs boucles blondes et rousses, leurs bras et leurs joues.

Ils retournèrent en pataugeant vers la chaleur de la rive.

« Je souffre de deux blessures, dit-il. L'une, chacun peut la voir, mais l'autre c'est ma douleur de te voir malheureuse, malgré tous mes efforts.

— Moi aussi, je t'aime, Prasutugas, murmura-t-elle en lui passant les bras autour du cou. Je t'aime plus que les miens, plus que mon peuple. Que serait la vie sans toi ? Je recevrai ce Romain, ce Pudens, mais si je lui souris et lui tends la main, ce sera seulement par amour pour toi. »

Il l'embrassa tendrement, leurs innombrables raisons de disputes pour un temps balayées par l'amour qui les avait pris par surprise.

Elle releva ses cheveux sur sa nuque. « Quelle chaleur ! Je n'avais jamais vu un été pareil ! Les Romains doivent se féliciter d'avoir trouvé une nouvelle province aussi fertile et agréable que leur propre pays. » Elle renifla. « Attendons que la neige vienne ! Ce sera une autre histoire. »

Il se leva et la regarda, sachant qu'elle pensait à Caradoç et au mystère de sa disparition. Il ramassa ses sandales et son épée puis s'éloigna. « Dormirons-nous sous les étoiles, ce soir ? demanda-t-il. Nous pouvons apporter des couvertures et nous étendre près de la rivière. Ethelind ne bougera pas avant l'aube. »

Elle revint sur terre et lui sourit. « Si tu me promets de ne pas me jeter à l'eau en guise de réveil ! »

Ils revinrent ensemble vers leur hutte et bien avant la porte Boudicca pouvait entendre les cris aigus du bébé affamé.

Cette nuit-là, ils couchèrent dans les herbes hautes au bord de la rivière. Dans la douceur de l'obscurité, les insectes et les grenouilles faisaient vibrer la chaude nuit d'été. Au loin dans la forêt, les chouettes hululaient et des myriades de petits êtres inconnus s'apprêtaient à passer la nuit sous le couvert des arbres. Les deux jeunes gens parlèrent calmement d'autre chose que des sujets touchant à la vie de la tribu. Pour eux, cette nuit était précieuse, un moment qui n'appartenait qu'à eux. C'est là seulement, près de la rivière argentée qui semblait couler pour l'éternité, qu'ils pouvaient oublier les contingences de la vie quotidienne. Ils s'assirent, enveloppés dans leurs couvertures, chuchotant et riant. Ils firent l'amour, se relevèrent pour aller boire l'eau pure de la rivière et s'aimèrent à nouveau. Ils dormirent peu, mais c'est rafraîchis qu'ils retournèrent vers le portail aux premières lueurs grisâtres de l'aube.

La journée fut de nouveau étouffante. Le soir apporta une illusion de fraîcheur et après un dîner léger en plein air et quelques mots échangés avec son mari, Boudicca s'en alla toute seule vers la forêt. Le bosquet d'Andrasta était niché au cœur des arbres, au bout d'un chemin que l'abandon rétrécissait déjà et c'est avec tristesse qu'elle dut parfois écarter les ronces qui en barraient l'accès. Aucun sacrifice n'avait été fait depuis que les druides avaient disparu. Tout en avançant, Boudicca se souvint des chefs et de leurs femmes qui s'étaient réunis ici si nombreux pour implorer des protections et prononcer des incantations, avant que les chars ne partent vers le sud affronter les Catuvellauniens.

Le bosquet était tranquille et secret, faiblement éclairé par les froids rayons de la nouvelle lune. L'ombre des branches recouvrait le temple découvert, en demi-cercle. Andrasta était assise derrière un autel de pierre sombre, les épaules bien droites, les yeux clos, la lune venant jouer sur les ailes de son casque et les cheveux serpentins qui s'en échappaient. Ses bras s'appuyaient sur ses genoux et dans chacune de ses paumes offertes, un crâne d'argent fixait l'obscurité de ses orbites creuses. Boudicca s'approcha encore, mais même lorsqu'elle fut en face du visage à tout jamais caché derrière ses paupières closes, elle ressentit l'absence de magie, le vide pathétique du lieu. Le pouvoir l'avait déserté. Les druides avaient senti le vent tourner quand ils vivaient encore parmi les Iceniens. Ils avaient multiplié les mises en garde mais le peuple n'avait pas voulu les entendre. Et lorsque l'avenir lui avait tout à coup paru menaçant, il avait découvert que les malédictions des druides s'étaient tues et qu'avec elles, ils avaient disparu. « Si vous dansez avec les démons de Rome, vous paierez jusqu'au bout et plus », avaient dit les druides. Alors Prasutugas avait fait preuve de ce calme et de cette obstination qui attiraient et repoussaient Boudicca tout à la fois. Et le peuple, las de la guerre, avait bravé la colère d'Andrasta et s'était rangé derrière lui.

« Que reste-t-il de ta colère, Reine des Victoires ? » lui demanda à voix basse Boudicca. Elle se tenait immobile, sentant l'inutilité des invocations et des prières. Elle n'avait pas cru que son mari finirait par se soumettre à Rome ; mais maintenant Rome venait combler le vide que le départ des druides avait creusé et sa présence était encore plus menaçante.

Tout à coup, des branchages tressaillirent derrière elle. Elle se retourna. Le clair de lune fit apparaître Lovernius, un paquet à la main. Ils se sourirent. Il s'approcha d'elle et lui dit : « Je vous prenais pour Hulda. Je ne vous avais pas reconnue, Madame. » Il parlait avec retenue. « Je n'ai pas fait d'offrande de tout l'été. » Ces mots pouvaient exprimer le repentir tout comme l'acceptation de voir Andrasta sombrer dans l'oubli et il était curieux d'entendre sa réaction.

« Qu'as-tu apporté ? demanda-t-elle d'un ton égal.

— Un bracelet d'argent qui appartenait à ma mère. Et un couteau. » La lune en fit briller la garde sertie de perles.

« Cela ne servira à rien, Lovernius, dit-elle en passant un doigt admiratif sur le petit fourreau ouvragé. Elle ne recevra pas les offrandes. Les druides l'ont rendue impuissante par des sortilèges.

— Qu'importe. Je lui apporte quand même ce que je peux. »

Elle le regarda qui déposait ses offrandes sur les genoux d'Andrasta, écouta les formules qui consacraient la dette. Mais elle savait que la déesse n'était plus tenue de répondre à ce présent par une faveur. Elle s'enveloppa lentement dans sa cape et se prépara à quitter le bosquet. « Il n'y a personne d'autre ici que toi et moi, dit-elle froidement en se relevant. Donne-moi donc ton avis, chanteur. Que dois-je faire ?

— Continuer à faire ce que vous avez toujours fait, comme moi-même, répondit-il simplement. Je dois chanter les triomphes et les erreurs de mon seigneur, et vous, vous devez élever votre enfant et veiller au maintien du prix de votre honneur.

— Pour qu'en définitive les Romains puissent m'arracher les deux ? Je veux partir d'ici, Lovernius. Je veux m'enfuir vers l'ouest. »

Il la scruta un long moment et lui serra légèrement la main. « Vous ne le désirez pas vraiment, dit-il. Vous aimez trop votre mari pour l'abandonner. Courage, Boudicca ! Notre temps viendra. Il faut attendre. »

Elle passa devant lui et ils prirent le chemin du retour.

« J'ai appris bien des choses dans ma courte vie, Lovernius, lui dit-elle enfin, mais la patience n'est toujours pas mon fort ! » Elle parlait sans tristesse et il lui répondit de même.

« Si vous parliez moins, regardiez plus souvent les étoiles, au lieu de foncer sur tout et tous, tête baissée, comme un taureau fou, vous sauriez ! répondit-il et elle rit.

— Fais-moi une chanson pour me le rappeler, lui dit-elle par-dessus l'épaule. Prasutugas te donnerait sans doute un cadeau magnifique si tu étais capable de m'apprendre à tenir ma langue.

— Certainement pas ! répliqua-t-il. Il est tout aussi entiché de vous que vous l'êtes de lui ! »

Elle rit à nouveau sans rien dire et les feux de la ville les accueillirent, un peu avant le portail.

Rufus Pudens, escorté de ses tribuns et de ses fantassins, arriva tard dans l'après-midi, le lendemain. Il fut accueilli en grande pompe par les villageois, les fermiers de la région et de nombreux commerçants et voyageurs qui s'étaient rassemblés pour voir les nouveaux maîtres d'Albion. Prasutugas et Boudicca se tinrent à la porte de la

Salle du Conseil avec leur entourage, bouquet de couleurs vives immobile au milieu d'une foule agitée et bruyante. Prasutugas avait abandonné son haut casque de bronze et ses cheveux tombaient librement en cascade dorée sur ses épaules. Son épée de cérémonie pendait à sa ceinture ornée d'émaux. Son bras valide reposait sur le bouclier serti de pierres précieuses qui avait appartenu à son père, et au père de son père avant lui. A ses côtés, Boudicca attendait, l'air absent, dans une tunique jaune légère. Ses bracelets d'or tintaient lorsqu'elle croisait les mains et elle avait sur la tête un bandeau d'or et d'ambre que son mari lui avait offert en cadeau de fiançailles. Mais bandeau et pierres se perdaient dans l'éclat de sa chevelure bouclée qui lui descendait jusqu'à la taille.

« Souviens-toi, lui murmura Prasutugas. Je t'interdis de te mettre en colère aujourd'hui. Si tu le fais, je te punirai, et très sérieusement cette fois.

— Promis, promis ! chuchota-t-elle en réponse. Par Andrasta, l'amour me rend idiote ! Oh ! regarde, Prasutugas ! Le voilà ! Quel éclat, quelle puissance ! Il n'est toujours pas trop tard pour changer d'avis, tu sais. Et qui est ce membre d'une tribu celte qui l'accompagne ?

— Chut ! » lui intima-t-il en s'avançant, car sur un ordre bref le groupe des soldats s'était arrêté devant le portail et les foules admiraient en silence.

Pudens descendit de cheval en même temps que ses tribuns et s'élança par le chemin qui conduisait en droite ligne à la Salle. Et Boudicca ne put réprimer une secrète approbation devant la cape écarlate élégamment plissée, l'armure brillante, le casque empanaché. Les quatre hommes avançaient d'un air décidé, la tête haute. Près d'eux se trouvait un chef fort et de haute taille dans une tunique bleu vif sans manches. Les bracelets s'enfonçaient dans la chair musclée de ses avant-bras et une longue épée de fer venait battre contre sa jambe robuste. Boudicca vit mieux son visage au fur et à mesure qu'il approchait. Il aurait été beau, plein de sensibilité et d'humour s'il n'avait été déformé par l'amertume et l'arrogance. J'ai déjà vu cet homme, se dit Boudicca sans en être tout à fait sûre. Les Romains allèrent vers Prasutugas et retirèrent leurs casques. Il passa son bouclier à Iain et tendit le bras.

« Bienvenue dans notre tuatha, dit-il avec cordialité. Trouvez-y nourriture, vin et paix. »

Rufus Pudens saisit le poignet tendu. « Je vous remercie, Seigneur, au nom de l'empereur, répondit-il avec gravité. C'est un grand plaisir pour moi que de vous rencontrer enfin en personne. Voilà mon interprète », dit-il en désignant le Celte d'un geste bref.

Le chef traduisit rapidement les mots de Pudens et ajouta : « Je m'appelle Saloc. Le noble Pudens connaît les rudiments de notre langue mais craint de ne pouvoir se faire assez clairement comprendre. Je serai très honoré de vous traduire ses propos. » Il fit un pas en arrière, serra brièvement le bras de Prasutugas puis regarda Pudens qui tendait le bras à Boudicca, attendant. Prasutugas la présenta rapidement. Elle hésita, les yeux fixés obstinément sur les sandales du Romain, la fierté et la loyauté luttant furieusement en elle, puis très lentement elle avança la main et consentit à le regarder. Ce ne fut pas le contact froid et cruel qu'elle imaginait mais quelque chose de vif et d'amical, alors que des yeux souriants, dans un visage enfantin surmonté d'une frange noire, brillèrent dans sa direction. Elle parvint à sourire mais les mots aimables ne purent passer sur ses lèvres. Comprenant soudain, Pudens se détourna d'elle pour présenter ses tribuns.

Les formalités terminées, Prasutugas s'inclina pour les inviter à pénétrer dans la salle. Un petit feu avait été allumé en leur honneur et des fourrures placées devant. Ils s'assirent tous avec plaisir dans l'ombre fraîche, se servant du vin que Prasutugas avait commandé pour la circonstance. Boudicca garda pourtant sa chope de bière avec une expression sévère. Le reste de l'après-midi se passa en conversations polies. Les hommes buvaient en parlant de choses et d'autres, Pudens évitant adroitement tout sujet se rapportant à l'occupation romaine et Saloc traduisait avec une habileté détachée. Boudicca se surprit à suivre avec intérêt une description des modes de chasse et de culture romains. Puis Prasutugas se mit à parler de ses précieux chiens et offrit aux Romains de leur faire visiter les chenils ou tout autre lieu qui leur plairait.

En fin d'après-midi, ils se rassemblèrent autour d'un grand feu qui flambait joyeusement devant le portail. Ils se mêlèrent aux gens du peuple, festoyèrent et burent, en regardant des chefs lutter et faire des courses de chars autour de la palissade éclairée par des torches. A un moment donné, Boudicca découvrit avec horreur que Pudens se trouvait tout près d'elle, sa coupe à la main. Il était trop tard pour s'éloigner. Elle ramena sa chope sur sa poitrine et lui fit face résolument.

« Vous avez une fille, Madame ? » demanda-t-il dans leur langue, en butant sur les syllabes et en surmontant le vacarme qui les entourait. Elle hocha la tête. « Comment s'appelle-t-elle ? »

On ne donne son nom qu'aux membres de sa propre tribu, voulait répondre Boudicca mais elle dit à voix basse : « Ethelind.

— C'est un nom musical. J'aime beaucoup les enfants. J'ai de nombreux neveux et nièces et je croule sous le poids des cadeaux qu'ils me commandent, chaque fois que je rentre à Rome. Mais cela ne me dérange pas. » Il lui sourit. Aimiez-vous également beaucoup ces enfants que vous autres Romains avez massacrés en Gaule ? aurait-elle voulu répondre, mais quelque chose dans ce visage était trop ouvert, trop franchement juvénile et elle ne le put pas.

« Etes-vous marié ? lui demanda-t-elle sèchement et il secoua la tête. — Non, non, pas encore. Pour l'instant je suis marié à ma carrière, comme on dit et ma carrière est une maîtresse jalouse. Cela n'a pas que des inconvénients. » Il comprit immédiatement son indélicatesse. Les yeux de Boudicca s'assombrirent et les coins de sa bouche se serrèrent. Il voulut rapidement changer de sujet mais pensa qu'elle n'était pas du genre à se laisser donner le change et il lui dit doucement : « Excusez-moi. Mais il m'arrive de trop parler et je ne connais pas bien votre langue. Vous nous haïssez, n'est-ce pas ? »

Elle releva la tête « Oui, lui répondit-elle. Je vous hais.

— Alors, il ne sert à rien de vous dire que dans quelques années, quand vous aurez appris à nous connaître mieux, vous oublierez de nous haïr et vous contenterez de ne pas beaucoup nous aimer. J'admire votre franchise, Boudicca, et, que vous le croyiez ou non, je la comprends. Je n'ai rencontré jusqu'à présent qu'une autre femme qui ait un tel sens de l'honneur.

— La sœur de Caradoc !

— Oui, dit-il, surpris. Si cela peut vous être d'un quelconque réconfort, sachez qu'elle a tenu tête à l'empereur lui-même.

— Cela ne me console guère, répondit-elle rudement, car l'empereur n'en est pas reparti pour autant. »

Ils burent tous deux rapidement avec une certaine gêne puis, sans un mot de plus, il s'inclina légèrement devant elle et s'éloigna.

Les Romains et Saloc, Boudicca, Prasutugas et leur entourage, se rendirent dans la Salle et s'installèrent près du feu. On avait allumé des lampes. Des serviteurs allaient et venaient sans bruit, alimentant les flammes et apportant du vin. Lorsqu'ils eurent fini, Prasutugas leur fit signe de sortir et se tourna vers Pudens. Le silence se fit. Boudicca dégrafa son épée et la plaça avec soin devant ses genoux. Lovernius et Iain firent de même.

Pudens s'éclaircit la voix et dit : « Je dois tout d'abord vous remercier, Seigneur, de votre hospitalité. C'est la sagesse qui vous a conseillé de faire la paix avec nous, pour le bien de votre peuple. Je crois que pour ce courage, votre tribu révèrera votre mémoire comme celle d'un père et d'un guide. Ne laissons pas les mots de reddition et de conquête s'interposer entre nous. Rome ne souhaite que votre prospérité et que nous devenions tous amis. »

Saloc répéta ces paroles en employant les inflexions chantantes de la langue de Boudicca et une profonde tristesse l'envahit.

Prasutugas leva la main, son jeune visage marqué par la fatigue et l'émotion.

« Seigneur, dit-il non sans une pointe d'humour, je suis tenté de ne voir en vous qu'un enfant, mais c'est sans doute que dans votre peuple l'enfance est très protégée et dure longtemps. Je suis un homme, le ricon de mon peuple et vous prie de ne pas me faire l'insulte de me parler comme si j'étais simple d'esprit. Rome a entrepris une conquête. Rome a vaincu. Je ne veux pas me battre contre Rome et ma tribu ne le veut pas non plus. Quant à l'amitié, elle viendra peut-être, mais pour l'instant parlons plutôt des termes de notre accord. »

Saloc sourit imperceptiblement en traduisant et les tribuns prirent un air entendu. Décontenancé, Pudens regarda Prasutugas, puis Boudicca et remarqua le mouvement impatient de ses lèvres. Réagissant contre son embarras, il répondit d'une voix claire, en redressant les épaules :

« Parfait. Je suis heureux, Seigneur, de ne pas avoir à enrober ces termes dans un langage trop fleuri. Certains chefs sont si susceptibles ! » Il sourit. « Voilà : le Divin Claude vous offre de l'or. En gage de loyauté à l'égard de Rome, vous devrez prêter serment de ne jamais porter les armes contre aucun citoyen romain. Si vous avez des litiges dans l'avenir vous les exposerez devant nos tribunaux à Camulodunum. Vous permettrez également l'installation d'une petite garnison près de votre ville et de relais de poste tous les dix miles le long de la route que cette garnison construira. Plus tard, si tout va bien, une autre route sera tracée. »

A nouveau, Prasutugas éleva la main. « Je ne veux pas d'une route qui traverserait les champs de mon peuple. Et aucun chêne ne doit être abattu sous prétexte de construire cette route. A combien de soldats s'élèvera l'effectif de la garnison ? Quelle autorité exerceront-ils sur nous ? Je ne tolérerai aucune interférence avec mes lois, Pudens. »

Rufus hocha la tête. « Les routes emprunteront le tracé des chemins existants. La garnison sera de quatre-vingts à cent hommes, selon que la province sera paisible ou non, d'une année sur l'autre. Le commandant n'exercera pas le moindre contrôle sur vos affaires intérieures, Seigneur. Sa seule préoccupation sera de maintenir la paix et il sera un intermédiaire précieux entre vous et le gouverneur.

— Tout dépend de la sorte d'homme qu'on enverra, dit Boudicca d'une voix forte. S'il hait les Barbares, il pourra nous rendre la vie impossible.

— C'est exact, reconnut Pudens. C'est pourquoi je demanderai qu'on l'affecte ici à l'essai. Si, au bout de six mois, vous êtes mécontents de lui, le gouverneur le remplacera.

— Pourquoi voulez-vous installer une garnison chez nous ? insista Boudicca. Icenia est entourée sur trois côtés par l'océan et au sud il n'y a qu'une terre que Rome a déjà soumise. Vous voulez nous espionner, n'est-ce pas ? »

Avec circonspection, Pudens inspecta sa coupe, la reposa, y versa du vin d'un pichet d'argent qui se trouvait près de lui. Après s'être donné le temps de la réflexion, il lui répondit : « J'imagine, Madame, que vous non plus n'êtes pas une enfant. Votre peuple désire la paix pour l'instant, mais qu'en sera-t-il l'année prochaine ? Vous comprenez sûrement que Rome doit protéger ses intérêts et veut s'assurer que, dans votre tribu, aucun élément incontrôlable ne vienne compromettre les louables efforts de votre mari. Le commandant ne vous espionnera pas, mais il sera là pour empêcher que cela soit jamais nécessaire.

— Voilà qui est plus honnête ! répliqua-t-elle. Mais si je comprends bien, le sort d'Icenia sera dans les mains d'un seul homme. S'il est juste et équitable, tout ira bien. Sinon, nous serons tous ses prisonniers. Nous ne pourrons pas même nous faire entendre du gouverneur.

— Vous semblez croire que les hommes sont tout à fait bons ou tout à fait mauvais, dit-il avec une certaine condescendance. Vous êtes persuadée que tous les Romains sont absolument mauvais, et que ceux qui n'en ont pas l'air ne font que masquer leur méchanceté. Mais vous découvrirez bientôt, Madame, que vos peurs sont sans fondement. »

Il se tourna vers Prasutugas : « Nous devons également fixer le montant du tribut. » Boudicca laissa échapper un soupir et le visage de son mari se durcit. « Il ne m'est pas possible de vous révéler avec précision le montant des impôts, car le Procurateur n'est pas encore venu de Rome. Il ne tardera pas à évaluer vos terres et l'importance de vos troupeaux. Mais vous êtes très riche, Seigneur, et je dois vous prévenir, les taxes seront élevées. »

Prasutugas garda les yeux fixés sur les flammes, s'étonnant de la retenue de Boudicca. Elle s'était reculée dans l'ombre et il perçut son désespoir, plus fort encore que sa colère.

« Je paierai les impôts, dit-il avec lenteur. Nous paierons si cela nous apporte la paix. Mais je refuse absolument qu'on réduise en esclavage un seul homme ou une femme libre d'Icenia, et je ne laisserai pas non plus des jeunes de mon peuple servir dans les légions ou les arènes. C'est un point qui ne tolère aucun marchandage, Pudens.

— Je vous parlerai franchement, Prasutugas. Aucun homme libre ne sera réduit en esclavage. Pour ce qui est des conscriptions, je ne peux rien affirmer. Rome a besoin de jeunes gens vigoureux et ils sont nombreux en Albion. Je crois qu'en la matière, vous n'aurez pas le choix. »

Sa voix était tranchante. Prasutugas répondit amèrement : « Je vois que je n'ai le choix en rien. Je ne m'en plaindrai pourtant pas. J'aspire au bonheur et à la prospérité de mon peuple. Le prix est élevé, nous le paierons néanmoins. »

Boudicca ne disait toujours rien. Elle, Lovernius et Iain étaient assis dans l'ombre, mais Prasutugas se sentait accablé par l'étendue de son désespoir. « Je dois vous présenter une requête, dit-il. J'ai entendu dire que votre philosophe Seneque est un homme très riche et désireux de prêter son argent à tous ceux qui ont les moyens d'en payer les intérêts. Moi et quelques-uns de mes chefs aimerions emprunter. »

Boudicca sursauta. « Non, Prasutugas, cria-t-elle. Non, mille fois non ! Des dettes de ce genre sont indignes. Qui se portera garant de vous si vous êtes incapables de les payer ? Qui ? » Saloc commença à traduire mais elle le fit taire d'un juron sonore. « Mon mari, implora-t-elle, nous nageons déjà désespérément, craignant de voir l'eau se refermer sur nous. Ne demande rien de plus ou à coup sûr nous coulerons. »

Il se tourna vers elle et prit sa main fiévreuse dans la sienne. « Mon amour, murmura-t-il, sentant venir les larmes. Ne vois-tu pas que je tente tout ce qui est en mon pouvoir pour sauver mon peuple ? L'argent aidera à panser les plaies du changement. Cela raccourcira le temps nécessaire à la tribu pour prendre le rythme de vie des Romains. Pour les Catuvellauniens, cela a mis longtemps, cent ans de lentes métamorphoses, mais pour nous cela doit aller vite, il faut trancher d'un coup nos liens avec hier pour ensuite vivre sans orage le temps de la guérison. Je sais ce que je fais. Je t'en prie, Boudicca, ne m'abandonne pas maintenant ! »

Pudens et ses hommes restaient assis, tête baissée, gênés par l'émotion qu'ils ressentaient derrière les mots de Prasutugas mais, pour l'instant, ils avaient oublié tous deux ceux qui étaient présents.

Boudicca vint s'agenouiller devant Prasutugas et posa sa tête sur sa poitrine. « Aide-moi, murmura-t-elle. Je ne veux faire que ce qui est juste. Ce qui nous arrive ce soir est insupportable, Prasutugas. » Il l'entoura d'un bras, posa sa joue sur ses cheveux puis la repoussa doucement. Elle fit signe à Saloc de poursuivre et sortit de la Salle sans se retourner.

Quand Prasutugas vint finalement se coucher, elle ne dormait toujours pas, contemplant fixement le plafond. Près d'elle, dans son berceau, l'enfant dormait profondément.

« Il partira dans la matinée, dit-il. Aricia et Venutius l'attendent à Brigantia. J'ai obtenu le prêt, Boudicca, pour moi-même et pour ceux des chefs qui le désiraient. » Elle ne battit même pas des paupières. Il s'allongea près d'elle avec un soupir d'épuisement. « Je suis trop fatigué pour me déshabiller », soupira-t-il. Sa respiration devint plus régulière et il ne tarda pas à s'endormir contre elle, sans sentir les larmes de Boudicca qui coulaient jusque sur ses cheveux.

Après un repas aussi rapide que la politesse le permettait, Pudens et les soldats firent leurs adieux. Personne n'avait très bien dormi. Les visages étaient gris, les yeux bouffis, dans la lumière d'une matinée ensoleillée, et Boudicca avait l'air de n'avoir pris aucun repos. Saloc, qu'elle attirait étrangement, essaya d'échanger avec elle quelques propos légers pendant que son mari indiquait aux tribuns les pistes du Nord-Ouest mais elle s'écarta de lui et refusa de lui serrer la main. La petite troupe montée partit enfin en direction de la forêt. Un instant, Boudicca les regarda s'éloigner. Brusquement, relevant l'ourlet de sa tunique, elle courut derrière Pudens. Il se retourna et la voyant venir, immobilisa sa fringante monture. Hors d'haleine, elle agrippa son talon de cuir.

« Laissez-moi vous rappeler quelque chose, dit-elle d'une voix rauque. Les chiens eux-mêmes ont leur dignité. Me comprenez-vous ? »

Il baissa les yeux vers ce visage plein de taches de rousseur, ce mélange de supplication et de haine dans ses yeux cerclés de mauve. Il hocha la tête. « Je vous comprends. » Elle le laissa aller. Tirant sur les rênes, il rejoignit ses hommes et elle revint vers Prasutugas.

« Que lui as-tu dit ? » demanda-t-il avec curiosité.

Elle haussa les épaules. « Rien, dit-elle. Je voulais seulement savoir ce qu'il pensait des chiens. »

17.

Bran mit pied à terre et se dirigea vers Caradoc, toujours en selle, entre Cinnamus et Caelte, Eurgain derrière lui. « Nous sommes arrivés, dit-il, vous pouvez laisser les chevaux ici. »

Caradoc descendit de sa monture et posa délicatement Gladys à terre. L'enfant grelottait. Bran se pencha pour examiner son petit visage fiévreux et s'éloigna. Caradoc s'étira, défit la boucle de son épée puis ordonna à Cinnamus de suivre Bran avec la petite Eurgain. Il faisait nuit noire et depuis cinq jours une pluie fine et froide ne cessait de tomber. Trois semaines plus tôt, ils avaient quitté Camulodunum. Là-bas, c'était encore la chaleur de l'été et, de la colline, près de la Grand-Salle, on pouvait voir la forêt et la rivière à des kilomètres à la ronde.

Pendant une semaine, ils avaient chevauché toute la journée et une partie de la nuit, dormant à la belle étoile, sans cape. Mais l'été ne les avait pas suivis longtemps vers l'ouest. Insensiblement, ils prenaient de l'altitude et, un jour, ce fut la pluie. D'abord agréable et rafraîchissante, bientôt plus froide et incessante. Bran et Jodocus les conduisaient avec assurance, indifférents au mauvais temps et ils ne rencontrèrent pas âme qui vive pendant ces kilomètres qui les éloignaient du pays qui leur était familier. La nuit, eux seuls étaient suffisamment à l'aise pour s'asseoir et chuchoter près du feu.

Un matin, Eurgain se réveilla tôt, quitta le tapis de mousse, sous les chênes, sur lequel ils avaient campé et avança parmi les arbres qu'inondait une lumière pâle. Un instant, elle resta stupéfaite devant ce qu'elle découvrait, puis revint en courant vers Caradoc et le secoua.

« Lève-toi, murmura-t-elle. Tout de suite, viens voir ! »

Ils sortirent du bois et elle lui indiqua avec émerveillement le paysage du doigt. A leurs pieds, en pente douce, s'ouvrait une vallée au fond de laquelle une rivière serpentait, rouge sous le soleil du matin. Mais ce n'était pas tant la vallée et ses champs cultivés qui faisait trembler la voix d'Eurgain. C'était, plus loin, une armée de collines en rangs serrés, comme l'épine dorsale d'un monstre endormi. Et plus loin encore, si loin qu'elles semblaient se perdre dans un océan de brume rose, les montagnes.

« Ah ! Caradoc, les voir, les voir de nos propres yeux ! souffla-t-elle. Quels étranges cristaux y découvrirai-je ? De ma fenêtre, je ne pouvais que deviner leurs secrets, mais ici il faudra qu'elles me les révèlent !

— C'est pour toi une promesse enchanteresse, mon aimée, dit-il. Mais fais bien attention. Ne leur donne pas ton cœur. Ou sinon tu te retrouveras seule. » Elle se tourna vers lui, lui sourit et l'embrassa sur la bouche avant de nicher sa tête bouclée dans son cou.

« Serais-tu jaloux, Caradoc ?

— Peut-être. Tant de choses encore plus redoutables qu'un autre homme peuvent enlever l'amour de sa femme à un mari. » Elle leva la tête.

« Mais tu ne parles pas de tout ce qui enlève un mari à sa femme. De ce qui t'éloigne de moi. Combien de temps pourrai-je te garder encore dans un endroit comme celui-ci, loin des Conseils et de la guerre, de tout ce qui t'appelle ? Oh ! Caradoc. J'aimerais que le destin ait choisi pour toi une autre voie. Je t'aime. Quelle sorte de vie est-ce donc pour moi lorsque chaque jour je dois craindre pour toi ? »

Il était rare qu'elle sorte de sa réserve, et il la tint serrée contre lui. Il croyait la connaître, mieux qu'il ne se connaissait lui-même, et pourtant, après dix ans de mariage, elle le surprenait toujours. Il prit sa main et l'emmena lentement sous les arbres. Après une brève accalmie, les nuages à nouveau s'amoncelaient.

A la grande déception d'Eurgain, leur troupe ne prit pas la direction des montagnes. Ils descendirent dans la vallée puis tournèrent vers le sud. Pendant deux jours, sous le couvert des arbres, ils longèrent la rivière sous une pluie battante. Et ils l'abandonnèrent lorsqu'elle se changea en un marais peu profond et rocailleux. Caradoc crut sentir une bouffée d'air marin se mêlant à l'odeur de la rivière. Avec un pincement de cœur, il repensa à Gladys. Ils passèrent sur l'autre rive et poursuivirent leur route, contournant le pied des sombres collines sur leur droite. Quatre jours plus tard, vers le milieu de la nuit, ils étaient arrivés.

Caradoc attendit qu'Eurgain vienne vers lui, raide d'avoir tant chevauché, puis suivit Bran. Les chefs catuvellauniens avancèrent derrière eux. Le village était petit, trois ou quatre cercles de huttes rondes aux toits de chaume. Mais les huttes étaient vastes, chacune précédée d'un portail bas. A l'entrée de la plus grande hutte, un homme attendait, sans cape. Lorsque Caradoc s'avança, il lui tendit le bras et lui dit : « Bienvenue en cette Salle. Si vous venez en paix, restez en paix. » Les doigts froids et mouillés de Caradoc rencontrèrent le bras fort et chaud de l'autre. « Je suis Madoc, de la Maison de Siluria. Je suis désolé pour la pluie, mais notre été est presque fini et avant l'automne, il fait toujours mauvais temps. » Il leur dit de le suivre, ce qu'ils firent avec joie, à l'idée de retrouver la chaleur d'une pièce.

Des esclaves attendaient pour les libérer de leurs capes trempées, de petits hommes bruns aux yeux de corbeaux. Au centre de la pièce un énorme feu de bûches brûlait et, en allant vers la chaleur, Caradoc eut l'impression de se trouver au centre d'une tente confortable et spacieuse. Madoc prit son couteau, découpa un morceau de porc qui tournait lentement au-dessus de la flamme, et le tendit à Caradoc en l'invitant à s'asseoir sur des peaux. Un autre esclave apporta une bière brune et forte et un plat débordant de petits pois verts et juteux. Llyn et Fearachar étaient entrés, le petit garçon d'un pas titubant, essayant désespérément de garder les yeux ouverts. Madoc leur souhaita la bienvenue. Caelte n'avait pas attendu qu'on l'invite. Il s'était déjà installé aux pieds de Caradoc et il examinait la compagnie. Une quarantaine de seigneurs étaient assis sur les peaux devant les restes de leur repas. Ils regardaient effrontément les étrangers sales et hagards. La petite Eurgain s'était déjà endormie, trop fatiguée pour manger, enroulée dans une cape sèche contre le mur. Mais Caradoc ne vit pas trace de sa femme, de son autre fille, de Cinnamus ou de Bran. Madoc, voyant son inquiétude, rapprocha son plat de lui. « Mangez, mangez, le druide est en train de soigner la petite. Il n'aura pas de mal à guérir sa fièvre par les herbes, et avec un bon sommeil, elle sera tout à fait remise demain soir. » Caelte répondit au regard interrogateur de son maître en hochant la tête.

« Ils sont partis dans une autre hutte, dit-il. Eurgain les a accompagnés. » Madoc éclata de rire.

« Vous n'avez pas confiance en nous, gens de l'Ouest ! Eh bien vous apprendrez. Et vous autres également ! rugit-il à l'intention de ses hommes qui fixaient toujours la scène en silence. Où est passé mon barde ? Debout l'homme, chante-nous quelque chose ! Les étrangers ont faim et sommeil et il n'y aura pas de Conseil ce soir. » Il recula et ferma les yeux.

« Bien manger, bien se reposer, et ensuite, faire la guerre, hein Catuvellaunien ? J'espère que tu vaux tout ce mal que nous nous donnons, comme le prétend le druide. » Le barde accorda sa petite harpe, s'éclaircit la gorge et les yeux de Caelte s'allumèrent. Au même moment Cinnamus et Eurgain poussèrent les tentures de la porte et se glissèrent aux côtés de Caradoc.

« Elle va mieux, murmura Eurgain. Elle dort. Bran est resté près d'elle. » Une profonde fatigue s'abattit sur Caradoc. Il posa sa tête sur ses genoux et s'endormit.

Plus tard dans la nuit, lorsque le feu ne fut plus que braises rougeoyantes et lorsque tous les seigneurs furent partis, Jodocus le secoua. Il suivit l'homme silencieux en titubant. Il eut vaguement l'impression d'un nouveau feu, d'ombres dansantes et d'un lit bien fait et attirant. Il retira sa tunique et ses braies et se laissa tomber de tout son long près d'Eurgain. Frileusement, elle les recouvrit tous deux et se rendormit, dans le martèlement continu de la pluie.

Au matin, ils se réveillèrent dispos. Le soleil brillait. Fearachar était déjà debout, s'occupant du feu et disposant des vêtements propres. Les lits dans lesquels les enfants avaient dormi étaient vides. Caradoc entendit dehors les voix graves de Cinnamus et de Caelte. Il se leva, s'aspergea le visage avec l'eau posée sur une petite table près du lit et sortit. Ses seigneurs le saluèrent et ensemble ils contemplèrent Caer Siluria. Le village était niché au creux d'une vallée, près d'une rivière. A l'ouest, de nouvelles collines s'élevaient et on voyait les sommets de montagnes lointaines. Au nord, la vallée suivait les méandres de la rivière, très boisée, mais si la cime des montagnes qu'ils avaient aperçues plus tôt n'était plus visible, on en devinait les flancs, baignant dans la brume blanche.

« Mère ! dit Cinnamus, bel endroit pour mourir ! Tout ce que l'ennemi a à faire, c'est bloquer l'embouchure de cette rivière et ces maladroits sont faits comme des lapins.

— Ils sont loin d'être idiots, Cinnamus, lui fit remarquer Caradoc. Ce village est près de leurs champs et de l'eau. Ils ont des terrains plats pour leur bétail et leurs moutons. Et tu peux être bien certain qu'ils connaissent le plus petit sentier de leurs montagnes. Au premier signe de danger, ils pourraient s'évanouir dans ces brouillards inquiétants et ne réapparaître que lorsqu'ils le voudraient bien.

— Exactement », dit une voix toute proche et Madoc sauta parmi eux, arborant force colliers et bracelets. « Vous êtes enfin réveillé, Caradoc. Vous avez manqué le premier repas de la journée, mais vous n'avez pas perdu grand-chose : des pommes et du pain. Venez, je vais vous faire visiter le caer. »

Son barde et son porteur de bouclier s'élancèrent derrière lui et ils traversèrent les huttes, dans les odeurs de cuisine et les rires des femmes, suivis par des chiens et des enfants pieds nus, vêtus de tuniques qui laissaient découverts leurs genoux osseux, leur cheveux nattés descendant jusqu'à la taille. Passé le dernier cercle, Madoc s'arrêta. « Ici se trouvent les écuries, dit-il en les montrant du doigt. Nous avons peu de chevaux car ils ne servent à rien dans les chemins de haute montagne et nous ne nous embarrassons pas de chariots. Il leur serait bien impossible de passer par les sentes rocailleuses des collines. Par là-bas, indiqua-t-il dans une autre direction, à deux jours de marche d'ici dans la vallée, se trouve un autre de nos caers et entre les deux il y a de nombreuses fermes. Nous n'aimons pas nous entasser les uns sur les autres comme vous, les Catuvellauniens, dit-il en leur jetant un regard en coin. Chaque seigneur vit sur sa ferme avec ses paysans et ses esclaves et chacun a une voix égale au Conseil. Ce sont les druides qui ont le dernier mot. Après moi, naturellement ! » Il éclata de rire et ses hommes sourirent poliment.

« Cette vallée, bien qu'étroite, court très longtemps entre les montagnes et c'est notre tribu qui la peuple, en grande majorité. Mais de ce côté-ci, nous entendons rarement parler de nos hommes libres et de nos frères de l'autre bout de la vallée. Nous faisons un peu de commerce, par bateau. Quant à nous autres », il sourit à Caradoc, découvrant des dents jaunes dans sa barbe noire, « nous sommes cachés au creux des nombreuses collines de cette région vallonnée. »

Caradoc se sentit oppressé. Madoc le regarda, devinant ses pensées. Il serait impossible à ces gens de s'unir. Ils étaient peut-être capables de se battre comme mille démons mais toujours avec l'arrogance d'une indépendance absolue, quand et avec qui ils le voulaient.

Il se tourna vers Madoc, le ventre vide et le moral au plus bas. « Le travail qui nous attend est énorme, mon ami, dit ce dernier à voix basse. J'ai suivi les conseils du druide lorsqu'il a parlé de vous, parce que… eh bien, oui, moi, Madoc, chef et guerrier tout-puissant, j'en conviens devant vous, étranger, je n'ai pas la cervelle qu'il faut pour réaliser un plan comme celui qui nous occupe. Voilà pourquoi je vous ai envoyé chercher. Dans quelque temps, le Conseil va commencer et il faudra que vous persuadiez mes seigneurs de vous obéir. Si vous n'en êtes pas capable, vous feriez aussi bien de repartir. Je peux les forcer à écouter mais pas à obéir. » Sa voix ne fut plus qu'un chuchotement à l'oreille de Caradoc. « Ne parlez pas du rêve que font les druides de voir un arviragus se lever. Gagnez d'abord la confiance de mes seigneurs. Ensuite, Caradoc, venez avec le druide et moi dans ces petites vallées dont je parlais. Si nous pouvons soulever la Silurie tout entière, nous aurons accompli une grande chose. »

Caradoc scruta les yeux noirs et brillants avec respect. Ce Madoc n'était pas le sauvage montagnard qu'il paraissait être et sous le clinquant de ses bijoux et la rudesse de ses façons se cachait un chef puissant et rusé. Cunobelin avait dit à ses fils de ne craindre que les hommes de l'Ouest et maintenant Caradoc savait pourquoi. Madoc était un autre Cunobelin, un Cunobelin sans l'influence adoucissante de Rome. Une toute nouvelle fierté montait en lui et il comprenait mieux ses ancêtres. Il avait cru la tâche impossible mais s'il s'était trompé ? Que se passerait-il s'il parvenait à soulever ces guerriers farouches et magnifiques dans un but commun ? Bran l'en croyait capable. Il sourit à Madoc et lui frappa sur l'épaule.

« Je comprends, dit-il. Oui, Madoc, ensemble, nous allons faire de grandes choses.

— Je crois que nous avons déjà commencé, dit Madoc. Allons, je veux encore vous montrer quelque chose. » Il se remit en marche et ils le suivirent, dépassant les chenils et les poteries fumantes, pour finalement s'arrêter devant une hutte toute simple au toit de chaume nouvellement refait.

« Homme libre, es-tu là ? » appela-t-il, et les tentures s'écartèrent. Un jeune homme les salua d'un air distrait, les outils à la main. « Montre-nous ton travail, ordonna Madoc, je veux que ces hommes puissent le voir au soleil. » Le jeune homme ressortit quelques instants plus tard, portant avec soin un paquet enveloppé de tissu. Il s'accroupit pour commencer à le déballer et ils s'agenouillèrent près de lui. Il le souleva avec amour, caressant presque l'objet que Caradoc, Cinnamus et Caelte contemplèrent avec surprise. C'était un collier d'or, apparemment pas encore terminé. « Il le fabrique pour l'une de mes femmes, expliqua Madoc. Qu'en dites-vous ? » Des serpents luisants s'entremêlaient, leurs crocs entrecroisés s'allongeant pour devenir des tiges de plantes bizarres et languides aux feuilles évasées, épousant elles aussi des courbes lisses et fluides. L'œil avait beau les suivre, il ne pouvait jamais découvrir où finissait le serpent, où commençait la feuille. Caradoc toucha l'objet avec respect, saisi par le pouvoir d'un art que son cœur semblait reconnaître après l'avoir longtemps oublié. Cela lui rappelait les sculptures des piliers de la Grand-Salle, les broches de bronze et les bracelets que portaient les seigneurs d'Aricia. Mais en comparaison, ce qu'il voyait était vivant, vibrant de magie, comme si les sculptures des piliers n'avaient été que de pâles reflets de cette réalité cachée et fulgurante. Madoc apprécia leur silence. « Sors-en d'autres », ordonna-t-il. Le jeune homme apporta sans mot dire une broche d'argent, une tête de loup. Dans sa gueule ouverte se trouvait une minuscule tête d'homme, les cheveux s'enroulant autour des crocs et au cœur de cette tête, Caradoc en découvrit une autre, celle d'un loup. Oh oui ! pensa-t-il transporté. Comme c'est juste et quelle beauté !

« Encore », murmura-t-il et le jeune homme lui jeta un regard aigu. Il apporta un plein plateau d'objets précieux, d'anneaux, de broches, de bracelets, de mors et d'éperons tous débordants d'images, de cauchemars vivants, de rêves d'été, une profusion de visions. Presque sans le vouloir, Caelte se mit à battre frénétiquement des mains.

« C'est vous qui avez fait tout cela ? » demanda-t-il. Et le jeune homme hocha la tête.

« C'est moi. » Il commença à les ramasser.

« Dans ma tuatha... » commença Caradoc et le jeune homme lui coupa la parole avec un sourire amer.

« Dans votre tuatha, dit-il froidement, on aurait jeté mes œuvres dans la boue et on m'aurait chassé. » Il serra soigneusement les trésors dans sa cape et Madoc se mit à rire.

« Des babioles ! rugit-il. Rien que de jolis joujoux pour mes femmes et mes seigneurs qui payent, qui payent pendant que toi, jeune loup, tu deviens riche ! Aaah ! Mais ton génie plaît à leurs cœurs frustes. » Il se leva. Caradoc se tourna pour parler au jeune homme, voulant lui dire qu'il s'était accroupi comme un seigneur puissant et qu'en se relevant, il se sentait tout humble. Mais devant la hutte, il n'y avait déjà plus personne. Madoc et lui marchèrent côte à côte.

« Vous avez de l'or, ici ? » demanda Caradoc. Madoc se mit à rire.

« Oui, dit-il. Là-haut dans ces montagnes. »

La hutte du Conseil était pleine et le feu flambait haut.

Madoc les conduisit à leur place. Les esclaves leur apportèrent à manger et de la bière. Caradoc mangea rapidement, ne sachant toujours pas ce qu'il dirait à ces hommes méfiants. Bran vint s'asseoir devant lui. « La fièvre de votre fille est tombée, dit-il, mais elle reste au lit un jour de plus. Avez-vous pensé à ce que vous leur direz ? » Les yeux bruns étaient confiants et Caradoc secoua la tête.

« Pas encore », répondit-il. Bran se leva pour rejoindre Madoc, se frayant un passage parmi les seigneurs turbulents qui n'avaient pas encore pris place. La veille, sa fatigue l'avait empêché de remarquer un détail. La hutte était entourée de têtes coupées. Elles pendaient au bout de leurs longs cheveux, les yeux enfoncés profondément dans leurs orbites, la peau sèche et blanchie, les lèvres tirées au-dessus de leurs dents déchaussées. Jodocus, assis près de Cinnamus, suivit le regard de Caradoc.

« Tous pris par les seigneurs que vous voyez ici, dit-il fièrement. Et la plupart étaient des seigneurs eux-mêmes, Ordovices, Demetes, et quelques Cornovii. Vous voyez celui-là ? » Il montra du doigt une tête massive. « C'était un champion ordovice. Madoc s'est battu avec lui et l'a tué. Nous avons fait passer bien des têtes de bétail ce jour-là !

— Mère ! siffla Cinnamus. Et vous voulez qu'ils se battent du même côté ? » Caradoc ne dit rien. A l'autre bout de la pièce, Eurgain rencontra son regard et lui sourit.

Madoc se leva, tendit le bras et le silence se fit.

« Le Conseil va commencer ! cria-t-il. Que les esclaves sortent ! »

Caradoc repoussa son plat et sa coupe, débouclant machinalement son épée et la plaçant devant lui sur les peaux, comme le faisaient les autres chefs.

« Bran, poursuivit Madoc au bout d'un instant, voulez-vous prendre la parole ? » Bran se leva, enfonçant ses mains dans ses longues manches, ses cheveux clairsemés d'argent brillant à la lueur des flammes.

« Je n'ai rien de nouveau à vous dire, déclara-t-il avec calme. Mais je vous rappellerai que les Catuvellauniens se sont battus contre les Romains et nous pas. Ecoutez-les donc bien. » Il s'assit.

« Vous savez tous pourquoi j'ai fait venir le fils de Cunobelin, hurla Madoc, et maintenant c'est à vous de juger si j'ai eu raison. Parle, Caradoc. »

Il rejoignit sa place et Caradoc se leva sans enthousiasme, l'esprit toujours vide, face à tous ces visages méfiants qui le fixaient. Il ne dit rien, contemplant ses bottes et un murmure d'impatience s'éleva. Alors, il leva la tête.

« Hommes de l'Ouest ! Vous m'appelez le fils de Cunobelin et dans votre bouche c'est une insulte. Cunobelin traitait avec Rome. Cunobelin avait des rêves de conquêtes qui ne vous épargnaient pas et s'il vivait toujours, vous auriez dû avoir affaire à lui et à ma tribu. Or vous me méprisez, voyant en moi la marque de la corruption de Rome. Et pourtant, qui a tenu tête aux légions presque seul, après que vous et de nombreuses autres tribus ayez refusé votre aide ? Moi et mon peuple, nous l'avons fait, voilà pourquoi ceux qui restent des Catuvellauniens ne sont pas esclaves. Vous n'avez pas répondu à mon appel et maintenant Rome envahit les basses terres comme une eau empoisonnée, détruisant tout ce qui restait de la vie tribale. Cunobelin était un grand homme et je suis fier d'être son fils, mais Cunobelin n'avait pas vu Rome telle qu'elle est. Ce fut sa plus grande erreur. Silures, cette erreur, je ne l'ai pas commise. J'ai refusé l'alliance avec Rome, j'ai rassemblé mes seigneurs et je me suis battu pour défendre mon territoire. Et j'ai perdu. Si l'un de vous hésite encore à me faire confiance, pensez à la bataille de Medway et au meurtre de mon frère Togodumnus. Je ne suis plus ricon d'une grande tribu. Je n'ai plus ni peuple ni richesse. Mais je conserve un bien plus précieux encore. Ma liberté. »

On n'entendit pas un bruit. Les yeux continuaient à le fixer sans indulgence. Il les avait presque accusés de lâcheté et cela, ils ne pouvaient le tolérer. Mais il continua, sentant sa confiance se renforcer. Bran recula dans l'ombre et sourit. Les Silures auraient bientôt un nouveau chef, même s'ils ne s'en doutaient pas encore.

« Pourquoi vous battez-vous ? Que craignez-vous plus que tout ? L'esclavage. Qu'on vous vole vos âmes. Ici, vous êtes libres. Ce sont vos rivières, vos vallées, vos montagnes. Vous n'avez peur de rien. Ici, dans votre pays se trouve le cœur de votre liberté. Pendant des années vous avez refusé de traiter avec les tribus qui ont vendu la leur. Votre liberté à vous n'est pas à vendre. Mais on peut vous la prendre. Les Romains sont décidés à le faire », dit-il, criant presque.

Et plus doucement : « Déjà ils construisent des forts, s'infiltrent toujours plus avant et cette fois ils sont bien décidés à vaincre. Vos jours en tant que peuple libre sont comptés. »

Un des seigneurs bondit : « Les montagnes les arrêteront ! hurla-t-il. Elles ont bien arrêté le vieux Cunobelin ! »

Caradoc sourit d'un air entendu. « Cunobelin avait peur de vous et c'est cette peur qui l'a arrêté, répondit-il. Les montagnes n'arrêteront pas Rome. Elle a déjà combattu dans les montagnes et vaincu. Elle se faufilera jusqu'à leurs pieds, consolidera ses positions, fera des reconnaissances, vous trouvera et vous exterminera. »

Un autre seigneur intervint : « Nous n'avons qu'à rassembler nos guerriers, marcher vers les basses terres, et livrer bataille aux légions, cria-t-il. Nous renverrons Rome sur la côte. »

Des murmures approbateurs s'élevèrent et intérieurement Caradoc poussa un soupir.

« Soyez bien certains de ceci, dit-il avec force, si nous essayons d'affronter Rome en bataille rangée, nous sommes sûrs de perdre. Les Romains se battent autrement que nous. Chacun de leurs hommes est un soldat d'élite. Les tribus ne doivent jamais plus commettre cette erreur. Il y a d'autres façons de vaincre Rome.

— Oui, dit un autre chef avec dégoût, fuir à travers bois, frapper dans l'obscurité et retourner se cacher. Ce n'est pas digne de vrais guerriers. »

Caradoc perdit son calme. « Qu'est-ce donc qui a le plus de valeur pour vous ? dit-il avec colère, votre liberté ou le respect aveugle des traditions de la tribu ? Si vous voulez donner votre pays à Rome, alors, réunissez les seigneurs et partez. Aucun d'entre vous ne reviendra jamais ! » Il tapa du pied. « Ecoutez-moi, insensés ! Les soldats romains n'ont pas de sentiments ! On les a dressés et disciplinés comme des chiens qui obéissent aux coups de sifflets. Leurs officiers sont expérimentés, lucides et ne font aucune faute. Entendez-vous ce que je vous dis ? Si vous voulez vaincre Rome, vous devez oublier toutes les leçons que vous avez apprises sur la façon de se battre et suivre mes conseils. Vous êtes les seuls à pouvoir encore vous battre : vous, les Ordovices, les Demetes et les Deceangles. Si vous tombez, c'est Albion qui tombe et la nuit romaine descendra pour toujours. Remettez-vous-en à moi et risquez votre dernière chance ou renvoyez-moi et mourez. »

Il ramassa son épée et sa ceinture puis s'éloigna, mais avant même qu'il ait passé la porte une tempête de cris et de discussions coléreuses avait éclaté. Il sourit avec lassitude. Ils ne l'accepteraient jamais. Il entendit Cinnamus et Caelte qui couraient pour le rejoindre et ensemble ils s'assirent au bord de la rivière, dans la pâleur de ce soleil sans chaleur.

Le Conseil se poursuivit toute la journée. Eurgain, Llyn, la petite Eurgain, Vida et les autres Catuvellauniens quittèrent finalement la hutte, rapportant à Caradoc les furieuses querelles qui avaient lieu à l'intérieur. Ils passèrent tout le restant du jour près de la rivière à évoquer des histoires du passé. Ils se sentaient seuls, dépaysés en ces lieux étranges. A l'exception d'Eurgain. Bran lui avait promis de l'emmener dans les montagnes et elle s'assit près de Caradoc, souriant en paix. Il passa son bras autour d'elle.

Enfin, lorsque la soirée commença à devenir fraîche, Madoc vint les trouver. Caradoc se leva immédiatement et Madoc posa amicalement son bras sur son épaule. « Ils ont accepté de suivre vos indications, dit-il, mais ils me chargent de vous rappeler qu'ils vous désobéiront s'ils le jugent bon. »

Caradoc eut une exclamation de dégoût et Madoc retira son bras, agitant un doigt charnu. « Non, non, dit-il, c'est une bonne chose. De cette façon, s'ils décident de vous obéir, ce sera par respect pour vous et ils se battront mieux. Je les connais. Ils disent aussi qu'il faudra que votre fils soit initié selon les rites de notre tribu, quand il sera en âge.

— Non ! s'exclama Caradoc choqué. Jamais, jamais ! Llyn est de la maison de Cassivellaunus et il restera catuvellaunien !

— Vous devez accepter, dit Madoc doucement. C'est une sorte de sécurité pour eux. De plus », il eut un rire étranglé, « il ne parviendra peut-être jamais à cet âge.

— Oh ! Mère, murmura Cinnamus, comme je suis heureux de ne pas avoir d'enfants ! » Caradoc les regarda tous deux d'un air furieux mais Madoc sourit et lui prit le bras.

« Venez manger, vous tous, et discutez avec mes seigneurs. Nous vivons des moments critiques, mes amis, et nous devons faire face, à chaque instant, avec un esprit libéré du passé. » Caradoc le suivit, sentant bien qu'il avait raison. « Pourquoi ce destin pour moi et les miens ? » pensait-il avec amertume. La hutte était bien chauffée et l'odeur du porc rôti les accueillit lorsqu'ils entrèrent, la tête haute.

Caradoc, son entourage et quelques-uns de ses hommes, en

compagnie de Bran et de Madoc, entreprirent des voyages à travers toute la Silurie, visitant chaque hameau, chaque ferme, parlant à chaque seigneur susceptible et arrogant. Et l'été s'enfuit, chassé par l'épée sanglante de l'automne. Les arbres rouges et or dans toute la vallée, le long de la rivière et sur les collines, parurent s'enflammer sous le soleil éclatant qui brilla pendant quelques semaines. Caradoc parla jusque tard dans la nuit sans désemparer, criant, argumentant, dissipant avec patience les mêmes objections dictées par leur orgueil et leur ignorance ; il s'accroupit près de grossières palissades, pénétra dans des huttes minuscules, surpeuplées et malodorantes, s'appuya sur des murs de pierre dans le vent froid. Et toujours, il avait à l'esprit la peur que Rome poursuive sournoisement son avance. Il aurait voulu secouer ces hommes récalcitrants jusqu'à ce que leurs dents tremblent et hurler : « Le temps ! Nous n'avons pas le temps ! »

Eurgain ne le vit pas pendant des semaines entières et quand il rentrait c'était avec des rides profondes, un visage battu par les intempéries, des yeux plus durs, une bouche devenue incapable de sourire. Elle restait pendant des heures éveillée, étendue près de lui, l'entendant gémir en rêve. Il était décidé à vaincre à tout prix. Elle ne pouvait que le serrer dans ses bras sans rien dire, essayant d'alléger sa frustration. Il emmenait Llyn partout avec lui et l'enfant n'était rebuté par aucune difficulté, chantonnant en toutes circonstances. Caradoc en le regardant se souvenait de Togodumnus et y puisait un réconfort.

Une nuit, l'automne disparut. Un vent cruel et coupant s'éleva, arrachant les feuilles sèches des arbres et les précipitant au sol. Et ce furent les pluies glacées de l'hiver. Pour la première fois Caradoc reprit espoir. Un nombre grandissant de chefs avait appris à le respecter. Les Silures, voyant l'énergie que Caradoc mettait à défendre leur cause commune, l'appuyaient désormais dans ses débats avec les seigneurs méfiants des fermes reculées et leur approbation avait plus de poids que toute son éloquence. La pluie rendait les déplacements impossibles, changeant les pistes en mares de boue. Les chefs festoyaient et se querellaient entre eux pendant que Caradoc restait dans sa hutte avec Eurgain, heureux de ce répit.

Il commençait à s'adapter aux mœurs de sa nouvelle tribu. Il s'était coupé les cheveux plus courts et les avait lavés avec du citron, ce qui les rendait plus blonds. Il mit de côté ses bracelets de bronze romains et demanda au jeune artiste de lui en fabriquer de nouveaux, lui promettant un paiement en nature et non en pièces. Les Silures n'avaient que faire de la monnaie. Leur richesse se comptait en bétail et en moutons. On avait dit à Caradoc qu'il lui faudrait lui-même rassembler la partie concrète du nouveau prix de son honneur. Cela signifiait qu'il devrait piller, le pillage étant précisément ce qu'il voulait avant tout éviter. Le temps ne s'y prêtait pas. D'ailleurs, il ne pouvait, d'un côté, parler d'unité et s'en aller tuer, de l'autre, les gens mêmes qu'il désirait voir s'allier aux Silures. Il promit à l'artiste de le payer au printemps. Le jeune homme accepta en haussant les épaules.

Eurgain observa ces changements avec tolérance mais elle lui souligna la futilité de toute tentative d'assimilation permanente. « Nous sommes différents, mon mari, lui dit-elle gentiment un soir qu'il peignait ses longs cheveux, l'une des rares occupations encore capables de lui donner la paix. Apparemment, nous pouvons reprendre les manières de nos ancêtres, renier Cunobelin et Tasciovanus et toutes ces années de troc avec Rome, mais que tu le veuilles ou non, ces années nous ont changés ! » Il ne répondit rien et le peigne continua sa route dans la chevelure blonde qui tombait presque sur le sol. Elle se toucha la poitrine. « Nous ne pouvons revenir en arrière, même si nos racines sont profondes. »

Il grogna sans conviction. « Nous pouvons essayer », se contenta-t-il de dire.

Les pluies cessèrent, le sol, avec les gelées, se solidifia et Caradoc reprit ses rondes harassantes. Il voulait faire des Silures une force de combat d'ici l'été mais une stratégie centenaire ne pouvait être modifiée du jour au lendemain. Pour chaque seigneur qui le recevait comme un frère, il y en avait trois qui lui disaient tout crûment qu'ils pourraient vaincre Rome d'un coup de cape et qu'ils n'avaient pas besoin de lui pour cela.

Pourtant Madoc était content. « Vous avez un réel don de persuasion, commenta-t-il. Les seigneurs peuvent vous contredire mais vous les forcez à écouter et ils réfléchiront à ce que vous avez dit. »

Aux premières neiges, des éclaireurs arrivèrent au caer avec des nouvelles du Conseil. Caradoc s'assit avec les autres dans la chaleur de la salle du Conseil, son épée devant lui. Il apprit que les légions avaient rejoint leurs quartiers d'hiver et ne se remettraient pas en campagne avant le printemps. La Neuvième avait interrompu ses travaux de construction de la route en pays coritanien. La Seconde avait réduit les Durotriges et resterait stationnée là-bas. Les deux autres légions, avec Plautius lui-même, restaient confortablement installées chez Boduocus et ses Dobunniens. Les basses terres n'étaient pas inquiétées mais les seigneurs savaient tous que le territoire de Dobunni était proche.

L'éclaireur se tourna vers Caradoc. « J'ai quelque chose à vous apprendre, Caradoc ap Cunobelin. Votre sœur Gladys est vivante. Les Romains la gardent prisonnière mais la traitent bien, à ce qu'on m'a dit. »

Il se tourna pour parler aux autres, laissant Caradoc sous le coup de ce qu'il venait d'entendre. Gladys vivante ! Ce n'était pas possible. Elle était si décidée à mourir ! Que s'était-il passé ? D'où venait que Plautius ne se soit pas servi d'elle pour demander sa reddition ? Il se sentit heureux de la savoir en vie, libéré d'une certaine culpabilité, mais il y avait pourtant là un mystère et sa joie se teintait d'anxiété. Quel tour Plautius cachait-il dans les plis de son impeccable tunique ?

Cette nuit-là, près d'Eurgain, il fut incapable de dormir, pensant à Gladys, à Plautius, à la mise en déroute systématique des légions. La Neuvième était chez les Coritaniens. Et derrière les Coritaniens, il y avait Aricia. Aricia se battrait-elle ? Il ne le pensait pas. Il était plus probable qu'elle imposerait une trêve aux membres de sa tribu. Aricia était du côté du gagnant. Elle ne sacrifierait jamais son confort. Il ne cessait de penser à elle, cette sorcière noire et étrangère, sa poitrine galbée, ses cheveux parfumés, la beauté et la force de ses jambes longues et fines. Il ferma les yeux. Quel âge pouvait-elle avoir maintenant ? Vingt-quatre ou vingt-cinq ans, la maturité. Avait-elle changé ? Pensait-elle jamais à lui ? Il en doutait. Ou alors, ce devait être avec aigreur et amertume.

Il ne pouvait trouver le repos. Il lui était plus facile de l'imaginer, maintenant qu'il vivait parmi ces hommes de l'Ouest. Sa tribu devait sans doute ressembler à celle-ci, pleine de vitalité. Et ce sortilège particulièrement virulent qu'elle représentait elle-même venait souvent le hanter dans les moments de fatigue.

Une fois de plus des torrents de neige fondue forcèrent Caradoc et les hommes à rester en ville. Samhain approchait. Les seigneurs et leurs hommes allèrent chercher leurs bêtes pour les conduire à l'abattage près de la rivière et Cinnamus se battit à nouveau. Pendant des mois, il avait durement senti sa pauvreté et celle de Caradoc. Maintenant, à l'approche de Samhain, le dénuement des chefs catuvellauniens devint encore plus évident. Ils n'avaient plus de bétail. Ils vivaient de la générosité du seigneur silurien et du druide. Cinnamus était incapable de le supporter plus longtemps. Par une journée humide, il rentra en ville, criant de joie, l'épaule blessée. Il poussait dix têtes de bétail apeuré devant lui. Caradoc le rejoignit, inquiet. « Cinnamus, qu'as-tu fait ? » lui demanda-t-il et Cinnamus le rassura, ses yeux verts brillant d'orgueil. « Je n'ai pas été piller, Seigneur. J'ai provoqué un chef en duel, car il nous avait insultés, et il a eu l'arrogance de me promettre dix bêtes si je gagnais. Naturellement, il croyait qu'il me tuerait. » Il essuya l'eau qui lui coulait sur le visage et repoussa ses cheveux trempés. « Il ne connaissait pas Cinnamus Main-de-fer ! Ah ! ces hommes, comme ils se battent ! Ils mériteraient tous le nom de Main-de-fer ! Et il avait un grand sens de l'honneur. Lorsque je l'ai maîtrisé, j'ai décidé de ne pas le tuer, mais il me suppliait de le faire pour le sauver de la honte. Et regardez ! » Il montra le bétail, d'un geste qui lui arracha un grognement de douleur. « Nous avons du bétail. Pas beaucoup, mais peut-être assez pour l'hiver. » Caradoc ne savait que dire. Il donna l'accolade à son porteur de bouclier et Cinnamus laissa les hommes parquer les bêtes pour aller retrouver Vida et faire panser ses plaies.

La veille de Samhain, la pluie s'arrêta. En rangs serrés, les nuages partirent vers le nord, et la lune brilla, pleine et froide, au-dessus des collines dénudées. Caradoc et Eurgain s'enveloppèrent chaudement et partirent avec leurs seigneurs vers les lieux sacrés. Ils suivirent un chemin escarpé tout juste visible, n'osant pas même chuchoter par crainte de se faire remarquer des démons. Soudain les arbres se firent plus rares. Des lumières sépulcrales dansèrent. Eurgain glissa sa main dans celle de Caradoc. Elles devinrent plus fortes. Ils se retrouvèrent au sommet d'une colline, sur une étendue d'herbe épaisse où le vent fouettait les torches. Au centre, il y avait une pierre unique. Ils firent lentement cercle autour d'elle, dans le sens de la course du soleil, sans même s'interroger, retrouvant soudain de vieux contes, de vieux chants et les rites de Samhain depuis longtemps oubliés par les Catuvellauniens. Le silence, au clair de lune, était encore total. Bran et l'invocateur se tenaient près de la pierre, immobiles dans leurs robes blanches, attendant que les derniers membres de la tribu arrivent. Caradoc, regardant autour de lui, découvrit les poteaux de bois surmontés de crânes usés. Tous étaient anciens et penchés, comme ivres. Mais l'un d'eux était neuf. Une pointe nouvellement taillée attendait sa couronne sanglante.

Le dernier seigneur fit le tour de la pierre et l'invocateur fit un pas en avant. Il leva les bras et les manches de sa robe relevée découvrirent des poignets cerclés d'argent. « Dieux des bois, dieux des eaux, chanta-t-il doucement, Belatucadrus, Taran, Mogons, que cette nuit vous appartienne. » Un soupir s'éleva et le vent gémit dans les arbres alentour, comme en réponse. « Nous vous offrons du sang. Buvez, soyez satisfaits et accordez-nous votre protection. » A nouveau les participants entonnèrent des incantations qui s'élevèrent avant de mourir dans un murmure. Pendant que l'invocateur poursuivait le rituel, deux chefs, Madoc et Jodocus, à la lueur des torches, apparurent. Ils encadraient un homme nu dont la chair semblait d'une étrange pâleur. Ils le conduisirent à la pierre et le firent se retourner face aux participants. Caradoc ne pouvait rien lire sur son visage. Ses cheveux noirs tombaient jusque sur ses épaules et Madoc vint lui nouer délicatement les cheveux avec une ficelle, pendant que l'invocateur continuait à chanter. Puis soudain, ce fut le silence.

« Un esclave, comme toujours ! dit une voix basse derrière Caradoc sur un ton de reproche. Ce devait être un seigneur, cette fois... »

Caradoc se retourna vivement. « L'année prochaine, dit-il d'une voix grave, les yeux presque fermés, je vous donnerai un Romain. »

Bran marcha vers l'homme et sortit un long couteau de sa manche. Il chuchota quelques mots à la victime et Caradoc vit le condamné hocher une fois la tête, puis se retourner, s'appuyer contre le roc et fermer les yeux. Caradoc crut voir ses genoux trembler. Madoc fit un pas en avant et Bran lui tendit le couteau. D'un seul mouvement Madoc courut vers l'esclave, brandit le couteau et le plongea dans le dos blanc sans défense. Un cri s'éleva au moment où le corps tombait, se cassant. Le sang jaillit du nez, de la bouche et de la blessure, mais l'invocateur et Bran s'accroupirent froidement, examinant de près les derniers soubresauts. L'hiver se passerait-il sans épidémie ni famine ? Les dieux étaient-ils apaisés ?

Finalement, le corps frémissant s'immobilisa. Jodocus tira son épée et trancha la tête d'un seul coup. Puis il la ramassa et la planta sur le pieu qu'on avait préparé pour elle. Bran parla.

« L'hiver sera long et dur, dit-il, mais nous ne connaîtrons pas la faim. Et les démons ne prendront pas d'homme ce soir. Tels sont les mots de l'invocateur. » Il reprit le couteau ensanglanté des mains de Madoc et disparut dans l'ombre sous les chênes. Les participants quittèrent le sommet de la colline, se hâtant en silence vers leurs huttes par crainte que l'invocateur ait mal interprété les signes et que déjà les démons déchaînés courent les bois à leur recherche.

Caradoc, le dernier à partir, se retourna. Les torches étaient mourantes et lorsqu'elles s'éteignirent la lune répandit sa lumière blafarde dans la clairière. La pierre se dressait comme le doigt vigilant de la malédiction et un sang noir coulait le long du poteau jusqu'à terre.

Le jour suivant, sur un autre autel au fond des bois, une vache blanche fut sacrifiée. Là, on avait allumé un feu et les Dagda s'assirent sans façon près du Dieu protecteur de la tuatha des Silures, une idole haute avec trois mains et trois longs visages qui regardaient avec terreur le passé, le présent et l'avenir du fond de leurs orbites creuses. Il n'y avait pas de gui cette année. Bran et l'invocateur avaient été très loin à la recherche des baies sacrées, mais ils n'en avaient pas trouvé et l'autel était nu. La douce fourrure blanche fut arrachée du corps de la bête morte et la chair découpée fut offerte aux druides. Les hommes revinrent à la rivière et assistèrent à l'abattage de leur bétail ; la puanteur du sang chaud enveloppa la ville. Caradoc se souvint avec force de ce Samhain où Tog, Aricia et lui avaient sorti les chiens sans permission et les avaient perdus dans les bois catuvellauniens.

La saison traîna en longueur, difficile, comme l'invocateur l'avait prédit. La neige tombait sans cesse, barrant l'accès de la vallée. Dans les basses terres, il pleuvait constamment et les rares éclaireurs qui eurent le courage de s'aventurer par les montagnes ou de braver la mer, leur rapportèrent que rien ne bougeait. Les paysans, et quelques seigneurs qui restaient mouraient presque de faim car Rome avait pris l'essentiel des récoltes d'automne pour nourrir les légions. Le printemps fut tardif et à nouveau les routes devinrent praticables.

Caradoc reprit ses voyages. Il était fermement décidé à ne rien entreprendre tant qu'il n'aurait pas acquis la totale confiance de toutes les tribus montagnardes. Une attaque prématurée pourrait conduire à la catastrophe. Sans se décourager, Madoc et lui retournèrent sur les terres des seigneurs qui avaient refusé leur concours l'été précédent. Et ils les découvrirent mieux disposés à les entendre. Il était clair que Claude n'avait pas l'intention d'attaquer l'Ouest. Pas encore. Il était occupé à consolider, à prélever des impôts sur les ricons soumis, à construire des routes et des forteresses plus durables. Le procurateur et lui quittèrent leurs quartiers généraux, à Camulodunum, satisfaits du développement de cette nouvelle province.

Caradoc commença à former un réseau d'espions. Il choisit des hommes libres et non des seigneurs, qui répugnaient à de telles tâches et dont les allures arrogantes auraient attiré l'attention. Il en envoya certains s'installer discrètement parmi les paysans des royaumes qui traitaient avec Rome — les Atrebates, les Iceniens, les Brigantiens, les Dobunniens. D'autres vécurent dans les bois chez les Coritaniens et les Durotriges. Il leur promit un nouveau statut s'ils parvenaient à survivre pendant deux ans. Ils étaient désireux d'apprendre et venaient l'écouter parler dans sa hutte des mœurs romaines. Mais au cours de cette première année difficile, beaucoup furent victimes des soldats, des bêtes sauvages, des paysans soupçonneux ou de leur propre isolement. Caradoc savait que ce qu'il leur demandait était dur. Sans seigneur pour les défendre et sans terre pour les nourrir, ils étaient abandonnés à leur sort et seuls les plus entreprenants parvinrent à se faire passer pour des réfugiés expulsés par les barbares de l'Ouest, pour des hommes attachés à un seigneur, ou même pour de jeunes druides. Il les paya ce qu'il fallait. Il avait absolument besoin d'eux.

Bran emmena Eurgain dans les montagnes, comme il le lui avait promis. Ils restèrent partis deux semaines pendant que Llyn et Caradoc étaient sur la côte. Eurgain rentra avec une sacoche pleine de nouveaux cristaux et les yeux encore éblouis par ce qu'elle avait découvert. Bran et elle prirent l'habitude de s'allonger sous les étoiles. Il lui parlait des constellations lointaines, de leur signification. Et elle rêvait, en proie à cet émerveillement délicieux dans lequel la plongeait son amour des montagnes.

Caradoc vit peu ses filles. Elles avaient de nombreux amis maintenant, des amis silures, des enfants aux jeux brutaux, qui couraient comme la bourrasque, criaient, se chamaillaient, nageaient comme des poissons, et elles avaient de moins en moins besoin de lui. Parfois, en les voyant chahuter près de la rivière, les cheveux au vent, pieds nus, il était pris de remords. Elles étaient de famille royale. Elles auraient dû connaître les privilèges de la richesse et d'une domesticité nombreuse. Elles auraient dû avoir les bras couverts d'argent, la tête cerclée d'or, des tuniques ourlées aux couleurs de l'arc-en-ciel. Il n'avait plus que son intelligence pour survivre, et rien d'autre que des rêves pour répondre aux besoins de ses enfants. Il les entendit rire mais cela ne suffit pas à le réconforter.

18.

Une délégation descendit des collines et se dirigea vers la ville. Cinnamus fut le premier à la voir et courut prévenir Caradoc, Caelte et Madoc assis au soleil. Ils étaient rentrés du Nord la veille, laissant Bran poursuivre son voyage pour rencontrer les chefs des Ordovices. « Des visiteurs, Seigneur ! dit-il, les yeux brillants. Par la Mère, nous n'avons pas eu de visite depuis des mois ! » Caradoc et les autres se levèrent, et mirent la main à l'épée. Cinnamus se tint derrière son maître, observant les six hommes qui avançaient en terrain plat. Sur un signe de Madoc, Jodocus tira l'épée, courant à leur rencontre, son porteur de bouclier et son barde sur les talons.

« Qui vient dans cette tuatha, ami ou ennemi ? » cria Jodocus. Le plus grand cavalier se pencha sur l'encolure de son cheval, comme trop fatigué pour se tenir droit. « Y a-t-il un druide parmi vous ? — Pas de druide, répondit une voix forte que Caradoc crut reconnaître. Nous n'avons pas pu en trouver. Mais nous venons en paix, et faisons confiance à votre sens de la justice, hommes de l'Ouest. Nous cherchons le seigneur catuvellaunien Caradoc ap Cunobelin.

— Jetez vos épées ! »

Le plus grand décrocha son épée qui tomba lourdement dans l'herbe et les autres suivirent son exemple, de mauvaise grâce.

« Maintenant, descendez de cheval. Et gardez les mains loin de vos tuniques », cria Jodocus à nouveau. Les hommes descendirent de selle et attendirent.

« Qui sont-ils ? grogna Madoc à l'oreille de Caradoc. Vous les connaissez ? »

Caradoc secoua la tête. « Peut-être, je n'en suis pas sûr. » Il fit un signe à Cinnamus et Caelte qui tirèrent l'épée et l'accompagnèrent près de Jodocus qui toisait les visiteurs avec une hostilité évidente.

« Vous brisez les lois de l'hospitalité », dit le chef de haute taille. Et Jodocus grogna. « De nos jours, la sécurité prime sur les lois de l'hospitalité. » Caradoc s'approcha encore, toujours hésitant. Des cheveux roux, une barbe rousse et bouclée, des yeux qui les dévisageaient comme ceux d'une bête des bois. Soudain il retrouva ses dix-sept ans, et ce sentiment de supériorité qui lui faisait maintenant un peu honte.

« Venutius ! » s'exclama-t-il et les doigts forts se resserrèrent autour de son poignet.

« Caradoc, dit Venutius en souriant, je suis heureux de vous trouver enfin. Certains vous disaient mort, d'autres enfui à Mona, mais je savais que vous étiez ici. » Caradoc lui rendit son sourire.

« Ramassez vos épées et rattachez-les », ordonna-t-il. Et ils le firent avec plaisir. Il les conduisit vers Madoc qui les attendait, les bras croisés. « Voici Venutius, seigneur de Brigantia. » Madoc lui tendit la main, sans perdre toutefois son expression maussade.

« J'accepte de vous saluer mais je ne vous souhaiterai pas la bienvenue. On dit que votre ricon a ouvert ses frontières à Rome avec une facilité qui ne vous fait pas honneur ! » Ses yeux allèrent de Caradoc à Venutius, surpris de lire une expression de connivence au fond de leurs regards sombres. Il fit brusquement demi-tour et se dirigea vers la hutte du Conseil, suivi de tous les autres.

Lorsqu'ils furent installés à l'intérieur, les esclaves ranimèrent le feu et mirent du porc à rôtir. Ils apportèrent de la bière et tous burent en silence, versant comme c'était la coutume quelques gouttes sur le sol pour les Dagda et la déesse. Eurgain et Vida vinrent s'asseoir près d'eux. Venutius les reconnut et détourna les yeux, revivant la froideur de cette matinée où il leur avait enlevé son petit ricon aux cheveux noirs et aux lèvres pincées. J'aurais dû la laisser là-bas, pensa-t-il avec haine. Ou la tuer dans la forêt lorsqu'elle était malade, fiévreuse et sans défense. Maudite chienne. Elle nous tient maintenant sous ses sortilèges et la tuatha autrefois puissante n'est plus qu'un ramassis d'hommes serviles et déshonorés. Cartimandua, destructrice de l'âme des hommes !

L'un après l'autre, seigneurs et hommes libres, attirés par la nouvelle de l'arrivée des visiteurs, vinrent écouter avec curiosité. L'odeur du porc croustillant flattait les narines des hommes épuisés et affamés. Caradoc eut l'impression qu'il lui suffirait de fermer les yeux pour se retrouver chez lui à Camulodunum, au beau milieu de la Troupe Royale, à rire et à se quereller — Aricia, ses yeux noirs lançant des éclairs, Gladys pensivement enveloppée dans sa cape, son Eurgain rougissant des plaisanteries de Tog ou lui répondant avec gentillesse.

Caradoc comprit, comme l'avait dit Eurgain, que le passé ne pouvait s'effacer. En proie à la nostalgie, il aurait soudain donné son honneur, son épée, ses enfants même, pour se retrouver là-bas avec son père et ses amis. Pour être fougueux et insouciant, pour être jeune à nouveau. Il se savait catuvellaunien et le resterait pour l'éternité.

Madoc offrit les meilleurs morceaux aux invités, son barde chanta des chansons. Les enfants mangèrent rapidement pour courir jouer au soleil. Puis Madoc repoussa son assiette et, s'appuyant sur un coude, demanda à Venutius :

« Ce qui vous amène concerne-t-il le Conseil ? » Ce dernier réfléchit. « Non, dit-il, mais on peut en parler au Conseil. A vous d'en décider. Je préférerais en discuter avec Caradoc et vous en privé. »

Madoc hocha la tête. « Eh bien, nous irons tous ensemble à la rivière. » Il se remit sur pieds avec effort et Venutius le suivit dehors. L'air apportait l'odeur de la forêt. Ils marchèrent dans l'herbe haute en longeant l'eau torrentielle et boueuse. Cinnamus, l'épée tirée, gardait les yeux fixés sur Venutius, repensant à cette sorcière brune qu'il avait toujours détestée. Caelte sifflait mélodieusement, le visage tourné vers le soleil radieux.

« Qu'attendez-vous de nous ? demanda Madoc.

— J'ai entendu dire, commença Venutius, que les hommes de l'Ouest quittent leurs montagnes ; que des paysans reprennent les fermes des basses terres désertées par la guerre. On m'a dit que dans les villes, on trouve de nouveaux hommes libres qui parlent et s'habillent comme les membres des diverses tribus mais n'en font pas partie. Et on rapporte que des soldats romains imprudents ont été retrouvés décapités aux abords même de Camulodunum. Est-ce exact ?

— En quoi cela vous concerne-t-il ? dit Caradoc d'un ton égal. La peur fait parfois imaginer aux hommes des choses effroyables.

— Je ne suis pas un pion de Rome, s'écria Venutius avec colère.

Inutile de ruser avec moi, Caradoc ! Je viens vers vous avec un honneur intact ! »

Caradoc lui prit le bras et l'arrêta : « Intact ? siffla-t-il. Comment cela est-il possible quand vous avez reçu la Neuvième à bras ouverts et que votre ricon festoie avec les officiers romains ? Y a-t-il un seul seigneur brigantien qui ait encore l'audace de parler d'honneur ? Les bateaux romains encombrent vos côtes — non seulement des marchands mais des vaisseaux de la Classis Britannica. Et votre ricon n'a-t-elle pas entrepris la construction d'une grande maison romaine, conçue par l'architecte de la légion ? Quand je pense que vous autres, gardiens de moutons, m'avez un jour accusé, moi Caradoc, de singer Rome !

— C'est donc bien vrai ! répondit Venutius, le visage rouge brique. Vous ne pourriez, autrement, être si bien renseigné sur les agissements de mon peuple. Oh ! Caradoc ! » Il baissa la voix : « Envoyez-moi vos espions. Je leur donnerai du bétail et des moutons à garder. Je les prendrai à mon service et ils pourront se déplacer librement dans ma tribu en disant tout ce que je n'ose pas dire moi-même. Envoyez-les, demandez-leur de réveiller la fierté mourante de mes seigneurs. » Sa voix se brisa. « Comprenez-vous Caradoc ? Elle m'a ensorcelé avec des promesses de richesse et de confort. Elle me répète que Rome apporte la paix et la prospérité et elle leur a fait oublier que leur honneur était plus précieux que leur vie.

— Pourquoi ne les soulevez-vous pas vous-même ? Vos seigneurs sont connus pour leur férocité et vos frontières couvrent presque tout le Nord. Vous n'auriez pas trop de mal à repousser la Neuvième et l'empêcher de s'enfoncer trop avant. »

Venutius regarda vers la rivière. « Parce que je lui ai juré fidélité, dit-il, et alors Caradoc comprit que Venutius aimait toujours sa femme traîtresse et ensorcelante. « J'aiderai les espions, continua Venutius, mais il est clair que si les hommes de mon ricon les découvrent, je ne pourrai les défendre. Voilà tout ce que je puis faire. Avec votre aide, je soutiendrai l'honneur défaillant de mes seigneurs. Je leur rendrai l'usage de leur épée et la fierté perdue.

— Vous avez une étrange notion de l'honneur, Brigantien, jeta Madoc avec colère. Mes hommes libres ont plus de courage que vous et vous parlez d'honneur ! Si vous haïssez tant votre ricon, coupez-lui la tête et chassez les Romains vous-même !

— Cela m'est impossible, murmura Venutius, impossible », et sa voix n'était plus qu'un souffle. Caradoc se remit à marcher, réfléchissant, et Madoc et les autres suivirent.

« J'accepte votre offre, si insuffisante qu'elle soit, dit-il enfin. J'enverrai de nouveaux espions. Mais que ferez-vous, Venutius, si la révolte gronde ? »

Venutius serra les lèvres. « Vous me demandez de prédire les mouvements secrets de mon cœur ; j'en suis bien incapable. Un jour à la fois, loup catuvellaunien ! »

Ils se sourirent.

Ce soir-là, après le repas, quand Venutius se fut retiré dans la hutte des visiteurs et que ses chefs, à l'exception de son barde et de son porteur de bouclier, se furent enroulés dans leurs capes sur le sol couvert de cendres de la hutte du Conseil, Caradoc tendit sa cape à Eurgain et lui dit : « Va trouver Venutius et parle-lui. Aricia et toi avez grandi ensemble. Il paraîtra naturel de ta part de vouloir des nouvelles. Fais-le parler d'elle, mon amour. J'ai besoin de savoir si la pénétration de Rome est profonde, si Aricia a bien en main les rênes du pouvoir. Brigantia est idéalement située pour que Plautius y prépare une attaque de l'Ouest, s'il le désire. Et les espions ne sont pas encore suffisamment établis chez les Cornovii pour m'apporter toutes les informations que je désire. » Elle ramena la cape sur son épaule, et le regarda froidement.

« Les espions nous apprennent que l'empereur a ordonné à Plautius de consolider ses positions et de ne pas trop s'avancer ni au nord ni à l'ouest, tant qu'il n'est pas tout à fait sûr des basses terres. Je doute qu'il frappe à nouveau avant au moins deux ans. Sauf si on le provoque. Et c'est précisément, chère Eurgain, ce que j'ai l'intention de faire, si toutefois je parviens à un accord avec les Ordovices l'été prochain. Les routes en pays cornovien et celles qui traversent Brigantia seront alors de la plus haute importance. »

Elle approuva tranquillement. « Mais, Caradoc, d'ici là, la situation pourrait changer. Es-tu bien sûr que tu ne m'envoies que pour des raisons tactiques ?

— Nous sommes mariés depuis longtemps, Eurgain, répondit-il en masquant son trouble. Et je n'ai jamais pris d'autre femme et n'en ai jamais eu le désir. Cela devrait répondre à ta question.

— En effet, dit-elle en venant lui planter un baiser rapide sur les lèvres, cela devrait. Mais cela indique seulement que mon mari, n'aimant pas mentir, pèse ses mots. »

La jalousie assombrissait ses yeux clairs, comme toujours lorsqu'elle pensait à Aricia et à l'étrange fascination qu'elle exerçait sur certains hommes. Elle ne désirait pas posséder son mari corps et âme comme Aricia l'avait voulu, et pourtant Aricia, elle, ne l'avait pas aimé. Eurgain aimait un homme, un être humain autonome. Et elle le respectait parce qu'elle pouvait l'influencer sans jamais le soumettre. Mais parfois, comme ce soir, voyant les traces douloureuses de cet ancien désir sur son visage, elle ressentait un désespoir sourd que les années n'avaient pas plus guéri que la blessure de Caradoc.

« J'irai », dit-elle en soupirant.

Le barde de Venutius l'arrêta, le bras en travers de la porte, et lui demanda rudement ce qu'elle venait faire.

« Je m'appelle Eurgain, expliqua-t-elle avec patience. J'étais autrefois une amie de votre ricon. J'aimerais que votre seigneur me dise comment elle se porte. Demandez-lui, s'il vous plaît, s'il accepte de me recevoir. » Elle étendit les bras, soulevant sa cape. « Je viens sans armes. » Il courba la tête sous le linteau et elle attendit, les yeux fixés sur la voûte étoilée. La lune s'était levée, sereine et l'air était doux et tranquille. Elle respira lentement comme Bran lui avait appris à le faire, ouvrant son esprit et son cœur à la paix de la nuit, imaginant que les peurs et les incertitudes de sa vie la quittaient à chaque expiration. Puis elle rentra.

Venutius quitta son siège près de l'âtre sans feu. Il portait une courte tunique verte, les jambes et les bras nus. Il avait dénoué et brossé ses cheveux qui faisaient sur ses épaules comme une capuche soyeuse capturant la lumière de la lampe. Eurgain imagina un bref instant Aricia dans ses bras, ses cheveux noirs se mêlant aux siens, l'enchanteresse et sa victime, rivés l'un à l'autre par la passion. Elle retira sa cape et sourit.

« Je ne veux pas vous déranger. Mais Aricia et moi étions proches, il y a longtemps. Comment va-t-elle ? »

Une ombre passa devant ses yeux. Il lui sourit, lui indiquant une chaise et pour la première fois elle le trouva beau. Il versa de la bière, la lui tendit et se rassit. Il se souvenait d'elle, naturellement. La Silencieuse, avec des yeux qui semblaient tout voir. Il se souvenait de l'autre également, plus vieille, brune, silencieuse aussi mais plus tendue, angoissée. Etrange, pensa-t-il en regardant les doigts fins se resserrer autour de la coupe, avec quelle précision je me souviens de ces jours anciens. Mes derniers jours de bonheur, sans doute.

« Est-ce votre mari, Eurgain, qui vous envoie vers moi ? » demanda-t-il en faisant lentement tourner sa coupe entre ses doigts.

Elle rit, surprise. « Evidemment. Je ne peux vous mentir. Mais je serais venue de toute façon. Nous avons eu si peu de nouvelles d'Aricia depuis son départ de Camulodunum.

— La plupart des nouvelles sont mauvaises, conclut-il avec rudesse. Inutile de ménager mes sentiments, Madame. J'en conserve fort peu. Elle les a tués.

— Aricia a toujours aimé son confort, dit Eurgain avec gêne, essayant de rester polie, et pourtant nous nous aimions beaucoup. Ce fut un choc pour elle, Venutius, de devoir partir.

— Il y a onze ans déjà. A quoi sert d'en reparler ? Elle est venue, elle nous a détestés, elle nous a utilisés et nous, comme nos moutons stupides, nous l'avons suivie. D'abord, ce furent le vin et les babioles. Quel mal y a-t-il, demandait-elle, à se servir des peaux que nous n'utilisons pas pour faire venir du vin pour les seigneurs ? Nous lui avions prêté serment, nous lui avons obéi. Quel mal y avait-il à cela vraiment ? »

Il but une gorgée et fixa sa coupe d'un air maussade. « Je l'ai épousée. Elle avait seize ans. Elle portait des fleurs blanches dans les cheveux et mon cadeau de mariage autour du cou. « Toi et moi, Venutius, a-t-elle dit, toi et moi. Ensemble nous pourrons élever Brigantia au-dessus des Catuvellauniens. » Je ne compris pas à l'époque ce qu'elle voulait dire. Comme elle a dû rire de moi ! Oh ! Sataida, Dame des Misères, ce n'est pas une femme que j'ai épousée, c'est un démon ! »

Eurgain restait immobile sur son siège. Son calme et son silence amical invitaient souvent aux confidences et elle le savait. Ils avaient déjà été utiles à Caradoc par le passé mais jamais encore elle n'avait assisté à l'étalage d'une telle souffrance. Elle était stupéfaite. « Voilà dans quel état tu serais, mon mari, pensa-t-elle, si c'était toi et non le fier Venutius qui l'avais épousée. L'avais-tu compris ? »

« Vous dites que vous étiez son amie, poursuivit-il d'un ton plus calme, mais elle n'avait aucune amitié pour vous, Eurgain. Vous le savez sans doute. » Leurs yeux se rencontrèrent, sentant ce qu'ils avaient en commun et elle hocha la tête, la lumière glissant sur ses douces nattes blondes.

« Oui, je sais tout cela, Venutius.

— Et pourtant je l'aime encore, poursuivit-il doucement. Lorsqu'elle m'appelle, je cours vers elle. Je sais ce qu'elle vaut et je viens ici pour la perdre. Mais au plus fort de ma haine, je l'aime. »

Ils restèrent silencieux, unis par un même tourment. Puis elle changea de sujet : « Rome construit-elle à l'intérieur de vos frontières ? »

Il se croisa les bras et lui répondit. L'instant avait fui. Il était redevenu ce fier fils des collines qu'elle avait rencontré des années plus tôt. « Pas encore. Un fort est presque terminé au sud-est de notre pays, à la frontière des Coritaniens. Les soldats et les officiers utilisent à leur guise la maison de mon ricon, mais jusqu'à présent aucune route n'a été percée sur notre territoire. Où mènera-t-elle ? Plautius n'est pas prêt à affronter les peuplades du Nord ou de l'Ouest ! Il se servira de nous comme d'un rempart, avec l'acceptation empressée de mon ricon. Il lui a envoyé de riches présents. Il ne lui retire pas sa souveraineté, tant qu'elle coopère, et naturellement elle le fait volontiers.

— Et votre peuple ?

— Il lui obéit en silence. Il croit qu'il est trop tard pour faire autre chose que s'incliner devant l'inévitable. Certains chefs et leurs hommes libres rechignent en secret. Ils m'accusent — non sans raison — de les avoir conduits au déshonneur, mais ils ne réalisent pas encore que c'est aussi leur liberté qu'ils ont perdue. Je veux que les espions silures les en persuadent. Quant à moi », il étendit ses mains sur lesquelles brillait une pierre noire, « je suis deux fois esclave, mais je ferai tout ce qui est en mon pouvoir. »

Elle se leva, honteuse d'être venue avec l'intention première de ruser avec lui. « Je regrette, Venutius, dit-elle doucement, nous vivons des temps difficiles et ma visite de ce soir ne fait que tout empirer. »

Il vint près d'elle et baisa sa main froide. « Non, non, vous n'y êtes pour rien, Eurgain. En vous, Caradoc a son plus grand trésor. »

Elle sourit. « Allez en sécurité, soyez en paix.

— Vous de même, Madame. »

Elle le quitta, marchant rapidement vers sa propre hutte. Non loin de là, un rossignol chantait mais elle n'y prit pas garde. Elle entra, jeta sa cape sur une chaise, retira sa tunique et dénoua ses cheveux. Caradoc observa ses gestes nerveux dans l'obscurité du lit.

« Eh bien ? » finit-il par dire, et elle retira ses braies sans le regarder.

« Il est bon et honnête, mais ne lui fais pas confiance avant qu'il ait fait ses preuves. C'est un homme déchiré.

— C'est tout ? »

Elle avança vers le lit, les yeux agrandis par la colère. « C'est tout. Je ne veux rien dire de plus, ni jamais revenir sur ce sujet. Et ne me touche pas, Caradoc. J'ai eu suffisamment de contrariétés ce soir. »

Venutius et ses seigneurs rentrèrent chez eux, disparaissant dans la vallée par une aube rosée et deux jours plus tard les Silures célébrèrent Belthaine*. Les arbres resplendirent soudain d'une verdeur intense. Des fleurs blanches tombèrent des pommiers et couvrirent d'une neige parfumée les halliers qui résonnaient du chant des oiseaux. On empila les os secs et gris du bétail abattu lors du dernier Samhain pour en faire deux énormes feux de joie. Les génisses, les jeunes veaux furent contraints à passer entre eux, roulant des yeux et beuglant de peur dans la fumée. Dans la soirée, les villageois dansèrent, cheveux et colliers au vent. Les chefs tombèrent leur tunique et luttèrent sur l'herbe, la sueur faisant luire leurs corps musclés. Ils finirent par aller dormir, certains dans leur hutte mais la plupart s'enroulant confortablement dans l'herbe, bercés par le bruissement du vent dans les arbres, près de la rivière.

En fin de matinée, Fearachar prépara les armes et les bagages de Caradoc et de Llyn. Les chefs se remirent en route, cette fois vers l'est, pour tenir conseil avec les Demetes. Eurgain avait supplié de les accompagner, espérant cette fois passer l'été, libre dans les hauteurs escarpées. Mais Caradoc avait refusé.

« Les Demetes sont un peuple instable et méfiant, avait-il dit. Il n'y a jamais eu chez eux de druide silure qui nous soit favorable pour préparer la voie. Quand je retournerai chez les Ordovices l'été prochain, tu pourras venir. » Elle argumenta et supplia en vain. Il ne fit que serrer plus durement les lèvres, et refuser catégoriquement. Elle l'embrassa pour lui souhaiter bon voyage, serra contre elle Llyn qui la laissa faire de mauvaise grâce et les vit disparaître derrière la colline, capes bleues, écarlates et jaunes mêlées comme le plumage de quelque oiseau rare.

Il ne revint pas avant les premières neiges d'hiver. Et lorsqu'elle le vit, elle fut stupéfaite. Il avait tant maigri qu'il ne lui restait plus que les muscles et les os. Il était cassant, irritable, sans appétit et

* *Fête de Bel, Belthaine, 1er mai.*

incapable de dormir avant l'aube. Dans la journée, il parlait très peu et quand il s'endormait enfin, il ne cessait de murmurer dans son sommeil, s'agitant constamment. Elle restait éveillée près de lui, immobile et inquiète, voyant ses obsessions peu à peu grignoter sa personnalité. Il ne pensait à rien d'autre, il ne parlait que de Rome et de la confrontation imminente. Il ne cessait de s'indigner des querelles mesquines des tribus de l'Ouest. Il ne vivait que pour l'unité et c'était elle qui l'envoyait avec ses hommes de village en village. Eurgain s'ouvrit à Cinnamus de ses inquiétudes. Lui aussi, les privations l'avaient amaigri et avaient dessiné de nouvelles rides autour de ses yeux verts. Lorsqu'elle lui rendit visite, elle vit les tuniques de Vida empilées non loin du feu, mais elle n'était pas là.

« Que s'est-il passé cet été, Cinnamus ? demanda-t-elle avec insistance.

— Les Demetes ont bien failli le rendre fou, dit-il en remettant du bois sur le feu. Grande Mère, quelle tribu ! Nous avons dû rester en Conseil pendant des heures, subir leurs vantardises, et l'énumération de tous les raids qu'ils avaient commis contre les chefs silures. Ils ont fait tout ce qui était en leur pouvoir pour nous faire perdre notre calme. Les murs de leur hutte des Conseils étaient tapissés de têtes de Silures et d'Ordovices. Je n'avais jamais vu tant de trophées. Mais leurs bijoux sont magnifiques et leurs femmes indomptables. Si Caradoc parvient à les convaincre, les Romains auront tout à craindre pour leurs précieux lauriers. Il s'est battu avec trois d'entre eux, Eurgain. Il en a tué un et il a grièvement blessé les autres.

— Quoi ?

— Ils voulaient vérifier quelle sorte de guerrier c'était, dit Cinnamus en souriant, avant de sérieusement écouter ce qu'il proposait. Ils ne jugent pas un homme sur ses paroles, mais sur ses actes, uniquement. Je ne crois pas qu'il ait voulu tuer ce chef, mais il s'est mis en colère. Il était fatigué de toutes ces vantardises et ces provocations. Les Demetes ont bien ouvert leurs oreilles après cela, je peux vous l'assurer ! Ils ont promis de participer à un Conseil commun, mais pas avant que Madoc n'interdise tout raid sur leur territoire. Il a accepté. Pourtant Madoc avait lui-même de sérieux motifs de se plaindre des pertes qu'ils avaient fait subir aux Silures. »

Eurgain réfléchit à ce qu'elle venait d'entendre. « Mais que lui arrive-t-il, Cinnamus ? demanda-t-elle enfin. Il ne prend plaisir à rien. Je le vois changer de plus en plus chaque jour et j'ai peur pour lui. »

Cinnamus vint s'accroupir près du tabouret sur lequel elle était assise et lui prit la main. Elle leva les yeux vers la bouche dure, le nez d'aigle, les yeux verts qu'elle connaissait bien, et sentit quelque chose se briser en elle comme la glace au printemps. Elle était fatiguée de la tension et des soucis, fatiguée des journées solitaires et des nuits vides. Elle posa la main sur la cascade de cheveux blonds qui se trouvait devant elle, affamée de douceur et de gentillesse. Il la prit lentement dans ses bras et la serra très fort. Elle soupira.

« Il s'est coupé de nous tous, sauf de Llyn, dit-il. Et il ne vit plus que pour son rêve — devenir un jour arviragus en ayant réuni toutes les tribus de l'Ouest sous son commandement. Conduire des milliers de guerriers agissant tous ensemble pour rejeter les Romains à la mer. Il se considère comme le dernier espoir d'Albion, Eurgain, et je crois qu'il a raison. C'est également l'avis de Madoc, de Bran et des Silures. Il regrette Camulodunum et les basses terres fertiles. Il déteste les montagnes. Mon seigneur a perdu un royaume et acquis un rêve redoutable. Il lutte pour l'accepter. Il sait, comme nous tous, qu'il est impossible de reculer. » Il l'embrassa sur le front, pensant s'arrêter là, mais sans savoir comment il sentit ses lèvres s'égarer dans ses cheveux. Elle vint très doucement lui mettre les bras autour du cou. Il savait qu'il aurait dû s'écarter, et croyait bien avoir commencé à le faire, mais au lieu de cela ses mains la saisirent par les épaules, sa bouche glissa sur sa tempe et le long de sa joue pour venir lentement rencontrer la sienne. Un instant les lèvres d'Eurgain sous les siennes frémirent puis s'ouvrirent doucement et elle se laissa aller contre lui. Elle gardait les mains doucement nouées autour de la nuque de Cinnamus. Il lui libéra les épaules en l'attirant sur les fourrures, gardant toujours sa bouche. Quand il souleva sa tunique, elle laissa retomber ses mains, et sentit la bouche de Cinnamus se perdre dans son cou. « Nouveaux baisers que j'ai l'impression d'avoir toujours connus, pensa-t-elle. Ah ! Cinnamus, aime-moi ! Laisse ton corps me dire que je suis bien celle que je crois toujours être ! » Il la pénétra avec tendresse et, toujours émerveillée de cette chair nouvelle qui avait pourtant la familiarité de ce qu'on aime depuis toujours, elle ne le repoussa pas. « Cinnamus, mon tendre ami. Panse mes blessures ! » Elle l'accompagna dans le déferlement de sa passion, blottie sous lui, rassurée par la réponse silencieuse qu'il apportait à sa solitude, exprimant ses besoins et sa gratitude. Lorsqu'il eut cessé de bouger en elle, il ne la laissa pas immédiatement aller. Il lui sourit encore, l'embrassant avec la même délicatesse et seulement lorsqu'elle lui sourit à son tour, il se leva et l'aida à se remettre sur pieds.

« L'été prochain, nous ferons un pacte avec les Ordovices, dit-il comme si rien ne s'était passé. Ce sera le dernier test, le plus important.

— J'irai avec vous cette fois, lui répondit-elle, un peu tremblante. L'oisiveté ici me pèse. J'ai eu tort de le laisser porter seul un tel fardeau. Moi aussi, j'aimerais rentrer, Cinnamus, mais pas par amour pour Camulodunum. Les montagnes parlent à mon imagination, exaltent mon âme. Mais je veux un mari entier et libéré de ses soucis, sans autre préoccupation que les raids et la protection de son bétail.

— Ce jour viendra, Eurgain, soyez sans crainte. » Il essayait de la réconforter mais son visage restait marqué par la tristesse.

« Je crains bien que non », dit-elle en tirant sur sa tunique et, se dirigeant vers la porte, elle fit mine de sortir, hésita, puis la main sur les tentures de la porte : « Cinnamus, je... », commença-t-elle. Mais il ne la laissa pas finir.

« N'y pensez plus, Eurgain, dit-il. Il n'y a là déshonneur ni pour vous, ni pour Caradoc, et Vida le comprendrait si toutefois je voulais le lui dire. Ce n'était qu'un réconfort, voilà tout.

— Oui, répondit-elle lentement, un réconfort. Je suis si lasse, Cinnamus. » Et elle le quitta. Cinnamus redressa le tabouret qui s'était renversé, le considéra un instant en souriant et se remit à polir son heaume en sifflant.

Trois étés consécutifs, Caradoc n'avait cessé de voyager et maintenant ses espions revenaient avec des messages qui changeaient son impatience en véritable frénésie. Les civils romains arrivaient de plus en plus nombreux en Albion. Des négociants et des aventuriers, pour la plupart, mais aussi des femmes, des familles d'officiers, des gens venus pour s'installer. De nombreuses routes étaient terminées. Les chars roulaient, chargés de céréales, de vin, de nouveaux plants et de graines étranges destinés aux colons nostalgiques qui tentaient de faire de leurs maisons de bois des propriétés romaines.

Les forteresses hautes comme Camulodunum se changeaient en paisibles villes romaines. Et à Camulodunum même, le temple du Divin Claude s'élevait, blocs monumentaux posés l'un sur l'autre. Il était payé par l'or des hommes libres soumis qui n'osaient plus reporter leur colère sur des seigneurs impuissants. Quant aux hordes de travailleurs trinovantes et catuvellauniens, elles le payaient de leur sang. Mais ce n'était pas tant ce qui mettait Caradoc hors de lui.

Un éclaireur lui apprit que la première cargaison de jeunes gens des tribus avait quitté Albion pour Rome. On les y entraînerait à combattre dans les légions et d'autres suivraient, à intervalles réguliers. Rome savait que la principale richesse de la nouvelle province était ses guerriers farouches, grands, sains et courageux. En vain, les seigneurs et les femmes guerrières restèrent-ils sur la rive, à pleurer et à maudire. Leurs frères et leurs amants ne reviendraient plus.

Caradoc écouta en pensant à Llyn, farouchement décidé à le protéger. Llyn avait onze ans, sa rondeur faisant place à une élégance fine qui rappelait Togodumnus. Mais il n'avait jamais connu le baptême du sang, il n'était pas encore un homme. Caradoc l'imagina, des chaînes romaines autour du cou ou dans les rangs d'une légion quelconque en tant qu'auxiliaire, durci et changé, ayant perdu son rire et sa vivacité.

Des nouvelles émanant de lieux plus proches encore du caer lui étaient parvenues. On y avait vu des patrouilles romaines traversant les forêts épaisses qui marquaient la fin du territoire des Dobunniens pour se masser aux portes du pays silure.

Caradoc savait qu'il lui restait très peu de temps et il n'attendit pas que l'hiver desserre ses griffes. Il convoqua un Conseil. Comme il s'y attendait, les chefs silures lui prêtèrent serment comme un seul homme, impatients de se jeter dans l'action. En compagnie de Cinnamus, de Caelte, de Madoc et de Jodocus, il les conduisit hors de la vallée, vers l'est. Ils traversèrent les forêts dépouillées sans rien d'autre que leurs armes et autant de vivres qu'ils pouvaient en porter sur leur dos. Ils mettaient en pratique ses leçons. Ils évitèrent les nouveaux forts où Boduocus réchauffait ses vieilles mains autour des feux romains. Ils se cachèrent dans les buissons en bordure de la nouvelle route qui partait au sud du fort vers le pays des Belgae, interceptant des messagers isolés, faisant tomber de petites patrouilles dans leurs embuscades, saisissant des vivres pendant que les dernières pluies lavaient les routes sur lesquelles coulait pour la première fois le sang romain.

Ces actions ne créèrent qu'un léger remous chez les conquérants des basses terres. Caradoc prenait soin de ne pas harceler trop systématiquement la Seconde Légion car il ne voulait pas attirer sur lui l'essentiel des forces de Vespasianus avant d'être tout à fait prêt. Les Ordovices attendaient sa venue et le dernier nœud devait être bouclé. Furieux, Vespasianus alerta les patrouilles, fit un rapport à Plautius, mais rien ne permettait encore de s'alarmer. Pourtant Plautius, déroulant son message près de la fenêtre du nouveau quartier général, qu'éclairait un faible soleil d'hiver, eut une intuition : les hommes de l'Ouest et le frère de Gladys. C'était inévitable. Il ressentit à nouveau un fort désir de connaître cet homme et tendit le message à Pudens. Il s'assit à son bureau, le menton dans les mains. « Allez-vous ordonner des représailles, seigneur ? » demanda le jeune homme. Plautius posa sa main chargée de bagues bien à plat sur le bureau et secoua la tête.

« Non. Pas encore. Je crois que j'attendrai le printemps pour voir le tour que prennent les événements. Réponds à ce message pour moi, Rufus, veux-tu ? » Il prit son casque et sa cape et sortit, voulant s'isoler pour réfléchir. Mais il était impossible, ces jours-ci, où que ce soit à Camulodunum, d'échapper aux bruits de l'industrie. Il aurait pu se croire à Rome.

Au cours d'une des dernières sorties de la saison, alors que le vent devenait plus chaud et que les fleurs sauvages perçaient résolument la neige fondue, Llyn disparut. Caradoc et les chefs s'étaient jetés sur une centurie sans savoir que derrière les fantassins venait une *alae* de cavaliers. La petite bataille qui s'ensuivit fut chaude et meurtrière. Llyn et Fearachar s'étaient cachés dans des buissons comme à l'ordinaire, entendant les appels et les cris, le choc des épées et des boucliers, sans discerner grand-chose dans la brume du petit matin. Plus bas, sur la route, Caradoc et ses hommes se battirent férocement, avançant et reculant, au milieu des ordres que hurlait le centurion romain, essayant de faire former les rangs à ses soldats surpris par la soudaineté de l'attaque. L'oreille aguerrie de Caradoc reconnut le bruit des sabots et il ordonna la retraite.

Sans poser de question, seigneurs et hommes libres firent demi-tour et disparurent en courant derrière les arbres, dans la brume. Mais cette fois les Romains, enhardis par l'arrivée de la cavalerie, les pourchassèrent durement. Ce n'est que lorsqu'ils eurent traversé la rivière que Caradoc repensa à son fils. Il se mit à la recherche de Fearachar. Cinnamus l'arrêta. « Cela ne sert à rien, Seigneur, tant que les chefs ne seront pas rentrés au caer et qu'on ne pourra faire un recensement. » Caradoc dut en convenir, en proie à une peur insidieuse. Llyn était son talisman. Llyn était son réconfort, son recours contre le désespoir. Si Fearachar revenait sans lui, Caradoc le tuerait. Il alla droit à la hutte du Conseil et attendit à la porte sous la pluie. Eurgain vint le supplier de quitter ses vêtements trempés et de manger. Il refusa brutalement. Elle marcha donc avec lui jusqu'à ce que Madoc vienne lui dire que tous les vivants avaient été comptés. Le silence s'abattit sur le petit groupe, puis Caradoc réagit.

« Cinnamus, réunis nos chefs, les Catuvellauniens. Madoc, je dois prendre les quelques chevaux que vous avez. Les patrouilles sont-elles toujours à notre recherche ?

— Non. Les officiers ont rappelé leurs hommes sur la route. Les éclaireurs me disent qu'ils se sont remis en marche, avec de lourdes pertes, néanmoins.

— Bien. Eurgain, où vas-tu ? » Elle s'éloignait en courant et cria par-dessus son épaule : « Chercher mon épée.

— Non ! » Il courut derrière elle. « Reste ici. Que pourrais-tu faire dans ce maudit brouillard ? »

Elle fit volte-face, les yeux étincelants dans son visage pâle de froid. Elle hurla : « Et toi, que penses-tu pouvoir faire ? Je ne te laisserai jamais plus décider de mes mouvements. Je ne fais pas partie de ton cheptel, je suis une guerrière libre. Par Camulos, je ferai ce qui me plaira ! » Madoc et les Silures rassemblés la regardèrent avec stupéfaction mais un sourire imperceptible se dessina sur les lèvres de Cinnamus. « Es-tu donc encore tellement romain que tu veuilles garder ta femme à la maison comme un joli meuble ? Ce n'est pas une chaîne d'esclave que j'ai acceptée en t'épousant et la loi coutumière me donne le droit de te quitter quand je le désire !... Et parfois, j'ai bien envie de le faire, ajouta-t-elle d'une voix moins forte. Je ne suis devenue pour toi qu'une commodité. »

Elle le jaugea un instant, de toute sa hauteur, la poitrine oppressée. Puis elle se mit à courir en direction de sa hutte, demandant à Tallia une cape sèche, ses bottes, sa ceinture et son épée. Stupéfait, Caradoc la regarda s'éloigner puis se dirigea vers les chevaux qu'on amenait. Un abîme de désespoir s'ouvrait devant lui. Il monta vivement en selle, et attendit, les rênes à la main. Les autres chefs firent de même et Eurgain revint, les cheveux noués, l'épée battant contre la botte. Elle passa près de lui sans un regard. La tête lui tournait, il avait le vertige. Llyn était mort. Il avait perdu Eurgain. Les Ordovices refuseraient leur aide et les Demetes feraient de même.

Mais soudain, l'espoir lui revint. Llyn n'était que perdu, pas mort. Il pourrait refaire sa cour à Eurgain et la séduire à nouveau. Et les Ordovices et Demetes lui prêteraient serment, il le savait. Il ouvrit les yeux et considéra les chefs qui attendaient derrière lui. Il leva un bras. « Suivez la rivière et dispersez-vous, cria-t-il. Avancez deux par deux ! Fouillez la forêt jusqu'à la route et ensuite revenez ! »

Cinnamus et Caelte traversèrent la forêt avec lui. Ils suivirent les sentiers sans rien trouver. Ils attachèrent donc leurs montures et pénétrèrent le sous-bois, l'épée tirée.

Aux abords de la route, ils commencèrent à buter sur des cadavres cachés dans les herbes hautes et sous les feuilles détrempées. Ils les dépouillèrent systématiquement de leurs précieuses armes. Ils espéraient que la déesse de la forêt comprendrait que ces armes lui étaient destinées et leur renverrait Llyn. Cinnamus s'agenouilla et fouilla l'herbe humide. Au bout d'un moment il s'exclama : « Ici, regardez Seigneur ! Des traces fraîches, une monture romaine, légèrement chargée, un sabot ferré et l'autre qui se détache ! » Caradoc se baissa et répliqua : « Exact. Mais cela ne nous sert à rien. Ce n'est pas un soldat égaré que nous recherchons.

— Vous n'écoutez pas, Seigneur, interrompit Caelte. Le cheval n'est que légèrement chargé. Il pourrait ne transporter que les armes d'un soldat, ou encore un petit garçon. »

Caradoc se figea. « Evidemment. C'est un faible espoir mais nous devons retrouver cette bête. Cinnamus, suis ta piste. Tu es meilleur à cela que moi. »

Ils avançaient lentement et Cinnamus s'arrêta souvent. Pendant une heure ils continuèrent en silence. Soudain Cinnamus se releva, étonné.

« Le cavalier doit s'être perdu, dit-il, nous tournons en rond, Seigneur. »

Caradoc retint un juron de peur d'irriter la déesse de la forêt. « Il ne nous reste qu'à espérer que les autres aient eu plus de chance que nous. »

Tout à coup, Caelte se précipita contre le sol comme s'il obéissait à un signal et tous firent de même. « Qu'y a-t-il ? » murmura Cinnamus. Caelte montra du doigt une ombre grise et une touche écarlate fugitive. Caradoc bondit et se mit à courir à travers bois, appelant Llyn à pleine voix ; Cinnamus et Caelte suivirent.

Llyn était assis en amazone sur un cheval d'attaque qui portait un lourd paquetage de soldat en travers de sa croupe. Les rênes tombaient de ses petites mains. Il n'avait ni cape, ni bottes. Sa tunique rouge était en haillons. Une de ses manches était arrachée et il était éclaboussé de sang du genou jusqu'à l'épaule. Les voyant approcher, il les reconnut à peine. Caradoc se précipita en avant puis s'arrêta sous l'effet du choc.

Une tête battait contre les flancs du cheval, les paupières pâles à demi closes, les yeux mornes enfoncés dans des orbites sombres. Le sang séché en couvrait la bouche ouverte et le cou déchiqueté. Une corde passait sous son cou et autour du front par-dessus les cheveux courts bruns et mouillés. Un Romain.

« Mère ! » murmura Cinnamus. Caradoc sentit le sang quitter son visage. Mais il se ressaisit et plongea en avant, inondé de joie. Llyn tomba de cheval dans ses bras.

« Père ! Oh ! p... p... père ! Il a tué Fearachar. Je l'ai tué par-derrière et je lui ai coupé la tête. Cela a pris longtemps. Je... je... me suis perdu... père... » Il enfouit son visage dans le cou de Caradoc et se mit à proférer des sons incohérents. Caradoc le serra de toutes ses forces puis le mit sur ses pieds, le consolant avec des mots qui ne voulaient rien dire, lisant le mélange de terreur et de peine dans des yeux trop fiers pour pleurer. Un guerrier ne pleurait pas et si Llyn avait pleuré sous les grands arbres, il ne se le pardonnerait pas. Les lèvres fines tremblaient malgré lui mais le petit menton se levait fièrement. « J'ai amené son épée avec moi, l'épée de Fearachar, mais lui était trop lourd pour que je puisse le soulever. » Caradoc porta la main à son propre cou et retira lentement son torque de bronze.

« Llyn, dit-il d'une voix tremblante d'émotion, tu as connu l'épreuve du sang. Non au cours d'un raid ou en compagnie des tiens, pas à l'âge qui convient, mais seul, sans l'aide de quiconque, pour défendre ton ami. » Il souleva les cheveux mouillés et passa le torque autour du petit cou. « En tant que ricon des Catuvellauniens je te déclare guerrier, homme libre et te donne ma bénédiction. Veux-tu maintenant me prêter serment ? » Llyn leva les yeux et en eux Caradoc vit la mort de toute innocence. Llyn était devenu un homme. Il tira son épée du fourreau, à peine capable de la dégainer tant elle était longue et il la jeta aux pieds de Caradoc.

« J'en fais serment, dit-il.

— Te battras-tu pour moi, jureras-tu de te mettre à mon service devant les druides et de me servir jusqu'à la mort ?

— J'en fais serment. Protégerez-vous le prix de mon honneur, jurerez-vous devant les druides de me libérer de mon serment, comme c'est mon droit, si je le désire ?

— J'en fais serment. Llyn ap Caradoc, tu es désormais un seigneur catuvellaunien. » Il ramassa l'épée de Llyn et la lui rendit gentiment, se demandant quelle serait la réaction de Madoc. Il n'y aurait plus d'initiation silurienne maintenant. Madoc comprendrait sûrement, car les circonstances étaient exceptionnelles. « Va maintenant avec Cinnamus, dit-il calmement, et prends mon cheval pour rentrer au caer. Je monterai celui-ci. » La gratitude éclaira le visage pâle, mais Llyn hésita, s'approchant de son père et tirant sur sa manche.

« Seigneur, chuchota-t-il, ce n'était pas comme tuer un sanglier, même si je voulais m'en persuader. Je ne crois pas pouvoir le faire à nouveau. »

Caradoc aurait voulu hurler de compassion. « N'y pense plus, dit-il. Je ne te demanderai pas de te battre avec les seigneurs avant longtemps. Sois en paix. » Llyn hocha la tête et avança d'un pas incertain vers l'endroit où Cinnamus et Caelte se trouvaient, interdits. Et Caradoc monta le cheval gris. Il baissa les yeux sur la touffe morte de cheveux noirs et ensanglantés. Il vit devant lui le dos de son fils bien droit. Et soudain il eut un goût amer dans la bouche et cracha, résistant à l'envie de vomir. Puis il talonna le cheval et suivit ses hommes.

Eurgain, de retour, attendait sur la rive, immobile, enveloppée dans sa cape bleue. Elle les vit remonter le ruisseau et marcha à leur rencontre. Llyn glissa de cheval et elle se pencha pour l'embrasser. « Je suis heureuse de te voir sain et sauf, mon fils, dit-elle lentement. Maintenant, va à la hutte du Conseil et mange. Ensuite, Tallia te trouvera des vêtements secs. » Il hocha faiblement la tête et s'éloigna.

Caradoc descendit de selle. Cinnamus détacha la tête et la posa sur le sol.

« Vous avez eu des difficultés ? demanda-t-elle.

— Pas moi, dit-il laconiquement, cette tête appartient à Llyn. Je te raconterai plus tard, Eurgain, mais pour l'instant j'ai besoin de me réchauffer et de manger. » Il passa près d'elle, la laissant examiner le trophée au sol, son cœur battant douloureusement dans sa poitrine.

Au Conseil, ce soir-là, Madoc rugit de rire au récit de l'escapade de Llyn. Caradoc était si respecté des Silures maintenant, qu'ils n'insistèrent pas pour qu'on l'initie. Ils étaient assis tous ensemble dans la hutte éclairée par les flammes. On apporta la tête, nettoyée, à Llyn mais il se mit les mains derrière le dos et rougit, les lampes faisant briller le torque autour de son cou.

« A vrai dire, fit-il, je n'en veux pas.

— Mais elle t'appartient de droit, dit Madoc en la lui présentant, c'est la preuve de ta virilité. C'est mieux que du bétail, hein Llyn ?

— Je préférerais être encore un enfant et avoir Fearachar à mes côtés, insista-t-il. Vous pouvez l'avoir, Seigneur, si vous la voulez. Mettez-la à côté des autres.

— Mais ce n'est pas moi qui l'ai prise, ni aucun de mes seigneurs. Elle n'appartient pas aux Silures. » Madoc était perplexe. Aucun enfant silure n'avait jamais plus glorieusement fait honneur à sa tribu et l'attitude de Llyn était pour lui totalement incompréhensible. « Alors, donnez-la à la déesse », dit Llyn d'un ton sans réplique. Il s'assit près de son père et Madoc haussa les épaules, tendant la tête à Cinnamus qui la posa contre le mur près de lui. Ces Catuvellauniens étaient vraiment étranges. Ils se battaient comme des démons quand c'était nécessaire et chérissaient leur honneur comme de vaillants hommes libres, mais ils avaient des sensibleries de jeunes filles. Ils avaient sans doute vécu trop longtemps sous l'influence débilitante de Rome. Malgré tout Madoc n'avait pour eux que respect et admiration.

On retrouva le corps de Fearachar parmi les ronces, les côtes enfoncées par un bouclier, les bras, le cou et le visage lardés de coups d'épée avec un trou profond dans la poitrine. Llyn lui-même, avec l'aide de Cinnamus, le lava et l'habilla d'une fine tunique brodée d'or, posant l'épée sur sa poitrine, et un casque de seigneur sur ses boucles brunes.

Caradoc commanda à l'artiste un simple torque de bronze et le passa au cou de Fearachar. « Il y a bien longtemps, dit-il à Llyn, Fearachar était un seigneur dont les richesses étaient grandes. Mais il eut avec un membre de sa famille une querelle de sang, à cause d'une femme, et il perdit tout. Maintenant, il a tout racheté. »

Une semaine plus tard, Bran revint, plus mince que jamais. Caradoc et lui s'assirent au soleil près de la rivière et il lui annonça que les Ordovices étaient enfin disposés à l'écouter en Conseil.

« Mais nous devons partir immédiatement, avertit Bran. Es-tu prêt à te battre, mon ami ?

— Je suis prêt. Si nous attendons trop, les peuples des basses terres auront oublié leur liberté et aucune épée ne saura leur rendre le désir de la retrouver.

— Emmènerez-vous Eurgain, cette fois ? » La question était posée sans insistance mais Caradoc leva des yeux soupçonneux.

A peine rentré, Bran avait demandé à voir Eurgain. Il lui avait rapporté de nouveaux cristaux et une carte du firmament dessinée spécialement pour elle par le Maître des Druides sur l'île de Mona. En rentrant dans sa hutte, Caradoc l'avait entendue rire, un son joyeux et naturel qu'elle ne partageait plus avec lui. Il n'était pas jaloux. On ne pouvait pas être jaloux d'un druide, car ils s'intéressaient rarement aux femmes. Mais il se souvenait de la phrase d'Eurgain sur tout ce qui pouvait séparer un mari de sa femme et se sentit coupable. Elle n'avait jamais compris pourquoi il avait toujours refusé de l'emmener avec lui et il savait maintenant qu'il avait eu tort de vouloir la protéger malgré elle des dangers et des fatigues de ses missions.

« Si elle désire venir », dit-il évasivement.

Bran regarda au loin, sur l'eau calme. « Caradoc, dit-il, si vous ne l'emmenez pas, vous allez la perdre. C'est une femme fière et pleine de talent qui s'use dans l'oisiveté. Elle pourrait vous être très utile. Elle vous aime, comme elle vous a toujours aimé mais si elle a l'impression que vous n'avez plus besoin d'elle, elle rassemblera ce qu'elle possède et s'éclipsera un beau jour pour se forger une autre destinée.

— Je sais, répondit simplement Caradoc. Mais j'étais trop épuisé pour vraiment m'en préoccuper. Il y a quelque chose en moi qui est mort, Bran. Je suis au bord de la folie. Je suis possédé. Je ne peux plus dormir.

— Courage, Caradoc. Cela ne prendra plus longtemps. Nous accomplissons notre tâche finale avant que notre destinée nous emporte. Si vous êtes élu arviragus, que ferez-vous ? »

Caradoc se leva. « Une chose à la fois, druide ! Il faudra une magie bien puissante pour faire de tous ces hommes de l'Ouest une seule tribu et moi un arviragus ! »

Bran se leva aussi et sourit. « Mais cette magie opère déjà, dit-il. Et c'est à vos propres efforts depuis trois ans, que vous le devez. »

19.

Aucun Silure ne se rendit au nord chez les Ordovices. Caradoc laissa Madoc et ses hommes harceler les patrouilles romaines tout l'été et seuls Bran et les Catuvellauniens se mirent en route vers les hauts cols de montagne. Ils y allèrent à pied et tous — Eurgain comprise — portaient sur leur dos ce dont ils avaient besoin. Ils avaient bien changé : aucun d'eux n'hésita à porter ces fardeaux qu'ils auraient trouvés tout juste bons pour des esclaves à Camulodunum.

L'été précoce était doux. La piste sinueuse serpentait toujours plus haut parmi les prairies fleuries, longeant des torrents glacés, et donnait à Eurgain des heures d'un bonheur silencieux. Chaque soir, ils campaient sur les flancs d'une colline, en bordure d'une rivière ou à l'abri de rochers tombés des hauteurs. Ils allumaient des feux et faisaient cuire leur gibier, buvant de l'eau glacée, chantant et riant. Seul Caradoc était silencieux. Ses pensées se tournaient vers les gorges dangereuses qu'ils avaient encore à traverser et le Conseil qu'ils allaient tenir avec les chefs ordovices. Bran s'était contenté de sourire en disant : « Vous n'avez jamais vu personne qui leur ressemble. »

Une semaine plus tard, ils avaient passé la frontière invisible, au creux d'une vallée entre deux falaises grises et escarpées et ils recommencèrent à grimper, dans un pays que Bran était le seul à connaître. Le vent se leva, poussant vers eux des nuages noirs. Plus ils prenaient de l'altitude plus leur avance était lente. Les pistes en maints endroits n'étaient plus qu'un fin ruban. Mais un jour, les cols furent traversés et le territoire des Ordovices apparut en contrebas.

C'était un pays sauvage, fait de pentes rocailleuses, de bois noirs et de gorges profondes, un pays désertique où l'on n'entendait que le cri plaintif des courlis ou le hurlement des loups.

Pendant trois jours encore, ils marchèrent sur les crêtes, jusqu'à ce qu'ils arrivent en vue d'un village. Les huttes rondes étaient en pierre. Autour des huttes plantées en cercles, les cultures nouvelles, avec leurs clôtures, faisaient un patchwork de toutes les sortes de vert, et bétail et moutons paissaient plus loin, près de la rivière. Bran remonta son sac et commença à descendre, en direction d'un pont qui enjambait des gorges. Les autres lui emboîtèrent le pas.

C'était la fin de l'après-midi. Ils arrivèrent au pont sans encombres. Dissimulés dans son ombre, soudain trois hommes apparurent, l'épée tirée, avec des boucliers massifs à portée de la main. Deux d'entre eux portaient des heaumes curieusement allongés et le visage du troisième était recouvert d'un masque de bronze martelé, un masque de loup, les oreilles rabattues contre de longs cheveux noirs, le museau allongé recouvrant la bouche. Derrière le masque, deux yeux perçants dévisageaient les nouveaux venus.

« Attendez ici », dit Bran à voix basse et il traversa vivement le pont, le bras tendu. « Aneirin ! Gervase ! C'est moi, Bran. Sine, je demande l'immunité pour le seigneur catuvellaunien Caradoc et ses hommes. La lui accorderez-vous ? »

Ils serrèrent son bras, l'un après l'autre, le saluant avec solennité et Eurgain eut la surprise d'entendre une voix de femme sortir du masque de loup.

« Nous la lui accordons. Vous pouvez les faire venir ici. »

Bran agita le bras et ils avancèrent sur le pont, l'un derrière l'autre, puis Bran se tourna vers Caradoc. « Vos seigneuries, voici Caradoc ap Cunobelin, venu pour s'adresser au Conseil. Caradoc, voici Aneirin, Gervase et Sine, nobles de cette tuatha. »

Ils échangèrent des salutations et Eurgain, en saisissant le poignet fin et fort de Sine sentit l'insistance de son regard froid. Elle soutint fièrement l'examen et fut heureuse de la voir baisser les yeux.

« Le Seigneur vous recevra comme il convient, dit Gervase. Suivez-moi, s'il vous plaît. » Ils remontèrent la rive derrière lui, à travers une prairie herbeuse, remarquant que ces gens ne tanguaient pas en marchant comme les Silures, mais semblaient plutôt glisser, la tête haute, avec des mouvements d'une grande souplesse. Pourtant, quelque chose dans la symétrie de leur position était menaçant et Caradoc les sentait capables de se retourner et de tuer avec la rapidité de l'éclair, toujours avec cette élégance innée. Ils passèrent entre des huttes de pierre, puis soudain, au détour d'un bâtiment, découvrirent une forge et l'odeur du métal en fusion. Il y avait des chenils mais pas d'étables. Avec des jambes comme celles-là, pensa Eurgain en admirant les longues jambes vêtues de braies de Sine, ils n'ont sûrement pas besoin de chevaux.

La hutte du Conseil se trouvait au centre du village, entourée d'un mur de pierre bas. A l'entrée, trois autres seigneurs attendaient, l'épée au fourreau, des frondes attachées à la ceinture. Deux d'entre eux ne portaient pas de casque, mais le plus grand avait un bandeau d'argent sur le front. Le soleil faisait briller leurs bijoux et leurs cheveux noirs comme des ailes de corbeau. Bran leur fit signe de s'arrêter.

L'homme qui se trouvait au centre posa les yeux sur Caradoc. C'était le plus grand d'eux tous et il semblait solide comme un chêne. Tout son visage reflétait la sagesse et l'austérité, les yeux et la bouche sévères, le front haut. Si cet homme m'est acquis, pensa Caradoc, je n'aurai jamais à redouter de trahison de sa part. Il ressemblait un peu à Cinnamus. Une franchise qui inspirait confiance, alliée à la capacité de tuer, si c'était nécessaire. Il y avait aussi dans ce visage une expression de noblesse, un rien de candeur que Caradoc n'avait rencontrés nulle part ailleurs. Il eut l'impression de se trouver en face d'une énigme et ne sut que dévisager indiscrètement son hôte.

Le seigneur sourit avec chaleur et tendit le bras.

« Bienvenue dans ma tuatha, Caradoc ap Cunobelin. Si tu viens en paix, que la paix soit avec toi. Entre et mange. Il y a de la viande, du pain et de la bière. » Caradoc prit le bras tendu. « Je suis Emrys, Seigneur des Seigneurs. Et voici mon barde Cerdic et mon porteur de bouclier, Ninian. »

Caradoc présenta à son tour son entourage et lorsque Llyn fit un pas en avant, les sourcils sombres d'Emrys se levèrent.

« Je ne savais pas que les Catuvellauniens initiaient leurs enfants si jeunes », fit-il remarquer, voyant le torque autour du cou de Llyn et Caradoc dit très vite : « Nous ne le faisons pas ordinairement. Mais mon fils a accompli un acte d'une bravoure exceptionnelle et je lui ai accordé le titre de guerrier.

— Vraiment ? Eh bien, nous lui donnerons une place parmi les seigneurs au Conseil. Entrez. »

La hutte était brillamment illuminée et les Catuvellauniens, s'attendant à l'obscurité de tant de huttes qu'ils avaient visitées, en furent décontenancés. Ils en comprirent vite la raison. Le mur de pierre circulaire s'arrêtait bien au-dessous du toit de chaume suspendu, si bien qu'à toute heure, la lumière du jour pouvait y pénétrer et la fumée s'en échapper. Les trophées étaient attachés par groupes de trois ou quatre aux poteaux qui portaient le toit. Le feu brûlait au centre et six seigneurs étaient assis sur les fourrures, portant leur coupe à la bouche d'un air songeur. Quand leur seigneur entra, ils se levèrent, saluèrent courtoisement les Catuvellauniens qui l'accompagnaient puis retombèrent dans leur mutisme.

Les esclaves s'affairaient déjà. Caradoc remarqua que Bran avait été servi en premier, avec déférence. Emrys s'était placé un peu à l'écart des voyageurs, la dame au masque de loup s'assit près de lui. Caradoc aurait voulu qu'elle découvre son visage, se demandant si elle ne cachait pas quelque maladie.

« C'est la première fois que je vois des étrangers des basses terres, dit la dame-loup. Dites-moi, est-il vrai que les femmes catuvellauniennes ne savent plus manier l'épée et qu'elles ne les portent plus que pour la parade ? »

Caradoc se raidit. Il ne connaissait que trop bien le jeu. Mais cette fois les insultes, en se faisant de plus en plus précises, ne seraient plus dirigées uniquement contre lui. Il aurait aimé avoir laissé Eurgain chez les Silures. Elle réagit. Posant sa coupe, elle se croisa les bras.

« Ce n'est pas vrai, dit-elle avec calme. Peut-être, Madame, les femmes libres de votre tribu se croient-elles sans égales à l'épée, et ont-elles plaisir à exagérer certaines rumeurs.

— Hum », Sine s'appuya sur un coude. « N'est-il pas vrai que lorsqu'elle a donné naissance à trois enfants, une femme catuvellaunienne ne se soucie plus de son honneur et raccroche son épée ?

— Chienne, murmura Eurgain entre ses dents. Interrogez donc le druide si vous voulez savoir le vrai du faux, dit-elle d'une voix forte. Il vous sera difficile autrement de comprendre. Les femmes libres catuvellauniennes sont les plus grandes guerrières d'Albion. Elles savent allier l'art délicat d'élever des enfants et l'art noble de la guerre. Les femmes des autres tribus se consacrent tout entières à la guerre, probablement pour masquer les insuffisances de leur féminité. »

Sine accusa le coup, ne trouvant rien sur l'instant à répondre.

Eurgain resta impassible et même mangea et but un peu. Pourtant Caradoc sentait à quel point elle était tendue.

« Un tel équilibre est sans doute remarquable s'il est possible, fit remarquer Sine. Mais on m'a dit que seuls les hommes ont affronté les Romains. Et que les femmes catuvellauniennes sont restées à l'abri avec leurs rejetons. »

Tous écoutaient avec avidité maintenant. Les chefs ordovices souriaient, attendant, la bouche ouverte. Caradoc aurait pu intervenir en faisant remarquer que les femmes catuvellauniennes obéissaient à leur serment et qu'en tant que ricon c'était lui qui leur avait commandé de rester. Mais c'eût été transgresser la règle du jeu et il se tint coi.

« Les femmes catuvellauniennes n'ont aucun besoin de se vanter ou de provoquer les autres en duel pour se prouver qu'elles sont les meilleures, répondit Eurgain. Il valait mieux que les femmes défendent la ville si les hommes étaient vaincus à la bataille. Nous connaissons assez notre valeur, Dame ordovice, pour ne pas avoir à expliquer notre position. Votre fierté n'est que prétention et votre honneur n'est intact que parce que, protégé par ces montagnes, il n'a jamais été mis à l'épreuve. Vous autres, femmes ordovices, n'avez jamais connu l'épreuve du sang.

— Me traiterais-tu de lâche ?

— Non, tu ne fais preuve que d'ignorance et de grossièreté. »

Emrys leva les sourcils. Aucune tribu n'était plus polie que les Ordovices mais le jeu avait pris un tour nouveau.

Sine bondit sur ses pieds. « Eh bien moi, je te traite de lâche, nounou catuvellaunienne, et je parierais ma vie que ton honneur, comme ton épée, est en train de rouiller.

— Refuse le défi », chuchota Caradoc à sa femme, mais elle était déjà debout.

« Cela ne te concerne pas, Caradoc, lui chuchota-t-elle fièrement. Même si tu te moques de mon honneur, ce qui semble être le cas, moi je m'en préoccupe. Si je ne me bats pas, il ne te restera plus qu'à rentrer chez Madoc.

— Ne tue pas la dame, cria Emrys à Sine. Elle est notre invitée. »

Sine répondit avec un sourire : « Je la tuerai ou pas selon la façon dont elle se bat. Sortons. Peux-tu encore tirer l'épée ? »

Cinnamus se leva avec Eurgain. « On m'a dit qu'ils se battaient en une seule longue danse, lui murmura-t-il à l'oreille. Un mouvement s'enchaîne sur l'autre, souviens-t'en.

— Merci Cinnamus. » Eurgain quitta la hutte derrière Sine et tous les seigneurs suivirent.

Bran restait à l'écart. Comme Caradoc, il savait que si Eurgain était vaincue c'en était fini de l'unité de l'Ouest. Il craignait moins pour Eurgain que pour l'échec d'un plus vaste projet alors que Caradoc ne pensait qu'au danger que courait sa femme. Cinnamus observait Eurgain avec l'œil d'un expert. Elle examinait le terrain et il fut heureux de voir qu'elle avait remarqué une légère dénivellation et la façon dont le soleil couchant y envoyait ses rayons.

Sine fit un geste et son porteur de bouclier accourut, l'énorme poids de bronze sur les bras. Comme son masque, il avait la forme d'une tête de loup, mais les yeux en étaient deux gros morceaux de cristal jaune. Elle le prit, attachant les lanières de cuir à son bras. Eurgain restait immobile, les pieds écartés, les deux mains posées sur la garde de son épée.

« Qu'est-ce donc, Femme-loup ? cria-t-elle, les femmes ordovices se cachent-elles toujours derrière leurs boucliers ? »

Cinnamus gloussa. « Elle est rusée, Seigneur, chuchota-t-il à Caradoc. Gladys et elle ne se servaient jamais de bouclier et sans le sien, la dame ordovice sera déséquilibrée. »

Sine fit une pause, dévisageant Eurgain qui lui rendit bravement son regard. « J'aimerais que tu retires ton masque, pensait-elle. Je pourrais lire ton visage et savoir si l'absence de bouclier te gêne. » Sine haussa les épaules et dégagea son bras des lanières, rendant le bouclier à son porteur. « Cela n'a pas d'importance pour moi », cria-t-elle, mais Eurgain crut déceler un léger tremblement dans sa voix.

« Si tu le désires, tu peux te battre avec le soleil derrière toi, offrit-elle. Cela m'est égal. » Bouge, maintenant, la dame, pensait-elle. Si le soleil est derrière toi, tu te tiendras sur la pente. Je n'aurai rien à craindre de la lumière et tu devras lever le bras pour porter tes coups.

— Tu m'as l'air bien sûre de toi ! » fit Sine en reculant de trois pas et le soleil vint jouer sur les épaules de sa tunique verte. « Voudrais-tu également me donner ton épée ? »

Eurgain ne répondit pas mais leva son arme en direction de son mari puis de Sine, consciente d'avoir tous les avantages de son côté. Elle était fatiguée et se trouvait en terrain peu familier. Il lui faudrait agir vite pour rester en vie mais lorsque son adversaire la salua, elle réalisa qu'elle était heureuse.

Les deux femmes se rapprochèrent. Eurgain tenait son épée haut levée par la garde à deux mains. Sine était apparemment indécise sur ce qu'elle devait faire de son bras gauche découvert. Son masque renvoyait des reflets rouges et or lorsqu'elle bougeait. Eurgain ne lui laissa pas le temps d'en décider. L'épée quitta son épaule pour décrire un arc de cercle en sifflant. Mais ce n'était qu'un coup d'essai et Sine n'eut pas de mal à l'éviter. Eurgain poursuivit avec un coup de revers assez fort pour lui faire presque perdre l'équilibre. Alors, à son tour, Sine frappa. Ceux qui l'observaient virent son bras gauche s'écarter et son épée briller. Ses genoux fléchirent avec une lenteur élégante qui trahissait un grand contrôle et son corps avança souplement à portée de l'épée d'Eurgain.

Eurgain plongea en direction du long cou mais c'est l'épée qu'elle trouva, et bien près de son épaule. Eurgain laissa aller une main, releva son épée et l'envoya violemment de côté. Se désengager lui aurait fait perdre un bras. Les lames s'entrechoquèrent, glissant l'une contre l'autre, et le corps de Sine se courba comme un arc pendant qu'elle luttait pour ne pas perdre prise. Eurgain recula et prit l'élan pour le coup suivant. Sine, elle, parut se dissoudre sous la violence du choc mais son épée réapparut, et Eurgain en évita le tranchant de justesse. Sine semblait détachée de son épée qui traçait des figures meurtrières qu'Eurgain commençait à reconnaître. Elle découvrit également que, sans bouclier, les mouvements de Sine devenaient trop rapides, sa lame arrivant là où elle l'envoyait avant le point qu'elle voulait atteindre. L'inclinaison du terrain ajoutait encore à son déséquilibre et Eurgain ajusta ses coups plus lentement, avec moins de force et plus de précision. Son poignet et ses jambes commençaient à se ressentir de l'effort, mais elle pouvait entendre le souffle rauque de Sine et savait qu'elle aussi devrait bientôt se battre sur place. Sine se trouva sur elle à nouveau — couper, revers, repousser et désengager. Les minutes passaient. Le soleil disparut à l'horizon et leurs mouvements se firent plus lents. Soudain, Sine trébucha et tomba sur un genou, se couvrant instinctivement la poitrine de sa main nue.

Eurgain fit un dernier effort pour sauter en avant mais rencontra un bras qui cherchait désespérément sa cheville. Elle porta son coup mais la lame tourna dans le vide. Une douleur lui déchirait la jambe.

Un soupir parcourut les rangs des seigneurs qui observaient Eurgain lorsqu'elle tomba à genoux, agrippa la garde de son épée de deux mains tremblantes et leva son épée bien haut. Une seconde avant qu'elle ne s'abatte, Sine roula sur elle-même et se releva, levant l'épée à son tour, mais ni l'une ni l'autre n'avait plus la force de porter un nouveau coup. Les lames, pressées l'une contre l'autre, s'abaissèrent et tombèrent dans l'herbe. Les combattantes à genoux se faisaient face, en sueur.

« Retire tes insultes », dit Eurgain d'une voix enrouée.

Sine avala sa salive. « Non. »

Eurgain tomba en avant, cherchant la gorge de Sine, mais celle-ci se dégagea, les doigts resserrés sur les cheveux blonds d'Eurgain. Ni l'une ni l'autre ne bougea plus. Elles gisaient sans force dans l'herbe devant les spectateurs médusés.

Eurgain lâcha le cou de Sine qui, essayant de retrouver son souffle, arracha son masque et le jeta sur le sol. Eurgain découvrit un visage aigu aux traits bien dessinés, un menton pointu et deux yeux noirs. Elle était d'une beauté animale et sauvage, le teint brun, le nez délicat, mais il n'y avait pas plus de douceur dans ses traits que dans l'éclat furieux de ses grands yeux.

« Nous nous battrons peut-être une autre fois, Eurgain, dit-elle en s'essuyant le front avec sa tunique. Alors nous le ferons côte à côte. Je crois que je me bats mieux que toi mais tu compenses tes faiblesses physiques par une ruse redoutable. »

Eurgain scruta le visage que son adversaire venait juste de lui découvrir.

« Serons-nous amies ? demanda Sine en se soumettant à l'examen d'Eurgain. — Oui, répondit Eurgain, fixant toujours les yeux de l'autre. Nous serons amies. »

Elles restèrent debout puis se frayèrent ensemble en titubant un chemin parmi les chefs en direction de la hutte du Conseil.

Les jours suivants, Caradoc comprit une autre dimension de ce peuple. Les Ordovices étaient silencieux et réfléchis. Ils souriaient souvent, d'un air pensif, mais riaient rarement. Ils réglaient leurs différends par l'épée et toujours jusqu'à ce que mort s'ensuive. Au cours de leurs fêtes, on parlait peu. On mangeait et buvait en regardant le barde qui jouait et chantait avec des yeux pleins d'innombrables mystères et sortilèges. Caelte passait des heures en compagnie du barde, dans un état de grande exaltation. Il avait quitté le soleil et la chaude sécurité pour s'éveiller à d'autres vérités. Et la vallée tout entière semblait possédée par la magie, comme si la réalité était aux confins d'un autre monde dangereux et se mêlait parfois à lui, tels les masques terribles et merveilleux qui ornaient les bijoux des chefs. Une réalité qui tenait du rêve éveillé ou de la vie rêvée, qu'on retrouvait au cœur de la personnalité des hommes de l'Ouest.

Eurgain s'adapta très vite, comme Gladys l'eût probablement fait. Elle et Sine, la femme d'Emrys, prirent rapidement l'habitude de manger et de passer leurs journées ensemble, escaladant les collines escarpées, chassant le sanglier, croisant l'épée sur le terrain d'exercice, pendant que Llyn répétait inlassablement l'histoire de son baptême du sang aux enfants admiratifs de la tribu et que Caradoc, Bran et les autres tenaient Conseil.

Là, pour la dernière fois, Caradoc dut faire appel à tout son talent. Les chefs ordovices et leurs hommes libres étaient têtus et intelligents. Caradoc ne voulut pas les traiter de lâches, comme il l'avait fait pour Madoc et les Silures. Cette accusation n'aurait pas été fondée. Il ne pouvait parler que des bases fortifiées, d'année en année plus proches, des hommes autrefois libres maintenant réduits en esclavage et des bateaux chargés de la fine fleur des tribus, des jeunes gens qui ne chevaucheraient jamais plus dans la forêt.

Les seigneurs se levaient avec politesse, écoutaient attentivement, mais Caradoc sentait l'incommunicabilité se faire plus épaisse.

Enfin un soir, après six jours de discussions vaines, à bout d'arguments, il leur dit brutalement que s'ils ne se joignaient pas aux autres hommes de l'Ouest, leur déesse et les Dagda les déserteraient, que leur tribu deviendrait un lieu de maladie et de mort. Interdits, ils regardèrent Bran puis Emrys. Ce dernier se leva. « Est-ce vrai, Bran ? demanda-t-il, qu'en disent les autres prêtres de Mona ? »

Bran se leva et Caradoc se rassit. « Je crois bien que je touche au but, pensa-t-il le cœur battant. Mais comment ? Comment cette idée m'est-elle venue ? »

« Hommes libres ! dit Bran. Vous connaissez tous la Loi ancienne selon laquelle vous vivez. Rendre un culte aux dieux, ne pas commettre d'injustice, protéger votre honneur. Les réfugiés qui traversent votre pays en route vers l'île sacrée, vous l'ont dit : les Romains veulent détruire nos dieux et nous réduire en esclavage. Ils ont fait serment de tuer tous les druides. Allez trouver vos voyants, votre invocateur, votre déesse, comme vos frères l'ont fait et vous saurez que les druides ordonnent la guerre pour préserver le culte des dieux. Caradoc n'est pas ici pour supplanter l'autorité de votre seigneur ; Caradoc vient s'offrir comme arviragus, pour un certain temps, pour conduire un peuple libre jusqu'à ce que les oppresseurs soient repoussés. Ensuite, il retournera vers son peuple, comme c'est la coutume. Mais je vous avertis : si vous refusez son aide, et fermez vos yeux et vos oreilles, ce sera à vos risques et périls. Les Romains viendront ici, tueront les chefs et emmèneront les femmes et les enfants en esclavage. Les Dagda et la Déesse se croiseront les bras et regarderont ailleurs. » Il se tut et un silence lourd, fait de méfiance et de stupéfaction, s'abattit sur l'assemblée. Alors Emrys se leva, son visage sévère empreint de résignation.

« Nous savons, au fond de nos cœurs, dit-il avec lenteur, que les mots de Bran sont justes. Pourtant nous interrogerons les Dagda et la Déesse. Et pendant ce temps, Caradoc pourra se déplacer dans notre pays comme il l'a fait chez les Silures car je suis le seigneur d'un peuple dispersé. Puis nous tiendrons un Conseil plus vaste, auquel participeront tous les seigneurs des vallées cachées et nous prendrons une décision. Y a-t-il un homme libre qui désapprouve ? »

Ils firent non de la tête mais sans conviction et Gervase exprima ce qu'ils pensaient tous.

« Si le Catuvellaunien peut conquérir les montagnes, alors il peut nous commander, dit-il, car nos montagnes ne sont pas différentes de nous. »

Les jours qui suivirent, Caradoc, Eurgain, Bran et ses seigneurs errèrent comme une troupe fantôme parmi des rocailles désolées, perdus dans des gorges obscures et profondes seulement traversées par des torrents glacés, silencieuses comme la mort, affamés et fourbus. Les Ordovices n'avaient pas voulu leur donner de guide.

« Si vous êtes incapables de survivre dans les montagnes, vous n'êtes pas des nôtres », avait dit Emrys. Et Caradoc et sa petite troupe étaient partis, laissant Llyn en otage. « Pardonnez-nous, avait expliqué Emrys avec fermeté. Il doit rester. C'est la coutume. » Caradoc souffrait par-dessus tout de l'absence de Llyn, de sa bonne humeur. Eurgain aurait pu le protéger des difficultés tant intérieures qu'extérieures si le mur d'incompréhension entre eux ne s'était épaissi et il avait obstinément repoussé toutes ses tentatives pour l'aider. Eurgain se replia sur elle-même, ramassant toute son énergie pour affronter les montagnes. Elle y voyait un défi à son honneur et la nuit elle restait éveillée, prise de frissons, fascinée, à écouter des voix étranges que portaient les vents et que répercutait l'écho. En dépit des difficultés, elle se sentait heureuse, le corps et l'esprit aux limites de leur endurance et elle refusait bravement de penser à l'échec de son mariage.

Ils rencontrèrent de nombreuses fermes nichées aux creux des pentes herbeuses où les forêts finissaient pour reprendre plus loin, des huttes de pierre entourées de murets abritant des greniers et des ateliers. Elles étaient habitées par des seigneurs de haute taille, silencieux, par des paysans et leurs familles qui leur souhaitaient la bienvenue et les nourrissaient. Ils l'écoutaient gravement, sans rien dire. Et Caradoc devait repartir dans leurs vallées sous le regard de leur bétail maigre et de leurs moutons indifférents, sans savoir s'il avait été compris.

L'automne les trouva toujours errants aux limites nord-ouest du territoire d'Emrys. Après les chaleurs de l'été, avant le déchaînement des tempêtes d'hiver, leurs couvertures étaient raidies par le gel au réveil. Ils se parlaient peu. C'était comme si, écrasés par le poids des montagnes qui les entouraient, ils évitaient jusqu'à l'effort d'un mot inutile.

Caradoc lui ne disait plus rien. Il restait à l'écart, considérant l'horizon d'un œil vide. Il traversait une crise dont Bran seul mesurait l'ampleur, sans pouvoir pourtant l'aider. Il fallait passer par le feu et les scories devaient brûler, si Caradoc devait émerger comme arviragus.

Eurgain avait cessé de le plaindre. Pour se protéger elle-même, elle avait coupé le lien d'amour qui les reliait, ne demandant ou ne recevant rien jusqu'à ce qu'il fût redevenu lui-même. Mais depuis qu'il était muré dans ce silence, ses arguments semblaient trouver une nouvelle force pour convaincre les Ordovices. Rien n'occupait plus ses pensées, ses heures de veille comme ses rêves, que le conflit imminent avec Rome et la mission qui lui incombait de réunir les tribus. Il en arrivait parfois à se demander si ce n'était pas Bran, par quelque sortilège, qui le livrait à cette obsession qui le consumait. Ce n'était pas impossible. Dans leur haine de Rome, les druides étaient prêts à tout. Bran était un ami. Mais parfois Caradoc doutait.

Un soir, ils découvrirent un village niché dans les bois, et derrière, on apercevait la mer. Ils s'arrêtèrent pour respirer l'air iodé et admirer l'écume grise qui déferlait à leurs pieds.

« Mona, l'île sacrée, murmura Cinnamus. Que de paysages étranges et merveilleux j'ai vus depuis que j'ai quitté Camulodunum ! »

L'île était visible, majestueuse, dans sa robe de brume, à moins d'un kilomètre d'où ils se trouvaient. Bran leva le bras en guise de salut.

« Ame de notre peuple, dit-il lentement, cœur de la liberté. Venez, descendons y trouver chaleur et nourriture. Les seigneurs me connaissent et le village est plein de mes semblables. » Ils rattachèrent leurs capes malmenées et descendirent la pente derrière lui.

Le lendemain matin, ils firent la traversée jusqu'à Mona. Le vent était fort et glacé et l'île elle-même était tantôt un joyau vert sous le soleil, tantôt une masse sombre comme les nuages menaçants qui la survolaient. Le bateau de pêche craquait et tanguait. Caradoc et les autres, s'agrippant sombrement à la coque, eurent le visage et les mains vite couverts d'eau de mer, mais quelques minutes plus tard, deux pêcheurs ordovices taciturnes, de l'eau jusqu'aux genoux, tiraient la barque sur le rivage. Cinnamus s'agenouilla et embrassa la terre sablonneuse. Bran donna la main à Eurgain. Caradoc et Caelte avancèrent ensemble jusqu'à ce que le sable fasse place aux galets et à l'herbe. Derrière les bois de chêne qui avançaient jusqu'aux abords de la plage, les champs ondulaient doucement. Çà et là, la fumée s'échappait du toit des huttes et des maisons avant que la bourrasque les noie dans le néant. D'où il était, Caradoc pouvait reconnaître des mouvements dans les bois. Des voix d'enfants lui parvenaient, des brindilles craquaient sous les pieds, des rires de femmes filtraient aux approches des lopins de terre cultivée et il se tourna vers Caelte.

« On ressent une grande paix, ici, dit-il. La tentation d'un tel bonheur pourrait m'amener à oublier mon devoir et à tomber là comme une pierre au fond de l'eau.

— Vous avez raison, Seigneur, répondit Caelte. J'aimerais pouvoir chanter mais je ne trouve pas de chanson. Comme Madoc et Emrys, comme les menaces de Rome semblent loin d'ici ! »

Pas assez loin, pensa Caradoc, les yeux humides sans savoir si c'était à cause de la morsure du vent ou d'une émotion trop longtemps contenue.

Ils avancèrent lentement dans ce paysage riant. Au bout d'un sentier qui menait à un monticule planté d'arbres, Caradoc aperçut brièvement un autel de pierre, un cercle de poteaux de bois coiffés de têtes coupées d'hommes et de sangliers. Un autre conduisait à une palissade, derrière laquelle on apercevait les murs d'un temple découvert et la forme accroupie d'un druide méditant devant le portail. Les voyageurs remarquaient qu'à travers la forêt qui serpentait ici et là, les terres en pente douce étaient intensément cultivées. Les moissons avaient eu lieu et maintenant femmes et enfants glanaient. Ils se relevaient au passage du groupe et beaucoup s'inclinaient devant Bran, mais seul Caelte répondait à leurs joyeuses salutations. Cinnamus était perdu dans ses rêveries, posant avec précaution les pieds sur la terre sacrée.

Ils arrivèrent devant une rivière. Des huttes la bordaient sur les deux rives, formant une ville. Bran s'arrêta.

La hutte du Conseil était vaste, protégée par une palissade haute, elle-même entourée de poteaux surmontés d'autres têtes coupées qui montaient une garde impavide et solennelle.

Un peu plus bas, un groupe de cinq ou six druides, les mains enfoncées dans leurs manches blanches, écoutaient, avec une attention souriante, l'un des leurs. Il était grand et hâlé. Les manches de sa tunique relevées révélaient des bras forts croisés sur une poitrine musclée. Sa barbe était d'un brun soyeux. Au moment où ils le virent, il montrait du doigt en riant sa propre tête et les autres riaient avec lui. Puis il aperçut leur groupe silencieux et s'élança vers eux, le bras tendu. Caradoc, Caelte et Eurgain s'arrêtèrent, saisis. Les yeux de l'homme étaient bleus. Pas du même bleu profond qu'Eurgain, ou du bleu-vert de l'océan mais de la nuance la plus pâle et la plus délicate de bleu, presque laiteuse dans sa transparence. Les pupilles étaient pâles également, si pâles qu'on aurait pu croire le druide aveugle. Bran fit trois pas et s'inclina.

« Maître, dit-il, je vous amène Caradoc, sa femme et son entourage.

— Oui, oui, je sais, répondit la voix chaude. J'ai rêvé de vous, la nuit dernière, Caradoc. Je vous voyais assis le dos contre un rocher et c'était la nuit. Je vous attendais. » Le bras tintant d'argent saisit celui de Caradoc avec chaleur et, voyant sa surprise, il sourit : « Vous ne vous attendiez pas à me voir ainsi, n'est-ce pas, ami ? Vous pensiez que le Maître des Druides devait être quelque vieille barbe grise comme Bran, croulant sous le poids de la sagesse ? Eh bien, je regrette de vous décevoir ! »

Caradoc regarda ce visage jeune aux yeux sans âge et soudain Bran lui sembla bel et bien un vieillard radoteur et perclus. Il voulut s'incliner mais en fut incapable et le Maître passa derrière lui.

« Eurgain, avance ! » Elle s'approcha et il lui prit la main, lui caressant les joues et les cheveux, l'embrassant doucement. « Je t'ai vue toi aussi, dit-il, les pieds plantés en terre et les yeux déchiffrant les étoiles. Tu aurais dû devenir druide, Eurgain, car alors tes pieds n'auraient jamais touché la terre et tu ne serais pas déchirée. » Puis, il se tourna vers Cinnamus avec une impression de peine, sans toutefois que son regard change d'expression. Les yeux du druide ne reflétaient que son monde intérieur, seul miroir de ses visions. « La graine précieuse est répandue sur la terre, murmura-t-il, et foulée aux pieds. Comment la nouvelle récolte autrement pourrait-elle pousser ? Je te salue, Main-de-fer. » Et à la stupéfaction de tous, il s'agenouilla devant un Cinnamus éberlué et embrassa son épée. Mais avant que la gêne ne puisse s'installer, il bondit pour embrasser Caelte en riant.

« Caelte, Caelte, s'exclama-t-il, ton âme est pure comme l'eau des sources en forêt et tu possèdes déjà le plus précieux de tous les dons. » Il laissa aller Caelte.

« Venez à la hutte du Conseil, ordonna-t-il, nous mangerons, rirons et parlerons de choses et d'autres. Vous êtes sur l'île sacrée de Mona et ici, vous pouvez vous reposer. »

La hutte, spacieuse et claire, était déjà pleine de monde. Des hommes autour du feu, des femmes accroupies ou assises sur les fourrures éparpillées, tenant des enfants ou des paquets, suivaient des yeux des druides qui circulaient parmi eux. Personne n'accorda le moindre regard à Caradoc et son entourage lorsque ayant quitté leurs capes ils prirent leurs bols et les tendirent à Bran.

« Il faut se servir soi-même ici, dit Bran. Tous les serviteurs qu'on a pu trouver sont occupés à battre le grain et, comme vous le voyez, de nouveaux réfugiés sont arrivés de Gaule. Les miens ont fort à faire. »

Ils remplirent leurs bols de soupe chaude et trouvèrent un endroit près de la porte où s'asseoir pour la boire en la savourant lentement pendant que, l'une après l'autre, les familles nouvellement arrivées sortaient avec un druide. Bientôt, il ne resta plus que quelques chefs qui rentraient juste de la chasse et de petits groupes de druides qui mangeaient en silence, les yeux fixés sur le Maître qui vint finalement s'asseoir près des Catuvellauniens.

« Emrys ne vous a pas rendu les choses faciles, Caradoc, fit-il remarquer, en remuant son porridge avec une baguette polie qu'il lécha soigneusement avant de la réenfouir dans les plis de sa tunique.

Sa tribu et lui vivent dans les montagnes depuis bien longtemps, à l'écart de tout ce qui se passe dans le monde. Ils ne viennent jamais aux tribunaux de Samhain, car ils n'ont jamais de litiges avec les tribus voisines et c'est bien dommage. Ils sont devenus trop sûrs de leur propre invincibilité, ce qui les rend d'autant plus vulnérables aux ruses d'un orateur éloquent. »

Caradoc le regarda fixement puis lui sourit.

« Les mots que vous leur avez dits étaient justes, naturellement, mais vous n'y croyiez pas vous-même, n'est-ce pas ?

— Je l'ignore.

— Peu importe. Vous les avez secoués et je crois que je dois aller les voir pour les remuer encore un peu plus. J'aimerais revoir mon cousin.

— Votre cousin, Maître ? » s'enquit Eurgain et il acquiesça.

« Emrys est mon cousin. Je suis venu à Mona à l'âge de sept ans pour qu'on y interprète mes rêves et j'y suis resté, comme vous pouvez le voir ! » Il rit et Caradoc baissa le nez dans son bol, déçu de voir un homme de cette force qui riait trop et manquait à tel point à la dignité qui convenait à un Maître des Druides. Il aurait aimé ne jamais être venu à Mona. Il préférait ses rêves, et l'idée qu'il s'était faite d'un personnage à la magie toute-puissante capable de jeter des sorts contre Rome pendant qu'il se chargerait des opérations militaires. Et voilà que le Maître était là, à plaisanter avec Eurgain et à tremper son pain dans son porridge ! Caradoc se sentait trompé, manipulé et sa nostalgie le reprit. « Camulodunum, pensa-t-il avec tristesse. Ma maison. Pourquoi ne me suis-je pas soumis à Claude pour y vivre en paix ? » Le Maître tendit son bol à un jeune novice et se leva.

« Je voudrais vous montrer l'île, leur dit-il. Etes-vous réchauffés, rassasiés ? Bon. En route, donc. Bran, inutile de te fatiguer, tu peux rester ici. »

Ils parcoururent des kilomètres ce jour-là, à travers le pays le plus peuplé qu'ils aient jamais vu. Partout s'élevaient des huttes, aux lisières des champs, à l'orée des bois de chênes. Les fugitifs sans terre, victimes de la paix romaine, avaient amené leurs dieux déshonorés avec eux et chaque clairière était gardée par un autel ou une divinité de pierre. A l'exception des seigneurs en armes qui gardaient la hutte du Conseil, ils n'avaient pas vu d'armes et Cinnamus demanda pourquoi.

« Ces gens viennent de toutes les tribus, répondit le Maître, et ici, sur Mona, nous ne voulons que la paix. Ils déposent les armes en offrande à leurs dieux et cultivent les champs au lieu de se battre. Depuis que notre population a grossi, nos récoltes de grain ont été abondantes. Les Dieux aiment leurs nouvelles demeures, le sol est fertile et les Ordovices deviennent gras ! » Il rit encore puis s'accroupit près d'un abri contre le vent fait de jeunes pousses de chêne tressées et les autres s'assirent près de lui. Devant eux l'océan était d'un bleu brillant bordé de dentelle blanche et une baie majestueuse se découpait.

« Où sont les salles d'étude, Maître ? demanda Eurgain hésitante, j'espérais... sont-elles en des lieux secrets ? »

Il s'assit sur les talons, posant négligemment ses mains sur le sol. « Les salles d'étude sont autour de toi, Eurgain, répondit-il. N'as-tu pas remarqué les groupes de druides et de jeunes gens qui se promènent ici et là ? Le lent et dur apprentissage de la connaissance a lieu où il plaît au Maître de l'enseigner, assis dans un champ, en promenade près de la rivière, ou à l'intérieur des temples. Ses élèves le suivent. L'île tout entière suscite et réfléchit la pensée et après vingt ans d'étude, il n'y a plus un gravier, pas une ride de l'étang, pas un arbre sacré qui ne rappelle quelque leçon à l'esprit de celui qui l'observe. Voilà l'une des raisons pour lesquelles on appelle Mona l'île sacrée

— Mais où se trouvent les lieux de divination ? Où lit-on les étoiles ? Où ceux qui prédisent l'avenir exercent-ils leur art ?

— Méfie-toi de l'avidité, Eurgain, lui dit-il avec calme, elle ne peut rien t'apporter. Malgré ton impatience, je te ferai conduire en un lieu où les étoiles livrent leur secret. Caelte, il y a ici un jeune homme dont l'occupation est de fabriquer des harpes. Voudrais-tu lui parler ? » Il parlait avec naturel à Eurgain, à Caelte, à Cinnamus. Caradoc se taisait, fixant cette scène paisible, conscient du fait que, même sans s'adresser directement à lui, le Maître n'avait cessé de lui prêter attention. Il était plus puissant que l'idée même que Caradoc se faisait d'un Maître. Et Caradoc eut peur de lui.

Ils rentrèrent à la ville. La nuit d'automne était fraîche, claire et sans vent. Et lorsqu'ils eurent fini le repas du soir, le Maître les conduisit dehors et présenta Eurgain à un druide qui les attendait.

« Il va vous montrer l'étoile du soir, dit-il. Mais dépêchez-vous. Le soleil se couche déjà. »

Sans un mot, Eurgain suivit la cape grise et le Maître pointa du doigt. « Caelte, suis le sentier qui tourne à gauche. Au bout se trouve la hutte du barde luthier. Faites de la belle musique !

— Cinnamus, viens-tu ? » demanda Caelte. Mais Cinnamus bâilla et fit non de la tête.

« Je préfère rentrer à la hutte du Conseil et parler encore un peu avec les guerriers de Gaule. Ensuite, j'irai dormir. Caradoc, avez-vous besoin de moi ?

— Non, Cinnamus, je ne crois pas. Repose-toi bien. » Et Caradoc et le Maître se retrouvèrent sous le ciel rose qui pâlissait. Le Maître lui fit signe et il suivit, le corps fatigué par tant de marche ce jour-là, mais l'esprit parfaitement éveillé. Ils glissèrent rapidement sur le chemin en bordure de la rivière, puis le Maître s'enfonça brutalement dans l'ombre sous les chênes à leur droite. Ils marchèrent encore pendant une demi-heure dans la forêt silencieuse jusqu'à ce qu'ils arrivent au sommet d'une colline dénudée. Trois marches circulaires conduisaient à un lieu découvert au centre duquel se tenait un autel. On n'y voyait ni poteaux, ni têtes, ni statue de dieu. Rien que la pierre nue, usée par les intempéries.

Le Maître alla droit vers l'autel, comme s'il avait oublié la présence de Caradoc et celui-ci, le suivant à contrecœur, le vit détacher un petit sac de cuir de sa ceinture et emplir, d'un petit tas de graines grises, un trou creusé dans la pierre. Puis il parla : « Vois-tu comme l'obscurité se fait ? » Et Caradoc remarqua qu'entre le druide et lui était soudain tombé un mur d'obscurité que ses yeux perçaient à grand-peine. « Maintenant, il faut attendre », dit le Maître en se tournant vers l'est. Et Caradoc fit de même, se demandant à quel mystère il allait assister. Mais la nuit était tranquille et la lune n'était pas encore apparue. Dans les arbres, un oiseau de nuit criait sa chanson discordante. Les deux hommes restèrent immobiles, voyant les étoiles apparaître toujours plus haut et soudain ce fut la lune, aux trois quarts pleine, très claire, avec les ombres bleutées de sa face lointaine. « Regarde bien attentivement les pierres que la lune éclaire », dit le Maître dans un souffle et Caradoc regarda avec toute l'attention dont il était capable.

Au bout d'un instant, un rayon de lune toucha la base d'une des pierres du cercle extérieur. Lentement, il remonta, en couronnant un instant la forme pleine d'une goutte de lumière. Puis Caradoc la perdit pour ne la retrouver qu'au centre d'une pierre du second cercle, exactement derrière la précédente. Une fois encore, elle disparut pour reprendre l'ascension du cercle le plus proche. La lumière se rapprocha imperceptiblement de Caradoc avant d'escalader le flanc de l'autel. Le druide se retourna, prêt à agir. Au moment même où la lumière pâle toucha le creux rempli d'encens, il fit jaillir une étincelle. La poudre immédiatement commença à se dissoudre et une odeur parfumée emplit l'air froid de la nuit.

« Regarde derrière toi », ordonna le Maître et Caradoc obéit. « Vois-tu l'étoile qui scintille au-dessus de la pierre la plus éloignée ? C'est ton étoile. Je l'ai vue dans la même position le jour où Bran t'a rencontré pour la première fois, quand tu étais encore très jeune. Elle se retrouve là, avec la connaissance des années que tu as vécues dans l'intervalle. Va de l'autre côté de l'autel et respire l'encens. » Caradoc fit ce qu'on lui disait. Il se pencha et fut, un instant, enveloppé de fumée. « Maintenant reste immobile et garde les yeux sur la fumée. Ne me regarde pas. »

Caradoc sentit que l'homme rentrait en lui-même et se sentit bien seul. Il commença à frissonner.

Pour la première fois de sa vie, il ressentit de la terreur. Une panique à sangloter, à ramper dans la montagne, à tout faire pour échapper à la vision de ce visage grotesque et blafard aux orbites creuses, le visage du druide qui se dessinait jusque dans la fumée de l'encens. Quand il leva les yeux au ciel, la lune avait disparu. Mystérieusement les heures avaient passé. La vue du ciel se calma. Une fois encore il contempla la fumée qui se dissipait. Il vit une main qui venait recouvrir la coupe à encens et la lueur mourut brusquement.

« Tu me fatigues, Caradoc, avec tes terreurs, dit le Maître tristement. Je ne suis rien qu'un homme, ni plus ni moins. » Il sortit de l'obscurité, comme la voix des pierres elles-mêmes. « Je suis un voyant, le plus grand voyant que les druides aient jamais connu, mais le fardeau est lourd. Viens. Allons nous asseoir sous les arbres et parlons. »

Il ouvrit le chemin, marchant avec la lenteur d'un infirme et ils s'assirent tous deux sur l'herbe sous un chêne.

« Je suis fatigué, continua-t-il. J'aimerais dormir, ne serait-ce qu'une nuit, sans faire de rêves. » Puis il parut récupérer. Ses mains fouillèrent l'intérieur de sa manche et il remonta sa tunique sur ses genoux.

« Je t'ai peu parlé aujourd'hui, Caradoc, parce que les visions qu'on a d'un arviragus ne doivent pas être ébruitées. Je vois que tu me regardes avec amertume. Pourquoi suis-je choisi ? me demandes-tu dans ton cœur. Est-ce que ma vie ne m'a jamais appartenu ? Un arviragus n'est-il donc qu'un pion ignorant dans le jeu des druides ? Tu commences à comprendre, n'est-ce pas, Caradoc ? As-tu réalisé qu'à cause des visions mensongères de ton enfance heureuse, tu conserves un amour pour les hommes de Rome ?

— Non, non ! Ce n'est pas vrai ! » Les mots du Maître le fouillaient comme un couteau les flancs de la bête qu'on sacrifie ; son corps était tendu de douleur. « Je vous ai tout donné, j'ai suivi Bran au prix d'innombrables souffrances. Je me suis privé d'un foyer paisible et de la compagnie de mes enfants ! Je suis vide. Vide ! M'entendez-vous ? Même le privilège d'une mort honorable m'a été ôté !

— Tu te mens à toi-même.

— Non, renacla Caradoc. Non, pas moi. Ce sont vos visions qui sont délirantes. Comment distinguer celles qui sont vraies des élucubrations de la folie ? Si vous connaissiez mes pensées secrètes, vous ne me harcèleriez pas comme vous le faites !

— Je les connais, dit le Maître avec bienveillance. Et je sais que sans elles tu ne serais que Caradoc, guerrier catuvellaunien. Toi seul as le pouvoir de faire ce que nous te demandons, Caradoc. Un arviragus est le seigneur des druides aussi bien que des hommes qu'il conduit au combat. Et dans des circonstances exceptionnelles, placé au-dessus de tous les hommes, il doit être maître de lui-même. Voilà pourquoi tes rêves et tes visions te torturent. Un arviragus est un être unique.

— Mais je ne suis pas encore arviragus !

— Non, mais tu le seras. C'est pourquoi je dois te parler de ton avenir tel que j'ai pu le deviner. Je ne suis pas infaillible, Caradoc. Je vois de nombreux chemins qui se superposent pour conduire au possible. Il ne m'est pas permis de dire ce que j'ai vu, mais je peux donner des conseils. M'écouteras-tu ?

— Oui.

— Bien. Les présages et les visions sont confus parce que ton sort se confond avec celui d'Albion. Je t'ai vu victorieux, je t'ai vu tomber en embuscade et mourir dans une vallée isolée, je t'ai vu au cœur d'une énorme bataille. Je peux te le dire avec certitude. Tu seras choisi. Tu seras arviragus, aussi vrai que l'univers est indestructible.

— A quoi servent donc vos rêves, Maître, si vous êtes incapable de me dire si j'échouerai ou réussirai ? »

L'homme près de lui recula. « Je n'ai pas dit qu'il m'était impossible de déchiffrer les rêves, Caradoc. Je fais des rêves depuis bientôt trente ans et j'ai appris à lire, dans leurs reflets fugaces, la vérité. J'étudie également les étoiles pour y trouver confirmation de mes visions. Si tout concorde, je sais que mes prémonitions s'accompliront.

— Eh bien, parlez donc ! Me laisserez-vous assister à la lente agonie de mon peuple sans même savoir s'il meurt en vain ?

— Les étoiles indiquent que tu échoueras mais que ton échec conduira à un bien. Par contre, mes visions te montrent victorieux. Voici comment je l'interprète. Tu arrives en un moment de l'Histoire, Caradoc, d'une importance si cruciale que les étoiles elles-mêmes n'osent en prédire clairement l'issue. Tu as des faiblesses, arviragus, mais je sais qu'il n'y a guerrier plus tenace que toi en Albion. Le seul avis que je te donne est le suivant : fais confiance à ton propre jugement, en toute circonstance et soumets-le à l'épreuve de ton cœur. Pourtant, dans le doute, demande conseil à Bran. Ses intuitions sont peut-être plus justes que mes visions. »

L'aube approchait. Caradoc était paralysé par le froid et par la déception. Il ramena ses genoux sous son menton, l'esprit en ébullition. Le Maître se mit à rire.

« Tu me détestes, Caradoc et tu voudrais croire que je te mens ou que je me trompe, mais sache que la vérité a autant de facettes qu'un diamant.

— Pardonnez-moi, répondit enfin Caradoc. Je voulais dissiper d'un seul coup tous mes doutes et que sonne triomphalement le carnyx de la vérité, Maître.

— Même si cela avait été en mon pouvoir, je ne l'aurais pas fait. Les druides obéissent à des lois anciennes, Caradoc. Et l'une d'elles stipule qu'il ne faut prédire son avenir à nul homme car alors, il perd le pouvoir de choix et avec lui son âme. Voilà pourquoi, moi et mes semblables devons apprendre à formuler nos conseils sous forme d'énigmes.

— Lirez-vous au moins les derniers présages ?

— Le présage du bœuf ? »

Le Maître frissonna légèrement avant de se relever. A l'est, une fine bande de lumière grise grandissait et Caradoc pouvait voir maintenant les rides que la nuit avait creusées sur le beau visage du druide. « Je deviendrais fou sous le poids d'une telle responsabilité, réalisa-t-il soudain, cet homme doit être fort comme une montagne. »

Ils descendirent ensemble le chemin rocailleux.

« Oui, je le ferai. Mais cela me coûte. Que me donneras-tu en échange ? »

Un oiseau solitaire commença à chanter du haut de la branche d'un chêne. Caradoc retrouva l'espoir. Il secoua d'un mouvement de tête les mille batailles livrées au cours de la nuit, dont il avait perdu jusqu'à la mémoire et sourit : « Je vous donnerai Albion tout entière. Est-ce assez ?

— Je le pense », répondit le Maître. Et il rit lui aussi.

Ils mangèrent tous ensemble au village deux heures après l'aube et, le repas terminé, le Maître leur donna l'accolade et leur souhaita bon voyage. « Souviens-toi, Caradoc, ne fais intentionnellement de tort à personne, homme ou femme, ami ou ennemi, car désormais, ta fonction te placera au-dessus d'eux, lui recommanda-t-il. Aime les Dieux et ton honneur plus que les Dieux mêmes. Pars, maintenant. » Ils s'inclinèrent devant lui et il s'éloigna en sifflant. Ils retournèrent vers le bateau qui les attendait et la ligne grise des terres et de la forêt.

« Dis-moi, Eurgain, fit Caradoc quand la petite embarcation glissa sur un océan aussi calme et limpide que le ciel, que t'a montré le druide ? »

Elle laissa un instant traîner ses doigts dans l'eau sombre puis répondit : « Il m'a montré les merveilles du firmament et dévoilé bien des mystères. » Elle voulut ajouter quelque chose mais éclata en sanglots.

Pendant trois jours ils s'attardèrent dans un village qui se trouvait en bordure des gorges, en face de l'île, puis la neige les surprit. Et Caradoc décida d'agir.

« Nous devons immédiatement rejoindre votre ricon », dit-il à ses hôtes. Il ne voulait pas passer l'hiver là. Il avait peur pour Llyn, peur de l'humeur imprévisible d'Emrys, peur des montagnes, peur de perdre du temps.

Cela leur prit encore trois semaines avant d'atteindre la ville des Ordovices. Des semaines de froid et de privations. Mais peu à peu, ils retrouvèrent un paysage plus clément et longèrent à nouveau les sombres forêts au pied des collines. La neige se changea en pluie. Cinnamus tua un daim hébété par le froid et la faim et Eurgain trouva du bois sec sous le couvert des chênes. Le plus dur du voyage était terminé.

Deux jours après Samhain, ils furent accueillis près du pont par Llyn, Emrys et Sine. Ils s'arrêtèrent devant le chef, laissant tomber leurs paquetages, et Llyn vint en courant se jeter dans leurs bras. Personne ne dit rien. Ils avaient l'air d'épouvantails. Les haillons de leurs tuniques et leurs capes aux couleurs perdues flottaient sur des corps amaigris. La peau de leurs visages et de leurs mains était brûlée, pelait par endroits et leurs yeux portaient encore en eux la magie des montagnes.

Les Ordovices envoyaient leurs enfants dans les montagnes, en guise d'initiation à l'âge adulte, et ceux qui en revenaient rentraient avec cette expression dans les yeux, comme si la révélation des mystères ne les quittait jamais plus.

En les voyant, Emrys hocha la tête. Sine ôta son masque de bronze pour regarder Eurgain et découvrit le même détachement.

Caradoc avança et dit d'une voix enrouée : « Nous avons réussi. Convoquez de suite votre Grand Conseil. Je rentre chez les Silures.

— Oui, vous avez vaincu, répondit Emrys. Vos yeux le montrent. Ce sont des yeux d'Ordovice désormais, chef des basses terres fertiles, et où que vous alliez vous emmènerez la marque des montagnes avec vous. Caradoc, je ne peux convoquer de conseil avant le printemps. Je vous en prie, passez l'hiver ici. »

Mais Caradoc secoua la tête. « Mes espions doivent m'apporter des renseignements, dit-il d'une voix à peine audible, je veux savoir comment Madoc se débrouille. Donnez-moi de la viande et du pain, Emrys, et laissez-moi partir. »

Emrys d'un pas souple avança soudain vers Caradoc et le prit dans ses bras. « Je ne pensais pas que vous reviendriez, dit-il, je salue votre ténacité, mon ami. »

Caradoc ramassa son bagage avec lassitude et suivit Emrys dans la hutte du Conseil.

Ils passèrent encore une semaine chez Emrys, parmi les chefs silencieux, à manger et à dormir, assis pendant des heures près du grand feu à écouter la pluie. Puis ils firent leurs bagages et partirent. Bran ne les accompagna pas.

« J'attendrai ici la décision d'Emrys, dit-il à Caradoc. J'irai aussi probablement rendre visite aux Demetes. Il faut qu'ils se décident avant le printemps. » Il sourit à Caradoc avec chaleur. « Ne perdez pas espoir !

— Qu'est-ce que le désespoir ? rétorqua Caradoc, qu'est-ce que le bonheur ? J'ai oublié jusqu'au sens de ces mots, Bran ! »

Le druide toucha les doigts longs, posés sur un genou, près de lui. « Cela ne sera pas toujours ainsi, et tu le sais. Les étoiles promettent de grandes choses pour toi, guerrier. Le but est en vue.

— Peu m'importe. Vous autres, les druides, vous vous battez avec des mots et des sortilèges. Tout ce que je désire, moi, c'est une épée et un ennemi bien visible. Je veux la défaite des Romains.

— Nous nous battons tous deux, lui répondit Bran avec calme, tu as ton travail à faire et moi le mien. Je n'ai pas passé vingt ans sur Mona pour rien. J'y ai acquis bien des connaissances. Mais je ne perds pas mon temps à jeter des sorts, je te le répète.

— A quoi cela vous sert-il donc ? »

Bran dit doucement : « J'ai appris à faire rouler les dés de la destinée. »

Les Catuvellauniens retrouvèrent un pays qu'Eurgain considérait de plus en plus comme le sien. Le jour de leur arrivée, les pluies alternaient avec des sautes de vent frais et le soleil jouait à cache-cache avec les nuages. Jodocus et Madoc vinrent à leur rencontre et ce dernier, avec de grands éclats de rire, les ceintura, l'un après l'autre, de ses bras forts et trapus.

« Reposez en paix, rugit-il. Ainsi, les montagnes t'ont laissé passer, Caradoc ! Qu'as-tu pensé de nos nobles cousins ? Viens manger et raconte ! »

La barbe noire s'agitait, les yeux noirs les fixaient avec chaleur et Caradoc fut soudain heureux de pouvoir appeler ce robuste guerrier son ami. Après le silence et la froideur des Ordovices, c'était un torrent de cordialité. Llyn disparut pour aller retrouver ses amis. Eurgain partit sans attendre voir les filles pendant que Caradoc, Caelte et Cinnamus allaient à la hutte du Conseil où le feu flambait haut et où les chefs silures leur firent fête. Mais soudain, Caradoc ressentit l'absence de Fearachar, qui si souvent avait accueilli son maître avec une chope de bière. Il s'assit sur les fourrures et un esclave silure lui présenta de la viande de sanglier, du pain et des pommes. Eurgain revint avec les filles qui coururent se faire embrasser avec des cris de joie. Il le fit rapidement, surpris de voir que la rondeur de la petite enfance avait fait place, pendant son absence, à la gaucherie de deux pouliches aux longues jambes. Eurgain avait maintenant onze ans et Gladys dix, et quand elles le quittèrent pour accabler leur mère de questions, il les sentit presque étrangères, deux petites guerrières dont il avait été le père, à une époque dont il se souvenait à peine, qu'il avait eues avec une jeune femme catuvellaunienne comme lui changée au point d'en être méconnaissable. Eurgain s'installa sur les fourrures avec les filles. Tallia se prépara à la servir, les yeux de Caradoc se posèrent sur elle sans la voir. Il se tourna vers Madoc.

« Comment les raids de l'été se sont-ils passés ? » Madoc se renfrogna. « Mal. Il est temps de changer de tactique, Caradoc. La route est maintenant surveillée par des patrouilles qui nous recherchent. Nous avons perdu trop d'hommes et les Romains trop peu. Nous devons frapper ailleurs. Les espions vous attendent pour vous parler. La rumeur court que Plautius va être rappelé à Rome et qu'un nouveau gouverneur va être nommé. C'est dommage. Plautius n'a jamais vraiment voulu pousser son avance vers les basses terres. Il serait plus facile de se battre loin des montagnes.

— Non, mon ami, lui dit Caradoc. Que les Romains continuent à nous chercher ici sans jamais nous trouver. C'est un pays que nous connaissons mieux qu'eux. Cela équilibre nos chances. Tout ce que nous pouvons faire maintenant, c'est attendre que les autres tribus se décident. »

Madoc regarda le visage sévère avec curiosité. Le chef catuvellaunien avait changé. Personne ne passait des mois dans les montagnes sans en être affecté. Madoc était conscient de la tristesse ambiante mais il grogna, la secouant énergiquement.

« Patience, oui, je sais. Mais que cela ne prenne pas trop longtemps ou les Silures devront mener leur propre bataille. Où est Bran ?

— Il est resté et nous rapportera leur décision au printemps. Cela ne sera plus long maintenant. Et j'ai besoin d'un peu de temps pour disposer mes éclaireurs.

— Alors l'épreuve décisive approche, hein, Caradoc ? Bientôt, ce n'est pas seulement à Claude que nous dirons au revoir mais au dernier des ses soldats oublié sur l'île. Tiens, j'y pense : il y a un druide étrange qui veut vous parler.

— Oh ? fit Caradoc sans cesser de manger.

— Il est ici depuis deux mois. Il dit que son message est personnel et ne regarde pas le Conseil. »

Caradoc soupira. Il voulait dormir, il avait besoin d'oublier quelque temps, mais il ne fallait pas faire attendre un druide et celui-ci avait attendu longtemps. Et son message était peut-être important. « Allez le chercher, dit-il. J'écouterai ce qu'il a à me dire. » Caradoc finit de manger et resta assis, fixant les flammes.

La hutte était calme. Les petites filles parties, Eurgain regarda son mari, et se sentit incapable de l'atteindre. Son regard glissa vers Cinnamus assis en silence près de sa Vida et son humeur s'allégea. Cinnamus lui aussi avait souffert du séjour dans les montagnes, mais son fardeau était moins lourd que celui de Caradoc. Il était resté humain et chaleureux. Elle regarda ailleurs, surprise du chemin que prenaient ses pensées.

Jodocus revint, suivi d'une haute silhouette vêtue de blanc. Le druide était jeune, sa barbe noire comme la nuit et ses cheveux cerclés de bronze bouclaient par-dessus ses oreilles. Jodocus lui indiqua Caradoc du doigt. Le druide s'avança vers lui.

« Salutations, Caradoc ap Cunobelin, dit-il d'une voix douce. J'ai des nouvelles pour vous. Voulez-vous les entendre ? » Il enfouit une main dans la manche de sa longue tunique et Caradoc ayant acquiescé : « J'apporte un message de la part de votre sœur », dit-il.

Eurgain bondit et s'approcha. Caradoc lui-même se raidit. Gladys ! Il calma bien vite le tourbillon de questions que cela faisait naître en lui. Elle s'était échappée, elle envoyait des nouvelles vitales sur le mouvement des légions, naturellement, et il se mit à trembler en repensant au visage si familier. Natte brune sur une épaule, cape noire attachée par des perles, ses yeux qui n'attendaient personne, couleur d'océan. Son cœur chavira. Gladys ! Il aurait voulu crier son impatience mais n'osa pas, sachant qu'il allait entendre les mots mêmes qu'elle avait prononcés. Sur un ton monotone, le druide récita : « Mon cher frère Caradoc, salutations. Te savoir en vie est pour moi une grande joie. On murmure ton nom avec espoir dans les tribus réduites en esclavage qui attendent que vienne de l'ouest leur délivrance. Moi aussi, je suis prisonnière, bien que je ne sois pas enchaînée. Ecoute-moi mon frère, et pardonne-moi si tu le peux, en te souvenant que moi seule ai voulu rester pour affronter Rome, que je me suis battue à tes côtés, au Medway et que c'est moi qui ai tué Adminius, ce traître et ce lâche. »

En entendant cela, les Catuvellauniens se regardèrent, stupéfaits, mais sans oser parler, de peur de briser la concentration du druide. Seul Caradoc ne frémit pas. Le druide poursuivit : « Mes chaînes sont celles de l'amour et ma liberté appartient à celui que j'aime. C'était la dernière bataille et je l'ai perdue. J'étais restée trop longtemps seule. Toute ma vie j'ai prisé plus que tout ma liberté et me suis fièrement battue pour elle, mais je ne le puis plus. Mon épée est accrochée au mur de mon aimé et je ne la toucherai plus. Je vais me marier. »

« Oh ! ne dis rien de plus, supplia intérieurement Eurgain, cela va le tuer », et Caradoc, la tête soudain en feu, entendit le nom qu'on lui criait : Plautius, Plautius. Le druide continua de la même voix douce, inconscient de l'émotion qu'il soulevait :

« Voilà pourquoi je dois te supplier de me pardonner, Caradoc, car mon mari sera Aulus Plautius, un homme d'honneur qui propose de m'épouser. C'est ton ennemi, mais même des ennemis peuvent éprouver l'un pour l'autre du respect, et cet homme, Caradoc, mérite le tien. Il est rappelé à Rome et je pars avec lui. Ne me juge pas mal. Sacrifie pour moi à Camulos, cher frère, car je serai bien triste de voir pour la dernière fois les rives de mon pays, sans aucun des miens pour me souhaiter bon voyage. Je porterai éternellement le deuil de cette jeunesse que nous avons connue ensemble. Puissent toi et ta destinée rejeter les légions à la mer et puisses-tu diriger le Conseil à nouveau. Salue pour moi Eurgain. Je prête serment de faire tout ce qui sera en mon pouvoir pour alléger le fardeau des tribus. Au revoir. »

Le druide cessa de parler et ouvrit les yeux. « C'est là que le message finit, dit-il. Il m'est interdit de faire de commentaires mais je peux vous dire qu'elle est heureuse et en bonne santé. »

Il sortit de la hutte, où régnait un silence consterné. Les couleurs avaient quitté le visage d'Eurgain. Gladys et un Romain. Ce n'était pas possible ! Dans quel monde vivaient-ils donc ? Caradoc garda la tête baissée et elle put voir ses mains se crisper lentement. Et soudain il se mit à hurler.

« Esclave ! Esclave, putain romaine ! Je la désavoue ! » Il saisit son épée par la garde et s'écorcha les doigts à essayer de la briser contre le linteau de la porte.

« Non, Caradoc », cria Eurgain en se précipitant vers lui, mais il la repoussa rudement et jeta l'épée à ses pieds, la piétina, les yeux écarquillés, la bouche déformée par la rage.

« La tuatha la renie ! Elle n'est plus catuvellaunienne. Que Camulos la maudisse ! Que la Reine des Paniques s'empare de sa tête ! Que le Corbeau des Batailles la mette en pièces ! Qu'elle ne connaisse jamais plus la paix !

— Non, non, non ! » hurla Eurgain. Mais il cria plus fort.

« Moi, Caradoc, ricon, la déclare bannie de la tribu. J'interdis qu'on prononce jamais son nom. » Il était parcouru de frissons en articulant les mots terribles du bannissement.

« Plus jamais Femme d'épée. Plus jamais Honorable. Plus jamais Sœur. Et que cette malédiction te poursuive dans les autres vies ! »

Cinnamus était glacé. Caelte avait tourné la tête du côté du mur. Caradoc sortit en trombe et, lui parti, ce fut un brouhaha parmi les chefs silures rassemblés autour de Madoc.

« Il a dit et fait ce qui convenait », approuvaient-ils bruyamment. Mais les Catuvellauniens présents restaient sous le coup des terribles malédictions. Eurgain fut la première à reprendre ses esprits et courut après son mari sous la pluie.

Caradoc marchait. Peu lui importait de savoir où il allait. Il fuyait ses propres paroles qui résonnaient dans sa tête en feu. Les branches lui fouettaient le visage, les ronces déchiraient sa cape, mais la rage et la honte le submergeaient. Il trébucha et resserra les bras autour d'un énorme chêne. Il reprit son souffle, les yeux clos, le front pressé contre l'écorce humide et parfumée. Il se laissa tomber et s'assit le dos contre le tronc de l'arbre. Et il ouvrit les yeux. Dans la clairière, la lumière venait mourir sur un épais tapis de feuilles mouillées, sous les arbres nus et émaciés. Mort. Tout était mort, pourri, rouillé ! « Moi aussi, je suis mort, vieilli, usé ; morts le rire, l'amour. Morte ma fierté. Je ne l'ai pas voulu, c'est ce destin qui m'a choisi. J'ai fait tout ce qu'un homme pouvait faire. » Il voulut prendre son épée, mais il ne l'avait plus. C'est alors qu'il aperçut une tache de couleur vive de l'autre côté de la clairière.

Un renard trotta vers lui. Lorsqu'il vit Caradoc, il s'arrêta, l'examina puis s'assit, disposant avec soin sa queue rousse autour de ses pattes fines, le fixant de ses yeux ronds et profonds. Caradoc avança la main mais il continua à le fixer sans bouger. Sentant l'ankylose le gagner, Caradoc se releva en s'aidant des mains et le renard bâilla.

« Tu n'as donc pas peur de moi ? murmura-t-il. Pourquoi ? N'ai-je donc moi-même plus rien d'humain ? »

Le renard cligna des yeux, et Caradoc sentit la douleur remonter de son estomac vers sa poitrine. C'était insupportable. « Je voudrais mourir », supplia-t-il plié en deux, les larmes ruisselant sur son visage. Des larmes amères, aussi douloureuses que la destruction de la carapace qui les avait contenues pendant quatre longues années. Il se jeta contre le sol et pleura, le visage enfoui dans les bras, secoué par de profonds sanglots. La pluie lava tous ses échecs et ses douleurs ; il déposa là, dans le berceau de la terre humide, ce lourd fardeau que lui seul avait dû porter. Epuisé, il resta allongé, sentant sous ses bras la solidité de la terre qu'il aimait. Il se rassit lentement et regarda autour de lui. Le renard était parti. Son esprit à lui était vide, bienheureusement vide. Il se retourna et la vit, debout près du chemin, une main contre un chêne, sa cape bleue traînant jusqu'à terre. Il marcha vers elle d'un pas incertain. Elle attendait, le regardant venir, et seuls ses yeux trahissaient ce qu'il lui en avait coûté de s'humilier à courir après lui. Il savait qu'elle ne dirait rien. C'était à lui de parler. Il avança sur la route, dominant son intraitable fierté.

« Pardonne-moi, Eurgain, dit-il gauchement. Je t'ai négligée. Si tu le désires, je te donnerai ce que je possède et tu pourras partir, mais je te supplie de bien réfléchir avant de prendre cette décision. J'ai besoin de toi. »

Elle scruta longuement son visage, retrouvant ses yeux clairs, présents à nouveau et une bouche que ne déformait plus l'amertume. Elle prit ses mains sales et écorchées et en embrassa les paumes. « Où pourrais-je te fuir ? demanda-t-elle. Nous sommes liés l'un à l'autre. »

Ils restèrent étroitement enlacés, pleins d'une émotion plus forte que les mots, puis se tenant la main remontèrent le chemin. Lorsqu'ils arrivèrent en vue de la forêt, il l'embrassa avec douceur. « Pouvons-nous revenir en arrière ? demanda-t-il.

— Nous pouvons essayer », lui répondit-elle avec un sourire.

Les Silures et les Catuvellauniens passèrent le reste de l'hiver à chasser et à attendre. La rumeur du rappel de Plautius se confirma. Au printemps, il rentrerait à Rome pour recevoir les honneurs que Claude se préparait à faire pleuvoir sur lui. Mais Caradoc pensait à sa sœur, dévisagée par les foules hostiles et médisantes de Rome, en terre lointaine, parmi des étrangers. Il avait eu raison de la bannir de la tribu, il le savait, même si c'était dans un accès de folie qu'il avait tenté de briser son épée. Et pourtant, il la plaignait. Si Plautius n'était pas l'homme qu'elle disait, elle traînerait une vie misérable. Son nom ne serait jamais plus prononcé devant eux et pourtant son souvenir les hantait, Eurgain et lui. Parfois, dans la paix d'une soirée au coin du feu, ils se taisaient et l'image de Gladys apparaissait, digne et froide, s'appuyant sur son bouclier de cérémonie orné de perles avec un mystérieux sourire. Sa désertion soudaine et inattendue symbolisait à leurs yeux la fragilité de leur propre vie et ce sentiment d'insécurité les rapprochait.

Ils se redécouvrirent lentement cet hiver-là, tout en sachant l'un et l'autre qu'ils avaient irrémédiablement changé. Mais c'était une aventure, une odyssée. De nouvelles joies étaient nées. De vieilles habitudes étaient mortes. Ce n'est que rarement, par les nuits froides, qu'ils se prenaient à regretter le couple qu'ils avaient été.

Le printemps vint. Et Bran avec lui. Il remonta avec aisance la vallée, la tête relevée pour mieux respirer l'air parfumé. Il alla droit sur Caradoc, qui surveillait son bétail qu'on rassemblait pour le conduire aux pâturages d'été, Cinnamus et Caelte à ses côtés. Caradoc le vit arriver, tache blanche gravissant la colline. Il laissa la garde du bétail aux hommes libres et courut à sa rencontre. Bran s'arrêta alors pour le laisser venir. La démarche était sûre d'elle, le visage plus plein. Les yeux lui sourirent sans trace d'angoisse. Les scories avaient été éliminées et l'être qu'il avait devant lui était neuf, prêt à affronter de nouvelles batailles. Les deux hommes se jetèrent dans les bras l'un de l'autre.

« Bran ! Quelle fière mine ! Les routes sont déjà utilisables ? Quelles sont les nouvelles ?

— Les voici, Seigneur. Pardonnez-moi si je néglige les salutations d'usage, je veux vous les donner d'urgence. » Il descendit de cheval et Caradoc et ses deux chefs s'assirent près de lui. « Les Demetes vous prêteront serment. Dans trois semaines leur chef et ses hommes viendront ici. Les Deceangles également car ils savent que le meilleur chemin pour attaquer Mona, le cœur de l'Ouest, passe par leur pays. »

Caradoc approuva gravement mais Cinnamus ne put se contenir. « Et les Ordovices, Bran ? Par la Mère, si nous avons erré à travers leurs précieuses montagnes pour rien, je retourne chez cet Emrys pour lui tordre moi-même le cou. »

Bran éclata de rire. « Il faudrait des poignets plus solides que les tiens pour cela, Main-de-fer, mais tu n'as rien à craindre. Emrys et ses hommes te prêteront allégeance, Caradoc. Ils sont déjà en route.

Mais les débats furent longs et houleux. Seuls les mots de l'invocateur et une visite au Maître Druide lui-même ont emporté la décision.

— Ils prêteront serment, c'est tout ce qui importe. »

Caradoc se leva et regarda la vallée verdoyante et paisible. Tout à coup, il aurait voulu sauter, danser, chanter, pousser des cris de faisan sauvage, hurler jusqu'à ce que l'univers entier résonne de son triomphe. Il baissa les yeux vers Bran et murmura : « Arviragus. »

Bran inclina la tête. « Arviragus. Un travail bien conduit, Seigneur, et un travail plus difficile encore en perspective. » Il se releva et fouilla sous sa robe. « J'ai un présent que vous envoie le Maître de Mona. » Il tira de sous sa robe un petit sachet et en sortit un objet rond, qu'il tendit respectueusement à Caradoc. Cinnamus et Caelte se levèrent pour mieux voir. Caradoc le sortit lentement du cuir qui l'enveloppait. C'était un objet cartilagineux, tacheté, noir et blanc, de la taille d'une pomme. Caradoc le tint avec précaution, sentant la magie puissante qui en émanait modifier son souffle.

« Un œuf magique ! dit-il.

— Oui. Le Maître Druide a sacrifié un bœuf pour vous, Caradoc, et dans un rêve il a vu un serpent vert former cet œuf de sa propre bave et le rouler derrière un rocher. A son réveil, il a envoyé un druide le chercher, et le voici.

« Plus de sagesse qu'aucun homme, une épée plus puissante, le pouvoir de créer un royaume. »

Caradoc s'empressa de le réenvelopper et attacha le sachet à sa ceinture. « Merci, mon ami. Depuis des temps très anciens aucun chef n'a reçu un tel présent.

— Pas depuis Vercingetorix », fit remarquer Bran et Caradoc le regarda un bref instant. De nombreux chefs silures répétaient à qui voulait l'entendre que l'âme de Vercingetorix attendait patiemment de s'emparer du corps de Caradoc pour renaître en tant qu'arviragus et les conduire à la victoire. Pour la première fois, interrogeant le visage tanné de Bran, Caradoc se demandait si c'était vrai. Il trouva soudain bien lourde sa nouvelle responsabilité à l'égard de son peuple, mais les dés en étaient jetés.

« Vercingetorix a échoué », fit-il remarquer.

Et le sourire de Bran s'élargit.

« Mais vous, vous réussirez », dit-il.

Ils descendirent, les uns après les autres, de la montagne : Emrys et la dangereuse Sine, les chefs ordovices nobles et de haute taille, les

Demetes noirs et rebelles, les membres de la tribu des Deceangles. Ils se répandirent à travers la ville, remplirent les huttes et débordèrent dans les champs avoisinants pour y camper sous les étoiles de l'été. Il n'y eut pas de querelles. Chaque tribu restait de son côté, cuisinait ses propres plats, chantait ses propres chansons. Caradoc convoqua son grand Conseil en plein air, autour d'un grand feu, assis dans un fauteuil, le front ceint d'un bandeau d'or, un carnyx sur les genoux.

L'artiste était venu le trouver lorsque la nouvelle du ralliement des tribus se fut répandue dans la ville. Il s'était approché de lui et lui avait glissé, par surprise, un nouveau torque dans les mains.

« Pour remplacer celui que vous avez donné à votre fils, dit le jeune homme taciturne. C'est un cadeau. »

Caradoc le soupesa. Il comprit que c'était de l'or pur — un bijou à lui seul plus précieux que tout ce qu'il possédait — et ne sut que dire. Sa masse arrondie était couverte de feuilles abondantes qui semblaient flotter dans une brise chaude ; le visage de déesse aux cheveux dénoués souriait à travers des fleurs qui ouvraient leurs corolles à la caresse du soleil. On n'y voyait pas trace de sang, de peur ou de secrets. Caradoc lui demanda pourquoi. L'artiste eut un bref sourire.

« L'arviragus est seigneur de la mort. Il oublie trop souvent qu'il est le protecteur de la liberté et de la vie. Mon cadeau veut vous le rappeler. »

Caradoc s'attacha le torque autour du cou, sentant la joie l'inonder. Seigneur de la mort et protecteur de la liberté. Arviragus. Maintenant, tout était possible.

Dans la soirée, alors que le soleil s'attardait à l'ouest, les chefs marchèrent fièrement vers le fauteuil de Caradoc et jetèrent leurs épées à ses pieds. Eurgain se pencha par-dessus son épaule, faisant le compte, et Llyn resta près de son père, sa propre épée sous les pieds de Caradoc. Lorsque vint le tour d'Emrys, il n'ajouta pas son épée à la pile brillante. Il la tira lentement, l'embrassa et la posa sur les genoux de Caradoc.

« Vous êtes le premier parmi vos égaux, Seigneur », dit-il doucement. Caradoc fixa les yeux sombres et voilés et répondit avec un sourire :

« Rien n'est changé, Emrys. Tu n'as rien à craindre. Le temps viendra ou, toi et moi, nous pourrons reprendre nos raids et nos festins. »

Emrys baissa la tête, sans s'incliner, et retourna s'asseoir près de sa femme.

Lorsque les premières étoiles commencèrent faiblement à briller, le compte des armes fut terminé. Caradoc se leva, contournant la masse confuse des épées et porta le carnyx à sa bouche. Il respira profondément, et en tira une note lancinante qu'on entendit à travers les collines.

« Quelqu'un conteste-t-il ma destinée ? » cria-t-il et les hommes se levèrent tous ensemble en hurlant : « Arviragus ! Arviragus ! Caradoc pour la Liberté !

— Quelqu'un s'oppose-t-il à notre dessein ?

— La mort pour Rome ! Albion pour les tribus ! »

Il tendit le carnyx à Cinnamus derrière lui, et ceux qui étaient présents se turent.

« Je vous donnerai donc mes premières instructions. Allez dans vos tribus et revenez avec tous vos hommes. Armez également les femmes libres. Amenez tout le grain que vous pourrez. Abandonnez vos huttes et vos terrains de chasse, vos foyers et vos objets précieux. Désormais, vous vivez où je me trouve, vous ne chassez que des hommes et vos richesses se compteront en têtes romaines. Hâtez-vous ! » Il les renvoya et se tourna vers Bran.

« Remettez ce message à Mona, dit-il : Demandez aux vôtres de doubler leurs livraisons de grains aux Ordovices. Et je veux que trois druides accompagnent chacune des tribus qui combat à mes côtés. Je ne veux pas de querelles, tant que je serai arviragus. » Bran acquiesça et Caradoc se tourna vers Eurgain.

« Toi, Vida et Sine vous vous occuperez des femmes et des enfants. » Et il ajouta fermement, avant qu'elle puisse protester :

« Je veux qu'on en fasse de véritables guerriers. Pas de cancans — mon cher cœur — ni de vantardises sur les hauts faits de leur mari. Qu'on leur apprenne à se vanter de leurs propres exploits. Tout homme ou femme au-dessus de seize ans devra se battre. »

Llyn se jeta en avant. « Mais Père, et moi ? Je suis un seigneur et je veux me battre ! »

Caradoc posa une main sur sa petite tête indignée.

« Pour toi j'ai une autre mission, Llyn. Je veux de nouveaux espions là où j'en ai déjà posté pour leur permettre de suivre tous les mouvements des légions. Réunis tes amis silures et déguisez-vous en mendiants. Quelques vauriens de plus dans les nouvelles villes du Sud passeront inaperçus et j'ai besoin de jeunes oreilles dans les rues.

— Savez-vous bien ce que vous demandez à ces enfants ? chuchota Cinnamus.

— Naturellement, répondit Caradoc. Et ils le savent également. Certains mourront, mais tous diront qu'il vaut mieux mourir libre que de vivre dans les cales d'une galère romaine ou travailler dans les mines. »

Il soutint le regard de Cinnamus, qui ne put que soupirer.

La métamorphose avait eu lieu. Son seigneur, son ami, était devenu arviragus.

20.

Boudicca se tint immobile pendant qu'Hulda la drapait dans la lourde cape écarlate. La pièce était vaste et obscure, dans la fraîcheur humide d'une nuit de printemps. Elle marcha vers sa table, choisit le bandeau d'or serti d'ambre et le posa sur son front.

« Où sont les filles ? » demanda-t-elle et Hulda lui répondit en lui tendant une coupe de vin :

« Elles sont allées à la salle. Ce soir, Lovernius leur a promis de leur apprendre un nouveau jeu avec une planche et des pions de bois.

— Eh bien, va t'asseoir avec elles, Hulda, et assure-toi que Lovernius n'emporte pas ses dés. Prasutugas ne veut pas qu'elles jouent. »

La servante s'inclina et sortit. Boudicca se retrouva seule. Prasutugas était en retard. Il était toujours en retard, ces jours-ci, car son bras lui faisait mal quand le temps était humide mais il ne se plaignait jamais. « A sa place, pensa-t-elle, je crierais de rage ou boirais jusqu'à m'abrutir. Je n'aurais sûrement pas la force de souffrir avec un sourire de druide. Ah ! par Andrasta, à quoi bon ? » Elle vida la coupe et la reposa bruyamment sur la table. « Le compte doit être terminé maintenant. Mais il échange sans doute avec l'assistant du procurateur des banalités polies pendant que les hommes regagnent leurs fermes les mains vides et que je m'impatiente ici. Il sait bien que je ne voulais pas sortir ce soir, mais il me fait quand même attendre. Cela permettra à Favonius de faire une remarque paternaliste de plus à sa Priscilla impeccable et parfumée : Ces barbares n'ont aucune manière, ma chère. Et Priscilla gloussera comme l'un de ces volatiles qu'il appellent des poules et demandera à son esclave de réchauffer les plats. » Boudicca se jeta dans un fauteuil. « Non, c'est injuste. Ce sont de braves gens, Favonius et Priscilla. Ils font tout ce qu'ils peuvent pour nous civiliser, nous autres sauvages. Oh ! Subidasto, vaillant fils des Iceniens, que dirais-tu si tu nous voyais ? »

Elle entendit des pas pressés et Prasutugas rentra en toute hâte, laissant tomber sa cape et se débattant avec la boucle de sa ceinture. Elle courut l'aider.

« Je regrette, Boudicca, mais je ne pouvais m'en aller. L'assistant du procurateur n'arrivait pas à équilibrer les comptes et moi non plus. Où est Hulda ?

— Je l'ai envoyée surveiller les filles. Laisse-moi faire cela. » Elle lui passa sa cape fleurie par-dessus la tête, l'aidant à la hauteur du moignon mais malgré ses précautions, il gémit. « As-tu mal aujourd'hui ? demanda-t-elle, allant vers l'armoire pour prendre une tunique propre.

— Pas plus que d'habitude au printemps. »

Mais elle sentait qu'il souffrait. En l'absence d'un druide pour lui administrer une potion, le médecin de Favonius lui appliquerait une pommade et le vin ferait le reste. Elle lui toucha la joue.

« N'y allons pas, Prasutugas. Nous pourrions rester ici près du feu, manger un morceau d'agneau et boire une bonne bière avant de nous coucher.

— On ne refuse plus une invitation à cette heure-ci et d'ailleurs, je veux y aller. Favonius a beaucoup de choses à nous apprendre. » Elle haussa les épaules, souffla la lampe et le suivit.

La pluie leur cingla le visage et pour faire les quelques pas qui les séparaient du chariot, Boudicca releva sa capuche. Ils montèrent. Prasutugas s'installa confortablement et Boudicca prit les rênes. Ils arrivèrent vite à la petite garnison. Des sentinelles soulevèrent des lampes, ouvrirent le grand portail de bois et ils trottèrent à l'intérieur du camp.

Un officier vint vers eux. « Je vous salue, Seigneur, dit-il. Mauvais temps, n'est-ce pas ? Suivez-moi s'il vous plaît. » Ils lui rendirent son salut, passant devant le quartier général, tournant à gauche vers les maisons des officiers, un rang propret de maisons de bois bien alignées. La porte de Favonius était grande ouverte. Boudicca rabattit sa capuche, l'officier s'inclina et les laissa avec Favonius, qui vint les recevoir lui-même à bras ouverts, son visage sanguin tout plissé de sourire, son élégante toge blanche tombant sur ses sandales.

« Bienvenue, Prasutugas. A vous également Boudicca. Nous pensions que vous ne viendriez peut-être plus. Entrez, entrez ! »

Le serviteur ferma la porte derrière eux et se retourna pour prendre leurs capes. Favonius, voyant l'expression douloureuse du visage de Prasutugas, eut une moue de sympathie.

« Vous n'allez pas bien ce soir mon ami. Est-ce le bras ? Longinus ! » Son serviteur s'inclina. « Cours chercher le médecin. »

Ils avancèrent dans la pièce. Un feu flambait dans une cheminée. Sur la droite les flammes faisaient rougeoyer l'autel domestique où Jupiter le plus Grand et le Meilleur, Mercure pour la bonne fortune, Mars et Mithra recevaient des offrandes quotidiennes. Favonius rendait un culte à Mithra, et le bruit courait qu'il possédait le grade de Lion, mais c'était une rumeur que seuls les initiés auraient pu confirmer. Les hommes de Mithra étaient honnêtes. Leur philosophie prescrivait un mode de vie sévère, presque ascétique. Prasutugas avait dit plus d'une fois à Boudicca que les Iceniens avaient eu de la chance d'avoir affaire à un homme aussi droit que Favonius. Mais elle s'en moquait bien. Oh ! respirer le vent dans les bosquets d'Andrasta, pensa-t-elle, alors que Priscilla, mignonne et rougissante dans son étole jaune, s'avançait. Ses cheveux noirs étaient ramenés en un haut chignon ce soir et des rubans jaunes y étaient tressés. Des chaussons couvraient ses petits pieds sensibles, ses bracelets d'or tintaient et le nuage de parfum qui émanait d'elle fit pincer le nez de Boudicca lorsque les deux femmes s'embrassèrent avec un sourire d'antipathie mutuelle.

Les femmes romaines ne sont que des joujoux, pensa Boudicca. Quant à Priscilla, elle était trop bien élevée pour montrer son dédain pour Boudicca, en qui elle ne voyait qu'une barbare hommasse et mal dégrossie, bien représentative de ces primitifs qui résistaient à ses efforts pour les civiliser avec une incroyable suffisance. Elle plaignait Prasutugas, qui aurait pu faire un si bon citoyen romain, s'il n'avait été soumis à l'influence de sa femme.

Favonius leur indiqua les couches.

« *Gustatrio* », dit Priscilla à un serviteur près de la porte. Et elle sourit à ses invités pendant qu'on remplissait de vin leurs coupes de verre bleuté.

« Comment vont les vignobles ? demanda Prasutugas à Favonius.

— Les nouvelles pousses ont envie d'apparaître, répondit Favonius. Mais c'est très lent. Si les raisins cet automne sont aussi aigres que l'année dernière, je me consacrerai exclusivement aux roses. On dirait qu'elles s'accommodent mieux de l'humidité.

— Nous installons un hypocauste cet été pour nous préparer à l'hiver, interrompit Priscilla. J'ai bien failli geler l'hiver dernier et Marcus a toussé de décembre à mai. » Elle continua à papoter.

Boudicca but son vin et repoussa sa coupe. Ils l'avaient parfumé au miel une fois de plus. Tout chez eux est d'une douceur écœurante, pensa-t-elle cyniquement. Le serviteur déposa un plat devant elle sur la nappe immaculée et elle soupira intérieurement. Encore des huîtres. Elle ne comprenait pas la gourmandise des Romains pour les crustacés de son littoral et vit avec amusement Priscilla se lécher les babines en saisissant sa cuillère.

« Comment vont les filles ? lui demanda Favonius.

— Hier, j'ai vu à cheval Ethelind passer comme l'éclair. Comme elle grandit !

— Ce sera une excellente cavalière, répondit Prasutugas à la place de sa femme, voyant son humeur. Elle a des dons. Mais elle ne tient pas en place.

— Marcus monte bien aussi, dit Priscilla. Il lui tarde d'avoir l'âge d'entrer dans la cavalerie. Favonius fait chercher un précepteur à Rome pour lui. Je peux m'occuper de la grammaire et de l'histoire, quand le jeune démon veut bien s'asseoir pour m'écouter, mais il est en âge maintenant d'étudier la philosophie et la rhétorique et c'est très au-dessus de mes capacités. »

La Philosophie ! pensa Boudicca. La Rhétorique ! Par la grande Andrasta, ce gamin devrait être élevé comme un seigneur et elle veut lui apprendre la philosophie !

Les serviteurs desservirent la table et le docteur entra. Favonius le reçut avec cordialité.

« Prenez donc une coupe de vin avec nous. Je vais en faire réchauffer. Et regardez le bras de Prasutugas, si vous le voulez bien, Julius. Il le fait souffrir à nouveau. »

Le docteur salua et alla vers Prasutugas. Il releva la manche vide et prit délicatement le moignon. Priscilla détourna les yeux. Il était à vif, et suppurant. « Il va peut-être falloir que je coupe à nouveau, fit le docteur d'un air ennuyé. Le baume ne fait pas le moindre effet. »

Prasutugas se dégagea et rabattit sa manche. « L'été prochain, ce sera guéri, protesta-t-il. Un peu de baume suffira pour l'instant. »

Le médecin se leva. « Je vous en ferai envoyer ce soir. Non, merci, pas de vin, Seigneur. Je ne veux pas interrompre votre dîner. » Il s'inclina et le silence se fit autour de la table.

Les serviteurs commencèrent à servir le plat suivant sur les assiettes colorées et brillantes. C'était du mouton fumant, une appétissante odeur de romarin et de thym emplit la pièce.

« Y-a-t-il des nouvelles de l'Ouest ? » demanda Boudicca en levant les yeux, d'une voix plus forte qu'elle ne l'aurait voulu et Favonius fronça les sourcils. Quelle femme, pensa-t-il avec admiration. Sa conversation est à peu près aussi douce que le croassement de l'aigle.

« Non, rien de nouveau, répondit-il en souriant. La rumeur court que le gouverneur a l'intention de mener une grande offensive ces jours-ci pour encercler Caradoc et ses tribus. Les derniers légionnaires actifs sont partis vers l'ouest et les vétérans sont tous à leur place. Les indigènes en sont mécontents, évidemment. Les vétérans ont droit à des terres que l'on prend aux paysans. Il y aura du désordre si Scapula n'y prend pas garde.

— Il a abandonné toute prudence, fit remarquer Priscilla en découpant son mouton. Il est totalement obsédé par Caradoc. Il a même promis une prime de six mille sesterces et la citoyenneté romaine à l'indigène qui le livrera.

— Encore un peu de vin, Priscilla ? interrompit son mari, se penchant pour en verser et lui chuchotant : N'en dis pas plus. Tu vas les embarrasser ! » Il se redressa et sourit. « Irez-vous à la chasse demain, Prasutugas ? Si oui, j'aimerais me joindre à vous et voir ce que valent les chiens. »

Mais il en fallait plus pour distraire Boudicca.

« Six mille ! Je me demande ce qu'on en pense à Rome. » Elle rit, d'un rire grave presque masculin. « Ce n'est sûrement pas pour de l'argent que les chefs trahiront leur serment. Scapula est en Albion depuis trois ans. Il a trouvé les Cornovii et les Dobunniens en effervescence et les légions démoralisées, et ne parvient toujours pas à maîtriser la situation. Quel homme, ce Caradoc ! Je l'ai rencontré un jour, le savais-tu, Prasutugas ? »

Priscilla rougit, gênée, et voulut divertir ses invités, mais Boudicca ruminait quelque chose et Prasutugas vit la soirée gâchée. Il hocha la tête, en regardant sa femme avec inquiétude. Elle leva sa coupe et but d'un air provocant.

« J'avais six ans. Mon père m'a emmenée à Camulodunum un jour qu'il allait protester auprès de Cunobelin. Je ne sais plus pourquoi mais je me souviens très bien avoir pris la main de Caradoc et être montée sur son cheval. Il me paraissait grand et beau, un géant. Et il a ri de mon père et de moi quand je lui ai dit que les Catuvellauniens étaient atteints de la maladie romaine. »

Favonius recula sur sa couche et fixa Boudicca avec un visage d'où toute cordialité avait disparu. « Je te connais la dame, pensait-il, pendant qu'elle lui souriait, son visage pâle et plein de taches de rousseur illuminé par la malice. Je sais bien pourquoi les Iceniens ont élu Prasutugas à ta place. Tu peux me provoquer autant que tu le veux. Tes seigneurs veulent la paix et la prospérité et tu peux rager tout ton soûl. C'est moi qui gouverne ici. » « C'était bien léger de sa part d'en rire, fit-il remarquer d'un ton sec. Vous devez bien admettre, Boudicca, que sous lui les Catuvellauniens ont été détruits en tant que tribu.

— En tant que tribu, peut-être, mais ceux qui ont survécu sont libres. Pour les hommes de l'Ouest c'est l'arviragus, le sauveur.

— Quel sauveur ? Ses partisans meurent comme des mouches, décimés par la faim ou par l'épée, quand un mot de lui suffirait à leur faire déposer les armes et vivre en paix. J'appelle cela un meurtrier.

— Mourir ainsi, c'est obtenir la paix de l'âme, répondit-elle lentement. Favonius, pardonnez-moi d'être aussi franche ce soir, mais vous me connaissez assez pour savoir que je ne renierai jamais mes principes avec un sourire. Scapula a oublié qu'il est ici pour gouverner. Il a mobilisé toutes les légions dans un seul but : la capture d'un homme isolé et pourchassé. En quoi cette folie contribue-t-elle à la prospérité et la paix de la province ?

— Apportez les *mensae secundea,* fit Favonius aux serviteurs avant de se retourner vers elle : Boudicca, vous connaissez très bien la réponse à cette question. Lorsqu'on aura capturé Caradoc, toute résistance pourra être éliminée. Et le sera. Et les gens pourront reprendre une vie normale. »

Elle secoua violemment la tête, renversant un peu du vin sur ses mains. « Sûrement pas, Favonius. Le peuple ne veut pas de votre paix et de votre prospérité. Il ne veut que la liberté.

— Bah ! fit-il. Il n'y a que les enfants qui puissent parler de liberté. Les hommes n'ont jamais vécu libres depuis que le monde est monde. Rome les libère de la guerre, de la famine, de la maladie et de la peur. Que veulent-ils de plus ?

— Ils veulent qu'on les laisse vivre à leur guise. »

Un lourd silence suivit pendant que les serviteurs disposaient les desserts. Ils avaient déjà eu des échanges acerbes mais, cette fois, Boudicca dépassait la mesure. Scapula, en dernier recours, avait fait débarquer les soldats de la Classis Britannica sur les côtes silures et avait réuni tous les hommes disponibles en territoire dubonnien, s'apprêtant à enfermer les rebelles dans les montagnes. La capture de Caradoc mettait en jeu sa réputation, il en était conscient. L'instant était décisif. Favonius ne croyait pas Boudicca assez folle pour organiser sa propre rébellion. Plus maintenant. Elle l'avait secrètement encouragée deux ans plus tôt, lorsque Scapula ordonnant le désarmement des tribus avait laissé ses arrières à découvert pour livrer sa première offensive contre Caradoc. Les espions de Caradoc, qui étaient partout, avaient contribué à cette montée de violence tribale. Mais elle avait été matée. Prasutugas avait présenté des excuses et Rome avait été clémente. Seule la détermination farouche de Boudicca n'avait pas vacillé. Et tout en étant sensible à sa sauvage beauté, Favonius savait qu'on ne pouvait lui faire confiance. Priscilla et lui avaient souvent subi ses attaques au cours de dîners, mais cette fois, c'en était trop.

« J'ai capturé un espion hier, dit-il d'un ton dégagé. Mes officiers ont passé la nuit à l'interroger, mais il n'a rien voulu dire. Je l'ai fait exécuter ce matin. »

Elle resta assise sans rien dire, le mouvement saccadé de sa tunique écarlate trahissant seul son émotion et il ne la regarda pas.

« Comment avez-vous su que c'était un espion ? demanda Prasutugas d'un ton apparemment dégagé.

— Il m'a menti. Il disait n'être qu'un artiste en voyage, venant exercer son métier dans votre tribu, mais lorsque je l'ai fait déshabiller j'ai vu son corps couvert de cicatrices. Les artistes n'ont pas l'habitude de se battre, que je sache. Dommage. C'était un jeune homme de bonne prestance.

— Les artistes se battaient autrefois, articula Boudicca d'une voix glacée, avant que Rome leur enseigne qu'il était malséant pour des artistes de le faire. » Elle repoussa son assiette et demanda : « Combien d'innocents avez-vous exécutés, Favonius ?

— Pas autant que vous voudriez le croire, Boudicca, répondit-il sans se démonter. Avant que mes soldats ne l'exécutent, il a crié « Liberté ! »

Priscilla se leva et déclara d'un ton sans réplique : « C'était un délicieux dîner et je suis fatiguée de vous voir gâcher toutes mes soirées avec vos éternelles chamailleries. Approchons-nous du feu et ne parlons plus que du temps. »

Boudicca sourit à Favonius d'un air d'insolente commisération et pour une fois il fut tenté de lui donner raison. Elle se leva aussi.

« Pardonnez-moi, Priscilla, dit-elle doucement, vous savez comme je suis querelleuse. M'inviterez-vous encore ? A propos, emmènerez-vous Marcus à Rome cet hiver, ou votre hypocauste sera-t-il prêt ? » Elle s'assit sur le sol près du feu, un sourire soigneusement peint sur ses traits rudes, et Priscilla continua à jacasser brillamment.

Prasutugas fit signe à l'esclave de remplir son gobelet et se concentra sur la chasse et la grande fierté de sa vie : ses chiens.

Quand les invités furent partis, Priscilla poussa un soupir. « Quelle femme terrible, Favonius ! On pouvait espérer qu'elle apprendrait quelques manières. Et cette voix ! Quelquefois je lui trouve l'air aussi vieux que les collines de Tibere, pourtant, elle ne peut pas avoir plus de vingt-trois ou vingt-quatre ans. Pauvre Prasutugas ! Pas étonnant qu'il soit si renfermé. »

Son mari la regarda d'un air pensif. « Elle a vingt-trois ans. Elle a participé à douze raids et tué cinq hommes. Nous lui avons fait perdre un royaume et un mode de vie qu'elle aimait plus que tout. Ne crois-tu pas, mon amour, qu'il y a quelque chose de pathétique dans cette reine guerrière obligée de s'asseoir à tes pieds pendant que tu continues à parler de tes melons et de ton enfant ? »

Elle le regarda d'un air peiné. « Je ne faisais que jouer mon rôle de maîtresse de maison. Je vis dans la crainte qu'un jour ou l'autre, vous en veniez aux mains et je continue quand même à l'inviter puisque tu me le demandes. »

Penaud, il se pencha pour l'embrasser. « Je regrette. Mais tu sais pourquoi je les invite, il est important de surveiller de près ces deux-là. »

Elle se retourna vers lui, piquée. « Admets plutôt que c'est parce qu'elle te plaît. »

Il sourit à la petite tête raide de colère, avec ses cheveux noirs pleins de rubans, comme une petite fille. « Oui, dit-il. Elle m'intéresse. Maintenant, au lit. »

Boudicca laissa glisser sa cape et se jeta sur une chaise en souriant à Prasutugas.

« Je regrette. J'ai recommencé n'est-ce pas ? Et j'avais pourtant promis d'être polie. »

Il avança vers le feu. Trop de vin et sa douleur constante l'étourdissaient un peu. « Ce n'est pas grave. Favonius est plutôt conciliant et je crois que tes tirades passionnées l'amusent.

— Comme un numéro d'ours dressé, j'imagine.

— Tu es injuste, Boudicca. Les temps ont changé, depuis l'époque où ton père maudissait Rome tout au long des repas qu'il donnait. Favonius s'inquiète de nous. Je l'aime bien.

— Il ne m'est pas totalement antipathique mais quand je m'assieds dans notre salle, et que je réfléchis au passé, que vois-je ? Les Gaulois sont romains, les Pannoniens sont romains, les Mauritaniens sont romains, le monde entier se change en une vaste province romaine, dirigée par des hommes qui parlent de coopération et de prospérité au moment même où ils commettent atrocités et extermination. Oui, les temps ont changé. J'ai peur, Prasutugas, et le regret des temps révolus me fait parfois penser que je serais plus heureuse morte. »

Il essuya la sueur de son front et ferma les yeux. « La tuatha m'a élu ricon parce que je leur ai offert la paix avec Rome et la protection contre les Catuvellauniens. Je leur ai donné ce qu'ils voulaient. Toi seule es d'un avis contraire, Boudicca. Laisse-moi dormir. »

Boudicca était incapable de faire taire les mille pensées qui l'assaillaient. Elle avait menti au cours du dîner lorsqu'elle avait dit qu'elle n'avait rencontré Caradoc qu'une fois. Car elle l'avait vu une fois encore trois ans plus tôt quand le somptueux temple de marbre blanc de Claude terminé, les seigneurs et chefs soumis étaient arrivés de tous les coins de la province pour participer à l'inauguration.

Certains étaient venus à contrecœur, comme Boudicca elle-même, car bien qu'on n'ait fait aucune pression sur les tribus, il était clair qu'on attendait de leurs gouvernants qu'ils y assistent. Certains vinrent avec empressement, comme cette putain brigantienne d'Aricia, traînant son misérable mari derrière elle, allant de fête en fête dans les rues et les demeures de Camulodunum. Non, c'était Colchester maintenant, Colchester la ville respectable et industrieuse, une ville que Rome gouvernait avec le sourire dans la journée mais dont les rues s'emplissaient la nuit venue de fantômes descendus des collines et qui glissaient par les rues vides, leurs épées reflétant la lune, les yeux creusés par le reproche et la misère. Prasutugas et Boudicca s'étaient tenus parmi les autres au temple, voyant avec stupéfaction la statue dorée de l'empereur baigner dans les vapeurs suffocantes de l'encens. Plautius y était, son visage ascétique déjà tout entier préoccupé par son retour imminent.

Alors que les membres des tribus chuchotaient et s'agitaient pendant les heures que durèrent ces rites, qui leur paraissaient futiles et incompréhensibles, Boudicca retrouva la lumière du soleil avec joie. Au pied des larges marches étincelantes, s'était massée une foule de curieux, faite d'esclaves, de mendiants, d'artistes, de colporteurs de bardes itinérants venus pour observer les cérémonies.

Elle tira d'une main en arrière ses cheveux flamboyants. Elle s'apprêtait à descendre lorsque soudain elle le vit. Elle sut immédiatement que c'était lui. Il portait une mauvaise tunique brune, sous une cape douteuse. La capuche lui recouvrait presque le visage, mais elle reconnut les yeux sans hésitation possible. Elle descendit les marches, se rapprochant de lui, et il ne bougea pas. La foule se fit plus dense et elle dut s'arrêter. Elle leva les yeux pour rencontrer les siens. Une lueur indiqua qu'il savait qu'elle l'avait reconnu. Elle voulut faire passer dans son regard un peu de réconfort, lui dire qu'il n'était pas seul, mais il ne vit en elle que la femme de Prasutugas, élégante comme une Romaine et, avec un dégoût indescriptible, il cracha sur le sol. Elle recula, stupéfaite. Derrière elle Prasutugas la poussait, lui disant :

« Avance ! Voilà Plautius qui arrive. » Le gouverneur sortit de l'ombre des colonnes en haut des marches, son amante catuvellaunienne, grande et vêtue de noir, à ses côtés, et pour la dernière fois Boudicca aperçut le visage de Caradoc. Il ne la regardait plus, tout occupé à fixer sa sœur. Puis il fit vivement demi-tour et disparut dans la foule bruyante.

La honte que lui avait causée cette rencontre la brûlait encore. « Tu dois m'avoir pardonné maintenant, arviragus, pensa Boudicca. Sais-tu combien de tes espions j'ai protégés en secret, combien d'armes j'ai soustraites aux recherches des centurions, combien de sacrifices j'ai accomplis seule face à Andrasta dans le bosquet secret ? Tu dois avoir meilleure opinion de moi que de la sorcière brigantienne. »

Aricia avait eu droit à tous les honneurs durant les quelques jours qu'elle avait passés à Colchester, forte de la faveur du gouverneur.

Mais Boudicca pensait avec satisfaction aux troubles que connaissait maintenant Brigantia. Venutius était un homme déchiré. Deux ans plus tôt, il avait répudié sa femme, ne laissant de son amant qu'un amas de chairs sanguinolentes. Il était parti à l'ouest avec ses chefs. Il s'était battu pendant trois mois aux côtés de Caradoc mais son engagement avait été de courte durée. Il était retourné vers elle et Caradoc avait compris. Venutius avait pourtant conservé assez de fierté pour ne pas se traîner à genoux. Ses chefs avaient assiégé ses fortifications, elle avait eu l'impudence d'envoyer sa garde se battre contre lui et Scapula mécontent avait dû lui envoyer une centurie de ses précieux légionnaires avant que Venutius se rende. Quand une paix inquiète fut rétablie à Brigantia, Scapula oublia Aricia. Venutius et elle s'étaient réconciliés et l'amant battu avait été congédié. La passion s'était réinstallée entre eux, mais ils n'avaient en commun que les désirs aveugles de leurs corps et bientôt dans la tuatha retentit à nouveau l'écho des jurons, des récriminations et des querelles de leur maison.

Boudicca plaignait Venutius. C'était un homme d'honneur, qui vouait à sa femme compliquée et cupide la même dévotion qu'à ses dieux et à son peuple. Maintenant que Scapula mobilisait ses forces sur tout le territoire des basses terres, sa conscience ne le laissait plus en repos. Caradoc avait besoin de lui mais c'était un homme impuissant, une poupée sans volonté et les cris de ses compatriotes accablés ne suffisaient pas à le réveiller.

Boudicca s'assoupit. Dehors, la pluie cessa. Sur les plages icenien-nes vides, l'écume blanche venait se briser au même rythme monotone.

21.

Llyn fut le premier à les entendre. Il se jeta sur le sol, collant son oreille contre l'herbe et fermant les yeux. D'un geste, Caradoc demanda le silence à ses hommes. Ils étaient tous fatigués. La matinée était fraîche et claire mais ils avaient passé la nuit embusqués dans les hauteurs, au nord des terres de Madoc, à attendre la Vingtième Légion. Elle était arrivée sans bruit un peu après minuit. Caradoc et ses hommes avaient surgi des arbres, tuant par surprise les auxiliaires des patrouilles avant que le gros des troupes ne soit en vue. La mêlée était sauvage. Les archers n'avaient pas le temps d'ajuster et tombaient avec des cris étouffés. Et les guerriers disparaissaient comme ils étaient venus, dans l'ombre de la forêt, laissant le chemin désert jonché de corps désarticulés, dépouillés de leurs armures et de leurs épées.

Caradoc eut une grimace satisfaite en longeant la rivière à vive allure. Ses hommes se hâtaient en silence derrière lui. Il pouvait imaginer la rage de Scapula lorsqu'on lui apprendrait la destruction totale de son avant-garde.

Les Celtes se préparèrent à une nouvelle embuscade quelques miles en amont, où les arbres bordaient à nouveau le chemin. Ils s'enfoncèrent dans les broussailles, luttant contre le sommeil. Caradoc occupait son attente en pensant à Emrys, Gervase et Sine, embusqués comme lui plus au nord. Scapula faisait un ultime effort et les tribus regardaient approcher les chasseurs. Caradoc savait que lentement mais sûrement, l'Ouest lui glissait entre les doigts.

Madoc et les Silures avaient été repoussés plus à l'intérieur, lentement mais inexorablement, loin de leurs côtes, de leurs rivières encaissées. Un campement de la Seconde se trouvait alors à la place de l'ancienne ville de Madoc. Tout son peuple, hommes, femmes et enfants, parcouraient maintenant la montagne avec les armées de Caradoc.

Les Silures avaient été durement frappés. Une *atrocitas* sans pitié ayant été décrétée, on les avait traqués comme du gibier. Nombreux étaient les enfants de Silurie qui gisaient sans sépulture sous les bras grands ouverts de la forêt près des corps de leurs mères qui avaient voulu les défendre.

Eurgain et Vida, avec leurs bandes de guerrières, avaient protégé les flancs du cortège et les jeunes femmes sous leurs ordres ne tardaient pas à s'endurcir.

Eurgain et ses femmes d'épée amenaient des prisonniers romains et regardaient froidement, au milieu des incantations des druides, Madoc brandir le couteau sacré. Le sang n'avait guère de valeur. La mort n'était plus affaire d'honneur ou motif de peine. Les corps tombaient. Même Llyn ne prêtait guère plus d'attention aux hommes qu'il tuait qu'aux femmes libres auxquelles il faisait l'amour, des femmes qui s'abandonnaient volontiers aux jeunes bras robustes du fils de l'arviragus. Rien ne comptait plus que survivre, et survivre voulait dire tuer. Seul Caelte semblait le même ; s'accrochant à son monde lumineux de musique et de poésie, se chantant de vieux chants pour lui-même, Caradoc ne réclamant jamais plus les lais de sa jeunesse. Les chants autour des feux de camps ne parlaient plus que de la mort et de la liberté future.

Llyn se releva. « Peut-être deux cents hommes, avec des chars, à un mile d'ici, dit-il avec précision. Ils tardent beaucoup, je me demande pourquoi. »

Caradoc regarda son fils. A seize ans, c'était l'âme de Togodumnus qu'on croyait voir dans ses yeux bruns. Les traits bien dessinés, le menton fendu étaient ceux de son oncle. Mais Llyn avait l'autorité et le sang-froid de son père et sa bouche fine était cruelle et railleuse comme celle de Cunobelin.

« Cela n'a pas d'importance, répondit Caradoc avec brusquerie. Ils viennent se jeter dans nos bras. Hors du sentier ! » rappela-t-il, et les guerriers disparurent sous les arbres. Caradoc et Llyn suivirent. Cinnamus vint près d'eux, se creusant un abri dans l'épais tapis de feuilles. Caradoc avait depuis longtemps interdit le port des couleurs vives et maintenant les capes brunes et grises des hommes et des femmes se confondaient avec les teintes de la forêt.

« Eurgain ? » fit-il et Cinnamus leva vers lui ses yeux verts.

« Vida et elle sont cachées plus haut, pour achever ceux qui parviendraient à nous échapper. » Il fit une pause et reprit : « Seigneur, nous allons devoir quitter ce pays. C'est notre quatrième embuscade en une semaine et nous avons perdu trop d'hommes. Si nous laissons la Vingtième rejoindre la Quatorzième, nous serons encerclés.

— Je sais, mais je déteste avoir à le faire, Cinnamus. Si nous allons plus au nord, nous abandonnons le territoire silure à Scapula et nous ne serons peut-être jamais plus en mesure de le reconquérir.

— Emrys les tient en respect, interrompit Llyn. Nous pouvons rester ici une saison de plus, Cinnamus. »

Mais Cinnamus protesta avec véhémence. « Si nous sommes séparés, nous sommes morts. Joignons nos forces à celles d'Emrys et battons-nous dans des montagnes que Scapula ne peut pénétrer. Mère ! Je n'aime guère les Ordovices, mais ils sont toujours maîtres de leur territoire et, d'ailleurs, c'est chez eux que se trouvent les cols qui conduisent à l'ouest en pays Cornovii et plus loin à Brigantia. Si les choses tournent mal, nous pourrons demander asile à Venutius.

— On ne peut pas lui faire confiance, dit Caradoc. Si nous voulions nous battre à partir de Brigantia, il nous faudrait d'abord tuer Aricia. » Ces mots lui arrachèrent un frisson et Cinnamus renifla.

« Bonne idée, Arviragus ! Il y a longtemps que vous auriez dû ordonner aux espions de le faire !

— Silence ! chuchota Llyn brusquement en relevant la tête. Ils arrivent ! »

Ils fixèrent tous intensément la route. Le gros de la légion avait défilé sous leurs yeux hostiles, une heure plus tôt. Mais l'intendance, l'arrière-garde des auxiliaires et des soldats n'était pas encore passée. Caradoc voulait en profiter pour s'emparer du grain. La nourriture était le plus souvent insuffisante et les Romains tenaient de nombreuses vallées où se faisaient les récoltes. Caradoc avait ordonné qu'on brûle les précieuses moissons des champs silures et on lui avait obéi sans protester, même quand les paysans savaient que l'hiver venu, ce serait la famine.

« Epées au clair », commanda-t-il et son ordre fut répété. Ils restèrent immobiles, observant la marche pesante d'une avant-garde surchargée. Les bœufs peinaient et les coups de fouets de leurs conducteurs ne servaient à rien. Une escorte de cavalerie les entourait. Les soldats en sueur fixaient avec terreur les abords déchiquetés du fossé. Caradoc s'en rendit compte. Tant mieux, pensa-t-il. Les yeux de ses hommes se tournèrent vers lui mais il ne donna toujours pas le signal. Le premier des chariots atteignit l'extrémité de la boucle au moment même où la dernière vague des légionnaires apparaissait. C'est alors seulement, lorsqu'il vit qu'il n'en viendrait plus d'autres, qu'il bondit, brandissant son épée par-dessus sa tête. « Liberté ! » hurla-t-il, et les hommes se jetèrent en avant avec lui, reprenant son cri : « Liberté ! »

Les Romains au-dessous d'eux essayèrent de former les rangs, mais leur terreur et leur précipitation empêchaient les officiers de rétablir l'ordre.

« Aux chars, Llyn », cria Caradoc, avant de s'enfoncer avec Madoc et Cinnamus dans la mêlée. Les Celtes ne faisaient pas de quartier en de telles occasions, les Romains le savaient. Ils s'abritèrent vivement sous leurs boucliers, leurs épées courtes et meurtrières en action. Les officiers avaient abandonné depuis longtemps toute idée de clémence. Il leur importait peu désormais de savoir si c'était à la fureur brutale des hommes ou aux femmes hurlantes et échevelées qu'ils auraient affaire. A la moindre hésitation, ils étaient des hommes morts. Ils se battirent obstinément pour former des phalanges compactes tandis que Caradoc et ses hommes s'efforçaient de les séparer. Isolément les Romains ne se battaient pas bien. Caradoc avait remporté bien des succès dus à la surprise et à l'éparpillement. Mais ces forces étaient importantes, près de deux cents légionnaires, et les chefs payèrent fort cher le grain que Llyn et ceux qui le suivaient déchargeaient méthodiquement, jetant les sacs aux mains avides qui se relayaient sur le bord du chemin. Pendant de longues minutes, l'issue du combat fut incertaine, puis Caradoc commença à accuser une certaine fatigue. Les chars étaient vides et le grain emporté vers leur camp, caché sur les hauteurs au plus profond de la forêt.

« Llyn ! cria Caradoc au-dessus du vacarme, les femmes ! » Llyn glissa un couteau entre ses dents, poussa un cadavre encore en selle et sauta sur le cheval, le lançant à toute allure en direction de la troupe guerrière. Et lorsque Eurgain, Vida et les femmes apparurent au détour du chemin, pleines de force et de fureur, les Romains surent qu'ils ne quitteraient jamais ce défilé étroit et sanglant. A leur approche, les hommes des tribus se battirent avec une vigueur nouvelle.

Lorsque le soleil fut assez haut pour éclairer le chemin, les membres des tribus renversèrent les chariots, empilèrent dessus les corps des Romains, bloquant ainsi le passage. Alors, Caradoc ordonna une retraite rapide. Il savait que dans peu de temps un détachement des forces principales de la légion serait envoyé pour savoir ce qu'il était advenu de l'arrière-garde et il faudrait que les chefs épuisés se trouvent bien loin des lieux de l'embuscade.

« Et qu'allons-nous faire des chevaux ? » demanda Llyn. Il y avait de nombreux chevaux encore tout chargés du bagage et des armes des soldats mais la route qui menait au camp était peu praticable et emmener les bêtes les ralentirait.

« Nous avons besoin de viande, insista Llyn et Caradoc en convint.

— Très bien, Llyn. Mais que toi et tes chefs vous vous en occupiez. Hâte-toi ! » Il se retourna et vit sa femme assise près de la route, une main sur la cuisse, très pâle. Il poussa son cheval vers elle, essuyant son épée sur sa cape et la rengainant vivement. « Eurgain, tu es blessée. » Elle hocha faiblement la tête. Il releva lentement la tunique, prit un couteau et déchira le tissu de ses braies, révélant une blessure en dents de scie d'où s'écoulait un sang noir. Il la toucha avec précaution. Elle ferma les yeux. Il découpa une fine lanière dans sa propre cape et resserra les lèvres de la plaie. « Ce n'est pas grave, dit-il, mais c'est ta troisième blessure en deux mois. Tu deviens imprudente. » Il parlait avec rudesse, l'inquiétude teintant la froideur de ses mots et elle lui répondit les dents serrées, pendant qu'il fixait étroitement son pansement :

« Nous sommes tous épuisés, Caradoc. Nous avons besoin de repos. A ce rythme, le nombre des chefs morts d'épuisement sera plus grand que celui des victimes des *gladiae.*

Il laissa retomber sa tunique. « Cela devrait arrêter l'hémorragie jusqu'à ce que Bran puisse s'en occuper. Peux-tu marcher ?

— Je vais essayer. » Elle se leva et essaya de reposer son pied. Il vit une expression de douleur dans ses yeux et s'adressa à l'un des seigneurs de Llyn.

« Amène un cheval pour la dame. » Puis à Eurgain : « Tu peux monter avec Llyn. Combien de femmes avons-nous perdues aujourd'hui ?

— Cinq, peut-être plus. Caradoc...

— Pas maintenant, Eurgain, supplia-t-il. Ce qu'il en coûte en vies humaines, je le sais. Personne n'en souffre plus que moi. Si tu m'aimes, ne dis plus rien.

— Oui, je t'aime, dit-elle doucement et ses traits tirés s'adoucirent. Comme tous tes hommes, je suis prête à mourir pour toi.

— Ce ne sera pas pour tout de suite, si Camulos le veut bien ! »

Malgré son aide elle se hissa sur le cheval avec difficulté. Il s'éloigna. Elle prit les rênes, attendant que son fils commande le départ de la petite troupe montée et voyant son mari disparaître sous les feuilles d'un nouveau printemps. Il ne lui parlait qu'avec brusquerie et l'amour qu'il avait pour elle semblait n'être pour lui qu'une source supplémentaire d'inquiétude. Aucun homme n'avait le droit de la critiquer. Aucun seigneur n'était autorisé à lui prodiguer autre chose que le plus respectueux hommage sous peine de déplaire à l'Arviragus. Aucune femme, si attirée par lui qu'elle fût, ne pouvait l'approcher de plus près qu'autour des feux du Conseil. Elle et ses enfants étaient tout ce qu'il possédait. Les perdre aurait été pour lui perdre son âme. Seul Cinnamus pouvait encore la taquiner, se quereller avec elle, chasser en sa compagnie en usant de la familiarité de leur longue amitié sans que Caradoc s'en inquiète. Cinnamus lui était également très cher, tout comme Caelte et il écoutait leur avis, de préférence à celui de Madoc et d'Emrys.

Lorsqu'ils atteignirent leur camp, bien caché dans une cuvette, Bran les attendait avec Caelte et les filles. Avant que quiconque se mette à manger, ils allèrent à la rivière. Bran prononça les incantations, armes et armures y furent jetées, en hommage à la déesse. Ils mangèrent ensuite en silence, autour d'un feu.

Une heure plus tard, Llyn arriva avec les chevaux. Il en envoya un aux hommes libres pour qu'ils l'abattent. Les autres furent attachés dans la forêt. Bran suivit Eurgain sous sa tente pour soigner sa blessure.

La vallée était silencieuse, chaque guerrier perdu dans ses propres pensées.

Caelte était assis le dos contre un arbre, fredonnant un air en laissant courir ses doigts sur la harpe. Les filles se battaient avec leurs épées de bois, tandis que Caradoc les regardait. Eurgain avait quinze ans et Gladys quatorze, deux filles sauvages et mal élevées, pensait Caradoc, plus habituées au sang et à la mort qu'à la chasse et aux chiens. Elles seraient bientôt en âge de se joindre au groupe de femmes guerrières que conduisait Eurgain, et qui parfois mouraient sans cérémonie ni rituel comme les jeunes seigneurs au premier baptême du sang. Il sortit son épée. « Cinnamus, dit-il, donne ton épée à Gladys. Eurgain ! » Les filles vinrent vers lui, rouges et essoufflées. Il tendit son épée à sa fille qui s'en empara avec joie. Bientôt le fracas du fer retentit. Cinnamus, incapable de se contenir plus longtemps, se leva et tourna autour des combattantes.

« Les pieds plus écartés Gladys ! ordonna-t-il. Eurgain, ne regarde pas l'épée, regarde les yeux ou tu es morte. »

L'aînée des filles avait l'adresse froide de sa tante mais la plus jeune était rapide. Elles se battaient bien, mais n'étaient pas encore de force à tenir tête à des soldats professionnels. Caradoc s'éloigna en direction de sa tente.

Eurgain était allongée sur les couvertures de leur lit, enveloppée dans sa cape. Elle lui sourit lorsqu'il déboucla sa ceinture et jeta sa cape auprès d'elle. « Ta jambe va-t-elle mieux ? » demanda-t-il, soulevant la couverture qui la recouvrait pour mieux voir. Elle acquiesça.

« Bran y a mis des cataplasmes d'herbes et elle cicatrise déjà. Mais elle sera très raide pendant un jour ou deux. je ne pourrai pas me battre demain.

— Aucun de nous ne se battra demain. J'ai décidé d'aller au nord et d'abandonner ce pays à Scapula.

— Ce n'est plus le pays qui l'intéresse, dit-elle. Tout ce qu'il veut, c'est toi. »

Il lui sourit. « Mais comme dirait Emrys, je suis le pays. Nous pouvons créer un nouveau front au nord, Eurgain, et profiter des possibilités de replis vers Brigantia en utilisant l'avantage du terrain. Cela nous rapprochera également de Mona et de nos réserves de grain.

— Au nord, nous devrons nous battre contre la Quatorzième et la Vingtième, fit remarquer Eurgain.

— Nous avons rarement eu affaire à elles. Mais tu as sans doute raison. Si nous restons, nous serons pris au piège. La situation sera bien différente pour Scapula dans les montagnes des Ordovices, répondit-il. Voilà près de cinq ans que nous tenons la forêt. Penses-y, Eurgain, cinq ans et si nous sommes capables de la garder encore deux ans, Rome fera de la frontière établie par Plautius la limite officielle de la province et nous serons libres. »

Elle se rallongea. « J'aime mieux penser à toi, dit-elle doucement. Ah ! Caradoc, je t'aime tant. Quand tu me prends dans tes bras, même la mort ne me fait plus peur. »

Il caressa ses cheveux d'un blond brillant et les éparpilla sur la couverture. Elle étendit les bras. Il quitta sa tunique brune et ses braies et la prit dans ses bras, sentant ses mains chaudes qui glissaient le long de son dos sur ses reins. Elle est comme la pluie, pensa-t-il en cherchant sa bouche. La pluie fraîche d'été qui vient irriguer les champs desséchés de mon âme. Eurgain. Il ouvrit la cape et leva la tête pour contempler sa nudité, faisant courir ses doigts sur une peau aussi lardée de cicatrices que la sienne, et pourtant toujours infiniment précieuse à ses yeux, tentante et mystérieuse. Elle vit le visage ravagé qui la dominait s'adoucir et son cœur se serra.

« Arviragus, murmura-t-elle. Peu m'importe que le monde entier soit consumé par la guerre tant qu'il y aura un coin où toi et moi nous pourrons nous allonger ensemble. »

Il sourit lentement et prit son visage dans ses mains, si petit, les yeux bleus pétillant d'humour et de désir, les lèvres pleines entrouvertes. Mais une ombre se dessina sur le flanc de la tente et Cinnamus cria : « Seigneur, une ambassade ordovice est arrivée. Emrys est encerclé et nous demande de nous mettre en route dès ce soir. »

Caradoc soupira. « Donne-leur de la viande et de la bière, Cinnamus et dis-leur d'attendre. Dis-leur que je suis pris par une affaire importante. »

Ils entendirent Cinnamus qui riait en s'en allant. Eurgain tira rudement la tête de Caradoc en arrière. « Quelle affaire pourrait être plus importante que celle-là ? murmura-t-elle.

— Aucune, mon amour, aucune, j'en conviens. »

Les Ordovices apportaient de mauvaises nouvelles. Les Quatorzième et Vingtième légions s'étaient rejointes pour avancer ensemble dans la vallée de la Severn. Scapula les accompagnait, décidé à ne pas perdre un jour de sa campagne d'été. Il avait armé quinze mille hommes.

Caradoc écouta, pensant à deux choses. Si les Brigantiens, les Iceniens et les Trinovantes avaient conservé une once de fierté, ç'aurait été le moment de frapper, de frapper fort, pendant que Scapula était aux prises avec lui et ses hommes dans l'Ouest. Mais il avait l'amère certitude qu'il n'y avait plus de résistance qu'autour de lui. Cette occasion ne serait pas saisie, et peut-être ne se représenterait-elle plus.

Il fit signe aux Ordovices de descendre et plissa les yeux vers le soleil. Trop de questions restaient sans réponse. Ses doigts se refermèrent sur l'œuf magique attaché à une lanière autour de son cou. Le charme puissant qui en émanait le calma. Il articula d'un ton égal : « Nous viendrons », et fit demi-tour.

« Madoc, Cinnamus, et toi aussi Llyn, ordonnez qu'on lève le camp. Qu'il ne reste plus que des cendres. »

Ils partirent faire ce qu'il demandait et Eurgain sautilla vers lui. « Il est temps de faire appel à toutes les forces des Demetes », dit-elle mais il était d'un autre avis.

« Je les appellerai, certes, répondit-il, mais je veux laisser quelques chefs pour s'occuper des patrouilles côtières. Scapula pense pouvoir m'atteindre par-derrière, mais il se trompe. Les Demetes nagent mieux que des poissons et se battent sur leurs bateaux comme les démons de la mer. Il va être surpris, ce vieux Romain buté plein de bile ! Et maintenant, va, Eurgain. Prépare tes femmes au départ. »

Elle s'éloigna à cloche-pied et il resta immobile, à écouter les bruits qui l'entouraient, faisant silencieusement ses adieux à ces lieux qui, comme tant d'autres, lui avaient brièvement servi de foyer.

Malgré son impatience, Scapula ne captura pas Caradoc cet été-là. Les Silures, les Ordovices et les Demetes le tinrent en respect, le forçant à de longues marches épuisantes, le narguant avant de se dissoudre dans les épaisseurs boisées, les landes désolées de leur pays pour réapparaître et frapper avec impudence sur ses arrières. Son estomac le fit beaucoup souffrir. Il n'arrivait plus à dormir. Il assistait à la lente agonie de ses hommes se débattant dans les cols rocheux, traversant des cataractes profondes qui emportaient bagages et animaux, se perdant dans l'immensité des forêts. La nuit, il entendait le hurlement des loups et le hululement des hiboux. Au matin, une sentinelle avait disparu, un officier imprudent était décapité, des chevaux égorgés. Il n'arrivait pas à capturer de paysans qui auraient pu assouvir sa soif de renseignements. Le pays semblait vide. Mais l'été ne fut pas entièrement perdu. Il commençait à se familiariser avec le paysage. Ses arpenteurs et ses cartographes faisaient un relevé des pistes, indiquaient les lieux les plus favorables à la construction de forts.

Les Romains comme les seigneurs virent avec soulagement ces interminables journées de chaleur raccourcir et devenir plus fraîches. Caradoc, Emrys et Madoc passaient de longues heures, le visage près des flammes, à imaginer une stratégie pour le printemps prochain. Si Scapula se retirait pendant l'hiver, il leur deviendrait impossible de le harceler. Par les nuits de gel et de vent, Scapula passait des heures sans sommeil, hésitant de plus en plus à se désengager. S'il conduisait les légions dans leurs quartiers d'hiver, les rebelles pourraient utiliser leur absence pour rétablir leur suprématie sur le Sud-Ouest. S'il ne le faisait pas, il verrait à nouveau ses patrouilles décimées. Les éclaireurs auraient trois ennemis à vaincre : le climat, le terrain et ces chefs insaisissables. Une magie mystérieuse et terrible le suivait partout où il allait, sortilège malfaisant qui se faisait sentir sans jamais se faire voir, qui ralentissait les réflexes des légionnaires et obscurcissait le jugement des officiers.

Les dépêches de Rome se multipliaient. La nouvelle province coûtait très cher, trop de renforts étaient nécessaires, et ceux qui rentraient demeuraient bien peu nombreux. D'où venait, demandait Claude avec une insistance croissante, que les tribus de l'Ouest ne soient pas encore matées ? Scapula se sentait de jour en jour plus vieux.

Les légions ne prirent pas leurs quartiers d'hiver et Caradoc commença la campagne avec un espoir renouvelé. L'hiver était une saison dangereuse pour tous mais particulièrement pour les soldats frigorifiés qui avançaient dans la neige, sur des chemins inconnus, vers une destination incertaine.

Les Celtes leur firent payer un lourd tribut en hommes, bien qu'eux-mêmes affaiblis par la faim et la nécessité de se déplacer sans cesse. Ses espions informaient Caradoc des moindres mouvements de Scapula. Il pouvait ainsi se tapir dans une faille montagneuse et mettre un terme par une mort sauvage à l'errance des soldats épuisés.

Samhain fut célébré avec férocité par les chefs rassemblés, et les soldats démoralisés furent bien près de se mutiner quand ils débouchèrent dans des clairières pleines de poteaux de bois couronnés des têtes gelées et torturées de leurs compatriotes.

Scapula commanda la retraite. Les soldats retrouvèrent avec joie leurs quartiers d'hiver. Les chefs eux, reposèrent leur corps fourbu en rêvant du confort de leurs fermes. Ils avaient prêté serment à leur arviragus, ils lui obéissaient sans se plaindre. Mais il y avait quatre ans que certains d'entre eux avaient quitté leur hutte pour prendre le sentier de la guerre et ils croyaient parfois n'avoir rien accompli.

Caradoc connaissait leurs doutes mais ne pouvait y répondre. Les vivres se faisaient rares au fur et à mesure qu'avançait l'hiver et les hommes libres dorlotaient leur nostalgie quand l'action n'était pas là pour les en distraire.

Les pluies de printemps commencèrent. Et nuit après nuit, ils se réunirent tristement, s'asseyant dans les flaques, trempés et misérables, pensant à leurs récoltes abandonnées aux mains peu rassurantes de leurs paysans. Comment les mises bas du printemps se dérouleraient-elles ? Et les semailles de leurs petits champs ?

Une insidieuse vague de mécontentement se développa. A l'occasion, il y avait déjà eu des explosions de révolte, mais cette fois, les doléances prenaient dangereusement Caradoc pour cible.

Par une soirée particulièrement pluvieuse, Madoc vint le trouver.

« Convoquez le Conseil, Seigneur », dit-il d'un ton péremptoire.

Caradoc ne le regarda même pas et continua à natter ses cheveux. « Non. »

Madoc s'accroupit devant lui, le visage envahi par la barbe noire, les sourcils froncés, dans une expression d'inquiétude têtue. « Rassemblez-les tous et laissez-leur crier leur désespoir et leurs regrets. Ils seront satisfaits et les rumeurs cesseront.

— Non ! » Caradoc reposa le peigne. « Je suis arviragus. Ils m'ont prêté serment. Convoquer le Conseil serait faire preuve d'indécision. Mon autorité en souffrira. Je ne veux pas courir ce risque. »

Madoc tira machinalement sur sa barbe d'un air ennuyé. « Ils vous aiment, le Catuvellaunien, mais ce sont des chefs ignorants et simples qui ont déjà beaucoup donné à la cause de la liberté. Laissez-les s'exprimer, je vous en supplie. »

Caradoc regarda vivement son ami. La provocation rageuse avait quitté le visage bouffi et les rides profondes creusées par la vie en campagne le faisaient ressembler à quelque vieux barde tragicomique. Caradoc sentit les morsures d'une culpabilité sans objet. « Cela te convient mal de supplier, Madoc », dit-il d'un ton cinglant et le rouge monta au visage du vieil homme.

« Nous sommes peut-être devenus des mendiants et des parias, arviragus, mais je n'en ai pas honte. Abandonnez quelques miettes de votre grande fierté. Laissez le peuple exprimer ses peurs. Qu'avez-vous à craindre ? » Il salua et s'éloigna.

Caradoc contempla le halo de verdure qui l'entourait. « Je crains que le son de leur propre voix ne renforce leur mécontentement, qu'ils me défient et rentrent chez eux en ruinant des années de sacrifices. As-tu été contraint d'affronter cela également, Vercingetorix, en plus de l'implacable jugement de Cesar ? » Il décida d'appeler Cinnamus.

« Je convoque un Grand Conseil, lui dit-il, rassemble les seigneurs et les hommes libres, Cinnamus. »

Ils se réunirent avec empressement autour du feu ce soir-là. Caradoc, assis en tailleur sur sa couverture, les doigts serrés autour du carnyx et un cercle d'or au front, vit la lente montée des flammes se refléter dans mille yeux pleins d'espoir et de gêne. Ils étaient toujours divisés, même en conseil.

Les chefs silures étaient assis près de lui, sûrs de sa faveur. Les Ordovices se glissèrent dans la salle comme des ombres et s'assirent en un bloc compact. Les Demetes grognèrent et poussèrent pour se placer à l'arrière. Madoc s'assit à côté de Caradoc, s'agitant et maugréant et Emrys se mit à sa gauche. Llyn vint derrière Madoc. Caelte portant sa harpe et Cinnamus le bouclier de l'arviragus se tenaient fièrement derrière lui. Eurgain et Vida s'assirent avec les femmes d'épée. Caradoc tendit le carnyx à Cinnamus et se leva, ses mouvements saccadés trahissant sa mauvaise humeur.

« Je déclare le Conseil ouvert ! cria-t-il. Que les esclaves sortent. » Et il commença, sans même prendre la peine de décrocher son épée. Personne n'osa lui faire remarquer son oubli. « Vous vouliez un Conseil, dit-il, j'en convoque donc un, mais je ne comprends pas ce que vous désirez. Je vous rappelle que vous m'avez prêté serment et vous préviens qu'aucune décision ne sera prise ici sans mon approbation. » Il s'assit.

Sine se leva et avança, silhouette fine vêtue de brun surmontée par l'éclat du bronze et la sauvagerie insolite de son masque de loup. Elle s'adressa directement à Caradoc.

« Arviragus, c'est au nom de ma tribu, pas en mon nom, que je m'adresse à vous.

— Je m'en souviendrai, dit-il d'un ton neutre. Enlève ton masque, Sine. »

Elle le retira et se tourna vers l'assistance. « Guerriers, hommes et femmes libres ! Depuis quatre longues années nous vivons ensemble, faisant taire nos différences pour la défense de l'Ouest. Nous avons perdu des frères et des fils, des sœurs et des filles, nous avons souffert de la faim et du danger, mais nous ne nous sommes pas plaints, sachant que c'était entre nos mains que résidait le seul espoir d'Albion. Le nom de notre arviragus est devenu un talisman pour les peuples en esclavage dans les basses terres. Pourtant le temps passe et nous ne tenons toujours pas la victoire. Nous voulons savoir combien de temps encore nous serons séparés de nos foyers avant que l'arviragus nous crie : assez ! Nous ne ramperons plus sur le ventre comme des serpents en forêt ! Nous allons relever la tête et nous battre comme des hommes ! Arviragus, quand pourrons-nous porter à nouveau nos capes aux couleurs vives ? » Elle retourna près d'Eurgain et un chef des Demetes bondit à sa place, faisant vibrer les antennes de son casque massif.

« Les Demetes n'ont aucune envie de rentrer chez eux, grogna-t-il très fort. Mais nous voulons tuer des Romains. Ce sont nos épées qui s'impatientent. Conduis-nous à la bataille, Arviragus. Assez de raids furtifs et honteux ! » Il n'était pas plutôt assis qu'une femme ordovice se leva. « Frappe-les maintenant, Arviragus, pria-t-elle, pendant qu'ils sont à bout de force et démoralisés.

— Comment pourraient-ils être à bout de force après s'être reposés dans leurs quartiers d'hiver pendant deux mois ? » répondit Caradoc avec fureur et Cinnamus lui posa une main sur l'épaule. « N'interrompez pas le Conseil, Seigneur, lui conseilla-t-il à voix basse. Ils ne sont pas d'humeur à voir les règles bafouées. »

La femme continua d'une voix nerveuse haut perchée. « Jamais encore tant de soldats n'ont été rassemblés en un seul lieu à notre portée. C'est une chance qu'il ne faut pas laisser passer. » Et elle se rassit dans la foule.

Ce fut alors au tour de Madoc de soupirer bruyamment en se hissant sur ses pieds. « Je parle en mon nom et celui des Silures, tonna-t-il. L'arviragus nous a demandé de faire confiance à son jugement, même si cela nous semblait étrange, et nous avons bien fait d'obéir. Grâce à lui, l'Ouest est resté libre. Obéissez-lui encore. Moi et ma tuatha nous respectons notre serment et suivrons ses directives aussi longtemps que cela sera nécessaire. » Il s'assit, essoufflé par l'effort et il y eut un moment de silence. Puis brusquement, plusieurs personnes à la fois se levèrent et commencèrent à crier.

« Les Dagda ne l'inspirent plus !

— Il a perdu le pouvoir de prendre les décisions justes ! »

L'assistance tout entière se leva, masse effervescente et coléreuse. Des épées apparurent aux mains des chefs qui commencèrent à s'injurier, la frustration menant à la violence. Alors Caradoc, debout, porta le carnyx à ses lèvres et souffla. La note plaintive et insistante résonna à travers les arbres. Surpris, les chefs baissèrent la tête et le regardèrent. Il frappa du pied.

« Les Romains prient leurs dieux qu'une telle folie s'empare de nous ! rugit-il, le visage blanc comme la craie, les mains tremblant de rage. Asseyez-vous, tous ! » Honteux, sans un mot, ils se rassirent. Les mains sur les hanches, il les foudroyait du regard en pensant : « Paysans, ignorants comme du bétail ! Et pourtant plus précieux à mes yeux que ma propre vie. »

« Je vous l'ai dit bien des fois, dit-il d'une voix qui tremblait de colère rentrée, aucune tribu n'a jamais rencontré les légions en bataille rangée et gagné. Si nous risquons les lents et difficiles progrès des quatre dernières années en un instant de bravoure folle nous aurons tout perdu. Tout ! Les nôtres auront été massacrés pour rien. Il nous faut continuer comme nous l'avons toujours fait : frapper là où l'on ne s'y attend pas et nous enfuir ; jouer sur la peur des soldats, les entraînant à la mort l'un après l'autre. Puis dans deux ou trois ans, Rome se découragera et nous pourrons tous rentrer chez nous. »

Gervase se leva. « Seigneur, dit-il calmement, nous avons appris de dures leçons depuis que nous avons entrepris l'œuvre commune. Maintenant, nous sommes fatigués. Ecoutez-nous et faites que cette bataille soit la dernière. Nous sommes vos fauves, arviragus et vos fauves sommes restés jusqu'à ce que nos cœurs éclatent, qu'il n'y ait plus la moindre vie en nous. Les chiens de Rome sont infatigables. Dans dix ans nous en serons toujours à ramper dans la forêt. Je vous en supplie, laissez-nous nous battre et nous libérer. »

« Vous avez tort, tort, vous tous, pensa Caradoc troublé. Claude se lassera de perdre tant d'hommes et tant d'argent. Il fera remplacer Scapula. Il fixera des frontières qui n'inclueront pas l'Ouest. D'où vient que vous n'ayez pas le bon sens de le comprendre ? »

« Un vote », avança doucement quelqu'un et le cri fut repris : « Un vote, nous voulons voter, Arviragus !

— Vous avez élu un arviragus, leur rappela-t-il avec morgue. Et là où il y a un arviragus, il n'y a pas de vote. »

Caradoc, dans le silence qui suivit, scruta lentement les visages qu'il avait devant lui, y lisant l'espoir, la peur, le doute, l'agressivité mais plus encore l'amour et le poids écrasant d'une confiance désarmante. Il rencontra les yeux d'Eurgain. Laisse-les voter, entendit-il sa voix calme lui dire. Qu'on en finisse, Caradoc. Les yeux sombres de Bran lui parlaient aussi, même si le visage de l'invocateur était caché par sa capuche blanche, mais il lui semblait futile de faire appel aux druides. Pourquoi, en effet, ne pas mener tout cela à sa fin ? Gervase avait peut-être raison. Mais quelque chose en lui murmurait douloureusement qu'ils n'étaient pas prêts pour une bataille ouverte et ne le seraient jamais. Scapula conduirait les aigles triomphantes dans l'Ouest dévasté. Il redressa les épaules. Ma destinée est accomplie, se dit-il. Je ne peux rien faire de plus.

« Eh bien, votez donc ! » leur cria-t-il avec mépris et ils revinrent à la vie. « Que ceux qui veulent continuer comme j'ai commencé se lèvent. »

Madoc et les Silures se levèrent, ainsi qu'une partie des Demetes. Caradoc eut la surprise de voir Emrys, près de lui, se lever aussi.

« Je ne veux pas forcer mon peuple à me suivre, dit-il. C'est mon vote personnel. » Sine resta assise.

« Et vous ? demanda Caradoc aux autres. Voulez-vous que je vous libère de votre serment ? » Les yeux ne le regardèrent pas en face, mais les têtes s'agitèrent et un chœur grave s'éleva : « Non, Seigneur, jamais.

— Je sais ce que vous voulez, insensés, dit-il avec douceur. Respectez votre serment et je vous conduirai à la bataille comme vous le désirez. Si nous sommes vainqueurs, ne discutez jamais plus mes décisions et si nous perdons, chacun d'entre vous sera déshonoré tant que le dernier Romain n'aura pas quitté ces rives. Etes-vous d'accord ? »

Ils ne voulaient pas accepter mais ils étaient pris à leur propre piège. Ils ne désiraient pas mourir déshonorés, car alors ils ne connaîtraient pas de repos. Et la dette était éternelle. Mais la peur les poussait. Peur de nouvelles épreuves et de deuils supplémentaires, peur de voir leur tuatha devenir peu à peu un ramassis de paysans stupides, à peine différents du bétail qu'ils abattaient pour la viande. Visiblement à contrecœur, ils acceptèrent.

Caradoc les renvoya. Il appela immédiatement Madoc, Emrys et les seigneurs des Demetes près de lui. Ils s'assirent, non loin du feu déserté, débattant de l'ultime confrontation, tirant la leçon de tant d'années de courage désespéré qui les avait amenés bien près de l'échec. « Il fallait en passer par là, pensait Caradoc avec fatalisme. Je les ai rassemblés plus longtemps qu'aucun arviragus avant moi, mais le devoir à l'égard des siens prime sur tous les autres et ils me sont restés loyaux plus longtemps que je ne le mérite. Maintenant, ils me relèvent de mes responsabilités. Tout est tellement plus facile pour moi. Je n'ai plus de tuatha, plus de parenté à rejoindre. Oh ! Camulos, j'aimerais qu'ils aient choisi un autre moment. »

« Laissons Scapula venir à nous, disait Emrys. Nous devons choisir le site de la bataille et attendre qu'il nous trouve. Il faut agir vite, avant que les légions ne puissent nous séparer. »

Caradoc acquiesça d'un air absent. Il se sentait curieusement vide. Il ne pouvait que rester assis, les mains pendantes, et les yeux au sol.

Mais lorsqu'il se réveilla le lendemain, il avait retrouvé son autorité sur lui-même et sur les autres. Il convoqua ses espions. « Allez à l'est, leur commanda-t-il. Trouvez les légions. Soûlez-vous, battez-vous. Parlez à tort et à travers mais assurez-vous que nos plans parviennent aux oreilles de Scapula. » Il les congédia et se tourna vers Cinnamus. « Combien de guerriers se battront ?

— En comptant les femmes ?

— Naturellement. T'es-tu encore querellé avec Vida ? » Cinnamus fit la grimace. « Seigneur, je me suis battu avec elle toute ma vie. Savez-vous que lorsque j'ai été chez son père pour demander la coupe du mariage elle a renversé un pichet de vin sur ma tête et juré qu'elle n'épouserait jamais un loqueteux comme moi ? Mère, quelle femme, ai-je pensé en la quittant. Mais j'ai su à ce moment-là qu'il fallait absolument que je l'aie. Il a fallu que je me batte pour elle, la mégère, et je n'ai jamais cessé de me battre pour, avec et contre elle, depuis... »

Caradoc sourit. « Combien de têtes, mon ami ?

— Ah ! oui. S'il vous voulez compter les femmes, alors vous êtes à la tête de dix mille guerriers, Seigneur.

— Et Scapula en a cinq mille de plus. Penses-tu que les forces soient égales ? »

Cinnamus le fixa de ses yeux verts avec cette expression inimitable. « Elles ne l'ont jamais été, Seigneur, et pourtant, nous sommes toujours ici, sous la pluie, et l'Ouest est toujours libre. Cela devrait répondre à votre question. »

22.

En moins de deux semaines, Ostorius Scapula eut la stupéfaction d'apprendre que les rebelles, fatigués de sa politique d'usure lente, étaient enfin prêts à se mesurer à lui. Enfin, enfin, Caradoc tombait dans son piège avec une incroyable naïveté. De son quartier général, avec ses tribuns, à l'abri de la pluie, il observa les soldats qui rangeaient leurs gamelles à la hâte. Il avait eu raison de s'obstiner à pousser toujours plus vers l'ouest. Le barbare, animal primitif qu'il était, avait cédé le premier, comme il avait toujours pensé qu'il le ferait. Maintenant, Divin Claude, pensa-t-il joyeusement, nous allons voir. La horde sauvage avançait vers le nord, toujours bien protégée par ses montagnes. Les éclaireurs romains les suivaient, cachés dans les buissons qui bordaient les pistes. On n'avait rien fait pour se débarrasser d'eux et à cela, Scapula comprenait que Caradoc voulait que Rome le trouve. Scapula gratifia son commandant en second d'un sourire radieux, comme on lui en voyait rarement.

« Je ne pense pas que la saison soit trop longue, Gavius. Quel coup de chance ! Caradoc et son armée, au même endroit et m'attendant de surcroît ! Depuis le temps, ce barbare stupide aurait pu acquérir quelque bon sens. Il devrait savoir qu'il n'est pas de force pour une bataille rangée.

— J'ai entendu dire que ce n'était pas une question de bon sens », lui répondit son tribun, reconnaissant qu'il était lui-même un peu déçu.

Car les officiers partageaient un respect admiratif pour cet ennemi acharné et habile qu'ils n'avaient jamais vu. Quelle sorte d'homme était-il donc, capable de résister non seulement à une mais à deux légions pendant plus de quatre ans ? Etait-ce un homme ou un démon que les prières des tribus avaient fait sortir de la rivière ? Les mères faisaient peur à leurs enfants en prononçant son nom quand ils n'étaient pas sages. Les jeunes femmes rêvaient d'être ses captives, les jeunes gens de se battre à ses côtés jusqu'à la victoire. Les proches de Claude, blasés et ennuyés, animaient les longues journées d'hiver du récit des exploits fascinants qu'on lui prêtait.

Même la nouvelle femme de Claude se prêtait à ce jeu quand elle n'était pas occupée à d'autres jeux moins innocents. Mais Claude, se souvenant des yeux hostiles et méprisants de la princesse barbare qui l'avait défié des années plus tôt, ne partageait pas l'engouement général. Il avait pardonné à Plautius de l'avoir épousée — il lui aurait été difficile de faire autrement quand Plautius rentrait porté par l'enthousiasme populaire. Claude leur avait offert un nouveau domaine et une paire de chevaux de char pour l'arène. Mais il ne leur avait pas conseillé d'apparaître à la cour. Claude savait quelle sorte d'homme était l'arviragus des Celtes, brillant, charismatique, mais rien qu'un homme quand même, qu'on lui amènerait un jour, vaincu, ici, au centre du monde. Claude pouvait se permettre d'attendre.

« Caradoc n'a pas librement décidé de livrer bataille, continua le tribun. Ses chefs en ont assez des tactiques de harassement et veulent en finir, une fois pour toutes. »

Scapula le dévisagea sans aménité. « Alors, vous aussi, vous en faites une sorte de héros ? » Il considéra la grisaille du paysage. La voix du commandant monta d'un ton et son visage s'empourpra. « Vous changerez d'avis, lorsque vous le verrez, ce n'est rien d'autre qu'un sauvage dément, squelettique et sale.

— Oui », s'empressa de répondre le tribun.

Emrys alla vers Caradoc et lui toucha le bras avec insistance. « Arviragus, il faut que vous preniez une décision, et vite, dit-il. Depuis quatre jours nous marchons en bordure de la rivière et traversons les vallées. Nous devons nous arrêter. Les légions ne sont qu'à deux jours de nous.

— Je sais, je sais, répondit mécaniquement Caradoc. Laisse-m'en le temps, Emrys. »

Ils étaient descendus des collines pour la première fois depuis des mois, à la recherche d'un lieu qui se prête à livrer bataille. Caradoc savait que les arbres au-dessus d'eux étaient pleins d'éclaireurs romains mais il interdisait à Madoc de les en chasser. Qu'ils observent et comptent à loisir, qu'ils retournent vers Scapula. Que ce dernier les rejoigne aussi rapidement qu'il le pourrait, et alors, oh ! Mère, par pitié, un peu de paix, un peu de repos ! Il secoua la tête d'un air décidé et fit signe aux meneurs de continuer. « Cet endroit ne convient pas ! cria-t-il. Nous planterons le camp au prochain tournant, dit-il à son entourage. Madoc, c'est au tour des Silures de monter la garde. Occupe-t'en. »

Derrière lui, il entendit monter des chants. L'armée chantait tous les soirs, depuis qu'ils avaient quitté les collines. Ce soir, c'était une chanson de raid, pleine de mots de victoire et il écouta, peu ému par les tonalités ronflantes que renvoyaient les collines. Ses forces avancées n'étaient plus visibles. Il approchait lui-même de l'éperon de terre qui séparait les eaux. Le soleil descendit encore. Il contourna la presqu'île, ne pensant qu'à un bon feu et un bon repas quand tout à coup, il s'arrêta.

Il découvrit la vallée qui s'ouvrait sur sa gauche. L'éperon commençait un mile plus haut, et se perdait vite dans l'obscurité du soir. La vallée, d'abord plane et parsemée de rochers gris pointus comme des aiguilles tombés du plateau en surplomb, se changeait brusquement en une pente abrupte couverte d'arbres rabougris couronnée par d'anciennes fortifications. Le soleil avait presque disparu et l'endroit silencieux et vide s'éclairait de couleurs menaçantes juste avant la nuit.

Cinnamus s'immobilisa près de lui et s'exclama, saisi. « C'est bien le lieu, Seigneur, aucun doute n'est permis. Nous pouvons restaurer les fortifications à mi-chemin de la pente et Scapula lui-même sera incapable de se battre jusqu'en haut de cette colline !

— Je crois que tu as raison, Cinnamus. Emrys, je ne veux pas que l'on campe ici. Envoie les hommes sur le plateau qui surplombe la vallée. Ils pourront allumer leurs feux sous les arbres.

— C'est donc l'endroit que vous avez choisi ? lui demanda Emrys. Nous allons nous battre ici ? »

Caradoc haussa les épaules. « Je n'en suis pas tout à fait sûr. Je vous le dirai demain matin. »

Emrys se leva. « Il sera peut-être trop tard pour changer d'avis », fit-il remarquer. Il s'éloigna et Cinnamus le suivit.

Caradoc observa la tuatha qui serpentait en une longue file sur la pente raide. L'obscurité était presque complète et quelque part, de l'autre côté de la rivière, quinze mille hommes attendaient, prêts à écraser la fierté de son peuple. Il se sentit seul, sans amis, plein de sombres pressentiments. Il s'assit sur un roc, dans l'ombre épaisse, et resta là longtemps. La brise qui se levait lui apportait l'odeur riche des nouvelles feuilles et la senteur délicate des ajoncs épineux. « C'est un parfum que j'ai senti le jour de mon mariage, pensa-t-il. Eurgain et moi, nous étions innocents et pleins d'espoir. Pourquoi les hommes ne doivent-ils être que des pions aveugles aux mains du destin ? J'aimerais pouvoir forger ma destinée. Cinnamus avait raison. Nul lieu ne pouvait être plus approprié que celui-là et c'est un bon signe. Il serait stupide de continuer à avancer et nous faire rejoindre par Scapula sans pouvoir même nous retourner. » Il posa sa tête sur ses genoux, croisant les mains derrière son cou. « Je resterai là. Je ne courrai plus. Le destin resserrerait sa prise. J'en serai le maître, pensa-t-il obstinément. Je serai maître de mon âme. » Il resta sans bouger jusqu'à ce que les étoiles apparaissent et que la vallée baigne dans la lumière argentée de la lune qui se levait.

Au matin, ses espions lui apprirent que les Romains avaient envoyé des troupes en reconnaissance et que leur avance était retardée. Scapula voulait assurer ses arrières avant la rencontre finale. Les soldats firent leurs derniers préparatifs et les *speculatores* revinrent les prévenir que dans les basses terres, tout était tranquille.

Caradoc commanda à tous, hommes et femmes, de se mettre au travail. Ils passèrent la journée à ramasser des rocs et à consolider le mur arrondi qui leur servirait d'abri et permettrait aux hommes libres d'utiliser leurs frondes.

Madoc, Emrys et lui restèrent sur les hauteurs du plateau.

« C'est un ordre. Les chefs ne combattront pas jusqu'à la mort, leur dit-il. Si la bataille tourne à notre désavantage, qu'ils s'enfuient pour pouvoir se battre une autre fois. Persuadez-les, mes amis, que si mourir au cours d'une bataille est honorable, il vaut encore mieux ravaler son honneur et vivre pour continuer le combat.

— Vous doutez de la victoire ? commenta Emrys et Caradoc se tourna vers lui, irrité.

— Naturellement, j'en doute ! Si demain, nous obtenons la victoire, ce sera la première fois qu'un rassemblement de tribus y parviendra. Toutes les chances sont de notre côté si seulement les tribus obéissent aux ordres. Mais vous savez comme moi qu'ils s'obstinent à se battre à leur guise. Il vous appartiendra à tous deux de contrôler vos hommes. »

La vallée grouillait de silhouettes grises et brunes, les manches relevées, les muscles bruns tendus par l'effort. Le mur semblait déjà moins délabré. Les gens travaillaient gaiement, riant et chantant comme s'ils se préparaient aux sacrifices du printemps. Leur légèreté irrita Caradoc. Des enfants, pensa-t-il. Il se détourna brusquement.

« Emrys, toi et ta tuatha pouvez prendre le centre de la vallée. Madoc, que les Silures se tiennent sur la droite, là où nous sommes moins bien couverts. Je placerai les Demetes à gauche, fit-il remarquer, là où les arbres abondent et où la cavalerie ne pourra pas passer. Rassemblez vos hommes tout près de la rivière. Nous pourrons attaquer avec des rocs et des pierres quand les Romains tenteront de la traverser. Ensuite, il sera possible de se replier derrière le mur. » Ils marquèrent leur assentiment. « Une dernière consigne, conclut Caradoc. Ce soir, si elles le désirent, les tribus peuvent jeter leurs haillons au feu. Nous n'aurons plus besoin de nous déguiser en animaux des bois. »

Au coucher du soleil, le mur arrivait presque à hauteur d'épaule. Les hommes se retirèrent dans les hauteurs pour polir leurs armes et faire leurs incantations. Caradoc et les chefs se tinrent près de la rivière pendant que Bran trempait dans l'eau des feuilles de chêne, en murmurant les formules rituelles. Ils avaient jeté dans la vase des profondeurs les dernières *gladiae* conquises.

Un poisson mort était soudain remonté à la surface, son ventre nacré au soleil comme un reflet d'arc-en-ciel sur la neige. C'était un bon présage.

La nuit était tombée, un crépuscule inquiétant, la déchirure orange des nuages annonçant l'orage. Les espions étaient rentrés. Scapula arrivait. Caradoc marcha avec ses hommes jusqu'à l'entrée des gorges et aperçut la lueur dansante de mille feux, de l'autre côté de la rivière. Il entendit le son du tuba qui appelait aux cérémonies en l'honneur de Jupiter. Il alla vers sa tente, heureux de sentir que le moment décisif approchait. Il souleva le rideau et entra.

Eurgain préparait son costume du lendemain matin, braies jaunes frangées de fil d'or, tunique bleue aux dessins francs, des carrés jaunes et noirs et sa longue cape écarlate. Elle avait ouvert leur coffret à bijoux et il en sortit des bracelets d'argent, des broches serties de corail, des bandeaux ornés de perles roses.

« Cinnamus a apporté ton bouclier, dit-elle. Vas-tu t'en servir ? »

Il regarda son bouclier de cérémonie posé près de son bouclier de bois si malmené par les batailles et secoua la tête.

« Les émaux en seraient arrachés, parvint-il tout juste à dire, la gorge serrée, en promenant ses doigts parmi les trésors d'une autre époque de leur vie. Eurgain, ajouta-t-il, je veux garder les femmes en renfort. Les Demetes ne m'inspirent pas confiance. Ils se battent bien mais ils sont tous comme Tog. Si la première charge ne décide pas de la victoire, ils ne tardent pas à être débordés. J'aurai peut-être besoin de t'envoyer, toi et Vida, en renfort sur leur flanc gauche.

— Et que feront Llyn et ses chefs ? »

Il s'assit pour se verser de la bière. « Llyn se battra à mes côtés. Il va protester mais cette fois, j'ai besoin de lui près de moi.

— Et les filles ?

— Elles ne se battront pas. Elles peuvent rester à l'arrière, avec les enfants et les vieux. »

Il but sans plaisir. Eurgain referma le coffret et vint s'asseoir près de lui.

« Caradoc, si la journée ne nous est pas favorable, que se passera-t-il ? »

Il l'attira vers lui, dénouant une de ses nattes avec lenteur. « Alors nous nous enfuirons. Vers l'ouest ou vers Brigantia. Et nous recommencerons. » Il secoua les cheveux ondulés et commença à défaire l'autre natte.

« Parfois je crois que nous vieillirons et mourrons dans ces montagnes, dit-elle, sans jamais plus connaître d'autre foyer qu'une tente traversée par la pluie, ou une cape usée jusqu'à la corde. Pourrons-nous jamais rire encore ensemble, loin de tout souci ? »

Il ne dit rien mais prit à deux mains la cascade blonde semée d'argent, et regarda son visage bronzé.

« Eurgain, je t'aime. Quand te l'ai-je dit pour la dernière fois ? »

Ses yeux s'écarquillèrent de surprise et de joie. « Tu ne me l'as jamais dit, je crois », répondit-elle presque sans voix. Il l'embrassa longuement, sachant que c'était peut-être la dernière fois qu'il la serrait dans ses bras, sa femme, son autre lui-même. La bataille imminente donnait à leur passion une lenteur poignante et lorsque tout fut fini, ils s'endormirent profondément, serrés l'un contre l'autre.

Aux premières lueurs de l'aube, ils s'éveillèrent et s'habillèrent rapidement. Ils attachèrent leurs épées par-dessus leurs tuniques éclatantes et saisirent leur bouclier. Ils se dirent au revoir, comme s'ils étaient sûrs de se retrouver à midi autour du feu de la Grand-Salle. Ils allèrent, elle vers les femmes rassemblées sous les arbres et lui plus bas dans la vallée, là où Cinnamus et Caelte l'attendaient.

Les nuages bouchaient l'horizon et, à l'est, on voyait des éclairs qu'on n'entendait pas. L'air était si lourd et si chargé qu'on avait peine à se déplacer. Tous trois avancèrent en direction de l'eau et regardèrent. Rome la toute-puissante s'affairait. Tout à fait à l'arrière, la cavalerie allait d'un point à un autre et dans la lumière étrange qui précède l'orage, Caradoc reconnut un groupe d'officiers auxquels on donnait des instructions. Il pouvait même distinguer leurs traits. Scapula était-il parmi eux ? L'armée était massée sur une fine bande de terre, en bordure de la rivière. Et tout près de l'eau un fin panache d'encens montait tout droit dans l'air.

« Que font-ils ? demanda Caradoc intrigué.

— Ils lisent les présages, répondit Caelte. C'est la seconde fois depuis ce matin. Le temps inquiète les soldats et je crois qu'ils ont réclamé une interprétation plus claire des augures avant de livrer bataille.

— Alors, les prêtres seront forcés de leur mentir, s'empressa de répondre Cinnamus. Car nous allons gagner et personne n'osera le leur prédire.

— Les chefs seront-ils prêts ? » demanda Caradoc. Cinnamus hocha la tête et ils se retournèrent. Les hommes des tribus étaient assemblés en une ligne d'un mile de long, brillante symphonie de couleurs vives. Les chefs portaient fièrement leurs boucliers de bronze ouvragés et des casques épais. Leurs lances étaient levées et leurs capes, rejetées en arrière, descendaient jusqu'au sol. Devant eux, les hommes libres étaient en rangs, certains portant tuniques, d'autres nus, le bleu sourd de leurs tatouages compliqués s'harmonisant avec la pierre grise qui les entourait. Ils avaient tous des boucliers de cuir et à l'épaule des sacoches pleines d'éclats de roche dure.

Caradoc se tourna vers ses hommes, les prit par les poignets puis leur donna l'accolade. « Sécurité et Paix, dit-il calmement. Vous m'avez servi avec dévouement tous les deux, très chers amis. Puissiez-vous vivre à nouveau ! »

Ils le regardèrent, partageant tous la même émotion. Puis tous trois revinrent en courant là où Llyn et ses jeunes seigneurs faisaient impatiemment les cent pas, les yeux pleins de fièvre.

Caradoc ramassa sa lance, laissa retomber sa cape et se retourna. Un silence menaçant régnait sur la vallée. Les deux armées attendaient, fin prêtes, le choc de l'engagement. Soudain, l'incursus sonna, haut et clair, de l'autre côté de la rivière. Le premier rang des Romains se glissa dans l'eau. Caradoc porta le carnyx à ses lèvres. Il souffla de toutes ses forces, et la note suraiguë se perdit dans les arbres des deux rives et s'y répercuta cent fois. Il sauta sur un rocher et tirant son épée, la fit tournoyer par-dessus sa tête.

« Un matin de mort, cria-t-il, un matin de bataille. Que Camulos aide les Catuvellauniens ! »

Les tribus bondirent en avant, frappant sur leurs boucliers, avec des rugissements. Au premier rang, les hommes libres firent tourner leurs frondes. Des légionnaires tombaient déjà dans l'eau, touchés par les pierres, mais d'autres arrivèrent derrière eux. Très vite, ils furent sur l'autre rive, à se battre, leurs camarades sortant de l'eau derrière eux par vagues successives, comme des insectes noirs. Caradoc s'élança sur la pente, suivi de Cinnamus et de Caelte. Entourés par Llyn et sa troupe, épées levées, ils tombèrent sur les soldats, pleins d'une furie nourrie par leur désir de vengeance.

Pendant trois heures, les tuatha se battirent avec la plus folle violence. Elles suivaient les conseils de Caradoc. Rome ne parvenait pas à former les rangs pour percer ce mur d'épées sifflantes. Les soldats se retrouvaient isolés et la peur de l'orage imminent les ralentissait encore.

Scapula observait. Il n'était pas inquiet. Quand il vit que sa première vague d'infanterie ne parvenait pas à avancer, il lança le reste des forces dans la bataille. Elles traversèrent en bon ordre la rivière, protégées sur leurs flancs par des auxiliaires de Gaule et d'Ibérie qui utilisaient les mêmes armes que les tribus.

Soudain, Caradoc perçut une grande clameur. Les Demetes s'étaient laissé déborder et, les voyant céder, les officiers firent sonner les trompettes. Les soldats formèrent les rangs à la hâte, assiégeant les Demetes désorganisés qui remontaient la pente en fuyant. Caradoc aperçut alors, dominant les clameurs, les femmes qui surgissaient de la forêt, l'épée levée. Il crut voir un bref instant le masque rigide de Sine, couleur de cuivre. Elles fondirent sur la vallée, des deux côtés, là où Rome avançait fermement en direction d'Emrys et des Ordovices. Elles tombèrent sur les arrières non protégés des soldats comme des déesses de la vengeance. Puis Caradoc ne vit plus rien, car la bataille se déplaçant vers lui, il dut se battre.

Les tribus peu à peu cédèrent. La fuite des Demetes avait donné aux légionnaires une chance de se rassembler. Scapula était de meilleure humeur. A midi, il eut faim, vraiment faim pour la première fois depuis cinq ans, en voyant les chefs acculés à leur mur de défense.

« *Testudo* », ordonna-t-il joyeusement. L'ordre fut transmis et les trompettes sonnèrent. Les légionnaires rassemblés ne furent plus qu'un bloc de métal contre la muraille. Les Romains sentaient maintenant la victoire. Avec une nouvelle vigueur, ils attaquèrent sous les projectiles qui ne parvenaient pas à percer leur armure sans faille.

Caradoc, du haut du mur, comprit la situation et cria « Reculez ! Tous ! Au sommet ! »

Il cherchait Llyn sans le voir. Faisant demi-tour pour quitter le plateau avec d'autres guerriers en fuite, il entendit de nouveaux hurlements. Des flèches commençaient à pleuvoir sur les défenseurs. Les auxiliaires étaient arrivés à leur portée et hommes et femmes s'écroulaient, transpercés dans le dos. Caradoc courut. Les flèches sifflaient à leurs oreilles. Cinnamus cria : « Tout n'est pas perdu, Seigneur ! Nous pouvons nous retourner et les repousser de l'autre côté de la colline !

— Economise ton souffle ! » fit Caradoc, et, entendant le sifflement d'une flèche toute proche, il se jeta à terre.

« Ah, Seigneur ! » cria Caelte.

Caradoc entendit comme un faible hoquet. Il se retourna aussitôt. Cinnamus était allongé près de lui, les mains à plat sur le sol, sans pouvoir se relever. La surprise emplissait ses yeux vert océan, un flot de sang rouge se répandait par sa bouche grande ouverte.

« Mère ! fit-il en toussant. Je suis touché ! » Il essaya de tirer sur la flèche noire plantée dans son dos, mais sa main retomba, ses yeux prirent une brillance vague, il était mort.

Ce fut comme si le bruit de la bataille et le temps, un instant, s'arrêtaient. Caradoc se jeta sur le corps de son ami, les joues contre ses nattes blondes ensanglantées, les bras tendus pour serrer ce dos musclé que la chaleur de la vie abandonnait.

« Pas toi, Cinnamus ! murmura-t-il, stupéfait. C'est impossible ! »

Cinnamus lui faisait face, avec une dignité triste. Caradoc se releva brusquement. Des deux mains, il arracha la flèche, la brisa contre son genou et la jeta au loin. Il se pencha à nouveau pour soulever doucement le corps. Mais Cinnamus, malgré la grâce légère de sa démarche, était solidement bâti. Caradoc n'y parvint pas. Pleurant, il s'accroupit et Caelte le secoua par l'épaule, ses larmes jaillissant aussi.

« Seigneur, c'est le destin. Pleurez-le autant que vous voudrez, mais il ne vous aurait pas permis de mourir pour lui. Nous devons continuer à nous battre. »

Caradoc se releva, sans se soucier de la nouvelle pluie de flèches qui s'abattait autour de lui. Vivement, il déboucla la ceinture de Cinnamus et il pleurait encore en arrachant l'épée aux doigts forts qui la retenaient. Il se pencha pour embrasser le front haut une dernière fois, et s'enfuit avec Caelte sous le couvert des arbres. Ils y parvenaient tout juste, lorsqu'un rideau de feu blême déchira les cieux. Un fracas de tonnerre se fit entendre juste au-dessus d'eux et les nuages alourdis crevèrent. Un mur aveuglant d'eau tiède s'abattit, mais c'est à peine s'ils le remarquèrent. Caradoc courut poser l'épée de Cinnamus contre un arbre, puis rejoignit les autres car les Romains, fauves impitoyables, avançaient toujours, et les Celtes maintenant se retournaient pour combattre.

Leur désir de vaincre n'avait pas fléchi. Mais inexorablement la bataille tourna à leur désavantage. La pluie continua à tomber en trombes, changeant la pente abrupte en un torrent boueux. Les hommes se battaient et mouraient, enfoncés jusqu'aux chevilles dans cette fange. Sous les arbres, la bataille faisait toujours rage mais l'un après l'autre les chefs tombaient. Caradoc chercha Madoc.

« Transmets à tous les guerriers, dit-il, l'ordre de se disperser dans les forêts, à l'ouest et au nord. Personne ne doit plus mourir si nous voulons continuer le combat. »

Madoc s'éloigna et Caradoc se mit à la recherche de Llyn, de sa femme et de Vida. Oh ! Mère, Vida, pensa-t-il avec une terreur panique. Que lui dirai-je ? Autour de lui, il vit son armée peu à peu disparaître, s'enfonçant rapidement dans l'ombre par groupes de deux et de trois. Scapula, accompagné de son second, de ce côté de la rivière maintenant, debout sous le déluge grinça des dents.

« Ils s'échappent ! dit-il. Que la cavalerie les poursuive ! Si Caradoc part d'ici en liberté, je ferai crucifier chacun de mes officiers ! »

Caradoc entendit le hennissement de chevaux mais poursuivit sa course en silence. La cavalerie ne servait à rien dans ce pays de gorges et de forêts denses et il n'avait pas peur d'être pris. Il continua sa course et peu à peu le bruit des soldats à leur poursuite s'arrêta. Caelte courait près de lui. Ils ralentirent et, soudain, une silhouette vêtue de blanc surgit de derrière un chêne épais. Caradoc mit la main à son épée mais Caelte chuchota « Bran ! »

Le druide vint rapidement vers eux. « Ecoute-moi Caradoc. Je resterai ici, je retrouverai Eurgain, Llyn et tes filles, je le jure et je te les enverrai. Mais ta vie est plus précieuse que la leur pour les tribus, tu le sais bien. Où est Cinnamus ?

— Mort », dit Caradoc doucement, sentant la froide simplicité du mot comme une flèche dans son propre dos. Et Bran médita la nouvelle, un instant.

« Il ne pouvait connaître de mort plus honorable et il vivra à nouveau », dit-il enfin. Il fit un pas en avant. « Ne retourne pas vers l'ouest. Scapula va t'y chercher jusqu'à en perdre la raison. Pendant des mois, il traquera les hommes de l'Est. Il ne faut à aucun prix qu'on te capture. Va à Brigantia trouver Venutius. S'il ne devait rien faire de plus, du moins te cachera-t-il. » Il serra Caradoc dans ses bras puis le repoussa. « Cours ! Scapula te cherche déjà parmi les cadavres. Garde le soleil au-dessus de ton épaule gauche. » Sans un mot de plus, il s'éloigna. Caradoc resta là, écoutant le silence.

« Eurgain, mon cœur, pensa-t-il, dois-je t'abandonner ? Et mon fils, et mes petites filles ? » Lentement, avec respect il fit courir son doigt le long de l'épée de Cinnamus encore couverte de sang séché. Il s'était creusé un abîme dans la lente marche du temps, qu'il lui fallait franchir avant de reprendre sa course errante. « Eh bien, Caelte, dit-il, il n'y a plus que toi et moi. Courons. »

Deux jours plus tard, ils arrivèrent en vue d'un village. Caradoc décida sans enthousiasme qu'il leur faudrait essayer d'y prendre quelque nourriture et d'y glaner toutes les informations possibles. Il retira son torque d'or et l'œuf magique de son cou, les enfouissant sous sa tunique. Puis Caelte et lui pénétrèrent lentement dans le cercle de huttes. Le village était tranquille. Au centre se trouvait la salle des Conseils entourée d'un muret de pierre. Les voyageurs l'atteignirent sans qu'on les inquiète. Puis un grand chef à la barbe dorée sortit de l'ombre du portail et leur barra le passage.

« Salutations, dit-il en les regardant curieusement. Bienvenue dans ce village. Il y a de la viande et de la bière si vous avez faim. Mais dites-moi d'abord qui vous êtes.

— Nous sommes des Cornovii, répondit Caelte, nous cherchons un seigneur qui nous accueille. Les hommes de l'Ouest ont brûlé nos terres et notre seigneur est mort. »

Le regard aigu de l'homme glissa vers les épées qui pendaient à leur ceinture et Caradoc maudit sa propre imprudence. Ils auraient dû cacher leurs épées. Maintenant, sur l'ordre de Scapula, la plupart des Cornovii et des Brigantiens ne portaient plus d'armes, mais ils n'avaient pensé qu'à de la viande chaude et une chope de bière mousseuse. Il ne se souvenait pas avoir jamais agi si légèrement.

« Expliquez donc pourquoi vous portez l'épée », dit le chef d'un ton suspicieux. Caelte s'empressa de lui assurer qu'il s'agissait d'un butin pris dans le raid dont ils avaient réchappé. Mais il était clair que l'homme n'était pas convaincu.

« Retirez-les et posez-les contre le mur, dit-il sèchement. Personne n'y touchera. » Il les regarda dégrafer leurs ceintures en observant les motifs si particuliers de leurs fourreaux. « Maintenant, je sais d'où vous venez, fit-il à voix basse. Je n'aurais jamais cru des hommes de l'Ouest aussi imprudents. Asseyez-vous, mangez rapidement, et repartez sans attendre. Beaucoup de ces gens sont à la solde de Rome et il est heureux pour vous que je ne le sois pas. Ne me dites pas vos noms. Je ne veux pas les connaître. »

Caradoc et Caelte s'assirent sur la terre battue, le dos contre le mur courbe et l'homme leur apporta un rôti de mouton, des pommes, du pain sec et des chopes de bière. Il s'accroupit devant eux, les dévisageant pendant qu'ils dévoraient. Plusieurs fois, il eut l'air de vouloir parler sans le faire. Il finit par s'asseoir en tailleur et par dire : « Si vous êtes à la recherche de Venutius, vous devez vous hâter. Il rentre du Nord, pour retrouver sa dame et si vous ne le rencontrez pas avant, vous feriez aussi bien de retourner dans l'Ouest. Je ne peux vous loger ici, c'est trop dangereux pour moi et pour les hommes libres qui sont loyaux à Venutius. Mangez et partez. Peut-être Brigantia la très haute vous portera-t-elle chance.

— A-t-on des nouvelles des légions ? » ne put s'empêcher de demander Caradoc.

L'homme hocha la tête et répondit : « L'arviragus a disparu, avec une lueur vite éteinte dans les yeux. Scapula se venge sur les Silures. Il a commandé leur extermination et ses soldats, incapables de trouver les guerriers, tuent les vieillards et les enfants. Les villages et les récoltes flambent. »

Je suis responsable de tout cela pensa, Caradoc et la viande eut un goût de poussière dans sa bouche.

« On raconte qu'il a fait des prisonniers, continua le chef. Je plains ceux qui sont entre les mains de Scapula. » Soudain, il se pencha et ajouta à voix basse : « Accordez-moi une faveur, hommes de l'Ouest.

— Volontiers, répondit Caradoc, si c'est en notre pouvoir.

— Si vous ne trouvez pas Venutius, si vous rentrez à nouveau vous battre dans l'Ouest et s'il vous arrivait de rencontrer l'arviragus, pourriez-vous lui dire... » Ses lèvres tremblèrent et l'homme baissa la tête pour qu'on ne le voie pas. « Dites-lui qu'il y a des hommes à Brigantia qui gardent le silence mais n'en ont pas pour autant perdu le sens de l'honneur. Il n'est pas seul.

— Je crois qu'il sait déjà cela, dit Caradoc avec douceur. Mais s'il ne le savait pas, je suis sûr que vos mots lui réchaufferont le cœur. » Il se leva, Caelte avec lui, remercia le chef et quitta la hutte. Ils ramassèrent leurs épées et traversèrent aussi vite que possible la foule en direction de la lisière du village.

Pendant une heure ils marchèrent sans ralentir le pas, et ne se détendirent que lorsqu'ils furent loin. Sous un soleil brûlant, par un après-midi interminable, ils traversèrent la dernière grande forêt avant les horizons herbeux et gris de la tuatha d'Aricia, s'arrêtant souvent pour boire aux ruisseaux l'eau fraîche qui éclaboussait le pied des chênes. Quand le soleil commença sa descente vers l'ouest, ils se reposèrent, attendant que l'obscurité leur donne cet abri que les bois leur refusaient. Ils venaient juste de s'installer près d'une mare et avaient retiré leurs sandales pour y tremper leurs pieds fatigués lorsque Caradoc étendit le bras pour avertir Caelte. Celui-ci s'immobilisa. Derrière eux, sous les arbres, ils percevaient un léger bruit. Ils se levèrent et tirèrent silencieusement leurs épées, ayant du mal à croire qu'on ait fini par les découvrir. Ce n'était pas un Romain qui sortit du sous-bois, les mains levées, mais un chef brigantien.

« Paix, paix, s'empressa-t-il de dire, relevez vos épées. Je ne suis pas armé. »

Caradoc fit signe à Caelte. Le barde alla jusqu'à l'homme, releva sa cape et fit rapidement courir ses mains sur le corps petit et trapu. « Ses cheveux », jeta Caradoc et Caelte passa la main dans les tresses noires emmêlées. Satisfait, il recula et Caradoc remit son épée au fourreau.

« Ainsi, tu nous as suivis. Pourquoi ? demanda-t-il durement à l'homme dont l'expression sournoise lui déplaisait.

— Mon seigneur m'a commandé de vous suivre, expliqua-t-il. Il regrettait de ne pas vous avoir indiqué la direction et m'a demandé de vous conduire auprès de Venutius.

— Nous n'avons pas besoin de guide, répondit Caradoc. Nous préférons voyager seuls. Retourne d'où tu viens et remercie ton seigneur de notre part.

— Mais sans guide, il vous sera impossible de rencontrer Venutius avant qu'il rejoigne sa dame en ville, et alors vous ne pourrez pas l'approcher car la ville est pleine de soldats et de marchands.

— Il dit vrai, Seigneur, dit Caelte vivement. Nous pourrions errer sur ces collines sans pistes pendant des jours et manquer Venutius. »

Caradoc lui chuchota : « Je n'aime pas sa tête, Caelte. Je crois qu'il ment. » Il s'enveloppa dans sa cape et s'assit pour réfléchir.

Le Brigantien l'observait, trahissant son impatience par le mouvement nerveux de ses mains. Caelte sentit également la méfiance le gagner.

Caradoc se leva. « Je répugne à m'en remettre à toi, dit-il d'un ton lourd de menaces, mais je n'ai pas le choix. J'espère que tu seras bon guide ! »

Caelte, les yeux fixés sur le visage rond de l'homme, crut y lire une lueur de satisfaction qui ressemblait à de la cupidité. Il hocha la tête.

« Je vous guiderai bien, aussi longtemps qu'il le faudra. En échange partagerez-vous votre nourriture et m'accorderez-vous votre protection ?

— Je le ferai.

— Moi de même.

— Alors, nous attendrons la tombée de la nuit ensemble. » Il s'assit sur l'herbe et noua ses doigts sans bagues. Caradoc et Caelte remirent leurs sandales. La douleur de leurs pieds était soudain ce qui les préoccupait le moins.

23.

Pendant trois nuits encore, ils voyagèrent, laissant loin derrière eux la forêt dense et rassurante. Les deux Catuvellauniens détestaient le pays plat. Et nuit après nuit, une lune bouffie au teint de cire resta suspendue au-dessus d'un horizon clair et dégagé. « Dépêchez-vous, recommandait sans cesse le Brigantien, ou il sera trop tard. » Chaque pas, ils le savaient, les rapprochait de leur destin. Le paysage les oppressait, tout comme les longues journées de tension. Et le silence que ne troublait que le cri aigu des aigles.

La nuit du quatrième jour de marche, après avoir quitté la forêt, d'une crête étroite, sous eux, ils découvrirent des lumières.

Le chef pointa du doigt « Venutius devrait être là.

— Mais c'est une ville ! objecta Caradoc. Venutius serait dans un camp. »

L'homme s'impatienta : « Quel besoin aurait-il d'un camp ? Brigantia est couverte de villages ! Je vous affirme qu'il est là. »

Un sixième sens avertit Caradoc. C'était comme un souvenir oublié qu'il retrouvait en regardant la ville paisible en contrebas. Etait-ce là le relief d'un remblai au centre ? Les Brigantiens n'en construisaient pas. Mais l'homme avait déjà commencé à descendre et Caelte le suivait. Caradoc en fit autant, indécis, traînant les pieds. Il aurait dû se fier à son jugement, mais il était trop tard. Et vraiment, pensa-t-il, je suis trop fatigué. Rien n'est plus important.

Bien que l'heure fût tardive, la ville était pleine d'une animation joyeuse. Des marchands portant des torches circulaient partout, des hommes libres étaient assis devant leurs portes à jouer ou à raconter des histoires. Çà et là, on voyait passer un soldat, en route vers une tâche ou une autre. Personne ne prêta attention aux voyageurs lorsqu'ils traversèrent le portail enfoncé dans le petit mur fortifié, aucun garde ne les arrêta. Ils commencèrent à grimper la pente douce du chemin bien tracé qui ceinturait la ville. Lorsqu'il dépassa le tournant qui les amenait vers le troisième cercle, Caradoc sentit le vent qui apportait l'odeur vivifiante de la mer. Il s'arrêta net.

« Nous n'avons pu marcher vers le nord, dit-il. L'océan doit être tout proche et la côte de Brigantia se trouve à l'est. » Il fit un pas, agrippa le guide par le col de sa tunique. « J'ai remis mon sort entre tes mains, vermine, articula-t-il. Dis-moi maintenant où nous sommes ou je te coupe en deux. »

Les yeux de l'homme étaient remplis d'effroi, comme ceux d'un rat pris au piège. Ses dents claquèrent quand Caradoc le secoua violemment.

« Vous avez juré de me protéger ! » bêla-t-il et Caradoc le laissa aller. L'homme rajusta sa tunique, passa une main autour de son cou et regarda Caradoc d'un air de reproche. « Je vous ai conduit honnêtement, renifla-t-il, et Venutius est ici, comme je vous l'ai dit. Oui, nous avons viré à l'est car nous étions très en retard, et la ville de la dame n'est plus très loin, à une demi-journée au sud-ouest. Et demain, Venutius l'aurait rejointe. Ne perdez pas de temps en folies et suivez-moi. »

Caradoc et Caelte échangèrent un regard. Depuis qu'ils avaient fait taire leur instinct pour suivre cet homme, ils n'avaient plus prêté grande attention au chemin qu'ils prenaient. Maintenant, ils ne savaient plus où ils étaient. S'ils le tuaient et s'éloignaient de la ville, ils ne parviendraient peut-être jamais à trouver Venutius.

« Eh bien, montre-nous la route », dit Caradoc avec colère, l'odeur de la mer ravivant ses doutes. Et ils continuèrent à descendre tous trois.

Au centre du premier cercle, très au-dessus de la ville, ils arrivèrent enfin à une maison entourée d'un haut mur de pierre. Là, le portail était gardé par un chef de grande taille au visage sombre, en armes.

« Attendez ici », murmura leur guide en les quittant pour aller parler au chef.

Caelte se rapprocha de Caradoc. « Il est toujours temps de fuir, souffla-t-il. Je sens la trahison, Seigneur, et je regrette d'avoir influencé votre décision. Venutius n'est pas ici. Il ne s'installerait jamais dans un endroit pareil. La puanteur de Rome y est partout. »

Caradoc posa un bras sur l'épaule de son ami. « Je n'ai pris que de mauvaises décisions depuis que j'ai soumis mon autorité à celle du Conseil, irritant ainsi Camulos et les Dagda, répliqua-t-il avec lassitude. Je regrette, Caelte. J'ai bien peur que tu aies raison, mais il est trop tard maintenant pour reculer. »

L'homme avait parlé aux chefs avec excitation. Il revint les chercher pour leur faire traverser le portail qui se referma derrière eux. Il les fit à nouveau attendre et disparut dans l'ombre en toute hâte. Caradoc regarda autour de lui. Des torches étaient suspendues le long du mur, éclairant une grande maison de bois bâtie dans le style romain, quatre pièces qui donnaient toutes sur un porche ouvert surélevé. Une des portes était ouverte et la lumière des chandelles animait doucement l'obscurité. L'impression de traîtrise était étouffante. Caradoc se retourna vers le portail verrouillé. Il regarda ensuite la porte ouverte par laquelle l'homme revenait vers eux en souriant. Imbécile ! Imbécile ! criait une voix dans sa tête. Piégé comme un enfant ! Sa main attrapa l'œuf magique et le serra très fort mais ses doigts n'y sentirent aucune émanation rassurante. Il ne put que suivre le Brigantien qui les conduisit jusqu'à la porte la plus éloignée, l'ouvrit et s'inclina pour les laisser passer.

Caelte, en passant près de lui, remarqua une nouvelle sacoche rebondie accrochée à sa ceinture de cuir, mais il n'eut pas le temps de s'en étonner.

L'homme ricana : « Un voyage sans encombres, Arviragus », fit-il remarquer d'un ton sarcastique.

La porte se referma derrière lui et ils se retrouvèrent seuls. Ils examinèrent avec effarement l'endroit où ils étaient. Un petit feu pétillait joyeusement dans une cheminée. Des peaux de mouton blanches étaient éparpillées, les murs étaient soigneusement plâtrés, peints en jaune et pourpre et trois chaises d'osier étaient placées au hasard. Trois niches s'ouvraient dans un mur. L'une contenait ce qui pouvait être une déesse. Brigantia la très haute, supposa Caradoc. Les deux autres restaient mystérieuses. Il se retourna vers Caelte mais, avant qu'il ait pu dire un mot, la porte s'ouvrit à nouveau et la déesse elle-même apparut devant lui, escortée par quatre chefs en armes. Il sentit que Caelte venait se placer à sa gauche. Il vit un chef brigantien refermer doucement la porte et les autres se placer devant. Mais le visage de la femme effaçait toute réalité pour n'éveiller qu'un tourbillon d'images de rêves.

Ses cheveux noirs, maintenant parsemés de longues mèches grises, tombaient toujours avec la même abondance sur ses épaules droites. Sa peau était encore plus blanche que dans son souvenir, d'une nuance presque maladive. Une pierre noire mystérieuse brillait sur son front ; une autre autour de son cou envoyait les mêmes feux sourds que la broche de la ceinture. Sa tunique rouge couvrait des formes pleines et libérait ses bras nus. Mais c'était surtout ses yeux qui le laissaient sans volonté. Ils étaient toujours aussi noirs que la nuit, mais l'impudente vivacité qui avait si longtemps hanté son souvenir s'étalait maintenant comme la marque d'un égoïsme dévorant. Caradoc la regarda, profondément ému, emporté par le tumulte de la mémoire et des désirs anciens. Aricia.

Puis soudain, le brouillard de son obsession se déchira, la sorcière de ses désirs d'adolescent disparut. Il respira profondément, vit son visage vieilli et dit : « Aricia.

— Caradoc. » Elle sourit, avec une pointe de surprise douloureuse et s'avança vers lui. « Sans ta fossette au menton et ta façon de lever la tête, je ne t'aurais jamais reconnu. J'ai quitté un louveteau catuvellaunien indiscipliné et je retrouve le roi des loups. » Elle approcha encore et sa main trembla lorsqu'elle lui toucha le bras.

« Cela me peine, en un sens, de te voir ainsi. J'ai souvent pensé à toi, depuis tant d'années, mais ma mémoire me trompait, on dirait. »

Il ne parvint pas à lui rendre son sourire et prit tristement ses doigts. « Moi aussi, Aricia. Je ne réalisais pas que j'avais moi-même changé avant de te voir entrer dans la pièce. Moi aussi cela me peine d'avoir à enterrer définitivement ma jeunesse.

— J'ai enterré la mienne depuis longtemps, dit-elle amèrement, le jour où j'ai quitté Camulodunum. Tu as eu de la chance de pouvoir conserver la tienne si longtemps. Je t'ai haï pendant des années. Mais maintenant... » Elle haussa les épaules. « Je n'ai plus de raisons de haïr un homme quel qu'il soit. L'amour et la haine appartiennent à la jeunesse ignorante et à ses rêves grandioses. Je ne les laisse plus me dominer.

— Alors, tu dois être véritablement en paix », dit-il, se demandant si elle avait conscience de se mentir à elle-même.

Elle lui jeta un regard sombre et recula un peu. « Je suis satisfaite. C'est plus que tu ne peux en dire. J'ai suivi la malédiction qui s'attache à tes pas depuis des années, Caradoc, depuis que tu as abandonné Gladys à Camulodunum. Et je te plains.

— Pourquoi ? »

Elle se détourna de lui, marchant de long en large devant le feu. « Parce que les temps ont changé et t'ont oublié. Toi et ces sauvages sans cervelle de l'Ouest. Les hommes doivent changer, ou s'effacer et mourir. Les beaux jours de ta tribu sont passés Le mot d'honneur a également un sens pour les Romains, et ne signifie pas carnage. » Elle fit une pause et lui cria soudain : « Oh ! Caradoc ! Pourquoi n'as-tu pas accepté ? Accepte et sois en paix !

— Est-ce ainsi que tu justifies ta propre position ? répondit-il, sentant la colère monter en lui. Que t'est-il donc arrivé, Aricia ? »

Son visage se changea en masque. « Tu as l'audace de rester planté là, dans tes haillons puants et de me demander ce qui m'est arrivé ? A moi ? Tout le sang de l'Ouest ne suffit-il donc pas à épancher ta soif de conquêtes ? Tu t'es servi sans compter des seigneurs incultes de l'Ouest et ils se sont enfoncés un à un dans la mort parce que tu as refusé d'admettre ton erreur ! » Elle se jeta presque sur lui, agitant les mains devant son visage. « Tu n'es qu'un homme. Qui te donne le droit de détruire tout un peuple ? »

Il prit ses poignets des deux mains. « Je ne peux pas t'accorder ce que tu désires, fit-il. Veux-tu que je te dise que je suis égoïste, cruel et inflexible ? As-tu offert de l'or pour ma capture pour le seul plaisir de m'entendre reconnaître que je t'ai fait du tort il y a bien longtemps ? Je l'admets, Aricia, je t'ai traitée de façon détestable, mais ne me rends pas responsable de tes malheurs. Cherche ailleurs. »

Elle se dégagea violemment et il lut dans ses yeux le désir de le frapper.

« Ce n'est pas sans raisons que j'ai revêtu la cape d'arviragus ! Mais toi, tu as détruit ton peuple et ton mari, sans raison aucune.

— Laisse Venutius hors de tout cela, gronda-t-elle en retournant vers le feu. Tu ne peux rien comprendre, Caradoc. Tu n'es qu'un ignorant. » Elle posa un bras sur le chambranle de la cheminée et regarda les braises.

Dans le silence qui suivit, il se sentit fatigué. Mais elle se retourna vers lui et sourit. Soudain, il retrouva la compagne de ses jeux d'adolescence.

« Ah ! Caradoc, dit-elle, il est heureux que tu ne ressembles plus au jeune et beau fils de ce diable de Cunobelin ; j'aurais pu être tentée de te garder ici. Dis-moi, Eurgain va-t-elle bien ?

— Je ne sais pas. »

Les sourcils noirs se levèrent. « Et tes enfants ?
— Je n'en sais rien.
— Où est Cinnamus Main-de-fer ?
— Mort.
— Par Brigantia, quel monstre es-tu devenu ? fit-elle avec des lèvres méprisantes. Les druides ont choisi l'homme qu'il fallait. Je crois que je n'ai même plus pitié de toi ! » Elle fit froidement un signe de tête à l'un de ses seigneurs.

« Domnall, va chercher le centurion. »

Lorsque la porte fut refermée derrière lui, elle alla vers Caradoc. « Les effusions de sang s'arrêtent ici, arviragus. Vercingetorix partit à Rome enchaîné et il en ira de même pour toi. Alors peut-être connaîtrons-nous la paix.

— Il n'est pas trop tard pour redevenir toi-même, Aricia, dit-il doucement. Si Brigantia s'alliait aux chefs de l'Ouest, les Romains ne pourraient résister. »

L'étonnement lui soutira un rire rauque. Elle s'approcha et effleura son visage, son cou, ses cheveux avec des doigts chargés de bagues noires dont la caresse démentait ses mots. « Pauvre vieux loup estropié ! Quelles anciennes chansons de victoire emplissent encore cette tête confuse ? J'ai besoin de l'argent que tu me rapporteras pour payer les services de mon architecte romain. Tu vois, Caradoc, tu vaux désormais pour moi le prix exact de mon confort. » Elle lui posa les mains sur les épaules et avant que Caradoc puisse reculer, elle l'embrassa à pleine bouche. « D'une enfant à un autre », murmura-t-elle. Elle se jeta sur une chaise. « Pardonne-moi, mais si je ne te livre pas, Scapula pensera que j'ai changé de camp et marchera contre moi. Si je le fais, au contraire, ma réputation de fille loyale de Rome en sera cent fois renforcée. Comprends-tu cela au moins ?

— Oui, répondit-il avec patience, je comprends.

— Insensé, murmura-t-elle. Pourquoi t'es-tu laissé prendre ? »

Ils attendirent tous deux dans un silence résigné l'arrivée des gardes. Caelte était accroupi, tête baissée et le feu continuait à flamber joyeusement. Soudain, la porte s'ouvrit toute grande et six légionnaires s'y engouffrèrent, épées tirées. Le centurion salua Aricia et se tourna ensuite avec curiosité vers l'homme tranquille, presque humble, qui soutint son regard avec dédain.

« C'est là leur arviragus ?
— Oui.

— En êtes-vous certaine, Cartimandua ?

— Naturellement. Je l'ai très bien connu. »

La déception de l'officier fut grande. C'était un chef d'allure si ordinaire ! Où était donc le noble et cruel barbare de son imagination ? Mais il examina son visage à nouveau et il sut. « Optio, fit-il sèchement, les chaînes. »

Caradoc resta immobile pendant qu'on lui passait de lourdes chaînes aux poignets. Il regarda Aricia alors que le soldat se baissait pour les passer autour de ses chevilles. Elle fixait le sol et brusquement, il lui cria : « Regarde bien, Aricia ! Tu portes les mêmes chaînes, même si tu ne les vois pas ! »

Elle ne répondit pas. Le soldat enchaîna également Caelte. Caradoc se défendait contre la panique. L'homme se redressa pour détacher leurs ceintures et leurs épées. C'en était fait de leur liberté.

« Dehors », ordonna brièvement l'officier et les soldats les entourèrent. Sans réfléchir, Caradoc voulut faire un pas. Les chaînes le firent trébucher. Aricia se leva et éclata d'un rire sauvage, irrépressible. Au moment où il passait, se traînant devant elle :

« Encore une chose, Caradoc, dit-elle. Ta famille va bien. Scapula s'en occupe, à Camulodunum. »

Il leva lentement la tête vers elle, lisant sur son visage l'envie qu'elle avait de le mettre en pièces.

« Tu mens.

— Pas cette fois.

— Chienne.

— Bon voyage, voyage en paix », dit-elle par dérision. Il se retrouva sous le ciel doux de la nuit et la porte claqua derrière lui.

Elle retomba sur sa chaise, fermant les yeux. Brigantia, je suis épuisée, pensa-t-elle. Et demain, Venutius sera là, avec ses airs de chien battu, et ses grosses mains maladroites. Tes mains ne furent jamais maladroites, Caradoc, et tu n'as jamais quémandé mais exigé, comme un seigneur. Quel bon temps nous avons connu, toi et moi, quand notre sang était chaud et que la pluie chantait pour nous dans la nuit ! Elle fouilla dans sa tunique, en sortit une petite broche de bois et ses doigts caressèrent les serpents emmêlés, doux et chauds au toucher. J'ai vécu pour cet instant pendant toutes mes années d'exil, se dit-elle. Pourquoi cette douleur insupportable ? Elle sentit des larmes brûler derrière ses paupières fermées, et elle ouvrit les yeux.

« Ah ! Sataida, Dame des Douleurs, laisse-moi en paix ! J'ai fait ce que j'avais à faire », se répétait-elle obstinément.

Venutius arriva avec l'aube. Elle avait dû s'assoupir, car elle revint soudain à elle au son de sa grosse voix coléreuse sous le porche. « Ôte-toi de mon chemin, chien bâtard, ou je t'étripe comme un pourceau ! »

Elle entendit un remue-ménage et se leva, raide, la langue épaisse et la tête alourdie par le vin. Un glapissement, un juron et sa porte vola. La refermant d'un coup de pied, il se précipita dans sa direction. Il s'arrêta à quelques centimètres d'elle et jeta son épée sur le sol.

« Dis-moi que ce n'est pas vrai ! cria-t-il. Dis-le-moi avant que je ne t'étrangle avec tes propres cheveux ! As-tu vendu l'arviragus à Rome ? »

Elle lui fit face calmement, sans se laisser impressionner par cette rage qu'elle avait vue se déchaîner souvent.

« Oui, je l'ai fait.

— Aaah ! » Il se dressa, poings serrés, les jambes tremblantes, ses cheveux roux tombant sur une épaule. « Je ne voulais pas le croire, espèce de... » Les mots passaient avec peine.

« Chienne ? finit-elle doucement à sa place. C'est le mot que Caradoc a employé également.

— Mais pourquoi ? Toutes les vilenies possibles, Aricia, j'ai tout supporté de toi, mais cela non ! Un homme qui a connu tant d'épreuves, l'image même de l'honneur ! »

Ce mot malfaisant et vide à nouveau. Elle haussa les épaules. « Il le fallait, Venutius. Autrement, c'était la fin de Brigantia.

— Tu te moques bien de Brigantia ! Tu envoies Caradoc à la mort pour enfin savourer ta vengeance !

— Pense ce que tu voudras. Je l'ai fait et le ferais encore, si c'était nécessaire. Sors maintenant. Et ne viens manger avec moi plus tard, que si tu es de meilleure humeur. »

Il ne réagit pas comme à l'accoutumée à cette faible promesse du plaisir attendu. Il tomba à demi sur elle et la prenant par les épaules, commença à la secouer, envoyant méchamment sa tête brinqueballer d'avant en arrière. Son collier se cassa, les pierres se prenant dans ses cheveux et tintant sur le sol. Il la gifla. Au premier coup, elle tomba à la renverse sur sa chaise, étouffant. Il continua à frapper, avec une lueur de folie dans le regard.

« Arrête Venutius, tu vas me tuer », fit-elle d'une voix perçante.

C'est seulement lorsque la peau de ses joues et de ses tempes se déchira et qu'il vit du sang sur ses mains qu'il se redressa, haletant. Elle glissa sur le sol, pleurant et couvrant son visage endolori à deux mains, les pierres noires et dures sous les genoux. Il pleurait lui aussi.

« Même maintenant, je suis incapable d'en finir avec toi ! sanglota-t-il. Aricia, Aricia ! » Se baissant, il saisit ses cheveux, la mit sur ses pieds, la poussa jusqu'à la porte, l'ouvrit et la tira au soleil.

Ses gardes du corps accoururent de l'autre bout du jardin, épée tirée, mais leurs propres compatriotes, les guerriers de Venutius, leur barraient fermement la route.

Les hommes se mesurèrent silencieusement du regard. Venutius la traîna au milieu de la cour pavée puis la laissa aller. Pleurant toujours, il commença à lui arracher ses bijoux — les pierres noires de ses bras, de son cou, de sa taille, la broche de sa cape — les jetant sur le sol. D'un seul mouvement, il déchira sa propre tunique qui tomba à ses pieds.

« Je répudie Brigantia », dit-il d'une voix rauque, sortant un petit couteau de sa ceinture de cuir et s'en tailladant d'un grand geste la poitrine. Le sang jaillit sous la lame, de l'épaule gauche à la taille. Y frottant sa paume, il se rapprocha d'elle et lui en barbouilla le visage. « Mon sang », cracha-t-il à son intention. Il découpa une motte de terre, la brisa entre ses doigts forts puis la lui appliqua sur les joues.

« Le sang d'Albion ! Tu nous as tous deux trahis. Que je sois maudit si je reviens jamais réclamer ton amour. »

Elle se tint tête baissée devant lui, cachant son humiliation de ses mains tremblantes.

Il traversa le portail, le sang éclaboussant le sol autour de lui. Aricia s'effondra sur la tunique, qui avait encore la chaleur de son corps. Elle n'émit pas un son mais les hommes qui l'observaient la virent agitée de frissons. Un par un, les hommes de Venutius rengainèrent leurs épées et le suivirent. Seuls restèrent le barde et le porteur de bouclier d'Aricia, assis, mal à l'aise, dans la poussière, n'osant pas l'approcher.

Caradoc fut conduit au fort de la Neuvième, à Lindum, à la frontière du pays coritanien, enchaîné comme Caelte à un char à bœufs. Deux centuries les accompagnaient, tant les Romains craignaient que les Celtes ne les délivrent. Mais leur capture avait été trop rapide pour être connue.

Le *praefectus* vint les recevoir en personne et de nombreux soldats quittèrent la chaleur de leur lit de camp pour venir voir l'homme légendaire. Mais Caradoc ne répondit pas à leur attente. Il ne grogna pas en agitant ses chaînes comme un ours captif. Il ne se leva pas pour faire pleuvoir des malédictions sur leur tête. Il marcha posément, s'efforçant de ne pas trébucher dans les chaînes et de ne pas tomber devant ses geôliers.

Il suivit le centurion et le praefectus dans sa cellule, Caelte derrière lui.

La pièce était petite et nue. Il n'y avait pas de lit, pas de table, pas de fenêtre et l'humidité montait du sol de terre battue. Les chaînes furent ôtées, mais seulement le temps nécessaire pour déshabiller et fouiller les deux hommes. Caradoc, debout, nu et grelottant sous les yeux froids et cyniques du praefectus, vit l'œuf magique arraché de son cou et la pochette déchirée. Le soldat le tint avec précaution et le praefectus leva les sourcils.

« Qu'est-ce que c'est ?

— Je ne sais pas, monsieur. C'est comme un bout de cartilage pris aux entrailles de quelque bestiole. » Il le tâta, le lança en l'air et le rattrapa. « Ces gens sont de vrais sauvages ! »

Le praefectus tendit la main et on lui passa l'œuf. Il le retourna, le renifla, puis le jeta d'un air méprisant à Caradoc. « Tiens cannibale, attrape ! »

Le torque fut arraché de son cou, tout comme celui de Caelte, mais cette fois le praefectus fit courir un doigt respectueux sur ses courbes délicates.

« Ces objets sont d'une belle facture, dit-il. Vous êtes d'étranges gens, vous autres barbares ! Je garderai le bijou de bronze, mais je suppose que le gouverneur voudra celui qui est en or. »

On jeta leurs vêtements à leurs pieds et on leur commanda sèchement de s'habiller. Mais ils restèrent muets, sans bouger, la nudité de leur cou mettant un comble à leur désespoir. Pour obéir à une autre injonction brutale, ils se penchèrent lentement, et enfilèrent braies et tuniques. On leur remit les chaînes et le centurion se tourna vers son supérieur.

« Qui recevra la récompense, monsieur ? Mon détachement ? »

Le praefectus eut un rire bref. « Vous n'aurez pas cette chance !

C'est Cartimandua qui l'aura. Le gouverneur peut difficilement la lui refuser. Mais lorsqu'elle sera morte, nous serons libres d'affecter un préteur à Brigantia. Elle est par trop traîtresse. Elle vendrait ses propres enfants, si elle en avait. » La porte fut verrouillée derrière eux et les prisonniers restèrent dans l'obscurité.

Caradoc explora le sol jusqu'à ce que ses doigts rencontrent la pochette. Il la ramassa, embrassa l'œuf doucement, le réenveloppa puis se rallongea près de Caelte et ferma les yeux.

« *Plus de sagesse qu'aucun homme...* Qu'ai-je fait pour mériter l'abandon des Dieux ? Mais il savait. Il ne s'était pas fié à son propre jugement, voilà tout. Il s'appuya contre Caelte et ils s'endormirent, se protégeant l'un l'autre.

Scapula fit un geste. Les gardes saluèrent et sortirent. Il quitta son bureau et examina longuement le petit groupe qu'il avait devant lui. On le dévisageait lui aussi avec insolence, les filles avec une fascination évidente, le jeune homme avec haine, et la femme avec des yeux courageux. Elle était de taille moyenne, trop maigre, comme toutes les femmes de l'Ouest, ainsi que les hommes d'ailleurs. Ses cheveux étaient blonds et épais, en nattes qui lui tombaient jusqu'aux genoux. Sa bouche, sévèrement close, était bien dessinée, et ses yeux, entourés de rides rieuses, étaient d'un bleu profond. Femme étrange, pensa-t-il. Il jeta à peine un regard au druide. Ce n'était que menu fretin pris dans le même filet que les morceaux de choix. Il avait bien mangé ce matin, sa digestion se faisait bien et les auspices n'avaient jamais été meilleurs.

« Et maintenant, dit-il gaiement, ne perdons pas de temps en présentations. Je sais qui vous êtes. J'ai quelques questions à vous poser. Où se trouve votre mari ? »

Elle eut un faible sourire. « Je ne sais pas.

— Bien sûr que si, vous le savez ! Est-il parti au nord ou au sud ? Hmmm ?

— Ne lui dis rien, mère, intervint Llyn à voix basse. S'il est si malin, il le devinera bien tout seul. »

Scapula tourna vivement la tête et rencontra les yeux de Llyn qui le narguaient effrontément. Scapula regarda avec effarement ce guerrier qui n'avait pas dix-sept ans. Il se prenait à détester ces seigneurs assoiffés de sang, leurs femmes insoumises, ce peuple qui n'épargnait même pas ses guerres suicidaires à ses propres enfants.

« Si vous m'interrompez encore une fois, dit-il, je vous ferai fouetter. Votre grossièreté est inutile. » Il se retourna vers Eurgain à nouveau. « Est-il parti retrouver Venutius ? Ou en direction de la côte ?

— Je vous l'ai déjà dit, je n'en sais rien, persista-t-elle. Il ira là où on lui donnera asile.

— Il n'y a plus de terre d'asile pour lui nulle part, répondit-il. Il est donc parti rejoindre les autres chefs à l'ouest ? »

Elle continua à fixer le sol. Il s'impatienta devant ce visage fermé et résolu.

« Peu importe, maintenant, que vous me le disiez ou non. Avant longtemps, il saura que je vous tiens, vous et vos enfants et il se rendra.

— Non, sûrement pas ! cria Llyn. Scapula, vous n'êtes qu'un idiot ! Ce n'est pas un homme ordinaire, c'est un arviragus. Il nous laissera mourir et continuera le combat ! »

Scapula fit un signe à ses centurions. Ils avancèrent pour saisir Llyn mais il se dégagea pour les précéder. Lorsque la porte fut refermée, Scapula revint derrière son bureau.

« Tout ce que je pourrais dire ne vous servira à rien, fit Eurgain en élevant peu à peu la voix, je sais bien que je risque la mort et peut-être la torture. Llyn et les filles le savent également. Mais elles ne savent absolument pas où se trouve Caradoc. Quant à Llyn et moi, vous ne pourrez nous faire parler.

— Paroles courageuses, fit-il remarquer. Et probablement justes. C'est donc moi qui vous dirai où se trouve votre mari. » Il ne la quittait pas des yeux, à l'affût d'un signe qui la trahisse. « Il s'est enfui chez Venutius à Brigantia et c'est là que j'irai le chercher. » Ce n'était qu'une supposition pour étudier sa réaction mais elle ne marqua pas la moindre émotion. Son visage inexpressif lui rappela celui de tous les druides qu'il avait vus marcher à la mort avec la même indifférence apparente.

« Je l'aurai ! affirma-t-il avec véhémence. Vous, on vous enverra à Rome et bientôt, vous y serez tous exécutés. Sans la démence de votre mari ce pays tout entier connaîtrait depuis longtemps la paix. Vous êtes tous des criminels irresponsables, sans morale, vous et vos pareils. Vous subirez le sort de tous les « droit commun ».

— Je vous assure, répondit Eurgain, que peu m'importe l'endroit où il se trouve. Je ne désire qu'une chose, qu'il soit libre assez longtemps pour rassembler une nouvelle armée. Pour moi comme pour lui, la mort n'a pas d'importance tant que l'Ouest continue à se battre. Vous n'avez jamais compris contre qui vous luttez. Pas seulement contre des corps, Romain, contre des âmes. Voilà pourquoi Caradoc restera libre, voilà pourquoi vous ne serez jamais vainqueur ! »

Il allait ouvrir la bouche, rouge jusqu'à la racine de ses cheveux gris lorsqu'on entendit frapper à la porte.

« Entrez », cria-t-il d'un ton irrité.

Son secrétaire entra et lui tendit un rouleau. « Une dépêche, monsieur, de Lindum. »

Scapula fit signe de le remporter. « Je suis occupé, Drusus. Mets-la avec les autres.

— Je regrette, monsieur, mais c'est très urgent. Un cavalier attend dehors votre réponse. »

Avec un grognement d'exaspération, Scapula la lui arracha des mains. Le soleil n'éclairait plus la pièce, il était au zénith et, malgré les volets ouverts, l'air était étouffant. Eurgain regarda par la fenêtre pendant que Scapula, brisant les sceaux, examinait la missive.

Les collines boisées dans un halo bleuté venaient mourir au pied de la rivière. La route, maintenant pavée, quittait le portail pour se perdre dans de larges bosquets de chênes et continuer jusqu'aux bateaux et aux embarcations qui se balançaient à l'ancre. La brise lui apportait un parfum nostalgique. Elle vit le gouverneur qui rejetait en tremblant le rouleau sur son bureau.

« Par Mithra ! murmura-t-il. Est-ce possible ? Enfin, enfin ! » Il s'approcha si violemment que Bran se jeta devant elle pour la protéger.

« Je l'ai ! exulta-t-il, en respirant très fort. La dame, tu peux faire tes adieux à Albion ! Il s'est présenté de lui-même à la porte de Cartimandua, te rends-tu compte ? Lui et son barde ! Il n'a pas fallu longtemps pour le livrer au praefectus de Lindum. Ses dieux l'ont abandonné. Je le tiens ! » Il souligna rageusement ces mots en frappant du poing la paume de sa main puis retourna s'asseoir.

« Drusus, je te prie, fait attendre le messager, un instant, je veux qu'on amène le rebelle à Colchester aussi vite que possible, avant que les chefs n'apprennent ce qui s'est passé et n'essayent de le délivrer. »

Il se frotta les mains en souriant. « Mais d'abord, occupons-nous du druide. Fais entrer la garde. »

Pendant que son secrétaire se dirigeait vers la porte, Scapula dit à Bran : « La loi exige que vous mouriez. L'empereur a commandé l'extermination de tous les druides pour cause de sédition. Si vous avez quelque chose à dire à cette dame, c'est le moment. »

Quatre soldats entrèrent et attendirent, impassibles, les pieds écartés, les mains derrière le dos.

Eurgain réalisa soudain ce qui se passait. Elle s'écria, suppliante : « Non, vous ne pouvez pas faire cela ! Pas cet homme ! C'est un homme bon qui n'a jamais fait de mal à personne ! Soyez clément, Scapula, le jour de votre triomphe !

— D'où vient, demanda-t-il froidement, que vous suppliez pour le druide et pas pour votre mari ? Ne savez-vous pas que Caradoc et les tuatha ne sont que des pions dans les mains des druides ? Vous ne lui servez plus à rien et si je le libérais, il s'empresserait de disparaître sur son île maudite, vous abandonnant pour quiconque leur serait plus utile. »

Bran se rapprocha d'elle. Il la prit fermement par les épaules et lui fit faire demi-tour.

« Ecoute-moi, Eurgain, lui dit-il doucement, cela n'a pas d'importance. Il y aura toujours au ciel des étoiles à contempler, des nuits d'une beauté à couper le souffle et des cristaux précieux parmi les cailloux. Rien d'autre n'est important, comprends-tu ? »

Elle secoua la tête et la posa sur sa poitrine comme une enfant au désespoir. Il l'enlaça un instant, puis s'éloigna. « Regarde-moi dans les yeux, ma toute petite. » Elle leva vers lui un visage inondé de larmes et il lui prit les mains. « Nous nous rencontrerons encore, n'en doute pas. Salue l'arviragus pour moi. »

En fixant ses yeux bruns, elle sentit ses larmes sécher et sa peine s'envoler.

Scapula fit un bref signe de tête aux gardes qui avancèrent.

« Voyagez en sécurité, Maître, voyagez en paix ! » dit-elle d'une voix brisée.

Il répondit calmement : « La paix sur toi, et sur les tiens, Eurgain. » Et il partit.

Scapula se leva.

« Retournez à vos cellules maintenant. Dans une semaine, votre mari sera ici. N'est-ce pas une nouvelle plus agréable que celle de sa mort ? »

Elle se releva de toute sa hauteur. « Non », dit-elle.

Six jours plus tard, la cohorte de Lindum arriva à Colchester avec les prisonniers. Scapula n'avait voulu prendre aucun risque. Cinq cents hommes en armes accompagnaient le char. Mais aucun incident n'avait troublé la journée.

Scapula vint personnellement prendre en charge le prisonnier au portail et grimpa la colline, entouré d'un faisceau de lances étincelantes. Il ne jeta pas un regard à Caradoc. Il en aurait le temps plus tard. Il fallait avant tout l'enfermer, et faire remplacer ses gardes toutes les heures. Il avait envoyé une dépêche exultante à Rome et le bateau qui le libérerait de cette lourde responsabilité ne tarderait pas à jeter l'ancre.

Ils passèrent près des demeures proprettes, des arbres, des jardins, des boutiques animées. Caelte regardait autour de lui avec stupeur. Rien de leur ancienne ville ne subsistait. Le monticule lui-même avait été nivelé. Là où autrefois il y avait une côte escarpée conduisant à la Grand-Salle ne demeurait qu'une légère pente menant à un temple blanc qui se teintait de rose au couchant.

Caradoc le connaissait déjà. Il détourna les yeux, se souvenant de Boudicca la Rousse le regardant avec stupeur sur les premières marches, Prasutugas derrière elle. Sa rage s'était noyée dans la honte lorsqu'il avait vu apparaître Gladys aux côtés de Plautius.

Caelte regarda le temple tant qu'il fut en vue. Puis ils tournèrent en direction de la maison du gouverneur, du quartier général et des bâtiments de l'administration.

Soudain, Caradoc s'arrêta. Il entendait son nom, crié d'une voix perçante et affligée. Bien qu'il sentît la pointe de la lance lui entrer dans les reins, il écouta encore. Eurgain. Ses yeux allèrent frénétiquement d'une façade à l'autre et c'est alors qu'il vit un bras blanc s'agiter derrière des barreaux de fer et l'ombre d'un visage.

L'escorte fut contrainte de s'arrêter. Scapula remonta jusqu'à eux en jouant des épaules et dit à son centurion : « Donnez-leur un instant. » Les soldats s'éloignèrent.

Caradoc se baissa, souleva ses chaînes et courut en trébuchant sous la minuscule fenêtre. Ses doigts se posèrent sur ses joues, ses lèvres. Il agrippa les barreaux de sa cage, et ses chaînes tintèrent contre le mur.

« Eurgain ! Aricia disait bien que tu avais été prise, mais j'ai cru qu'elle mentait. T'ont-ils traitée décemment ? Où sont les enfants ?

— Dans la cellule d'à côté. » Elle baissa la voix, honteuse de la question qu'elle allait poser mais sachant qu'elle ne connaîtrait pas de paix tant qu'elle ne l'aurait pas fait. « Caradoc, pourquoi au nom de Camulos, as-tu été trouver Aricia ? Ne savais-tu pas qu'elle te livrerait ? »

Il la regarda, pensif, puis son visage rude s'éclaira d'un sourire. « Non, mon amour. Je n'ai pas couru vers elle parce que, dans l'état où j'étais réduit, j'avais besoin de ses bras aimants. Je cherchais Venutius. Caelte et moi avons suivi un guide qui nous a trahis. Bran est-il là ? »

Elle posa son front contre ses doigts. « Ils l'ont exécuté. Ah ! Caradoc, tant d'amis disparus. Parfois je ne me sens pas capable d'en supporter plus ! » Sa voix tremblait et il ne put que lui caresser le visage.

« Cinnamus est tombé à mes côtés, Eurgain, lui dit-il avec ménagement et elle frotta sa tête contre sa main.

— Je sais. Vida a pris son épée et elle a disparu dans les bois quand Bran nous l'a appris. Ils sont en paix, tous, et nous, nous continuons à souffrir. »

Le bras de Llyn apparut à la fenêtre voisine.

« Père, est-ce vous ? »

Caradoc voulut le toucher mais Scapula l'en empêcha. « Cela suffit, dit-il sèchement. Formez les rangs.

— Liberté, cria Llyn dans leur direction. Liberté, liberté !

— Liberté », murmura Caelte pendant que Caradoc revenait à ses côtés. Et ils se regardèrent sans mot dire, souffrant de la même faim dévorante.

24.

Le liburnien de Gesioracum accosta dans l'estuaire, une semaine avant les tempêtes d'automne qui allaient ratisser la Manche. Colchester regorgeait de troupes. Elles cernaient la prison. Elles envahissaient les rues, gardaient le portail sur trois rangs, elles piétinaient près de la rivière. Scapula ne voulait pas courir le moindre risque. Les dépêches de Rome le félicitaient chaudement. Ses éclaireurs lui rapportaient que l'Ouest était en pleine confusion. Ses soldats n'étaient plus inquiétés dans les forêts. Pourtant, chaque soir, il restait à la fenêtre, examinant la nuit semée d'étoiles, incapable de trouver le sommeil.

Il avait convoqué le rebelle le lendemain de son arrivée à Colchester mais ils ne s'étaient pas dit grand-chose. Devant les yeux sombres de Caradoc, le nouvel optimisme de Scapula s'était vite envolé. Il n'avait capturé qu'un corps. L'esprit était toujours aussi libre, vif et aérien, un oiseau que sa colère ne pourrait jamais atteindre.

« Vous vous êtes bien battu, gouverneur, avait-il dit avec calme. Mais ne vous réjouissez pas trop. Vous voulez m'envoyer à Rome, mais un nouvel arviragus se lèvera dans l'Ouest et mon esprit restera ici avec lui.

— Sornettes ! éructa Scapula. Votre gloire vous monte à la tête, Caradoc. Vous êtes un homme de valeur, perdu, si je puis dire, parmi les sauvages quand vous auriez pu devenir un grand général. Mais c'est bien terminé maintenant. Quand vous serez parti, l'Ouest me sera ouvert. Dans cinq ans les gens maudiront jusqu'à votre souvenir pour les avoir privés de la prospérité romaine pendant si longtemps.

— Oh ! Scapula, fit Caradoc en riant, quelle merveilleuse certitude, quelle confiance aveugle ! Le nom de Vercingetorix est toujours prononcé avec respect parmi les chefs qui ont quelque honneur en Gaule, alors que depuis cent ans le peuple bénéficie de la prospérité romaine ! Comme il est vrai de dire que la mémoire est plus puissante que le vin le plus fort ! »

Un instant ils se sourirent, avec un respect mutuel qui n'était pas loin de l'admiration. Pourtant, s'ils avaient tenu une épée, ils se seraient battus jusqu'à la mort. Scapula le congédia et Caradoc retrouva son cachot humide. Caelte était assis, les yeux fermés, fredonnant déjà de nouvelles chansons, son indomptable joie de vivre retrouvée.

Scapula se tourna vers son second.

« Dis-moi, Gavius, lui demanda-t-il, qui était donc ce Vercingetorix ? »

Par une matinée froide et brumeuse d'automne, la porte des cellules s'ouvrit. Caradoc, Caelte, Eurgain, Llyn et les filles en franchirent le seuil pour la dernière fois. Dehors une escorte attendait. Au moment où Scapula, montant à cheval, donnait l'ordre de marche, Caradoc serra contre lui sa femme, prit le poignet de son fils, embrassa ses filles. « Courage ! » murmura-t-il. Les filles lui sourirent peureusement mais Llyn lui jeta un regard de défi.

« Crois-tu que les chefs nous délivreront aujourd'hui ? souffla-t-il. Je sais bien que ma Bande Guerrière ne me laissera pas partir en esclavage sans faire un geste !

— Il n'y aura pas de délivrance, répondit Caradoc avec gravité. Les chefs n'en ont pas eu le temps. Ce serait une folie que de tenter une telle opération ici au cœur de la province. Ils continueront à se battre mais ma destinée est accomplie. Les druides trouveront un nouvel arviragus. »

Ils traversèrent l'un derrière l'autre le portail en direction du char qui les attendait. La famille et Caelte s'accroupirent humblement pendant qu'on fixait leurs chaînes aux rebords du char. Un autre ordre se fit entendre et avec une secousse ils se retrouvèrent sur ce chemin qui avait vu passer chars et Bande Guerrière, expéditions de chasse, amoureux et négociants. Des fantômes le bordaient, ombres en capes grises, leurs visages pâles et sans expression perdus dans les nappes de brume épaisse qu'un soleil avare commençait à dissiper.

Caradoc les vit qui glissaient près d'eux, ombres de Camulodunum qui hanteraient toujours Colchester. Il entendit Scapula qui criait : « Serrez les rangs. Vite ! » Et il réalisa soudain que les ombres silencieuses qui bordaient la route jusqu'à la rivière n'étaient pas des fantômes mais des hommes et des femmes des territoires avoisinants qui s'étaient massés pour protester, foule muette qui s'effaçait pour se reformer après le passage du char.

A la rivière, une barge attendait. Les chaînes furent détachées le temps d'embarquer les prisonniers, puis rattachées à la rembarde du bateau. Ils prirent le large, descendant rapidement l'estuaire vers l'océan. Les berges également étaient couvertes d'hommes et de femmes des tribus, en capes et capuches, debout sous les arbres. Lorsque le bateau de Caradoc glissa devant eux, des bras se levèrent. Soudain, une voix s'éleva, haute et claire au-dessus du murmure de l'eau, une voix de femme.

« Voyagez en sécurité ! » Les mots furent comme des cailloux déclenchant une avalanche. L'enchantement fut brisé. Ils commencèrent tous ensemble à crier, tumulte grondant, dernier salut du peuple.

« Nous nous souviendrons ! Liberté, Arviragus, liberté ! Allez en sécurité, Ricon, marchez en paix ! »

Eurgain saisit la main de Caradoc et la serra avec passion. Il referma sa main sur la sienne et s'assit, la tête droite, les larmes aux yeux.

Scapula assistait à la scène, les lèvres pincées, les mâchoires serrées, mais il n'osa pas intervenir. Il voulait éviter toute explosion de violence, maintenant. Les soldats se regardaient avec inquiétude, la main sur leur épée.

Les cris se transformèrent en chant. Quelques voix entonnèrent la marche des Catuvellauniens. Elle courut le long de la rivière, reprise de bouche en bouche, crescendo de défi et de solidarité. Les Celtes applaudissaient, frappaient du pied, rejetaient leur capuche et secouaient leur chevelure. Le soleil éclaboussa la rivière et vint caresser la cime enflammée des arbres. Bientôt le fracas du ressac se joignit au torrent vengeur de leur chant pour la liberté.

Lorsque la barge accosta, les soldats sautèrent rapidement à terre pour entourer les captifs. De l'autre côté de la jetée se trouvait un bateau aux grands mâts dont les drapeaux impériaux étaient en berne.

Caradoc et Eurgain, se tenant toujours la main, commencèrent l'ascension de la passerelle, Llyn et les filles derrière eux. Le soleil s'était maintenant tout à fait levé.

Caradoc lâcha la main d'Eurgain et se retourna. On n'entendit plus que le bruit des vagues contre la coque et les cris des mouettes chamailleuses. Il respira profondément. Son regard se promenant sur la foule en attente découvrit les yeux aimants qui voulaient lui apporter réconfort. Avec un fort pincement de cœur, il regarda, derrière la foule bigarrée, les falaises blanches, les herbes mouvantes, les arbres sombres qui dansaient dans le vent.

« Albion, Albion, pleura-t-il en son âme. Turbulente et traîtresse, sauvage et magique, nous avons rêvé l'un de l'autre. Nous avons entrepris ensemble un grand projet auquel j'ai donné toute mon âme, mais j'ai échoué. Les cendres de mes morts les plus chers dorment dans ton sol. Garde-les bien. »

Lentement, il leva les bras et frappa l'un contre l'autre ses poignets enchaînés.

« Dites-leur que je ne me suis pas soumis et qu'ils ne doivent pas se soumettre non plus ! cria-t-il. Dites-leur que le combat continue ! »

Il fit brusquement demi-tour et lorsqu'il atteignit le pont, Caradoc entendit crier un ordre, et la cadence régulière de l'énorme tambour qui rythmait le geste des rameurs, reprit.

« Combien d'entre vous, qui êtes maintenant dans les cales, galopaient autrefois libres dans les prairies ? » se demanda-t-il pendant que le bateau se mouvait lentement, avec une dignité pesante.

Llyn s'accrocha à la rambarde et Eurgain marcha vers son mari. Caradoc ne quittait pas des yeux la rive où restait massée la foule silencieuse.

Il faillit oublier toute prudence. Il sentit dans ses jambes, dans ses bras, un désir frénétique de sauter par-dessus bord pour faire courir le sable chaud de ses plages une dernière fois entre ses doigts. « Je serai esclave, mineur, paysan ; je peinerai à construire des routes pour Rome, je supporterai toutes les humiliations, mais ah ! Mère ! qu'au moins je meure dans mon propre pays ! »

Comme une réponse, un appel flotta dans le vent. Il ne comprenait pas les mots mais ils semblaient exprimer tout l'amour, toute la douceur de ses meilleurs souvenirs, tous les espoirs de sa jeunesse. Puis la foule avança dans l'eau. Il les voyait à peine maintenant, debout, de l'eau jusqu'à la taille, jetant dans les vagues broches et bracelets, pièces de monnaie, perles de leurs colliers, tout ce qu'ils portaient. Puis ce fut comme s'ils se détachaient de lui pour n'être plus qu'une ligne noire au pied des collines miroitantes.

Eurgain ne cachait pas ses sanglots, mais il n'alla pas vers elle et elle n'appela pas son réconfort. Llyn se penchait par-dessus la rambarde, ses cheveux châtain clair flottant au vent. Les filles se tenaient près de lui les bras croisés sous leur cape, avec des visages aussi figés que le masque de loup de Sine. Tout à coup, Caelte commença à fredonner, les yeux sur la baie qui disparaissait. La chanson, bien connue de Caradoc, faisait vibrer en lui une corde depuis longtemps silencieuse. Lorsque son barde en chanta les paroles, il se souvint d'une nuit de fête, il y avait bien longtemps, quand Togodumnus et lui étaient rentrés à Camulodunum pour célébrer leur première saison de guerre contre les tribus voisines. Toute la nuit, les Catuvellauniens avaient chanté, ivres de puissance, intoxiqués par les rêves capiteux d'un empire dont ils seraient les maîtres.

Un navire aux voiles de soie rouge
Sur l'eau calme et dorée glissait
... Sur le pont comme un roc, il attendait
... Et la nuit l'emportait.

Il ne put s'empêcher de sourire en repensant au visage en sueur de Caelte, à sa grimace lorsqu'il avait dû se lever pour chanter à la demande générale. C'étaient des jours heureux. Mais en réécoutant la complainte, il lui découvrait un sens nouveau. Ce n'était pas le simple chant d'un guerrier et de son amour assassiné. C'était Albion elle-même qui mourait, son cœur se vidant au fur et à mesure que le bateau s'éloignait.

Il se tourna vers Caelte : « Pourquoi chantes-tu, ami ? »

Les notes obsédantes cessèrent et Caelte répondit à sa question avec un sourire en coin.

« Pourquoi ? Mais parce que je suis en vie, Seigneur », dit-il d'une voix enrouée.

Caradoc se retourna. La lumière du soleil miroitait sur l'océan couleur d'émeraude et il n'y avait plus à l'horizon qu'une fine traînée de brume matinale. Albion avait disparu.

DEUXIÈME PARTIE

25.

Venutius quitta la ville le matin même. Il était rentré du Sud en toute hâte avec ses hommes. Aricia lui avait envoyé un message de réconciliation et son cœur n'avait fait qu'un bond. Ils s'étaient querellés bien souvent. Il avait appris à s'endurcir contre ses sarcasmes et il connaissait bien sa peur de rester seule. Chaque fois qu'elle l'avait rappelé, il était venu. Mais cette fois-ci, c'était différent. Il parvenait à peine à concevoir ce qu'elle avait fait. Il suffoquait, il était submergé de honte : honte pour elle, qui rejaillissait sur Brigantia tout entière. Sa colère était telle qu'il ne pouvait tenir en place, allant de chef en chef, toujours dépoitraillé, leur demandant de repartir alors qu'ils venaient juste d'arriver.

La trahison de sa femme, et sa propre réaction, ne furent pas longues à être connues dans le pays. Il n'était pas parti vers l'Ouest depuis trois jours, que le groupe de ses hommes avait presque doublé. Les fermes se vidaient en silence. Des familles entières quittaient leurs huttes et leurs villages. Lorsqu'il parvint à l'orée de la forêt qui les menait au sud avant de bifurquer vers l'ouest, un quart de la population de Brigantia le suivait.

Venutius n'avait pas de plan. La nouvelle de l'issue désastreuse de la dernière bataille livrée par Caradoc lui parvint par bribes, déformée.

Il savait que les hommes qu'il cherchait seraient difficiles à trouver, protégés par leurs montagnes. Mais il continua d'avancer, l'horreur du crime de sa femme ne lui laissant pas de repos. Il avançait d'instinct, ayant un souvenir confus de ces montagnes qu'il avait parcourues pendant trois mois avec Caradoc. Trois mois de torture où son cœur était déchiré entre les rebelles et Aricia, dont la beauté se confondait avec celle de Brigantia. Il avait fini par abandonner Caradoc pour se réfugier dans les bras de sa femme, comme un enfant repentant. Pourtant il n'avait pas oublié.

Il savait que, sans aide, il avait peu de chances de retrouver Emrys et Madoc, s'ils étaient encore en vie. C'est eux qui devraient le trouver. Ils cachaient probablement leurs blessures au cœur de la montagne, dans le froid. Jour après jour, lui et les centaines d'hommes et femmes qui le suivaient escaladèrent des forêts perpendiculaires. Les rivières semblaient tomber du ciel et les vallées étaient si petites et si secrètes qu'on pouvait passer près d'elles sans les voir. De temps en temps, ils découvraient une ferme haut perchée, toujours vide, au chaume pourrissant ; des lopins de terre déjà envahis par les mauvaises herbes et des arbustes qui les rendraient bientôt à la forêt. Ils n'étaient pas sûrs que leurs sacrifices suffisent à les protéger de la colère de la montagne sacrée.

Et puis un jour, vers midi, alors qu'ils s'étaient arrêtés près d'une rivière pour boire et baigner leurs pieds fatigués, ils se retrouvèrent cernés. Ils n'entendirent pas un bruit, mais lorsque Venutius se releva, ce fut pour trouver une épée pointée contre son cou et une douzaine d'yeux brillants qui le fixaient avec hostilité. Ses chefs restaient immobiles sous la menace de couteaux acérés.

« Qui êtes-vous ? Que venez-vous faire ici ? » demanda le seigneur qui jaugeait Venutius avec une extrême froideur. Ce n'était guère des paroles de bienvenue mais Venutius n'en attendait pas plus. Le soulagement lui fit fermer les yeux.

« Je suis Venutius, seigneur de Brigantia et voici mes parents et mon peuple, répondit-il. Je cherche Madoc ou Emrys, seigneur des Ordovices.

— J'ai entendu parler de lui, dit l'un des hommes en désignant Venutius. Il s'est battu aux côtés de l'arviragus un moment, mais il n'est pas resté. L'une de ses mains appartient à Rome.

— Ce n'est pas vrai ! » protesta Venutius. Mais c'était vrai jusqu'à cet instant et comment ces guerriers prêts à tuer pouvaient-ils deviner le déchirement qu'avait connu son âme ?

Celui qui les menait prit une décision rapide.

« Qu'ils nous suivent ! » dit-il calmement. Et il disparut, avalé par l'ombre de midi.

Ses hommes leur indiquèrent la route. Venutius ramassa ses armes, dit à son porteur de bouclier de transmettre la nouvelle et s'enfonça derrière le chef de file dans la verdure épaisse.

Après deux heures de marche, ils tombèrent brusquement sur un camp dont les tentes brunes se serraient près du cours d'eau dans lequel Venutius avait bu. Deux personnes assises sur la rive parlaient à voix basse. Venutius reconnut avec joie le masque de loup de Sine, sa silhouette élancée dans une tunique verte, les franges grises de ses braies. Il ne connaissait pas l'homme. Sans un mot, le guide de Venutius le quitta. Tous deux, près de la rivière, se levèrent. Les Brigantiens s'éparpillèrent autour du camp, s'asseyant par groupes de deux ou trois sur le sol, sans quitter des yeux leur seigneur. Il attendait, avec une légère pointe d'angoisse. Puis Sine fut devant lui. Ses yeux sombres l'examinèrent sans douceur, sa main fine reposait légèrement sur la garde de son épée.

« Je vous connais, dit-elle. Venutius, chef brigantien. Nous nous sommes battus côte à côte pendant un moment, n'est-ce pas ? Jusqu'à ce que la faim et la fatigue vous poussent à nous quitter. » Sa voix était aussi dure que le bronze martelé de son masque. « Vous êtes indésirable, ici. Nous n'avons pas confiance en vous. »

Il ne voulait pas s'expliquer. Pas maintenant.

« Où est Emrys ? demanda-t-il.

— Il voyage, il réunit les chefs que Scapula a fait fuir.

— Et Madoc ?

— Il est parti en Silurie pour rassembler ses hommes avant qu'on les massacre tous. La Seconde Légion est devenue folle. Ses soldats tuent tout ce qu'ils rencontrent, homme ou bête. » Une pensée la frappa soudain. Venutius la vit naître dans ses yeux et ce fut si fulgurant qu'il en recula. « Une rumeur dit que l'arviragus est dans les montagnes à notre recherche, dit-elle, mais la plupart d'entre nous pensent qu'il a fui vers Brigantia, chez vous. Vous nous le ramenez, Venutius ? »

L'espoir irréfléchi qu'exprimaient ces yeux noirs ramena une boule de honte dans sa gorge. Il baissa la tête.

« Non, Sine, Caradoc n'est pas avec moi », répondit-il. Elle sentit qu'il voulait en dire plus. Mais il n'en fut pas capable. La sueur lui coulait sur les tempes. Il pressa ses deux poings sur son front. « Sine ! s'étrangla-t-il, les mots lui arrachant la bouche, l'arviragus ne reviendra plus. Il est parti à ma recherche mais ne m'a pas trouvé. Ma femme l'a capturé et vendu aux Romains. A l'heure qu'il est, il doit être au Fort de Lindum ou en route vers Camulodunum. »

Un silence total suivit. Venutius n'osait regarder Sine. Elle aussi eut du mal à retrouver son souffle. Elle mit une main tremblante devant son visage caché, cela seul indiqua l'effet dévastateur que cette révélation avait sur elle. Lorsqu'elle parla à nouveau, ce fut d'une voix aussi froide que toujours, s'élevant au-dessus des explosions de douleur et de rage auxquelles s'abandonnaient les chefs autour d'eux, maintenant qu'eux aussi connaissaient la nouvelle.

« Vous a-t-elle envoyé à nous pour nous apporter ce message ?

— Non. Je les ai quittés, elle et Brigantia, pour toujours. Je ne reviendrai pas en arrière. »

Soudain, elle écuma de rage, grondant vers lui à travers sa gueule de loup. « Nous n'avons que faire de Brigantiens ici ! Vous n'êtes qu'une tuatha répugnante, des menteurs qui déshonorez le nom d'homme libre ! Partez ! Partez ! »

Il n'aurait pu dire si elle pleurait. Probablement pas. Il se souvenait d'elle comme d'un être sans douceur, sans pitié ou sans compromissions. Il marcha vers elle.

« Je ne peux pas partir, Sine. Je n'ai nulle part où aller. Je suis venu avec des hommes et des femmes prêts à combattre. D'autres viendront se joindre à eux quand la nouvelle de la chute de l'arviragus sera connue. Laissez-moi vous prouver que je ne suis plus le chef qui abandonna Caradoc par faiblesse. »

Elle cessa de crier. Examinant son visage, elle y lut plus que ses mots n'en pouvaient dire. « Et Eurgain ? Llyn ? Où se trouve sa famille ? » insista-t-elle.

Il secoua la tête avec tristesse. « Je l'ignore. Ils n'étaient pas avec lui quand... quand... »

Elle croisa les bras. « Très bien, restez. Mais je ne peux rien vous promettre jusqu'au retour de mon mari et de Madoc. Ils décideront peut-être de vous exécuter.

— Je comprends. Vous voudrez peut-être me faire garder, Sine, mais je n'essaierai pas de fuir. Mon destin est désormais ici, entre vos mains. »

Elle le regarda qui s'éloignait à grandes et souples enjambées, ses cheveux roux emmêlés touchant les épaules.

« Tu ne resteras pas longtemps, Brigantien, murmura-t-elle. Tu es incapable de suivre notre rythme. »

L'un des seigneurs de Venutius l'entendit et s'approcha. » Vous vous trompez, Madame, dit-il, il a prêté serment en faisant couler devant sa femme son propre sang. Il restera. » Elle se tourna vers lui : « C'est un engagement d'une très grande gravité, rétorqua-t-elle, mais il eût été plus honorable de la tuer. Qu'a-t-elle à faire de son sang ? »

Emrys rentra trois semaines plus tard, avec sa tuatha presque au complet. La nouvelle de l'emprisonnement de Caradoc à Camulodunum avait été confirmée par ses espions. Ils prirent tout juste le temps d'y ajouter celle de la capture d'Eurgain et de l'exécution de Bran, et continuèrent leur route pour en informer le Maître Druide sur Mona.

Après une nuit de discussions vaines avec sa femme, Emrys décida de permettre à Venutius de rester. Après tout, il avait apporté du sang nouveau aux forces de l'Ouest. Depuis son arrivée, de nombreux groupes de paysans en colère étaient venus des basses terres grossir les rangs des rebelles. Jour après jour, des survivants de la bataille, mal en point, venaient les rejoindre, mais en l'absence de Caradoc, l'énergie et la cohésion leur faisaient totalement défaut. Emrys fut heureux de voir Madoc, blessé mais indomptable, faire irruption dans le camp avec trois mille hommes. La Silurie du Sud n'était plus qu'un désert carbonisé. Mais Madoc ne perdait pas courage. Il y avait toujours un front possible au nord du territoire de sa tuatha, un lieu où livrer bataille si l'on parvenait seulement à retrouver l'arviragus. Lorsque Emrys lui apprit la nouvelle, il réagit comme on pouvait s'y attendre en grondant comme un taureau blessé. Il tira son épée et se battit furieusement contre des branchages avant de s'écrouler, en sanglots, près du feu.

« Qu'allons-nous faire maintenant, Emrys ? demanda-t-il.

— Nous ne pouvons pas nous rendre, répondit ce dernier fermement. Nous avons appris une dure leçon depuis que par fierté mon peuple a contraint Caradoc à livrer une bataille rangée. Nous ne commettrons plus cette erreur. Toi et moi, Madoc, nous devons continuer.

— Les Demetes et les Deceangles nous obéiront-ils ?

— Je le pense.

— Et les Brigantiens ? grogna Madoc.

— Venutius devra faire ses preuves, répliqua Emrys. Nous le surveillerons de près. Mais cette fois, je crois qu'il restera ici.

— Pouah ! Un homme qui fait de cette chienne brigantienne la maîtresse de ses pensées est un faible qu'on n'a aucune raison d'épargner, bougonna Madoc. Mais c'est un excellent guerrier. » Et il se hissa sur ses pieds pour s'en aller se coucher.

Dans la soirée, Emrys, Madoc, Venutius et quelques autres chefs se réunirent. Emrys les considéra tous longuement, l'un après l'autre.

« Je voudrais parler de Caradoc, dit-il. Y a-t-il la moindre chance de le délivrer ? Qu'en pensez-vous ? »

Ils réfléchirent un instant, les yeux baissés, puis la grosse voix de Madoc se fit entendre : « Voilà des années que Scapula essaye de le prendre et il y a réussi. Il ne fermera pas l'œil jusqu'à ce que Caradoc soit en route vers Rome. Jusque-là Camulodunum sera bondé de soldats qui seront coude à coude, des fortifications jusqu'au portail. Essayer de le délivrer serait un suicide. »

Emrys appela son porteur de bouclier : « Amène-moi l'éclaireur de Camulodunum. Dis-nous l'importance des troupes autour de la ville, demanda Emrys lorsqu'il se fut accroupi devant eux, se balançant sur ses pieds nus.

— A l'intérieur de Camulodunum, autour du forum et des bâtiments de l'administration où l'arviragus et sa famille sont détenus, il y a deux cents soldats. Aucun Celte n'est admis là-bas, pas un seul. Il n'y a que les Romains qui aient accès au temple, aux bureaux du gouverneur et du maire. De là au portail, il y en a encore cinq cents, postés dans chaque rue. Entre la ville et la rivière, éparpillés dans les bois, il y en a plus de mille.

— En es-tu sûr ? » Ces nombres semblaient ridicules, près de deux mille hommes pour garder une seule famille.

« Tout à fait sûr. Il m'arrive de nettoyer des harnais aux écuries avec un domestique du centurion. Il aime bien parler. A moins de pouvoir s'envoler, l'arviragus ira à Rome, et bientôt. Dans un mois. »

Emrys remercia et renvoya l'homme. « Je ne pense pas que nous puissions tenter quoi que ce soit », finit par dire Emrys.

Ils restèrent là, à échafauder les plans les plus improbables, tout en sachant bien que c'était inutile. Ils étaient à des kilomètres de Camulodunum et ils ne pouvaient qu'y trouver la mort. Pourtant personne ne voulait être le premier à l'admettre. Ils restèrent donc en silence près du feu jusqu'à ce que la douce nuit d'été brille de toutes ses étoiles.

Venutius se savait étroitement surveillé. Chaque matin, Madoc ou

Emrys l'envoyaient chercher, avec la plus grande politesse. Il passait la journée à aller d'un camp à l'autre. Parfois Emrys ou Madoc étaient du voyage car un nouveau réseau de communication était tissé dans les montagnes entre les camps rassemblant une douzaine, une centaine et parfois jusqu'à cinq cents guerriers. Venutius commençait à mémoriser une carte sur laquelle il savait où placer les pistes de ravitaillement, les pistes d'éclaireurs, les sentiers conduisant d'un groupe de rebelles à l'autre. Il comprit pleinement le génie de l'arviragus. Madoc et Emrys parvenaient à grand-peine à reconstruire ce que Rome avait détruit. L'Ouest devenait un tout dans l'esprit de Venutius. C'était une armée dont les unités étaient éparpillées sur des miles de territoire accidenté, trop lointains pour ne pas échapper au contrôle d'un général romain. Mais elle n'était pas si dispersée qu'un grand guerrier ne puisse la conduire, si ses compatriotes étaient capables de suivre et d'exécuter ses ordres avec rapidité.

Seul un homme d'une habileté exceptionnelle avait pu créer et maintenir cette vivante toile d'araignée. Venutius en vint à comprendre que sa femme avait causé la perte d'un homme irremplaçable. Traversant les cols, avec Ordovices ou Silures, sa tristesse, sa colère en pensant à Caradoc grandissaient. Les druides n'avaient rien tenté pour remplacer l'arviragus. Il fallait d'abord que les circonstances forgent un arviragus. Et c'est ensuite seulement qu'il serait choisi. Il était encore trop tôt. Peut-être ne le remplaceraient-ils jamais.

Il commença à noter les points forts et les faiblesses des camps. Il remarqua que le grain en provenance de Mona suivait la même route pendant des miles en pénétrant profondément dans les collines et conclut que c'était une procédure dangereuse. Il restait assis seul, la nuit, déplaçant les unités dans sa tête comme des pions sur un échiquier. Et peu à peu l'image qu'il se faisait de l'Ouest se modifiait. Il n'en dit rien à ses gardes toujours méfiants. Il observa, s'instruisit et attendit. Sine venait parfois le rejoindre, dans la soirée, toujours hostile mais polie. Ils parlaient de banalités. Il aimait regarder ses jambes longues négligemment croisées, ses cheveux noirs dépeignés par le vent, cet air de fierté sauvage encore renforcé par l'œil oblique du masque de loup. Elle était si différente d'Aricia. Il commença à retrouver une certaine paix.

Un mois plus tard, quand la brise apporta les premières senteurs de l'automne, un des espions venus de Camulodunum trouva Emrys et

Venutius qui mangeaient ensemble. Il s'accroupit pour partager leur repas, puis leur donna les nouvelles.

« L'arviragus est parti. J'ai assisté à son départ. Beaucoup de membres des tribus s'étaient rassemblés. Nous avons chanté en le voyant partir vers son destin. Il avait l'air très fatigué, mais en bonne santé.

— A-t-il parlé ? » Emrys avait longtemps attendu cette nouvelle mais c'était quand même un choc qui réveillait une douleur lancinante.

« Oui, mais en peu de mots : « Dites-leur que je ne me suis pas soumis et qu'ils ne doivent pas se soumettre non plus. » Il ne pouvait guère en dire plus. Il savait qu'il voyait Albion pour la dernière fois. »

Emrys eut un long soupir. « Merci, homme libre. Retourne à Camulodunum. Je dois connaître les plans de Scapula pour l'hiver, mais ne viens pas me les apprendre toi-même. Fais transmettre par la chaîne. » Il avait du mal à formuler la demande qui allait suivre. Sa voix s'enroua. « Quand on apprendra la nouvelle de l'exécution de l'arviragus, je veux le savoir aussi vite que possible.

— Je comprends, Seigneur. » L'homme s'éloigna.

Un sentiment aigu d'abandon s'abattit sur eux. Tant que Caradoc était en Albion, sa présence avait continué à inspirer l'Ouest, mais maintenant les deux hommes ne savaient plus vers qui se tourner.

Venutius fut le premier à se lever. Il secoua sa chevelure flamboyante et baissa les yeux vers Emrys. « Vous avez entendu les derniers ordres qu'il nous a donnés, dit-il avec rudesse. Nous ne nous rendrons jamais. Je ne m'appesantirai plus sur le passé. Je ne ressens plus aucune honte pour sa capture. J'aurais donné mon âme pour l'empêcher, mais je ne vais pas non plus me morfondre ici à attendre votre pardon. J'irai où je voudrai, la tête haute. Debout, Emrys ! Nous ne devons plus le décevoir maintenant. »

Surpris, Emrys leva la tête et l'expression qu'il lut dans son regard le poussa à se lever. Ils restèrent un instant les yeux dans les yeux, scellant ainsi leur détermination à se battre ou à mourir ensemble. Ce n'était pas de l'amitié. Mais un accord plus profond.

26.

Le voyage fut bref et sans histoires. Après avoir débarqué dans le port gaulois de Gesioracum, Caelte, Caradoc et sa famille furent conduits sur les marches du temple, et enchaînés ensemble. Toute la journée dans la poussière et la chaleur grandissante, les habitants de Gesioracum, endurcis par de nombreuses années de soumission vinrent abreuver d'insultes les Catuvellauniens sans défense. Le garde romain assistait avec ennui à un spectacle qu'il avait vu se reproduire bien des fois. Au fil des heures, la place du marché se remplit de curieux, de mécontents, d'amateurs de scandales, tous venus pour voir de leurs propres yeux celui dont l'infamie était notoire dans tout le monde romain. Pendant toutes ces années où il s'était battu seul, Caradoc n'avait jamais pensé à sa légende. Mais là, noyé dans un océan de visages coléreux ou exultants, il comprit et en fut atterré. Il était prise de guerre. Il servait de compensation, une statue de divinité foulée aux pieds par ses adorateurs déçus.

« Fils de chiens ! explosa Llyn à son oreille. Lâches ! De mémoire d'homme on ne les a jamais vus une épée à la main et ils conspuent le plus grand guerrier du monde ! » Il continuait à faire le bravache mais Caradoc le voyait trembler dans ses maigres haillons et les filles dépeignées, en larmes, étaient incapables de cacher leur honte.

« Regarde-toi donc ! hurla quelqu'un. Paysan couvert de poux — quelle sorte d'arviragus es-tu ? Si c'est là ce qu'Albion a de meilleur, pas étonnant que Rome n'en veuille pas. »

Caradoc sentit Eurgain se raidir près de lui.

« Je t'aime Caradoc, je t'aime », ne cessait-elle de répéter lorsque les graviers venaient écorcher leurs bras nus en rebondissant sur les étincelantes marches de marbre blanc. Il restait apparemment insensible, les yeux fixés sur le bout de natte brune et sale qui tombait sur ses larges épaules. Quelque chose chez lui avait le don de mettre la foule en furie. Ses traits nobles, marqués par l'âge, faisaient naître une animosité effrayante autour du petit groupe.

As-tu connu cela également, Vercingetorix ? se demandait Caradoc. As-tu connu cette dernière épreuve ?

L'après-midi s'écoula avec une lenteur désespérante. Le vertige s'emparait d'eux lorsque la puanteur de leurs corps pressés, non lavés, s'élevait sous le soleil. Les filles gémissaient doucement. Llyn et Caelte s'appuyaient l'un sur l'autre pour soulager leurs jambes douloureuses. Mais Caradoc et Eurgain restaient droits et distants comme un reproche, comme la résurrection des mauvais souvenirs du peuple de Germanie.

Il leur fallut un mois pour arriver à Rome. Dans chaque ville et village qu'ils traversèrent, la même scène se reproduisit. Les mêmes foules de paysans hostiles se rassemblèrent pour hurler les mêmes injures. Ils durent endurer les mêmes heures étouffantes et interminables. Alors que l'automne s'emparait déjà des bois humides d'Albion, dans leur lente avance sur le Sud-Ouest, c'était encore la fin de l'été.

L'étendue et la puissance de l'Empire Romain étaient plus grandes que Caradoc, dans son orgueilleuse naïveté, ne l'avait jamais imaginé. Dans l'obscurité et le silence tant attendus de la nuit, assis en tailleur dans sa cellule, il s'émerveillait de sa propre témérité, de la folle bravoure qu'il avait eue à vouloir le défier. Il n'était rien — un incident, un obstacle mineur — et Albion n'était rien non plus, rien qu'une miette dans la gueule ouverte d'un empire.

Les druides, eux, savaient. Pas étonnant qu'ils s'indignent des petits raids, des vaines querelles de tribus. Je ne suis rien, pensait-il avec un désespoir plus aveuglant encore que la nuit de sa cellule. Les Catuvellauniens ne sont rien, Camulodunum n'était rien. Il repensait à sa famille, à l'amour et aux rires et malgré sa douleur, il fut capable de se dire : « Pourtant, je suis moi-même. Je vis. J'ai mon rôle à remplir, tout comme l'empereur de la Rome Impériale. Je ne dirai jamais que j'ai raté ma vie. Je suis resté fidèle à ce que je savais être vrai. »

Mais c'était un piètre réconfort. Il vit la splendeur des villes de la Gaule Narbonnaise avec les yeux douloureux de celui qui se réveille d'une illusion. Il marcha sous l'arc de triomphe de Jules Cesar à

Aransio et se sentit un barbare. Lorsqu'il se tint enfin devant l'immensité de la ville de Rome elle-même, il ne restait plus rien de son innocence. Il baissa la tête et suivit ses gardes.

En fait, il sous-estimait grandement sa propre importance, et c'était bien ce que Claude voulait. L'empereur avait ordonné qu'on l'exhibe dans toutes les villes qu'ils traversaient pour qu'il arrive à Rome suffisamment effrayé. Il ne voulait pas d'un petit seigneur arrogant et prétentieux qui fasse de son triomphe un spectacle de cirque. Il savait l'importance que représentait pour les citoyens celui qu'il tenait enfin. Depuis des années, la ville attendait de voir le rebelle imprenable en chair et en os. Maintenant, Claude avait une chance de regagner les faveurs d'une opinion qui l'avait délaissé. Et il la saisit à deux mains.

Pour une dernière nuit, Caradoc et les siens furent logés dans des baraques près des murs de la ville. Caradoc et Eurgain savaient ce qui les attendait le lendemain et ils passèrent les heures d'obscurité en silence, serrés l'un contre l'autre, souffrant pour leurs enfants qui ignoraient tout de leur sort. Au cours du dernier mois, les filles avaient sombré dans une hébétude boudeuse et Llyn avait cessé de maudire les dieux et sa chance lorsqu'il avait réalisé qu'il n'avait plus longtemps à vivre. Il était assis dans un coin, le visage dans les mains, luttant contre sa terreur.

Au matin, on leur apporta de l'eau et des vêtements propres. Un soldat les surveilla pendant qu'ils se lavaient et s'habillaient avec lenteur. Puis on les conduisit dehors. Le soleil se réverbérait sur la poussière blanche de la Via Sacra. On ne leur donna rien à manger. Ils pouvaient entendre le grondement sourd de la foule énorme qui s'était déjà massée le long de la vaste avenue bordée d'arbres. Devant eux, des chars faisaient la navette et les officiers, en capes rouges et casques de bronze couronnés de panaches aux couleurs vives, attendaient impatiemment les ordres.

Caradoc profita de ce moment de confusion pour serrer les filles dans ses bras. « Marchez lentement et la tête haute, leur conseilla-t-il avec douceur. Rappelez-vous qui vous êtes. Vous n'avez à rougir de rien. Si nous devons mourir aujourd'hui, mourons fièrement, sans déshonorer notre tuatha. »

Elles le regardèrent avec des yeux agrandis par la peur et Gladys se suspendit à lui. « Je ne peux, Père ! murmura-t-elle au bord de la panique. Je suis trop faible, mes jambes ne pourront pas me porter. J'ai peur de mourir ! »

Un officier avança vers eux, des chaînes sur le bras. « Il est temps, dit-il. Les jeunes femmes doivent passer d'abord, ensuite le barde, votre femme, votre fils et puis vous. »

« Père ! », cria Gladys. L'officier fit un signe à son escorte. Deux soldats l'arrachèrent brutalement aux bras de Caradoc et la tirèrent dehors. Sa sœur suivit comme dans un rêve.

« Elle va se ressaisir, dit Llyn. Elle a vu la mort trop souvent pour rester dans cet état-là bien longtemps. » Il voulait avoir l'air dégagé mais sa voix tremblait et Caradoc le serra rapidement contre lui.

« Au revoir, mon fils. Aujourd'hui, nous allons les priver d'un spectacle. » Llyn inclina la tête et embrassa sa mère. Puis ce fut au tour de Caelte de s'incliner devant Caradoc au moment où l'officier revenait.

« Je vous remercie, Seigneur, vous m'avez toujours traité avec justice et je ne l'oublierai jamais. »

Caradoc prit son poignet. « Au revoir Caelte. Merci pour ta musique. Quels chants tu chanteras pour moi, lorsque nous nous retrouverons à nouveau autour du feu d'un Conseil ! »

Caelte sourit et partit. Caradoc se tourna vers sa femme. « Eurgain, dit-il sans sécher les larmes qui coulaient sur son visage. Tu pleures toi aussi ? Toi qui as toujours été pour moi source de calme et de fraîcheur ? »

Elle essaya de sourire mais ses lèvres tremblaient malgré tous ses efforts. Ils se jetèrent dans les bras l'un de l'autre. « Femme d'épée, murmura-t-il.

— Arviragus. »

Ils se séparèrent lentement. « Arrive à bon port, dit-il à voix basse.

— Voyage sans encombres, Caradoc. »

Ils montèrent ensemble dans les chars qui attendaient. Caradoc tendit avec résignation ses poignets rassemblés et regarda au loin pendant qu'on les entourait de chaînes que les soldats clouaient vivement à l'arrière du char. La rue était pleine de généraux, de commandants, de tribuns, de sénateurs, à cheval ou assis derrière le conducteur de leur char. On aurait dit que toute l'aristocratie romaine voulait prendre part à ce triomphe. Llyn, enchaîné au char de tête, se retourna et lui sourit. Il lui rendit son sourire, essayant de mieux voir devant lui, là où son œil ne percevait qu'un reflet de soleil sur la pourpre et l'or, l'empereur.

« A qui penser maintenant ? se demanda Caradoc, lorsque le char se mit en branle avec une secousse qui lui disloqua presque l'épaule. A toi, Vercingetorix, et aux peines que tu enduras seul ? Je penserai à toi Cinnamus aux yeux verts et à l'épée brillante. Je me souviendrai de ta vivacité, de tes sourires qui comprenaient tout, de ton courage et de ta loyauté. » Il continua à avancer, refusant délibérément d'entendre les clameurs sauvages qui s'élevaient sur son passage. Le soleil était aveuglant et la pierre dure des pavés lui faisait mal aux pieds. La vaste avenue traversait de hautes tours, des temples si impressionnants qu'il semblait à Caradoc que même les pierres lui criaient : Barbare ! Barbare !

Les masses hurlantes et sans visage se pressaient contre les bras des cohortes qui tentaient de les contenir, en proie à une excitation délirante.

Les trompettes sonnèrent. Le soleil l'aveugla. Il entendit un homme qui criait : « Bien joué, le barbare ! » Il trébucha. Tout à coup, il prit conscience de la réalité de ce qui l'entourait.

« Tu t'es bien battu, barbare !

— Caradoc, Caradoc, c'était un beau combat ! »

Ils ne le vilipendaient pas. Ils ne demandaient pas, blancs de rage, son exécution. Ce n'était pas des ordures qu'on lui jetait, mais des fleurs — roses, jaunes, cramoisies, d'un bleu délicat. Ils lui lançaient des fleurs, avec des visages ouverts, de larges sourires et des cris d'encouragement.

« Des lauriers pour le barbare ! La liberté pour Caradoc ! Grâce pour lui, Claude, grâce ! »

Il les regarda sans y croire. C'était vrai. Ce qui devait être son humiliation finale était devenu la parade d'un vainqueur. Devant lui, il vit Llyn se redresser et avancer en secouant sa chevelure. Caelte marchait avec majesté, comme si son seigneur lui avait demandé une nouvelle chanson pour célébrer le printemps. Lui-même se sentit soudain emporté très haut sur les ailes de sa destinée. Il avait conquis Rome à sa façon.

La procession avança lentement vers le Forum et s'arrêta. Les foules envahirent la place derrière elle. Claude descendit de cheval et monta lentement les marches de marbre de la Curie, sa cape de pourpre flottant derrière lui. Lorsqu'il atteignit la flaque de lumière au pied des colonnes hautes, il fit demi-tour et leva un bras couvert de bracelets d'or. Sa femme sortit de l'ombre pour se placer près de lui. La foule explosa, hurlant son admiration. Il resta un moment ainsi, imposant, au-dessus du vacarme de ses citoyens. Puis il recula pour s'asseoir sur une chaise couverte de draperies pourpres. Les trompettes se firent entendre à nouveau. La procession entreprit de faire lentement et solennellement le tour du Forum, avec au premier rang, les prétoriens en grande tenue.

Dans ses rêves les plus fous, Caradoc n'avait jamais imaginé une telle splendeur. Le soleil inondait de reflets blancs, roses et dorés les piliers purs et élancés du temple de Jules Cesar, noyant la sévérité de l'arc de triomphe d'Auguste. Caradoc oublia ses chaînes et regarda à droite et à gauche, ébloui. Il se trouvait au cœur d'une forêt d'arbres blancs, aux troncs de pierre gigantesques, abritant jalousement et fièrement le cœur du monde comme les bosquets de chêne de Mona gardaient le cœur de son peuple. Les arbres vivants pouvaient vieillir et mourir, mais cette forêt de pierre resterait à jamais debout comme l'âme de l'Empire Romain.

Une telle magnificence, une telle opulente splendeur ! Et j'ai combattu tout cela, se disait-il avec étonnement. Il fallait que je sois fou. Il pensa à la fierté qu'inspirait à Aricia sa petite imitation en bois de maison romaine. Il repensa aux petits forums où lui et les siens, sales et en sueur, avaient dû subir les quolibets et les regards haineux des foules. Il regarda l'empereur. Et soudain, il eut envie de rire.

Son char s'arrêta enfin. Un tribun et un soldat s'approchèrent pour le détacher. Il chercha Eurgain mais ne put la voir. Claude fit un signe et à nouveau, les trompettes sonnèrent. Caradoc et le tribun montèrent les marches ensemble, les chaînes sonnant contre chaque marche de marbre.

Claude le regarda venir et sa femme se pencha vers lui en chuchotant : « Comme il est grand ! » d'une voix que l'excitation altérait. Claude acquiesça, les yeux fixés sur la tête baissée, les bras qui tenaient les chaînes écartées pour se protéger d'une chute. Les années à venir sauraient tuer une légende contre laquelle la lance du bourreau ne pouvait rien. Il écouta les sénateurs qui venaient lui parler de Syphax, de Scipion l'Africain et de la clémence d'Aemilius Paulus envers le grand Persée. Ce roi barbare avait été un ennemi respectable, digne de Rome la toute-puissante. D'ailleurs il avait la faveur du peuple, et cette faveur, Claude la voulait aussi. Le peuple demandait, sans ménager les flatteries, un geste magnanime au souverain noble et éclairé, une preuve de son humanisme supérieur et désintéressé. Avec plus de subtilité, c'est également ce que le sénat demandait. Qu'il en soit donc ainsi. Rome serait clémente. Les temps avaient changé depuis l'époque où Jules Cesar avait fait étrangler Vercingetorix.

Agrippine se tortilla d'excitation lorsque la poitrine de Caradoc arriva à hauteur des dernières marches. Il s'immobilisa en face de l'empereur. L'empereur lui fit signe de rentrer dans l'ombre des colonnes.

« Nous nous rencontrons enfin, dit Claude en posant son regard doux sur le visage de l'autre pendant que le vacarme derrière eux ne faiblissait pas. Ce fut un beau combat, Barbare, mais voué à l'échec depuis le début, tu t'en rends compte, j'en suis sûr. Tu peux parler avant que je prononce ma sentence, si tu le veux. »

Caradoc regarda le visage triste et désabusé. Si fort qu'il le désire, Claude ne parvenait pas à contrôler le léger tremblement de sa tête. Et sous l'effet de l'émotion, son nez commençait déjà à couler. Caradoc se sentit plein de pitié. « Cet homme est peut-être au plus haut poste de l'empire, mais il est plus à plaindre que moi », pensa-t-il.

Il regarda à peine Agrippine mais remarqua les mains de l'impératrice accrochées aux accoudoirs de sa chaise dorée et ses yeux noirs qui le dévoraient, dans un visage blafard soigneusement poudré pour masquer les ravages de l'âge. Il ne lui était pas difficile, en respirant ce parfum musqué et en voyant briller les joyaux qui truffaient son chignon, de deviner la corruption et l'avidité dissimulées derrière les plis gracieux de son étole luxueuse. Et il sut qu'elle était plus à craindre que son mari.

Il regarda fixement Claude, se demandant ce qu'il pourrait lui dire. Il ne s'adressait pas à une tuatha dispersée mais à un empire, et un instant, la timidité l'emporta. Mais il se ressaisit. Je suis arviragus. J'aime mon peuple. Pour eux je ne baisserai pas la tête, je ne déshonorerai pas ceux qui sont morts pour moi. Il se mit à parler lentement, en choisissant ses mots.

« Si le haut rang de ma naissance m'avait aussi donné la modération à l'heure de la victoire, c'est en ami que je serais entré dans cette ville, et non en prisonnier. Vous n'auriez pas hésité à accepter pour allié un homme d'une lignée illustre, à la tête de nombreuses tribus. La position dans laquelle je me trouve est humiliante pour moi. Pour vous, elle est un triomphe. J'avais des chevaux, des guerriers et de l'or. Que j'aie refusé de les perdre, qui s'en étonnera ? » Sa voix se raffermit. Le pouvoir avait sur sa langue le goût d'une bière dorée. Sans le vouloir, il leva ses bras enchaînés et campa un pied devant l'autre dans un mouvement de fierté. « Faut-il donc, parce que vous voulez l'empire universel, que tous acceptent l'esclavage universel ? Si l'on me traînait ici comme l'un de ceux qui se sont rendus sans se battre, aucune gloire ne s'attacherait à ma chute ou à votre victoire. Si vous me punissez, on les oubliera toutes deux. » C'est pour toi Eurgain, que je dis cela, pensa-t-il. Pour toi, mon Llyn, et pour mes filles, mais je ne supplierai pas. Il rejeta la tête d'un air de défi et ses yeux, quand ils rencontrèrent ceux de Claude, étaient froids et hautains. « Epargnez-moi, comme éternel exemple de votre clémence ! »

Claude considéra la poitrine haletante, les pieds plantés fermement, la flamme d'un regard qui ne s'excusait pas. « Tu me demandes de te sauver comme si tu me provoquais en combat singulier, pensa-t-il avec un respect amusé. Je comprends mieux maintenant les désespoirs du pauvre Scapula. Tu es étonnant, petit seigneur sauvage. » Avec un geste gracieux, il se leva.

« Ecoute le peuple, Caradoc, dit-il. Il t'honore, il demande à grands cris qu'on te libère. Qu'il ne soit jamais dit que Rome ne récompense pas la valeur, chez ses chers citoyens comme chez ses nobles ennemis. Voilà pourquoi, au nom de Jupiter et des Dieux de Rome, je te pardonne. Qu'on brise ses chaînes ! »

Les membres de sa garde personnelle avancèrent doucement et, avec un sentiment d'irréalité complète, Caradoc entendit les chaînes résonner sur le marbre. Libre ? Aussi facilement ? Aussi rapidement l'espoir m'emporte sur son aile ? -

Claude marcha vers lui et posant un bras sur ses épaules le présenta à la foule. Ensemble ils avancèrent sous le soleil. Claude leva lentement son autre bras, la cape pourpre se souleva. Un grand cri de satisfaction s'éleva lorsque le peuple vit l'empereur et son ennemi côte à côte.

Caradoc ne leur prêtait pas attention. Il était toujours sous le coup de la stupéfaction et il cherchait des yeux sa famille parmi les visages qui se pressaient plus bas. Un instant, Claude et lui restèrent serrés l'un contre l'autre, puis l'empereur le ramena vers la bienfaisante fraîcheur.

« A certaines conditions, naturellement, dit Claude. Quels que soient les dieux que tu adores, il faut que tu jures devant eux de ne jamais plus porter les armes contre Rome. »

Jurer cela, pensa Caradoc, c'est tendre encore une fois les mains aux chaînes de l'esclavage, mais quelle différence cela fera-t-il en définitive ? Que je vive ou que je meure, Albion devra continuer à se battre sans moi.

« Je jurerai, répondit Caradoc d'une voix mal assurée. Je jure par Camulos, par les Dagda, par la Grande Mère, que... que... » Le courage lui manqua mais il se reprit. « Que je ne lèverai jamais plus l'épée contre le peuple de Rome. »

Claude hocha la tête. « Bien. C'était dur pour toi, je le sais, mais c'était nécessaire, Caradoc. Il faut également que tu comprennes que tu es exilé de ton pays. Tu pourras vivre en liberté entre les murs de cette ville, et sous certaines conditions dans les cinq miles alentour, mais toute infraction à cet édit te vaudra une mort immédiate. »

Caradoc reconnut dans les yeux gris et perspicaces ses propres pensées reflétées comme dans un miroir. Il faudra beaucoup de force pour supporter cette mort lente, avait l'air de lui dire Claude, alors qu'il le pensait lui-même.

« Le Sénat t'a octroyé par vote une maison et ton entretien sera assuré par le trésor public. Tu nous as déjà coûté très cher, ajouta-t-il avec humour, mais je suppose que nous pouvons en dépenser un peu plus. »

« Je sens déjà se resserrer autour de moi le filet du chasseur, pensa Caradoc avec terreur. Combien de temps pourrai-je rester moi-même ? Combien de temps mes enfants garderont-ils la langue de leur pays et partageront-ils avec moi les souvenirs du passé ? Cela aussi, tu le sais, Romain impitoyable. Mais sache bien que je résiste, que je résisterai jusqu'à mon dernier souffle. »

L'impératrice vint vers lui et lui tendit la main.

« Regrette ta petite île humide tant qu'il te plaira, dit-elle, mais ne la regrette pas trop longtemps, Barbare. Tu finiras par être heureux ici, car Rome est une ville infiniment fascinante. » Tout comme moi, semblait suggérer son regard impudique. « Je te félicite pour la vaillance avec laquelle tu t'es battu. »

Il retira sa main et ne répondit pas, mais elle ne s'en offusqua pas. Elle se contenta de sourire et retourna s'asseoir.

« J'ai préparé une petite surprise pour toi », dit Claude, et avec un sursaut de révolte, Caradoc pressentit ce qui allait suivre. Il voulut s'enfuir mais où aller ?

« Plautius, mon ami, approche ! »

Caradoc recula, le cœur battant à tout rompre. Deux silhouettes élancées sortaient de l'ombre à pas mesurés et les gardes du corps s'écartèrent pour les laisser passer. L'homme se tenait bien droit, avec un visage sévère et des yeux gris comme la mer. Il souriait en avançant vers lui avec la raideur d'un soldat. Mais lorsqu'il regarda celle qui se trouvait à côté de lui, l'émotion lui serra la gorge. Elle n'avait guère changé, sa sœur. Elle était plus ronde, le bonheur avait adouci ses traits autrefois pointus. Ses cheveux noirs et soyeux, maintenant parsemés de gris, étaient ramenés en chignon. Mais ses yeux, bien qu'entourés de myriades de petites rides fines et pleins de larmes, avaient gardé leur intensité mystérieuse. Sa silhouette royale, vêtue de noir, avait toujours la même beauté retenue. Ils se fixèrent un long moment. Il devint de plus en plus pâle, puis ferma brusquement les yeux et s'arracha loin d'elle. « Je ne peux pas, dit-il, je l'ai chassée de la tuatha, je ne peux lui parler, j'ai prêté serment !

— Caradoc, dit-elle d'une voix lente et voilée, par Camulos, comme tu as changé. Je reconnais l'arviragus, tout en toi l'indique, mais où est donc mon frère ? » Elle lui parlait dans leur langue, chantante et pleine de poésie, avec une fine trace d'accent latin. « On m'a dit que de colère contre moi, tu avais brisé une épée. Que tu m'avais maudite et bannie solennellement. Et j'ai pleuré, Caradoc, n'ayant plus ni tribu ni parents. Pourtant, je suis heureuse. Mon choix — si c'était un choix — était le bon. » Elle alla vers lui mais ne le toucha pas, même si ses bras brûlaient d'envie de serrer cette chair de son sang encore une fois. « Caradoc, je sais que tu n'oublieras pas tes racines. Quel Catuvellaunien pourrait jamais oublier le sol qui l'a nourri, les forêts dans lesquelles il a connu le baptême du sang ? Je suis à Rome depuis bientôt dix ans et pas un jour ne s'est écoulé sans que je regrette l'odeur des chênes humides ou le contact d'une épée étincelante. Je n'ai plus ni tribu ni parenté, ainsi en as-tu décidé. Te voici également sans tribu ni parenté parce que l'empereur en a ainsi décidé. Libère-toi de ton serment, mon frère ! Je me suis battue à tes côtés, j'ai risqué ma vie pour cette tribu dont le ricon m'a chassée. Maintenant, je supplie mon ricon de comprendre ce que j'ai fait, dans ces circonstances terribles où il se trouve lui-même.

— Il ne m'est pas possible d'annuler le banissement, tu le sais bien, dit Caradoc d'un ton monocorde. Quand j'ai quitté la Grand-Salle, cette nuit-là, je croyais bien ne jamais plus te revoir et c'est avec tristesse que je fuyais, vers l'ouest. Ah ! Gladys, que nous a fait le temps ? Quel est le sens de tout cela ?

— Je t'en prie Caradoc ! »

Claude, Plautius et les soldats observaient sans bouger ces échanges d'une douleur secrète qui s'exprimait dans une langue mélodieuse et rythmée. Mais Agrippine s'impatientait, tapotant l'accoudoir de sa chaise, sentant la faim la gagner.

Caradoc se retourna comme s'il ne commandait plus ses mouvements. « Il est parfois nécessaire à un homme de mettre de côté ce qu'il considère comme bien ou mal, d'abandonner une vérité pour en trouver une autre, articula-t-il avec difficulté. C'est ce que disent les druides. Les druides ne demandent sans doute pas un tel reniement, Gladys. Mais pourtant j'essaierai. » Il fit un pas, puis un autre. Brusquement, elle courut sur les dalles polies et se jeta dans ses bras.

Claude sourit comme un oncle bienveillant. Plautius ressentit un immense soulagement, car c'était pour un membre de sa famille par alliance qu'il avait demandé la clémence au Sénat, malgré les sarcasmes de ses collègues. Sa femme ne lui avait rien demandé, mais depuis un mois, elle avait perdu le sommeil, faisant les cent pas dans les couloirs déserts de sa maison au beau milieu de la nuit, sans que rien ne puisse la distraire de son tourment.

Agrippine abrita un bâillement derrière sa main couverte de bagues.

Claude fit un signe de tête.

« Maintenant, nous allons manger ensemble, dit-il. J'espère, Barbare, que tu ne refuseras pas de goûter mon vin comme ton insupportable sœur il y a tant d'années !

— Les éléphants et les empereurs n'oublient jamais rien, chuchota Plautius à l'oreille de Gladys lorsqu'elle quitta son frère, pour revenir prendre le bras de son mari.

— On dirait que ce n'est pas encore ce soir que je pourrai dîner en tête à tête avec ton frère, comme j'en avais envie lorsque je l'ai aperçu sur les remparts de Camulodunum ! »

Agrippine se leva. Claude et elle avancèrent lentement. Les autres suivirent et arrivèrent là où Eurgain, Llyn et les filles étaient assis, aux pieds des marches, petit îlot familier au milieu d'un désert de visages étrangers.

27.

Fin de l'hiver, 52 après J.-C.

L'espion travaillait pour l'un des secrétaires du gouverneur à Camulodunum. Il faisait des courses. C'était un serviteur très dévoué, très efficace et le secrétaire faisait souvent appel à lui, sachant que ce qu'il demandait serait exécuté rapidement. Mais ce serviteur modèle tomba malade et le secrétaire, bien qu'irrité, accepta de le faire remplacer quelque temps.

L'espion quitta Camulodunum, comme une ombre. Il coupa vers l'ouest à travers la forêt catuvellaunienne jusqu'à Verulamium, mais ne pénétra pas dans la ville. Il tourna au nord vers les cols qui conduisaient aux montagnes de l'Ouest. Le froid était mordant. On était à trois mois du printemps et Albion attendait que l'hiver desserre ses griffes de givre. Au sud, la pluie avait contraint l'espion à marcher aussi longtemps que possible à l'abri de la forêt, mais le froid ne lui permettait guère plus de quelques heures de sommeil à la fois. Il passa la frontière des Coritaniens sous la grêle, et arriva enfin à Viroconium, maillon dans la chaîne que Scapula avait tendue de Glevum au sud à Deva au nord.

La neige commença à tomber. Il contourna la garnison avec mille précautions, évitant de laisser des empreintes. Puis il s'enfonça plus au nord, traversant la rivière à la nage au milieu de la nuit, tenant sa cape trempée par-dessus sa tête. Il atteignit l'autre rive et se trouva devant la forêt. Derrière la grisaille neigeuse, il devinait la montagne et se mit à courir. Il savait où il se trouvait. Il atteignit le camp d'Emrys six jours plus tard. Un soleil pâle brillait dans un ciel délavé. Les petites tentes étaient à demi enfouies sous la neige mais les feux brûlaient et l'homme hébété respira à grandes bouffées l'odeur du porc bouilli. Emrys courut vers lui.

« Je suis heureux de vous rencontrer enfin, Seigneur, lui dit l'espion d'une voix enrouée. Je travaille pour la cause de la liberté depuis des années, petit maillon de la grande chaîne, mais je n'ai jamais eu l'occasion de voir votre visage. » Il sourit et le cœur d'Emrys se serra. C'était donc là le chef des espions de Caradoc à Camulodunum, un homme qui travaillait pour les Romains, qui, sans jamais quitter la ville, jouait pourtant un rôle aussi vital dans la lutte qu'Emrys lui-même. Il fallait que la nouvelle soit d'importance.

« Viens sous ma tente, dit-il avec cordialité. Mange d'abord, ensuite tu pourras parler.

— Un repas chaud et des vêtements secs, dit l'homme. Je n'ai pas connu ça depuis que j'ai quitté le Sud. »

Emrys envoya chercher Venutius et Madoc. Il s'assit sur des peaux pendant que l'étranger enfilait une tunique et des braies appartenant à Emrys. On lui apporta un énorme repas et Emrys ne le pressa pas. Lorsque Madoc et Venutius pénétrèrent dans la tente, l'espion avalait une dernière gorgée de bière et sur un signe d'Emrys, donna les nouvelles.

« Deux choses, Seigneurs, dit-il. D'abord, l'arviragus a été grâcié. On me l'a appris il y a deux semaines mais cela m'a été récemment confirmé. On dirait que Claude s'est entiché de son ennemi, à moins que ce ne soit la ville de Rome. Le peuple a demandé sa libération.

— Cela n'aurait pas suffi ! dit Venutius sèchement. Le Sénat a certainement voté aussi. Se pourrait-il que Claude ait pardonné à Caradoc parce qu'il ne pouvait faire autrement ? Ou bien… »

Le même doute les assaillait tous.

« Caradoc a-t-il accepté quelque ignoble marché en échange de sa vie ?

— Non, répondit l'espion avec force. Jamais. Je le connais trop bien. Claude est devenu très impopulaire ces derniers temps. Il espère, en pardonnant à l'arviragus, retrouver la faveur de son peuple. »

Pendant un instant, les hommes réfléchirent à ce qu'il disait. Cela correspondait à ce qu'ils pensaient. Nous sommes devenus plus méfiants que des bêtes des bois, pensa Emrys.

« Sous quelles conditions ? demanda-t-il à haute voix.

— Je ne les connais pas précisément, répondit l'espion. Sans doute l'exil à vie et la mort s'il quitte la ville de Rome. »

L'exil d'Albion, c'est assez proche de la mort, pensa Emrys. Il y a des régions de Gaule où un homme pourrait peut-être se croire chez lui, mais vivre pour toujours dans cette ville sans forêts ni montagnes, sans nos clairs ruisseaux, sans le silence des prairies sous le soleil de midi… Mère, j'en mourrais ! Il en aurait pleuré. « Et Eurgain ? Llyn ? Ses filles ?

— Aucun d'eux ne sera exécuté. Ils sont devenus des héros, des curiosités pour Rome. »

L'ironie de la chose emplit la bouche de Venutius d'amertume. « Quelles autres nouvelles as-tu ? » demanda-t-il sèchement.

L'homme sourit, cette fois avec malice. « Le gouverneur est mort. Caradoc a fini par le tuer. »

Madoc fut le seul à s'exclamer. « La nouvelle de la grâce de Caradoc était plus qu'il n'en pouvait supporter. Pendant des années il avait sacrifié sa santé et son repos pour capturer cet homme. Lorsqu'il y réussit, il se crut à la hauteur de son destin. En une seconde, l'Empereur ôtait toute signification à son triomphe. Il s'est écroulé, Seigneurs, dit l'homme en se frottant les mains. Quelque chose dans sa tête a dû craquer, il est mort en poussant des hurlements qu'on entendait jusqu'au forum. On dirait, conclut-il en regardant Venutius, que votre femme nous a rendu service après tout. »

A nous oui, pensa Venutius, mais pas à Caradoc.

« Eh bien, grogna Madoc. Que va-t-il se passer maintenant ? Peux-tu nous le dire homme libre ?

— Je suis un seigneur, répondit l'homme avec raideur, mais cela n'a sans doute pas d'importance. Je ne peux rien affirmer, mais je vis avec les Romains depuis assez longtemps pour en avoir une idée. La nouvelle de la mort de Scapula n'a pu encore parvenir à Rome. Elle surprendra l'empereur. Il lui faudra un certain temps pour choisir un nouveau gouverneur. Et la turbulence des marées empêchera quiconque d'aborder en Albion avant la fin du printemps. »

Ils ont besoin d'un gouverneur, naturellement. Venutius réfléchit rapidement. Sans gouverneur, la province est un corps sans tête. C'est le moment de reprendre les sentiers de la guerre. C'est à peine s'il entendit l'homme qui s'adressait à Emrys en se levant.

« C'est tout ce que j'ai à vous dire, Seigneur. Je vous demanderai quelque nourriture, une cape de rechange et je dois repartir immédiatement. On me croit chez moi, malade. Il règne une telle confusion en ce moment à Camulodunum que personne sans doute ne s'inquiétera de ma santé jusqu'à ce que je sois tout à fait guéri. » Il allait sortir lorsque Emrys lui demanda :

« Seigneur qui es-tu ? Quel est ton nom ? »

Ce qu'il voulait savoir pouvait lui coûter la vie si l'un d'eux était pris et torturé, car Rome recherchait fiévreusement les yeux et les oreilles des rebelles.

Il inclina la tête. « Je suis un guerrier catuvellaunien. J'étais autrefois le compagnon de chasse de Caradoc et de Togodumnus, quand nous étions jeunes. Mais on m'a récemment accordé la citoyenneté romaine pour services rendus au bureau du gouverneur. Qui sait ? Peut-être un jour serai-je maire de Camulodunum. » Il sourit de sa petite plaisanterie. « Je suis surpris que vous ne m'ayez pas reconnu Madoc. Je m'appelle Vocorio. »

Madoc le regarda, stupéfait. « Tu as changé, Catuvellaunien.

— J'ai vieilli, comme toi-même, ours de Silurie. Il n'y a qu'une chose qui change un homme plus encore que le passage du temps. » Il haussa les épaules et le pan de la tente se referma derrière lui.

« Qu'est-ce que cela peut être ? marmonna Madoc.

— Eh bien, l'évocation constante des mauvais souvenirs, dit Emrys en riant. C'est ce que disent les druides. »

Dans les deux mois qui suivirent, les nouvelles continuèrent à venir par bribes. Claude était bel et bien pris de court par la mort de son gouverneur. Il ne pouvait lui trouver de remplaçant avant le début de l'été. Pendant qu'il tergiversait, les chefs de l'Ouest se réunirent pour préparer leur campagne d'été. L'hiver avait été bien utilisé. L'Ouest était prêt pour la bataille et, avec espoir, les meneurs voyaient s'étendre le désordre causé par la mort de Scapula. Les légions ne recevaient plus d'instructions. Leurs légats craignaient de voir arriver la saison des combats sans directives de Camulodunum.

Le commandant en second de Scapula, tout comme l'empereur, ne savait que faire. Sur Mona, les réfugiés et les serviteurs des druides se préparèrent une fois de plus à planter les récoltes qui nourriraient les rebelles. Dans les montagnes ordoviciennes, Emrys invita les chefs demetes et deceangles à participer à un Conseil. Ils arrivèrent sans attendre.

Le Conseil eut lieu un jour de temps couvert, au moment où la neige fondait. Cinq cents chefs, représentant leurs clans, s'assirent près d'Emrys, Madoc et Venutius au pied des falaises bien gardées. Lorsque les cérémonies d'ouverture furent terminées, Emrys dégrafa son épée et décrivit en peu de mots l'état de la province.

« Le moment est parfait pour porter le premier coup de la saison, dit-il, avant que les hommes de Camulodunum ne décident de s'attaquer à nous, avec ou sans gouverneur. Mais il nous faut décider où nous allons attaquer. Parlez librement. »

L'un des Demetes se leva. « Nous n'avons plus d'arviragus, cria-t-il, nous devons donc nous organiser nous-mêmes. Venez au sud nous prêter renfort, Ordovices ! Nous vous avons aidés par le passé. C'est nous maintenant qui avons besoin de votre aide. »

Il s'assit et Sine, retirant son masque et son épée, se leva. « Votre demande est justifiée. Mais si nous allons plus au sud, la Douzième Légion dévorera le Nord. Les Demetes doivent comprendre, comme les Silures l'ont fait avant eux, qu'il leur faut défendre leurs côtes aussi longtemps qu'ils le pourront et ne nous rejoindre qu'en dernier recours. Nous ne sommes pas assez nombreux. Protéger la frontière des Deceangles contre la Vingtième doit être notre but premier. »

Les Demetes murmurèrent, mécontents, et Sine se rassit sous leurs regards coléreux. Pourtant, chacun savait qu'elle avait raison. Un guerrier deceangle se leva, un chef qui leur rappela avec pondération que sa tribu, ayant aussi à se défendre contre les Brigantiens d'Aricia, était celle qui avait le plus souffert, à l'exception peut-être des Silures. Toute nouvelle offensive de Rome serait dirigée contre eux, puisque Rome s'attaquait toujours aux points les plus mal défendus.

Venutius regardait et écoutait avec attention. Lorsque le chef deceangle se fut tu, les Demetes se levèrent à nouveau et les palabres reprirent. Les chopes de bière passèrent à la ronde et les discussions s'échauffèrent. Emrys assistait lui aussi à cette confusion, atterré. Oh ! Caradoc, pensait-il, que puis-je faire ? Mon autorité n'est reconnue que par ma propre tribu.

Madoc tortillait sa barbe en jurant, mais lui non plus ne savait que faire. Les Demetes, tout comme les Deceangles, ne pouvaient guère être secourus. Les Orvodices et les Silures devaient porter tous leurs efforts à l'est.

Venutius toucha le bras d'Emrys. « Puis-je prendre la parole ? » demanda-t-il à voix basse. Voyant une étrange lueur dans ses yeux sombres, Emrys acquiesça. Venutius se leva, jeta son épée sur le sol et tonna : « Silence, vous tous ! J'aimerais parler ! »

Le brouhaha diminua un peu mais une voix cria :

« Assieds-toi donc, pantin de la traîtresse ! Qui t'a donné le droit de parler ? »

Venutius devint pâle. Ses lèvres se serrèrent mais il ne céda pas. « Je parle parce que le Conseil m'en a donné le droit ! rugit-il. Que ceux qui ne veulent pas entendre sortent ! » Quelque chose dans sa voix fit taire toutes les objections. Elle était claire et forte et personne n'en manqua un mot. « Un quart de la population de Brigantia m'a suivi ici l'été dernier, dit-il. Depuis, d'autres Brigantiens sont venus nous rejoindre. Aucun chef, s'il chérit la liberté, ne reste sous la tutelle de ma femme. Je ne connais pas le nombre exact de Brigantiens à la tête desquels maintenant je me trouve. Cinq mille, peut-être plus. Je les conduirai sur votre territoire, chef demete, se battre à vos côtés, mais à une condition. » Ils l'écoutaient tous maintenant avec la plus grande attention. Venutius vit Sine qui remettait son masque pour cacher sa surprise. Il continua plus posément. « Je demande aux Demetes de se masser au nord de la Silurie, à la frontière des terres des Dobunniens, juste au-dessus du fort de la Seconde, à Glevum. N'y restez que le cycle d'une lune, ce printemps. Quant à vous, Deceangles... » Ils le regardèrent, stupéfaits. « Voulez-vous voir la menace de la Vingtième écartée ? Si vous me faites confiance, ainsi qu'à la valeur des Ordovices, la Vingtième tombera avant l'été. Refléchissez à ma proposition.

— As-tu perdu la tête, Brigantien ? » lui chuchota Madoc.

Venutius sourit au vieux Silure. « Patience, Madoc, je vous exposerai bientôt mon plan, à toi et aux autres. »

Et d'une voix forte, il annonça à l'assistance :

« Je connais un moyen de détruire non seulement la Vingtième mais chaque garnison, chaque poste le long de la frontière de Scapula. Mais il ne sera efficace que si vous m'obéissez. Réfléchissez-y et répondez-moi avant le coucher du soleil. » Il regagna sa place.

Emrys chercha des yeux sa femme et la découvrit assez loin. Qu'essayait donc de faire Venutius ? Les contrôler tous ? Elle aussi l'avait écouté mais elle ne semblait pas inquiète, bien au contraire.

« Je suppose qu'il nous faudra attendre le coucher du soleil pour connaître ton idée, Venutius, dit-il.

— Je t'en aurais parlé. Emrys, répondit Venutius à voix basse. Mais je voulais m'assurer que les Demetes et les Deceangles viendraient au conseil. Sans eux, mon plan ne peut réussir et je ne vous aurais donné l'espoir que pour vous le faire perdre ensuite. »

Emrys se mit à rire. « On voit que tu n'es pas dans l'Ouest depuis longtemps ! Autrement tu saurais qu'il n'y a pour nous ni espoir ni de désespoir. Nous gardons la voie moyenne, Venutius, et c'est ainsi que nous restons en bonne santé. Et en vie. »

Dans la soirée vingt seigneurs vinrent s'asseoir devant Venutius, dix chefs demetes et dix deceangles.

« Nous vous écouterons », dirent-ils d'un air maussade, poussés plus par la curiosité que par la certitude qu'il avait quelque chose de nouveau à leur offrir. Mais Venutius leur sourit, sans s'en offenser. Il détacha son couteau de sa ceinture et traça rapidement une carte de l'Ouest sur le sol — pas la côte, pas les rivires, pas les routes — seulement Deva et Glevum, la ligne des garnisons allant d'un point à l'autre et les voies de communication contrôlées par les hommes de l'Ouest.

« Bon, dit-il, et ils se penchèrent pour voir. Maintenant écoutez. Vous, les Demetes, vous quitterez votre territoire et partirez vers l'est, jusque-là. » Son couteau indiqua un point avec précision. « Vous y retrouverez Madoc et les Silures. Vous diviserez vos forces en autant d'unités qu'il y a de garnisons, de Viroconium à Glevum, mais vous n'approcherez pas du fort. Il ne faut pas que le légat ait le moindre soupçon de ce qui se prépare. » Emrys commença à entrevoir où Venutius voulait en venir et celui-ci continua : « Au nord, les Ordovices se diviseront en deux : la moitié de la tribu sous les ordres d'Emrys, l'autre commandée par Sine. Et vous, Deceangles, dit-il en leur souriant, vous vous rassemblerez ici, sur votre frontière et marcherez sur le fort de Deva. » De bruyantes protestations s'élevèrent. Emrys, lui, resta silencieux, s'émerveillant de voir que cet homme, qui l'avait suivi en silence de camp en camp, avait retenu la topographie des montagnes et le nombre d'unités qui s'y abritaient, pour concevoir un plan très ambitieux mais réalisable. Venutius leva la main. « Laissez-moi finir. La légion vous attendra. La nouvelle de votre attaque y parviendra bien avant vous. Les portes du fort seront ouvertes et les Romains partiront à votre rencontre. Il faudra que vous livriez bataille ici, à bonne distance de la forêt. Car dans la forêt, la moitié des forces ordoviciennes attendront. Le fort se videra. Vous occuperez l'ennemi. Naturellement, vous n'avez aucune chance de les vaincre. Vous battrez en retraite vers la forêt. Puis, lorsque les soldats seront loin de la sécurité du fort, tout à la joie de vous poursuivre », il grimaça un sourire, « Emrys ou Sine, Emrys de préférence, quittera la forêt et attaquera le flanc droit de la légion. Si l'effet de surprise est total, les forces du légat seront désorganisées. Alors le reste des Ordovices les attaqueront par-derrière. Ayant occupé le fort vide et y ayant mis le feu, ils auront coupé aux Romains toute possibilité de retraite. La légion sera encerclée, mais pas d'un seul coup. Un choc doit suivre l'autre, de telle manière que le légat ne puisse mettre aucun plan de bataille bien arrêté à exécution.

— Il enverra chercher des renforts le long de la frontière au sud. »

Venutius secoua lentement la tête. « Cela ne servira à rien. Les Silures et les Demetes auront détruit toutes les garnisons le long de la frontière. Ils attaqueront pendant que les Deceangles s'approcheront du fort. Alors, quand nous aurons la victoire, les Deceangles pourront rentrer chez eux pour y reprendre des forces. Les Ordovices marcheront au sud pour rejoindre les Demetes et les Silures. Ils attaqueront la Seconde à Glevum. Quand la Seconde sera tombée, les Demetes pourront également rentrer chez eux. Quant à nous, nous pourrons choisir au sud notre prochaine cible.

— La Seconde ne tombera pas facilement », fit remarquer Madoc.

Venutius hocha de nouveau la tête, effaçant sa carte de la main et se rasseyant sur ses talons. « Je sais. Mais nous pouvons essayer, Madoc. Si la chance ne nous sourit pas, rien ne nous force à l'attaquer. Que peut-elle faire de plus que nous poursuivre au sud ? Et quand nous serons dans les basses terres, d'autres tribus se joindront à nous. Nous entraînerons la Seconde Légion à travers le Sud.

— Et la Quatorzième ? demanda Emrys qui ne pouvait plus contenir la fièvre qu'il sentait monter en lui.

— Inutile de faire des plans trop longtemps à l'avance. Défaisons-nous d'abord de la Douzième et des garnisons. Puis nous frapperons à nouveau. Eh bien ? » Il se tourna vers les Demetes et les Deceangles. « Qu'en dites-vous ? »

Ils se levèrent. « Nous allons en parler ensemble, dit l'un d'eux, et nous vous donnerons notre réponse avant l'aube. »

Lorsqu'ils furent partis, Madoc grogna. « Je ne veux pas me battre avec les Demetes. C'est une tribu indisciplinée.

— Mais ce sont des guerriers puissants », fit remarquer Emrys. Et Venutius en le regardant comprit qu'il avait gagné.

« Vous devez aller au sud à leur rencontre. Madoc. Ce pays est à vous. D'ailleurs, il serait bon de mélanger Silures et Demetes quand vous vous diviserez en groupes devant chaque garnison. Ainsi, les Demetes ne pourront pas changer d'avis à la dernière minute et retourner chez eux, poursuivit Venutius.

— Caradoc saurait les diriger, protesta encore Madoc. Mais je ne suis pas Caradoc. »

Peut-être pas toi, mais le seigneur de Brigantia... pensa Emrys qui devant le visage résolu de Venutius sentait naître à son égard un nouveau respect. Caradoc, mon vieil ami, que dirais-tu de ce berger passionné ? Y a-t-il une faille dans son plan ? Que diront les druides ?

« Venutius, dit-il en soupirant, c'est un bon plan. Risqué peut-être mais guère plus que tout ce que nous avons tenté jusqu'à présent. Je te suivrai.

— Moi aussi, fit Madoc, et j'essaierai d'être aussi accommodant que possible avec les chefs demetes.

— Il ne nous reste plus qu'à attendre l'aube, dit Venutius d'un air préoccupé. J'ai faim maintenant. Irons-nous autour du feu manger ? » Il se leva avec assurance, avec une nouvelle dignité. Emrys et Madoc le remarquèrent et le suivirent sans mot dire.

Une fois acceptée, la stratégie de Venutius fut totalement couronnée de succès. Les chefs demetes rentrèrent chez eux pour revenir suivis de leurs guerriers. En compagnie des Silures, ils allèrent discrètement se poster à deux kilomètres des garnisons-frontières de Scapula. Leurs éclaireurs restèrent cachés dans les sous-bois d'où ils pouvaient observer les Romains. Les Ordovices partirent vers le Nord, puis se séparèrent. Sine fit bifurquer sa troupe vers le Sud-Est, puis en pays Cornovii, remontant au nord pour contourner le fort de Deva. C'était elle qui courait les plus grands risques. Les Cornovii du Nord étaient sympathisants à la cause des rebelles mais ils faisaient partie de la province. Le printemps était arrivé et les paysans faisaient les semailles. Sine fit tout ce qu'elle put pour éviter d'être découverte par les hommes de la tribu des Cornovii. Mais ceux des paysans qui virent les Ordovices se faufiler près d'eux comme des fantômes silencieux ne restèrent pas en vie pour raconter l'histoire. Venutius aida les Deceangles à se masser sur leur frontière. Il les savait mécontents d'avoir à faire appel à lui et aux Ordovices pour éviter d'être mis en pièces. Venutius alla parmi eux, leur exposant inlassablement la tactique à suivre jusqu'à ce qu'ils aient compris.

Dans la soirée, il instruisait ses éclaireurs, des hommes et des femmes qu'il avait choisis avec soin pour assurer la liaison entre lui, Sine et les Deceangles. Après leur départ, il restait allongé sur le dos, sous sa tente, les mains derrière la tête, pensant à Aricia et à la cage dans laquelle elle avait voulu les enfermer, lui et l'Ouest tout entier.

Quand le temps fut venu, lorsqu'il fut certain de n'avoir négligé aucun détail, il donna ses dernières instructions.

« Retenez-les pendant trois heures, dit-il aux Deceangles. Ensuite, battez en retraite dans la forêt. Ne les laissez pas vous repousser d'un côté ou de l'autre. Vous devez avoir Emrys derrière vous. »

On apprit que Sine était arrivée derrière l'énorme fort dont la construction était inachevée et qui s'élevait près des quartiers temporaires de la Vingtième. Alors Venutius divisa les forces d'Emrys en deux groupes et les fit avancer côte à côte. Il prit le commandement de l'un d'eux. « Vous épaulerez les Deceangles en vous tenant très exactement derrière eux, dit-il. Je mènerai les autres sur un flanc des Romains. Sine traversera avec ses hommes le fort vide et les attaquera ensuite sur l'autre flanc. »

A l'aube, les Deceangles débouchèrent de la forêt, se sentant bien seuls. Maulius Valens, légat de la Vingtième, courut sur ses remparts et à l'abri de sa tour d'observation, les regarda approcher. Estimant rapidement leur nombre, il commanda à ses auxiliaires de sortir. Les portes du fort furent grandes ouvertes — et le restèrent.

Après une heure de bataille, il comprit que les auxiliaires ne suffiraient pas. Il envoya encore mille hommes d'infanterie. Puis, bien à contrecœur, il fit sortir le reste de l'infanterie, les cohortes et sa cavalerie. Il chevaucha lui-même sur le champ de bataille, l'aigle brillant derrière lui au soleil de printemps. Une heure de bataille acharnée suivit, mais les Deceangles n'étaient pas de force à résister aux légionnaires. Lorsque les indigènes se dispersèrent en direction de la forêt, laissant de nombreux morts sur l'herbe, Valens avait la situation bien en main. Calmement, il ordonna la poursuite. La cavalerie s'élança pour lui obéir. L'infanterie ouvrit les rangs et se mit à courir. La masse rassurante du fort ne fut bientôt plus qu'un petit rectangle gris. Valens le comprit. Appelant un speculator à grands cris, il s'arrêta, confia en toute hâte un message à l'homme qui avait répondu à son appel et le vit s'éloigner du danger vers le sud, où se trouvaient garnisons et hommes en renfort. Il cria au joueur de trompette : « Rappelle la première cohorte ici. L'aigle doit rester près de moi, nous ne devons à aucun prix permettre qu'elle tombe. »

Maintenant, Valens pouvait les voir sortir des arbres en courant, tribus guerrières par vagues successives, dans des tuniques brunes, grises et vert sombre, boucliers déployés, tenant bien haut leurs longues épées.

Valens multiplia les ordres, sans toutefois prendre peur. Il s'assit avec ses tribuns. Son état-major resta en selle près de lui. Il donnait des instructions à ses commandants d'unité lorsqu'il vit les Decangles faire demi-tour et revenir, portés par cette nouvelle marée furieuse et meurtrière.

Soudain, quelqu'un près de lui poussa un cri. Les têtes se tournèrent. Valens sentit son cœur se glacer en voyant, sur son flanc droit, un autre nuage de couleur sombre déboucher de la forêt et se déployer en croissant. Il voulut crier un avertissement, ne sachant plus quels ordres donner. Il éperonna son cheval et s'éloigna à vive allure, suivi de près par son état-major, avec l'aigle brillant dans les mains de l'aquilifer. Tout en fuyant, il crut que personne n'était derrière lui. Les tribus l'encerclaient sur trois côtés. « Ramenez les aigles ! cria-t-il. Retraite au fort ! » La trompette diffusa l'ordre mais lorsque Valens tourna la tête, le fort avait disparu. Un autre nuage, bas et menaçant, le cachait en avançant vers eux. La terreur le saisit et ses pensées perdirent toute cohérence. « Ils ont appris, pensait-il. Ils ont appris, que Jupiter nous protège, ils ont appris ! » Il ne réalisa qu'il criait que lorsque son tribun sénatorial l'agrippa par le bras. « Quels sont vos ordres, Légat, quels sont vos ordres ? » implorait-il d'une voix rendue plus aiguë par la panique. Mais aucun ordre ne pouvait sauver ses hommes qui tombaient comme les blés sous la faucille du moissonneur. Valens se cramponna aux rênes et galopa vers son escorte de cavalerie qui tournait en rond dans la plus grande confusion. Il arracha l'aigle des doigts de l'aquilifer. « Sauvez vos vies ! cria-t-il, la légion est perdue ! » Et il tourna le dos à la tuerie puante et sanglante qui faisait rage. Son escorte le suivit.

La frontière de Scapula était tombée.

28.

Fin du printemps 52 après J.-C.

Favonius et Priscilla traversèrent le portail de bois de la petite garnison et descendirent en direction du hallier. En Icenie, c'était une douce journée ensoleillée. Le printemps tardif était plein des senteurs parfumées qu'apportait un vent léger. Mais Favonius se moquait bien du temps. Il avançait lentement, soucieux, sourd au gentil gazouillis de sa femme qui finit par se pendre à son bras en disant : « Honorius, que se passe-t-il ? Je te demande si je peux emmener Marcus à Colchester pendant quelques jours. Quelle est ta réponse : oui ou non ?

— Oui ! jeta-t-il, le front toujours plissé. C'est-à-dire non. Marcus n'a rien à faire à Colchester. Peut-être l'année prochaine. »

Elle glissa son bras sous le sien. « Comme tu es de mauvaise humeur aujourd'hui ! Laisse donc la garnison se diriger toute seule, pour une fois, mon ami. Les dépêches n'annoncent jamais rien de bien excitant de toute façon.

— Eh bien tu trouveras peut-être la nouvelle que j'ai reçue ce matin excitante, Priscilla. Il y a eu bataille et la Vingtième a été vaincue ! »

Elle resta la bouche ouverte. « Honorius, mais comme c'est soudain ! C'est tout au plus une rumeur ! Aucune légion en Albion ne pourrait jamais être vaincue ! »

Favonius excédé considéra cette bouche de petite fille effrontée, ces yeux vides papillotants et se demanda pour la millième fois s'il n'avait pas eu tort de réclamer sa présence ici. L'apparence d'une vie de famille pour le chef de la garnison allégeait sans doute l'impression d'occupation militaire. Mais Priscilla n'avait rien de la femme d'un pionnier et ne vivait que pour le jour de son transfert. Il lui répondit brutalement :

« Pourquoi ne réfléchis-tu donc jamais avant de parler ? Curieuse rumeur, quand Maulius Valens lui-même et son escorte sont tout juste parvenus à échapper au massacre ! Les rebelles ont essayé d'incendier le fort, sans y réussir, paraît-il.

— En quoi cela peut-il nous affecter ? » Comme toujours elle pensait d'abord à elle et à son fils, oubliant aisément les rebuffades de son mari.

« Cela ne change pas grand-chose. On nous demande de rester en état d'alerte. On rapporte également que les garnisons, le long de la frontière de l'ancien gouverneur, sont en difficulté, mais cela n'est pas confirmé. »

Il se frotta le front. « Il y a cinq ans, on n'aurait jamais pu imaginer la destruction d'une légion tout entière. Il y a quelque chose de nouveau dans l'Ouest, Priscilla. Une nouvelle façon de faire la guerre, un nouvel arviragus peut-être. Et cela m'inquiète. »

Ils traversèrent les arbres et arrivèrent là où Prasutugas et Boudicca étaient assis. C'était le jour des courses annuelles de chars et de chevaux qui avaient peu à peu remplacé les cérémonies de Belthaine. Un brouhaha fait de cris, de sifflets et de rires se mêlait au cliquetis des harnais de bronze et aux hennissements intermittents des poneys.

Marcus courut vers Favonius et Priscilla dès qu'il les vit, le visage barbouillé de graisse de mouton. Il était pieds nus et malgré la chaleur portait une longue cape de chef en laine verte. D'une main, il tenait une paire de braies, pourpres avec des franges argentées, et de l'autre un os de mouton qu'il leur brandit sous le nez. Avant qu'il ait pu dire un mot, sa mère se jeta sur lui.

« Marcus, où as-tu trouvé ces vêtements ? Et qu'est-ce que c'est que cette « chose » autour de ton cou ?

— C'est un talisman d'Epone, la Déesse-Cheval. Est-ce qu'il vous plaît, Mère ? C'est Prasutugas qui me l'a donné. Les vêtements aussi. Ils étaient à lui quand il avait mon âge. » Il redressa les épaules et parada devant eux.

« Cela me va bien, n'est-ce pas ? On me prendrait pour un seigneur ! »

Son père regarda son teint olivâtre qui virait déjà au brun, bien que l'été n'eût pas encore commencé. Les cheveux noirs et brillants de Marcus lui tombaient jusqu'aux épaules. Les yeux d'un enfant de la campagne, clairs et sans soucis, rencontrèrent ceux de Favonius. Il regarda la main qui tenait l'os. C'était une main qui savait déjà tenir les harnais et les rênes ; qui connaissait le contact du manche d'un couteau et des branches rugueuses pliant sous le poids du garçon. Mais pas l'épée, pensa Favonius. Pas encore.

« Certainement pas, répliqua-t-il sans sourire. « Tu n'as pas de torque.

— Retire-moi cet accoutrement ridicule ! jeta Priscilla. On se croirait le jour des Saturnales !

— C'est bien plus drôle que les Saturnales », lui répondit Marcus en souriant. Il jeta l'os et enfila rapidement les braies.

« Si Epone me protège, je gagnerai peut-être la course aujourd'hui ! » Et il s'élança dans la foule, parlant aux uns et aux autres, laissant Priscilla blanche de fureur.

« Epone ! Une divinité sauvage assoiffée de sang ! Vraiment, Honorius, je trouve leur religion du plus parfait mauvais goût et je ne laisserai pas Marcus s'en enticher.

— Ssh ! éclata-t-il, quelle importance peuvent bien avoir ces superstitions ? C'est un garçon heureux et en bonne santé. Que veux-tu donc de plus ? » Il lui parlait plus rudement qu'il ne l'eût voulu, gêné lui aussi.

C'est alors que Prasutugas les aperçut et vint à leur rencontre. Boudicca leva vers eux son visage mobile plein de taches de rousseur.

« Bienvenue, bienvenue ! fit Prasutugas avec un sourire. Nous sommes heureux de vous voir ici. »

Favonius rendit les salutations d'un air toujours préoccupé, mais il ne fut pas sans remarquer l'expression de bonne santé qui éclatait sur le visage de Prasutugas et il s'en réjouit.

« Mon chirurgien a-t-il eu raison de votre blessure ? demanda-t-il. Il meurt d'envie d'essayer le nouveau baume qu'il a concocté.

— Ce n'est pas la potion brûlante de votre chirurgien, répondit gaiement Prasutugas. C'est la chaleur du soleil retrouvée. Trois de mes juments ont mis bas, Favonius. Venez voir les poulains et dites-moi ce que vous en pensez. »

Favonius et lui s'éloignèrent. Bien à contrecœur, Priscilla dut s'asseoir sur l'herbe près de Boudicca.

« Avez-vous faim ? lui demanda courtoisement celle-ci. Soif ? Aimeriez-vous marcher un peu ?

— Non, pas vraiment, répondit Priscilla sèchement. Si vous avez des choses à faire, Boudicca, ne me laissez pas vous interrompre. »

Boudicca soupira et se leva. « Je reviens tout de suite », dit-elle.

Priscilla la vit s'éloigner avec aisance dans la prairie, grande femme qui portait des braies à franges vertes et une tunique bleue. Ses fins cheveux roux se balançaient au rythme d'une démarche presque masculine.

Boudicca s'arrêta près des chariots, dans une grande confusion de capes, de fouets, de harnais et de chevaux couverts d'écume. Marcus et Brigid coururent la rejoindre. Avec une pointe de jalousie, Priscilla vit le visage brun de Marcus se lever vers le sien, et Boudicca ébouriffer sa chevelure brune en signe d'affection. Puis elle se pencha pour écouter sa fille, jouant avec les tresses blondes qui lui descendaient dans le dos en trois nattes étincelantes. La petite Ethelind, neuf ans, se précipita vers le groupe avec ses petites boucles blondes qui dansaient dans le vent et Priscilla se sentit bien seule. Elle regarda son fils, avec son talisman brillant au cou, semblable à tous les autres enfants de chefs. Elle se sentait seule et dépaysée. Elle chercha en vain le sourire rassurant de son mari.

Boudicca se retourna, sentant qu'on lui prenait le bras. C'était Lovernius, sa harpe sur l'épaule.

« Souriez-moi, ma Dame, dit-il, et riez comme si nous échangions des plaisanteries. »

Elle lui obéit mais ses yeux l'interrogèrent, soudain vigilants. « Que se passe-t-il ?

— Grandes nouvelles ! La Vingtième a été mise en pièces. Les garnisons le long de la frontière sont en flammes. Venutius et les rebelles ont quitté les montagnes. »

Elle cligna des yeux vers lui, son sourire s'élargissant au fur et à mesure qu'elle comprenait mieux ce qu'il lui disait. « Répète, Lovernius. Je veux être sûre d'avoir bien entendu. »

Il décrocha sa harpe et pinça à dessein quelques cordes en regardant ses doigts. « La Vingtième a subi une cuisante défaite aux mains des Ordovices et des Deceangles. Pendant que la légion succombait, les Silures et les Demetes ont attaqué les garnisons. J'ai renvoyé l'espion d'où il venait, mais rien à craindre pour sa sécurité aujourd'hui ! » Ping fit sa harpe, Tring ! « Et les hommes de cette garnison sont occupés par notre petite fête. »

Elle aurait voulu le serrer contre elle. Elle aurait voulu lever les bras au ciel et crier. Elle rit à gorge déployée. Il rit également, et les têtes se tournèrent vers eux.

« Qui a conçu tout cela ? » demanda-t-elle plus calmement, souriant toujours malgré elle.

Priscilla, assise trop loin pour pouvoir entendre, la regarda, surprise. Elle n'avait jamais vu la reine icenienne rire d'une façon aussi spontanée et féminine. Elle se demanda si c'était elle qui déclenchait cette crise d'hilarité.

« L'espion m'a dit que c'était Venutius qui avait conçu l'opération, continua Lovernius.

— Vraiment ? Il est donc encore avec Emrys et Madoc. Je ne pensais pas qu'il resterait avec eux si longtemps malgré la trahison d'Aricia. » Elle s'approcha de Lovernius. « Serait-ce le début de la défaite pour Rome, Lovernius ? Les tribus ont-elles accepté de suivre Venutius ?

— Je ne sais pas, Madame, mais j'en doute. Je crois que cette stratégie était si merveilleusement pensée qu'elle a surpris tout le monde. Ils ont accepté de suivre ses ordres mais seulement pour un temps. Prévenez Prasutugas. »

Il lui parla à voix basse, s'inclina puis s'éloigna en sifflant. Boudicca se retourna et vit Favonius et son mari qui s'approchaient de Priscilla. Elle courut à leur rencontre. Voyant son visage rayonnant, Prasutugas sourit intérieurement, non sans une pointe d'anxiété. Ainsi, elle savait. Favonius lui avait appris la nouvelle, appuyés contre l'enclos, devant les poulains de Prasutugas. Et déjà les yeux bruns de Boudicca, brillants de ce qu'elle venait d'apprendre, lui faisaient peur. Il savait qu'elle protégeait des espions qui l'informaient chaque jour des faits et gestes de la tuatha icenienne dans l'Ouest. Mais il trouvait plus inquiétant que les chefs de l'Ouest la tiennent en assez haute estime pour lui envoyer les leurs. Ils échangèrent un regard, et il fut heureux, à cet instant précis, qu'elle fût tenue, sur l'honneur, de respecter son serment de lui obéir fidèlement. Il savait qu'autrement elle aurait déjà traîné les chefs dans une action quelconque. Elle lui sourit d'un air de défi et il se renfrogna. Elle semblait pourtant tout à fait calme. Cette nuit-là, Favonius et Priscilla rentrèrent à la garnison avec l'impression réconfortante que seul Prasutugas connaissait l'étendue du chaos qui régnait sur l'île. Prasutugas, vite fatigué, rentra tôt chez lui et Boudicca l'accompagna.

« Favonius n'avait pas l'air de s'amuser beaucoup aujourd'hui, fit-elle remarquer, pendant qu'il s'affalait sur sa chaise d'osier. Et Priscilla n'était guère de meilleure humeur. Je me demande pourquoi. »

Il répondit à son ironie par un léger sourire. « Nous savons tous deux très bien ce qui préoccupe Favonius. »

Elle alla vers la fenêtre, contemplant les flammes qui s'élevaient haut dans le ciel. Il tourna la tête et la vit avec ces mêmes reflets rougeoyants qui lui dansaient sur le visage et le cou, et brillaient dans ses yeux. Reflets de la couleur du sang, reflets des feux de Belthaine.

« Les tribus ne peuvent pas gagner, Boudicca, dit-il en se redressant. Ils ont détruit une légion mais il en reste trois. Et celles-là, Venutius ne pourra pas les attaquer par surprise comme la Vingtième. La frontière n'existe plus, peut-être. Un certain nombre de garnisons ont été détruites mais tu sais comme moi que les basses terres en sont pleines. Tout au plus peuvent-ils se bercer un instant de l'illusion d'avoir réussi une percée. Mais un gouverneur viendra qui mobilisera les légions et ce sera la fin. »

Elle revint de la fenêtre comme si c'était précisément les mots qu'elle attendait. « Cela ne se passera pas nécessairement ainsi ! As-tu déjà vu un tel courage, un tel amour de la liberté, Prasutugas, un tel mépris de la souffrance et des difficultés ? Chaque fois que je pense à eux, je suis terrassée par la honte. Ils nous pardonnent notre lâcheté ! Ils ne nous demandent même plus notre aide ! » Elle se tint devant lui, les bras croisés sur sa tunique bleue poussiéreuse. « Ils sont si pitoyables, si seuls, Prasutugas. Oui, tu as raison, ils seront repoussés. Mais pas si nous faisons quelque chose. C'est le moment, mon ami. Jamais une telle chance ne se représentera pour la cause de la liberté. Une légion détruite, pas de gouverneur, les officiels indécis ! Réfléchis ! » Elle ouvrit grand les bras. « Nous pourrions incendier notre garnison en une nuit et disparaître d'Icenie. Nous pourrions être à Camulodunum avant même qu'on y sache ce que nous aurions fait.

— Non. » La réponse vint, cinglante et sans réplique. Il la regardait durement.

« Si, si ! Cette fois les chances de succès sont de notre côté. Nous avons le peuple, nous avons les armes, nous... »

Il bondit et lui enserra soudain le bras d'une poigne de fer. « Quelles armes ? fit-il d'un ton rauque. Nous n'avons pas d'armes. Moi du moins je n'en ai pas, ajouta-t-il en la serrant jusqu'à lui en faire perdre le souffle. Tu as caché des armes ? Où ?

— Je ne peux te le dire, dit-elle en gémissant de douleur. Tu courrais l'apprendre à Favonius.

— Tu sais parfaitement que je ne le ferai pas.

— Je n'en sais rien. Je ne peux prendre ce risque ! » Ils restèrent ainsi, elle au bord des larmes, lui à la foudroyer du regard.

Il la laissa brutalement aller. « J'ai été plus tolérant à ton égard que je n'aurais dû, dit-il pendant qu'elle se frottait le poignet. Je t'ai donné tout ce qu'une femme de ricon pouvait désirer. J'ai couvert tes petits mensonges à Favonius, j'ai accepté que tu m'insultes publiquement, tout cela au nom de cet amour qu'il y avait entre nous. Je croyais qu'il impliquait la confiance et on dirait que j'avais tort. Cacher des armes est un crime de trahison, passible de mort, tu le sais. Une telle folie pourrait nuire à la tuatha tout entière. Je me vois forcé de te dire que si tu conçois quelque plan qui mette en danger le travail que Favonius et moi effectuons en Icenie, je te chasserai de mon lit et de ma vie. »

Elle le regarda, sans oser y croire. « Prasutugas, tu ferais cela ? »

Il hocha la tête. « Très certainement. J'ai fait tout ce que j'ai pu Boudicca et je n'en supporterai pas plus.

— Oui, dit-elle avec amertume. Pour toi je ne suis qu'une enfant coléreuse et mal élevée. Pourtant, ce que je veux est plus qu'un caprice, Prasutugas. Je veux la liberté. »

Son visage se fit dur. « Tu es libre de me quitter si tu le désires.

— Ce n'est pas de cette liberté-là que je parle ! » Son cri le bouleversa, mais il ne flancha pas. Elle était courbée devant lui, le visage caché par sa chevelure magnifique.

« Prasutugas, tu ne peux savoir à quel point mes chaînes me pèsent. Mes mots ne suffisent pas à exprimer la révolte de mon âme. Si je suis folle, alors tout l'Ouest partage ma folie. Et je hais ton bon sens.

— Et moi, tu me hais aussi ? » Il parlait à voix basse, stupéfait de la soudaineté avec laquelle un gouffre s'était creusé entre eux.

« Oh ! aide-moi, je t'en supplie, Prasutugas, répondit-elle en sanglotant. Je n'en sais rien ! Mais je sais que je n'en supporterai pas plus. Je ne pense qu'à ce peuple misérable et pourchassé qui porte sur son dos mourant le poids de notre liberté ! » Elle releva la tête et il vit son visage défiguré par les larmes.

« Quand as-tu pleuré pour la dernière fois, Prasutugas, quand ? »

Au bout d'un moment, elle se dirigea vers la porte, comme à tâtons. Prasutugas fut incapable de bouger. Il resta dans l'obscurité que déchiraient les reflets orange, le cœur battant à tout rompre. Des larmes lui coulaient sur les joues.

Elle resta dans l'ombre du porche, s'appuyant contre le linteau et s'essuyant le visage avec sa tunique. Le grand feu mourait et les silhouettes de seigneurs et d'hommes libres qui déambulaient se faisaient plus rares. La nuit était tombée, douce et tranquille, mais ni la lune ni les étoiles n'étaient encore visibles. Elle quitta le porche et marcha seule à travers la ville, passant près de huttes pleines de parlotes et de rires — se sentant soudain indésirable sur la terre, appartenant, peut-être, à la nuit et au vent. Y avait-il une cause qui vaille un tel désastre personnel ? Comment choisir entre mon mari et la liberté ? L'un peut-il avoir la moindre valeur sans l'autre ? Est-ce vraiment le choix qui se présente à moi ?

Elle s'arrêta devant la porte du barde et frappa doucement contre le linteau.

« Lovernius ? » appela-t-elle.

Les fourrures immédiatement s'écartèrent et il la fit entrer. Sa hutte était nue, sans ornements inutiles. Il n'avait qu'un lit, une table pour sa lampe, et sa harpe. Pourtant, elle était accueillante comme si les murs avaient conservé quelque chose de la musique qu'il y jouait, seul dans la soirée. Il la suivit dans la pièce et ne fut pas long à remarquer ses yeux gonflés.

« Etes-vous venue jouer, Madame ? » demanda-t-il. Elle s'assit sur son lit, essayant de reprendre contenance. Elle se sentait fragile et vide.

« Je ne veux plus jouer avec toi, Lovernius. Ou tu triches, ou tu es devenu trop fort pour moi », dit-elle en essayant de faire de l'humour. Elle croisa les bras sur sa poitrine. « J'ai parlé à Prasutugas. Favonius lui avait appris la nouvelle. Il craint que je fomente la rébellion en Icenie, articula-t-elle avec difficulté. Il m'écartera si je le fais. Il me fait comprendre que s'il doit choisir entre Rome et moi, il choisira Rome. »

Lovernius s'accroupit devant elle, la regardant bien en face. « Il vous supplie sans doute de ne pas le pousser à faire ce choix. Il est préoccupé par le sort d'Icenia tout entière, Boudicca, et pas seulement de sa famille. A ses yeux Rome est bonne pour Icenia. Si vous l'y acculez il choisira Rome et ensuite, il en mourra. Si un tel choix, entre votre mari et la liberté d'Albion, se présentait à vous, que choisiriez-vous ?

— Je l'ignore !

— Et lui de même. Vous devez vous faire mutuellement confiance ou c'est la fin de votre mariage. »

La confiance. Elle laissa aller ses bras. Oui, c'était le cœur du dilemme. Il ne s'agissait pas de Rome ou la liberté, de l'amour ou de la haine, mais de la confiance. Il n'avait plus de confiance en elle. Vivre est trop difficile, pensa-t-elle. Mourir serait plus simple.

« Lovernius, dit-elle en se levant brusquement. Je veux chasser, ce soir. »

Il hocha la tête. « Si vous voulez. J'ignore pourtant ce que nous pourrions prendre, Madame. Les loups sont partis, maintenant que le printemps est arrivé. Peut-être pourrions-nous trouver un ours, malgré l'obscurité.

— Je ne veux ni loup ni ours, reprit-elle calmement. Je veux chasser l'Annis. »

Il devint pâle. « Comment ? »

Il vit soudain sur son visage une telle colère, une telle douleur, qu'il en eut presque peur. Puis il comprit que, comme son père avant elle, ses blessures ne pouvaient guérir qu'au cœur des actions les plus folles. Elle était femme d'action. J'ai mal, semblaient lui dire ces grands yeux. Et je dois rendre les coups ou la douleur me tuera.

Il essaya pourtant de la faire changer d'avis.

« On n'a pas autorisé un Annis depuis l'époque de votre père, fit-il remarquer. Si Favonius nous prend, nous serons exécutés immédiatement. D'ailleurs nous n'avons pas le temps de procéder à la cérémonie du choix.

— Il n'y aura pas de choix. Nous tuerons Rome. Rome est notre éternel hiver, notre Annis. Pas de choix, Lovernius. Trouve-moi un Romain. Nous lâcherons les chiens.

— Madame, protesta-t-il. C'est une chose terrible que de chasser l'Annis. Cela réveillera les démons.

— Oui, c'est terrible, admit-elle. Mais les temps sont terribles également, Lovernius. Je dirigerai les pouvoirs de la forêt contre Rome.

— Pourvu qu'ils ne se retournent pas contre nous. J'ai peur, Madame.

— Alors, peu m'importe, je chasserai seule. A-t-on pris des renards récemment ?

— Ethelind en a trouvé un dans les filets hier, fit-il à contrecœur. Sa carcasse est devant la hutte du Conseil.

— Tous les matins la garnison envoie à la rivière un soldat pour puiser de l'eau. C'est lui que nous prendrons.

— On découvrira son absence.

— Naturellement ! cria-t-elle. Mais si on le trouve, Favonius le croira victime des loups.

— Au printemps ?

— Quelle autre explication ? Un Annis romain, Lovernius. C'est justice. Va maintenant, mets les chiens en laisse. J'amènerai le renard et te rejoindrai à la rivière, près de la garnison. »

Ils sortirent de la hutte et se séparèrent.

Lovernius se faufila vers les chenils et Boudicca vers la hutte du Conseil, maintenant tranquille et vide, à l'exception de quelques chefs trop soûls pour rentrer dans leurs huttes et qui dormaient recroquevillés sur les peaux de mouton.

Le renard ne fut pas difficile à trouver. Les doigts de Boudicca découvrirent sans peine sa fourrure froide. Elle tira son couteau et coupa la ficelle attachée à la poutre. Elle le jeta sur son épaule et se dirigea vers le muret de pierre qui entourait la ville, puis vers la douceur argentée de la prairie au-delà.

Lovernius l'attendait, six chiens de chasse en laisse et muselés derrière lui. Lorsqu'elle vint en courant sous les arbres dans l'obscurité, ils sentirent le renard qu'elle portait et se mirent à gémir. Elle jeta la bête morte qui tomba sur l'herbe avec un bruit sourd et Lovernius retint les chiens.

« Reste ici, murmura-t-elle, il ne faut pas que les sentinelles entendent les chiens. J'intercepterai le porteur d'eau.

— Inutile, chuchota-t-il, je suis presque tombé nez à nez avec une sentinelle dans les bois à l'ouest de la ville. Favonius a placé des hommes sous les arbres, probablement à cause des nouvelles instructions. Mais ils sont isolés, ils ne vont pas par deux. Prenez l'un d'eux, Boudicca, et je m'enfoncerai plus au nord dans la forêt, loin de la rivière. »

Elle réfléchit un instant, puis acquiesça, ramassa le renard, éloigna les chiens à coups de pied et partit.

Dans le plus grand silence, Boudicca avança à travers bois jusqu'à ce que la garnison se trouve entre elle et la rivière. Elle avait compté trois soldats, maladroitement postés, juste à l'orée de la forêt. Ils ne pouvaient ni se voir ni communiquer entre eux, lui semblait-il, mais elle ne voulait courir aucun risque. Elle choisit le quatrième homme, après l'avoir observé pendant un certain temps. Il était nerveux, dansait d'un pied sur l'autre, se retournait en direction de la garnison, regardant à droite et à gauche sans jamais lever la main de la poignée de son épée. Elle se faufila plus près de lui, se perdant dans les ombres mouvantes. Elle passa derrière lui, se redressa et lui pressa fortement la main sur la bouche en lui chuchotant à l'oreille :

« N'aie pas peur, soldat. Ce n'est que moi, Boudicca. Ne crie pas ! »

Il roula des yeux vers elle. Avant qu'il puisse se libérer, elle murmura encore : « Les hommes de l'Ouest arrivent. Mon barde et moi avons capturé un de leurs éclaireurs, mais nous n'osons pas le conduire seul à la garnison. Viens, je t'en prie. Ne dérange pas tes amis. Ils intercepteront peut-être d'autres éclaireurs qui auraient réussi à s'introduire en Icenie. »

Il était stupéfait. Elle vit qu'il n'était pas convaincu. Prenant un risque, elle le laissa aller et tira sur la manche courte de sa tunique. « Suis-moi, lui fit-elle doucement. Dépêche-toi ! » Elle ne se retourna pas, mais au bout d'un instant elle l'entendit qui trottait derrière elle. En souriant, elle accéléra l'allure et il fut bientôt hors d'haleine.

« Annis, rythmaient ses pieds, Annis aveugle, noir Annis, même si tu voulais faire demi-tour tu ne le pourrais plus. Déjà les sortilèges t'ont enveloppé, déjà Andrasta a jeté les yeux sur toi. » Elle le conduisit pendant deux miles au nord, puis tourna vers l'ouest, ralentissant pour qu'il puisse la rejoindre.

« Que faisiez-vous si loin de la ville ? » lui demanda-t-il, courant près d'elle.

Elle lui jeta un coup d'œil et sourit. « Je chassais », dit-elle seulement. Mais elle prononça ces mots d'une telle façon qu'il éprouva le besoin de regarder par-dessus son épaule. Il ne savait pas très bien où il se trouvait. Chaque arbre dans l'obscurité ressemblait à son voisin, il n'y avait qu'une infinité d'arbres, couleur de nuit. Et soudain, les légendes de la déesse icenienne aux multiples métamorphoses et assoiffée de sang lui revinrent en mémoire. Il avait ri de cette déesse primitive qui pouvait se transformer en corbeau et s'aventurer en battant des ailes à travers la forêt. Son commandant lui avait appris à s'en moquer, en même temps qu'à détester les druides qui lui rendaient un culte. Mais maintenant, dans les profondeurs de la forêt de chênes qui même en plein jour semblaient conserver quelque chose du mystère de la nuit, sa présence devenait vivante. La dame icenienne ne semblait pas avoir peur. Elle allait, moitié courant, moitié sautant, de cette façon étrange qu'avaient les indigènes, et qui leur permettait de couvrir de grandes distances sans se fatiguer. Les cheveux noués sur l'épaule, elle se mouvait selon un rythme complexe et surprenant. Elle n'avait pas son allure habituelle. Ses yeux étaient gonflés, comme si elle avait pleuré et ses lèvres bougeaient en courant.

Elle l'emmenait plus loin qu'il ne s'y attendait et elle ne faisait toujours pas mine de s'arrêter.

Soudain, elle ralentit le pas. Elle leva la tête et l'homme aurait pu jurer qu'il avait vu ses narines se dilater comme celles d'un animal reniflant une odeur. Puis elle repartit. Quelques minutes plus tard, il entendit quelque chose, des halètements ou des pas. Elle bondit et avant qu'il puisse comprendre cette nouvelle énigme elle avait crié : « Lovernius, prends-le ! Je suis épuisée. » Il se retrouva face contre terre, les bras tordus et ramenés entre les omoplates. Abasourdi, il resta immobile, essayant de retrouver son souffle. Son casque lui fut arraché de la tête. Sa ceinture, son glaive et son couteau suivirent. Puis des mains commencèrent à délacer ses sandales. Il se débattit pour essayer de se retourner et de s'asseoir, toujours aux prises avec son assaillant invisible. Les mains se desserrèrent, mais seulement pour que d'autres mains débouclent sa cuirasse.

« Que faites-vous ? » parvint-il à demander enfin, et la dame jeta sa cuirasse dans un buisson.

« Retourne-le et laisse-le s'asseoir, Lovernius, dit-elle, en s'approchant pour détacher sa genouillère de cuir.

— Etes-vous devenue folle, Madame ? » cria le soldat. Les autres mains le firent tourner et s'asseoir. Boudicca prit froidement son couteau et découpa sa tunique de lin pour la lui ôter, ainsi que son tablier en cotte de mailles.

C'est alors qu'ils aperçut les chiens, attachés à un arbre, le museau baveux. Mais il ne comprenait toujours rien. La dame voulut saisir ses sous-vêtements, malgré ses cris de protestation et ses efforts pour lui échapper. L'homme derrière lui resserra sa prise et le força à se mettre debout. Le soldat se retrouva nu. Les yeux froids et obscurcis de la dame ne changèrent pas d'expression lorsqu'ils se posèrent sur lui. Elle s'éloigna, se courba et lorsqu'elle revint, elle avait un renard sous le bras. Un frisson parcourut les chiens qui observaient. Elle posa la carcasse à terre et d'un seul coup de couteau, l'ouvrit, puis fouilla à l'intérieur et tira les intestins inertes qui vinrent répandre leur grisaille sur l'herbe. Sa main gluante se leva et le couteau brilla. Elle se tenait debout, la vessie du renard à la main. Lorsqu'elle s'approcha de lui, le soldat fut assailli par la puanteur du sang mort, l'odeur de putréfaction. Les chiens se reprirent à gémir de plus belle, et Boudicca lui mit la chose obscène sous le nez.

« Annis, lui murmura-t-elle d'un ton doux, tu n'as pas été choisi comme tu aurais dû l'être, et cela je le regrette aussi. Mais il faut bien que je te tienne pour responsable de tous les maux que tes compatriotes ont fait subir à Albion, Romain. Je te reproche tout particulièrement le déshonneur de mon mari et ma propre souffrance. Comprends-tu ? » Elle parlait calmement et raisonnablement, comme on expliquerait quelque chose à un enfant. Les yeux de l'homme allaient de son visage à la chose qu'elle tenait dans la main, aux chiens qui tiraient sur leur laisse. C'est alors qu'il sentit le choc de ces mots prononcés d'une voix glacée. Annis. Une meute, une vessie de renard, les chasseurs et Annis. La victime. Le pourchassé. Maintenant il comprenait. Maintenant d'autres souvenirs lui revenaient en mémoire, d'autres histoires, d'événements si horribles que ses camarades pensaient que même en parler provoquait la malchance. Il se mit à hurler, les yeux écarquillés, ses membres blêmes agités de soubresauts de terreur. Puis le Romain fut aplati au sol, le genou de Lovernius sur la poitrine. Ses spasmes de résistance cessèrent peu à peu.

« Que vous ai-je fait Madame, qu'ai-je fait ? » chuchota le soldat d'une voix qu'on entendait à peine. Mais lorsqu'elle baissa les yeux sur lui, elle ne le vit même pas.

« Que t'ai-je fait, Rome, pour que tu entreprennes de nous détruire ? » Je t'éloignerai de mon lit et de ma vie, avait dit Prasutugas et elle ferma les yeux pour ne plus se souvenir. « Tiens-le bien, Lovernius, ordonna-t-elle en s'agenouillant près de lui. C'est toi notre faim, dit-elle et le couteau fit une entaille dans son épaule, emporte-la ! C'est toi notre maladie, et le couteau s'enfonça dans l'autre épaule. Emporte-la ! C'est toi notre pauvreté. Emporte-la ! » Elle continua, créant l'envoûtement. Lovernius répéta les phrases après elle et lorsque la poitrine nue ne fut plus qu'une masse de blessures sanglantes, elle compléta ce lourd fardeau. « C'est toi, notre hiver, l'hiver de nos douleurs et l'hiver de notre oppression. C'est toi Rome, emporte-la ! » Le couteau traça un autre sillon sanglant. L'homme hurla. Lovernius le mit alors sur ses pieds et le retourna. Boudicca souleva la vessie au-dessus de sa tête et la perça d'un geste sauvage. Son contenu dégoulina sur la tête du Romain, douche immonde et puante, et soudain les chiens devinrent fous. Ils tirèrent sur leur laisse, sautant en l'air et rabattus par les fortes lanières mais ils ne pouvaient aboyer car ils étaient muselés. Leurs yeux brûlaient dans l'obscurité, assoiffés de sang. Le jeune homme était hébété. Son regard se traînait de la danse folle des chiens au visage lugubre de Lovernius, à la tête impassible de Boudicca.

« Emporte tout cela, Annis, dit Boudicca. Emporte-le, meurs avec, libère-nous-en. Réveille-toi ! » Il battit des paupières. Lentement sous la terreur paralysante, la conscience revint.

« Mais pour... quoi ? demanda-t-il stupidement.

— Je vais t'aider, continua-t-elle, ignorant la question. Ne grimpe pas à un arbre. Si tu le fais, les chiens ne feront que s'asseoir au pied de l'arbre pour attendre que tu en tombes. Ne cours pas en ligne droite. Cherche l'eau si tu veux sauver ta vie. Tu as un peu de temps avant que je ne lâche les chiens. Sers-t'en bien. Maintenant cours ! » Lovernius le laissa aller. Il restait là, à la regarder, sans comprendre. « Cours, imbécile, cours ! » Il la regarda encore, tituba et se mit enfin à courir.

Ils le virent disparaître entre les arbres, reflet pâle de chairs meurtries et vacillantes. Les chiens se précipitèrent à sa poursuite mais leur laisse les ramena brutalement en arrière.

Lovernius et Boudicca restèrent immobiles. Ils n'avaient pas besoin de la lune pour savoir à quel rythme le temps passait. « Il fera jour dans trois heures, dit Lovernius à voix basse.

— Je sais, se contenta-t-elle de répondre. Démuselle les chiens et détache-les. »

L'homme zigzaguait parmi les arbres, butant sauvagement contre ronces, racines et buissons, sans savoir où il allait, sanglotant en courant. La puanteur de la vessie de renard courait avec lui, le saisissant à la gorge, aux narines. Courir... de l'eau. Courir... de l'eau », murmurait-il hors d'haleine au rythme irrégulier de ses pas. Il s'étala de tout son long. Cours ! lui criait une voix dans sa tête. Peu à peu, la peur paralysante, l'engourdissement du premier choc laissait place à la raison. Je ne peux être à plus de cinq kilomètres de la garnison et derrière la garnison il y a la rivière. Dans quelle direction m'a-t-elle entraîné ? Je dois trouver un moyen de revenir en arrière et de les contourner. Mais comment se diriger sans la lune ? Il se releva, n'entendant toujours rien. Elle n'avait donc pas encore lâché les chiens. Se frotter avec du sable et des cendres pour dissiper ces miasmes de mort. Il courait un rictus aux lèvres, insensible aux blessures sur sa poitrine qui saignaient continûment. Annis. Je suis Annis. Il y a quatre heures, j'étais Dio Balbilla, soldat de la garnison et maintenant je suis Annis. Si seulement je pouvais rejoindre le commandant. Si je pouvais tous les avertir. J'aimerais tant pouvoir continuer à vivre. Mais je suis Annis et je dois mourir.

C'est alors qu'il l'entendit, ce son qu'il avait déjà cru entendre cent fois, les aboiements sauvages des chiens affamés. Il sanglota très fort. Des aboiements rageurs d'abord dispersés et qui se fondirent en un concert de hurlements lorsque les chiens se précipitèrent, sentant l'odeur plus proche.

Comme en un éclair, il aperçut un pâle reflet de lumière sur l'eau. Ah ! suffoqua-t-il. Ses yeux s'agrandirent, ses jambes retrouvèrent de la force. Il la vit enfin, cette lune dont les rayons d'argent lui rendaient l'espoir, la raison, la vie. Il déboucha des arbres en trombe et tomba avec un cri de soulagement féroce dans la rivière. Avant même d'avoir suffisamment récupéré de forces pour pouvoir nager, le courant l'avait emporté derrière une boucle, hors de la vue des chiens. L'homme se hissa sur l'autre rive. Il ne savait toujours pas où il se trouvait, mais il s'en moquait. Il lui suffisait de marcher un peu sous les arbres pour être invisible de l'autre rive. Il suivrait la rivière en direction de l'océan. Quelque part entre lui et la mer, se trouvait la garnison. De la lumière, des voix, des épées, la sécurité. Il se releva et s'enfonça dans la forêt sans se retourner. L'obscurité qui l'entourait à nouveau ne lui faisait plus peur. « Je suis Dio Balbilla, se disait-il en lui-même. Quel bonheur de pouvoir enfin me souvenir de mon nom. »

Il entendit un bruit sec dans les feuilles au-dessus de sa tête et s'arrêta net, sa joie fragile s'envolant pour faire place à l'horreur sans mélange. Il s'efforça de lever la tête pour regarder. Là, dans l'épaisse obscurité des branches, il crut distinguer une ombre plus profonde.

Son cœur et ses genoux flanchèrent. En glissant à terre, il entendit un murmure qui descendait sur lui, comme un bruissement de feuilles sèches, comme le lent mouvement d'ailes géantes qui chuchotaient : A-nnis. A-nnis. Il ressentit au cœur une douleur insupportable. « Non ! gémit-il, je suis... je suis... » La douleur du cœur s'étendit aux reins, courut le long de ses membres et explosa en flammèches blanches à l'intérieur de sa tête. Il n'eut pas même le temps de répéter son nom.

Les chasseurs étaient sur la rive. Les chiens aboyaient, couraient dans tous les sens, ayant perdu la piste.

« Il s'est échappé ! dit Boudicca sans y croire Il a trouvé l'eau ! Même moi j'aurais eu du mal à la trouver, sans lune ni étoiles. Les sortilèges n'ont pas opéré, Lovernius. Pourquoi ? »

Lovernius s'accroupit dans la boue, passant lentement les mains sur les empreintes effacées mais encore profondes d'où l'Annis avait plongé vers la liberté.

« Parce qu'Andrasta a cessé d'écouter, répondit-il. Parce que Rome est ici pour toujours. Que se passera-t-il, Madame, s'il raconte son histoire à Favonius ? »

Boudicca le regarda. « Favonius ne le croira pas. Le croirais-tu, si tu étais romain ? Nous devons rentrer rapidement en ville et tout nier demain matin. Prasutugas, lui, le croira, mais cela n'a pas d'importance. Rattache les chiens, Lovernius. »

Ils rentrèrent en silence. Quelque part, l' Annis était toujours en vie et l'hiver de la toute-puissance de Rome continuerait à régner sans partage sur Icenia. Ils se séparèrent sans un mot. Lovernius remit les chiens en cage et Boudicca alla bien tristement vers la maison romaine de Prasutugas. Elle ouvrit la porte sans faire de bruit et se glissa dans la chaude obscurité.

Il était allongé sur le lit, tout habillé, la main derrière la tête. Elle s'arrêta. Il n'avait pas bougé, mais quelque chose lui disait qu'il l'observait.

« Tu es réveillé ? » murmura-t-elle.

La réponse vint, immédiate, à voix basse. « Oui, je ne peux pas dormir ce soir. » Il parlait sans rien laisser paraître mais elle savait que c'était ses douleurs qui l'avaient empêché de dormir. Tout à coup, elle ne supportait plus cette solitude, ce mur mortel de mots stupides, qui s'était élevé entre eux. Elle traversa la pièce et s'agenouilla près du lit.

« Prasutugas, rien au monde ne mérite que je me sépare de toi. Je préférerais mourir que t'entendre dire que nos désaccords t'ont éloigné de moi. Aucune cause n'aurait de sens si je devais vivre sans toi. Si nous cessons de ne plus faire qu'un, le monde et tout ce qu'il contient ne sont que mensonges. M'aimes-tu encore ? »

Il voulut parler mais n'y parvint pas. Il s'assit lentement et l'attira à lui. « Boudicca, dit-il d'un ton bourru, je ne peux cacher mon amour. C'est une eau de source pure, qui m'inonde. Même les douleurs que nous nous causons l'un à l'autre ne sont rien comparées à la souffrance d'une séparation. Recommençons tout. Cette nuit, pour la première fois j'ai pleuré. Laisse-moi te dire, pour la première fois, que je t'aime. Crois-tu que cela soit possible ? »

Elle le tint serré contre elle, le visage enfoui dans sa poitrine, étranglée par la tendresse, la honte et le soulagement. « Je veux que rien, jamais plus, ne s'élève entre nous, dit-elle. Mais Prasutugas, avec quelle facilité cela se produit ! Je ne te mentirai jamais plus, de ce mensonge qui consiste à ne rien dire. Je crois maintenant que les druides ont raison d'enseigner que de tous les mensonges, ce mensonge-là est le pire. Lovernius et moi, avec quelques autres chefs, nous avons enfoui assez d'armes dans la forêt pour réarmer Icenia tout entière lorsque, sur ordre d'Ostorius Scapula, les armes étaient confisquées. Les cachettes sont indiquées par des signes que tu reconnaîtrais probablement mais qu'aucun Romain ne saura jamais lire. Je te jure sur mon épée, sur mon honneur, que ces armes resteront où elles sont tant que tu n'auras pas changé d'avis. Et si tu n'en changes pas, elles rouilleront là où elles sont.

— Tu ne jures pas par Andrasta ? » demanda-t-il pour la taquiner. Sa réponse le surprit par sa gravité.

« Andrasta m'a abandonnée », murmura-t-elle, submergée soudain par l'amertume. Il lui caressa le visage.

« Pourquoi dis-tu cela ?

— Les sortilèges n'opèrent plus. Mon honneur a plus de pouvoir que la magie morte de la Reine des Victoires. »

Il ne lui demanda pas où elle avait passé la nuit. « L'aube arrive, dit-il, et nous n'avons dormi ni l'un ni l'autre. » Il la conduisit vers le lit et s'allongea auprès d'elle, les couvrant tous deux de la même couverture. Puis il lui dit :

« J'ai entendu des chiens aboyer au loin. As-tu été chasser, Boudicca ? »

Elle ne tressaillit pas. Ses yeux restèrent clos. Mais contemplant son visage, Prasutugas y vit passer une ombre de tristesse.

Au terme d'un long silence : « Oui », répondit-elle.

Ils dormirent tard. Ils finissaient tout juste leur premier repas de la journée, dans la hutte du Conseil en compagnie de Lovernius, Iain, et quelques autres chefs lorsque Favonius arriva, descendit de cheval en toute hâte et se fraya un passage parmi la foule des oisifs qui barrait la porte de la hutte. Boudicca, voyant son visage soucieux et sa démarche agitée, sentit son cœur qui battait plus vite. Lovernius et elle se regardèrent. Et déjà Favonius était devant eux. Il ne prononça pas les salutations d'usage.

« Prasutugas, dit-il, j'aimerais que vous veniez avec moi pour m'aider à éclaircir quelque chose. Cela n'a pour moi aucun sens, mais c'est extrêmement préoccupant. » Boudicca échangea un nouveau coup d'œil inquiet avec son barde.

« Je n'en dirai pas plus, il faut que vous voyiez vous-même », continua Favonius.

Intrigué, Prasutugas tendit sa coupe à un serviteur. « Certainement mon ami. Vous avez l'air troublé. Si je puis vous être de la moindre utilité je viendrai volontiers. » Il suivit Favonius jusqu'à la porte. Boudicca se rapprocha du barde, mais ni l'un ni l'autre ne savait que dire. Que s'était-il donc passé ?

Prasutugas se laissa glisser de cheval et Favonius sauta à bas, jetant les rênes à l'auxiliaire qui l'attendait. Ensemble les hommes avancèrent vers les baraques et les dépôts bien alignés. Favonius fit signe à un soldat qui se trouvait devant les petites huttes à grain et l'homme ouvrit la porte. Favonius invita Prasutugas à entrer. La porte se referma derrière eux.

La hutte était obscure et malodorante. Prasutugas reconnut cette odeur répugnante. La forme qui reposait sur une planche posée en travers de deux tréteaux était recouverte d'un drap dont la blancheur se découpait dans l'ombre. Et lorsque Favonius tira le drap en lui faisant signe d'approcher, il sentit ses cheveux se dresser sur sa nuque. Prasutugas regarda. Et tout d'abord ce qu'il vit fut pour lui tout aussi incompréhensible que pour Favonius. L'homme était complètement nu. Sa poitrine était par endroits couverte de croûtes de sang séché mais ailleurs intacte et bien lavée. Sa nudité apparaissait plus blanche encore entre des coupures nettes et peu profondes tout à fait sèches dont les lèvres ouvertes béaient.

« Tournez-lui la tête et regardez son visage », dit Favonius.

Prasutugas obéit, faisant rouler la tête vers lui, agrippant les cheveux emmêlés. Il eut un geste involontaire de recul. Une terreur aussi nue et tangible que le corps tuméfié lui-même était imprimée sur ses traits. Les paupières étaient si écartées que le blanc de l'œil venait déborder sous les iris bruns. La bouche était ouverte et se tordait en une grimace d'horreur que la mort avait figée. Prasutugas porta la main à son nez. L'odeur insupportable lui révulsait les narines. Elle ne ressemblait à aucune autre et réveillait chez lui un souvenir d'enfance oublié, du temps où Subidasto régnait sur les Iceniens, lorsque Andrasta était toute-puissante. Ses soupçons se changèrent en certitude. Le contenu nauséabond de la vessie d'un renard. Des chiens hurlant dans la nuit. Est-ce que tu chassais, Boudicca ? Oui. J'aurais dû te demander ce que tu chassais, mais jamais, jamais je n'aurais pu imaginer une chose pareille ! Annis. Pauvre jeune homme !

Prasutugas savait que Favonius l'observait attentivement. Il s'efforça de parler lentement, avec naturel.

« De quoi est-il donc mort ?

— C'est à vous de me le dire. » Favonius se croisa les bras. « Il a été ramené ce matin par les hommes que j'avais envoyés à sa recherche. Il a quitté son poste la nuit dernière. Son corps gisait trois miles plus haut en bordure de la rivière, sur le dos, sous un arbre.

— S'est-il noyé ? » demanda Prasutugas, sachant qu'il devait poser la question. Mais pensant à sa femme une angoisse profonde l'étreignait. Elle avait pourtant dit qu'Andrasta avait perdu son pouvoir. Ce n'était peut-être pas elle, après tout.

« Non. Il était trop loin de la rivière pour que son corps n'ait fait que s'échouer. Il avait couru ou marché jusqu'à l'endroit où on l'a trouvé. Et s'il ne s'est pas noyé, de quoi est-il mort ? On dirait qu'un oiseau géant lui a labouré la poitrine. Les coups de couteau qu'on lui a donnés suivent un dessin. Mais pourquoi lui infliger ces coupures sans le tuer ?

— Peut-être est-il devenu fou et s'est-il tailladé lui-même ? » Prasutugas déglutit et se força à regarder le Romain dans les yeux. « Regardez son visage, Favonius. Il est mort de peur.

— Mais de quoi avait-il peur ?

— Qu'est-ce qui peut bien effrayer un homme ? La peur est une maladie comme une autre. Elle naît dans l'esprit des gens, non hors de leur propre corps. Et la peur peut être une maladie mortelle.

— Certainement. Mais la peur est bien incapable de découper la poitrine d'un homme en lanières. »

Prasutugas ne répondit pas et Favonius hésita à en dire plus. La puanteur dans la hutte devenait insoutenable. Il ouvrit la porte et les deux hommes retrouvèrent l'air libre avec soulagement.

« Je crois que vous en savez plus que vous ne voulez le dire, fit remarquer Favonius avec une lourde insistance.

— Mes suppositions valent ce que valent les vôtres, répondit Prasutugas, mais c'est sa propre peur qui l'a tué. »

Favonius s'éloigna fort mécontent. Prasutugas repassa le portail et s'enfonça sous les arbres. « Boudicca, pensait-il, ce pauvre jeune homme était un Romain. Comment aurait-il pu comprendre le rôle qu'il avait à jouer. Annis. Tu as dû l'acculer à la folie. Je sais, c'est moi, en aggravant ton inquiétude, qui ai rendu le poids de ta souffrance écrasant. Moi aussi, je suis responsable de la mort de ce soldat. »

Lorsqu'il arriva devant la hutte, il appela vivement de l'extérieur. Elle souleva les peaux et vint à sa rencontre. Il l'attira un peu à l'écart et lui demanda : « Quelle sorte de gibier as-tu donc été chasser hier soir, Boudicca ? » Si tu me mens maintenant, tout sera terminé entre nous, pensa-t-il si clairement qu'il eut peur d'avoir prononcé ces mots tout haut. Je t'écarterai physiquement, si je ne suis pas capable de le faire en esprit. Elle lui sourit tristement, clignant un peu des yeux dans le soleil, ses cheveux roux s'agitant doucement dans la brise chaude.

« Tu n'en es pas très sûr, n'est-ce pas, Prasutugas ? Et si je ne te dis rien, tu en seras réduit aux soupçons. C'est pourquoi je te le dirai. Lovernius et moi avons libéré l'Annis. »

Il respira à fond. De soulagement d'abord. Puis la colère s'empara de lui, devant sa propre faiblesse. Il ne lui demanda pas pourquoi elle avait accompli un acte aussi désespéré. Il contint sa rage pour lui demander : « Est-ce que les chiens l'ont terrassé ? »

Elle regarda ses pieds. « Non. Il s'est échappé. Penses-y Prasutugas ! Jamais encore un Annis n'avait couru plus vite que les chiens ! Oh ! je sais ce que tu dois penser de mon acte. Mais ne trouves-tu pas étrange qu'Annis se soit échappé ? » Elle releva les yeux et il vit qu'elle était au bord des larmes. « Les Dieux ont abandonné Icenia. Ils l'ont quittée depuis des années, depuis le départ des druides, mais jusqu'à présent j'en avais douté. » Ses lèvres tremblèrent.

Ainsi, elle ignorait tout. Malgré la chaleur de la matinée, un frisson le saisit en repensant au visage défiguré par la terreur. Il la saisit à l'épaule et hocha la tête. « Non, Boudicca, Andrasta est toujours la Reine des Victoires, même si tous l'ont oubliée, toi et Lovernius exceptés. Elle a entendu les invocations. »

Elle se figea, stupéfaite ; puis, convulsivement, elle s'agrippa à son poignet des deux mains. « Prasutugas ! Que t'a montré Favonius ? Dis-moi ce que tu sais ! »

Très raide, avec une tristesse qu'elle sentit bien dans sa voix, il articula : « Favonius m'a montré le corps d'un jeune homme marqué par les blessures d'Annis avec son odeur dans les cheveux.

— Je ne comprends pas ! Les chiens ne l'ont pas tué, je te le jure, Prasutugas !

— Je sais. Il n'était pas déchiqueté, Boudicca. Il est mort de peur. J'aurais aimé que tu puisses voir son visage...

— Ainsi Andrasta l'a pris, malgré tout, murmura-t-elle. Elle a été le chercher dans la forêt...

— Il est mort de peur, c'est tout ce que nous pouvons dire, l'interrompit-il avec force. Boudicca, il faut que tu prêtes serment, il faut que tu me jures qu'on ne chassera jamais plus Annis en Icenie tant que je serai ricon.

— Je jurerai devant Andrasta de ne jamais plus chasser Annis si tu me jures de ne jamais dire à Favonius où sont cachées les armes.

— Je veux bien jurer, mais si c'est un autre qui me les fait découvrir, Boudicca, alors, je serai forcé de révéler leur existence.

— Cela ne se produira jamais ! » Elle sourit avec insolence. « Comme il est bon de jurer par Andrasta à nouveau ! »

Ils se séparèrent, elle pour retrouver Lovernius et lui pour aller donner des ordres à ses fermiers.

« Je ne te renie pas, Andrasta, pensait-il, mais je ne veux plus vivre dans la peur constante de toi. Je ne veux pas que tes ailes fantômes reviennent planer sur Icenia tout entière. Les forêts t'appartiennent. Elles devraient te suffire. » Il monta à cheval, descendit pour passer le gué, puis coupa à travers bois en direction de ses champs. En chemin il ne pouvait penser qu'aux deux reines d'Icenia, sa femme impulsive et magnifique, et le noir mystère d'Andrasta. Quant aux nouvelles venues de l'Ouest, comme Favonius, il les croyait sans importance pour Icenia. L'Ouest était un mirage. Ici régnait le vert tendre des jeunes pousses, les veaux et ses agneaux nouveau-nés cabriolaient dans ses prairies pour lui rappeler qu'il était riche et en sécurité. Rome avait étendu sur le pays un bras protecteur et Prasutugas était heureux.

29.

Ce fut un été riche en espérances, un été glorieux. A l'ouest les remparts étaient tombés sous la poussée de ceux qu'ils avaient maintenus prisonniers.

Les Demetes n'avaient pas voulu rentrer chez eux ; ni les Deceangles. Pendant un temps les rebelles parcoururent fièrement la frontière, tandis qu'à Glevum, la Seconde Légion se réfugiait peureusement derrière ses murs imprenables. Venutius décida de ne pas l'attaquer, sachant qu'elle pouvait soutenir le siège indéfiniment. Peu à peu, les tribus se séparèrent pour s'enfoncer plus profondément à l'est et au sud. Venutius, qui savait que son pouvoir sur elles arrivait à son terme, les vit partir sans trop de regrets. Les hommes voulaient piller maintenant, comme le droit des vainqueurs les y autorisait. Cornovii et Coritaniens abandonnèrent tout ce qu'ils avaient aux bandes occidentales qui écumaient les forêts. Les Romains se terraient comme des lapins mais Venutius ne les oubliait pas, se préparant à l'arrivée imminente du gouverneur. La Neuvième était à Brigantia. La Seconde, en pays dobunnien, se trouvait derrière eux maintenant. La Quatorzième était également en pays coritanien. Au total, trois légions qui conduites par un gouverneur énergique pourraient leur couper la retraite dans les montagnes. Il fit part de ses craintes à Emrys.

« Il faudra provoquer les légions, les pousser à combattre séparément et être victorieux si nous ne voulons pas nous retrouver dans l'Ouest à l'automne.

— Rien ne pourra les faire sortir de leurs forts, répondit Emrys d'un air sombre. Ils savent que s'ils tiennent suffisamment longtemps un gouverneur viendra. »

Un jour enfin, la Neuvième voulut reprendre le contrôle des basses terres en effervescence. Elle quitta son fort et marcha vers le sud. Son légat ignorait où se trouvaient les rebelles, mais il avait appris l'arrivée du nouveau gouverneur et se doutait bien qu'on ferait appel à lui. Il avait raison.

Un espion informa également Venutius de la présence d'Aulus Didius Gallus. Les jours suivants d'autres nouvelles leur parvinrent, cette fois du Nord. La Neuvième avait rejoint la Quatorzième et ensemble elles traversaient l'île du sud à l'ouest. La Seconde aussi était sortie de sa léthargie et avançait en direction du sud-est. Venutius comprit que lorsqu'elles se rejoindraient, elles formeraient un front contre lequel ses forces ne pourraient plus rien.

Il poussa un juron, puis, à la surprise d'Emrys, s'agenouilla et plongea les mains dans l'herbe douce. « Ah ! Liberté, murmura-t-il, quand ? Pendant combien de temps ce sol devra-t-il s'abreuver du sang de tes enfants ? Allons, une fois de plus, il nous faudra prendre la fuite. »

Il se releva. « En nous hâtant, nous pouvons traverser Glevum puisque le fort est vide pour l'instant. »

Emrys se demandait ce que pouvaient bien faire les Demetes et les Deceangles. Avec fatalisme, il salua l'horizon puis se retourna pour suivre Venutius en criant à ses chefs de faire de même.

Ils partirent à vive allure vers le nord-ouest, craignant que leur retraite ne soit déjà coupée. L'été n'avait été qu'un rêve, un répit. Une fois de plus ils étaient pourchassés. Les nouvelles leur arrivaient par bribes. Les Deceangles avaient essayé d'attaquer la Neuvième mais avaient été repoussés, ils étaient en fuite eux aussi. Les hommes des tribus traversaient Albion par vagues successives, accourant de partout pour converger vers l'ouest. Ils arrivèrent à Glevum, le fort déserté et tranquille, mais ne s'y attardèrent pas. L'été ne fut bientôt plus qu'un souvenir.

L'automne les retrouva dans leurs camps, déçus et amers. Leurs corps ne fuyaient plus, mais leurs cœurs et leurs esprits étaient en déroute.

30.

Hiver 53 - 54 après J.-C.

Aricia se réveilla en criant et s'assit. Son cœur lui déchirait la poitrine, elle était secouée de sanglots sans larmes. Elle attendit que sa panique et le rythme de sa respiration se calment. C'était toujours le même rêve. Venutius se tenait devant elle, grand, le visage très pâle, vêtu de noir.

« Qu'as-tu fait ? murmurait-il. Ne savais-tu pas comme je t'aimais ? » et sa voix devenait celle de Caradoc, jeune et vibrante de désir. Elle savait que c'était son mari qui lui parlait et elle voyait ses yeux marron sombrer dans des flammes. Pourtant ce visage ridé et cruel était celui de l'arviragus et sa voix celle du fils de Cunobelin qui la ramenait vers les jours anciens.

« Qu'as-tu fait ? criait-il.

— Tu brûles pour des causes perdues, tout est perdu, gémissait-elle en fermant les yeux pour ne pas le voir. Je ne te connais pas. Qui es-tu ? »

Alors les cris cessaient. Elle ouvrait les yeux et découvrait des orbites creuses, des cheveux roux attachés par touffes grotesques à un crâne sans peau. Elle se mettait alors à hurler et se réveillait.

Elle quitta son lit et s'assit toujours frissonnante sur une chaise près des braises de la nuit. Je n'en peux plus, pensait-elle engourdie. Nuit après nuit, cette torture, j'en mourrai. Oh ! Grande Mère, je suis si terriblement seule.

De l'autre côté de la fine cloison de bois, quelqu'un toussa. Domnall, son porteur de bouclier, quittait sa paillasse à même le sol d'une pièce dans laquelle elle ne pénétrait plus jamais. Là où l'on avait passé des chaînes autour des poignets de Caradoc, la pièce où

Venutius... Elle se baissa pour remuer les cendres. « Quel droit avais-tu de me quitter, Venutius ? Tu n'es pas revenu. Deux Samhain ont passé. Où es-tu ? Tu as besoin de moi, tu ne peux vivre sans mon mépris et ma haine, sans mon corps ! »

Ses doigts s'immobilisèrent soudain. Sa poitrine lui faisait mal. Elle avait beau les repousser de toutes ses forces, les souvenirs la torturaient, elle se sentait peu à peu devenir folle. Quand Venutius l'avait éclaboussée de son sang, pour la première fois de sa vie, elle avait ressenti de la honte. Ni les cajoleries d'Andocretus, son barde, ni l'or finalement arrivé de Lindum — sa récompense, le prix du sang de Caradoc — n'avaient pu adoucir ce désespoir glacé qui ne la quittait plus.

Elle traversa la pièce et ouvrit les volets. C'était une matinée d'hiver, brumeuse et blafarde.

« Andocretus, cria-t-elle en se retournant, lève-toi. » Au bout d'un instant les draps, sur son lit, s'agitèrent et il s'assit en bâillant. Elle continua à regarder la ville, jusqu'en bas, là où le brouillard se confondait avec la fumée des huttes. « Ma ville, pensait-elle. Pourquoi tant souffrir ? » Derrière elle, Androcretus sortit du lit, enfila ses vêtements, saisit sa harpe. Il avait chanté la nuit dernière, perché à califourchon sur son lit. Elle s'était agenouillée derrière lui, faisant une seule tresse de leurs longs cheveux noirs et blonds. Et lorsqu'il avait reposé la harpe et s'était retourné, elle l'avait attiré en elle avec une avidité que rien ne parvenait plus à combler. Le rêve était revenu quand même. Elle laissa courir inconsciemment son doigt sur la fine cicatrice blanche qui lui balafrait le visage.

« Trouve-nous quelque chose à manger, dit-elle, et ensuite, va me chercher un druide. »

Il la regarda, le visage encore gonflé de sommeil, et il lui fallut un instant pour comprendre ce qu'elle lui disait. Il alla vers le bassin et brisa la glace sur l'eau. Il s'en aspergea le visage et le cou, en frissonnant, puis s'agenouilla devant la cheminée pour poser quelques bûches sur les braises.

« C'est impossible, Madame, répondit-il, les druides sont introuvables. Ils ne se montrent que lorsqu'ils le veulent bien. D'ailleurs aucun druide doté de bon sens, même si j'en trouvais un, n'accepterait de venir ici. Et si je vais vers l'ouest en chercher un, je me ferai tuer. »

Elle réfléchit en observant ses doigts fins qui tiraient une étincelle de son briquet. « J'ai besoin de parler à un druide. Il faut qu'il en vienne un ici.

— Demandez donc à Domnall. Il saura bien où le trouver. »

Elle s'accroupit près de lui, tendant ses mains à la flamme crépitante.

« Si je le laisse partir, me reviendra-t-il ?

— Il n'est pas parti avec Venutius quand il en avait l'occasion. Il a juré sur l'honneur de vous obéir.

— L'honneur, l'honneur, murmura-t-elle. Dis-moi Andocretus, est-ce que tu m'aimes ? »

Il sourit faiblement en fixant la flamme. « Avez-vous besoin de mon amour, Ricon ?

— Non. J'ai de toi tout ce que je désire. Ton corps et ta musique.

— Alors, non, je ne vous aime pas. »

Elle prit brusquement sa tête blonde à deux mains, l'attirant vers elle et l'embrassa doucement sur le front. Il se recula, surpris par une telle délicatesse, chez elle bien inhabituelle. « Va me chercher Domnall. »

Il se leva, s'étira et sortit lentement. Elle ferma bruyamment les volets et commença à s'habiller.

Quand son porteur de bouclier entra, elle avait le dos au feu. Sa tunique verte épaisse tombait jusqu'au sol. Une cape jaune l'enveloppait, et des pierres de jais étaient nichées dans ses nattes, de la même couleur que ses cheveux.

Elle le considéra un instant. Ses cheveux broussailleux se mêlaient à sa barbe en bataille. Ses yeux sombres étaient froids et la cape orange qu'il portait en toutes circonstances recouvrait de larges et solides épaules. Elle avait souvent eu envie de lui faire les honneurs de son lit, mais quelque chose chez lui l'en avait toujours empêchée.

« Domnall, lui dit-elle doucement, Seigneur de Brigantia, j'ai besoin d'une aide que toi seul peux m'apporter. Autrement je ne te la demanderais pas. »

Il ne répondit rien. Son immobilité même l'irrita. « J'ai un... rêve qu'il faut interpréter, continua-t-elle très vite. Si on ne m'en délivre pas, je deviendrai folle. Amène-moi un druide ! » Elle n'avait jamais eu l'intention de lui en dire autant. Ses yeux se plissèrent mais il ne bougea toujours pas.

« Et où voulez-vous, Madame, que je trouve un druide ? Si vous m'ordonnez de le faire, pour ne pas briser mon serment, j'irai. Mais je ne suis pas encore prêt à mourir. »

Elle se tordit les doigts. « Si tu m'amènes un druide, je jure que je te libérerai de ton serment et tu pourras rejoindre Venutius dans l'Ouest, si là est ton cœur. Domnall, je suis désespérée. Tu sais où aller. Interroge les espions. Il y en a ici, tu le sais comme moi. Je t'en prie ! »

Il découvrit sur son visage une expression qu'il n'avait encore jamais vue, une impuissance, une douleur poignante, sans remède. Il ressentit pour elle une grande pitié. Il inclina la tête. « J'irai Madame, mais ce sera sans doute une quête longue et difficile. Jurez-moi que lorsque je reviendrai ici avec un druide, vous ne l'inquiéterez pas et ne le livrerez pas à Rome pour qu'on le mette à mort. Et que vous me laisserez quitter Brigantia avec honneur. »

Ses doigts s'immobilisèrent. Elle sourit sans chaleur. « Je le jure par la Très Haute, sur la tombe de mon père. Et je te remercie, Domnall. »

Ses yeux s'agrandirent de surprise et il lui rendit un sourire hésitant. Puis il sortit. Elle retourna vers le feu. « Venutius, pensa-t-elle, tu me manques. Quand me reviendras-tu ? »

L'hiver investit le pays comme une vieille femme acariâtre décidée à ne plus bouger. Aricia se débattit dans la solitude. Le rêve revint la visiter, apportant chaque nuit sa moisson de terreurs nouvelles. Un nouveau cauchemar venait s'y ajouter. Aucun progrès marquant n'était accompli dans l'Ouest.

Le successeur de Scapula, Aulus Didius Gallus, avait agi avec rapidité dans le premier mois de ses fonctions de gouverneur. Pour panser leurs blessures, les hommes des montagnes avaient dû se réfugier à nouveau derrière les cascades secrètes qu'alimentait la neige. Mais Gallus lui-même avait connu des jours meilleurs. Il était d'un âge avancé et déplorait d'avoir à exercer des fonctions dans l'armée active. Il était venu en Albion avec Claude, à la tête de la Huitième légion moesienne, et au premier coup d'œil il avait détesté la nouvelle province. Albion n'était qu'un trou humide et malsain, embourbé dans la magie, ravagé par des troubles qui semblaient dévorer les gouverneurs comme un monstre affamé. Il avait été reçu avec un enthousiasme proche de la frénésie par ses nouveaux légats. Il n'avait pas encore lavé le sel de son visage, qu'on lui annonçait déjà que l'une de ses légions était presque totalement détruite ; et que les tribus de l'Ouest caracolaient joyeusement là où leur fantaisie les conduisait. Il avait immédiatement demandé les cartes.

En moins de deux mois, la Quatorzième, la Neuvième et la Seconde avaient balayé les basses terres et les rebelles avaient regagné à la hâte leurs montagnes désolées.

Il avait rétabli l'ordre le long de la frontière orientale tracée par son prédécesseur et doublé le nombre des troupes qui y patrouillaient. Il avait parlé au procurateur et étudié ses comptes, toujours déficitaires. Il en avait conclu que si en un an ou deux la situation ne s'améliorait ou ne se stabilisait pas, il demanderait le retrait pur et simple. Un échec coûteux, une obstination peu rentable. L'empereur ne serait pas content. Il continuait pourtant à fixer sur les cartes, d'un air maussade, la ligne fine et serpentine de ses frontières. Une grande partie du pays restait aux mains des indigènes, l'Ouest dans sa presque totalité. Et la pointe nord n'avait presque pas été explorée. Rome se battait depuis dix ans en Albion et le besoin ne s'était encore pas fait sentir de faire tracer de nouvelles cartes !

Depuis, les tribus de l'Ouest avaient continué à se battre. Une garnison tombait ici, un poste brûlait là, une cohorte imprudente ne rentrerait jamais plus. Et même quand les représailles romaines étaient féroces et rapides, Aricia comme les soldats croyaient voir l'ombre de la liberté se rapprocher dangereusement. Elle tenait ses informations de Caesius Nasica, légat de la Neuvième. Elle avait placé des hommes à elle sur la frontière et s'était souvent demandé ce que Madoc, Emrys ou Venutius feraient d'elle s'ils arrivaient vainqueurs jusqu'à sa porte. Lui laisseraient-ils le choix de mourir brûlée ou noyée ? Ou lui accorderaient-ils le privilège de périr sous l'épée, mettant enfin un terme à tous ses mauvais rêves ?

Andocretus riait de ses peurs, assis en face d'elle près du feu, vêtu seulement de ses braies. « Quand les tribus ont-elles été capables de conserver un pouce du territoire qu'elles avaient gagné ? demandait-il d'un ton enjoué. Ce sont les défenseurs d'une cause perdue. Les Romains eux, ne défendent aucune cause. Ils se contentent de vivre en ce monde et c'est pourquoi ils gagneront.

— Tu as tort, lui répondit-elle sèchement. Rien n'est plus puissant qu'une cause pour laquelle on est prêt à mourir. Si Rome veut la paix en Albion, il lui faudra exterminer l'Ouest jusqu'au dernier homme, sans oublier les femmes et les enfants !

— S'il le faut, elle le fera. De quoi avez-vous peur Madame ?

— Je voudrais mourir. »

Il la regarda avec insolence, puis ramassa sa harpe. « Une nouvelle chanson m'est venue ce matin, dit-il d'un ton léger. Voudriez-vous l'entendre ? Il y aura toujours de la musique, Aricia, et de la bonne bière et des sourires qui feront briller des dents d'une blancheur éclatante, des cheveux noirs qui danseront au soleil. Laissez donc faire la guerre à ceux qui ne connaissent ni la musique ni l'amour.

— Tu es barde jusqu'au bout des ongles, dit-elle d'un ton pitoyable. Aide-moi, Andocretus ! »

Il chanta pour elle, en lui souriant, faisant vibrer les cordes de sa harpe avec un doigté délicat. Quand il eut fini, elle s'agenouilla devant lui, s'agrippant farouchement à ses jambes et enfouissant son visage dans le tissu rouge de ses braies. « Cela ne me suffit plus », lui chuchota-t-elle. Alors il posa la harpe et la prit dans ses bras.

31.

Domnall revint avec le printemps, sous une pluie diluvienne, froide et aveuglante. Il se rendit chez Aricia, et tenant à peine sur ses jambes, lui dit simplement :

« Je suis venu avec un druide. Elle attend sous le porche.

— Elle ? Tu m'as amené une femme ?»

Il sourit. « Je vous ai amené une druidesse. J'ai cherché longtemps et j'ai finalement rencontré celle-ci, auprès des femmes et des enfants de Silurie.

— As-tu vu… As-tu vu… ?

— Non. Me croyez-vous devenu fou ? Je vous rappelle votre serment. Ce druide n'est venu que parce que je lui ai donné ma parole qu'on ne lui ferait aucun mal.

— Inutile de me le rappeler ! Je te demanderai pourtant, Domnall, de rester mon porteur de bouclier encore quelque temps.

— Aussi longtemps que la druidesse sera là, dit-il fermement.

— Très bien, fit-elle, incapable de vaincre sa détermination. Quand elle aura mangé, envoie-la-moi.

— Elle a déjà mangé. » Il sortit, laissant la porte ouverte et lorsque la pluie vint éclabousser ses fins tapis, ce fut comme le battement étourdissant des ailes du Corbeau des Batailles qui vint marteler son toit romain. Une ombre se profila dans l'encoignure, avança, ferma la porte derrière elle et se retourna. Le silence revint.

Aricia tendit la main. « Bienvenue à Brigantia, dit-elle. Repose-toi et sois en paix. »

Elle avait en face d'elle un visage brun et fin avec des yeux ronds comme des galets noirs, des cheveux aplatis et mouillés. La cape de druide en tissu rêche, tachée de boue noire à l'ourlet, semblait trop lourde pour un corps si frêle. Elle était pieds nus.

« Pas de repos pour moi, répondit-elle en refusant sa main. Je ne sers que le Maître et le Corbeau des Batailles. Personne ne m'offre le repos ni la paix. » Elle retira sa cape et la posa sur le lit. Sa tunique blanche, au-dessous, était immaculée. Ses poignets jaillirent des manches amples et avec une fascination horrifiée, Aricia découvrit le bracelet épais, l'anneau d'argent sur les mains brunes. On y voyait s'y tordre des serpents aussi étroitement imbriqués les uns dans les autres que sur la broche donnée par Gladys il y avait bien longtemps. Le commencement et la fin ! pensa-t-elle, paralysée par la terreur.

La femme alla vers le feu et s'assit sur l'une des chaises d'osier en regardant Aricia avec une franche curiosité. « Voilà donc la fameuse dame de Brigantia, dit-elle. Aussi belle que traîtresse. Tu es belle, Ricon, aussi belle qu'une enivrante nuit d'été. Je peux sentir l'odeur de traîtrise sur toi, la puanteur des rêves morts ou des cauchemars vivants. Non, poursuivit-elle, en voyant le visage d'Aricia changer d'expression, je n'ai pas peur de toi. Notre rencontre me donne plus de plaisir qu'à toi. »

Aricia haussa les épaules et s'assit dans l'autre chaise. Ses yeux se posèrent sur les pieds de la femme. Ils étaient bleus, mais non de froid. Elle se pencha pour mieux voir. D'autres serpents, tatoués, se lovaient sous la peau tendue. La druidesse se mit à rire, en relevant ses manches et de nouveaux serpents vinrent s'enrouler autour de ses bras, dont la tête nichait peut-être dans son cou.

« Tu n'es même pas capable de me regarder en face, tant je t'inspire de dégoût et de dédain. Suis-je une femme ou un monstre ? Car pour toi, une femme doit avoir un corps doux et insatiable comme le tien. Les autres ne sont que des monstres. Eh bien, dis-moi ce que tu attends de moi.

— Je voudrais que tu me libères d'un rêve, dit-elle avec difficulté. C'est tout. Quand ce sera fait, tu pourras partir. Je te paierai tout ce que tu voudras. »

Les yeux noirs s'adoucirent soudain. « Si tu n'y prends pas garde, tu devras payer mes services de ton âme. Raconte-moi ton rêve. »

Aricia le lui dit. Enfin, le récit de l'horreur qui la visitait s'échappa d'elle. Dehors, le vent se leva et la pluie ralentit. La druidesse écouta en silence, les yeux sur la flamme, comprenant la détresse derrière les mots. Lorsque Aricia termina son récit et que seule subsista la douleur, la druidesse ferma les yeux, croisa les bras et s'enfonça dans le silence. Aricia attendait. La druidesse finit par tirer une pochette de cuir de sous les plis de sa tunique. Elle l'ouvrit et en sortit un anneau de bronze, puis un autre et commença à les nouer dans ses cheveux maintenant secs.

« Demande ! ordonna-t-elle.

— Qui vois-je ainsi venir à moi ? Est-ce la mort de mon mari ?

— Non. C'est ton infidélité qui te revient sous les traits de Venutius et ta trahison sous les traits de l'arviragus. Mais c'est Albion elle-même, qui te hante, dans la tenue des morts. Albion sur laquelle tu as déchaîné le viol, la maladie et la mort. C'est moi, te dit-elle, c'est moi Albion. Tu t'es coupée de tes racines, Dame de Brigantia et c'est de là que vient ta folie.

— Albion est faite de terre, d'arbres et de rochers ! Cette terre ne changera jamais, quelle que soit la race qui l'habite.

— Elle peut changer ! Elle l'a déjà fait. Deux hommes ont pénétré ton ventre insatiable et cela ne te suffit pas. L'avidité te consume. Mais c'est la haine de toi qui te dévore.

— Libère-moi du rêve, guéris-moi ! »

L'autre secoua la tête. « Ce n'est pas en mon pouvoir. Ce n'est ni un avertissement, ni un présage. C'est toi seule. Toi seule peux t'en libérer.

— Mais comment ? »

La druidesse attacha le dernier anneau et fit disparaître la sacoche. Puis regarda Aricia avec bienveillance. « Envoie chercher ton mari. Implore son pardon. Aide-le dans son combat contre Rome. Si tu le fais, je peux te promettre que ce rêve ne te hantera jamais plus. Tout au fond de toi-même, Ricon, tu sais bien ce que tu dois faire et tu n'avais nul besoin de me faire traverser la moitié d'Albion pour m'entendre te le dire. »

Le visage d'Aricia devint gris. « Vous êtes tous les mêmes, articula-t-elle avec peine. Des imposteurs. Vous ne vous préoccupez que du pouvoir qui vous rendra la terre et les tribus, pour que vous les manipuliez à votre guise. Ce que je te demande est simple et tu es incapable de le faire.

— Ecoute-moi bien, Aricia, répondit la druidesse en colère. Je vais briser l'une des règles très anciennes que nous observons, car autrement, rien ne pourra te sauver, rien. Assieds-toi ! »

Aricia se rassit, sans mot dire, comme si une main invisible l'avait poussée. « Les Romains t'expulseront de Brigantia, comme un vulgaire voleur, lorsque Julius Agricola deviendra gouverneur. Souviens-toi de ma prédiction. Tu en seras réduite à mener une vie errante, sans autre compagne que ta folie. Il est encore temps pour toi de prendre une décision qui fera mentir mes visions. Retourne vers Venutius ! Chasse Rome de ton âme !

— Je hais mon mari ! cria Aricia. Je l'ai toujours haï et je ne lui reviendrai jamais ! Vulgaire ignorante ! Je ne sais pas ce que j'attendais de toi, murmura-t-elle en prenant sa tête dans ses mains. J'aurais dû m'y attendre. Dès mon arrivée à Brigantia, un des tiens a déjà essayé de dresser mon peuple contre moi. On ne l'a pas écouté et je n'écouterai pas non plus. Les Romains sont des hommes, druidesse, rien que des hommes qui apportent bien plus en Albion qu'ils ne recevront jamais d'elle. J'ai mes terreurs, mais tu as les tiennes aussi. Pourquoi haïssez-vous Rome ? Dis ton prix et va-t'en. »

La femme se leva et prit sa cape. « Tu ne feras rien contre moi ?

— Non.

— Alors, je demande ton âme, en guise de paiement. Je te la demanderai la nuit où je quitterai Brigantia. Maintenant, je crois que je vais aller à la Salle boire un peu de vin. » Elle sortit, balançant sa cape sur son épaule.

Aricia resta sans bouger. Elle aurait voulu appeler Andocretus, elle aurait voulu se mettre au lit pour pleurer mais elle resta, la tête posée sur les genoux, cachant de la paume sa joue balafrée, une fois de plus à la torture et au désespoir.

Pendant trois jours, elle resta dans sa chambre, sans boire ni manger. Le vent continua à souffler sur la lande dénudée et lorsqu'un soleil malingre se mit à briller, les enfants coururent aux champs cueillir les premières fleurs du printemps. Andocretus venait frapper chaque soir à sa porte mais elle le renvoyait sans lui ouvrir. L'agneau rôti, les carafes de vin circulaient, les plaisanteries s'échangeaient en son absence. Tard dans la soirée du troisième jour, elle envoya chercher la druidesse. De sa porte, Aricia la vit approcher, tunique blanche flottant comme le plumage d'un cygne. Aricia avança à sa rencontre et lui dit sur le ton de l'urgence :

« J'ai réfléchi. Je veux que tu portes un message à mon mari, où qu'il se trouve. »

La druidesse regarda Aricia avec curiosité. Elle avait des cernes épais sous les yeux. Elle était enveloppée dans sa cape jaune et pourtant ses mains tremblaient : « Es-tu malade, la Dame ? » demanda-t-elle.

Aricia secoua violemment la tête. « Non, non. Porteras-tu mon message ?

— Cela dépend de son contenu. Que devrai-je dire ? » Aricia se redressa. « Dis que je souffre profondément d'avoir trahi Caradoc. Dis-lui que j'implore son pardon. Dis que j'ai été folle, aveugle, mais que je veux maintenant réparer mes torts. Dis-lui que s'il me revient je mettrai Brigantia, tous ses chefs et ses guerriers entre ses mains pour la défense d'Albion. » L'effort l'avait épuisée. Elle ferma les yeux et la druidesse crut qu'elle allait s'évanouir. « Dis-lui... que j'ai grand besoin de lui. »

La druidesse la prit par les épaules. « Ouvre les yeux, Aricia, et regarde-moi », lui ordonna-t-elle. Lentement, Aricia fit ce qu'on lui demandait, et soutint le regard dur qui la scrutait.

« Non, répondit-elle après un soupir, en la relâchant.

— Pourquoi refuses-tu ? Par Brigantia je t'en conjure !

— Parce qu'il m'est interdit de porter un message qui n'est qu'un mensonge. »

Le silence s'épaissit et devint hostile.

La femme eut un sourire désabusé. « Je vois une pensée chasser l'autre sur ton visage. Tu veux qu'il te revienne, mais ce n'est pas pour son bien ou celui d'Albion. Quel plan cet esprit retors et enfiévré a-t-il conçu ? Pauvre Dame ! Je veux quitter Brigantia demain. Viens avec moi. Nous pouvons aller le retrouver ensemble. Viens dans l'Ouest. Tu peux naître une seconde fois, Aricia ! »

Aricia se débattit pendant quelques secondes qui lui parurent une éternité, le visage déformé par l'angoisse. Puis ses lèvres prirent un vilain pli autoritaire. Ses yeux se portèrent bien au-delà du mur et la druidesse sut qu'elle avait perdu.

« Si tu t'en vas demain, il faudra que je te paye, dit Aricia.

— Je prendrai mon dû, n'aie crainte, dit la druidesse en hochant la tête. Si je quitte cette ville demain, je ne te demanderai pas d'argent. Je t'ai déjà dit ce qu'il t'en coûtera.

— Ce que tu demandes est sans valeur.

— Peut-être. Bonne nuit, Ricon. »

Aricia se retira en titubant dans la maison. Au moment où elle ferma la porte, elle comprit qu'elle ne voulait pas laisser la druidesse quitter Brigantia en vie. Terrifiée, elle s'arrêta, et se couvrit la bouche. Aucun membre de sa tribu, au cours de sa longue histoire, n'avait jamais porté la main sur un druide, et les malédictions qu'entraînerait un tel acte étaient si graves que les druides n'avaient même pas pensé à les formuler. Assassiner un druide ! Et pourtant, il fallait le faire, maintenant, cette nuit. Sinon elle irait trouver Venutius et lui dirait... « A-t-elle lu mes pensées ? Sait-elle ce que je veux faire de lui ? Il paiera pour cette humiliation, cet abandon. Je le veux enchaîné, à genoux, à mes pieds, sa tête rousse baissée. Peut-être puis-je lui couper la langue, ou la garder prisonnière, mais... la tuer. Non, non, cela jamais ! »

Le couteau était dans la commode en bois sous les fines tuniques en sequins dorés et les capes aux couleurs vives. Elle le sortit et le mit sur ses genoux, posant sur lui des doigts glacés. L'obscurité tomba rapidement, poussée sur la ville comme un troupeau de nuages noirs par le vent. Sa servante vint alimenter le feu et allumer les lampes. Aricia resta assise en proie à la plus grande confusion.

« Venutius ne peut avoir totalement cessé de m'aimer. Et lorsqu'il sera ici, lorsque j'aurai entendu des mots d'excuse de sa propre bouche... » Elle se leva brusquement et alla vers la porte d'un pas tremblant, serrant le couteau dans ses doigts gourds. « Alors, je le vendrai à Rome. »

La cour était obscure lorsqu'elle quitta la maison. Elle se faufila vers le portail en frissonnant. Elle avança sans bruit sur les chemins déserts qui contournaient les maisons des chefs et passa derrière la hutte du Conseil. Les huttes des voyageurs se serraient à l'abri des remparts. Aucune lumière ne filtrait sous les tentures. Aricia avança avec précaution vers la première porte et souleva les peaux, mais elle était vide. La deuxième également. Mais quand sa main poussa le cuir doux de la troisième, elle vit dans les lueurs orange d'un feu mourant. Sur le lit, une forme immobile respirait doucement. Elle se glissa à l'intérieur sans faire de bruit et les fourrures de la porte frémirent lorsqu'elle les laissa retomber. Elle s'arrêta un instant, puis, tirant le couteau de sa ceinture, avança vers le lit.

La druidesse était sur le dos, une couverture négligemment ramenée sur elle, un de ses bras couverts de tatouages pendant mollement vers le tapis. Aricia se pencha. Elle avait les yeux fermés, la bouche légèrement ouverte. « Ne penser à rien, se dit Aricia. Le faire et ne réfléchir qu'ensuite. » Mais elle resta figée, les deux mains crispées sur le manche de son couteau, les yeux fixés sur le petit visage si paisible maintenant, si vulnérable, si... ordinaire. Elle ne pouvait ni frapper ni reculer. Elle se mit à pleurer doucement sans même s'en rendre compte. C'est alors qu'elle vit le reflet de ses yeux grands ouverts dans l'obscurité. Son cœur se mit à battre follement. La druidesse ne fit pas un geste.

« Non, dit-elle. Non, Aricia. Je ne veux pas ton âme, après tout. Tu peux la garder. Elle est sans valeur pour moi. » Elle referma les yeux et se retourna, posant sa tête au creux d'un coude qui ressemblait à un nid de serpent.

Aricia abaissa le bras et sortit de la hutte, claudiquant comme un animal blessé.

Au matin, la druidesse vint lui dire au revoir. Domnall était avec elle et tous deux se tinrent devant Aricia près du porche de sa maison, sous un soleil radieux. Elle les reçut avec raideur et tendit la main à Domnall. Il s'inclina et la prit en la regardant dans les yeux. La chaleur qu'elle y lut ne s'adressait pas à elle, elle le savait.

« Eh bien, porteur de bouclier, tu es bien décidé à t'en aller, dit-elle, à souffrir de la faim et de la fatigue pour finir avec une épée dans les tripes ou une flèche dans le dos ? Et tout cela pour rien ! Tu ne changeras pas d'avis ? »

Il retira sa main. « Non, Madame.

— Et toi, pauvre Dame ? demanda la druidesse en la fixant de ses yeux noirs. Tu ne changeras pas d'avis ? »

« Je te déteste, pensa Aricia de toutes ses forces, tu ne méritais même pas que je te tue.

« Non », fit-elle sèchement.

Elle ne leur souhaita pas bon voyage. Elle rentra en claquant la porte et s'appuyant contre elle, les yeux fermés, elle sentit un changement s'opérer en elle. La brûlure de la honte s'était envolée et elle avait les idées claires. Il ne lui restait plus que sa haine et ses désirs tyranniques. Qu'on la lui ait réclamée ou non, l'âme d'Aricia l'avait quittée. La femme serpent l'avait emmenée vers l'Ouest avec elle.

Le printemps et l'été s'écoulèrent sans incidents. L'automne s'enfuit. Pendant l'hiver, Aricia se rendit souvent à cheval au Fort de Lindum pour y dîner avec Caesius Nasica. Ils discutaient du nombre d'hommes libres de Brigantia qu'on enverrait à Rome, cette année-là, ou de la mort subite de Claude qu'on disait empoisonné par un plat de champignons préparé à son intention par l'impératrice Agrippine. Le nouveau prétendant à la pourpre était le jeune Néron, un idiot malfaisant qui infligeait sa voix de crécelle aux courtisans, qui devaient applaudir ses talents d'histrion. Un débile qui se prenait pour un nouvel Auguste. Mais Aricia et Nasica se préoccupaient plus directement de la situation sur les frontières du Sud-Ouest. De nombreux chefs qui lui étaient restés loyaux y patrouillaient en compagnie de la Vingtième en bordure du pays des Deceangles. Jusqu'à présent, elle avait pu défendre ses autres frontières sans aide romaine, un fait dont les légats qui s'étaient succédé à la tête de la Neuvième lui avaient toujours su gré lorsqu'ils avaient eu affaire au Ricon brigantien. Elle valait l'or et les denrées qu'on exportait dans son pays, mais c'était tout juste. Si les Occidentaux décidaient d'attaquer Brigantia et se dirigeaient vers les basses terres, la Neuvième ferait de sa ville son nouveau quartier général et lui retirerait son royaume. Mais on n'en était pas encore là.

32

Hiver 54-55 après J.-C.

Aricia était allongée sur une couche romaine dans la maison de Nasica. Une table encombrée de mets se trouvait entre eux. Derrière elle, une servante indigène lui versait du vin. Il était tard. Dehors il neigeait.

Nasica leva sa coupe et recula, soutenant son menton de la paume.

« On m'a appris une chose qui vous intéressera peut-être, Cartimandua, dit-il. Ce n'est encore qu'une rumeur, mais elle a de grandes chances d'être vraie. » Il y avait près d'un an que Domnall et la druidesse avaient quitté Brigantia d'un cœur et d'un pas légers.

« Le bruit court que les hommes de l'Ouest ont élu un nouvel arviragus. » Il s'attendait à ce qu'elle sursaute mais elle ne put réprimer un bâillement.

« Cela me paraît peu probable, dit-elle. Ils n'ont cessé de se déplacer tout l'été et les légions viennent tout juste de reprendre leurs quartiers d'hiver. Où aurait-ils trouvé le temps de convoquer un Conseil qui les réunisse tous ?

— On me rapporte que la décision a été prise par le Maître Druide lui-même, et soumise à l'approbation de chaque chef en particulier sans qu'aucun n'élève d'objection. Et voulez-vous que je vous dise qui a été choisi ?

— Si cela vous amuse », fit-elle avec un sourire un peu endormi, remarquant que le vin avait congestionné ses traits lourds, marqués par la petite vérole, et gonflé les poches autour de ses yeux vitreux.

« Oh ! cela devrait vous amuser également. J'ai gardé la nouvelle pour la fin du repas, pensant qu'elle couronnerait dignement cet excellent dîner. » Il ne la quitta pas des yeux en poursuivant : « Le choix s'est porté sur Venutius, votre mari. Il semblerait que ce soit lui le nouvel arviragus. »

Le sourire de Nasica s'élargit lorsqu'il vit le visage déjà pâle, blêmir encore. Il observa avec froideur qu'elle reprenait sa coupe avec un tremblement presque imperceptible, la portait à sa bouche et la vidait d'un trait.

« Non, dit-elle, le souffle un peu court. Ce n'est pas possible. Il a collaboré avec moi et Rome pendant trop longtemps.

— Il est désormais tout à fait impensable de se fier à lui, répondit Nasica. D'ailleurs, c'est un choix logique puisqu'il a rejoint l'Ouest en venant de l'extérieur. Il échappe à la jalousie que ferait naître l'élection d'un petit seigneur dont la tribu prendrait prééminence sur les autres. Et il apporte un lourd bagage de griefs personnels. Il hait Rome pour ce qu'elle a fait de sa Brigantia tant aimée, il hait ces indigènes domestiqués et il vous hait vous plus particulièrement. Il faut bien admettre que vous ne lui avez pas rendu la vie facile. En trois ans, il a fait ses preuves. Il est arviragus maintenant. Personnellement, je trouve que la situation n'est pas sans ironie. Vous, l'une de nos plus sûres alliées, mariée à notre pire ennemi ! »

Elle claqua des doigts avec impatience, et la servante sortit doucement de l'ombre pour remplir sa coupe. « L'humour de la situation m'échappe. Qu'en dit le gouverneur ?

— Je l'en ai informé. Mais il se souviendra que c'est vous qui avez livré Caradoc à l'empereur. Vous ne serez pas inquiétée, Cartimandua. »

Elle considéra le plafond, une main sur le front, tapotant de l'autre le dossier de sa couche. Venutius, arviragus ! Ce naïf colérique et maladroit choisi par le maître lui-même pour relever le gant de Caradoc... Ses lèvres se retroussèrent de mépris. Impossible ! Caradoc avait un esprit puissant et retors, un esprit capable d'insuffler de l'énergie à ses partisans. Ah ! Saitada, Caradoc ! Mais Venutius n'était qu'un enfant, incapable de reconnaître le Nord du Sud, et encore moins de concevoir des opérations militaires s'étalant sur des années. Ou bien... en serait-il vraiment capable ? se demandait-elle. Peut-être ne le connaissais-je pas. Soudain, elle eut terriblement envie de lui et cette faim terrible lui donna une idée.

Elle se redressa, un peu ivre.

« Nasica, faites sortir les serviteurs. » Il fit ce qu'elle demandait en levant les sourcils.

« Maintenant, que me donneriez-vous ? dit-elle en se tordant les mains, pour trouver un autre arviragus enchaîné à votre porte ? »

« Chienne traîtresse, pensa-t-il en la regardant avec un brin d'admiration, qui sortait un bout de langue pour s'humecter les lèvres, les yeux brillants. Petite chienne rancunière. Quand viendra le temps où n'ayant plus personne à vendre, ta rage se retournera contre toi ? »

« Le prix serait le même, j'imagine. Il me faudra demander confirmation au gouverneur. Mais comment pensez-vous agir ?

— Moi vivante, il ne m'approchera jamais. Mais si j'étais mourante... Je crois, Nasica, qu'il va falloir que j'agonise, très lentement, très douloureusement. »

Il leva sa coupe pour porter un toast et leurs yeux se croisèrent. Ils s'étaient parfaitement compris. Puis elle lui demanda :

« dites-moi, légat, comment les Romains font-ils l'amour ? »

Il ne fut pas choqué. Il s'attendait à une question de ce genre depuis longtemps. Il la regarda avec un certain amusement. Elle s'enflammait, maintenant, ses mouvements devenaient saccadés. Ses mains quittèrent la table pour se porter vers ses cheveux, on voyait la tension qui montait en elle. La femme alanguie avait disparu, chassée par cet animal vorace aux yeux brûlants. Il savait mieux qu'elle ce qui avait déclenché cette explosion de lubricité et quelque chose en lui répondit à son invitation impudique. « Je n'en ai pas la moindre idée, répondit-il promptement, n'ayant jamais été réduit à cette extrémité. Mais je sais comment les femmes indigènes font l'amour. Contraintes et forcées. »

Elle éclata de rire et quittant sa couche, se pencha au-dessus de lui. « Un commandant s'abaisserait-il jusqu'à commettre un viol ?

— Pas d'ordinaire. Il est plus convenable pour lui de payer. » Il resta, détendu, à l'attendre, soutenant sans ciller ses sarcasmes. Elle commença à ôter ses bracelets.

Aricia s'enferma chez elle, et Caesius Nasica fit remarquer à ses officiers au cours d'une réunion que la reine brigantienne était très malade. La rumeur s'en répandit peu à peu dans tous les forts des basses terres et parmi les populations des villes. Lorsque le printemps vint impatiemment pousser l'hiver du coude, l'histoire s'était embellie. Cartimandua mourait d'une maladie effroyable qui ne lui laissait que la peau sur les os et ne lui permettait même plus de se tenir debout. Certains disaient que c'était la vengeance de la déesse, d'autres que les Romains l'empoisonnaient, d'autres encore que le remords et l'absence de son mari l'avaient conduite au plus grand désespoir.

Au printemps, on célébra Belthaine avec exubérance. Mais Aricia, prisonnière de sa chambre dans sa maison romaine, ne vit ni le soleil sur les collines ni le ciel de la nuit pailletée d'étoiles. Elle voulait être sûre que les rumeurs qui la disaient malade étaient parvenues aux oreilles de Venutius. Ensuite, au moment propice, elle enverrait Andocretus pour confirmer une nouvelle qui l'accablerait, elle en était certaine.

Elle transmettait à Andocretus toutes les décisions concernant la tuatha et n'apparaissait plus à la Salle du Conseil.

Un jour, elle le fit appeler.

« Que dit-on dans la tribu ? » lui demanda-t-elle. Il referma soigneusement la porte et s'approcha d'elle en foulant ses doux tapis en peau de mouton. Il avait les jambes nues et bronzées, ses cheveux blonds étaient dénoués, déjà décolorés par les journées passées au grand soleil avec ses troupeaux.

Il haussa les épaules.

« Rien de nouveau. Vos seigneurs savent bien que vous n'êtes pas malade, mais puisque Venutius est parti avec tous ceux dont la loyauté était suspecte, cela n'a guère d'importance. Les hommes libres sont pris par les semailles et le vélage.

— Si j'envoie chercher Venutius maintenant, aucun bras ne se lèvera pour le défendre ? »

Il regarda sa peau privée de soleil et ses épaules tombantes. L'impression d'ennui léthargique qu'elle dégageait commençait à le gagner.

« Aucun Brigantien ne s'est levé non plus pour défendre Caradoc. Il n'était que votre mari, Madame, et maintenant lui et ses hommes sont partis. Vous n'avez plus rien à craindre de Brigantia. »

Elle le dévisagea mais ne vit sur son visage bronzé qu'innocence.

« Très bien. Je veux qu'avec un autre chef vous preniez des chevaux et vous vous rendiez dans l'Ouest. Trouve Venutius. Dis-lui que je suis mourante et que j'implore son pardon. Peu importe la façon dont tu parviendras à le convaincre. Il faut qu'il vienne.

— Comment arriverai-je jusqu'à lui sans me faire étriper par l'un de ses sauvages de l'Ouest ?
— Crois-tu qu'il ignore toujours ma maladie ?
— Non.
— Sois donc bien certain qu'aucun homme d'allure suspecte sur les territoires de l'Ouest ne sera occis avant d'avoir pu porter son message. Venutius est probablement mort d'inquiétude à mon sujet. Tu parviendras à le voir sans ennuis.
— Et Rome ? »

Elle se jeta sur son lit défait.

« Le gouverneur est furieux. Il veut rentrer chez lui. Il autorise les garnisons à se défendre mais leur interdit toute initiative d'attaque.
— Gallus voudrait que l'empereur ordonne le retrait complet hors d'Albion, dit Andocretus.
— Et c'est pourquoi il ne fait rien. Mais c'est un imbécile. S'il allait voir lui-même ce qui se passe sur sa frontière occidentale, il comprendrait qu'il fait le jeu de Venutius en accordant aux rebelles un aussi long répit. Il leur laisse le temps de reprendre des forces et d'arrêter un nouveau plan de bataille. Mais il s'en moque. Il se contente de faire son temps. S'il parvient à quitter Albion avant que Venutius ne déferle à nouveau avec ses hommes de l'Ouest, il aura plus de chance qu'il n'en mérite. »

Aricia baissa les yeux sur ses mains qu'elle tordait sans s'en rendre compte à la seule idée d'un abandon total d'Albion. Le fait que Rome puisse se retirer définitivement était trop effroyable pour être même envisagé. L'image que cette éventualité faisait immédiatement naître était terrifiante ; les seigneurs de l'Ouest chevauchant dans les flammes et le sang, quittant leurs montagnes comme des Dieux de la violence lâchés à ses trousses. « Cela ne sera pas, pensa-t-elle. Pas si je livre Venutius au gouverneur. »

« Va, maintenant, dit-elle à Andocretus que la perspective de cette chevauchée en territoire hostile paralysait. Retiens bien tes mensonges. Si tes yeux te trahissent si peu que ce soit devant Venutius, il devinera tout. Tiens. » Elle alla vers sa table, y prit un lourd collier d'or serti de jais et de perles de culture et le lui jeta. « Donne-lui ceci. Cela l'attendrira. C'est le cadeau de mariage qu'il m'a fait. » Il l'attrapa et l'enfouit dans sa sacoche. « Si tu as la malchance d'avoir à débiter ton histoire en présence d'un druide qui t'accuse de mentir, répète que les druides m'ont toujours haïe et suspectée. Ramène-le, Andocretus, si tu m'aimes !

— Mais je ne vous aime pas, Madame, fit-il en riant, se dirigeant vers la porte. Est-ce que Nasica vous aime, lui ? »

Elle se mit à rire aussi. Il referma la porte et s'en alla vers le portail, sous le soleil brûlant.

Il prit la direction de l'Ouest en compagnie d'un autre jeune seigneur, membre de la garde personnelle d'Aricia. Ils n'emportèrent pas d'armes. Lorsque Scapula avait désarmé les tribus, certains ricons et nobles avaient obtenu le privilège de garder les leurs, mais Andocretus estima qu'il était plus prudent d'avoir l'air inoffensif. Ils avancèrent sans hâte. Ils parcoururent les collines sous le soleil torride et le vent qui les rendaient encore plus tannés. Ils chantaient joyeusement. Andocretus était heureux d'échapper momentanément à sa maîtresse ténébreuse. Ce fut sans enthousiasme qu'ils parvinrent à la côte occidentale et bifurquèrent vers le sud, faisant marcher leurs chevaux dans l'écume grise qui éclaboussait les pieds des cavaliers.

« Où est Venutius ? » demanda son compagnon à Andocretus. Il haussa les épaules. « Je n'en sais rien. Nous longeons la côte jusqu'en pays deceangle puis nous prendrons le premier chemin qui conduira vers l'intérieur. Nous pourrons nous arrêter au fort de Deva pour apprendre où se trouvent les rebelles.

— J'espère qu'ils ne passeront pas l'été dans les montagnes et seront descendus pour se battre. J'ai peur des montagnes.

— Moi aussi, mais avec un peu de chance, nous aurons de bons guides. » Son ami lui sourit en hochant la tête et ils poursuivirent leur chemin.

Une semaine après avoir tourné au sud en suivant le littoral, ils rencontrèrent une patrouille romaine venue du fort de Deva. Il n'était plus question de rire ou même de bavarder avec ces hommes armés jusqu'aux dents, aux visages sinistres, qui parcouraient sans cesse les collines. Le centurion prit leurs chevaux par la bride et les conduisit droit au fort, traversant à vive allure la forêt dense des Deceangles.

Il les conduisit directement devant Manlius Valens, le légat.

« Qui êtes-vous, d'où venez-vous et où allez-vous ? demanda-t-il sèchement à Andocretus et son compagnon.

— Nous sommes des seigneurs de Brigantia. Nous cherchons à entrer en contact avec Venutius, commandeur de l'Ouest, répondit

Andocretus d'un ton très correct. Nous devons lui apprendre que sa femme est mourante et désire le voir.

— Brigantia », murmura le légat, en cherchant parmi les dépêches soigneusement empilées sur son bureau. Il trouva ce qu'il cherchait, parcourut rapidement le message puis le rejeta. Il leur accorda un sourire froid. « Que voulez-vous que je vous dise ? »

Andocretus avança d'un pas. « Nous devons savoir où se trouve Venutius, où sa horde passe l'été. »

Le légat eut un rire sans joie. « Il y a trois jours, lui et ses hommes ont attaqué une de nos positions à moins de vingt miles d'ici et ont emmené tous les chevaux. Ils ont tué trente de mes hommes. Il est tout près, regroupant ses hommes, mais le gouverneur nous interdit de l'attaquer avant qu'il nous tombe dessus. Vous n'aurez aucun mal à le trouver. Il sait que j'ai les mains liées. Voulez-vous un guide ? »

Les deux jeunes gens se consultèrent du regard puis Andocretus fit non de la tête. « Nous ne voulons pas courir le risque d'être vus en compagnie d'un Romain, Monsieur. Mais nous vous serions reconnaissant de nous donner des vivres. »

Valens se recroisa les bras. « Vous en aurez. Bonne chasse. » Ils comprirent que c'était la fin de l'entrevue. Le secrétaire du légat les conduisit aux entrepôts, derrière les bâtiments de l'administration.

« Remplissez vos sacoches, leur dit-il. Vos chevaux ont été nourris et abreuvés. Si vous le désirez, vous pouvez passer la nuit ici mais le légat vous conseille de partir au coucher du soleil et de mettre quelques kilomètres entre le fort et vous avant de vous reposer. Si les hommes des tribus vous interceptent trop près du fort de Deva, cela éveillera leurs soupçons. »

Il les laissa prendre autant de grain que leurs sacoches pouvaient en contenir. Andocretus n'avait aucun désir de rester plus longtemps dans des lieux aussi peu accueillants où l'on sentait partout la mort. Lui et son ami sortirent leurs chevaux des écuries et poussèrent un soupir de soulagement lorsque les hautes portes furent reverrouillées derrière eux.

Il était midi. Le soleil était haut dans un ciel nuageux. Ils traversèrent rapidement la vallée et retrouvèrent la forêt. Ils prirent plus au sud et légèrement à l'ouest, chevauchant lentement, en silence. Toute la journée ils cheminèrent sur un océan de feuilles que le soleil d'été faisait miroiter. A deux reprises, ils passèrent près de ruisseaux qui scintillaient avant de s'enfouir sous un tapis de feuilles rousses. Andocretus n'essaya pas de camoufler les traces que laissaient les chevaux dans la mousse spongieuse qui couvrait la rive. Quand la lumière commença à faiblir, ils sortirent à nouveau du sentier à peine visible qu'ils avaient suivi et décidèrent d'y établir leur camp sans allumer de feu. Les arbres s'étaient faits plus rares. La peur faisait peser sur eux son hideux fardeau. Ils se serrèrent l'un contre l'autre, s'allongeant dos à dos sous un arbre, les yeux grands ouverts, la main prête à saisir le couteau ou l'épée.

Les étoiles clignotaient au-dessus d'eux quand le vent de la nuit agitait la voûte de la forêt. On n'entendait que le bruissement des feuilles. Soudain Andocretus fixant l'obscurité avec des yeux fatigués crut voir un reflet sourd. Il tira son ami. Ils se redressèrent, le cœur battant, tous les sens aux aguets. Ils se retrouvèrent plaqués au sol avec une rapidité qui leur coupa le souffle. Une vision d'horreur se pencha vers Androcretus, la grimace hideuse d'un loup féroce dont la crinière noire tombait sur la poitrine. Il ferma les yeux.

« Tue-les rapidement et partons d'ici ! fit le loup. Nous sommes trop près de Deva et la nuit est claire. Les patrouilles vont sortir.

— Attends, répondit une voix profonde. Attends. » Des mains touchèrent le collier de pierres noires autour du cou d'Andocretus et le bracelet qu'il avait au bras. Il garda les yeux fermés, sans bouger.

Des mains rudes le soulevèrent comme un brin d'herbe et le mirent sur pieds. « Ouvre les yeux, Andocretus », dit la même voix et il obéit.

Le loup, gueule de métal horrible, était toujours devant lui mais Andocretus, avec une joie débordante, reconnut le chef à la barbe noire qui le tenait toujours par les cheveux. « Domnall ! Brigantia m'a protégé ! Ma Dame est en bien piètre état et j'avais peur de ne jamais pouvoir trouver l'arviragus ! Pourrais-tu nous conduire jusqu'à lui ? »

Derrière Domnall et le loup se tenaient sept ou huit seigneurs, sombres comme l'ombre de la forêt. Domnall relâcha lentement Andocretus et le loup tourna sa gueule rigide vers lui. « Les rumeurs sont donc vraies ! murmura-t-il. Aricia...

— Tiens ta langue, Sine ! » dit Domnall et il s'approcha d'Andocretus si près que son haleine vient lui réchauffer la joue.

« Le moment est venu de décider, toi qui fus mon frère, si je dois te tuer ici-même ou t'emmener avec nous. Je sais avec quelle facilité tu manies le mensonge. Tu mens mieux encore que tu ne chantes. Que viens-tu faire ici ? »

Rassemblant son courage Andocretus leva les yeux vers Domnall. « Je ne viens pas ici par plaisir, dit-il d'une voix basse et précipitée. J'ai peur de ces montagnes et de ces forêts. Mais la Dame se meurt, Domnall. Elle ne quitte plus son lit depuis des jours. Elle n'a plus que la peau sur les os. Elle n'a d'autre désir que de voir son mari, d'implorer son pardon pour les années perdues. Elle est au désespoir et m'a envoyé le chercher. »

Les yeux bleus fixèrent les yeux bruns mais Domnall n'était pas un druide. Il fut le premier à baisser les yeux.

« Heureux celui qui met longtemps à mourir, cita-t-il, car il regagnera peut-être son âme. C'est ce que disent les druides. Pourtant...

— Tue-les sans attendre et partons ! insista Sine. Cette femme n'a pas dit un mot qui soit vrai, de toute sa vie. Il te ment, Domnall ! »

Les larges épaules de Domnall se courbèrent. « Tiens-toi tranquille, Sine. C'est une affaire de clan qui ne regarde que nous.

— Mais ton seigneur est arviragus maintenant. Et il n'est plus tenu de n'obéir qu'aux règles de son clan ! »

Domnall l'ignora et Andocretus la regarda avec curiosité. Ce n'était pas un loup, seulement une femme à la silhouette fine alourdie par les armes. La chevelure noire tombait autour du masque qui dissimulait son visage. Mais au travers du masque, deux yeux brillants comme la lune le vrillaient de leurs soupçons. Domnall se redressa.

« Je ne crois pas qu'il mente, finit-il par dire. Et même si c'est le cas, la chose est trop grave pour que j'en décide. Mon seigneur doit l'entendre. Attache-les sur leurs chevaux ! ordonna-t-il à l'homme qui le suivait. Et bande-leur les yeux. »

Ils poursuivirent leur course dans la forêt toute la nuit et tard dans la matinée. Andocretus sans rien voir, les poignets liés dos à dos, à ceux de son ami fut stupéfait du silence qui les accompagnait. Ils auraient pu se croire seuls. Pourtant dix personnes marchaient près d'eux. Ils ne leur donnèrent ni à boire ni à manger et ne s'arrêtèrent pas eux-mêmes. Il finit quand même par entendre quelque chose, le son étouffé d'un mouvement continu, puis un mot fut prononcé. Son cheval s'arrêta. Des mains le saisirent, le firent descendre et il resta debout, frissonnant. Un couteau trancha la corde autour de ses poignets et on lui arracha son bandeau. Il regarda autour de lui, aveuglé par le soleil. Des tentes grises s'étendaient comme des mouettes échouées aussi loin que le regard pouvait porter, à demi cachées par les ajoncs et les rochers. De petits feux brûlaient sans fumée, soigneusement surveillés par des hommes accroupis. A l'horizon, il découvrit un long chemin planté d'arbres qui menait au pied d'une falaise nue au sommet de laquelle des sentinelles étaient juchées. Derrière lui, le chemin conduisait à une rivière et à l'orée de la forêt qu'ils avaient quittée. Les habitants du lieu se tenaient immobiles comme les arbres eux-mêmes, à intervalles réguliers, les yeux fixés sur les vertes profondeurs boisées. Près de lui, son ami frottait ses poignets endoloris. Ils se sourirent timidement devant l'inconfort de ce lieu menaçant, sensibles à l'impression d'angoisse que donnaient les sons étouffés du camp là où l'on aurait dû entendre de grands cris et des rires.

On les invita à s'asseoir près de l'un des feux. Ils se laissèrent tomber sur le sol avec soulagement. On leur apporta à manger — du lapin froid, du pain dur, un oignon chacun et des morceaux d'un fromage blanc sentant fort, le tout arrosé d'une bière brune qui avait un goût de racine amère.

Ils restèrent ainsi, sans que leurs gardes les quittent un instant des yeux. L'après-midi tirait en longueur. Ils finirent par s'assoupir, au terme des deux jours sans sommeil, se sentant curieusement en sécurité.

Leur gardien les réveilla au crépuscule. Autour d'eux, on éteignait les feux. L'obscurité gagnait la forêt mais trois ombres montaient à la rencontre d'Andocretus et de son compagnon. Avec un coup au cœur, Andocretus reconnut Venutius. Il ne connaissait pas le petit chef trapu qui s'essoufflait derrière lui, ni la silhouette élancée qui les suivait de près. Il leur fit face, s'inclinant devant Venutius. La vue de cette chevelure en broussaille, la barbe rousse familière et le nez d'aigle, le glaça.

Venutius savait qu'Andocretus était plus qu'un barde pour sa dame, mais ses yeux vigilants n'exprimaient pas la moindre rancune. Seule sa bouche indiquait son trouble. Elle était légèrement ouverte, prête à trembler de colère ou à se tordre de douleur. Andocretus se souvenait de ce visage torturé et du sang qui avait jailli de sa poitrine frémissante. Il fut bien près de vomir. Il ravala sa salive et affronta sa plus grande épreuve.

« Salutations, Seigneur, dit-il. Je suis heureux de vous avoir trouvé enfin. »

Venutius ne lui tendit pas la main, et ne lui présenta pas les seigneurs qui l'accompagnaient. Il se contenta de dévisager Andocretus, dont les traits malgré lui se tendirent.

« Tu as mangé et bu, finit par dire Venutius. Maintenant dis-moi ton message. Non, attends. Emrys, demande au druide de me rejoindre. » Le seigneur s'éloigna, toujours avec cet air de férocité contenue. Lorsqu'il revint, Andocretus eut la surprise de reconnaître à ses côtés la druidesse qui était venue voir sa dame à Brigantia. Elle marchait comme un homme, pieds nus, en balançant ses épaules osseuses. Son fin visage était chiffonné par l'hostilité.

« Eh bien, fit-elle en s'approchant, on dirait que voilà le joli chanteur d'Aricia. » Elle s'arrêta près d'Emrys. Venutius lui fit signe. « Nous allons savoir si ces rumeurs sont vraies. »

Andocretus regarda à nouveau Venutius dont le visage avait pris la couleur des cendres. « Parle ! » lui ordonna-t-il et Andocretus s'efforça de soutenir son regard. Ce fut dur, plus dur qu'il ne l'aurait pensé, mais il parvint à répéter les mots.

« Seigneur, elle est mourante. Elle a tant maigri qu'elle n'est plus que l'ombre d'elle-même. Elle vous supplie de venir la voir. Elle veut pouvoir vous dire comme elle regrette le mal qu'elle vous a fait avant que la mort ne l'emporte. Elle m'a chargé de vous remettre ceci. » Il réussit à ne pas trembler en ouvrant la sacoche et en tirant le collier. « Elle ne vous demande pas de rester avec elle. Rien qu'un instant pour que vous lui accordiez votre pardon. » Il tendit le bijou à Venutius qui le prit et le fit lentement tourner entre ses doigts. Il baissa la tête.

« Druide, murmura-t-il d'une voix rauque, répète-moi les mots qu'elle a utilisés pour parler de moi. » Andocretus vit Emrys et le petit chef trapu échanger un regard.

La druidesse s'empressa de répondre :

« Je hais mon mari, je l'ai toujours haï et je ne lui reviendrai jamais. »

Les phalanges de Venutius blanchirent. « Vous m'avez dit que ces rumeurs étaient fausses, dit-il encore à la druidesse. Regardez ce jeune homme et par la Grande Mère dites-moi la vérité ! » C'était un cri de désespoir. La druidesse regarda froidement le beau visage bronzé d'Andocretus, les yeux d'un bleu si limpide, les cheveux blonds et soyeux qui ondulaient sur les fines épaules. Andocretus ne leva pas les yeux plus haut que sa bouche, de peur de se trahir.

Au bout d'un instant : « C'est un menteur, déclara-t-elle sans hésiter. Un jeune menteur. Votre très séduisante femme n'est pas mourante, Arviragus — elle n'est même pas malade — dans son corps, du moins. Je dis la vérité.

— C'est bien ce que je pensais, gronda le gros chef triomphant. Tue cet oiseau et finissons-en ! »

Venutius releva lentement la tête et à cet instant, Andocretus crut qu'il avait gagné. Personne ne parviendrait jamais à faire admettre à l'arviragus la vérité sur sa femme.

Andocretus ajouta d'une voix douce :

« Seigneur, vous connaissez la haine que les druides vouent à votre femme et elle la leur rend bien. Voilà pourquoi elle vous envoie le seul trésor qui lui reste, votre cadeau de mariage, et vous supplie, si vous avez jamais eu de l'amour pour elle, de n'écouter que son tourment. Elle se meurt. Elle a besoin de vous maintenant.

— Ah ! Seigneur, comme elle vous connaît bien ! explosa le petit chef colérique. C'est la seule chose qui puisse vous ramener à elle, elle le sait bien, alors elle s'emploie à mourir ! C'est un piège !

— Paix, Madoc ! » Venutius avait du mal à garder son calme. Son regard allait du Silure au druide, du silence compatissant d'Emrys à Andocretus, cherchant une lueur de certitude sur les masques impénétrables qui l'entouraient. Il passa une main sur son visage et gronda : « Emrys, viens ! » Il tourna les talons, titubant comme un homme ivre. Andocretus le vit partir sans oser regarder son ami.

Lorsque le camp eut disparu, Venutius se baissa, entourant ses jambes de ses bras et posant la tête sur ses genoux. Emrys s'assit sur le sol près de lui et le regarda.

« Dis-moi ce que je dois faire, Emrys. » Sa voix était fatiguée, charriant la boue épaisse du désespoir. « Dis-moi vite qui ment et qui hait ? Qui meurt et qui va vers la mort ?

— Peu importe, répondit Emrys gravement. La seule chose qui compte, pour vous, c'est que vous êtes arviragus. Vous êtes le seigneur de notre vie et de notre mort, non celui de votre femme. Qu'elle vive ou qu'elle meure ne doit plus vous préoccuper. Vous avez été son esclave toute votre vie, Venutius. Libérez-vous ! Le temps de notre délivrance approche. Vous le sentez comme nous tous. Le nouveau gouverneur fait notre jeu. La liberté semble enfin en vue après tant d'années d'échec, de honte et de tuerie. Nous avons si terriblement besoin de vous, Arviragus ! La nouvelle campagne c'est vous qui l'avez conçue, vous seul pouvez l'exécuter. Si vous nous quittez maintenant, il nous faudra attendre. Et si nous attendons trop, tout est perdu. Restez avec nous. Nous briserons la frontière de Scapula à nouveau, comme du bois pourri. L'empereur rappellera les légions comme l'annoncent les rumeurs. »

Venutius écouta, pressant inconsciemment le collier sur sa poitrine. Quand le plaidoyer d'Emrys fut terminé, il lui demanda à voix basse : « Que ferais-tu Emrys, si tu étais à ma place et si c'était Sine qui t'appelait ?

— J'irais, reconnut Emrys sans hésiter. Mais Seigneur, Sine m'aime et ne me dit que la vérité. Pardonnez-moi, mais je ne pense pas que votre femme soit malade, ni qu'elle mérite une seule pensée de vous, après toute une vie d'amour non rendu et d'honneur bafoué.

— Mais si elle est vraiment mourante, Emrys, dois-je la repousser ?

— Oui, vous le devez. Vous n'aurez rien à vous reprocher. »

Venutius se releva et Emrys fit de même. La nuit était tombée, l'obscurité les enveloppait. Il semblait à Venutius que son âme était comme cette obscurité, qui gardait prisonnier son inguérissable amour. « Je suis déchiré, Emrys, chaque jour un peu plus. C'est Madoc, Sine, toi qui faites ma force. Mais moi, il faut que j'aille vers elle, même si elle ne désire que ma perte.

— Venutius, l'Ouest tout entier est au bord de la victoire, suspendu à vos lèvres ! C'est de la pure folie. Des hommes et des femmes ont donné leur vie pour qu'un tel jour arrive enfin ! Je ne vous laisserai pas partir !

— Je n'ai pas le choix, lui cria Venutius, pense à Sine et comprends-moi !

— Alors, laissez-moi y aller, dit Emrys avec douceur. Sine et moi porterons votre message. Si je me trompe, si elle est véritablement proche de la mort, je reviendrai me soumettre à votre épée. Vous ne pouvez, vous ne devez pas partir. »

Il était reconnaissant à la nuit de cacher le dilemme qui se jouait sans doute sur le visage de son arviragus. Venutius se retourna, posa son front contre un tronc d'arbre et ferma les yeux. Au bout d'un long moment, il murmura :

« Ta proposition est sage, Emrys. Très bien, je n'irai pas, mais toi non plus. On a besoin de toi ici. J'en enverrai d'autres.

— Laissez Sine y aller, et peut-être un membre de votre parenté.

— Oui, j'enverrai mon neveu Manaw et sa femme Brennia. » Il s'éloigna de l'arbre « Pardonne-moi Emrys. Je ne me permettrai plus de telles faiblesses. »

Venutius revint vers le camp presque invisible au creux de la vallée. Lorsqu'il rendit le collier à Andocretus en lui disant qu'il ne pouvait l'accompagner, il y eut un moment de silence stupéfait puis Andocretus s'exclama : « Mais seigneur, si vous ne venez pas, elle décidera sûrement de se laisser mourir ! » Des larmes perlaient sous ses cils blonds, car il était terrifié d'avoir à apprendre à Aricia que son mari avait cessé d'être son esclave. C'était plus que Venutius n'en pouvait supporter.

« Emrys, parle-lui », fit-il. Et il tourna les talons pour s'enfoncer dans l'obscurité.

« Il n'a pas dit qu'il n'irait pas, expliqua froidement Emrys à Andocretus. Mais tant qu'il ne sera pas tout à fait certain que votre Dame est malade, il ne quittera pas l'Ouest.

— Mais c'est ma parole qu'il met en doute !

— Jeune homme, interrompit Emrys avec impatience, Brigantia tout entière est entachée par le déshonneur que votre dame lui a fait subir, vous ne l'ignorez pas. Ma femme vous accompagnera avec deux membres de la famille de l'arviragus. Ils s'assureront aussi vite que possible que vous avez bien dit la vérité. Lorsqu'ils rentreront, s'ils peuvent jurer qu'elle est à l'article de la mort, il ira la trouver. »

Les cinq hommes quittèrent le camp à l'aube et s'enfoncèrent dans la forêt en direction de l'Ouest. « Nous tournerons au sud pour traverser le pays cornovii et remonterons ensuite vers Brigantia pour éviter le fort de Deva », avait dit Sine à Andocretus d'un ton sans réplique. Et par crainte de son masque de loup et de son épée acérée, il n'avait pu protester. Il se souvenait vaguement du neveu de Venutius et de sa femme, deux jeunes gens libres avec lesquels il n'avait jamais plus échangé le moindre mot depuis qu'Aricia l'avait mis dans son lit.

Emrys avait soulevé l'horrible masque de sa femme et l'avait serrée dans ses bras. « Ne te fie pas une seconde au joli garçon. Au premier danger, tue les Brigantiens et reviens. »

Ils parcoururent les pistes pendant une semaine, gagnant rapidement le Sud-Ouest, même si Andocretus et son ami avaient parfois l'impression de tourner en rond. Sine les conduisait sans la moindre hésitation et les deux jeunes rebelles brigantiens fermaient la marche.

La nuit, le neveu de Venutius allait chasser pendant que les autres restaient assis, en silence. Sine et la femme rendaient toujours impossible tout tête-à-tête entre Andocretus et son ami.

Au fur et à mesure que Brigantia approchait, Andocretus commençait à désespérer. Comment ferait-il parvenir un message à sa Dame ? Elle les recevrait vêtue de ses plus beaux habits, solidement campée sur ses deux pieds, et la récompense pour la capture de son mari ne quitterait jamais les coffres du fort de Lindum. Lorsque venait l'heure de dormir, l'un des parents de Venutius ou Sine elle-même montaient la garde. Même lorsque Sine s'allongeait pour se reposer, Andocretus sentait ses yeux qui continuaient à le fixer. Elle ressemblait à ces louveteaux sauvages que les enfants brigantiens ramenaient parfois à leur hutte pour les apprivoiser. Un louveteau qui aurait atteint l'âge adulte sans avoir rien perdu de sa cruauté primitive. Il avait peur d'elle.

C'est à deux jours de marche de la ville qu'une chance se présenta. Ils avaient dépassé la forêt dense de la pointe sud de Brigantia et chevauchaient maintenant la lande balayée par les vents. Sine et les parents de Venutius se fatiguaient, leur épuisement encore accru par le sentiment de vulnérabilité que leur donnait ce ciel d'un bleu limpide sans rien qui les cache aux regards. Par contre, Andocretus et son ami aspiraient le vent frais à profondes goulées. Ils reprenaient espoir à la vue de villages lointains encore minuscules et des cours d'eau rapides à peine encaissés.

Ils avaient établi le camp sous un bouquet de peupliers. Ils étaient assis dans un coin d'ombre, sous un soleil accablant, quand Sine posa soudain la main à terre. « Des chevaux », fit-elle. Elle colla immédiatement son oreille contre l'herbe sèche et Andocretus l'observa, le cœur aux lèvres. « Je crois que c'est une patrouille de cavalerie », dit-elle au bout d'un instant. Elle n'avait pas fini de parler que ses compagnons tirèrent sur leurs montures pour les dissimuler le plus possible dans le maigre bosquet. Puis tous les cinq s'aplatirent sur le sol. Andocretus se trouva près de son ami. Doucement, lentement il approcha son visage des cheveux noirs de l'autre. « Quand la patrouille sera passée, souffla-t-il, cours. » Aucun signe ne l'indiqua mais Andocretus sut qu'il avait compris. Pendant près d'une demi-heure, ils ne firent pas un geste. La patrouille avançait à bonne allure, et lorsqu'elle passa si près d'eux qu'ils pouvaient entendre les voix de l'officier et de ses hommes, aucun d'eux ne battit même des paupières. Sine garda l'oreille collée au sol jusqu'à ce que le léger tremblement se soit confondu avec le soupir du vent. Puis elle s'assit et voulut parler. Andocretus ne lui en donna pas le temps. Il roula sur lui-même et se jeta sur elle. Avec un grognement, son compagnon se leva et s'élança comme une flèche en direction du hallier, courbé, les pieds agiles, courant vers un village dont on apercevait les fumées deux miles plus loin. Avec un juron le neveu de Venutius bondit à sa poursuite tandis que Sine se débattait contre Andocretus qui l'écrasait de tout son poids. Il se sentit violemment repoussé par elle et un bras se resserra autour de son cou. Sine s'élança sous les arbres en jurant. Il sentit le froid de la lame de l'autre femme contre son oreille.

« Pas un geste, mon mignon », dit-elle. C'était les premiers mots qu'elle lui adressait depuis des jours qu'elle chevauchait derrière eux. Il ferma les yeux en frissonnant.

Sine tira son couteau, courant toujours. Elle pouvait voir le neveu de Venutius devant elle, jouant frénétiquement des bras et des jambes, mais le Brigantien avait une grande avance, ayant adopté cette foulée qui faisait l'admiration de certaines tribus qui ne disposaient pas d'aussi grands espaces pour s'entraîner à la course. Sine courait aussi vite qu'elle le pouvait, sachant qu'elle ne pourrait longtemps maintenir cette allure, se forçant à respirer régulièrement et profondément. Un peu plus près, souhaitait-elle de toutes ses forces. Elle vit le fuyard trébucher puis retrouver son rythme. Elle gagna un peu de terrain. C'était maintenant ou jamais. La lame de son couteau glissa légèrement dans sa paume.

« Baisse-toi, Manaw ! » cria-t-elle et il se jeta à terre au moment même où elle lançait le couteau. Elle ne s'arrêta pas, poursuivant sa lame qui filait en avant, tournoyant et miroitant au soleil. Le Brigantien hurla, tituba et tomba. Lorsqu'elle arriva jusqu'à lui, il était mort. Elle se baissa pour retirer son couteau d'entre les omoplates, l'essuya sur ses braies et le remit à sa ceinture. Manaw la rejoignit, hors d'haleine. « Prends-le par un bras », lui ordonna-t-elle d'une voix rauque et, ensemble, ils le tirèrent sous les arbres.

« Jeune imbécile ! cracha-t-elle à Andocretus. La dame aurait été avertie et nous aurait tués. Plus tard, elle aurait envoyé une nouvelle victime dans l'Ouest demander à l'arviragus où son barde et son collier étaient passés. Tu n'imaginais pas que tant de ruse puisse être déjouée, hein ? » Elle s'accroupit dans l'ombre et retira son masque pour essuyer la sueur de son front. Andocretus aperçut son visage pour la première fois, un visage d'une beauté froide et dure, dont on n'aurait pu dire si les rides étaient dues à la vie rude ou à l'âge. Il la vit qui essuyait le sang de sa lame.

« J'ai maintenant la preuve que ta maîtresse est la plus grande menteuse qui soit. Tu n'avais pas pensé à ça, n'est-ce pas ? » Le couteau était toujours rivé à sa nuque et il n'osait bouger la tête. « Tuons celui-là aussi, dit la femme, et rentrons dans l'Ouest. » Mais après un moment de réflexion, Sine fut d'un autre avis.

« L'arviragus ne serait pas satisfait, dit-elle amèrement. Il nous croirait peut-être dans un premier temps, mais il finirait par se demander si cet idiot », elle repoussa le cadavre du pied, « ne s'est pas simplement enfui par peur. Non. Nous devons jouer ce jeu absurde jusqu'au bout. Nous verrons cette chienne de nos propres yeux et l'arviragus sera content. Relâche-le. » La femme rengaina son couteau à contrecœur et Sine se pencha en avant, prenant Andocretus par le menton avec une poigne de fer. « Et toi, mon joli petit oiseau sans tripes, un seul geste de trop et j'oublierai ma mission pour te découper en mille petits morceaux saignants. » Elle parlait sans fureur mais on sentait qu'elle pensait ce qu'elle disait.

Ils détachèrent les chevaux.

Deux jours plus tard, vers la même heure, ils arrivèrent au pied des hauts remparts de la ville d'Aricia. Ils traversèrent le portail à pied, se mêlant à la foule. Andocretus ne fut pas long à remarquer qu'il y avait plus de Romains qu'à l'ordinaire. La sueur lui coulait des aisselles à l'idée que sa maîtresse l'attendait fin prête dans sa maison.

Sine ne lui laissa pas la plus petite occasion d'attirer l'attention d'un légionnaire. Elle alla vers lui, tirant son couteau sous sa cape. « Maintenant, lui dit-elle à voix basse, je vais m'appuyer sur toi de cette façon. » Elle recouvrit l'épaule droite d'Andocretus de son bras gauche. « Comme si j'étais très fatiguée, et tu vas passer ton bras autour de ma taille. » Il le fit bien à contrecœur, sentant la chaleur d'un corps musclé comme celui d'un homme sous la courte tunique. La main droite de Sine vint presser le couteau entre ses côtes. « Au premier geste, au premier cri, je te tue, ajouta-t-elle. Conduis-nous chez la dame. Combien d'hommes y a-t-il pour la garder ?

— Six, répondit Andocretus en avalant sa salive.

— Et tous ces Romains ont sans doute été rassemblés pour escorter l'arviragus à Lindum ? »

Elle aussi l'avait remarqué. Andocretus perdit espoir. « Il y a toujours des soldats et des négociants ici, répondit-il.

— Me prends-tu pour une idiote ? fit-elle en hochant la tête. Quand nous serons dans sa maison, appelle-la d'un ton joyeux. Il faut qu'on entende la joie dans ta voix, tu m'entends ? Elle courra à ta rencontre et ma tâche sera terminée. Ouvre la marche, menteur ! »

Ils ne tardèrent pas à se trouver devant le haut mur de pierre de la maison d'Aricia et sa grille de fer. Sine tourna la tête et l'air chargé de senteurs marines joua avec ses cheveux dans son cou. A ce moment précis, elle aurait presque aimé faire demi-tour et s'enfuir, courir retrouver Emrys et la liberté dans l'Ouest. Son couteau trembla, mais elle poussa le jeune homme et lui murmura : « Parle !

— Ouvrez ! cria-t-il d'une voix rauque. C'est moi Andocretus ! »

La haute grille s'ouvrit. Sine découvrit une vaste demeure et un groupe de chefs en armes. Les hommes près des grilles attendaient, mais elle hésitait toujours, sachant que si elles se refermaient derrière elle, il n'y aurait plus de fuite possible. « Je ne mérite pas de mourir dans un tel traquenard, pensa-t-elle avec amertume. Avoir résisté à tout ce que j'ai subi et mourir ainsi aux mains d'une femme que je pourrais tuer au combat les yeux bandés ! »

Andocretus eut un cri étouffé en sentant le couteau qui traversait brusquement ses vêtements et transperçait sa peau. Sine grinça des dents et fit un geste de la tête. Ils avancèrent ensemble vers les chefs qui attendaient. La grille se referma bruyamment.

Au milieu de la cour, Sine s'arrêta. Manaw et sa femme vinrent se placer près d'elle. « J'ai changé d'avis, chuchota-t-elle à Andocretus. Envoie un de ses chefs dans la maison lui dire que tu es ici avec celui qu'elle attend. »

Andocretus éleva la voix, avec difficulté. « Allez dire au Ricon que je suis de retour, cria-t-il, celui qu'elle attend est ici. Il est à la Salle des Conseils et veut savoir si elle est en mesure de le recevoir. »

Les chefs regardèrent d'un air soupçonneux Sine qui se serrait contre le barde de leur dame comme une amoureuse. Elle se redressait lentement lorsque l'un d'eux murmura quelques mots à ses compagnons et s'éloigna. Le cœur de Sine se mit à battre plus lentement. Si la dame était malade, ils étaient sains et saufs, mais cet espoir irraisonné fut de courte durée.

Elle apparut, haute silhouette dans une tunique rouge que suivait sous le porche la lueur des flammes. Le cousin de Venutius laissa échapper un petit cri. Sine ressentit une douleur au creux de l'estomac en pensant à son arviragus. Cette femme était belle, malgré ses cheveux grisonnants et un visage marqué par l'âge. Un homme pouvait se perdre dans ces yeux charbonneux. Aricia avança vers eux, puis s'arrêta. Sine retint son souffle.

« Salutations Andocretus, fit la voix douce et chaude. Je suis contente de toi. Mais qui est cette créature qui se presse contre toi avec tant de passion ? Et où est Venutius ? »

Andocretus était bien incapable de lui répondre et c'est la voix claire de Sine qui résonna dans l'ombre qui s'épaississait. « Salutations, madame. Je suis une femme libre qui a prêté serment à votre mari. Il attend de vos nouvelles à la Salle du Conseil. Je vais aller le chercher. » Elle relâcha Andocretus. Elle se dirigea d'un pas ferme vers la grille et Manaw et sa femme firent demi-tour pour la suivre.

« Non, tu resteras ici, ordonna Aricia sèchement. Andocretus, vas-y, toi ! » La suspicion qui s'entendait dans sa voix se changea en certitude lorsque Sine et les deux autres se mirent à courir. Andocretus s'affaissa sur le sol, la main sur sa blessure. Les rebelles se précipitèrent contre la grille, s'y agrippant désespérément pour tenter de l'escalader.

« Attrapez-les ! » cria Aricia. Ses hommes bondirent. Des mains brutales arrachèrent Sine et ses compagnons de la grille sans qu'ils eussent même le temps de tirer l'épée pour se défendre. Aricia marcha vers eux, folle de rage. Elle ôta brutalement le masque de Sine. Immobilisée par des bras puissants, Sine lui rendit son regard, le souffle un peu court. Elle allait mourir elle le savait mais elle ne baissa pas les yeux. « Finir ainsi, pensait-elle. Quel gâchis ! Mais l'arviragus est sauf, rien d'autre ne doit compter.

— Désarmez-les », commanda Aricia. Et leurs épées, ceintures et couteaux furent promptement dégrafés et jetés au sol. Elle s'approcha du cousin de Venutius et se mit à rire.

« Mais c'est le petit Manaw ! Tu aurais dû te contenter de la chasse aux lapins, l'enfant, et laisser aux hommes les choses sérieuses. » Elle aurait continué à se moquer de lui si quelque chose de grave dans son regard, qui n'était autre que l'acceptation de son sort, ne l'avait renvoyée vers Sine.

« Où est Venutius ? » cria-t-elle. Andocretus, enfin capable de se relever, vint près d'elle.

« Il ne viendra pas tant qu'il ne sera pas certain que vous ne lui tendez pas un piège, dit-il avec effort, en se tenant les côtes. Ses parents doivent lui confirmer que votre message est véridique. »

Elle lui fit face, sauvagement. « Ainsi, tu as échoué ! J'aurais dû me douter qu'il était impossible de confier une telle mission à un gamin ! »

« Mon mignon, mon oiseau », pensa-t-il avec colère. La douleur remontait jusqu'à son bras et le sang coulait sur sa cuisse. Pour la première fois de sa vie, il éleva la voix. « Vous me donnez d'autres noms quand je suis dans votre lit, la Dame ! rétorqua-t-il. Je n'ai pas échoué. Votre mari serait venu si ses chefs ne l'en avaient dissuadé. Réfléchissez bien à ce que vous allez faire d'eux car celle-là », il montra Sine, « est la femme d'un des chefs des rebelles, un homme puissant. Je vais mettre un baume sur ma blessure. » Il passa près d'elle, donna un ordre et la grille s'ouvrit pour le laisser sortir. Aricia le suivit du regard un instant puis revint à Sine. Ses joues avaient la couleur des coquelicots. Sine lui sourit avec insolence.

« Il ne viendra pas, dit-elle joyeusement. Il a trouvé un amour plus vaste, chienne brigantienne. » Avec la rapidité d'un serpent qui frappe, la main chargée de bagues d'Aricia vola et le sang apparut sur la joue de Sine, là où les pierres l'avaient touchée.

« Qu'on les mette sous surveillance, dit Aricia d'une voix altérée, tremblant des pieds à la tête du désir de les déchirer et de les piétiner sur place. Enchaînez-les au mur par le cou, les poignets et les chevilles. Retirez leurs torques. »

Elle s'éloigna et sa porte se referma en claquant derrière elle.

Le lendemain matin elle se fit amener la femme de Manaw. « Tu rentreras dans l'Ouest, lui dit-elle en pesant bien ses mots. Et tu diras à Venutius que s'il ne vient pas me voir, je garderai son neveu et la femme. Je ne les livrerai pas à Rome, note bien. Je les tuerai de mes propres mains, sur mes remparts, devant le peuple brigantien rassemblé. »

La fille pâlit. Petite nature, pensa Aricia avec mépris. Un visage timide sans expression, cette douceur à vomir. La fille perçut le dédain dans les beaux yeux noirs mais l'ignora.

« Faites-le donc, répondit-elle d'un ton mesuré. Mon seigneur et Sine parlaient justement de cette éventualité la nuit dernière. Ils savaient, lorsque le garde est venu me chercher, ce que vous me proposeriez. Faites-le tout de suite, parce que je porterai votre message, mais je ne reviendrai pas, et l'arviragus non plus. Vous comptez pour moins que rien à ses yeux maintenant. Et que pèse la mort de deux hommes lorsqu'en dépend la cause de la liberté ? » Elle haussa les épaules. « Envoyez-moi si vous voulez, mais je préférerais mourir ici auprès de mon mari. »

Aricia la regarda, perplexe, prenant conscience une fois de plus du mur qui la séparait de cette fille, de Venutius lui-même, de Domnall, de Caradoc. Leurs valeurs n'avaient jamais été les siennes. Elle se détourna, réalisant soudain pourquoi cette jeune femme l'irritait au-delà de toute mesure. Elle lui rappelait Eurgain. « Oh ! va-t'en ! dit-elle d'un ton cinglant. Je me doute bien que tu n'as nul besoin de guide. Je te laisse la vie sauve, et si tu es intelligente, celle de ton mari aussi. Amène-moi Venutius ! »

Il n'y eut pas de réponse. Lorsque Aricia se retourna à nouveau, la pièce était vide.

Deux jours plus tard, Caesius Nasica la toisait d'un air furieux de l'autre côté de la table chargée de mets. Elle ne l'avait jamais vu se laisser emporter par la colère. Elle le regarda, stupéfaite, qui brandissait un index accusateur dans sa direction. « Vous avez été trop loin cette fois, Cartimandua ! grinça-t-il. Je devrais vous faire arrêter pour donner asile à des criminels ! Vous deviez me les livrer pour que mes hommes puissent leur soutirer l'emplacement de leur camp. Vous présumez par trop de l'indulgence de Rome !

— Vous devriez savoir maintenant qu'ils ne parlent jamais », fit-elle remarquer avec un sourire.

Il poussa un soupir exaspéré et recula dans son siège. « Nous aurions pu au moins essayer une fois encore, dit-il. En tout cas, vous auriez dû demander à votre barde s'il était capable de nous conduire vers leur camp.

— Je l'ai fait. Il m'a dit qu'on lui avait bandé les yeux à l'aller et que lorsqu'il en est revenu, le brouillard était trop dense pour lui permettre de s'orienter. » Elle se renfonça dans ses coussins. « Cela me donne au moins une chance supplémentaire en ce qui concerne Venutius.

— Il ne viendra pas.

— Nous verrons. Je crois qu'il viendra. Il a refusé une fois et je sais que ce refus a dû lui coûter. Il ne le fera pas deux fois. »

Nasica souleva ses pieds du sol et s'installa pour le repas.

« Vous exagérez le pouvoir de votre charme, femme », fit-il sèchement remarquer. Elle se mit à rire, les yeux brillants.

« Ce n'est pas mon charme qui l'attirera, dit-elle. Cette fois ce sera le désir ardent de me voir morte. »

La jeune femme quitta la ville au moment où le soleil s'échappait tout juste des brumes matinales. Elle prit les chevaux de Sine et de son mari puis traversa sans difficulté les étendues herbeuses de Brigantia, en direction de l'Ouest. Elle ne s'arrêta pas de toute la journée, sauf pour voler de la nourriture dans une ferme dont tous les habitants étaient aux champs. Quand vint la nuit, elle se faufila au cœur d'un bosquet, s'enroula dans sa cape et dormit longtemps et profondément. Pendant une semaine, elle continua à voyager ainsi, gravissant rapidement les collines dénudées, ne pensant à rien, se fondant avec le ciel et le paysage, traînant les deux chevaux attachés derrière elle.

Quand un soir la brise lui apporta une bouffée d'air marin, elle tira sur les rênes, les narines frémissantes, et tourna sa monture vers le sud. Elle le fit sans raisonner. Elle avait fait la même chose quelques jours plus tôt avant de tourner le dos à la ville d'Aricia. Elle ne se dirigeait plus que par instinct. Comme un animal suivant une piste, un repère la conduisait à l'autre et les jours succédèrent aux jours. C'est seulement lorsque la terre sous les sabots de son cheval commença à devenir rocailleuse qu'elle se sentit redevenir humaine. Ses pensées allèrent à son mari, à Sine, au démon qui hantait la dame de Brigantia, et tout en chevauchant, elle pleura.

Elle arriva au camp deux semaines après avoir quitté Brigantia mais le site était vide. Il fallait ses yeux exercés pour reconnaître les traces de foyer à peine perceptibles et les rochers qu'on avait remis à leur place après s'en être servi pour amarrer les tentes. Elle reconnut encore quelques signes près de la rivière. Elle se mit à suivre les siens à la trace et les trouva trois jours plus tard, plus près du fort, parmi les arbres. On l'interpella et elle répondit d'une voix faible. Puis elle descendit de cheval et se dirigea lentement vers le feu autour duquel Venutius, Madoc et Emrys étaient accroupis. Ses jambes tremblaient tant elle avait faim et tant le poids des nouvelles qu'elle apportait l'accablait. Ils la virent approcher et se levèrent. Emrys, avec son intuition coutumière, devina ce qui allait suivre.

Venutius la serra dans ses bras. « Brennia ! Repose-toi en paix ! Veux-tu boire et manger avant de partager les nouvelles ? »

Elle hocha la tête. « Pardonnez-moi Seigneur, si je ne mange pas, je vais m'évanouir. Ils m'ont pris mes armes et je n'avais rien pour tuer. J'ai un peu volé, mais cela n'a pas suffi. » Elle se laissa tomber sur le sol et Emrys lui apporta lui-même du fromage, de la viande et de l'eau de source pure. Lorsqu'elle eut repris des couleurs et que ses mains cessèrent de trembler, elle parla.

« Les nouvelles que j'apporte sont amères pour vous, Arviragus. Votre femme n'est pas malade. Elle garde mon mari et Sine enchaînés et vous fait dire que si vous ne venez pas la voir, elle les tuera tous deux. »

Madoc gronda et cracha un jet de salive dans les buissons derrière lui. Emrys ne bougea pas, mais il ferma les yeux en fronçant les sourcils. Venutius baissa la tête. Il semblait avoir du mal à respirer. Des larmes coulaient sur les joues de la jeune femme. « Pardonnez ma faiblesse, seigneur, dit-elle en s'étranglant. J'aurais dû m'allonger dans la forêt pour que cette nouvelle ne parvienne jamais jusqu'à vous. Sine et mon mari seraient morts, mais vous auriez conservé la paix de l'esprit.

— La paix ? fit Venutius en s'efforçant de rire. Mon esprit ne la connaîtra que lorsque je serai mort. » Pourtant au moment même où il articulait ces mots d'une voix caverneuse, il ressentit quelque chose qui ressemblait à de la paix. Il leva la tête. C'était bien la nouvelle d'une mort mais d'une bonne mort, la mort de ses doutes. Il pouvait maintenant penser à Aricia sans incertitude, et à ses proches sans craindre qu'ils ne le trompent.

Il se pencha et essuya maladroitement les larmes qui coulaient sur les joues de sa parente. « Je suis heureux d'apprendre cette nouvelle », lui dit-il doucement. Elle le regarda avec étonnement. « Il vaut toujours mieux connaîre la vérité, Brennia, même si elle apporte la douleur et la mort. » Il se leva vivement et dit à Madoc avec fermeté : « Convoque les seigneurs. J'ai quelque chose à leur dire. Brennia, va te reposer sous ta tente. Domnall te trouvera une nouvelle épée. »

Lorsqu'elle fut partie, Venutius prit Emrys à part. « Je comprendrais que tu veuilles me trancher la tête, lui dit-il. Emrys, sans autre raison que ma propre folie, je t'ai privé du trésor de ta vie. Je ne sais que te dire.

— Seigneur, si Sine était restée, vous seriez parti vous-même, articula Emrys avec peine, et à l'heure qu'il est, vous attendriez le bateau qui vous conduirait à Rome. C'était sa vie ou la vôtre.

— Non ! cria Venutius en se redressant. Ce sera la vie d'Aricia en échange de la sienne. Cela suffit. La chienne est parvenue à nous poursuivre jusque dans notre repaire et à utiliser ma faiblesse. Mais c'est bien fini. Je vais la tuer.

— Non, seigneur, répondit Emrys, bien qu'il lui en coûtât plus que tout. Laissez mourir Sine et votre neveu. Oubliez que leur sang a coulé et exécutons notre plan. S'ils pouvaient vous parler, ils vous maudiraient de vouloir risquer pour eux la cause de la liberté. »

Mais Venutius, les lèvres serrées, écarta ses arguments d'un geste résolu. « Cela peut se faire, Emrys. Penses-y d'un point de vue stratégique. Aricia morte, l'emprise romaine sur le Nord faiblira et les aménagements auxquels le gouverneur sera contraint détourneront encore plus d'hommes des légions du Sud. »

Il se baissa vers le sol, ramassant une brindille pour dessiner en même temps qu'il parlait. L'inquiétude que ressentait Emrys pour le sort de Sine se doubla d'une autre. Il ne pensait pas que Venutius soit de force à tuer Aricia et il craignait que toute nouvelle initiative ne mène à une tragédie. Le changement chez l'arviragus était trop soudain.

« Regarde, dit Venutius en traçant un plan rapidement. Au lieu d'attraper la Vingtième une fois de plus à Deva et avant d'arriver jusqu'à la Seconde à Glevum, nous pouvons marcher contre Aricia, détruire la ville et attaquer la Neuvième à Lindum. Puis droit vers le Sud-Ouest. Nous nous occupons de la Seconde, puis nous allons vers Camulodunum. La Vingtième à ce moment-là sera sûrement en route vers le sud et nous pourrons l'intercepter à partir de Camulodunum.

— C'est trop compliqué, objecta Emrys. Nous avons tout à craindre de la Neuvième, Venutius. Nous sommes habitués à nous battre en montagne, comme les légionnaires de la Vingtième, mais la Neuvième est stationnée dans les espaces ouverts de Brigantia depuis des années et nous aurons du mal à vaincre une légion rompue aux manœuvres en terrain plat. Notre premier plan était meilleur. D'ailleurs, celui-ci nous force à couvrir de trop grandes distances. »

Venutius continua à tracer des lignes de bataille. « La Vingtième est sur le qui-vive et nous attend. C'est inévitable. Mais si nous passons près d'elle sans nous faire voir et attaquons la Neuvième, nous pouvons prendre Nasica par surprise.

— Pas si nous nous attardons à Brigantia. » Emrys effaça la carte du pied. « Cela ne peut pas réussir, Arviragus.

— Si. Je ferai tout pour cela. Aricia mourra, et à partir de là tout réussira.

— Mais nous ne pouvons rien faire pour sauver la vie de Sine et de Manaw, Venutius. »

Ils se mesurèrent du regard, le seigneur aux larges épaules et à la chevelure flamboyante et Emrys, mince et têtu.

« Ecoute-moi bien, l'Ordovice, fit Venutius d'un ton cinglant, nous avons les chevaux, nous avons assez d'hommes et nous avons l'avantage tactique. Nous vaincrons. Le gouverneur est un vieil homme acariâtre qui en veut à la terre entière. Sur son conseil, le jeune Néron, à Rome, envisage le retrait total des troupes hors d'Albion. Les légionnaires le savent. Pourquoi mourir maintenant, se disent-ils, quand dans quelques mois peut-être, nous devrons abandonner ces rives pour toujours.

— Dans ce cas, nous aurons tout le temps nécessaire pour nous occuper de Brigantia, quand les Romains seront partis.

— Non. » La bouche de Venutius se tordit en une grimace de haine passionnée. « Je veux qu'elle meure tout de suite.

— Vous n'avez pas de droit de poursuivre une vengeance personnelle, Arviragus. »

Venutius le transperça du regard. « Personnelle, Emrys ? Ne souhaites-tu donc pas sa mort également ? »

Emrys soutint son regard, sans broncher, mais il était bien près de perdre patience.

« Pas au prix d'une tuerie inutile. »

Venutius tourna les talons.

Emrys ne vint pas au Conseil. Il prit sa cape et une couverture et partit en direction de la forêt. Il marcha longtemps jusqu'à ce qu'il rencontre une petite cascade sous une voûte de feuillages qui éclaboussait les fougères vertes. Il but dans le creux de sa main. Il s'assit près du rideau glacé et rutilant et fixa la forêt. « Sine, ma Sine. Je n'ai même plus le souvenir de moments sans toi et maintenant le temps qui me reste se traîne et ne conduit qu'au néant. Pourquoi un destin si cruel, une fin si horrible ? Toi et moi. Moi sans toi. Pour toujours. Et la dernière chance de reconquérir la liberté, perdue elle aussi à cause d'une femme, pour une infamie. J'ai sacrifié ta vie Pourquoi ? Dans l'espoir de faire tourner la chance. Meurs noblement, mon aimée, comme tu as vécu. Sine... »

Il enfouit son visage dans ses mains et pleura.

Lorsqu'il rentra au camp, au petit matin, les tribus se préparaient au départ. Il alla trouver Madoc qui le salua d'un ton bourru, les yeux soucieux brillant dans son visage ridé.

« Je deviens trop vieux pour toutes ces allées et venues, se plaignit-il. Je ferais mieux de tomber sur mon épée et de laisser mon fils conduire les Silures. J'aurais dû mourir sous les ordres de Caradoc ! » Il continua à grogner encore un peu jusqu'à ce qu'Emrys lui demande :

« Est-ce qu'il a pris cette décision insensée ?

— Bel et bien. Nous nous mettons en route sur l'heure. Mais ce n'est peut-être pas si déraisonnable, Emrys. Nous avons de bonnes chances de réussir.

— Quelles chances ? demanda Emrys en riant. « Caradoc nous avait avertis de ne jamais livrer de bataille rangée et nous ne l'avons pas écouté. Du moins pas avant d'être dispersés et qu'il soit prisonnier. Ensuite, nous sommes devenus sages, Madoc ! Nous avons écrasé la Vingtième en faisant de bons plans, comme nous devrions le faire en ce moment, au lieu de traverser tout Albion à découvert pour affronter une légion qui nous attend en bon ordre. Toutes nos victoires, depuis la défaite de la Vingtième, nous les devons au bon sens que nous avions acquis. Si nous répétons nos fautes, nous serons vaincus. »

Madoc le regarda d'un air de reproche. Mais remarquant sur son visage les traces de la nuit éprouvante qu'il avait passée : « Je suis désolé, pour ce qui est de Sine, fit-il avec gaucherie. Pourtant, Emrys, elle vivra à nouveau.

— Je sais, murmura Emrys. Mais pas avec moi, Madoc. » Et toute la douleur qui l'habitait apparut soudain dans ses yeux.

En deux semaines, tout l'Ouest se vida, Venutius conduisit ses forces au sud-est, traversant de bout en bout le pays des Cornovii puis virant au nord le long de la frontière coritanienne jusqu'aux abords de la lande brigantienne. Personne ne les vit passer. Les paysans cornoviens étaient aux champs, car le temps des moissons approchait. Les légionnaires, sous les ordres de Gallus, passaient le plus clair de leur temps à patrouiller au pied des montagnes, ignorant que le danger ne viendrait plus de là.

Le temps était chaud et sans vent. Les rebelles attendaient eux aussi, en sueur, tapis dans l'ombre étouffante des arbres. La dernière nuit qu'ils passèrent avant d'affronter à découvert le ciel de Brigantia, Venutius fit appeler Madoc et Emrys.

« Je marcherai seul sur la ville à la tête des guerriers de Brigantia, leur dit-il. Deux mille hommes suffiront certainement pour vaincre les troupes de ma femme. Vous resterez ici, à l'abri de la forêt. Je vous ferai savoir quand le moment propice pour attaquer la Neuvième sera venu. De cette façon, les Romains ne sauront pas que toutes nos troupes sont rassemblées ici et que je n'ai pas quitté l'Ouest uniquement pour des raisons personnelles. »

C'était un compromis acceptable et une sage précaution. Emrys en ressentit un réel soulagement. Avec l'essentiel de leurs forces non engagées, il leur serait peut-être encore possible d'attaquer le fort de Lindum par surprise. Venutius et ses chefs s'en allèrent cette nuit-là, à vive allure, dissimulés dans des capes sombres. Emrys et Madoc se préparèrent à l'attente. L'oisiveté pesait à Emrys. Rien ne pouvait le distraire de Sine. Etait-elle passée par ici, dans son voyage vers la mort ? Son cœur était transi.

Venutius et ses hommes voyageaient de nuit et, pendant la journée, se dissimulaient dans les collines. Mais ils furent remarqués. Un jeune berger aperçut les derniers hommes de leur troupe disparaître dans un épais bouquet de saules au bord d'un cours d'eau où ses moutons aimaient venir boire. Le cœur battant, il abandonna ses bêtes et courut à la ferme de son père. Avant l'aube, un messager fut envoyé à Aricia. Le lendemain, à midi, il était devant elle, siégeant au Conseil avec Andocretus et ses autres seigneurs.

« Une troupe de rebelles ici ? A Brigantia ? Impossible. Ce sont certainement des messagers. C'est sans doute Venutius qui m'envoie quelque mauvaise nouvelle. »

Le seigneur secoua la tête. « Mon fils a vu des chevaux et des armes. Il a entendu les voix d'un grand nombre d'hommes, cachés dans les arbres. »

Elle serra les lèvres. Venutius arrivait, mais venait-il seulement accompagné de quelques gardes du corps pour sauver les apparences ou venait-il pour se battre ?

« Merci, dit-elle à l'homme. Mange et bois avant de rentrer à ta ferme. Mon barde te paiera. » Il s'inclina et quitta la salle. Elle fit de même et traversa lentement la ville pour arriver aux remparts.

« Andocretus, fais fermer le portail et monter la garde », ordonna-t-elle. Puis elle alla contempler ses terres du haut des remparts. « La plupart de mes seigneurs armés sont avec les patrouilles romaines sur la frontière des Deceangles, pensa-t-elle. Ils sont trop loin pour que je puisse les rappeler. Que faire ? Il est à un jour de marche. Nasica étant à deux jours d'ici, Venutius arrivera le premier. J'ai réuni ici de nombreux seigneurs pour qu'ils assistent à sa reddition, mais guère assez pour pouvoir tenir la ville très longtemps. » Elle eut peur.

Sur l'heure, elle envoya un messager à cheval à Lindum. « Dites au légat qu'une petite force rebelle vient vers nous, dit-elle. Il faut qu'il m'envoie de l'aide. » Et sans même attendre qu'on lui réponde elle courut chez elle, et se tint, les poings serrés et le cœur battant, devant Brigantia. Mais elle n'avait ni offrandes ni prières. Elle les avait toutes oubliées.

Nasica écouta le message qu'on lui apportait avec une impatience croissante et lorsque le messager fut parti il eut une exclamation de colère. « Maudite femme ! Elle aurait pu abandonner lorsque sa première tentative a échoué. Mais non, il lui a fallu continuer à fouailler la blessure de son mari jusqu'à ce qu'il en perde la tête. S'il ne tenait qu'à moi, il pourrait bien la pendre au premier arbre venu. Comment puis-je faire efficacement mon travail quand, dès qu'elle ne trouve rien de mieux à faire, elle cherche noise à son mari ? »

Son secrétaire l'écoutait en souriant. « Nous pourrions peut-être capturer l'arviragus ou mieux encore le tuer au cours d'une bataille », fit-il.

Nasica eut un geste d'impatience. « Je sais, je sais. Il faut que je lui envoie quelques hommes, pas moyen de faire autrement, mais elle devient de moins en moins utile à Rome et j'ai l'intention de le faire savoir au gouverneur. » Il se recula dans sa chaise. « Appelez immédiatement deux unités d'infanterie auxiliaires. Non, deux cohortes. Mettez-les sous les ordres du primipile et envoyez-le-moi d'abord. »

Son secrétaire parti, il continua à pester contre Cartimandua entre ses dents.

Les auxiliaires quittèrent Lindum l'après-midi même, mais ils n'avaient couvert que la moitié du chemin lorsque Venutius tira sur les rênes et déclara en montrant la ville du doigt : « Nous y voilà. Ne perdons pas une seconde à discuter avec elle. Encerclons la ville ! » Il se précipita en avant, suivi par ses hommes. Du haut du mur, Andocretus cria puis redescendit, se dirigeant vers les seigneurs en armes. Aricia courut à sa rencontre.

« Ils arrivent.

— Combien ?

— Difficile à dire. Peut-être mille avec casques et armes. Ils ne viennent pas pour parler, Madame. »

Elle porta la main à ses lèvres froides, essayant de décider de ce qu'il fallait faire. Elle regarda les seigneurs serrés coude à coude. « Ouvrez le portail ! cria-t-elle. Rencontrez-les dehors sur le terrain !

— Non, Madame ! cria Andocretus d'une voix de fausset. Commandez-leur plutôt de se rendre sur les remparts avec des frondes ! Sinon, ce sera un massacre !

— Pourquoi ? Les Romains les ont entraînés, ils resteront en ordre serré et Venutius ne parviendra même pas jusqu'au portail. »

Les hautes portes étaient déjà entrebâillées et ses hommes se déversaient dans la prairie en contrebas, en poussant de grands cris. « J'envoie au moins deux fois plus d'hommes à leur rencontre. Aurais-tu peur ? Monte avec moi sur les remparts et regarde. »

« Oui, j'ai peur, pensa-t-il. Et toi aussi, la dame. » Il la suivit pourtant pendant que le portail se refermait. Sa garde personnelle les escorta et s'accroupit derrière elle, hors d'atteinte des pierres et des lances. Venutius, regardant au-delà de cette foule vociférante que déversait le portail, la vit là. Elle semblait très haut, ses cheveux noirs et sa cape rouge flottaient au vent, son visage n'était plus qu'une minuscule tache blanche. Le mélange d'amour et de haine qui lui tordait le ventre n'eut pas le temps d'atteindre sa poitrine. Les hommes d'Aricia étaient déjà sur lui.

Toute la matinée, la bataille fit rage. Contrairement aux craintes d'Andocretus, les guerriers d'Aricia ne furent pas coupés en morceaux dès la première heure. Ils avaient été formés trop longtemps à la discipline romaine et la prudence et le sang-froid des légionnaires avaient déteint sur eux. Ils restaient en rangs serrés, se battant épaule contre épaule et dos à dos. Venutius et ses hommes furent contraints d'abandonner leurs chevaux et de se battre à pied. Mais peu à peu, la rapidité et la souplesse avec lesquelles les rebelles avaient appris à changer de tactique, sous les conseils répétés de Caradoc, ainsi que les intuitions de Venutius, commencèrent à porter leurs fruits. Aricia, toujours assise en haut du mur au milieu de ses gardes du corps immobiles, vit peu à peu son armée s'effilocher en petits groupes isolés.

« Où sont les soldats ? demanda Andocretus avec anxiété. S'ils ne viennent pas rapidement, nous sommes finis.

— Peu importe, répondit-elle d'une voix altérée, dont elle s'efforçait de chasser la peur. Même si Venutius est victorieux, il ne pourra enfoncer le portail avant que les renforts n'arrivent.

— Madame, ce sont mes frères qui se battent là-bas », fit un des seigneurs avec colère. Et les autres commencèrent à murmurer. Elle assista sans broncher à la destruction de ses troupes. Elle ne ressentit rien, et de ce néant jaillit une dernière idée terrible, un sacrifice à elle-même, un tribut offert à la déchéance. Elle se tourna vers Andocretus.

« Apporte-moi un carnyx, lui dit-elle les yeux fiévreux. Et amène ici les deux prisonniers. » Il se dirigea sans mot dire vers le premier cercle. Elle regarda à nouveau le carnage plus bas, mais ses doigts tordaient les plis de sa cape et ses lèvres prononçaient des mots qu'on n'entendait pas.

Le soleil brûlant de midi s'apprêtait à basculer vers l'ouest. Au moment même où Venutius, s'appuyant sur son épée, allait essuyer la sueur qui l'empêchait de voir, la note lancinante du carnyx fit tinter l'air autour de lui. Il leva les yeux. Un par un les combattants se séparèrent pour regarder autour d'eux, se demandant d'où venait cette musique sauvage. L'épée en tomba de la main de Venutius. Aricia était en haut du mur, le carnyx au bout du bras et près d'elle deux silhouettes en haillons titubaient, les chevilles et les poignets enchaînés. Derrière, les gardes d'Aricia étaient massés, épées tirées brillant dans la lumière.

Venutius sentit Domnall qui se précipitait vers lui mais il n'avait d'yeux que pour la forme affaissée de Sine, pour son jeune parent et pour les bras grands ouverts d'Aricia. Elle jeta le carnyx par-dessus le mur et cria, sa voix chaude portant sans peine au-dessus du champ de bataille :

« Venutius ! Vois-tu qui je tiens ici ? Avance ! »

On n'entendit plus un souffle. Tous les regards s'étaient tournés vers les silhouettes en haut du mur. Domnall agrippa fiévreusement le bras de Venutius.

« Ne bougez pas, Seigneur ! Elle ne peut pas vous voir » Mais

Venutius se frayait déjà un chemin, avançant comme un somnambule parmi les cadavres. Domnall le suivit. Elle le vit avancer et poussa un cri de triomphe qui ressemblait au cri du vautour. Elle baissa les bras et se pencha. Il s'arrêta au pied du mur. Il cessa de la regarder et découvrit les autres. Sine baissa les yeux vers lui, calmement, son visage paraissant menu et étranger sans son masque de loup. Manaw restait immobile avec une raideur qui n'était pas l'apathie du désespoir mais l'acceptation de son destin. « Ma femme, Arviragus ? » demanda-t-il. La mémoire de Venutius se déchira. Il redressa les épaules, refusant farouchement de reconnaître sa femme dans la folle qui le dévisageait, et scellant dans l'oubli toutes les souffrances qu'elle lui avait fait subir. Emrys avait raison. Elle ne méritait pas même qu'on la tue et il avait sacrifié deux vies pour le lui prouver. Il répondit à son parent d'une voix mesurée : « Elle est saine et sauve, Manaw. » Il se tourna vers Sine : « Je suis désolé, la Dame, fit-il, voilà tout ce que je puis dire.

— Arviragus, vous n'avez rien à dire, lui cria-t-elle d'un ton léger. Vous êtes seigneur de ma mort. Saluez Emrys pour moi. »

Aricia sentit que c'était plus que des mots qu'ils échangeaient et que rien de ce qu'elle pourrait faire ou dire ne saurait entamer leur détermination. La rage la submergea à nouveau.

« C'est ta dernière chance de prouver ton honneur, hurla-t-elle à Venutius. Je propose ces deux vies en échange de la tienne. Si tu refuses, je les tuerai. Avant que tu aies enfoncé le portail, la Neuvième sera ici.

— Ne l'écoutez pas, Seigneur, cria Sine à nouveau, c'est trop cher payé. Même Emrys n'accepterait pas. »

« Je sais, pensa-t-il avec angoisse. Il me l'a dit lui-même, malgré sa peine. Pourtant c'est moi qui t'ai livrée à elle. » Sans s'en rendre compte il appuyait ses deux paumes contre la terre dure des remparts comme si sous sa poussée elle pouvait s'écrouler et ensevelir tout son trouble. « Caradoc, qu'aurais-tu fait si c'était Eurgain et ton fils qu'on menaçait d'un couteau et qu'un mot de toi avait suffi à les sauver ? » Il revit en un éclair le visage cruel et meurtri du dernier arviragus. Caradoc n'aurait pas hésité. « Seigneur », la voix de Sine descendait jusqu'à lui. « Les plans sont arrêtés et la victoire est imminente. Je tombe à la bataille, voilà tout, comme d'autres femmes l'ont fait avant moi. Refusez tout de suite et laissez la chienne frapper !

— Mais ce n'est pas pareil, dame loup tant aimée. » Lentement, il s'éloigna du mur et leva les yeux vers sa femme. Elle lui souriait d'un air méprisant. Tu es toujours aussi incapable de prendre une décision, semblait dire son sourire.

Brusquement, il laissa échapper un juron, un cri de défi qui marquait la limite de son endurance. Tirant son épée, il en frappa le mur.

« Je ne me rendrai pas ! Au revoir, Sine, au revoir, Manaw. Un voyage paisible, un voyage à bon port. Cartimandua, tu ne peux plus m'atteindre ! »

Aricia fit un signe à ses hommes : « Tenez-les. Apportez-moi un couteau. » On lui en remit un. Elle n'avait encore jamais tué d'êtres humains, mais ce serait facile. « C'est ta dernière chance, imbécile ! cria-t-elle à Venutius. — Non », lui répondit-il aussitôt.

La main gauche d'Aricia saisit les cheveux noirs qui couvraient le visage de Sine.

« Est-ce que tu pries, femme ? murmura-t-elle en lui soulevant le menton et la gorge gracieuse et brune se tendit.

— Oui, fit Sine en avalant sa salive.

— Pourquoi ? » Le bras d'Aricia se détendit puis revint sur le cou fragile. Le sang jaillit, inondant Aricia jusqu'au coude. Le corps de Sine tomba à la renverse.

Aricia le tira jusqu'au bord du mur, le fit basculer d'un coup de pied. Le corps roula venant buter contre les bottes de Venutius qui recula et baissa les yeux. Sine regardait calmement le soleil. Il ressentit une douleur aiguë aux genoux et s'abattit sur le sol près d'elle. A nouveau le bruit sourd d'un corps qui tombait. Et le silence s'étira. Rebelles et seigneurs brigantiens restaient pétrifiés sur le terrain, comme victimes du sortilège d'un druide, mais en haut du rempart Androcretus se pencha vers sa maîtresse.

« Un nuage de poussière, Madame ! Au sud. Rome arrive. »

Les hommes de Venutius, à la périphérie du champ de bataille, l'avaient vu aussi et le sortilège fut brutalement rompu. Les hommes saisirent leurs armes et Domnall tira Venutius. « Elle a alerté la Neuvième ! siffla-t-il. Nous sommes trop épuisés pour livrer bataille. Nous devons nous enfuir, Seigneur ! »

Venutius hocha la tête. « Retirons-nous rapidement. Nous pouvons certainement les battre de vitesse à cheval. Fais prévenir Emrys de quitter la forêt et de nous rejoindre immédiatement. » Domnall s'éloigna, criant des ordres tout en courant, et les rebelles commencèrent à quitter le terrain. Venutius voulut regarder une dernière fois en haut du mur mais Aricia avait disparu. Impulsivement il s'agenouilla à nouveau, embrassa la femme d'Emrys et son jeune parent. Puis il dégaina son épée et dévala la pente, surpris de ne pas pleurer. Mais le temps des larmes était bien passé.

Chez elle, Aricia tendit vers Andocretus des mains couvertes de sang séché. « Je pue, dit-elle. Le sang des rebelles a une odeur fétide. » Elle alla vers le bassin, retirant sa tunique et se penchant vers l'eau. Elle se lava lentement, méthodiquement, explorant les moindres replis de son corps. Elle n'était blessée nulle part. Lorsqu'elle eut fini et qu'elle fut vêtue d'une tunique propre, elle s'assit et indiqua du doigt un coin de la pièce.

« Ramasse cette chose, Andocretus, et essaie-le. Je veux savoir ce que tu vois. » Il alla chercher le masque.

« Alors, vous l'avez gardé ? » dit-il en le retournant avec précaution.

Elle le regarda qui fronçait le nez mais le levait pourtant, avec obéissance, vers son visage. Ses doigts se promenaient sur la surface du masque sans comprendre.

« Eh bien ? Qu'est-ce que tu vois ? fit-elle.

— Rien, dit-il d'un ton geignard. C'est noir comme la nuit là-dessous. Je ne l'ai peut-être pas bien mis. » Ses yeux clignotèrent dans sa direction à travers les œillères bridées du loup puis il arracha le masque de son visage. « Il a une odeur étrange, dit-il, de bourgeons pourris, de feuilles trempées ou moisies. Je ne sais pas comment elle pouvait le supporter.

— Emmène-le à la forge et fais-le fondre, dit Aricia d'un ton brusque. Et envoie un seigneur avec les Romains pourchasser les rebelles. Je veux qu'on m'informe de ce qui se passe. Puis reviens vite Andocretus. Je ne veux pas rester seule. »

Il prit le masque et sortit. Mais il n'alla pas à la forge. Quelque chose dans ce masque le fascinait. Il l'emporta dans sa propre hutte et le cacha sous son lit. Souvent, dans les mois qui suivirent, il passa des heures à le contempler, sans toutefois l'essayer.

Les cohortes auxiliaires de Nasica rattrapèrent Venutius à l'aube le lendemain. Venutius, ses hommes et ses chevaux étaient fatigués. Ils s'étaient finalement arrêtés pour manger et dormir, une partie de la nuit. Par contre, le primipile et ses soldats avaient continué et ils livrèrent bataille une heure après le lever du soleil.

Le message de Domnall était parvenu à Emrys et le gros des forces rebelles couvrait déjà les collines de Brigantia en route vers l'arviragus. Mais avant qu'ils se rejoignent, il y avait déjà mille Romains auxquels il fallait faire face.

Venutius donna l'ordre de monter à cheval puis s'adressa à Domnall. « Dis aux seigneurs de ne pas s'arrêter et de ne pas se battre à pied. Il n'y a que leurs officiers qui sont montés. Nasica n'a pas envoyé la cavalerie. Encerclez-les et nous les attaquerons sur les flancs. Rien ne nous presse et Emrys viendra bientôt nous aider à les achever. »

Les deux armées se heurtèrent dans la douce fraîcheur du matin, les Romains rangés en carré, les seigneurs tournant librement autour d'eux. Le primipile, qui n'avait pas pris part à des combats depuis longtemps et qui avait prévu un plan de massacre en fonction d'une attaque frontale folle et désorganisée, en fut désorienté. Avec la cavalerie, son travail aurait été accompli en une demi-journée mais les fantassins étaient vulnérables. Il envoya les frondeurs et les archers en avant, leur ordonnant de viser les chevaux et non les hommes. Puis il attendit.

Dans la soirée, l'issue était encore incertaine.

Les rebelles avaient perdu presque tous leurs chevaux mais n'en semblaient guère affectés. Ils se battirent avec une vigueur renouvelée et le primipile, ayant fort à faire, réalisa avec surprise que les sauvages semblaient enfin avoir appris leur leçon. Le légat de la Vingtième en avait prévenu son propre commandant — il était bien placé pour en parler — mais la Neuvième n'avait jamais eu à se mesurer avec l'Ouest.

Quand la nuit tomba, les deux camps se retirèrent, titubant de fatigue, et vers la fin de la troisième garde, un soldat vint trouver le primipile.

« Avec votre permission, j'aimerais vous montrer quelque chose, Monsieur. »

Il le suivit à la lisière de leur camp et jusqu'à une colline qui en plein jour leur aurait permis de voir très loin à l'ouest. La sentinelle se mit à plat ventre et rampa jusqu'au sommet. Puis il indiqua un point du doigt.

« Regardez dans cette direction et attendez, vous verrez ce dont je veux parler. »

Le primipile fit ce qu'on lui demandait. Tout d'abord, il ne put voir que les sombres replis d'une terre déserte. Mais ensuite il aperçut une minuscule flamme rouge, puis une autre, à quelque distance de la première, une autre encore, toutes à des kilomètres de distance et à peine visibles. Il sut immédiatement ce que c'était et son cœur battit plus vite. Des feux de camp. Des centaines.

Il laissa la sentinelle à son poste, retourna sous sa tente et convoqua un officier.

« Allez immédiatement à Lindum, dit-il. Apprenez au légat que ce sont des forces bien plus importantes que celles qu'il imagine qui se préparent à livrer bataille. Il faut qu'il mobilise le reste des hommes. Dites-lui que s'il ne le fait pas, il devra peut-être affronter un siège. »

L'homme disparut vers le sud et le primipile se prépara à une nouvelle journée de fatigue et de tuerie.

A midi, le lendemain, alors que la pluie alternait avec le vent, le primipile comprit qu'il devait battre en retraite s'il ne voulait pas perdre jusqu'à son dernier homme. La moitié des forces rebelles était morte ou blessée mais lui-même n'avait plus que deux cents auxiliaires et à la tombée de la nuit le gros des troupes rebelles seraient arrivées. Une retraite dans ce pays sans forêts était suicidaire, mais rester sur place l'était aussi. Il ordonna au joueur de trompette de sonner la retraite. Il plaça les frondeurs à l'arrière. Il ne lui restait plus d'archers.

Nasica écouta son centurion dans un silence pesant qu'il ne rompit que lorsque l'homme se fut retiré. Puis il se leva.

« Je ne prendrai aucune décision tant que je ne connaîtrai pas tous les faits, dit-il au tribun qu'il avait fait convoquer par son secrétaire. Ou bien ce primipile est un idiot, ce que je ne pense pas, ou bien cette diablesse brigantienne a fait à nouveau des siennes et poussé son mari à déclencher une attaque de grande échelle sur Brigantia. » Il décrocha son casque et à son appel son serviteur accourut, sa cuirasse sur le bras.

« Prépare les troupes à une marche forcée, toutes sans exception. Envoie un speculator à Camulodunum, chez le gouverneur. Fais sortir la cavalerie. Envoie-la en éclaireur. » Le dégoût et la colère montaient en lui.

Un jour et demi plus tard, la cavalerie arriva pour le plus grand soulagement du primipile et des cent légionnaires qui lui restaient. Jusqu'à ce que Nasica et le reste de la Neuvième les rejoignent, il n'eut que le temps de se déployer rapidement, car Emrys, Madoc et les tribus occidentales avaient rejoint Venutius et ses hommes épuisés.

Romains et Seigneurs s'affrontèrent enfin de plein fouet. Par hasard, car la précipitation interdisait la stratégie, Nasica avait l'avantage d'une colline et il entoura ses hommes de mille cinq cents cavaliers. Emrys, Madoc et Venutius déployèrent leurs hommes et femmes en lignes souples. Venutius n'attendit pas que Nasica ordonne l'attaque. Il commanda la charge sur trois fronts et ses hommes obéirent avec vaillance. Il eut la satisfaction de voir le bloc compact des Romains se scinder en deux, et les seigneurs se frayer à coups de lance un passage parmi les légionnaires. Mais bien que les forces de Venutius aient divisé et cerné l'infanterie, eux-mêmes étaient contenus par les lances des soldats de cavalerie.

Nasica, en selle, observait d'un œil critique. A coups de trique, je pourrais faire de ces sauvages la plus grande armée du monde en un an, pensait-il. Ils atteignent une sophistication militaire qui ferait lever les sourcils du vieil Aulus Plautius. Pas étonnant que la Vingtième ait été détruite ! Mais la Neuvième n'a pas son égal pour l'endurance et le sens de la discipline.

Son tribun sénatorial vint le saluer. « La Dixième cohorte est en mauvaise posture, Monsieur. La Seconde et la Troisième ont été séparées de la Première mais elles tiennent bon.

— Très bien. Envoyez une cohorte de cavalerie à la dixième. Placez la quatrième cohorte plus bas sur la pente. » L'homme à cheval s'éloigna, les trompettes sonnèrent et la bataille se reforma selon des lignes nouvelles. Nasica se renfonça dans sa cape. Une pluie fine commençait à tomber. La journée serait longue.

Deux jours plus tard, Aricia se tenait à la porte de la Salle du Conseil, enveloppée dans sa cape bleue, contemplant la grisaille du paysage. Elle était inquiète. Le messager qu'elle avait envoyé à la poursuite de Venutius n'était pas revenu.

Andocretus sortit de l'ombre. « Venez vous réchauffer, Madame, lui dit-il en frissonnant dans le vent qui s'engouffrait par la porte ouverte.

— Vous ne recevrez pas de nouvelles avant que la pluie ne cesse.

— C'est moi qu'il est venu chercher, dit-elle d'un ton lugubre.

— Il est tout bonnement impossible que les Romains soient vaincus, vous le savez bien. Vous laissez vos fantasmes déraisonnables vous rendre malade, Aricia. »

Elle trébucha et contempla ses bottes maculées de boue. « Tu as sans doute raison. Je vais rentrer à la maison. Mais envoie-moi des hommes, Andocretus, je veux qu'on me garde. » Elle releva sa cagoule et quitta le frêle abri de la porte. Elle était presque arrivée au portail lorsqu'un cri la fit brusquement se retourner. Un seigneur se dirigeait vers elle.

« Le légat de la Neuvième me suit, fit-il hors d'haleine. Il a crié jusqu'à ce que nous lui ouvrions le portail.

— Eh bien, pourquoi tout ce tapage ? lui dit Aricia, soulagée.

— Parce que vous nous avez ordonné de n'ouvrir à personne et qu'il est furieux. »

Elle le remercia sèchement et se tournait vers le portail quand Andocretus la prit par le bras. « Je crois que je vais vous attendre à la maison, murmura-t-il, Nasica arrive. » Il était rentré avant qu'elle puisse répondre. Elle se retourna donc pour voir arriver le commandant grand et trapu patauger, jambes nues dans la boue. Il avait l'air maussade. Ses yeux étaient aussi froids que la pluie qui dégoulinait le long du cou d'Aricia et trempait le col de sa tunique. Elle recula et sentit le mur contre son dos.

« J'ai perdu mille hommes, dit-il lentement et sa voix basse était encore plus menaçante que s'il avait crié. Mille soldats morts, m'entends-tu, Cartimandua ? Et moitié autant de blessés. J'ai dû faire traverser la moitié de ton maudit territoire à la légion tout entière et me battre avec tous les sauvages de l'Ouest sans en oublier un. Tout cela par ta faute.

— Je... ne comprends pas, murmura-t-elle. Vous n'avez sûrement pas eu besoin de toute la légion pour poursuivre Venutius et sa bande... »

Il se rapprocha d'elle, la pluie ruisselant sur son visage rude, les mâchoires serrées. « Je vous ai envoyé l'aide que vous demandiez, sachant que vous étiez incapable de régler vous-même vos petites querelles, mais vous ne saviez pas que c'était tout l'Ouest qui en avait après vous, n'est-ce pas ? Je ne ferai plus de guerre pour vous ! » rugit-il.

Elle s'appuya à nouveau au mur. Ainsi c'était donc vrai. Tous unis pour la détruire.

« Je vous en prie, Nasica, comment aurais-je pu savoir ? gémit-elle.

— Tout va toujours de travers dès qu'il s'agit de vous, putain rapace ! cracha-t-il. Il est grand temps qu'un préteur soit nommé pour prendre les choses en main ici. Brigantia est trop importante, d'un point de vue stratégique, pour qu'on puisse plus longtemps vous la confier.

— Mon peuple n'obéira jamais à un préteur ! lui jeta-t-elle, essayant de se ressaisir.

— Rome est maîtresse d'Albion, gronda-t-il, les dents serrées. Rome vous a élevée, Cartimandua, et Rome vous fera tomber. Vous avez coûté des hommes et du sang à la Neuvième dans votre haine aveugle pour votre mari. C'est une fois de trop. Désormais ne comptez plus que sur vous. » Il tourna les talons, et bien qu'elle s'évanouit presque de honte, elle lui cria :

« Nasica ! Venutius... les rebelles ? »

Il s'arrêta et se retourna. « Ils ont été vaincus, mais de justesse. J'ai abandonné leurs cadavres aux loups. Venutius est toujours en vie. La prochaine fois essayez vos charmes usés sur Valens, Cartimandua. Il n'a pas approché de femelle depuis longtemps et cela ne vous sera sans doute pas trop difficile. Vous me dégoûtez. »

Il disparut dans la grisaille. Aricia fut incapable de bouger, ni même de réfléchir aux menaces de Nasica ou au risque qu'elle avait couru d'être annihilée par les hommes de l'Ouest. Elle savait que cette nuit-là, son mauvais rêve la visiterait.

Emrys, Madoc et Venutius se replièrent dans la forêt. Ils n'étaient pas étonnés de constater que leur bataille avec la Neuvième ait entraîné de lourdes pertes. Ils savaient que les chances d'une attaque en force contre la Vingtième, et donc de pénétrer les basses terres, étaient perdues.

Emrys avait rejoint Domnall lorsqu'ils s'étaient enfin retrouvés autour d'un feu. Il ne s'était pas approché de Venutius. Il n'était pas sûr de pouvoir se maîtriser. Domnall aiguisait la grande épée de l'arviragus.

« Personne ne veut rien me dire de ma femme, fit Emrys à voix basse. On me parle avec pitié, comme si j'étais un enfant qu'on voulait protéger du mal. Domnall, toi, au moins, dis-moi ce qu'il en est. »

Domnall essuya ses mains sur sa cape et retourna la lame.

« Ta femme est morte, Emrys.

— Cela, je le sais. J'ai des raisons de croire que tu l'as vue mourir. »

Domnall leva la tête puis regarda à nouveau l'arme sur ses genoux.
« Pourquoi ?
— Une rumeur.
— Seigneur ordovice, elle a connu une mort honorable, voilà tout ce que tu dois savoir. »
Emrys posa ses coudes sur ses genoux et tordit lentement ses doigts.
« Qu'entends-tu par honorable ? »
Domnall posa ses deux paumes à plat sur l'épée de son maître et dit sans regarder Emrys : « La Dame de Brigantia a fait conduire Sine et le jeune seigneur sur les remparts et offert leur vie en échange de celle de l'arviragus. Il était prêt à se rendre mais Sine le lui a interdit. La chienne lui a coupé la gorge et l'a jetée par-dessus le mur. »
Les deux hommes restèrent longtemps immobiles. Puis Emrys demanda : « Où est son masque de loup ?
— Je ne sais pas. Elle ne le portait pas la dernière fois que je l'ai vue. »
Emrys se leva. « Merci Domnall ! » dit-il à voix basse. Il s'éloigna. Domnall resta assis, oubliant sa tâche, oubliant l'épée maculée qu'il avait en main.

Les pluies ne ralentirent pas. L'automne arriva. La pluie se changea en neige. Dans les montagnes, rien ne bougeait. Madoc soignait ses articulations, buvait autant de bière amère qu'on voulait bien lui en donner et passait des heures à raconter des histoires à ses fils. Venutius restait sous sa tente, écoutant avec méfiance les quelques espions qui lui rapportaient des informations fragmentaires, et partageant avec Domnall, dans une sympathie qui se passait de mots, sa rage contre lui-même et l'amertume de son échec. S'il n'avait eu ce désir fou de voir sa femme, de la faire souffrir quoi qu'il en coûte aux autres, ils auraient pu au même moment frapper à la porte du gouverneur à Camulodunum. Il avait desservi son peuple, il les avait cruellement trahis et cette conviction traçait de nouvelles rides dans son visage rude. Seul Emrys parcourait les collines froides et silencieuses, cherchant dans la grisaille des forêts une façon de se sentir lui-même à nouveau. Mais le scintillement des pics neigeux appartenait à Sine, tout comme la brillance aveuglante du soleil sur la glace. Il pleurait avec les torrents, il criait son nom dans le vent d'hiver mordant. La nuit, les loups hurlaient pour elle, la lune était à sa recherche, c'était Sine qui lui parlait du fond de tous les précipices. Mais quand le soleil commença à redevenir chaud, il mit un terme à son errance.

Il avait retrouvé le respect pour son arviragus, découvrant dans l'agonie de sa propre souffrance des raisons de mieux comprendre la douleur de Venutius. Les deux hommes étaient à nouveau côte à côte lorsqu'un espion vint s'accroupir devant eux.

« Les cols sont praticables, Seigneurs, dit-il et il y a des nouvelles.

— Poursuis, le pressa Venutius.

— Le gouverneur doit rentrer à Rome avant l'hiver prochain. L'empereur s'est décidé. Il n'y aura pas de retrait d'Albion. Gallus sera rappelé et remplacé par un militaire plus jeune. » L'espion sourit. « Le bruit court que l'empereur veut qu'on en finisse avec nous une fois pour toutes. »

Venutius le regarda fixement. Ainsi, la chance avait tourné. Avec lui, l'Ouest avait été bien près de réussir. Sa chance avait brillé avec plus d'éclat encore que celle de Caradoc, mais il l'avait perdue et elle ne se représenterait plus. L'Ouest était devenu le point de mire de l'empereur, et il ne détournerait pas les yeux tant qu'il ne serait pas détruit.

Emrys ne dit rien, mais Venutius sentit le poids de son insupportable, de son insultante pitié. Ainsi Néron, dans un caprice d'adolescent avait fait preuve d'indépendance, ignoré l'avis de ses conseillers. Pas de retrait. Plus d'espoir. Les doigts de métal se resserraient, un poing de fer se refermerait jusqu'à l'écrasement total d'Albion.

« D'autres nouvelles ? demanda Venutius d'une voix enrouée.

— Des hypothèses. La rumeur que Caesius Nasica rentrera avec Gallus et remettra à un autre le commandement de la Neuvième. Lui aussi s'est lassé d'Albion. »

La tête rousse de Venutius se baissa. Des hommes nouveaux, de nouveaux ennemis, auxquels il ne s'était jamais mesuré, des chiens aux forces toutes neuves prêts à mordre férocement les chevilles meurtries de son peuple. Il se leva, alla sous sa tente et pleura.

33.

Par une belle journée fraîche et ensoleillée, Boudicca, Prasutugas, et les seigneurs de leur suite enroulés dans leurs capes de couleurs vives, traversèrent la frontière qui séparait Icenia de ce qui avait constitué autrefois le nord du territoire catuvellaunien. Une escorte militaire les y attendait. Camulodunum et le nouveau gouverneur étaient à trois jours de là. Le gouverneur les avait invités à le rencontrer, à dîner avec lui et à voir la ville. L'invitation, qui leur avait été personnellement transmise par un messager, était de la plus grande politesse mais quand Boudicca l'avait entendue, dans la hutte du Conseil, elle avait compris qu'ils n'avaient guère le choix. Ce Suetonius Paulinus, qui n'était pas en Albion depuis un mois, voulait savoir à qui il avait affaire.

« Je me demande s'il sera toujours en vie quand nous arriverons », avait-elle dit à son mari et Prasutugas avait dû réprimer un sourire.

« Crois-tu donc que les espions de Venutius sont devenus si habiles qu'ils puissent assassiner un gouverneur dans sa propre ville ? Depuis l'exécution de cet homme auquel l'administration avait fait confiance pendant des années — qui avait recueilli les confidences de tous les secrétaires qui s'étaient succédé à Camulodunum, les Romains ont renforcé leurs mesures de sécurité.

— Je ne pensais pas à un assassinat, Prasutugas. » Elle s'était assise sur le lit et avait pris un peigne. « Pense à ce qui est arrivé à Nepos : l'empereur le choisit avec soin et il promet à Néron le plus complet succès en Albion dans les trois ans. Il est jeune et capable, c'est la coqueluche des foules romaines et il saute sur le rivage de Londinium pour remplacer Gallus avec toute la confiance de la terre. » Elle faisait courir le peigne à travers ses boucles rebelles. « Et c'est Albion qui le terrasse. Un an plus tard, il est mort comme un mouton. Avec un peu de chance, la fièvre emportera le nouveau gouverneur également.

— Mais pas sans que nous ayons eu le plaisir de subir son examen. »

Elle reposa son peigne et sourit.

« Prasutugas, ne me dis pas que tu préférerais rentrer à la maison ! »

Elle eut la surprise de l'entendre répondre : « Oh si ! » et cette affirmation fit tomber entre eux l'ombre d'une anxiété familière. Le sourire de Boudicca disparut.

« C'est ta blessure, n'est-ce pas ?

— Parfois je crois que cette douleur est plus forte que moi, dit-il. Autrefois je n'en souffrais que par temps humide ou froid mais maintenant c'est par tous les temps, comme une dent pourrie. Boudicca, je dois peut-être accepter l'évidence que cette blessure pour moi sera mortelle.

« J'aurais dû m'y attendre depuis longtemps », pensa-t-elle. Elle lui demanda sans le regarder :

« Dois-je y aller seule et présenter tes excuses à ce Paulinus ?

— Merci, ma très chère, répondit-il d'une voix douce, mais comme tu dissimules mal tes sentiments ! Il n'y a rien que tu détestes autant que d'aller seule à Camulodunum et pourtant je sais que pour moi, tu le ferais ! Non, Boudicca, je dois faire ce voyage. Je ne veux pas que le gouverneur puisse m'accuser de prendre ma sujétion à Rome à la légère. »

Elle n'avait rien ajouté mais en le voyant maintenant, pâle et courbé sur sa selle, les yeux tournés vers l'escorte romaine qui approchait, elle se maudit de n'avoir pas insisté pour qu'il reste sous le soleil bienfaisant de leur ville.

L'officier vint au trot et salua. « Je m'appelle Julius Agricola et je suis le second du gouverneur, dit-il avec cordialité. Le gouverneur vous présente ses salutations et moi de même. » Il se permit de les regarder un instant mais il était trop bien élevé pour les dévisager comme il eût aimé le faire. Il était près de Paulinus lorsque le procurateur avait montré au gouverneur les chiffres parlant des forces et de la richesse d'Icenia. Aucune autre tuatha ne payait chaque année des taxes aussi monstrueuses. Mais aucune autre tuatha ne pouvait également se vanter d'avoir des hommes libres vivant comme des seigneurs et des paysans capables de s'offrir du vin importé et de la poterie. Il avait lu les rapports sur la maison dirigeante d'Icenia. Un ricon sage, doux, totalement dévoué à la cause de la paix. Et une femme impétueuse, rude et ouvertement hostile à tout, du vin romain à la monnaie romaine. Pourtant, ils étaient mariés depuis seize ans et cela éveillait l'intérêt d'Agricola. Il avait accueilli avec plaisir la suggestion de son commandant de faire venir le couple à Colchester.

Le ricon brigantien, Cartimandua, avait déjà été l'invitée du gouverneur et Agricola, après les propos à double sens d'Aricia, ses insinuations constantes, avait hâte de rencontrer cette dame icenienne qu'on disait caustique, directe et masculine. Le premier coup d'œil fut bien décevant et la réponse à ses salutations plus encore. Elle n'avait pas l'air d'un homme habillé en femme. Elle était grande, bien bâtie, mais ses poignets étaient gracieux et les boucles de cheveux roux qui s'échappaient de ses quatre nattes encadraient un visage qui n'avait rien de rude ou d'ingrat. Les yeux bruns le regardaient poliment mais avec indifférence et la large bouche le remercia d'un sourire cordial. Son mari semblait malade. Ses traits calmes et bien dessinés étaient gris et la douleur lui tordait la bouche.

Ils chevauchèrent côte à côte pendant plusieurs heures, s'arrêtèrent pour manger sous les arbres, puis avancèrent à nouveau, n'abordant que des sujets anodins. La déception initiale d'Agricola concernant Boudicca commença à disparaître. Tenir une conversation avec elle était comme essayer de toucher prudemment de l'eau bouillante — on ne savait jamais si son doigt serait ou non brûlé. Elle répondait à toutes les questions avec franchise et autorité, d'une voix profonde ou éraillée, et elle livrait sa vraie pensée sans faux-fuyant ni subterfuge féminin. Il comprit pourquoi on la disait masculine. Elle était ainsi mais ce n'était pas déplaisant. Il n'était pas sous le charme — car elle n'exerçait pas de charme sur les hommes — mais il était vivement impressionné.

Agricola décida de s'arrêter pour la nuit et fit monter des tentes. Un grand feu fut allumé. Des serviteurs préparèrent des plats chauds et réchauffèrent le vin. Prasutugas le but avec plaisir, les yeux fermés. Mais Boudicca le refusa brutalement et s'assit en tailleur à même le sol, buvant de l'hydromel froid avec un plaisir qui frisait la grossièreté.

Vers le milieu de la matinée, ils assistèrent à des travaux forcés. La route tournait au pied d'une colline fortement boisée au détour de laquelle ils croisèrent des esclaves trinovantes à demi nus, des carcans de fer autour du cou, qui gémissaient sous le poids de lourds morceaux de roches. Un contremaître les surveillait, le fouet à la main.

« L'ancienne piste passait sur la colline, leur dit Agricola, et notre route s'arrêtait d'un côté pour reprendre de l'autre. Mais comme vous pouvez le voir, nous avons décidé de raccorder la route en contournant la pente. Les arbres ont été abattus, le talus surélevé, les fossés creusés. Nous devrons faire un détour, j'en ai peur, mais il sera court. »

Il conduisit son cheval sous les arbres qui bordaient autrefois la route. Prasutugas le suivit. Mais Boudicca et Lovernius restèrent sur place, incapables de s'arracher au spectacle de ces dos bruns en sueur courbés sous des fardeaux qu'aucun homme libre n'eût accepté de porter. La pitié et la colère la prirent au creux de l'estomac. L'un des esclaves finit par remarquer ces deux cavaliers qui les observaient en silence. Bientôt cinq ou six d'entre eux regardèrent avec insistance la dame vêtue de vert et son barde, avec des yeux si pleins de haine que Boudicca en fut paralysée. Le centurion fit immédiatement claquer son fouet sur leur dos, mais les hommes restèrent où ils étaient. Boudicca retrouva enfin sa voix.

« Dis-moi, centurion, demanda-t-elle, est-ce que ce sont ces hommes qui ont creusé les fossés et surélevé les talus ?

— Oui, grogna-t-il à contrecœur.

— Et que font-ils avec ces rochers ? »

Il la transperça du regard et lui répondit comme on le ferait à un simple d'esprit : « Ils font les fondations de la route. Elles sont ensuite recouvertes de nouveaux rochers cassés en tout petits graviers, de silex et de mâchefer venus des mines abandonnées par les Catuvellauniens.

— Je vois. Est-ce que ce sont ces hommes qui briseront les rochers et répandront le gravier sur la route ?

— Naturellement, fit le soldat. Poursuivez votre route, Madame !

— Je vois, répéta-t-elle, consciente de ces yeux dévorants, de ces oreilles qui écoutaient. Peux-tu me dire à qui cette route sera utile ? »

Il rugit, exaspéré : « Aux speculatores, aux benificiarii, aux légionnaires, aux...

— Ah oui, oui ! l'interrompit-elle, de cette voix claire qui n'appartenait qu'à elle. Je comprends, merci ! »

Le centurion lui fit signe de continuer. Mais elle n'avait pas rejoint les arbres qu'une onde de gaieté se répandait parmi les Trinovantes enchaînés. Le fouet déchira l'air. Le centurion jura et les hommes se penchèrent à contrecœur sur leur labeur. Mais beaucoup d'entre eux souriaient, chérissant déjà une plaisanterie qu'ils pourraient raconter à leurs camarades en rentrant au camp pour la soupe ce soir-là. Boudicca galopa pour rejoindre Prasutugas et Agricola.

Dans la soirée du troisième jour, ils tirèrent sur les rênes en apercevant Camulodunum.

« La ville s'est développée, évidemment, dit Boudicca presque pour elle-même. Et pourtant...

— Vous l'avez peut-être vue quand la forêt l'entourait de plus près, suggéra Agricola. Nous avons beaucoup défriché, ou plutôt ce sont les indigènes qui l'ont fait et il y a de nombreux hectares de terre cultivée.

— Oui, fit-elle lentement. Il y a plus d'espace autour de la ville. Mais les champs sont si grands !

— Nos charrues sont plus larges et plus lourdes que les vôtres, répondit-il poliment. Par conséquent les champs doivent être plus longs. Elles peuvent aussi retourner l'argile, ce que les vôtres ne peuvent faire. »

Elle tourna la tête et lui sourit, une lueur sarcastique dans les yeux. « Naturellement les champs doivent être plus longs, dit-elle. Et bien sûr la terre doit être défrichée. Plus de terres cultivées signifie des récoltes plus abondantes, plus de grain pour Rome et les légions, plus d'argent dans la bourse du procurator.

— C'est tout à fait exact, Madame, s'empressa-t-il de répondre. Mais ce qui est bon pour Rome est fatalement bon pour les indigènes qui sont ses sujets. Plus de grain pour remplir la panse de tout le monde.

— Plus de grain permet indiscutablement de conserver un réservoir illimité d'indigènes en assez bonne santé pour qu'on les enchaîne et les fasse travailler sur les routes », répliqua-t-elle.

Pour la première fois, il sentit sa colère monter et cessa de sourire. « Partons, dit-il sèchement. Le gouverneur nous attend pour dîner. » Il éperonna son cheval et passa devant elle Prasutugas lui jeta un regard mi-amusé, mi-méfiant et elle trotta derrière lui en direction du portail bien gardé.

On les logea dans une vaste demeure derrière le forum et Agricola, exaspéré, dut rester à attendre que les seigneurs aient planté leur tente dans le jardin soigné, rempli d'arbres fruitiers. Il leur avait proposé de les loger ailleurs mais ils avaient refusé de quitter leur ricon.

Lorsqu'il prit congé du seigneur et de sa dame, ils étaient déjà en train d'éparpiller leurs possessions sur l'herbe desséchée et de piétiner les plates-bandes méticuleusement plantées de rosiers.

« Un aide vous conduira à la salle à manger dans une heure, dit-il. Jusque-là, des serviteurs veilleront à ce que vous ne manquiez de rien. »

Prasutugas traversa le sol pavé de carreaux rouges et blancs jusqu'à l'endroit où Boudicca examinait la petite piscine encastrée dans le sol, les mains sur les hanches.

« C'est trop gros pour y faire la cuisine, trop petit pour y nager et aucun poisson comestible ne pourrait s'y développer, dit-elle. Par conséquent, cela ne sert à rien.

— C'est à contempler, répondit son mari. J'aime plutôt ça, Boudicca. Les colliers que tu portes ne servent à rien non plus, sinon à être beau et à te charmer par la complexité de leur dessin. Ce bassin est de la même nature.

— J'aimerais mieux être assise auprès d'une eau courante, vivante, sous le soleil. Ma voix résonne ici, Prasutugas, comme si j'étais dans quelque temple qui n'est pas le mien. Je déteste cela. Toute cette rue a été construite depuis la dernière fois où nous sommes venus. Et ces fontaines ! Je les ai entr'aperçues sous les arches quand nous sommes passés près du forum. Des fontaines à Camulodunum !

— C'est Colchester, désormais, Boudicca. Ne l'oublie pas. Je crois qu'on en a fait une ville charmante, et qu'elle embellira plus encore au fil des ans. Un jour, notre ville ressemblera à celle-ci.

— Par Andrasta ! » Elle allait faire une remarque désobligeante mais, le sentant préoccupé, elle quitta la piscine et l'attira sous les petites colonnes où une servante allumait les lampes. Elle fit signe à une autre. « Aidez-le à s'habiller, commanda-t-elle. Je vais changer de vêtements, Prasutugas, et serai de retour dans un instant. »

Dans la chambre à coucher, les lampes sur leurs trépieds de bois étaient également allumées. Boudicca se déshabilla rapidement et une jeune fille apparut, sans même qu'elle l'ait appelée. « Voulez-vous prendre un bain, Madame ? » demanda-t-elle. Mais Boudicca fatiguée se contenta de demander un broc d'eau chaude. On le lui apporta, fumant et parfumé, et quand la fille fit mine de vouloir la laver, Boudicca lui commanda de sortir. Lorsqu'elle eut fait disparaître les traces du voyage, elle s'habilla à la hâte, prit ses bijoux et en quittant la pièce réalisa qu'elle ne s'était jamais conduite avec tant de timidité de toute sa vie.

Une heure plus tard, un jeune officier se présenta à la porte, escorté de quatre centurions. Prasutugas et Boudicca les suivirent dans la nuit venteuse. Au bout de la rue, le groupe tourna à gauche, suivit le mur de pierre qui entourait le forum et passa sous une arche qui les amena à une plaza pavée bordée sur trois côtés par des bâtiments en pierre dure et en bois. La fontaine au centre éclaboussait d'eau noire sa petite vasque et les feuilles d'automne planaient au-dessus des murs avant de venir s'écraser dans la cour, ou s'amasser sur les marches du temple, dont les colonnes de marbre argentées s'élevaient hautes et décidées. Boudicca suivit leur envolée jusqu'au fronton angulaire puis frissonna. La lune était au-dessus du toit, mais entre la lune et l'ombre allongée du toit, les nuages couraient, lui donnant l'impression que le bâtiment s'inclinait vers elle. Il vacillait, tombant sans tomber et elle frémit sous cette étrange menace.

« Là, indiqua l'officier, se trouve le bureau du maire. C'est un homme des tribus, un Catuvellaunien mais c'est maintenant un citoyen romain qui remplit bien sa charge. Dans le même bâtiment se trouvent les bureaux de l'administration civile. A côté, (il indiqua du bras la gauche) se trouvent les cours de justice pour les procès civils. Le gouverneur et le procurator se partagent le bâtiment suivant, le praetorium. Pour le temple pas besoin d'explication, ce sont les marchands qui font élever le bâtiment là-bas, en cours de construction. Ils ont besoin d'un lieu où se rassembler.

— Où a-t-on détenu Caradoc ? » demanda Boudicca en criant presque pour couvrir les hurlements du vent.

Il la regarda, hésitant.

« L'arviragus, Caradoc », insista-t-elle et elle entendit Prasutugas qui soupirait près d'elle.

« Ce bloc de cellules a été rasé, lui répondit l'officier avec froideur.

— Où sont les bains publics ?

— Encore en cours de construction, hors des murs, plus près de la rivière. Des arènes sont prévues mais jusqu'à présent aucun terrain ne leur a été affecté.

« Pas assez d'esclaves indigènes ? » fut tentée de demander Boudicca mais elle se reprit.

Ils longèrent les marches du temple et tournèrent derrière le praetorium. Ils arrivèrent devant une porte en chêne massif flanquée de gardes qui l'ouvrirent. Ils pénétrèrent dans une pièce chaude et bien éclairée. Des serviteurs prirent leurs capes, le jeune officier leur souhaita le bonsoir et disparut.

Agricola vint vers eux, les bras nus, les doigts chargés de bagues, la toge flottant au-dessus des sandales.

« Je n'avais pas l'intention de vous faire pousser jusqu'ici par le vent ! leur dit-il gaiement en guise de salut.

— Quelle réception ! Mais entrez. Le gouverneur vous attend.

— Quand dois-je commencer à renifler et à jurer ? Dois-je attendre que nous soyons à demi abrutis par le vin ? Je ne veux pas décevoir notre nouveau gouverneur, demanda Boudicca à Prasutugas à mi-voix.

— Personne ne peut être déçu par toi, quoi que tu fasses », lui chuchota-t-il en réponse.

Elle prit son bras et ensemble ils suivirent Agricola.

La maison était ainsi conçue qu'une fois la porte fermée, on oubliait tous les inconvénients d'une vie dans cette province lointaine. Les sols étaient couverts de céramique bleue, grise, jaune et beige et des petits piliers de bois s'élevaient à intervalles réguliers. Des chaises pliantes étaient posées ici et là. Des têtes sculptées agrémentaient discrètement de petites niches sur leur passage. On trouvait partout des coussins et des tapisseries qui rendaient cette maison, par ailleurs peu meublée et austère, gaie et confortable. Boudicca parcourait des yeux les murs, que Paulinus marquait déjà de sa personnalité. Des souvenirs du temps où il était gouverneur en Mauritanie y étaient accrochés, des épées curieusement recourbées, dans des fourreaux filigranés, des couteaux dont les manches étaient sertis de pierres rouge sombre qu'elle n'avait jamais vues. Ils s'arrêtèrent finalement dans une pièce brillamment éclairée, remplie de serviteurs. La table était mise, l'argenterie étincelait.

Un homme s'avança vers eux et leur tendit un avant-bras couvert de bijoux d'or. Sa toge bordée de pourpre suivait les mouvements de son corps puissant. Il souriait juste ce qu'il fallait, une faible concession aux convenances, mais en prenant son poignet Boudicca comprit que cé n'était pas par manque de civilité. Ce n'était pas un animal social, ce Romain. C'était peut-être un hôte parfait, le sang bleu de l'aristocratie romaine coulait peut-être dans ses veines, mais c'était avant tout un soldat de carrière.

« Bienvenue », dit-il.

Avant qu'il se tourne vers Prasutugas, une lueur amusée dans ses yeux fit comprendre à Boudicca qu'il y avait peu de chose la concernant qu'il ne sache déjà.

« Je recherchais depuis longtemps l'occasion de parler avec vous et c'est un plaisir que de remettre mon travail à plus tard pour le faire. Etes-vous satisfaite de la façon dont nous vous avons temporairement logés ? »

Prasutugas lui répondit avec calme, lui demanda ses impressions d'Albion et Boudicca se retrouva avec une coupe entre les doigts. Agricola la conduisit vers le centre de la pièce.

« Vous frissonnez, fit-il remarquer. Avez-vous froid, Boudicca ?

— Non, non, dit-elle en lui souriant d'un air absent. Pas le moins du monde. C'est peut-être la fatigue après ce long voyage, et la faim.

— Nous allons bientôt dîner. Je crois qu'on va nous servir du mouton icenien et le gouverneur est très fier d'avoir réussi à se procurer un petit tonneau d'hydromel rien que pour vous.

— Quel homme prévenant ! s'exclama-t-elle. Dommage qu'il ne puisse satisfaire tous mes goûts !

— Je suis sûr qu'il serait désolé de vous voir manquer de quoi que ce soit au cours de votre séjour, Madame. Mais j'imagine que vous faites allusion à des goûts que même un gouverneur ne saurait satisfaire, n'est-il pas vrai ? »

Stupéfaite, elle le dévisagea franchement. Il était jeune, il était beau, mais elle comprit soudain qu'il était également fort sage et qu'il avait su se mettre à l'abri de son venin avant même qu'elle ne pense à l'attaquer. Ces deux-là forment une bonne équipe, se dit-elle, tout comme Aulus Plautius et son second Rufus Pudens. Une peur sournoise et irraisonnée s'empara d'elle. Elle entendit Prasutugas qui riait. Non pas un ricanement poli, mais un vrai rire sain et tonitruant. Agricola la regarda en souriant et en buvant son vin. Ils m'ont battue, ils nous ont déjà battus. Serait-ce là les hommes qui sauront vaincre l'Ouest ? se demanda-t-elle. Elle lui répondit avec plus de sérieux :

« Vous savez qui je suis. Je ne doute pas que mes besoins les plus étranges ne soient connus du gouverneur. Parfait, je ne gâcherai pas votre soirée.

— Oh, madame, protesta-t-il avec une lueur amusée dans les yeux, n'êtes-vous jamais tentée de faire honneur à votre redoutable réputation ?

— Je le ferai peut-être un jour, dit-elle d'un ton léger, mais en attendant, je me contenterai de vous fournir, à vous autres Romains, vos meilleurs sujets de plaisanterie sur Albion. Dites-moi donc ce que le gouverneur a fait depuis son arrivée, si ce n'est attraper un bon rhume, naturellement.

— Qu'est-ce qui vous fait croire qu'il est enrhumé ?

— Le fait que tant de nos gouverneurs aient été incapables de s'adapter au climat unique d'Albion. »

Il se mit à rire très fort et, répondant à un signe de tête de Paulinus, la poussa vers la table. « La Dame s'inquiétait de votre santé », expliqua-t-il alors que Boudicca s'installait en relevant ses manches vertes et qu'il se rendait vers sa propre couche. Paulinus n'eut guère besoin qu'on lui répète ce qu'elle avait dit et il ébaucha un sourire. Puis il claqua des doigts en direction des serviteurs.

« Ma santé est excellente, lui dit-il. J'ai vécu pendant ces quinze dernières années dans la chaleur et la sécheresse, il est vrai, mais les montagnes de Mauritanie peuvent être froides, humides et inconfortables et j'en avais plus qu'assez.

— Regrettez-vous d'avoir été transféré en Albion ? » lui demanda Prasutugas. Il ne s'était pas allongé. Avec un seul bras, c'était impossible. Il était assis bien droit sur la chaise qu'on lui avait apportée. Boudicca, le sachant incapable de couper sa nourriture, craignait qu'il se ridiculise, mais elle vit sur le plat tendu par le serviteur que tout était déjà découpé en petits morceaux. Elle regarda sa propre assiette et n'en put croire ses yeux. Encore des huîtres ! Oh ! pas ici, pas à la table du gouverneur, se dit-elle avec une légère angoisse. Mais le gouverneur parlait et elle lui accorda toute son attention.

« Non, pas vraiment. Mes premières années en Mauritanie se passèrent en campagne, mais par la suite, il n'y eut plus de batailles à livrer, et je dois avouer que les tâches administratives m'ennuyaient beaucoup. Je serai ravi de retrouver l'action.

— Oh ! ce n'est pas ce qui vous manquera par ici, fit remarquer Boudicca, faisant descendre une huître grise avec une gorgée d'hydromel fort. L'empereur doit commencer à s'impatienter s'il envoie l'un des deux généraux les plus populaires de l'Empire dans un trou sauvage comme Albion. Oh ! oui, poursuivit-elle en souriant devant la surprise qu'elle lisait sur son visage, nous essayons d'apprendre tout ce que nous pouvons sur les hommes que l'empereur nous envoie. Je vous remercie pour l'hydromel, c'est une attention très délicate. »

Il écarta d'un geste ses remerciements, peu dupe de la diversion. « Des informations de seconde main ne remplaceront jamais l'expérience personnelle, n'est-il pas vrai Madame ? J'ai beaucoup appris sur Albion et des sources les plus étonnantes, lorsque j'étais encore à Rome. »

Elle s'étrangla presque, sans plus prétendre aux bonnes manières. « Vous avez parlé à Caradoc, dit-elle. Serait-ce abuser que de demander de ses nouvelles ? »

Paulinus souleva les sourcils. « Vous êtes bien prompte à tirer des conclusions erronées, répondit-il. Croyez-vous que je puisse indisposer un homme auquel sa loyauté interdirait de me donner toute information pertinente ? Je lui ai bien parlé. Ses silences étaient plus éloquents que ses paroles. Tout chez lui montrait son amour pour son pays et son désir d'y rentrer. Mais j'ai passé de nombreuses heures en compagnie de Plautius et de sa femme.

— Et que vous ont-ils dit ? » Boudicca quitta des yeux le visage crevassé de Paulinus. C'était la voix de son mari.

« Ils m'ont dit qu'Albion n'accepterait jamais tout à fait de se soumettre. Je les ai écoutés mais je crois qu'ils se trompent. Je soumettrai Albion.

— Eh bien, fit remarquer Agricola d'un ton léger, s'il est un homme capable de nettoyer l'Ouest, c'est bien vous, Suetonius, mais ce soir je préfère nettoyer mon assiette.

— Je vous en prie, protesta Boudicca. Nous ne sommes pas choqués. Vous connaissez tous deux le dévouement de mon mari à la cause romaine et mes propres restrictions, mais sachez que je lui ai promis mon concours. Si nous devons passer la soirée à user notre salive en mondanités, notre voyage aura été inutile. Nous voulons vous connaître et vous voulez nous jauger. Quoi de plus normal ? J'ai horreur des phrases pour ne rien dire.

— Moi de même, reconnut le gouverneur, mais je ne pense pas qu'il soit juste d'échanger des propos aigres-doux devant un bon dîner. Vous m'avez posé une question, Boudicca, et je vais y répondre. Caradoc se porte bien, même s'il paraît plus vieux que moi. Lui et sa femme sont devenus de bons amis de mon ami personnel Aulus Plautius. Ses enfants se portent bien aussi. Gladys est mariée à l'ancien second de Plautius, Rufus Pudens, et elle est devenue citoyenne romaine. Eurgain s'est échappée et si elle ne s'est pas noyée elle doit vivre sur Hibernia, l'île que vous appelez Erin. Quant à Llyn... » Il fit une pause. « Llyn n'aime guère Rome.

— Voilà le mouton icenien, dit Agricola, coupant court à des échanges qui ne suffisaient pas à satisfaire la curiosité de Boudicca.

— Dites-moi, Seigneur, y a-t-il des porcs domestiques dans votre pays ou préférez-vous la saveur du sanglier sauvage que vous tuez vous-même à la chasse ?

— Je ne peux plus chasser, malheureusement, répondit doucement Prasutugas, mais je préfère le sanglier. Mes seigneurs vont à la chasse chaque jour et je m'occupe toujours du dressage de mes chiens.

— Les hommes des tribus mauritaniennes chassent le lion à cheval, avec des lances, avança Paulinus. C'est un grand sport. Chassez-vous, Madame ? »

Boudicca sentit à nouveau les yeux de Prasutugas sur elle. Elle répondit fermement, avec un souvenir aigu de la forêt obscure, de la puanteur d'un renard mort et d'une poitrine mutilée. « Oui, Monsieur. Je chasse. Quand j'étais jeune, je chassais les hommes et je volais du bétail. Puis Rome est venue et je me suis mise à chasser le sanglier avec un filet. Je crois que c'est la chasse au daim que je préfère maintenant. Elle demande plus d'habileté que la chasse à l'homme ou au sanglier. »

Il la regarda et un certain rapport ancien lui revint peu à peu en mémoire. Agricola et lui avaient étudié les dépêches que le commandant de la garnison en Icenia envoyait régulièrement. Il savait que ce n'était ni mensonge ni vantardise. Elle avait bel et bien chassé l'homme. Les dépêches mentionnaient d'autres faits encore. Elle n'était que tempête et fureur mais le danger qu'elle représentait était totalement neutralisé par son amour pour son mari. Paulinus était insensible à sa beauté flamboyante. Il n'éprouvait pour elle ni amour ni haine. Son seigneur et elle n'étaient que deux nouveaux facteurs à prendre en considération dans cette image de l'île qu'il complétait déjà dans sa tête.

« Je suis de votre avis, dit-il, le daim suit son instinct alors que les hommes le contrôlent. Ils veulent utiliser le raisonnement mais absolument leur raisonnement bien souvent les égare. Ce fut la cause de bien des défaites au cours de mes campagnes en Mauritanie.

— Comment cela ? demanda Prasutugas intéressé.

— C'est presque un désert, continua Paulinus. Impossible d'établir des cartes satisfaisantes parce que le sable bouge sans cesse. Les tribus auraient pu poursuivre les hostilités indéfiniment si elles avaient suivi un instinct animal, mais elles ne le faisaient pas. Au lieu de varier les routes qu'empruntaient leurs convois d'une source de revitaillement à une autre, ils ne parvenaient pas à oublier des habitudes centenaires. Naturellement, le pays voulait que leurs fruits et leurs légumes ne poussent que là où il y avait de l'eau dans les oasis qui jonchent le désert. Il était assez simple de découvrir les oasis, de détruire les sources de ravitaillement et d'attendre. »

Il fallut un instant à Boudicca pour comprendre pleinement ce qu'elle venait d'entendre. « Détruire les sources de ravitaillement », cela lui apparut soudain d'une telle évidence qu'elle dut en déposer sa coupe. Personne ne l'avait remarqué. Paulinus continuait à vanter les vertus de la viande du cheval mauritanien, avant d'aborder un sujet de conversation plus plaisant.

« C'est ce qu'il fera ici, pensa-t-elle. Je le savais. A la minute où j'ai vu ce Paulinus. » C'était un homme à la discipline de fer, aux décisions rapides, justes et définitives. Il était, de l'avis de tous, incorruptible. Elle s'efforça de porter sa coupe aux lèvres. Les autres avaient échoué mais lui réussirait. Il irait... à Mona. La source de ravitaillement. Là où l'Ouest puisait sa force. Du grain pour les corps, de la magie pour les âmes. Mona.

Mais que pouvait-elle faire ? Elle s'enfonça dans un tel silence que Prasutugas lui demanda avec inquiétude : « Boudicca, que se passe-t-il ? »

Ses yeux allèrent de l'un à l'autre, aux abois. « Ils le savent, pensait-elle, stupéfaite. Peut-être Paulinus ne le sait-il pas encore lui-même. Mais moi je le sais. » « Un morceau de viande m'est resté en travers de la gorge, fit-elle en toussant.

— Le mouton n'est-il pas à votre goût ? » demanda le gouverneur. Elle hocha la tête.

« Vous autres Romains ne savez pas le faire cuire, dit-elle s'efforçant désespérément de rire, il est encore rouge. »

Paulinus fit claquer ses doigts avec impatience. « Enlevez ce plat et apportez-en un autre, ordonna-t-il. Je suis désolé Madame. Voulez-vous de l'eau ? »

Elle secoua la tête sans rien dire « Mona », pensait-elle, répondant sans savoir ce qu'elle disait aux questions qu'on lui posait.

« Il faut que je m'enfuie. Venutius, tout est perdu. Caradoc, ce Romain t'a-t-il raconté cette histoire ? »

Le dessert fut servi, on rapporta du vin. Des fruits leur furent offerts, avec un fromage de chèvre fort et brun. La grande fatigue de Prasutugas faisait place à une inquiétude croissante à l'égard de sa femme. Il y avait plus d'une heure qu'elle n'avait rien dit. Il fut heureux de voir le dîner finir. Lui et Boudicca remercièrent Paulinus pour son hospitalité et, quittant la maison, sortirent dans la nuit venteuse, encadrés par leur escorte de soldats.

Ils refermèrent leur porte derrière eux. Leurs seigneurs étaient profondément endormis, enroulés dans leurs capes. Ils ne les réveillèrent pas. Dans la chambre à coucher, les lampes continuaient à brûler, projetant une lumière jaune et somnolente.

Prasutugas jeta sa cape sur le sol. Bien que sa plaie suppurante le lançât impitoyablement et que la douleur lui tournât la tête, il alla vers sa femme. « Qu'y a-t-il ? » demanda-t-il lentement.

Boudicca resta au milieu de la pièce, toujours frileusement serrée dans sa cape, les traits altérés. « Il en est capable, dit-elle d'un ton morne. Détruire les sources de ravitaillement. As-tu bien compris, Prasutugas ? Il marchera sur Mona au printemps. Il brûlera les récoltes, répandra du sel sur les champs et tout sera fini. Cela lui a réussi dans les déserts dont il parlait et cela lui réussira ici en Albion. Prasutugas, cet homme dégage une impression de succès militaire qui me fait peur ! »

Il s'efforça malgré la fatigue de réfléchir à ce qu'elle disait. « Tu as raison Boudicca, fit-il enfin. Je crois que ce gouverneur saura amener la paix dans l'Ouest. Si seulement il avait pu être nommé à la place d'Aulus Plautius, bien des vies auraient été épargnées ! »

Elle le regarda, stupéfaite. « Par Andrasta, murmura-t-elle, tu ne penses donc qu'à la paix, Prasutugas ? Ne vois-tu pas que la paix ne veut rien dire si elle piétine l'honneur d'Albion ? Oh que faire ?

— Tu sais ce que tu dois faire, dit-il fermement. Envoie un messager à Venutius, fais-lui part de tes soupçons. Peu importe s'il l'apprend par toi maintenant ou par ses propres espions au printemps quand les légions se mettront en marche. »

Elle se mit à pleurer. Elle pleurait encore lorsqu'il posa sa tête blonde sur l'oreiller. Elle commença à se préparer pour la nuit. Lorsqu'elle se glissa sous les couvertures près de lui, il essaya de lui caresser les cheveux.

« Même avec toi, je suis seule, sanglotait-elle.

— Tu m'as dit un jour que rien ne comptait que toi et moi, lui répondit-il. Laisse le temps emporter tout le reste et souviens-toi seulement que je t'aime. »

Elle le prit dans ses bras, mais lorsque, épuisée, elle s'endormit enfin, elle n'avait pas réussi à chasser son chagrin.

Agricola les fit appeler dans la matinée. Le vent soufflait toujours mais le soleil brillait. Le forum était bruyant et animé. On leur amena des chevaux et Agricola leur fit visiter Colchester jusqu'à l'heure du repas de midi. Les remparts élevés par Caradoc, bien que moins hauts, étaient toujours à leur place mais s'agrémentaient de quatre nouveaux portails au-delà desquels la ville avait débordé. Des paysans sans terre et sans seigneurs s'entassaient dans des huttes et des cabanes, ne vivant que d'expédients et de rapines.

« On nettoie tout cela de temps en temps, dit Agricola alors qu'ils passaient au trot par les ruelles boueuses. On en envoie quelques-uns en Gaule et à Rome pour les arènes ou la légion. On en loge d'autres dans les anciens baraquements de la Vingtième et on les nourrit en échange de leur travail, mais très vite, il en arrive encore dans la campagne.

— Pourquoi ne leur donnez-vous pas un lopin de terre? La plupart d'entre eux ont été fermiers toute leur vie », demanda Prasutugas. Agricola haussa les épaules.

« La terre est rare, ici au sud. Les vétérans des légions ont droit à une ferme lorsqu'ils prennent leur retraite, et ils l'obtiennent. Beaucoup d'entre eux préfèrent pourtant vivre en ville et laisser les indigènes cultiver leur ferme. Tenez, voici les ateliers de poterie de la Vingtième. Leur production est de bonne qualité, mais pas comparable avec ce qui se fait en Gaule. Nous encourageons également les populations à continuer la confection de vêtements de lin et de laine. L'artisanat d'Albion est assez réputé et certains d'entre eux gagnent des fortunes. Les légions ont constamment besoin de bottes et de sandales, c'est l'occasion pour certains de faire de beaux profits.

— Ce qui m'inquiète, fit Boudicca d'une voix forte, c'est que tous ces gens, qu'ils travaillent dans des boutiques ou des ateliers, dépendent totalement de vous, Romains, pour leur subsistance. Vous partis, il ne leur restera plus qu'à mourir de faim.

— Mais nous n'avons pas la moindre intention de partir, la Dame, répondit Agricola. Beaucoup de gens comptent en effet sur nous et si nous nous en allions, Albion serait immédiatement en proie au plus grand chaos qu'elle ait jamais connu.

— Comment cela ? demanda-t-elle.

— Les tribus qui coopèrent avec nous seraient attaquées par celles qui refusent de le faire. Aucune région de l'île ne serait épargnée et cette guerre-là pourrait bien mettre fin à toutes les autres.

— Vous avez une piètre opinion de nous autres sauvages, fit-elle amèrement, malgré tous vos beaux discours. Nous ne pouvons que nous entretuer, avec la férocité des loups. Vous vous flattez sans doute d'apporter au monde la civilisation n'est-ce pas ?

— Oui, répondit-il sans la moindre gêne. C'est très précisément ce que nous faisons. Demandez à votre mari et à quelques autres chefs de tribu s'ils ne sont pas de cet avis, Boudicca. »

Ils passèrent près de boutiques qui vendaient de tout, de la bière locale à l'artisanat romain. Les seigneurs descendirent de cheval pour se perdre dans de petites échopes obscures et s'extasier sur les objets qui s'y trouvaient. Ils en ressortirent chargés de cadeaux pour leurs familles en Icenie, car ils ne manquaient pas d'argent romain et leur plaisir semblait souligner encore la justesse des propos d'Agricola. « Si Rome n'a apporté que du bien, pourquoi suis-je donc en deuil chaque jour ? pensa Boudicca. Pourquoi les tribus de l'Ouest préfèrent-elle la mort à cette promenade dans les rues de Colchester avec une bourse bien remplie ? La raison en est profonde. Rome nous apporte tout sauf le droit si précieux de choisir notre destinée. » Depuis des années, elle essayait sans succès d'en convaincre Prasutugas. Et voilà qu'elle le réalisait avec clarté. « Nous ne méritons le nom d'hommes que tant que nous savons conserver cette dignité que confère la liberté. Il faut que je parvienne à le lui dire. » Mais le voyant chevaucher avec peine, elle comprit qu'elle ne pourrait peut-être plus lui dire quoi que ce soit. Il était mourant. Il lui faudrait ravaler tous les motifs de discorde et seulement lui communiquer sa force.

Agricola les conduisit, au bout d'une rue, vers un terrain vague où d'énormes chaudrons bouillaient sur des feux. Le sol était couvert de cadres sur lesquels séchaient des tissus fraîchement teints. Boudicca glissa de cheval.

« Je veux acheter une étoffe qu'Hulda puisse utiliser pour les filles », dit-elle et la petite troupe montée s'arrêta. Le teinturier vint vers elle, les bras couverts de pourpre jusqu'au coude. Sa femme et son fils étaient derrière lui.

« Bonjour, homme libre. »

Il lui jeta un regard rapide puis lui sourit.

« Vous êtes la Dame d'Icenia ?

— Oui. Comment le sais-tu ?

— Il n'y a qu'une maison dont la dame a les cheveux roux et dont le mari n'a qu'un bras. Voulez-vous voir ma marchandise ? »

Elle fit oui de la tête et se préparait à le suivre dans sa petite hutte, lorsque la voix d'Agricola les fit s'arrêter. « Sors ton travail et étale-le sur l'herbe, cria-t-il, le reste de la compagnie aimerait peut-être aussi acheter quelque chose. »

Boudicca gratifia le Romain d'un sourire insolent.

L'homme haussa les épaules et entra dans la hutte. « Ne croyez-vous pas que vous exagérez un peu, Monsieur ? dit-elle. Je pourrais me vexer et me plaindre au gouverneur ! »

Prasutagas se mit à rire.

L'homme revint chargé de rouleaux de tissus de couleurs vives qu'il entreprit de dérouler à ses pieds. « Vous soupçonne-t-on ? » murmura-t-elle en se penchant. Et à voix haute : « Très joli. Et parlez-moi de vos teintures.

— Oui, murmura-t-il la tête baissée, ils me surveillent constamment. » Puis élevant la voix : « Celle-ci c'est une teinture de primevères. Elles étaient toutes fraîches quand on les a cueillies. La couleur est sortie si vive et si délicate que j'ai décidé de ne pas faire de dessins. Ce tissu-là a été trempé dans les baies de sureau, une teinture riche et épaisse. La couleur violette qu'on obtient est très à la mode. Je le trouve un peu sombre, je pourrais y ajouter quelques broderies au fil d'argent pour l'alléger un peu. »

Elle se pencha tout en palpant le tissu. « Je n'ai jamais vu un vert aussi pâle ! s'émerveilla-t-elle, et le dessin rouge au-dessus est si régulier ! Comment obtenez-vous une couleur pareille ?

— Il faut que vous demandiez cela à mon fils, répondit-il. C'est lui qui fait les teintures et court partout pour trouver les ingrédients dont il a besoin. C'est ma femme qui fait le tissage. Moi je m'occupe des dessins. »

« Court partout », Boudicca remarqua la façon à peine perceptible dont il avait souligné ces mots. « Prasutugas, appela-t-elle, crois-tu qu'Ethelind aimerait le jaune primevère ?

— Le vert lui irait mieux, répondit-il. Achète le jaune pour toi, Boudicca, et le rouge pour Brigid ! »

Elle se promena parmi les longs tissus de couleur, touchant à tout et s'exclamant beaucoup, entraînant le teinturier toujours plus loin des cavaliers. Elle fit son choix, appela un seigneur pour les rouler et les porter, puis demanda d'une voix forte : « Combien te dois-je, homme libre ?

— Dix denarri », dit-il. Et à voix basse : « Que pensez-vous de votre dîner chez le gouverneur ? On dit qu'il parle peu.

— Lovernius ! cria-t-elle. Apporte de l'argent ! Il parle déjà trop, dit-elle dans un murmure, je ne peux rien vous dire de précis. Seulement de bien protéger l'île sacrée. » Elle jeta les pièces au teinturier, le salua et revint à son cheval. « Vraiment, Monsieur, dit-elle à Agricola, si je voulais parler à un espion, j'attendrais au moins d'être chez moi. Vous ridiculisez ce pauvre homme libre.

— Je n'ai fait que lui demander d'apporter ses marchandises au-dehors, protesta-t-il. Qui parle d'espion, Madame ? Vous avez l'esprit bien soupçonneux.

— Les teinturiers sont tous des fous, de toute façon, conclut-elle en se remettant en route, cela vient de ces colorants qu'ils respirent à longueur de journée. Tout pour eux devient bizarre et coloré. »

Le lendemain matin, ils reprirent le chemin du retour. Le gouverneur les accompagna près d'une heure puis lui et son escorte les quittèrent pour faire marcher au pas leurs chevaux dans la forêt catuvellaunienne encore dénudée. La frontière de leur pays se trouvait à six jours de là. Mais Prasutugas ne le vit pas assis droit sur sa selle. A trois jours de Colchester, il s'effondra et c'est sur une civière qu'on le ramena, reposant sur le joli tissu que sa femme avait acheté.

34.

Brigid sauta à cheval et se baissa pour saisir les rênes. Elle sourit à Marcus. « Tu es prêt ?

— Fin prêt. Nous passons une fois autour de l'arbre, jusqu'au lac, et nous terminons là où la rivière rejoint la forêt.

— Mais Marcus, c'est trop loin. La dernière fois, nous nous sommes arrêtés au lac.

— Oui, mais la dernière fois, tu n'avais que treize ans. Aujourd'hui tu en as quatorze et tu peux aller plus loin », la taquina-t-il.

Elle lui fit une grimace. « Tu dois me laisser gagner, puisque c'est mon anniversaire. Tu ne m'as pas encore fait de cadeau, tu sais !

— Je sais. Cette année, j'ai pensé que tu ne valais pas l'argent que ça me coûterait. Je dois faire des économies pour mon voyage à Rome. »

Elle ferma les yeux et offrit son visage au vent. « Oh ! Marcus, quelle belle journée. N'est-ce pas merveilleux d'être en vie par un temps pareil ? »

Ils firent reculer leurs chevaux sur la même ligne, raccourcirent les rênes. Marcus était encore en train de calmer son cheval nerveux quand elle cria : « Partez ! » Son cheval bondit sur le terrain plat.

« Brigid ! cria-t-il, ce n'est pas juste ! » Il s'élança derrière elle, les genoux serrés contre les flancs chauds du cheval et inclina le buste vers la crinière flottante. Le vent chanta dans ses oreilles.

C'était une bien belle journée, en effet. Le marais plat et clairsemé de buissons s'offrait sous un ciel bleu sans nuage. Elle n'était déjà plus qu'une tache écarlate qui fuyait rapidement. Il siffla et sa monture galopa bruyamment sur le terrain mou.

Peu à peu, il commença à la rattraper. La surface brillante du lac fila et les moineaux blancs qui s'étaient réinstallés après le passage en trombe de Brigid s'envolèrent à nouveau, nuage piailleur. L'envie de gagner le saisit. Bientôt, il fut à sa hauteur et lui sourit.

« C'est moi qui vais gagner encore une fois !

— Mais Marcus, mon anniversaire ! »

Un instant, ils restèrent encolure contre encolure, puis peu à peu, il se détacha. Il parvint rapidement à la hauteur des saules sur la rive. Il s'arrêta brusquement et glissa du dos en sueur de Pompée, heureux d'avoir le temps de se retourner pour la voir arriver au galop.

Elle se jeta au sol, rouge et hors d'haleine.

« Tu aurais pu me laisser un peu d'avance au moins au départ, Marcus. Je n'ai perdu que parce que tu as un meilleur cheval que moi.

— Non. C'est parce que tu montes comme une femme.

— Et comment les femmes montent-elles ?

— En voulant rester élégantes.

— Ce n'est pas vrai. Tu sais parfaitement que je monte mieux que toi.

— Aurais-tu aimé que je triche pour te laisser gagner ? »

Elle soupira, toujours fâchée. « Peut-être pas. Mais j'espère que ma mère renverra bientôt cette vieille jument aux champs et me donnera un vrai cheval.

— Des mauvaises excuses ! Si nous allions dans les bois chercher des coucous ?

— Non, asseyons-nous plutôt au soleil, sur l'herbe. » Elle accrocha les rênes à une branche de saule.

« Brigid, lui dit-il doucement, je plaisantais tout à l'heure. J'ai un cadeau d'anniversaire pour toi.

— Naturellement. Tous les ans, tu m'offres quelque chose de magnifique. Qu'est-ce que c'est ? Est-ce que tu me le donneras ce soir à la fête ?

— Tu peux l'avoir tout de suite. En fait, tu n'as pas cessé de le regarder toute la matinée. » Il sourit devant son air intrigué. « Tu devines ce que c'est ? »

Elle l'examina plus attentivement, puis secoua la tête. « Je ne vois pas du tout ce que cela peut être. Dis-moi vite ! »

Il s'inclina avec une révérence et montra le cheval qui s'était mis à brouter l'herbe grasse près de la rivière. « Voilà. »

Ses yeux s'agrandirent de surprise. « Pompée. Tu m'offres Pompée ? Oh ! non, Marcus, je ne peux pas accepter. Tu aimes ce cheval. Et c'est un bel animal, qui vaut une fortune. »

Marcus baissa les yeux, gêné. « Je ne savais quoi offrir à une demoiselle qui a déjà tout. D'ailleurs, Brigid, j'aimerais que ce soit toi qui l'aies. »

Elle alla vers la bête, caressant sa crinière fournie, et se baissa pour effleurer son museau gris. « Merci Marcus, dit-elle simplement, je ne le mérite pas. Et je ne mérite pas non plus un ami comme toi. Je te promets d'arrêter de te taquiner pour toujours.

— J'espère bien que non, répondit-il gaiement, cela me change un peu des reproches constants de ma mère ! Viens, trouvons un endroit où nous asseoir. »

Ils laissèrent leurs chevaux et avancèrent dans la prairie. Puis ils s'assirent dans les herbes hautes et parfumées. Marcus roula sur le dos avec un soupir de plaisir, les doigts noués sous sa nuque, clignant des yeux vers le ciel ensoleillé. « Tout cela va me manquer, fit-il remarquer. Rome est sans doute un endroit passionnant, mais je crois que je préfère Icenia à la chaleur et à la puanteur de la ville. »

Brigid se mit à plat ventre, puis se retourna et s'assit. « Alors, tu n'es pas un vrai fils de Rome. Est-ce que ce n'est pas Aristote qui dit que la campagne n'est faite que pour servir les villes ?

— Non. Il n'a pas dit ça. Il a dit que l'homme était un animal qui vivait dans les villes. Mon précepteur ne serait pas très content de toi. »

Elle commença à ramasser les fleurs sauvages qui nichaient dans l'herbe autour d'elle, les jetant sur sa tunique rouge. « Tu vas me manquer. »

Il leva la tête vers elle, mais elle s'appliquait à faire un bouquet avec un brin d'herbe. « Oh ! nous avons encore le temps, Brigid, dit-il à voix basse.

— Mais la décision est prise. Tu nous quittes pour de bon et tu ne reviendras plus. » Elle retourna à son bouquet. « Es-tu heureux d'entrer dans la cavalerie, au moins ?

— Oh ! tu sais, je ne serai que la mascotte d'un général. Il faudra des années avant de commencer l'entraînement. »

Il n'avait aucune envie de partir et il admira les reflets du soleil sur ses cheveux soyeux. Sa sœur aînée aussi était blonde, d'un blond cuivré qui tenait à la fois de la couleur des cheveux de Prasutugas et de Boudicca. Mais les nattes de Brigid étaient plus blondes, du blond le plus pâle qu'il ait jamais vu dans une tribu de blonds aux yeux bleus. Il n'avait jamais pu la regarder sans avoir envie de lui toucher les cheveux. Ils le fascinaient déjà quand il n'était qu'un tout petit garçon et qu'ils jouaient à l'ombre des remparts.

Il n'avait connu que des jours de jeux et de joie dans ce riche petit royaume. Il passait généralement la matinée avec son précepteur et les après-midi avec Brigid et Ethelind, à chevaucher à travers champs, à chasser dans les bois ou canoter sur la rivière. Il avait été quatre fois à Rome avec sa mère, sans grand enthousiasme. Les foules, les odeurs, les mondanités maquillées et sophistiquées l'avaient ennuyé ou effrayé. Quoi qu'en pense sa mère, c'était Icenia son pays. Brigid et Ethelind étaient sa famille. Mais voilà que son père allait l'envoyer commencer une carrière militaire dans ce pays où il était né mais qu'il n'aimait pas. C'était une perspective à la fois excitante et terrifiante.

« Aimerais-tu te battre, Marcus ? Tu n'as pas peur ?

— Je ne sais pas. Je n'ai jamais vu tuer un homme. Père dit qu'au cours d'une bataille, on n'a pas le temps d'avoir peur. Il dit qu'on n'a rien d'autre à faire qu'exécuter des ordres et que la bataille n'est pas différente de l'exercice. Mais il n'y a pas de sang versé au cours des exercices.

— Mère dit qu'elle a toujours eu peur mais qu'on apprend à dominer sa peur. Un jour, quand j'étais petite, j'ai décroché une épée de cérémonie du mur de la Salle. Je l'ai sortie de son fourreau mais elle était trop lourde pour que je puisse la soulever. Il est difficile de croire que les filles autrefois se battaient avec des choses pareilles.

— C'est une femme étonnante, ta mère. » Il s'assit et prit une fleurette fragile sur ses genoux. « Regarde celle-là, Brigid, elle va avec la couleur de tes yeux. Violet, comme le sang vieux ! »

Ses yeux, comme des violettes humides, brillèrent dans sa direction.

« Marcus, comment peux-tu dire une chose pareille ! Je suis bien contente que tu partes. Ensuite, je trouverai un soupirant qui pourra me dire que mes yeux sont comme des étoiles et mes cheveux comme le soleil, sans que tu passes ton temps à te moquer de lui derrière son dos ! Tu te souviens de Connor ? »

Il lui sourit joyeusement, les mains occupées à cueillir des marguerites. « Naturellement. Je l'ai poussé dans la rivière. Il était trop content de lui, il fallait le refroidir. » Marcus commença à tresser les tiges solides puis s'agenouilla devant elle. « Une couronne de princesse pour ton anniversaire.

— C'est joli. Mets-la sur ma tête. »

Il la posa sur son front, puis reculant, il fronça les sourcils. « Ça ne va pas. Une princesse ne devrait pas porter de couronne si on ne voit pas ses cheveux. Défais tes nattes, Brigid.

— Non. Cela prend trop longtemps pour les refaire.

— Je le ferai pour toi. S'il te plaît. »

Elle ramena ses nattes et commença à les dénouer. Il la regarda, le cœur aux lèvres. Sa chevelure libérée vint tomber en cascade sur ses épaules et sur ses bras, pour descendre jusqu'au sol derrière elle. Elle secoua la tête. « Voilà. Est-ce que je ressemble plus à une princesse maintenant ? J'en suis une, tu sais. »

Du verre filé, pensa-t-il, fil de la vierge au soleil, fil d'or digne des vêtements d'une déesse. « C'est beaucoup mieux, dit-il d'une voix changée. Il ne te manque plus qu'un trône. »

Elle lui sourit et commença à renouer ses cheveux mais il lui prit la main. « Laisse-moi le faire pour toi », dit-il en se rapprochant. Il pouvait respirer ce parfum vivant, chaud et ensoleillé. Il ferma les yeux et plongea les mains dans ce fouillis doré. Elle resta assise, très droite. Il en approcha sa tête, s'en frotta les joues, les porta à sa bouche. Elle se tourna pour le regarder et leurs lèvres s'effleurèrent. Elle recula.

« Ne fais pas ça !

— Pourquoi ?

— Parce que... parce que c'était agréable. » Les couleurs lui montaient aux joues, sa bouche tremblait. « Mère n'approuverait pas. D'ailleurs, tu t'en vas. Oh ! Marcus, ne t'en va pas ! »

Ils s'agenouillèrent, les yeux dans les yeux. Il avait les doigts toujours enfouis dans ses cheveux. Elle tomba dans l'herbe à la renverse et Marcus la suivit.

« Brigid, murmura-t-il au seuil d'un nouveau mystère, Brigid. » Il l'embrassa à nouveau. Cette fois sa bouche s'ouvrit sous la sienne et un frisson de plaisir le parcourut. Etourdi, il leva la tête, les yeux violets de Brigid rencontrèrent son émerveillement. « Comme tu es belle ! » commença-t-il. Mais elle se dégagea et s'assit.

« Non, Marcus. Ne dis rien ! Pas maintenant. Pas le jour de mon anniversaire. Pas quand je sais que tu vas me quitter. »

Il secoua la tête et remit ses bras autour d'elle. « Je crois que je t'aime. Stupéfiant ! Merveilleux ! Je t'aime !

— Oh ! pourquoi devais-tu donc le dire aujourd'hui ? fit-elle d'un ton malheureux. Tu ne dis ça que parce que tu sais que tu t'en vas.

— Ne dis pas de bêtise ! fit-il très vite. Tu devrais me connaître mieux que ça ! Je le pense sincèrement, Brigid. Je t'aime. Me permettras-tu de parler à mon père et au tien ? Accepterais-tu de te fiancer avec moi ?

— Mais c'est si rapide, fit-elle, embarrassée.

— Vraiment ? » lui demanda-t-il d'un air de défi. Ils se regardèrent un instant. « Non, pas vraiment, dit-elle en baissant les yeux.

— Acceptes-tu ? »

Elle continua à se tordre les doigts et répondit à voix basse, sans le regarder :

« Oui, Marcus.

— Bon ! Et maintenant, est-ce que je peux t'embrasser pour sceller notre pacte ? » Elle sourit faiblement et ferma les yeux. Très doucement, il l'attira vers lui. Mais le vent poussa une natte entre leurs bouches, et sans qu'ils sachent comment, son nez devint un obstacle. Ils retombèrent sur l'herbe, avec un fou rire.

« Aurons-nous des noces romaines ? demanda-t-elle.

— Naturellement ! Ton père voudra d'abord que nous nous mariions selon les rites des tribus, mais ensuite nous aurons les cérémonies nuptiales convenables également.

— Comment se passe un mariage romain ? »

Il lui caressa les cheveux et répondit avec sérieux : « Je ne sais pas très bien. Tu seras habillée d'une longue robe blanche, comme une vierge vestale et tu porteras un voile safran. Toi et ta famille marcherez jusqu'à ma maison dans la soirée en portant des torches. Oh ! Brigid, j'imagine déjà la lumière dansant sur ta robe neigeuse ! Et tout le monde criera : « Talassio ! » lorsque je te soulèverai dans mes bras pour passer le seuil. »

Elle soupira. « Cela semble charmant. »

Ils s'assirent, serrés l'un contre l'autre, savourant un instant de bonheur mais tout à coup elle s'arracha à lui et pointa un doigt accusateur sous son nez. « Marcus Favonius, je sais maintenant pourquoi tu veux m'épouser ! Bien sûr. J'aurais dû y penser plus tôt. Tu n'es qu'un ambitieux sans le sou à la recherche d'une riche dot ! »

Il ouvrit la bouche, éberlué. Elle sauta sur ses pieds. « Je vais monter mon cadeau d'anniversaire. Tu ne me rattraperas plus jamais, aventurier sans scrupules ! » L'instant d'après elle était déjà partie, traversant la prairie en flèche, riant très fort, ses cheveux pâles flottant derrière elle comme un étendard de soie.

Brigid conduisit Pompée à l'écurie et donna des instructions minutieuses à l'esclave qui devrait s'en occuper. Elle avança lentement parmi les cercles des maisons bien tenues des seigneurs, nattant ses cheveux en marchant et fredonnant doucement. Il l'aimait. Il le lui avait dit. Il voulait l'épouser. « Oh ! anniversaire de ma vie ! se chantait-elle. Oh ! Andrasta reine des Victoires, un taureau blanc pour toi et un mariage pour moi ! »

Elle pénétra dans la salle du Conseil et s'arrêta. Il fallut un instant pour que ses yeux s'accoutument à l'obscurité. La vaste salle était froide. Elle ne vit pas trace d'Ethelind. Il n'y avait qu'un petit groupe de chefs dans un coin. Les peaux et les fourrures sur le sol étaient d'une grande propreté et les boucliers sur les murs brillaient même dans l'ombre. Des surfaces plus pâles indiquaient encore là où dix ans plus tôt les armes étaient accrochées. Brigid traversa la salle. En se rapprochant du petit groupe elle entendit une voix coléreuse qui s'élevait au-dessus des autres. C'était Lovernius, sa cape jetée sur un bras, et bandissant le poing.

« Il veut l'intérêt ! Quel intérêt ? Il ne m'intéresse pas le moins du monde ! Il a déjà pris la moitié de mon bétail et dit que l'autre moitié est son intérêt. Il ne connaît même pas le sens des mots !

— Madame, protesta une autre voix, il a menacé de m'enlever mon fils si je ne lui donnais pas l'argent. Il vient ici avec des soldats inconnus qui n'appartiennent pas à la garnison, et il réclame. Que se passe-t-il ? »

Brigid se rapprocha doucement. Sa mère était assise dans sa chaise, le menton enfoui dans une main, sa chevelure rousse lui caressant le visage. Ses chefs se pressaient autour d'elle, pâles et anxieux.

« Il a amené des chaînes chez moi, cria un petit homme belliqueux... Il a emmené mes hommes libres en esclavage. Maintenant, qui labourera mes champs ?

— Je lui ai proposé de jouer mon mouton aux dés, dit Lovernius, et il ne m'a même pas répondu. »

Boudicca se leva un air soucieux. « Très bien, fit-elle brusquement, j'irai voir Favonius. Lovernius, prends ta harpe et va chez Prasutugas. Chante-lui des chansons, vois si tu peux le distraire. Mais ne lui dis pas où je vais. »

Elle s'éloigna des hommes et découvrit sa fille, cachée dans l'ombre. « Brigid ! As-tu gagné aujourd'hui ? Mais qu'as-tu fait ? Tu as les cheveux pleins d'herbe.

— Non, je n'ai pas gagné. Mère je veux te parler. »

Boudicca regarda de plus près les yeux coupables de Brigid et ses joues rougissantes. Le pressentiment de ce qui allait suivre lui pinça le cœur. Mais ce n'était qu'un ennui de plus dans un permanent cauchemar. « Je ne peux pas maintenant, Brigid. Je suis prise par une affaire très importante. Viens me voir ce soir.

— Que se passe-t-il ? »

Sa mère sourit d'un air triste. « La santé de ton père baisse. » Dehors, elle se rendit directement aux écuries et cria : « Qu'on m'amène mon cheval ! »

Le filet se resserrait sur les Iceniens. Elle le savait. Lentement, imperceptiblement, sa tuatha se désintégrait. La veille et le jour précédent, elle avait supplié Favonius de lui expliquer pourquoi, mais il était resté très évasif. Ce doit être Prasutugas, pensa-t-elle avec tristesse.

Elle souleva sa tunique, monta en selle et galopa par le portail ouvert en direction des arbres.

Pendant neuf ans, elle et le chirurgien romain s'étaient battus pour prolonger la vie de Prasutugas, mais son temps était compté, comme celui des derniers semblants de gouvernement indépendant. Boudicca essaya de contrôler le sentiment de panique diffuse qui lui serrait la gorge. « Je ne dois pas penser au futur, se dit-elle. Je dois faire face chaque jour, affronter chaque heure comme elle se présente. Aujourd'hui, il faut que je demande l'aide de Favonius pour le bien des seigneurs. Demain... »

Elle quitta la forêt et son cheval prit le chemin qui descendait vers la garnison.

Secouant ses pensées désagréables, Boudicca marcha d'un pas décidé sous le porche de bois et frappa à la porte. Favonius travaillait devant un bureau encombré de papiers. Son secrétaire se tenait derrière lui, lisant par-dessus son épaule. Un soldat lui ouvrit et lui fit signe d'entrer. Elle s'arrêta devant le bureau en désordre. Favonius la regarda d'un air ennuyé mais se leva.

« Boudicca ! »

Son visage était pâle, malgré les taches de rousseur et ses lèvres serrées. Elle le dévisagea.

« Est-ce au sujet de Prasutugas ? demanda-t-il.

— Vous savez parfaitement de quoi il s'agit, Favonius. Je suis déjà venue vous voir hier. Mais aujourd'hui on me présente de nouvelles doléances. Pourquoi permettez-vous à ces voleurs d'écumer mon pays et de détruire des familles comme des rats à la recherche de détritus ? Qui leur a ordonné de venir ici ? »

Il se rassit lentement et fit signe à son secrétaire de sortir.

« Je vous l'ai dit hier, fit-il d'un air soucieux, certains viennent du bureau du procurator à Colchester. D'autres de Rome. Ils ne dépendent pas de mon autorité.

— Vous n'osez pas me répondre. Ils viennent parce que Prasutugas est mourant, n'est-ce pas ? » Elle avait élevé la voix et se pencha vers lui en prenant appui sur le rebord de son bureau. « Ce pauvre miséreux de Sénèque s'inquiète. Il a peur, si mon seigneur meurt, que son argent passe dans d'autres mains. Quelles mains, Favonius ? » Elle criait maintenant. « Pourquoi les agents du procurator sont-ils ici ? »

Il la laissa parler, les bras mollement posés devant lui et la regarda avec calme. « Sénèque doit connaître les termes du testament de Prasutugas. Lorsqu'il mourra, ses propriétés iront à l'empereur et à ses filles. Mais les dettes seront remboursées. Depuis des années que Prasutugas lui emprunte de l'argent, il n'a jamais manqué un seul paiement.

— Non, murmura-t-elle, c'est d'autre chose que ce vieil avare a peur, et dans l'empire entier, il n'y a qu'un homme qui puisse impunément s'emparer de l'argent de Sénèque. Voilà pourquoi les hommes de Decianus sont ici. Dites-moi la vérité Favonius, ajouta-t-elle un peu radoucie. Qu'arrivera-t-il aux Iceniens lorsque notre seigneur mourra ?

— Je n'en sais rien. Le gouverneur permettra peut-être à vos filles de reprendre son titre, comme Prasutugas le souhaite. » Il évita ses yeux et elle fit un pas en avant.

« Ou bien les Iceniens seront annexés et un préteur viendra ! Je ne suis pas stupide, Favonius, et vous non plus. N'est-il pas l'usage, lorsque le dirigeant d'un royaume inféodé meurt, de le gouverner directement de Rome ? Ah ! Prasutugas est trop crédule ! Les Iceniens sont nos amis, nos alliés, disiez-vous. Ils ne seront jamais annexés ! »

Sa voix rocailleuse mettait à rude épreuve le sens des convenances du Romain. « Vous avez menti, Favonius. Les hommes de Decianus sont comme des loups qui se disputent une carcasse encore vivante. Et lorsque mon seigneur mourra, ils découperont Icenia en morceaux, pour le bénéfice de Néron !

— Vous exagérez, comme toujours, Boudicca, objecta-t-il calmement. Il est vrai que les hommes du bureau du procurator sont ici. Quand Prasutugas mourra, vous devrez payer les impôts sur les funérailles et vos filles les taxes d'héritage. Les officiels veillent à ce que l'empereur ne soit pas volé. Quant aux employés de Sénèque, vous comprenez sans doute leur inquiétude. Mais tout cela sera bientôt réglé.

— Par qui ? Prasutugas me lie les mains, avec son testament. Par sa faute, les filles sont devenues de jolis bibelots, comme Priscilla. »

Il ne broncha pas, mais son expression d'ennui légèrement ironique devint froideur. « Aidez-nous, Favonius. Les chiens sauvages de Sénèque volent déjà le bétail du peuple et emmènent les hommes livres en esclavage. Ils viennent se plaindre à moi mais je ne peux rien faire sans votre aide.

— Je n'ai pas à intervenir dans des affaires privées entre les seigneurs et Sénèque, dit-il d'un ton bourru. J'administre une garnison. C'est tout ce que je puis faire. »

Elle recula, incrédule, faisant tous ses efforts pour se contrôler et pour parler d'une façon raisonnable. « Non, ce n'est pas tout. Vous êtes notre lien avec le gouverneur. Allez trouver Paulinus pour nous, Favonius.

— C'est impossible. Vous ne m'écoutez pas, Boudicca. Le bureau du procurator ne dépend pas du gouverneur. Decianus n'a de comptes à rendre qu'à l'empereur. Et même si je le voulais, il me serait impossible de déposer une pétition en votre faveur. Paulinus n'est plus à Colchester. Il est parti attaquer les Deceangles et de là marchera sur Mona. Il a entrepris une campagne finale contre l'Ouest.

— Si rapidement ! » fit-elle en tombant sur la chaise qui faisait face à son bureau. Et regardant son visage dur et sanguin, elle lui demanda :

« Ne ferez-vous rien ? »

Il étendit les mains. « Je ne peux rien faire. Si Prasutugas meurt, la situation deviendra plus claire et vous comprendrez que vos peurs sont injustifiées. » Il se leva. « Je vous inviterais volontiers à partager une coupe avec Priscilla et moi, mais elle se repose et comme vous pouvez le voir, je suis en plein travail. » Il fit mine de la toucher et elle se recula. « Je regrette, Boudicca. J'aimerais que Prasutugas continue à vivre. J'aimerais retrouver chez vous l'amitié que nous avions l'un pour l'autre. »

Elle alla vers la porte et le soldat l'ouvrit. « Moi aussi je regrette. J'aimerais que Caradoc soit encore arviragus. Qu'Albion l'emporte sur Paulinus. J'aimerais ne vous avoir jamais rencontré. Je ne reviendrai jamais plus ici. »

Une fois dehors, elle courut vers son cheval, monta rapidement et, fouettant la bête, disparut dans les bois au galop.

Le légionnaire ferma la porte et Favonius et son secrétaire se regardèrent.

« Decianus en veut trop, dit le secrétaire sur le ton de l'évidence. D'ailleurs quand Prasutugas mourra, ses possessions seront mises sous scellés impériaux. Pourquoi est-il si pressé ?

— Il recherche son profit personnel, comme toujours, dit Favonius d'un air lugubre. Si je proteste, je perds mon poste. Mais il faudra quand même que je présente, sous une forme ou une autre, une lettre de protestation, si l'un des seigneurs est tué. » Il fouilla dans les papiers étalés devant lui. « J'aime bien Boudicca également. Cela m'irrite de voir nos bonnes relations avec les Barbares remises en cause par la rapacité d'un seul homme. »

Boudicca laissa son cheval à l'écurie et revint vers la Grand-Salle. Lovernius l'y attendait, jouant nerveusement avec ses dés, la harpe sur l'épaule. Dès qu'il la vit, il courut vers elle. « Qu'a-t-il dit, Madame ?

— Rien ! fit-elle. Il n'a rien dit et il ne fera rien. Nous sommes aussi désarmés devant Decianus que des faisans perchés sur un arbre. Comment va Prasutugas ?

— Il est très faible. J'ai chanté pour lui, et Brigid est venue lui raconter des histoires. Il s'est endormi. » Le visage familier se tourna vers elle, soucieux. « Que pouvons-nous faire ? »

Elle se raidit, pleine d'amertume. « Rien. Absolument rien. Il est trop tard. C'est le destin que nous avons choisi il y a des années. Prasutugas a dit à Rome : soyez le bienvenu. Rome a dit : merci, nous prendrons tout, votre générosité vous vaudra de partager notre paix. »

Boudicca s'éloigna en direction de sa petite hutte. Quelqu'un devait diriger la tuatha et tant qu'il vivait, c'était à elle de le faire. Quelques mois plus tôt, elle avait laissé la maison à son mari. Elle ne pouvait plus supporter le spectacle de son agonie. Parfois, lorsqu'il se sentait un peu mieux, ses chefs le portaient dehors avec précaution pour qu'il profite du soleil. Elle allait s'asseoir à ses pieds et posait la tête sur ses genoux. Aucun des problèmes de la tuatha ne devait venir le troubler. Favonius venait parfois lui parler de chasse. Les filles lui racontaient des plaisanteries. Lovernius jouait de la harpe et chantait pour lui. Mais Boudicca, lorsqu'elle le retrouvait, restait silencieuse. Ainsi, elle n'avait pas à lui mentir.

Elle écarta les fourrures et jeta sa cape sur son lit. Elle contempla l'âtre mort et sombra dans une chaise, la tête entre les mains. Le calme et l'obscurité l'enveloppèrent. Que faire ? La question demeurait sans réponse.

Brigid la trouva une heure plus tard, toujours sur la même chaise, les jambes étendues, la tête sur l'épaule. Sa fille la toucha légèrement.

« Mère, tu dors ? »

Boudicca ouvrit les yeux et sourit faiblement. « Non, je réfléchis. Tu voulais me parler n'est-ce pas ? » Elle se redressa. « Ma pauvre Brigid, ce n'est pas un anniversaire bien agréable pour toi.

— Oh, mais si ! C'est pour cela qu'il faut que je te parle. » La voix juvénile trembla. « C'est... c'est au sujet de Marcus. »

Boudicca était maintenant tout à fait alerte. « Eh bien... », dit-elle, mais Brigid avait du mal à commencer. Elle évita les yeux de sa mère, rougit, se tortilla les doigts — et Boudicca comprit tout ce qu'il y avait à comprendre rien qu'à voir les expressions qui passaient sur ce visage frais et passionné.

« Il m'a dit qu'il m'aimait, eut enfin le courage de dire Brigid. Aujourd'hui, pour mon anniversaire. Il voudrait que nous nous mariions avant son départ. Je sais que c'est à lui d'en parler à père, pas à moi, mais père est si malade... et d'ailleurs... » Sa voix s'était brisée. D'ailleurs père ne dirige plus le Conseil, voulait-elle dire. Boudicca regarda les yeux limpides, les mains délicates qui n'avaient jamais tenu ni lance ni épée, la douce innocence de cette bouche enfantine. Elle pensa à la formidable femme d'épée qu'elle était déjà au même âge, prête à subir comme un homme le baptême du sang. « Je t'ai trahie, Brigid, pensa-t-elle. C'est ton père qui insistait pour qu'on fasse de vous ces jeunes êtres trop protégés mais j'aurais pu faire quelque chose. J'aurais pu te parler des prouesses de ton peuple, te fiancer très vite à un jeune seigneur... »

« Ecoute-moi Brigid. » Elle parlait d'un ton calme. « Marcus est bien jeune. Il commence tout juste une carrière difficile qui l'enverra à travers tout l'empire. Une femme ne peut être pour lui qu'un fardeau. Je suis sûre que Favonius ne manquera pas de le souligner. Il est encore bien trop tôt pour qu'il se marie. Vous avez grandi ensemble et ton père a peut-être eu tort de vous laisser tant de liberté. Marcus est un bon jeune homme, mais il n'est pas pour toi. »

Les yeux violets s'emplirent de larmes. « Alors, tu refuses ? Mais il m'aime, mère et je l'aime aussi, plus que personne au monde !

— Brigid, dit-elle avec fermeté, c'est un Romain. »

Il y eut un long silence. Brigid alla s'asseoir sur le rebord du lit. « Peu m'importe ce qu'il est, Romain, Brigantien, Silure, qu'est-ce que cela peut bien me faire ? Je l'aime. Rien d'autre ne compte !

— En ce moment même, répondit Boudicca avec colère, les Romains pillent nos troupeaux, enchaînent et déportent nos hommes libres ! Pendant que tu joues aux champs avec le fils, le père reste confortablement assis dans son bureau sans rien faire pour nous aider. C'est Rome qui nous a réduits à cela ! Marcus est comme les autres. Ce sont des occupants !

— Non, dit Brigid plus faiblement. Pas Marcus. Il aime cette tuatha. Il ne veut pas aller à Rome. Icenia est son pays.

— Mais il ira à Rome et il nous oubliera, Brigid. Il ne pensera plus à toi que comme à cette mignonne petite barbare avec laquelle il s'amusait quand il était encore trop jeune pour faire la différence.

— Non. » Les larmes coulaient sur ses joues mais elle ne bougeait toujours pas. « Je n'ai jamais vécu sans lui et si je dois le quitter maintenant, oh ! mère, j'en mourrai ! »

Boudicca se leva. Elle agrippa les bras tremblants de sa fille, la mit sur pied et rapprocha son visage du sien. « Ecoute-moi, Brigid. Si tu épouses un Romain, la tuatha te bannira.

— Mais ces jours-là sont révolus. Père me l'a dit.

— Ces jours-là reviennent. Les hordes repoussées vers le sud, les enfants arrachés à leur mère qu'on enchaîne sur des bateaux, qu'on déporte vers la Gaule, les font revenir. Ton père est mourant, Brigid. Et lorsqu'il sera mort, Favonius et Priscilla s'en iront. Un préteur viendra et une ville romaine s'élèvera à l'endroit même où nous nous trouvons. Les Iceniens disparaîtront. »

Brigid leva des yeux perplexes vers elle. « Eh bien, qu'y a-t-il de si terrible à cela ? »

Une véritable terreur glaça Boudicca. Elle relâcha sa fille. Elle marcha d'un pas incertain vers la porte. « Je voudrais te refuser, dit-elle, mais je ne peux pas. La décision en reviendra à Favonius. Il est trop tard pour réparer le mal déjà fait. Je viens d'entendre le récit de douleurs plus graves que les tiennes, Brigid. Tu peux épouser Marcus, si son père y consent. »

Brigid la regarda sans comprendre et Boudicca quitta la pièce.

Favonius contempla le visage radieux de son fils. « Tu n'es pas raisonnable, Marcus. Il est bien trop tôt pour que tu prennes femme. Et d'ailleurs, c'est une barbare ! »

Marcus rougit violemment. « Cela n'a rien à voir. Depuis tant d'années que nous sommes amis, cette pensée ne m'a jamais traversé l'esprit. D'ailleurs, même le grand Aulus Plautius a épousé une barbare !

— Il n'avait pas ton âge. Ne réalises-tu pas que cela ruinera ta carrière ? »

Marcus regarda au loin pendant que Favonius, les sourcils froncés, jouait avec son style d'un air absent. « Ne laisse pas tes sentiments l'emporter sur ton bon sens, Marcus. Elle est jeune et jolie mais Rome est une ville pleine de filles comme elle, et pour la plupart plus civilisées que Brigid. Tu l'oublieras d'ici quelques mois. »

Marcus se croisa les bras, une lueur obstinée dans le regard. « Ce que j'éprouve pour elle n'est pas une passade. Je me moque bien de Rome et je ne sais pas ce que vous entendez par « civilisée ». Si vous voulez dire riche et bien élevé, alors, moi non plus, je ne suis pas civilisé.

— Ce n'est pas ce que je veux dire. »

Mais pourtant c'était bien cela, se dit Favonius. Marcus avait passé son enfance à courir parmi les forêts d'Icenia. Son père savait que ses arguments n'étaient d'aucun poids pour un jeune homme plus familiarisé avec les habitudes des daims qu'avec la rhétorique. Marcus se moquait bien de la philosophie. Favonius réalisa avec regret que le jeune homme fermement campé devant lui était un hybride, une nouvelle espèce qui n'était ni barbare ni romaine mais un peu des deux. Eh bien, pensa-t-il, c'était impossible à éviter. Je n'avais pas assez d'argent pour lui faire faire ses études à Rome.

Favonius passa une main hésitante dans ses cheveux gris. « Il y a encore autre chose, Marcus. Prasutugas ne vivra plus longtemps et les Iceniens passeront sous le contrôle direct de Rome, comme tous les autres royaumes inféodés. Je ne pense pas que Boudicca l'accepte et il y aura des troubles. »

Marcus lui sourit avec insolence. « Raison de plus pour épouser Brigid et la mettre à l'abri. Mais je crois que vous vous trompez au sujet de Boudicca, père. Elle finira bien par se calmer et un jour peut-être Brigid et moi pourrons revenir à Icenia pour y vivre.

— Tu ne te souviens pas du soulèvement, il y a dix ans ?

— Vaguement.

— Eh bien, si tu t'en souvenais, tu changerais d'avis sur Boudicca. Oh ! Marcus, cesse de rêver ! C'est un peuple à l'agonie et nous sommes les conquérants. Un tel mariage ne peut rien apporter de bon ! Comment subviendras-tu à ses besoins ? Que feras-tu d'elle lorsqu'elle regrettera son pays ? Je t'en prie, réfléchis encore.

— Non. » Marcus serra les mâchoires. « Elle est pour moi, elle et personne d'autre. Si vous me refusez votre permission, j'irai trouver le gouverneur. »

Favonius se mit à rire. « Voilà des paroles bien dignes de mon fils. Très bien, Marcus. Tu as mon autorisation mais à une condition.

— Laquelle ?

— Pas de mariage avant ta première permission.

— Mais cela prendra peut-être des années !

— Si elle t'aime, elle t'attendra. »

Marcus avança vers le bureau. « Et naturellement, vous espérez que je serai si pris par mon travail et si ébloui par la ville que je ne lui accorderai plus une pensée. Mais vous vous trompez, père.

— C'est à prendre ou à laisser, Marcus. Je ne reviendrai plus là-dessus. »

Marcus haussa les épaules. « Alors je suppose qu'il nous faudra nous en contenter. Au moins, vous n'avez pas dit non. »

Favonius remit le nez dans ses dépêches.

« Je n'ai pas besoin de le faire, dit-il d'un ton léger, tu le feras toi-même. »

35.

L'été fut emporté par les bourrasques de l'automne. Des nuages lourds planèrent sur les marais maintenant désertés. Suetone avait rejoint la Quatorzième Légion et s'était mis en marche vers le nord, puis vers l'ouest en évitant les Ordovices, qui se battaient toujours. Il poursuivrait sa route en pays Deceangle puis jusqu'à Mona. La Vingtième reconstituée l'accompagnait. Elle attendrait, à Deva sur la côte, l'ordre d'avancer si c'était nécessaire. La moitié des forces de la province déferla vers l'ouest, vingt-cinq mille hommes. Paulinus avait soigneusement conçu son plan. Au sud-ouest, à Glevum, la Seconde Augusta menait des expéditions éclair contre les Silures durement frappés mais toujours insoumis et, sur ordre de Paulinus, harcelait les Ordovices sur l'eau. « Cela constitue une tenaille parfaite qui se refermera sur Mona, pensait-il avec satisfaction, sans avoir à se perdre dans les montagnes de l'intérieur. Puis une petite attente, pour laisser aux rebelles le temps de mourir de faim et j'aurai conquis l'Ouest. Rien de plus simple. »

Il était resté à Colchester lors de la dernière campagne, gardant le contact avec ses généraux qui s'infiltraient lentement par les cols le long de la côte ingrate et accidentée. Maintenant, il prenait lui-même la tête des opérations, avec sang-froid et efficacité. Cette campagne marquerait les débuts d'une paix véritablement durable. Avec une perspicacité dont il n'était pas coutumier, Néron avait choisi l'homme parfait pour la tâche. Avec confiance, Paulinus galopait au milieu de son escorte de cavaliers, des milliers de soldats devant et derrière lui, vers les cols dangereux perdus dans les brumes. Toutes ses pensées se portaient sur Mona. Les basses terres ne s'étaient pas soulevées depuis dix ans et resteraient paisibles pour les cent années à venir. Les lauriers viendraient couronner sa longue et fructueuse carrière. Il était heureux.

Boudicca perçut une lumière qui se rapprochait et se réveilla brusquement. La nuit était profonde et froide. Elle s'assit, ramena les couvertures sur ses épaules et écarta le rideau. Son feu n'était plus que braises rouges, la neige avait glissé de longs doigts blancs le long de ses fourrures.

La lumière s'arrêta devant sa porte, trembla. Un chef baissa la tête et entra, une lampe à la main.

« Qu'y a-t-il ? » murmura-t-elle, et il s'approcha de son lit.

« Mon seigneur se meurt, dit-il avec rudesse. Il ne passera pas la nuit. »

Elle se glissa hors de la chaleur du lit et chercha sa cape et ses bottes. « As-tu appelé le docteur ? Favonius est-il au courant ?

— Pas encore, Madame. Prasutugas m'a interdit d'aller chercher le médecin romain. Il ne veut plus être torturé. Il veut mourir en paix.

— Il n'a donc pas perdu conscience. » Elle enfila ses bottes rapidement. « Réveille Brigid et Ethelind. Vite ! »

Le seigneur s'inclina brièvement et sortit. Elle attacha sa cape en luttant contre la peur qui se glissait dans son dos. Elle releva sa capuche et sortit à son tour.

Les seigneurs de Prasutugas s'étaient déjà réunis, accroupis en silence à l'abri du porche. Ils murmurèrent leurs salutations pendant qu'elle traversait leur groupe. Elle ouvrit la porte de la pièce dans laquelle Prasutugas était couché depuis maintenant six longs mois de douleurs. Lovernius la referma et elle alla s'agenouiller près du grand lit.

Il était éveillé et reposait sur le dos. Sa large mâchoire était crispée, ses dents serrées. La sueur de ses tempes avait inondé son oreiller. Ses yeux étaient grands ouverts, fixés au plafond sans le voir, comme si sa vision s'était retournée vers l'intérieur et la désintégration de son propre corps. Mais elle posa une main ferme sur son bras valide et il tourna lentement la tête.

« Boudicca, dit-il, le souffle court, je ne me suis pas battu depuis des années et l'ennemi auquel je fais face est puissant. Je suis si seul, si faible !

— Ne dis rien, mon aimé, interrompit-elle, tu n'es pas seul. Je suis ici près de toi et au-delà mon père t'attend, entouré de tous les seigneurs qui sont morts avec honneur. Va de l'avant ! »

Il passa une langue tremblante sur ses lèvres crevassées. « Mon épée, j'en ai besoin ! »

Elle aplanit ses cheveux blonds semés de gris et leva les yeux vers Lovernius. « Apporte une épée.

— Mais Madame, chuchota-t-il, c'est interdit.

— Si c'est moi qui dois aller la chercher, tu t'en repentiras ! lui dit-elle à voix basse. Vas-y rapidement. Tu sais où aller. »

Il s'inclina à contrecœur et sortit. Elle se retourna vers son mari et posa la joue contre sa poitrine faible et haletante. « Je t'aime, Prasutugas, murmura-t-elle. Je t'ai toujours aimé. » Il ne put pas répondre.

Les filles se glissèrent dans la pièce, leurs capes peureusement ramenées jusqu'au menton, le bas de leurs longues tuniques de nuit maculé de boue et de neige. Elles vinrent derrière elle.

« Il va guérir, n'est-ce pas, Mère ? » murmura Ethelind. Mais elle ne répondit pas.

« Comme tu as vieilli ! pensa-t-elle devant les muscles tendus et agités de son visage. « Oh ! emmène-moi avec toi, Prasutugas, ne me laisse pas seule ici dans cet horrible froid ! »

Lovernius approcha. Elle lui prit l'épée qu'elle posa près de son mari. La lame en était rouillée, la garde encore terreuse, mais il la caressa et sourit les yeux fermés.

« Un druide », murmura-t-il. Elle se pencha vers lui. « Il va venir, Prasutugas. » Il se retourna puis soudain son dos se raidit, ses yeux se révulsèrent et devinrent fixes. Quelle mort pensa-t-elle, atterrée. Un passage si brutal, sans même un druide pour adoucir le sentiment de perte par ses sortilèges, sans rien d'autre qu'une épée inutile au côté. Avec lui, c'est toute la tuatha qui meurt. Elle s'assit dans son large fauteuil, celui dans lequel il s'était si souvent assis, son bras valide sur un genou, la regardant avec une affection ironique faire les cent pas en criant ses frustrations.

Les filles se serrèrent l'une contre l'autre, n'osant pas parler. Les seigneurs, Lovernius, Iain, son porteur de bouclier, s'accroupirent au pied du lit, fixant le sol.

Il dit encore quelques mots avant de mourir. « Andrasta, Corbeau des Cauchemars ! » cria-t-il d'un ton oppressé, puis son souffle faiblit,

Boudicca bondit. Il prit une autre bouffée d'air, frissonna et s'efforça de garder les yeux ouverts. Mais il n'y parvint pas et exhala son dernier souffle. Le visage crispé par la douleur se détendit soudain comme sous l'effet d'un grand soulagement et le petit groupe qui se pressait autour de lui perçut un changement dans le silence.

Au bout d'un long moment, Boudicca se tourna vers Iain. « Va immédiatement trouver Favonius, dit-elle d'une voix blanche. Il enverra un message au gouverneur et à Rome. Dis-lui que s'il veut voir Prasutugas, il faut qu'il vienne dans la matinée. »

Les traits bien dessinés de son visage semblaient rongés de l'intérieur. Elle lui fit signe de sortir et retourna s'asseoir sur la chaise près du lit. Prasutugas reposait calmement, la tête tournée vers elle, la main tendue vers elle dans un mouvement d'une timidité presque enfantine.

Les autres chefs se massèrent en murmurant derrière elle. Brigid se mit à pleurer. Mais Boudicca mit son menton dans sa paume et le regarda.

Pendant trois jours, les chefs iceniens s'assirent sur le sol tout autour de son cercueil dans la Salle du Conseil, faisant entre eux son éloge. Boudicca, sur une chaise, à l'extrémité de la salle avec Brigid et Ethelind muettes à ses pieds, écouta impassible le doux murmure respectueux. Aucun chef ne se leva pour vanter sa puissance ou son courage au combat. Elle but son hydromel doré lentement, pensivement, gardant ses souvenirs pour elle. Il avait apporté la paix, il avait été un mari attentif. Il reposait au milieu des chefs, ses cheveux nattés tombant sur sa tunique verte, un casque d'argent sur la tête, son grand bouclier émaillé près de lui. Mais aucune épée ne reposait sous sa main inerte et les chansons que Lovernius chantait en son honneur étaient plaintives et tendres comme des chants d'amour.

La neige continua à tomber. Prasutugas fut conduit à son tombeau sous un rideau blanc qui semblait pressé de le recouvrir comme un voile de druide. A l'intérieur du caveau, il faisait sombre et froid, mais c'était un lieu sûr et secret où il pourrait dormir à l'abri du tumulte des vivants.

Ses chefs le posèrent avec respect en terre et accomplirent les derniers rites solennels. Les seigneurs parlèrent de leur gratitude et de leur amitié. Boudicca, elle, ne dit rien. Lorsque la cérémonie fut terminée, elle retourna vers sa hutte.

Ethelind arracha son cheval à la chaleur de l'écurie, à sa paille et à son avoine et disparut sous les branches alourdies par la neige. Mais Brigid vit Marcus près d'un groupe d'hommes et courut vers lui. Il portait des braies iceniennes pour se protéger du froid et sa longue cape le faisait ressembler à un jeune Icenien. Mais son visage maigre était bien romain et ses cheveux courts étaient saupoudrés de neige.

« Je suis navré, Brigid, dit-il. Nous savions tous que c'était imminent mais cela n'en est pas plus facile pour autant. J'ai l'impression d'avoir perdu un oncle, ou même un père. Il a été si bon pour moi.

— C'est mieux ainsi, répondit-elle. Il est probablement plus heureux dans la mort. C'était étrange, Marcus, de le voir mourir. J'étais terrifiée lorsque Lovernius est venu nous chercher mais sa mort m'a semblée si anodine, c'était comme si presque rien ne s'était passé. Je m'attendais à quelque chose de terrible mais c'est à peine s'il a changé.

— J'imagine que la mort est un départ, tout comme la naissance est une arrivée », dit-il avec maladresse.

Elle secoua la neige de ses épaules et se serra dans sa cape.

« Tu as froid ?

— Non.

—Tant mieux. Prenons un bateau et descendons la rivière. Il n'y aura personne dehors aujourd'hui et nous pourrons faire un feu. Est-ce que cela te plairait ? »

Elle avait déjà sur les lèvres quelques gentilles moqueries mais pour la première fois depuis qu'ils se connaissaient, elle n'eut pas envie de les prononcer. Il lui souriait, d'un air interrogateur et, avec simplicité, elle se pencha et l'embrassa sur la joue.

« Merci, dit-elle, j'aimerais beaucoup cela. »

Ils allèrent à la rivière et partirent dans une barque de la garnison. Marcus prit la pagaie et les conduisit au centre de la rivière. Là, le courant les fit doucement dériver vers la mer.

Brigid leva les yeux vers le ciel bas. « Le temps se réchauffe, dit-elle, bientôt la neige se changera en pluie. » Et ils continuèrent à dériver en silence.

Pendant une heure ils restèrent ainsi, heureux d'être ensemble puis Marcus prit la pagaie et conduisit l'embarcation avec adresse vers une crique obscure et boisée. Ils descendirent, hissant la petite barque sur la rive et partirent à la recherche de brindilles et de branches mortes.

Ils ne furent pas longs à faire prendre un feu qu'ils regardèrent, genoux ramenés jusqu'aux épaules pour se protéger de l'humidité. Puis Marcus parla.

« Brigid, dit-il d'une voix hésitante, sa voix comme étouffée par le calme du lieu, accepterais-tu de venir à Rome avec moi quand je m'en irai ? »

Elle tourna la tête. « Que veux-tu dire ?

— Je veux dire qu'au lieu d'attendre des années pour nous marier, nous pourrions le faire immédiatement, en secret, et nous embarquer ensemble.

— Tu sais bien que nous ne pouvons pas nous marier sans autorisation. Et même si c'était possible, comment pourrais-je aller jusqu'à Colchester sans qu'on remarque mon absence ? »

Mais l'excitation qui faisait trembler sa voix était plus forte que ses objections.

« Nous trouverons bien un moyen. Ethelind nous aiderait j'en suis sûr. Et pour le mariage, nous pourrions nous en occuper une fois à Rome. » Il jeta un nouveau bout de bois dans le feu et se tourna vers elle, exprimant rapidement ses craintes.

« Si nous attendons, nous ne nous marierons jamais. Je le sens, Brigid. Quelque chose me dit que si je m'en vais sans toi, je ne te reverrai jamais plus. C'est peut-être l'imagination, mais je ne peux m'en défendre. J'ai l'impression qu'une catastrophe se prépare. »

Il passa un bras autour d'elle et l'attira vers lui.

— J'ai confiance en toi, Marcus, dit-elle d'une voix faible, mais il est impardonnable de fuir sa famille et sa tribu. Si je m'en vais, Mère n'acceptera jamais plus de me revoir.

— Il n'y aura de retour en arrière, ni pour toi ni pour moi, murmura-t-il dans ses cheveux mouillés. J'ai tenté tout ce que j'ai pu, et si nous voulons vivre ensemble, c'est la seule façon.

— J'ai peur.

— Tu n'auras rien à craindre. Je serai là, je te le jure, promit-il avec plus d'assurance qu'il n'en ressentait. Et une fois que Père sera revenu de sa surprise, il nous aidera à vivre.

Elle dégagea ses mains des plis de sa tunique, puis retirant un bracelet de bronze de son poignet, courut au bord de l'eau et le jeta au loin. Il s'enfonça vite. Elle se croisa les bras et frissonna.

« Pourquoi as-tu fait ça ? » cria-t-il.

Elle revint lentement vers lui et lui sourit par-dessus les flammes mourantes, les yeux remplis de larmes.

« Pour Andrasta, dit-elle. Pour que la Reine des Victoires ne se change pas en Corbeau des Cauchemars. »

Pendant un mois, la plus grande confusion régna dans la tuatha. Deux jours après l'enterrement de Prasutugas, un conseil fut convoqué qui étudia son testament. Bien que son contenu ne fût guère du goût des seigneurs, ils l'acceptèrent.

Brigid et Ethelind étaient désormais à la tête des Iceniens, mais en titre seulement.

Favonius était présent lors des délibérations. Il n'avait pas dit mot, mais le peuple n'oubliait pas que la moitié des richesses d'Icenia appartenait désormais à Néron, son maître. Les officiels du bureau du procurator rôdaient en ville avec les négociants et les employés de Sénèque. Ils semblaient indécis. Peut-être attendaient-ils un ordre. Au cours de l'hiver, aucun seigneur ne vint se plaindre à Boudicca de leurs exactions.

Elle passait des heures près du feu dans la salle du Conseil. Ou elle restait à boire et à réfléchir dans sa hutte, qu'elle préférait à la maison trop pleine de souvenirs. Elle était irritable et tendue, d'une humeur que le deuil de son mari n'expliquait pas entièrement et qu'elle attribuait au temps. La rivière avait commencé à geler. Hommes et bêtes se terraient.

Priscilla, elle, n'était sujette à aucun changement d'humeur ou de température. Elle s'agitait dans la petite maison de la garnison, faisant et défaisant des paquets car Marcus allait bientôt partir pour Colchester et Rome. Favonius, lui, se retrouvait souvent près des palissades, regardant par le haut portail au-delà du bosquet, vers la ville de Boudicca. Il était mal à l'aise. Il n'avait jamais pris la religion confuse de ce peuple au sérieux mais il repensait à la farouche déesse de la guerre, Andrasta, et à ses druides depuis longtemps partis. Il ne pouvait s'arracher à cette impression de malaise que lui donnait l'immense forêt pleine de maléfices.

Marcus et Brigid ne faisaient plus de randonnées. Ils marchaient parmi les arbres engourdis, arrêtant les derniers détails de leur plan pour la fuite de Brigid.

Et puis la veille du jour du départ, la catastrophe se produisit. Boudicca était habillée et s'apprêtait à se rendre à la Salle du Conseil pour le repas lorsque Lovernius poussa les fourrures de sa porte et entra sans s'annoncer, le visage déformé par la colère. Une demi-douzaine de seigneurs se pressaient derrière lui, au bord de la panique.

« Madame, Favonius est ici, avec un visiteur et quelques centaines d'hommes que nous n'avons jamais vus, pour la plupart des soldats. Je crois que c'est le Procurator, cria-t-il.

— Decianus ?

— Lui-même. Favonius m'a envoyé vous... » Mais il ne put finir. Les seigneurs le poussèrent et se pressèrent autour d'elle.

« Quand je me suis réveillé ce matin, ils emmenaient tous mes troupeaux ! criait Iain. Et ils ont tué mon berger !

— Ils ont tiré ma fille hors du lit, Madame. Je ne la trouve nulle part !

— On a enfoncé la porte de mes greniers et toutes mes provisions d'hiver ont été volées ! »

Elle écouta calmement bien que son cœur battît à tout rompre et qu'elle eût la gorge sèche. Elle prit sa couronne sertie d'ambre, la posa soigneusement sur son front puis leva les deux mains et les cris de fureur se turent instantanément.

« Paix à vous tous ! Le Procurator est ici et tous les différends seront réglés. Allez à la Salle et attendez-moi. Lovernius et Iain, venez avec moi. » Ils la laissèrent passer. Elle s'inclina pour passer le seuil de sa porte et le matin d'hiver l'accueillit. Le soleil avait décollé de l'horizon et avait déjà perdu ses teintes roses. Elle traversa les cercles des huttes jusqu'au portail. Favonius montait déjà le chemin, accompagné d'un homme corpulent et négligé, suivi d'un flot de légionnaires qui plaisantaient bruyamment. Favonius avait l'air inquiet. Il avait sans doute des raisons de l'être, pensa Boudicca avec une peur soudaine. Son escorte semblait à moitié ivre. Ce n'était sûrement pas des soldats en service ! Aucun officier ne leur autoriserait une telle tenue. Favonius arriva jusqu'à elle et s'arrêta.

« Boudicca, voici le procurator, Catus Decianus. Il apporte un édit de l'empereur. »

Elle considéra l'homme qui l'accompagnait. Des sourcils épais se rejoignaient presque au-dessus d'yeux globuleux et humides. Sa bouche était rouge et baveuse, avec un sourire fixe et faux. Il respirait bruyamment et son ventre se soulevait avec sa poitrine. Elle pinca les lèvres de dégoût et se recomposa vite un visage sévère.

« Je suis heureuse de vous voir ici, Monsieur, dit-elle en essayant de maîtriser sa voix. Ma tuatha pourra peut-être enfin recevoir justice. L'empereur doit savoir avec quelle loyauté nous avons payé nos taxes. »

Il sourit toujours. « L'empereur le sait, naturellement, Madame, répondit-il d'une voix sifflante et désagréable. Il m'a chargé de percevoir et de cataloguer l'héritage que votre défunt mari lui a si généreusement légué. Avec votre coopération, cela ne devrait pas prendre longtemps. Certains de mes hommes ont déjà commencé. Qu'on ne dise pas que les hommes du procurator sont lents dans l'accomplissement de leur tâche ! » Il ricana en direction de Favonius qui sourit poliment.

« Mais vos hommes dépouillent mes seigneurs de tout ce qu'ils possèdent ! s'écria-t-elle. De leurs biens privés également ! Ils emmènent même les hommes libres ! Il ne peut s'agir de l'héritage ! »

Les yeux de Decianus devinrent durs comme de l'agate. Pendant des années, voyant le tribut icenien s'empiler sur les docks de Colchester, avec une profusion qui dépassait de beaucoup la contribution des autres tribus, il avait pressenti des richesses bien plus importantes encore à saisir. Maintenant, il allait pouvoir satisfaire son appétit. Il répondit avec mépris à la reine rousse aux traits anguleux : « Vous n'avez pas été honnête à notre égard et le temps des réparations est venu. » Il claqua des doigts et son secrétaire vint en courant lui remettre une ardoise. « Il y a quinze ans, le divin Claude vous a prêté une certaine somme. Vous n'avez pas fait un seul paiement sur cette somme elle-même ou ses intérêts.

— Cet argent était un don en échange de notre coopération ! Seul l'argent de Sénèque était un prêt et il a été scrupuleusement remboursé.

— Pas selon nos registres. L'administration impériale est fatiguée d'attendre. » Il s'humecta les lèvres. « Par ordre de l'empereur, je suis ici pour prendre possession du royaume tout entier. Tous les chevaux, troupeaux de bœufs ou de moutons. Tous les bijoux, effets personnels, tout ce qui peut avoir une valeur quelconque devra être amené pour évaluation et imposition. Deux mille esclaves doivent être rassemblés. C'est bien deux mille, n'est-ce pas, Sylla ? »

Son secrétaire hocha la tête. « Parfaitement, Monsieur.

— Bon. Par conséquent, tout ce territoire est mis sous les scellés de l'empereur, pour être utilisé comme bon lui semblera. Avez-vous des mines ? »

Elle tremblait, les bras serrés sur la poitrine, le visage exsangue.

« L'empereur est-il informé de cet énorme mensonge ? murmura-t-elle en lui rendant l'ardoise.

— Il sait que je suis ici. Cela ne vous suffit pas ? répondit-il.

— Bien sûr que non ! Je m'y oppose de toutes mes forces. Comment osez-vous amener ces canailles ici et terroriser mon peuple ?

— Restez calme, la Dame, et faites ce qu'on vous demande, dit-il toujours de cette voix sifflante. Ainsi, personne n'aura d'ennuis et mon affaire sera rapidement terminée. »

Il cessa de se préoccuper d'elle. « Au travail, souffla-t-il aux hommes qui se poussaient impatiemment derrière lui, dévorant déjà des yeux les huttes des hommes libres sans défense. Videz les maisons ! Empilez tout devant ! Si des indigènes font mine de s'interposer, enchaînez-les. » Il remonta sa ceinture et s'engagea sur la pente. Boudicca agrippa Favonius par la manche.

« D'où viennent ces hommes ? » demanda-t-elle.

Il lui répondit avec méfiance. « Certains sont des soldats réguliers de la Neuvième, de Lindum. La plupart sont des vétérans venus avec Decianus de Colchester.

— Favonius, faites quelque chose ! Regardez-les ! Ils sont là pour piller, pas pour lever des taxes, vous le voyez bien ! Appelez la garnison et faites-les chasser ! »

Il détacha fermement sa main de son bras.

« Je vous l'ai déjà dit, je ne peux rien faire. Decianus me ferait rappeler de mon poste. D'ailleurs, j'ignorais tout de cette dette à l'égard de Claude. Je dois admettre qu'il était plutôt inconséquent de la part de Prasutugas de négliger une obligation d'une telle importance.

— Espèce de porc ! se mit-elle à hurler. C'était votre ami pendant des années et vous le croyez capable d'une chose pareille !

— Contrôlez-vous », fit-il sèchement. Et il tourna les talons pour suivre le procurator et ses hommes impatients.

Elle essaya de reprendre son souffle, de calmer les vagues de colère qui la submergeaient, son barde et son porteur de bouclier silencieux auprès d'elle. Puis elle releva la tête et suivit les hommes.

Un brouhaha inquiet s'élevait déjà. On tirait brutalement les gens hors du confort de leurs huttes. Au moment où Boudicca arrivait au dernier tournant elle vit Brigid et Marcus qui sortaient de la Salle ensemble et restaient stupéfaits devant la porte. « Brigid, cria-t-elle, viens ici, reste près de moi ! » La jeune fille murmura quelque chose à Marcus et courut vers sa mère. Marcus alla vers son père.

« Que se passe-t-il ? » demanda Brigid, et Boudicca lui répondit avec humeur :

« Je te le dirai plus tard. Où est Ethelind ?

— Je ne sais pas. Elle a mangé dans la Salle, mais je ne l'ai pas vue depuis. »

Boudicca se tourna vers Iain et lui dit : « Va la chercher et ramène-la ici. » Iain partit en courant et les trois autres avancèrent lentement vers l'accueillante maison romaine de Prasutugas, derrière la Salle. Ils s'arrêtèrent devant. Lovernius s'accroupit sans façon sur le sol gelé. Brigid s'appuya contre le mur, les yeux écarquillés. Boudicca entendit, les bras croisés, les protestations irritées se changer en gémissements. Ces gens assistaient, impuissants, au pillage de tout ce qu'ils possédaient.

Les enfants gardaient leurs doigts dans la bouche. Les femmes sanglotaient en essayant de toucher encore une fois leurs biens qu'on jetait en tas. Mais les hommes juraient et murmuraient, suivant les soldats à l'intérieur des huttes obscures et ressortant avec eux. Boudicca sentit la tension qui montait autour d'elle comme les signes avant-coureurs d'un orage. Déjà, un ou deux légionnaires, piochant dans les tas enfouissant un objet ou l'autre dans leur sac. Soudain, on entendit un cri. Un de ses seigneurs avait sauté sur un soldat, resserrant ses mains autour de son cou, mais deux autres soldats accoururent. L'instant d'après le seigneur gisait au milieu de ses biens, maculant de son sang les tuniques vertes et jaunes. Un groupe d'agents du procurator et de centurions arrivèrent en titubant en haut de la pente. Ils se dirigèrent droit sur la Salle des Conseils et entrèrent. On entendit à l'intérieur des éclats de voix. Ils avaient trouvé les barils de vin. Lovernius se leva lentement et regarda Boudicca. Elle lui rendit son regard. Les tonneaux étaient roulés dehors et mis en perce. Puis Iain revint, accompagné d'Ethelind.

« Brigid, Ethelind, allez à la maison et n'en bougez plus, leur ordonna brièvement Boudicca. Lovernius et Iain, barricadez la porte et restez à l'intérieur. Si les soldats parviennent à pénétrer, laissez-les prendre ce qu'ils veulent et ne vous interposez pas.

— Où vas-tu ? » demanda Brigid terrifiée. Boudicca l'embrassa.

« Chercher Favonius et le procurator pour essayer à nouveau de leur faire entendre raison. »

Elle les chercha partout, dans le désordre d'une ville quelques heures plus tôt encore paisible. Elle s'arracha aux cris et aux mains suppliantes qui se tendaient vers elle, agrippant sa cape, ses bras, ses longs cheveux, mais elle continua.

Des groupes se formaient autour de chaque cercle. Elle essuya les larmes qui ruisselaient sur son visage et revint vers la Grand-Salle. Elle ne pouvait les retrouver dans cette foule hurlante et terrifiée.

En route, elle croisa un groupe de seigneurs enchaînés les uns aux autres par le cou, les mains liées. Elle crut qu'elle allait s'évanouir et recula. Ils la reconnurent et se mirent à crier. « Voyez, Madame ! Vengeance ! Liberté ! » Soudain, elle ne fut plus qu'une feuille tombant d'un arbre mort, précipitée dans le sombre bouillonnement d'un torrent. Rapidement, inexorablement, il l'emportait. Des voix s'entendaient de la rive : « Liberté, liberté ! » Elle poursuivit tant bien que mal et trouva enfin Favonius, le procurator et Marcus devant la Grand-Salle. Elle avança vers eux. Le procurator avait une pile de papiers dans les mains et le visage renfrogné. Il ne prêtait pas attention aux hommes qui allaient et venaient, vers les tonneaux maintenant presque vides. Favonius sautait inconfortablement d'un pied sur l'autre. Les rires et les grossièretés gagnaient en violence. Marcus la vit arriver et courut vers elle.

« Madame, Brigid est-elle à la maison ? J'ai frappé mais je n'ai pas pu entrer. »

Elle le repoussa brutalement et alla droit vers Decianus. La terreur lui lia la langue lorsqu'elle vit un groupe de soldats qui quittaient les tonneaux pour se diriger vers la porte de sa maison. « Decianus, il faut que cela cesse, fit-elle d'un ton suppliant. On tue des hommes, on bouscule et on frappe des enfants. Nous vous donnerons tout ce que vous voulez mais respectez au moins les gens ! » Les soldats ouvrirent la porte et jetèrent un coup d'œil à l'intérieur. Plusieurs commencèrent à piller, mais d'autres allèrent plus loin.

Il la gratifia de son sourire hypocrite et remua ses papiers d'un air contrarié : « J'ai la loi pour moi, dit-il en respirant bruyamment. Il est temps, peuple arrogant, que vous appreniez à vous soumettre, lui jeta-t-il, son visage flasque convulsé par la haine. Vous appartenez à Rome. Pendant des années Rome vous a traités avec bien trop d'égards à mon avis. Et sauvages que vous êtes, vous en avez profité pour devenir prétentieux et exigeants. On va vous remettre à votre place. » Il montra le sol : « Là. »

Elle en suffoqua de colère. C'est alors qu'elle entendit les cris des soldats. Derrière elle, la porte de sa maison volait en éclats. Elle se retourna. Elle entendit un cri perçant. C'était Brigid ou Ethelind, elle n'aurait su le dire. Un corps fut projeté par la porte déchiquetée, c'était Iain, la garde d'un glaive sortant de sa poitrine ; il roula sur lui-même et vint s'immobiliser contre la Grand-Salle, face contre terre. Elle se mit à courir vers sa maison. Favonius saisit son fils par le bras.

« Nous rentrons, Marcus », dit-il d'un ton ferme.

Le jeune homme protesta, blanc jusqu'aux lèvres. « Mais père, il faut que je trouve Brigid.

— Tu ne la trouveras jamais dans cette confusion. Dépêche-toi ! »

Ils s'éloignèrent de Decianus et descendirent vers le premier cercle. Favonius tirait fortement son fils par sa tunique. « C'est un cauchemar, dit Marcus. Toute la confiance que nous avons mis en ces gens est ruinée en un jour. Ne pouvez-vous donc rien faire ?

— Par Jupiter ! grogna Favonius, auquel la mauvaise conscience faisait perdre son calme, veux-tu donc que j'appelle la garnison pour livrer bataille à Decianus ? Je serais exécuté ! Réfléchis un peu, Marcus et tais-toi ! »

Ils se glissèrent parmi la foule sans être reconnus et retrouvèrent leurs chevaux près du portail. Ils galopèrent rapidement en direction de la garnison. Les bruits de la ville saccagée faiblirent. Ils ne se parlèrent pas. Marcus espérait que Brigid aurait eu le bon sens de se cacher quelque part. D'ailleurs, Decianus n'était pas stupide au point de laisser malmener une princesse. Mais il savait qu'il se mentait. Il savait qu'il n'y avait rien à attendre de Decianus. Et il avait l'impression de n'être qu'un lâche.

Dès qu'ils arrivèrent, Favonius alla trouver sa femme. « Decianus dépouille les Iceniens de tout ce qu'ils possèdent. Le sang a déjà coulé et les ennuis ne font que commencer. Je veux que tu partes avec Marcus, Priscilla.

— Mais il ne me suffit pas de ramasser ma cape et de partir ! dit-elle. Y a-t-il du danger pour toi ? Probablement pas ! »

Il lui caressa distraitement le dos, ayant encore dans les oreilles les cris et les sanglots des habitants de la ville. « J'espère que non, dit-il lourdement, mais je les connais bien, ces barbares nourris de sortilèges. Ils accepteront tout ce qu'on voudra tant qu'on ne touchera pas à leur honneur. Il est dommage que Decianus ne le sache pas.

— Marcus est avec toi ?

— Je l'ai ramené. Je suis peut-être trop alarmiste, ma chère, mais il me serait d'un grand réconfort de vous savoir, toi et Marcus, à l'abri, en route vers Colchester. Il faudra que vous terminiez vos bagages avant demain matin.

— Je déteste ce pays ! dit-elle dans une explosion de rage. Je l'ai toujours vomi. Lorsque nous serons à Rome en sécurité, je ne reviendrai plus !

« Si vous y arrivez » pensa-t-il.

— Et que ferais-je tout seul ici, alors ? » demanda-t-il en essayant de cacher sa peur. Il l'embrassa sur la joue.

« Vous devrez partir avant l'aube, Priscilla. »

Boudicca arriva à la porte enfoncée de sa maison et se précipita à l'intérieur. Peu à peu ses yeux s'accoutumèrent à l'obscurité et ce qu'elle vit lui fit perdre le peu de contrôle qui lui restait. Lovernius gisait presque à ses pieds. Tout d'abord, elle le crut mort, mais en y regardant de plus près elle le vit tressaillir et l'entendit gémir faiblement. La pièce n'était qu'un chaos de tiroirs renversés, de lampes brisées, de vêtements jetés pêle-mêle sur le sol. Un soldat se tenait près de l'âtre, son coffret à bijoux dans les mains. Il le vida sur le sol sans se préoccuper d'elle et s'accroupit pour plonger les mains dans cette cascade de fins colliers et de pierres précieuses. Elle n'y prêta guère attention, car elle venait d'apercevoir Ethelind, acculée au mur. On avait déchiré sa tunique à partir des épaules pour lui attacher les bras à la taille. Elle agitait la tête dans tous les sens, en essayant de libérer ses mains. Elle gémissait comme un chien blessé et sous les yeux de Boudicca le soldat qui l'écrasait dans l'angle posa une grosse pogne sur sa gorge et voulut lui dénuder les cuisses. Brigid gisait les bras écartés près du lit, suffoquant, griffant et se débattant contre un homme agenouillé au-dessus d'elle. Elle était nue, une de ses nattes défaite couvrait le sol. Le sang coulait d'une blessure sur son sein droit et elle rendait les coups avec une force décuplée par la terreur.

La pièce puait le vin, la peur et la sueur. « Reste tranquille, petite chienne, reste tranquille », pestait le soldat pendant que le suivant qui attendait lui jetait : « Dépêche-toi ! » Le premier soldat gifla Brigid à plusieurs reprises et elle poussa un hurlement aigu, insoutenable. Il poussa un genou entre ses jambes et alors Boudicca revint à la vie. Elle bondit à travers la pièce, criant d'angoisse et de rage et attaqua l'homme de côté. Elle enfonça profondément ses dents dans la joue du soldat tout en cherchant des doigts sa gorge. Ils roulèrent ensemble ; les mains de l'homme lui serrèrent les poignets, voulant la contraindre à relâcher sa prise mais une folie meurtrière s'était emparée d'elle et les ongles longs de Boudicca s'enfoncèrent encore plus profondément. Elle sentit la chaleur du sang sur ses mains. Sa bouche trouva le lobe d'une oreille et elle mordit sauvagement. Il hurla et son cri de douleur couvrit les gémissements de Brigid. Les mains de l'homme se relâchèrent. Elle l'enserra dans l'étau de ses longues jambes, lui couvrit d'un bras le cou et commença à le repousser. Elle sentait sa colonne vertébrale se raidir et craquer sous sa prise impitoyable. Un sentiment de puissance et d'exaltation sauvage s'empara d'elle jusqu'à ce que des doigts brutaux la saisissent par les cheveux et lui tirent la tête en arrière. Elle perdit l'équilibre et le souffle.

« Mère ! criait Ethelind d'une voix geignarde de bébé. Mère, mère ! » On la remit sur ses pieds. Le soldat à l'oreille blessée vint vers elle en titubant, et voulut lui envoyer son poing sur la bouche, mais elle tourna vivement la tête et le coup atteignit la joue. Elle poussa un cri et il la frappa au ventre. Puis il retourna vers Brigid et Boudicca sentit qu'on la tirait à l'air libre.

Tout était comme avant. Decianus compulsait toujours sa pile de documents. Les hommes de la tribu restaient là, impuissants. Mais les hurlements d'Ethelind vinrent fournir un horrible contrepoint aux gémissements inarticulés de sa sœur. Le soldat poussa Boudicca vers le procurator. Il la regarda avec colère, mais avant qu'il ait pu parler, elle lui jeta, les dents serrées :

« Bande de pourceaux répugnants ! Un jour, je plongerai une épée dans ta panse obèse, Decianus ! Je tuerai tous les porcs de Romains que je pourrai trouver. Je te crache au visage, et je crache au visage de ton empereur dégénéré. »

Il considéra sans cesser de sourire les dents ensanglantées, son visage sali et en sueur, la lueur de folie dans ses yeux que cachait en partie sa chevelure en désordre. Puis il rabaissa les yeux sur ses chiffres.

« Conduisez-la au portail et donnez-lui vingt coups de fouet barbelé, dit-il froidement.

— Vous allez la tuer ! » fit le soldat incrédule. Et Decianus sourit encore.

Vingt coups de lanières, alors, mais faites-les lui bien sentir. Je me moquerais bien de la tuer, mais le gouverneur n'aimerait peut-être pas apprendre que nous avons fouetté une reine à mort. Que cela te serve de leçon, Barbare ! » conclut-il laconiquement.

Un homme libre vit Boudicca avancer, poussée par le soldat et s'écarta sur son passage. Au silence de la ville accablée succéda un murmure incrédule et grandissant. La foule les laissait passer, elle et son garde, mais elle se refermait derrière eux et suivait. Lorsqu'elle arriva au portail, près des chariots chargés et des hommes et des femmes enchaînés, c'était un océan de visages blêmes et décontenancés. « Toi ! aboya le centurion à l'adresse d'un des légionnaires qui se reposait, apporte-moi un fouet ! » Une onde d'indignation parcourut les gens rassemblés, mais il n'en tint pas compte. On amena Boudicca à un haut poteau de bois qui servait d'ordinaire à attacher les chevaux des voyageurs. On lui souleva les bras et on l'y attacha, avec des cordes serrées. Elle sentit les doigts de l'homme dans son cou. D'un coup, sa tunique se déchira et des cris s'élevèrent autour d'eux : « Vous n'avez pas le droit !

— Pourquoi faites-vous cela ?

— Elle n'a rien fait ! »

Les yeux vides de l'homme se posèrent sur eux sans les voir. Il retira son casque et le posa sur l'herbe. Il déboucla sa cuirasse et la laissa tomber. L'autre soldat revint et lui tendit un long fouet de cuir, agrémenté à l'extrémité d'une des lanières de cuir d'un crochet de fer. Il joua un instant avec le crochet, puis l'enleva et le jeta sur sa cuirasse. Si la barbare mourait, il serait dégradé. Il fit jouer ses muscles, écarta les jambes et le premier coup s'abattit, laissant une profonde déchirure dans le dos dénudé des épaules jusqu'à la taille.

La douleur explosa comme une brûlure dans son cerveau et sa tête s'agita par réflexe. Avant même qu'elle ait pu tendre son corps pour s'y préparer, le second coup tomba. L'extrémité du fouet s'enroula autour de son menton. Elle hurla. Le sang commença lentement à descendre dans son dos et sous les aisselles. Le troisième coup fut plus bas et elle s'affaissa contre le poteau, mordant profondément sa lèvre inférieure. « Je vais compter, se dit-elle déjà presque inconsciente... Quatre. » La douleur était insupportable. « Il faut que je crie, que je supplie que cela cesse. Andrasta ! Je meurs, cette douleur est plus forte que moi. » Mais soudain, elle entendit ses gens qui criaient.

« Courage, notre reine.

— Résiste, Boudicca !

— Souviens-toi de Subidasto ! » A la mention de son père, elle eut un sursaut de dignité. « Six. Compte bien, mon âme, pensa-t-elle, pour chaque coup de fouet, mille hommes mourront. » Sa tête tomba en avant et elle ferma les yeux, glissant sur les genoux, sentant les tendons de ses poignets martyrisés craquer. « Mes filles. Si douces et innocentes. Je vous ai trahies. Onze. » Son corps se relâcha et elle sombra dans l'inconscience.

Marcus finit par prendre une décision. Se détournant de la petite fenêtre qui n'ouvrait que sur la froideur hostile d'une nuit d'hiver, il saisit sa cape sur son lit et alla doucement vers la porte. Son père lui avait annoncé que Priscilla partirait avec lui au matin et qu'ils s'en iraient plus tôt que prévu, aussi discrètement que possible. Lisant l'inquiétude dans les yeux de son père, Marcus avait compris. Il y aurait des troubles. Il était rentré dans sa chambre, avait baissé sa lampe, mais il avait été ensuite à la fenêtre, regardant tristement cette cour apparemment si paisible inondée par le clair de lune. Comment Brigid et lui pourraient-ils exécuter leur plan ? Elle devait le rejoindre dans la forêt, juste avant l'aube et aller jusqu'à Colchester, cachée dans le chariot qui emmenait ses bagages sur le bateau. Maintenant qu'il devait partir plus tôt avec sa mère, cela devenait impossible. Mais il était trop tard pour concevoir un nouveau plan. D'ailleurs, il n'avait pas la moindre idée de ce qui se passait en ville. Il se sentit misérable. La honte l'assaillait. Il aurait dû rester pour retrouver Brigid, offrir aux seigneurs toute l'aide qu'il aurait pu leur apporter, s'interposer entre eux et les soldats avides et sans pitié ! Mais cela aurait créé des ennuis à son père, et vraiment, pensait-il exaspéré, qui aurait prêté attention à un jeune homme de seize ans ?

Il n'avait d'autre choix que de partir immédiatement à sa recherche. Il enfila sa cape, marcha sur la pointe des pieds jusqu'à la porte et se glissa lentement dans la nuit calme et glacée. Il glissa le long du mur, atteignit le portail et s'en échappa, fantôme courant au rendez-vous avec son destin.

Le hallier se noyait dans la plus profonde obscurité. Il se hâtait, refusant de prêter attention aux formes étranges qu'il croisait. Il en sortit enfin avec soulagement et quitta la route qui conduisait au grand portail de la ville. Il y avait quelques lueurs menaçantes ici et là. Il courut silencieusement sur l'herbe et gagna la pente qui menait au muret de pierre. Le reflet des flammes dansait sur son visage. Les hommes du procurator avaient mis le feu à quelques huttes isolées. Devant la vision de cauchemar qu'il découvrit soudain, il ravala sa salive et ferma les yeux, s'appuyant contre le mur. Ses doutes sur la sécurité de Brigid devinrent de terrifiantes certitudes.

Il se fraya un chemin parmi les maisons du premier cercle, restant dans l'ombre, évitant les soldats qui beuglaient et tanguaient, les hommes libres qui se pressaient le long de la route, les groupes de familles pleurant devant leurs huttes dévastées. Personne ne l'arrêta. Il arriva à la maison de Boudicca et alla prudemment d'une pièce à l'autre, mais elle était vide et froide comme un mausolée. Il en sortit et poursuivit obstinément ses recherches dans le premier cercle. Mais peu à peu, il réalisa à quel point c'était vain. Dans ces foules qui erraient sans but, retrouver Brigid était aussi difficile que de trouver un grêlon dans une averse d'été. Il dut enfin, épuisé et frustré, s'avouer vaincu. « Que puis-je faire ? pensait-il en reprenant le chemin de la forêt. Que pensera-t-elle de moi ? Il va falloir que je parte sans elle. »

C'est alors qu'elle sortit de derrière un arbre et apparut sur le chemin devant lui. Il s'arrêta net, stupéfait, essayant de percer du regard l'obscurité envahissante. Il se jeta en avant en criant « Brigid ! Je t'ai cherchée partout, j'avais si peur pour toi, Brigid ! » Puis il la regarda sans comprendre. Sa tunique était déchirée, elle était pieds nus sur le sol gelé. Une natte tombait harmonieusement sur son épaule nue, mais le reste de sa chevelure en désordre lui couvrait le visage, la faisant ressembler à une déesse sauvage, à Andrasta elle-même, au moment où la Reine des Victoires se change en quelque chose d'autre. Elle gardait les mains derrière son dos et hochait la tête en le regardant, un sourire égaré sur les lèvres. Il frissonna. « Brigid ? » appela-t-il d'une voix faible. Elle se rapprocha de lui en titubant.

« Marcus ! dit-elle d'une voix suraiguë, je l'ai vue ! Elle est là, perchée sur une branche, très grande, très noire ! Ses plumes si lisses brillent sous la lune. »

Il resta paralysé par l'horreur de ce qu'il pressentait et Brigid s'approcha encore.

« Elle me parle. »

Il voulait faire demi-tour et fuir ce monstre qui n'avait plus rien d'elle. Il aurait voulu appeler son père au secours.

« Que te dit-elle, Brigid ? » murmura-t-il, la peur battant des ailes dans sa poitrine. Elle s'humecta les lèvres.

« Elle me dit de tuer tout le monde. Elle me dit de te tuer toi. »

Et tous les traits déformés, elle se jeta sur lui. La lame décrivit un arc de cercle pour s'enfoncer profondément dans sa poitrine. Mais la douleur fut moins fulgurante que le choc causé par sa métamorphose.

« Pour... pour... », fit-il en s'étranglant. Il se recroquevilla à ses pieds, et mourut sans savoir pourquoi.

36.

Elle était assise près du feu dans la Grand-Salle, regardant les flammes s'élever en crépitant jusqu'au plafond. Le vent faisait sonner l'averse contre les murs comme une pluie de flèches. Son père était assis en tailleur sur des fourrures à sa gauche, ses nattes grises soigneusement posées sur sa tunique verte, son épée sur les genoux. Il hochait tristement la tête. « Je t'avais bien dit de ne pas épouser ce seigneur élevé au lait de vache, Boudicca, grognait-il, mais tu le voulais absolument, même quand les présages étaient mauvais et quand l'invocateur le déconseillait. Tu vois quel désastre tu as causé ! »

Elle ouvrit les yeux.

« De l'eau », fit-elle, la gorge desséchée. Lovernius jeta ses dés sur la table, puisa au pichet et lui apporta la coupe. Elle leva la tête et but goulûment, puis reposa sa joue contre la paillasse froide. Elle était couchée sur le ventre dans son propre lit, dans sa petite hutte. Elle referma les yeux et explora son corps. Sa tête lui faisait mal avec une constance qui lui donnait la nausée. Ses jambes et ses bras étaient pesants et engourdis, son cou raide et son dos la brûlait comme si mille femmes avaient lardé d'aiguilles sa chair tuméfiée. « Depuis combien de temps ? » murmura-t-elle.

Il rapprocha sa chaise et se pencha vers elle. « C'est la quatrième nuit, Madame. J'ai cru que vous alliez mourir.

— Que s'est-il passé ? » demanda-t-elle d'une voix qu'on entendait à peine.

Il répondit sans la regarder : « Les soldats m'avaient attaché lorsque j'ai repris conscience. J'ignore pourquoi ils m'ont épargné Madame, j'en ai honte, mais je n'ai rien pu faire.

— Je sais. Ne te reproche rien, Lovernius, continue. »

Il s'assit et serra les poings. « Vos filles ont été violées, Madame, dit-il avec difficulté. Beaucoup de soldats se sont succédé et les ont jetées ensuite dans le froid. Ethelind n'a pas dit un mot depuis et ne laisse personne l'approcher. Quant à Brigid... » Ses doigts allèrent caresser une mauvaise cicatrice dans son cou et Boudicca vit que ses mains tremblaient. « Elle a perdu l'esprit, Madame, et ne le retrouvera plus. »

Une vague de douleur lui traversa le dos. Elle avança la tête et se pencha pour vomir sur le sol. Puis, blanche et le souffle court, elle se recroquevilla faiblement sur la paillasse. « Où est-elle maintenant ?

— Avec Hulda dans l'une des huttes. Un seigneur l'a trouvée qui errait à l'orée de la forêt. Il l'a ramenée ici mais ses pieds sont brûlés par le gel et la blessure de son sein n'a pas l'air de se cicatriser. »

Boudicca chassa les images qui se succédaient dans sa tête avec une affolante précision.

« Decianus ? demanda-t-elle.

— Lui et ses soldats ont quitté la ville. Ils écument les villages maintenant et les fermes. Nul doute que ses agents n'aient déjà choisi les plus beaux morceaux.

— Que nous reste-t-il, Lovernius ? »

Il souleva ses sourcils épais, grimaça et se remit à jouer avec des dés. « Nos vies, pour la plupart. Et la raison. » Il réalisa soudain ce qu'il venait de dire et devint cramoisi. Elle n'en fut pas choquée. Elle savait que si les Iceniens devaient survivre en tant que peuple libre, il lui faudrait enfouir tous les maux et toutes les horreurs sous la nouvelle armure qu'elle reconstruirait dans son cœur. « Nos huttes, un peu de nourriture, quelques vêtements, les chariots et les poneys.

— C'est tout ?

— Oui. »

Elle réfléchit un instant, heureuse de pouvoir penser à autre chose qu'à cette douleur qui lui envoyait des ondes de faiblesse. Lovernius soupira, rapprocha sa chaise et baissa la voix.

« Madame, le destin a frappé Favonius également. Marcus est mort. »

Elle ne s'attendait pas à ce nouveau choc. « Le jeune Marcus, mais comment ?...

— Personne ne le sait. On a retrouvé son corps dans le hallier, un couteau dans la poitrine. Favonius et ses gardes ont été poser des questions aux seigneurs, proférer des menaces. Personne ne lui a rien caché, mais personne ne sait rien.

— Oh ! Lovernius, dit-elle d'une voix presque inaudible, c'était un jeune homme si droit. Pauvre Priscilla !

— Favonius a envoyé sa femme à Colchester et je crois qu'il va demander une nouvelle affectation. Il a demandé à vous voir.

— C'est possible. Mais je n'ai aucune intention de le recevoir au lit.

— Madame, insista Lovernius, laissez-le venir. Laissez-le voir ce que ses compatriotes vous ont fait. Sa douleur est-elle plus cruelle que la nôtre ? Il devrait être heureux que Marcus ait perdu la vie et non l'esprit ! Laissez-le venir, vous dis-je.

— Tu as raison, dit-elle lentement, pourquoi prétendre encore à la dignité ? Je suis une branche brisée. Mes filles sont des enfants aux yeux d'épouvantails. » Elle se détourna pour qu'il ne puisse pas voir les larmes douloureuses que ses paupières closes ne voulaient pas laisser couler. « Mon peuple. Mes braves. Vous m'avez fait confiance et je vous ai failli », murmura-t-elle. Et Subidasto chuchota à son oreille : « Je te l'avais bien dit. » Pendant un long moment, elle resta immobile, entendant les gestes saccadés de Lovernius, les sautes capricieuses de l'orage, le rythme rapide de sa respiration fiévreuse. Puis elle se tourna à nouveau vers lui. « Lovernius, lui dit-elle, amène-moi un druide. »

Il se leva, fit disparaître les dés et sourit.

« Vous ai-je bien compris, Boudicca ?

— Parfaitement, mais personne d'autre que toi ne doit le savoir. Envoie-moi une personne de confiance rapidement. Dis au druide que le mauvais sort s'est abattu sur les Iceniens et que le sortilège est rompu.

— Il le saura déjà. Puis-je permettre à Favonius de venir ?

— Oui, si tu l'amènes ici toi-même. »

Il sortit d'un pas rapide et elle se rendormit, épuisée. Lorsqu'elle se réveilla, Favonius se trouvait près de son lit, emmitouflé dans une longue cape qui sentait la laine mouillée. Lovernius était derrière lui, l'eau tombant de ses épaules et de ses longues nattes trempées. Boudicca ne donna pas à Favonius le temps de parler.

« Montre-lui, Lovernius. » Lovernius s'approcha, hésitant

« Madame, le drap est collé aux blessures.

— Arrache-le. »

Il se baissa et bien à regret fit ce qu'on lui demandait. Elle cria et du sang frais vint couler le long de sa colonne vertébrale.

« Regarde bien, Favonius, dit-elle en s'étranglant. Aimes-tu ce que tu vois ? » Les yeux rougis du Romain allèrent du visage de Boudicca à son dos. Il ne broncha pas, bien que ce ne fût plus qu'un amas de chairs meurtries, et qu'en un endroit où les lèvres de la plaie s'ouvraient profondément, il crût apercevoir l'os. Le sang des blessures rouvertes coulait paresseusement sur la paillasse. Soudain, elle laissa aller sa tête. « Couvre-moi, Lovernius.

— Vous devez me croire, dit Favonius d'un ton piteux. Je ne pensais pas que les choses iraient si loin.

— Vraiment ? » fit-elle d'une voix étouffée par son oreiller. N'est-ce pas vous qui me répondiez avec tant de prudence ? Vous vous en doutiez, Favonius, et maintenant le malheur est retombé sur votre propre tête. » Il plissa les yeux puis soudain s'affala sur une chaise près du lit, avec une expression d'épuisement et de désarroi. « J'ai envoyé une protestation au gouverneur », dit-il et sa voix forte et virile n'était plus qu'un fin murmure. Elle parvint à rire.

« Comme je vous suppliais de le faire depuis des semaines ! Saviez-vous que les soldats en la violant ont fait perdre l'esprit à ma Brigid ? Ont fait perdre la parole à Ethelind ? Comment le gouverneur réparera-t-il cela ? »

Il leva la main comme pour se protéger d'elle. « Je n'en sais rien.

— Est-ce qu'un nouvel édit impérial peut vous rendre votre fils ? » Il se raidit et se pencha en avant. « Je trouverai son meurtrier, Boudicca, même si je dois détruire ce qui reste de la ville. Un seigneur a vu l'occasion passer et un jeune homme est mort lâchement assassiné.

— Pourquoi vous hâtez-vous d'accuser les seigneurs ? Marcus s'habillait souvent comme un jeune Icenien. Il est plus vraisemblable qu'un soldat soûl l'aura pris pour l'un d'entre nous et frappé dans le noir.

— Non. Ce n'était pas un glaive. C'était un couteau pour découper la viande pris à la Salle du Conseil.

— La moitié au moins des hommes de Decianus étaient des soldats en exercice, Favonius. C'étaient pour la plupart des vétérans sans armes réglementaires. Vous feriez mieux de demander au procurator qui a tué Marcus. Appliquez donc cette justice romaine, si impartiale, qui accorde à chacun le droit d'être entendu !

— Il est vrai que l'épée de la justice a deux faces, dit-il. Je demanderai à Decianus mais je continuerai à interroger les chefs.

— Vous perdez votre temps. » Ses lèvres tremblaient et ses narines étaient blêmes et dilatées. « Vous pourriez aussi bien admettre votre échec, dans votre famille comme dans vos fonctions, et tomber sur votre épée, en bon Romain. »

Il alla vers la porte. « Pas encore, Boudicca. Pas encore. »

Pendant un mois, le procurator et ses hommes écumèrent les environs et lorsqu'il ne resta plus rien à prendre, ils rentrèrent à Colchester. Alors les gens commencèrent à affluer vers la ville, trouvant le chemin de sa hutte. Heure après heure, elle écouta les yeux fermés, le corps meurtri par la flagellation et le cœur déchiré par les récits de meurtres, de violences et de rapines. Son peuple était devenu un troupeau d'agneaux sans défense, amolli par des années de vie facile et de richesse croissante. Ils étaient maintenant dépouillés de tout, biens et familles, et frissonnaient au vent glacé de la traîtrise de Rome. Elle les renvoyait, brûlant de leur promettre la vengeance par le sang, mais sentant, avec un sixième sens, que le temps n'était pas encore venu. Il fallait d'abord qu'ils retrouvent quelque force. Pour que leur vengeance soit définitive, elle ne devait pas être prématurée.

De jour, les seigneurs entouraient son lit. La nuit, Subidasto lui apparaissait, criant, menaçant, consolant, agitant ses gros poings vers elle comme elle avait brandi les siens en direction de Prasutugas.

Le druide vint. Par une matinée pluvieuse, il poussa les fourrures de sa porte, retira la longue cape brune qui l'avait dissimulé, la lança à Lovernius et souleva son drap sans un mot. Il la toucha avec précaution, grogna puis envoya Lovernius chercher un bol. Etonnée, elle voulut parler mais il l'avertit du doigt. « Ssh ! Les plaies du corps d'abord. Et l'esprit plus tard. » Il fouilla dans sa tunique et en sortit quatre petits sachets de cuir qu'il ouvrit, s'arrêtant pour renifler chacun d'eux, ainsi qu'un large pot de graisse jaune. Lovernius revint avec le bol. Le druide y vida le contenu des sachets et remua. Il commença à mélanger avec une cuiller de bois, en chantant un charme puissant de guérison. Une odeur fraîche emplit la pièce. Boudicca la respira, sentant déjà la paix et la santé lui revenir. Puis il s'agenouilla auprès d'elle et commença à lui enduire le dos. La fraîcheur du baume pénétra lentement en elle, calmant la brûlure, et elle poussa un soupir de soulagement. « Vous avez de la chance, fit-il remarquer en s'essuyant les mains sur sa tunique et en se relevant pour s'asseoir. C'est une vilaine plaie suppurante avec beaucoup de chair violette ici et là qui commençait à mourir. Maintenant, je voudrais du vin. » Elle eut envie de rire. Au fur et à mesure que la douleur la quittait, elle aurait voulu chanter de joie.

« Apporte du vin à notre invité, lança-t-elle à Lovernius. Et du pain pour nous deux. » Puis elle se tourna vers le druide. « Bienvenue dans notre tuatha, dit-elle. Partagez la nourriture, le vin et la paix avec nous. »

Il inclina gravement la tête et le feu fit briller les anneaux de bronze dans ses cheveux blonds. « Il y a trois nécessités pour la santé du corps. Mais qu'en est-il de l'esprit, hein ? »

Il ramena sous lui ses jambes courtes et son regard se fit soudain perçant.

« Tu as donc enfin retrouvé ton bon sens, Boudicca. Je regrette qu'il ait fallu pour cela des circonstances aussi tragiques. Qu'attends-tu de moi ? »

Elle resta étendue, la tête posée sur l'oreiller, regardant le visage ouvert et intelligent. « Je veux que vous alliez dans l'Ouest et suppliiez Venetius et les autres de me faire envoyer des armes. Je veux envoyer des messages à chacune des tribus des basses terres. Et je veux votre avis. »

Il lui jeta un coup d'œil. « Pas grand-chose en somme. Je reviens de l'Ouest, Boudicca, et Paulinus se rapproche de l'île sainte de Mona. Les miens se préparent à livrer la bataille finale en sachant bien qu'il leur est interdit de porter eux-mêmes l'épée. Venutius, Emrys et Madoc ont envoyé là-bas beaucoup de seigneurs. Ils ne peuvent venir à vous. »

Elle blêmit. « Par Andrasta ! Les Iceniens devront-ils donc se battre seuls ? Quelles sont nos chances ?

— Vos chances sont meilleures qu'elles ne l'ont été depuis que les Catuvellauniens ont rencontré Plautius au Medway, dit-il. Ecoute bien. La moitié des troupes actuellement en Albion est avec Paulinus, à deux cent soixante-dix kilomètres de Colchester. Les basses terres sont pratiquement sans défense. La Neuvième est intacte, mais elle est stationnée au nord de ton pays, pas au sud. Les forces de la Seconde sont complètes, mais divisées. Il y a bien sûr quelques postes de garnison ici ou là, mais à ces exceptions près, les villes du Sud sont ouvertes. Me comprends-tu ? »

Lovernius revint avec un pichet de vin, des coupes, du mouton et du pain. Il les servit en silence, puis alla s'asseoir près du feu, et bientôt leur conversation fut ponctuée par le cliquetis de ses dés.

« Les Iceniens ne peuvent rien faire sans aide, poursuivit-elle. Si les hommes de l'Ouest ne peuvent nous aider, qui le fera ?

— A une certaine époque, dit-il, les tribus de l'Ouest se sont battues seules et elles auraient pu succomber si Caradoc n'était devenu arviragus. Mais je t'assure, Boudicca, qu'au cours des derniers mois, les tribus du Sud se sont réveillées. La nouvelle de l'infamie qu'on vous a fait subir s'est répandue comme un vent froid annonce l'aube. Ils sont indignés par votre infortune, révoltés par les épreuves qu'ils doivent eux-mêmes subir. Si tu les appelles, ils viendront.

— Comment pouvez-vous en être aussi sûr ? Caradoc les a appelés, il nous a appelés, mais nous n'avons pas voulu l'écouter.

— A l'époque, la domination de Rome était encore récente, elle s'enrobait encore de mots doux, de promesses d'argent et de prospérité. Maintenant, ils connaissent la vraie nature de cette domination. Ils ne voient plus que ces griffes qui t'ont lacérée. Crois-moi, Boudicca. Je sais ce que je dis. Marche vers le sud et ils courront te rejoindre. »

Elle garda les yeux fermés un moment puis saisit sa coupe et la but lentement. « J'aimerais vous croire, mais je sais comme la soumission à Rome peut être profonde. Elle a plus de visages qu'Andrasta elle-même. »

Il la coupa avec impatience. « Rome n'est qu'une ville. Les Romains ne sont que des hommes. Mais Andrasta est Reine des Victoires. Tu dois me croire, Boudicca. Tu as le pouvoir de déclencher une vaste conflagration.

— Si vous vous trompez, les Iceniens devront marcher et périr seuls, car nous marcherons. Le déshonneur demande réparation.

— Je vois que tu n'as pas oublié les commandements. » Il s'essuya la bouche et se leva en bâillant. « Mais avant tout, il faut que tu guérisses, Boudicca. Dors. Je resterai en ville jusqu'à ce que tu puisses marcher. Ensuite, je devrai rentrer dans l'Ouest à Mona. Ton destin est entre tes mains. Envoie des messages aux tribus quand ton plan sera arrêté. Et ne crains rien. L'heure de l'expiation est venue. »

Alors, avec un geste d'une humilité surprenante, elle tira sur sa tunique. « J'aimerais vous demander encore une faveur... ma fille... »

Il soupira et se rassit. « Je sais, je sais. Je ne peux pas lui rendre l'esprit, mais peut-être puis-je soulager quelque peu ses tourments. Amenez-la-moi. »

Elle fit signe à Lovernius. « Fais venir Brigid. »

Ils attendirent et l'on n'entendit plus que la pluie monotone et le vent. « J'ai connu votre père, il y a bien longtemps », dit-il au bout d'un moment.

Elle tourna la tête vers lui. « Subidasto ? Oh ! tant de choses ont changé depuis qu'il est parti !

— Oui, répondit-il simplement. J'étais icenien moi-même autrefois. »

Sa surprise se teinta de honte. « Je regrette », dit-elle. Mais il haussa les épaules et se mit à rire.

« Le temps n'est plus aux regrets, Boudicca. Je crois que je redeviendrai bientôt un druide icenien. »

Lovernius revint, écarta les fourrures et Brigid entra. Elle était habillée d'une chaude tunique rouge que Boudicca lui avait vu porter aux temps des courses en forêt et des parties de pêche sous la neige, mais qui tombait maintenant comme un sac sur ses épaules maigres. Elle tenait Hulda d'une main et de l'autre tirait sur sa bouche comme si elle voulait la remettre en place. Ses yeux, comme des fleurs noyées, se promenèrent tout autour de la pièce et vinrent se poser sur sa mère sans que la moindre lueur de reconnaissance ne s'y allume.

« Elle est assise sur le toit de ma hutte, dit-elle. La pluie brille sur ses ailes et elle croasse : du sang, du sang toute la nuit. Où est Pompée ? J'ai si froid. Pompée me réchaufferait de son souffle chaud et me dirait où il faut aller. » Sa main quitta ses lèvres enflées et se porta vers sa gorge avec une élégance bien involontaire. « Le sang est noir sous la lune et les yeux sont blancs. Ma mère devrait s'en souvenir, mais elle est partie. Elle s'est changée en Reine des Victoires. Moi, je dois partir à Rome. » En prononçant le nom de la ville, elle abandonna la main d'Hulda et se battit dans l'ombre contre sa peur. « Les hommes sont pleins de sang. Leur sang est noir sous la lune ! »

Le druide alla vers elle et saisit ses doigts tremblants d'une main ferme. « Brigid, lui dit-il avec douceur, le sang est chaud et doux. Le sang chante, le sang rit. Le sang des arbres est doré. Le sang des rivières est argenté. Le soleil est plein d'un sang chaud, généreux et rutilant. Regarde-moi. » Les yeux noyés rencontrèrent lentement les siens et il sourit. « Parle-lui des rivières, lorsqu'elle est perchée au-dessus de toi et t'appelle dans l'ombre. Parle-lui du soleil et des arbres. »

Le visage de Brigid se crispa. Elle voulut parler.

« Les arbres », murmura-t-elle. Puis elle se mit brusquement à rire, d'un rire suraigu et dégagea ses mains. « Je l'ai tué le pauvre Marcus, ricana-t-elle. Oh ! Marcus, mon bien-aimé ! Je l'ai poignardé, le joli Marcus et les arbres ont applaudi de leurs mains noires, noires comme le sang sous la lune. »

Boudicca regarda sa fille avec effarement. « Pourquoi cette surprise ? » lui chuchotait Subidasto à l'oreille. Lovernius poussa un cri. Hulda vacilla. Seul le druide resta impassible et continua à fixer Brigid d'un regard triste. Puis tout à coup, il fit un pas en avant et la serra dans ses bras puissants. « Enfant », murmura-t-il. Elle éclata en sanglots et s'arracha à lui pour retrouver le réconfort de la main d'Hulda.

Boudicca dit avec tristesse : « Ramène-la, Hulda. Et fais-lui des nattes. Elle est si échevelée.

— Elle ne me laisse pas la coiffer », protesta Hulda.

Elles sortirent, suivies de Lovernius. Le druide leva les sourcils en direction de Boudicca et lui dit, d'un air soucieux :

« Je te souhaite de guérir vite. »

Elle ressentit une énorme fatigue et elle enfouit sa tête dans l'oreiller. « Même si je devais tuer jusqu'au dernier Romain en Albion, rien ne sera jamais plus pareil, murmura-t-elle.

— Le temps n'a de constant que son perpétuel changement, répondit-il en remettant sa cape et en allant vers la porte. Ce sont les changements en nous qui nous apportent le désespoir ou le contentement, Boudicca. Je reviendrai ce soir pour t'oindre le dos. » Au moment où il écarta les fourrures, Lovernius rentrait.

« Elle se prépare à dormir, dit-il. Je crois qu'elle est plus calme.

— Et Ethelind ?

— Elle se promène à travers la ville, mange et se repose mais elle ne parle à personne.

— Je veux m'asseoir, Lovernius, aide-moi. » Il l'aida avec précaution à se retourner, et bien que la tête lui tournât et que son dos la fît cruellement souffrir, elle apprécia de revoir la pièce sous un angle normal. « Apporte-moi mon peigne. »

Il lui tendit le peigne fin aux incrustations délicates et elle le plongea dans sa chevelure rousse emmêlée. Elle ne le lui rendit que lorsque ses cheveux brillants lui encadrèrent sagement le visage. « Bien, dit-elle lorsque ce fut fait. Maintenant, dis à Aillil qu'il sera désormais mon porteur de bouclier. Va avec lui dans la forêt. Trouve une clairière suffisamment vaste et isolée. Construis-y une hutte et une forge. Déterre toutes les armes et fais-les nettoyer et aiguiser. Forge des épées, des lances et des couteaux. Sculpte des torques. Demande à Aillil de vérifier lui-même l'état de tous les chars. Fabrique des frondes et des haches pour les paysans. Je veux que chaque Icenien, homme, femme et jeunes gens, soit réarmé dans deux mois.

— Les jeunes filles aussi ?

— Oui. Leurs mères étaient femmes d'épée et il est temps qu'elles apprennent ce que cela veut dire. » Elle se croisa les bras au prix d'un effort farouche. « Ah ! Lovernius, crois-tu qu'il soit trop tard ? Les gens pourront-ils retrouver les talents qu'ils ont négligés si longtemps ? La soif de vengeance suffira-t-elle à leur rendre leur esprit d'antan ?

— S'ils ne se souvenaient de rien d'autre, ils sauraient encore qu'une mort honorable vaut mieux qu'une vie d'esclave. Nous n'avons rien à perdre, Madame. »

Ils échangèrent un sourire triste. « Emmène mes seigneurs avec toi, poursuivit-elle. Envoie-les dans toute la tuatha. Demande-leur d'entraîner hommes et femmes à l'épée dans tous les lieux secrets qu'ils pourront trouver. Mais assure-toi bien qu'aucun homme de la garnison ne soit tué. Si la plus petite rumeur de ce que nous préparons parvient aux oreilles de Favonius, tout est perdu. Il faut poster des sentinelles à l'orée des forêts, aux alentours des fermes, pour avertir de l'arrivée de tout soldat égaré. »

Ainsi, métamorphose invisible dans le cocon de l'hiver, les Iceniens peu à peu changèrent. En apparence, la tuatha retrouvait une paix maussade. Le peuple s'efforçait de ramasser ce qui restait de ses vies brisées. Mais sous cette lente réorganisation, l'engagement au service de la nouvelle cause commençait à se préciser. La tuatha vivait une double vie. De jour, villes et villages vaquaient à leurs affaires, mais la nuit, les forêts alentour étouffaient les cris des hommes et des femmes qui s'entraînaient au combat, dissimulaient les flammes blanches des forges et la sueur des forgerons. Favonius sentait que quelque chose se préparait. Dans la solitude de la garnison, tard dans la nuit, il croyait entendre des bruits étranges portés par les vents glacés. Il finit par attribuer son inquiétude au trouble de son propre esprit. Il n'avait pas trouvé le meurtrier de son fils. D'innombrables rumeurs couraient. On avait même été jusqu'à murmurer que c'était cette pauvre folle de Brigid elle-même qui l'avait tué au cours de cette nuit impitoyable. Mais il ne l'avait pas cru et rien ne pouvait le prouver. Il semblait donc que la mort de Marcus doive rester impunie.

Le gouverneur avait répondu à sa dénonciation peureuse de la cupidité du procurator par un communiqué dont la brièveté frisait la grossièreté :

« Il lui était impossible d'agir avant la fin de la campagne. Quand il serait de retour à Colchester, il examinerait cette affaire mais jusque-là, il attendait de ses commandants de garnison qu'ils maintiennent la paix. C'était leur travail. Et un transfert était inconcevable pour le moment. »

Favonius marchait de long en large par les longues nuits d'hiver, en proie à une peur irraisonnée.

Alors que le printemps n'était encore qu'un nouveau parfum dans le vent, Boudicca reçut une visite. Elle avait quitté le lit et les blessures de son dos n'étaient plus que des cicatrices rouges et profondes encore douloureuses au toucher. Le druide avait disparu vers l'Ouest sans un mot d'adieu, et bien qu'il ait rendu visite à Brigid chaque jour, rien n'indiquait qu'elle puisse un jour retrouver l'esprit. Ethelind également était très marquée mais son trouble était moins visible. Elle ne se laissait pas approcher et ne parlait à personne, bien que parfois, la nuit, on l'entendît se fredonner des airs.

Boudicca s'efforça de mettre un monde entre elle et ses enfants à la vie brisée. Ce nouveau monde se construisait autour de ses préparatifs de guerre. De nouvelles armes brillaient sur les murs des huttes de son peuple, ou se dissimulaient dans des tonneaux, sous le grain, dans le chaume des toits, sous les lits ; et des corps que la paix avaient rouillés se délièrent en prévision de la guerre. Tous les harnais usés étaient remplacés. Les seigneurs polissaient au coin du feu leurs nouveaux torques. Leurs casques nouvellement forgés brillaient des mille feux de leur espoir.

Elle était assise dans la salle aux murs nus, Lovernius et Aillil auprès d'elle. Un mouton rôtissait sous la flamme et un esclave tournait lentement la broche. Seigneurs et hommes libres entraient et sortaient, venant parfois lui demander conseil ou des instructions pour la journée. Ethelind était assise près du mur, trempant du pain dans son bol de soupe. Ses cheveux d'or foncé étaient dénoués et ses jambes croisées sous une tunique à rayures rouges et bleues. Autour d'elle, il y avait un certain espace que tous les membres de la tuatha avaient appris à respecter.

Brigid était dans sa hutte et on ne la laissait jamais seule. Elle se promenait chaque jour au centre de la ville, mais on ne la conduisait qu'en de rares occasions à la Grand-Salle pour y manger avec les hommes libres. Elle les avait inquiétés par ses radotages sur le Corbeau des Batailles, mais maintenant que le désir de guerre brûlait au fond de tous les cœurs, ils n'avaient plus peur d'elle et beaucoup la considéraient comme une envoyée d'Andrasta elle-même, assoiffée de sang romain après tant d'années d'oubli.

Il y eut un léger brouhaha à la porte. Lovernius interrompit son récit à voix basse des progrès accomplis pendant la nuit et traversa la salle en courant, suivi d'Aillil. Boudicca regarda et attendit. Lorsqu'ils rentrèrent, un étranger se trouvait entre eux. Il était grand, bien mis, le teint mat. Ses cheveux flottaient librement autour d'un front haut. Il avait un regard confiant et sa bouche était droite et fine. A son approche, elle se leva et lui tendit la main. « Bienvenue ! Laissez-nous vous offrir la nourriture, le vin et la paix. » Il lui prit le poignet d'un geste rapide qui devait lui être coutumier puis le laissa retomber.

« Montrez-moi », dit-il.

Elle consulta des yeux ses hommes, puis se tourna et fit descendre sa tunique en se cachant la poitrine dans sa cape. Il grogna et elle sentit qu'il faisait légèrement courir ses doigts sur son dos lacéré. Elle renfila sa tunique et se tourna vers lui.

« Les Romains ? demanda-t-il brièvement.

— Aucun en ville, répondit-elle. Ils restent à la garnison. Vous n'avez rien à craindre pour cette nuit. » Il parut se détendre. Ils s'accroupirent sur le sol de terre battue. Une foule de curieux était venue les entourer. Aillil et Lovernius firent en sorte qu'ils ne puissent rien entendre. « Vous avez des nouvelles ? demanda-t-elle. Voulez-vous les partager ou manger d'abord ?

— Je les partagerai. » Il prit la coupe de vin qu'un serviteur lui tendait et but à grands traits, versant les dernières gouttes sur le sol pour les Dieux des Iceniens. Puis il se cala confortablement.

« Je m'appelle Domnall, dit-il, Seigneur de Brigantia. » Boudicca accusa le coup. Ainsi, Aricia savait ce qu'ils préparaient. Elle allait en informer les Romains et l'un de ses seigneurs venait l'en prévenir. Mais comment avait-elle pu l'apprendre alors que les Coritaniens séparaient les deux tribus ? Domnall comprit à son expression qu'elle se trompait et haussa les épaules avec impatience. « Non, poursuivit-il. Après que mon ricon eut trahi l'arviragus et que Venutius l'eut quitté pour aller dans l'Ouest, je suis parti au sud vivre chez les Trinovantes et diriger là-bas les espions de Venutius. J'ai travaillé pour Rome à construire des routes et creuser des fossés. » Il parlait sans emphase mais elle imaginait ce qu'il avait dû endurer.

« Les Trinovantes et les Catuvellauniens qui sont restés sont ceux qui ont le plus à se plaindre des conquérants. Il faut que vous le sachiez. Vous vous êtes soumis ici sans jamais lever l'épée et en échange vous avez connu la prospérité. Mais le peuple de l'arviragus et ceux de ses ancêtres esclaves qui ont résisté n'ont cessé d'être punis depuis. On en a mis beaucoup sur des bateaux pour les faire combattre à Rome dans les arènes ou pour les envoyer se battre dans les légions. On leur a fait labourer le sol, ils sont morts de faim sur les routes, on a construit de belles villas romaines sur leurs os. Colchester grandit. Leurs terres sont de plus en plus souvent volées pour être données à des soldats à la retraite, qui les enchaînent dans leurs propres greniers, qui leur font travailler leurs propres terres et amasser des récoltes pour un maître qui se moque bien que leurs enfants meurent de faim. Leur fardeau les écrase et ils ont appris votre humiliation. Ils veulent savoir si vous vous battrez.

— Et si je le fais ?

— Ils se battront à vos côtés. Avez-vous des armes ? »

Elle se tut, étudiant soigneusement son visage. Il pouvait dire la vérité comme être un agent de Rome, venu découvrir le bien-fondé de certaines rumeurs. Si c'était un espion et qu'elle lui faisait part de ses plans, les Iceniens seraient détruits. S'il était sincère et qu'elle le renvoyait sans lui avoir répondu, cette chance ne se représenterait plus. Elle regarda ses hommes. « Lovernius ? » Il répondit par un imperceptible signe de tête. « Aillil ?

— Il nous faudrait un druide, dit celui-ci d'un air soucieux, mais je crois qu'il dit la vérité.

— Moi aussi. Très bien. Nous nous battrons, Domnall, et bientôt. Nos armes sont cachées et le peuple est à nouveau décidé à s'en servir. Tu peux en informer les tribus. »

Les yeux de Domnall se posèrent sur son visage franc, couvert de taches de rousseur et sa chevelure flamboyante. Comme elle était différente de son propre ricon ! Le dernier rejeton de la Maison de Brigantia avait une beauté fragile et délicate, des doigts et des yeux raffinés. Mais cette femme forte à la voix grave et à la repartie rapide exerçait une attirance sauvage, comme un courant au cœur d'une tempête. Elle avait pourtant épousé un homme épris de paix et l'avait aimé jusqu'au jour de sa mort. La dame brigantienne avait, au contraire, épousé un guerrier et l'avait détruit.

Boudicca attendait qu'il réponde avec impatience et il demanda : « Dans combien de temps, Madame ?

— Avant la nouvelle lune. »

Sa voix ne fut plus qu'un murmure. « Au sud de cette ville, Domnall, entre les deux routes qui profanent mon pays, il y a des collines boisées qui s'enfoncent derrière les anciennes frontières catuvellauniennes. Les connaissez-vous ?

— Je les connais.

— Rejoignez-moi là-bas lorsque le temps dont j'ai parlé sera venu. Apportez des vivres si vous le pouvez, des chars et toutes les armes que vous pourrez voler. Mais venez discrètement, je vous en prie. Je ne veux pas que Colchester reconstruise ses remparts pour se protéger de moi.

— Vous n'aviez pas à me le dire, Madame.

— Informe aussi les seigneurs de l'Ouest de ce que je prépare. »

Caradoc l'apprendrait-il, se demanda-t-elle soudain. Et lui pardonnerait-il alors ? Tout ce que les tribus savaient de lui, c'est qu'il vivait toujours, quelque part dans ce labyrinthe surpeuplé qu'était Rome. Le souvenir de Caradoc amena une autre pensée. « Le temple de Claudius, fit-elle. Est-il toujours debout ?

— Naturellement, répondit Domnall surpris.

— Et Decianus ?

— Le procurator ? » Il avait du mal à la suivre. « Il est à Colchester.

— Andrasta ! fit-elle les yeux brillants. Aiguise ta lame. La libération viendra avec le printemps. »

Les vents chauds chassèrent le froid et les averses firent apparaître les premières pousses vertes.

Les préparatifs de Boudicca étaient terminés. Elle commanda enfin qu'on charge les chariots. Les Iceniens réunirent à la hâte leurs maigres biens. On ne planta rien cette année-là. Les semences étaient rares, car le procurator s'en était emparé. Il n'y aurait pas de retour en arrière. Ils l'emporteraient sur les forts bourrés de grain, jusqu'à la liberté, ou ils mourraient.

Il y eut la pleine lune puis peu à peu, elle décrut. Incapable de dormir par les nuits chaudes, Favonius la voyait de la fenêtre de son bureau. Boudicca la vit en parcourant la ville en tous sens pour prodiguer ses encouragements aux hommes libres. Devant la Salle des Conseils dans les heures sombres du petit matin, Boudicca la voyait flotter dans un nuage de brume bleutée. Subidasto venait lui chuchoter à l'oreille : « Dépêche-toi, Boudicca, dépêche-toi ! Paulinus approche de Mona. Bientôt il fera demi-tour et il sera trop tard.

— Je sais, je sais », lui répondait-elle à voix haute. Elle éprouvait le besoin de retremper ses propres forces au moment où son peuple ramassait armes et vivres. Elle se sentait en proie à une lâcheté inhabituelle qui l'empêchait de dire le mot qui les précipiterait dans une époque de souffrance et de mort.

Puis le temps vint. La lune n'était plus qu'un fin croissant d'ivoire. Elle convoqua la troupe guerrière et, par une nuit froide et sombre, ils avancèrent vers la garnison, seulement vêtus de braies et de courtes tuniques, leurs couteaux solidement attachés à la ceinture.

Une fois dans la forêt, elle les conduisit dans une clairière et, accroupis dans l'herbe nouvelle, ils regardèrent les lumières de la garnison. Tout paraissait tranquille. Les sentinelles montaient la garde de chaque côté du haut portail de bois. Dans les écuries, les chevaux bougèrent dans la paille et, derrière les guerriers, une chouette hulula. Rien d'autre ne bougea. Satisfaite, elle se leva, fit un geste et la troupe rampa, couvrant ce qui restait du terrain pour venir se perdre silencieusement dans l'ombre épaisse du mur. Elle fit signe à Lovernius et à Aillil, cacha sous sa manche la garde brillante de son couteau, puis tous trois marchèrent d'un pas décidé vers le portail. Une des sentinelles se détacha pour venir à leur rencontre. Lorsqu'il reconnut Boudicca, ses soupçons firent place à un sourire respectueux.

« Madame, je ne vous avais pas reconnue sans votre cheval. Il est bien tard pour rendre visite au commandant.

— Je sais, dit-elle d'un ton calme, mais j'ai un besoin urgent de le consulter. » Du coin de l'œil, elle vit l'autre sentinelle s'appuyer contre le mur et bâiller. Derrière lui, une ombre plus épaisse bougea.

« Croyez-vous qu'il soit encore éveillé ?

— Une lampe brûle encore dans son bureau. Voulez-vous que quelqu'un vous escorte ? »

Lovernius se plaçait derrière l'homme, et Boudicca se mit les poings sur les hanches d'un air naturel, sentant la garde de son couteau. « Cela ne sera pas nécessaire. Je connais mon chemin. » Il ouvrit le portail et recula. « En effet, depuis le temps. Bonne nuit à vous, Madame.

— Adieu, Romain. » Elle fit un signe bref à Lovernius au moment où l'ombre vague sous le mur se matérialisait en un seigneur qui sauta comme un chat sauvage sur l'autre sentinelle. Elle sortit vivement son couteau. Le contact lui en parut étrange, mais Lovernius tourna les talons, appliqua une main de fer sur la bouche de l'homme et lorsque ses yeux s'écarquillèrent à en quitter leurs orbites, son poignet se mut presque malgré elle et le couteau trancha la gorge pâle. Sans plus de bruit que le vent dans les herbes hautes, ils tirèrent les corps à l'ombre du mur. Puis Lovernius siffla, imitant le cri haché du courlis et les autres hommes sortirent de l'obscurité.

« C'est très risqué mais l'enjeu en vaut la peine », murmura-t-il. Elle ne lui répondit pas. Les dés étaient jetés. Il faudrait maintenant qu'ils roulent jusqu'aux pieds de Paulinus. Ils pénétrèrent sans bruit dans la vaste cour mal éclairée et se déployèrent immédiatement. Les hommes rasèrent les murs intérieurs et disparurent en direction des baraquements, des maisons des officiers et des entrepôts. Elle marcha sans se cacher vers le bâtiment administratif pendant qu'Aillil et Lovernius entamaient la ronde qui les y mèneraient aussi, derrière la sentinelle qui faisait les cent pas sous le porche. Juste avant qu'elle arrive aux marches, la sentinelle fit une pause au bout du chemin couvert, fit demi-tour et parut tomber à la renverse. Elle monta vivement, frappa à la porte et entra.

Il était seul, assis à son bureau, la tête dans les mains. Il leva lentement les yeux lorsqu'elle ferma la porte et s'approcha de lui. Ses yeux étaient chassieux, ses cheveux grisonnants dépeignés. Il ne parut pas surpris de la voir là.

« Boudicca ? fit-il, se frottant le visage des deux mains et se redressant. J'ai dû m'endormir sur mon travail. Il doit être bien tard. Que voulez-vous ? »

Boudicca parcourut la pièce des yeux et revint à lui. Sa cuirasse était dans un coin, près de son casque, mais il avait son couteau à la ceinture. « Il est tard, Favonius, mais je voulais vous parler. Avez-vous une réponse du gouverneur ?

— Oui, je l'ai reçue. Je voulais venir vous en faire part mais je ne tenais pas tellement à vous voir et je n'ignore pas à quel point vous détestez ma compagnie. Il promet d'étudier le problème à son retour à Colchester.

— S'il y rentre jamais, gronda-t-elle, les lèvres retroussées. Avez-vous des nouvelles de Priscilla ? » Ses yeux bouffis de sommeil marquèrent de l'étonnement, puis de la méfiance. « En quoi cela vous regarde-t-il ?

— Ce n'est pas mon affaire, en effet. Mais Priscilla détestait tant vivre ici. Je me demandais si elle était plus heureuse à Camulodunum. »

Il commença à se sentir mal à l'aise. Elle n'avait encore jamais utilisé devant lui l'ancien nom tribal de Colchester. Elle plissait les yeux en lui souriant et soudain il réalisa que le pas mesuré de sa sentinelle ne résonnait plus à intervalles réguliers devant sa porte. Avec un pressentiment angoissé, il alla à la fenêtre, ouvrit grands les volets. La cour rêvait ses rêves froids sous une forêt d'étoiles et il se retourna vers elle, perplexe.

« De quoi avez-vous peur, Favonius ? lui demanda-t-elle avec une pointe de sarcasme dans la voix. Les druides ne sont qu'un souvenir. Croyez-vous découvrir des sortilèges dans l'ombre de la forêt ? » Elle avança vers lui. « Vous croyiez connaître ce pays, mais vous savez maintenant qu'il n'en est rien. Et vous souffrez de voir les objets familiers soudain devenir étranges.

— J'ai en effet bien du mal à vous comprendre ce soir ! répondit-il. Etes-vous ivre ? Boudicca, je ne peux rien faire, ni pour vous, ni pour vos filles. Où est la sentinelle ? »

Elle recula lentement jusqu'à ce que son bureau se trouve entre eux.

« C'est Andrasta qui l'a prise, fit-elle doucement. Lovernius, Aillil ! »

Alors, il comprit. Il porta la main à sa ceinture et s'arracha à la fenêtre en criant : « Gardes, gardes ! » Mais lorsque la porte s'ouvrit, ce furent ses hommes à elle qui entrèrent. Elle évita le coup de lame qu'il tentait de lui porter et se mit à rire.

« Ils sont tous morts, Favonius, dit-elle, la garnison est une tombe, comme Albion tout entière le deviendra, un charnier romain. Nous t'avons fait confiance et tu nous as trahis. Tu aurais pu nous aider mais tu as préféré rester sourd aux hurlements de mes enfants et à mon humiliation. »

Il ne se débattit pas sous la poigne puissante d'un des chefs. Il se contenta de la regarder avec tristesse.

« J'avais sans doute sous-estimé votre fierté, dit-il. Mais Boudicca, vous ne pouvez pas gagner. Toutes les chances sont contre vous.

— Pas cette fois, Favonius. Le gouverneur est à des kilomètres d'ici, avec la moitié des forces d'occupation et tous les autres ont les yeux tournés dans sa direction. Je n'irai pas vers l'ouest. J'irai au sud. Je brûlerai Camulodunum jusqu'à ce qu'il n'en reste plus qu'un tas de cendres. »

Ses traits rudes accusèrent le coup et elle comprit à ses yeux injectés de sang qu'il réévaluait ses chances.

« Devrai-je mourir ?

— Oui.

— Maintenant ?

— Oui. Si tu connais une prière qui attire la protection de tes Dieux, fais-la tout de suite. Je voulais te conduire dans la clairière d'Andrasta, Favonius, et planter ta tête sur un pieu. Mais à cause de l'amitié que mon pauvre mari te portait, je t'accorde une mort propre. » Elle ne lui laissa plus le temps de parler. « Frappe, Aillil », commanda-t-elle avec sang-froid ; puis elle tourna le dos et lorsqu'elle entendit son corps s'affaisser, elle quitta la pièce et se dirigea vers le portail. « Lâche », lui criait furieusement son père à l'oreille, mais elle n'en tint pas compte, pensant à Prasutugas, étendu, noble et pâle dans son tombeau.

Avant de quitter la garnison, les chefs attelèrent les chevaux aux chars du détachement et emmenèrent tout le grain et les armes qu'ils purent trouver. Puis ils arrachèrent les torches des murs et coururent de bâtiment en bâtiment les jeter dans les pièces pleines de cadavres. Et bientôt, cet enfer rugissant fit pâlir les étoiles qui laissaient peu à peu place à l'aube.

La tribu quitta son territoire cette nuit-là. Chars, chariots, lente procession désertant les villages dans l'obscurité et s'éloignant du bûcher orange de la garnison. Pendant trois jours et deux nuits, ils allèrent vers le sud, mangeant et dormant quand ils le pouvaient. Bien avant d'arriver à leur lieu de ralliement, les éclaireurs trinovantes étaient venus à leur rencontre. Les arbres retentirent de leur cavalcade, des chants guerriers et des cris des enfants. Ils allumèrent des feux. Ils n'essayèrent plus de se cacher. Leur troupe était maintenant trop importante. Colchester n'était plus qu'à un jour de marche et les rumeurs y créaient déjà la plus grande confusion. Le seul avantage du peuple était sa rapidité. Boudicca rencontra enfin Domnall, dans une clairière près d'un ruisseau et ils s'embrassèrent.

« Ainsi, vous êtes venu, dit-elle avec un sourire. Je n'y croyais pas, mais le druide avait raison. Notre armée est énorme, Domnall. Il faut des heures pour la traverser. D'où viennent tous ces gens ? »

Ils s'accroupirent ensemble près du feu que son serviteur avait allumé et il lui versa de la bière avant de répondre.

« Ce sont des Trinovantes, des Catuvellauniens, des Coritaniens, quelques Cornovii, quelques Dobunniens. Les druides se sont promenés à nouveau parmi eux et ils sont venus. Caradoc disait que l'esprit de la liberté était mort dans le Sud mais il avait tort. Il ne faisait que dormir, Madame, et vous l'avez réveillé. Vous et la cruauté de Rome. Tiendrons-nous Conseil ? »

Elle acquiesça. « Ce soir. J'amène des armes et des vivres, mais pas suffisamment pour une armée de cette importance. Ces peuples sont-ils armés ?

— Pour la plupart. Ceux qui ne le sont pas auront bientôt saisi aux Romains des glaives et des javelots. Nous avons peu de vivres mais si nous prenons Colchester, nous pourrons remplir nos chars. »

Colchester. Camulodunum. Elle but sa bière sans répondre. La nuit tomba, une nuit douce de printemps. Avant d'ouvrir son Conseil, Boudicca alla trouver ses filles. Ethelind était assise sous un arbre, le menton dans la main, fixant intensément le petit feu qu'on lui avait allumé. Sa couverture et sa cape étaient soigneusement pliées près d'elle et Boudicca s'approcha.

« Tu vas bien, Ethelind ? » demanda-t-elle brusquement, cachant sous cette rudesse apparente la douleur qu'elle ressentait toujours à voir le visage figé de son aînée. « As-tu besoin de quelque chose ? » Ethelind ne leva pas les yeux mais elle leva lentement la main, comme un avertissement ou un signal de détresse. Boudicca recula et fit demi-tour. « Andrasta, pensa-t-elle avec une peur soudaine. Que vais-je faire d'elles ? Je croyais, je ne sais pourquoi, que lorsque nous aurions quitté la ville, elles guériraient. Mais comment pourrais-je avancer, réfléchir et combattre, si je dois traîner ce couple d'idiotes derrière moi ? »

Brigid faisait les cent pas le long du ruisseau. « Descend, criait-elle aux branches bruissantes. Il n'y a pas de lune pour te montrer comme le sang de la rivière est couvert de petites fleurs. Andrasta ! Descends ! » Hulda était assise près du jeune seigneur auquel Boudicca avait demandé de les protéger et Pompée broutait paisiblement.

« Est-ce qu'elle a mangé ? demanda Boudicca sèchement et Hulda hocha la tête.

— De la viande seulement et de l'eau du torrent. Madame, que ferez-vous d'elle quand les combats commenceront ? »

Boudicca regarda la silhouette fine enveloppée d'ombre.

« Comment veux-tu que je le sache ? répliqua-t-elle. J'ai trop à faire pour pouvoir y penser pour l'instant. »

Elle retourna vers la clairière où les seigneurs et les représentants des diverses tribus s'installaient devant le feu. Se laissant tomber sur une couverture près de Domnall, elle leur jeta un regard critique et un sentiment chaleureux de reconnaissance s'empara d'elle. L'humeur désespérée dans laquelle la vue des filles la plongeait disparut. Cela ressemblait à ce qu'elle avait connu quand elle était enfant. Un Feu du Conseil haut et puissant qui faisait briller des milliers de torques, de colliers, de broches et de bracelets. Et naturellement, le vin qui passait gaiement de main en main, les voix qui entonnaient spontanément des chants, les histoires, les querelles et par-dessus tout la chaleur et la fière protection du clan.

Elle se leva, étendit les bras et les conversations cessèrent. Elle s'avança, dégrafa son épée, la tendit à Aillil, secoua sa chevelure flamboyante et se mit à parler.

« Seigneurs, hommes et femmes des tuathas ! Vous voyez devant vous une femme dont toute la vie s'est écoulée dans l'obéissance à l'égard de Rome ! Une femme qui croyait que la justice de l'empereur romain apporterait la paix et la prospérité à son peuple. Vous avez aussi devant vous une femme cruellement outragée. Pour me remercier de ma coopération et de mon entière confiance, peuple d'Albion, on a volé ma tuatha, emmené mon peuple en esclavage, violenté mes filles et on m'a attachée à un poteau pour me fouetter sans pitié. Mes mots tombent-ils dans des oreilles déjà trop pleines de tragédies semblables ? Chacun de nous ne porte-t-il pas le même fardeau ? Vous êtes ici parce que vous avez peur.

Les Iceniens, pendant des années, depuis l'arrivée de Claude, furent un modèle de tuatha respectueuse des Romains. Plus qu'aucun autre peuple, nous aurions dû être protégés. Et que se passe-t-il maintenant ? » Sa voix s'éleva, forte et masculine. « Ce qui est arrivé aux Iceniens, cria-t-elle, peut vous arriver à vous aussi malgré la soumission la plus totale, sans le moindre avertissement. Les Iceniens ont durement appris que Rome est sans parole, menteuse et cupide ! » Elle baissa les bras et la voix. « Je me vengerai des torts irréparables qu'on m'a faits. Je brûlerai Camulodunum, je brûlerai Condinium, je brûlerai tout. Puis je ferai demi-tour pour aller à la rencontre de Paulinus lorsqu'il reviendra et je le brûlerai lui aussi. C'est une femme et une mère qui vous parle. Si vous voulez me suivre et obtenir vengeance, alors battons-nous côte à côte. Y a-t-il une tribu qui ne veuille pas venir ? »

Personne ne bougea ni ne dit rien. Elle mit alors ses mains sur ses hanches. « Eh bien, nous nous mettrons en route demain. » Elle reprit son épée et se rassit près de Domnall, mais les gens restèrent assis, repensant aux innombrables tragédies qui les avaient impitoyablement conduits sur la route de la liberté.

Avant l'aube, les tribus se mirent en route, déferlant des collines pour envahir la route romaine qui reliait Icenia à Camulodunum. Ils ne pouvaient plus passer inaperçus et la panique s'empara de Colchester. C'était devenu une ville marchande romaine active et bien organisée. Le cœur de l'occupation, le siège du gouverneur qu'aucun rempart n'avait plus besoin de défendre. Et voilà que sans le moindre avertissement les Dieux étaient devenus fous et que des seigneurs assoiffés de sang se trouvaient à quelques heures de la ville. Une peur ancestrale précipita les citoyens dans la rue au beau milieu de la matinée. Mais ce qu'ils virent les rassura. Le soleil brillait et leurs voisins vaquaient à leurs occupations. Les enfants se querellaient et jouaient dans les larges avenues bordées d'arbres. Partout, les soldats, les négociants, les secrétaires, les fonctionnaires, les militaires se mêlaient aux simples citoyens avec une insouciance et un calme rassurants. Peu à peu, les gens retournèrent à leurs tâches quotidiennes. Ce n'était que faux bruits. D'ailleurs, les Iceniens, de toutes les tribus de l'île, étaient les moins susceptibles de se soulever.

Le maire ne savait trop que faire. Tous les rapports qui lui parvenaient soulignaient le danger de façon pressante. Devrait-il ordonner une évacuation vers Londinium ? C'était une perspective peu tentante. Un exode signifierait des rues encombrées, des femmes terrorisées, des accidents et l'arrêt complet des affaires. Par ailleurs, il y avait trop peu de soldats actifs en ville pour la défendre. Il n'avait jamais été confronté à une telle situation et regrettait amèrement d'avoir demandé ce poste. C'était un Catuvellaunien, auquel on avait accordé la citoyenneté romaine pour services rendus à la province et bien qu'il ne vît pas la ville sérieusement en danger, son inquiétude venait d'un reste de mémoire tribale. Il se tourna vers son secrétaire.

« Envoie un speculator à Londinium, lui dit-il, le procurator s'y trouve en ce moment. Rapporte-lui les bruits qui courent et demande-lui s'il peut nous envoyer un détachement. Nous ne perdons rien à être préparés. »

L'éclaireur solitaire tira sur les rênes et regarda d'un air incrédule ce qui se présentait à lui. Le soleil allait se lever sur les ruines fumantes de la garnison. Rien n'aurait pu le décider à faire un pas de plus dans cette direction. Il fit demi-tour. Il y avait un poste dix kilomètres plus loin et trois ou quatre autres après celui-là, avec des chevaux frais. Il savait qu'il lui fallait atteindre Lindum et la Neuvième aussi vite que possible. Les Iceniens avaient disparu et ils n'étaient pas au nord. Ils devaient donc être au sud. Son commandant avait vu juste. Les exactions du procurator avaient déclenché une guerre.

Petilius Cerealis écouta son speculator hors d'haleine et avant même que tous ses soupçons se confirment, l'un après l'autre, il avait donné l'ordre de prendre les armes. La Neuvième n'avait pas eu grand-chose à faire ces dernières années. La seule action qu'elle avait entreprise était contre Venutius. Quand il avait disparu dans l'Ouest, sa femme avait si étroitement surveillé les membres de sa tribu que la Neuvième n'avait plus rien eu à faire dans le Nord que patrouiller inlassablement. Cerealis, comme tous les Romains en Albion cette année-là, n'avait d'yeux que pour la campagne du gouverneur. Voilà ce qu'il leur en coûtait. Il dicta rapidement une dépêche pour Paulinus ; puis il quitta son bureau et marcha dans le vent printanier. Il ne connaissait pas l'importance des rebelles, mais leur direction et la vulnérabilité de la ville, de toutes les basses terres en fait. Et il était impossible à la Neuvième d'arriver à Colchester avant qu'elle fût rayée de la surface de la terre. « Boudicca, pensa-t-il. Qui aurait pu imaginer cela d'elle ? Si ses plans étaient bien conçus, toute l'île pourrait être entre ses mains d'ici à l'automne. Le savait-elle ? » Il haussa les épaules et poursuivit son chemin. « Probablement pas. »

« Nous y sommes ! » lui cria Domnall. Elle tira sur les rênes de son char, ses chevaux agitèrent la tête et elle regarda la vallée en contrebas. Tout autour d'elle et jusque sous les arbres, les seigneurs qui l'accompagnaient s'arrêtèrent. Le pays qu'ils avaient traversé n'avait réveillé aucun souvenir du voyage qu'elle avait fait avec son père près de trente ans plus tôt. Mais elle ne se souvenait que trop du mur bas qui serpentait autour de la ville, le tas de huttes bruyantes qui s'appuyaient sans façon sur lui, la montée graduelle vers les rues propres, les vastes demeures et la grâce bien ordonnée du petit forum de bois et de pierre. « Prasutugas, mon mari, pensa-t-elle, me voici prête à détruire ce que tu as si péniblement construit. » Elle fit un signe à Aillil qui lui tendit son nouveau casque de bronze orné des ailes déployées de la Reine des Victoires. Elle le posa fermement sur sa tête. Elle portait une ceinture cloutée autour de la taille, à laquelle était attachée une épée qui avait appartenu à son père et au père de son père avant lui. Se tournant vers Domnall, elle lui sourit.

« Es-tu prêt ?

— Oui. La ville est armée, bien que le reste de nos gens, les chars et les enfants soient encore à quelques kilomètres d'ici.

— Est-ce que le détachement est passé par le portail ou est-il stationné à l'extérieur ?

— Il est rentré en ville selon les éclaireurs. Les Romains n'ont sans doute pas la moindre idée de l'importance des forces auxquelles ils vont avoir à se mesurer. »

Elle rit d'un air méprisant.

« Et quand bien même ils le sauraient, cela ne changerait rien. Il n'y a pas d'armée au nord de Lindum, de l'importance de la nôtre et les chances sont de notre côté. » Elle ramassa les rênes. « Pas de prisonniers, Domnall. Pas de quartier pour quiconque. Lovernius, où sont les filles ? » Il la regarda avec son lourd casque cornu qui brillait au soleil. « Elles se reposent à l'arrière, près de la rivière. Elles n'auront rien à craindre.

— Alors, partons. Sonne le carnyx, Aillil. C'est aujourd'hui le jour de ma vengeance. »

Le son de guerre aigu et déchirant porta loin dans l'air frais du matin et sortant de la forêt épaisse, dix mille chars s'élancèrent. Les hommes libres couraient derrière eux. Colchester perdit son optimisme du matin en découvrant qu'une marée meurtrière venait lui lécher les pieds. Les cris fusèrent de partout et les conducteurs de chars virent les rues encombrées se vider d'un seul coup. Boudicca tira son épée et l'agita par-dessus sa tête. « La Maison d'Icenia, pour toujours ! cria-t-elle. Andrasta, Andrasta ! » Et elle se précipita vers le portail, sa chevelure rousse flottant au vent, le tonnerre des roues des chars, les cris et les jurons des seigneurs dans les oreilles. Le portail apparut. Elle tira brutalement sur les rênes et sauta à terre. Les femmes de la ville couraient en criant dans tous les sens, à la tête de troupeaux d'enfants terrifiés. Les forces rebelles dépassèrent le mur. Leur première attaque n'était qu'un débordement sous la poussée des milliers de guerriers qui venaient derrière. Les épées nouvellement forgées des Iceniens se mirent au travail.

Ce fut un massacre. Seuls les deux cents soldats envoyés par Decianus étaient des légionnaires capables de se battre. Les hommes de la ville étaient des civils ou des vétérans qui vivaient des profits qu'ils tiraient des concessions cultivées par leurs esclaves trinovantes et catuvellauniens. Ils fuirent le carnage qui sévissait à la périphérie pour se réfugier derrière les murs rassurants du forum. Les civils erraient, terrorisés, mais les vétérans ne tardèrent pas à mettre les bâtiments de l'administration à sac, à la recherche d'armes. Ils en trouvèrent un certain nombre et les anciens légionnaires écartèrent les foules hurlantes pour courir à la bataille.

Ceux qui tentèrent de sauter le mur pour s'enfuir furent bien mal inspirés. Pour eux, il n'y eut pas d'issue. Les tribus continuaient à arriver en rangs serrés. Déjà, les abords de la ville flambaient. Les hommes pillaient, jetaient leur butin à leurs amis par-dessus le mur puis revenaient mettre le feu à de nouvelles huttes, escaladant peu à peu la pente et tuant tous ceux qu'ils rencontraient. Le détachement, en se repliant, rencontra les vétérans venus en armes les rejoindre. Cela devint un enfer de haine dans lequel toute pitié flambait, une orgie de sang. Les années de dégradation et de misère étaient lavées en un instant, dans la jubilation hurlante de la revanche tant attendue. C'était avec des yeux d'animaux, injectés de sang, qu'ils repoussaient les soldats toujours plus près des citoyens qui se serraient peureusement sur la place.

Midi vint dans la fureur, les flammes et la terreur. Les cadavres encombraient les rues. Les légionnaires harcelés finirent par céder et courir se perdre parmi les foules de civils sans défense. Les tribus firent une pause.

« Grâce, hurla une voix que la peur rendait suraiguë.

— Grâce, grâce, par pitié ! » Alors les attaquants revinrent à la vie. Ils se précipitèrent sur la place, hurlant, jurant, pourfendant de toutes parts. La foule se coucha devant eux comme les récoltes sous la grêle.

Boudicca se dirigea vers le bâtiment administratif. Partout on n'entendait que le bruit du carnage. Elle ouvrit d'un coup de pied une première porte, mais la pièce était vide. Elle s'appuya contre le mur pour reprendre haleine, puis descendit le long du couloir pour ouvrir une seconde porte. Une femme était accroupie, sanglotant dans un coin. Lorsque la vision d'horreur avança vers elle, l'épée levée, elle bondit en criant : « Non, non ! Boudicca, je suis votre amie ! Ne me reconnaissez-vous pas ? » Boudicca abaissa lentement son épée. C'était Priscilla collée contre le mur, les pupilles dilatées et le visage gris de peur. Elles se dévisagèrent une éternité en un instant, sans bouger. Puis Boudicca ferma les yeux. Sa gorge était si sèche qu'elle avait du mal à respirer.

Elle alla vers la porte. « Que quelqu'un d'autre te tue », fit-elle. Et elle retourna vers la place où les cadavres s'empilaient dans des mares de sang.

Dans la soirée, plus un seul habitant de la ville n'était encore vivant. Mais à l'intérieur du temple, les hommes du détachement de Londinium s'étaient regroupés en un geste de résistance désespéré. A leur grande surprise, les seigneurs ne parvinrent pas à enfoncer les lignes de soldats obstinés postés derrière les colonnes lisses en haut des marches.

« Nous ne pouvons pas les laisser ameuter les légions et les précipiter sur nous avant que nous ne soyons prêts, dit Lovernius, et Boudicca approuva, trop fatiguée pour pouvoir même penser.

— Je sais, parvint-elle à dire, n'y aurait-il pas moyen, Domnall, d'essayer de forcer le passage par-derrière ?

— Les portes ont été barricadées, mais certains hommes essaient en ce moment.

— Bon. » Elle agita son poing vers cette indifférence immaculée. « Citadelle de la domination éternelle, dit-elle d'une voix qui tenait du murmure et du croassement du corbeau, je ne partirai pas avant de t'avoir vaincue ! » Elle se retourna vers les chefs pour leur demander de trouver des hommes suffisamment dispos pour tenter des percées contre les soldats tout au long de la nuit. Puis elle redescendit péniblement, par les rues sombres et jonchées de cadavres, vers le feu du repas, près du portail, et le silence des arbres au-delà.

Brigid dormait, recroquevillée dans des couvertures, près d'un petit feu. Son visage avait l'innocence du sommeil. Sa mère se pencha d'un air soucieux au-dessus d'elle. Ethelind était assise, enveloppée dans sa vaste cape, s'appuyant contre un tronc d'arbre, fixant les profondeurs enchevêtrées de la forêt. Hulda et le jeune seigneur lui firent un signe de tête ensommeillé. Sans un mot, Boudicca s'allongea sur l'herbe propre et sèche, non loin du feu, et ferma les yeux.

« Une herbe si fraîche et si parfumée, pensa-t-elle, une telle paix. Andrasta, regardais-tu ? As-tu applaudi de tes ailes noires et plongé ton bec cruel dans les entrailles de ma vengeance ? — Encore du sang, lui grogna Subidasto à l'oreille, au moins deux fois plus de sang pour retrouver ton honneur.

— Laisse-moi tranquille, vieil homme, lui répondit-elle. Reste à ta place parmi les morts et ne reviens plus me troubler ». Mais elle s'enfonça dans un sommeil épais et rêva qu'il se penchait au-dessus d'elle, son visage rude en colère, et suivait d'un doigt les chemins sinueux qu'avaient tracés les lanières sur son dos.

Au matin, elle mangea un peu de pain sec, but longuement à la source et quitta la clairière avant que ses filles ne se réveillent. Le soleil se levait tout juste, bordant les arbres de rose au moment où elle descendait de chariot pour entrer dans la ville. La puanteur des corps en décomposition l'assaillit au moment où elle rejoignit Domnall et ses compagnons. Il l'accueillit d'un murmure enroué.

« Ils tiennent toujours. Comment ? Je l'ignore. Je dois prendre du repos maintenant, Madame. Mais la moitié des hommes ont dormi et sont prêts à reprendre le combat. »

Elle lui indiqua d'un geste le portail et tira son épée.

« Aujourd'hui, nous devons les tuer et repartir, dit-elle. Aillil, le carnyx. » La voix de bronze stridente se fit entendre. Une autre vague de guerriers des tribus monta à l'assaut du temple et les soldats reformèrent leurs rangs déchiquetés. Ils résistèrent dans leur abri sans espoir et sans bruit.

L'après-midi fut nuageux, et la soirée venteuse. Il fallut bien que les seigneurs, sur la place, s'avouent vaincus. Boudicca jura d'une voix rauque, s'essuya le visage sur sa manche et rengaina son épée.

« Nous n'avons plus le choix, dit-elle, nous devons les faire flamber. Cela ne me plaît pas, ils se sont bien battus, mais nous ne pouvons les laisser en vie. Domnall, apporte du bois. Les huttes encore debout ne manquent pas. Aillil, allume un nouveau feu. La pierre ne brûlera pas mais l'intérieur brûlera. » Ils coururent exécuter ses ordres. Et bientôt un feu s'éleva aux pieds des marches. Dans l'ombre, il y eut une légère agitation. Les soldats devaient savoir qu'il ne leur restait plus longtemps à vivre. Boudicca ne voulait qu'en finir au plus vite. Sur son ordre, les seigneurs commencèrent à jeter des tisons enflammés entre les colonnes. Ceux qui se trouvaient sur la place restèrent un instant silencieux, regardant le feu prendre. Puis les soldats, prisonniers de leur tombeau, commencèrent à hurler et Boudicca fit brusquement demi-tour vers le portail. « Brûlez le reste », commanda-t-elle en s'efforçant de s'éloigner lentement, les cris d'agonie des Romains dans les oreilles.

Dans la clairière, un éclaireur l'attendait. Domnall, son barde, son porteur de bouclier et elle s'accroupirent, épuisés, pour boire avec avidité la bière que leur offrait Hulda.

« La Neuvième a quitté Lindum, dit-il. Cerealis a vidé le fort.

— A quelle distance sont-ils ?

— Il venait d'arriver à Durobrivac lorsque je l'ai laissé. Mais il n'y passera sans doute que quelques heures pour arriver aussi vite que possible à Colchester. »

Elle réfléchit intensément. « Devons-nous l'attendre ici ou aller à sa rencontre ? se demanda-t-elle à haute voix. Si nous attendons, cela nous laisse le temps de nous préparer, mais il est trop difficile de se battre avec une légion au milieu des arbres. » Elle releva la tête. « Nous irons au nord, puis à l'ouest, en terrain plus ouvert, décida-t-elle. Nous n'aurons pas de mal à trouver une légion, surtout si nos éclaireurs continuent à nous informer.

— Colchester n'était pas risqué, interrompit Lovernius. C'était comme égorger des moutons. Mais affronter une légion est une épreuve décisive. »

Elle se remit sur pied. « Nous mangerons et dormirons le reste de la nuit. Je veux changer de vêtements et me laver. »

Ils la quittèrent. Elle ôta sa tunique et ses braies maculées et fétides, se moquant bien de qui pouvait passer dans la lueur des flammes. Elle tremblait de fatigue et son dos la brûlait cruellement. Marchant vers le ruisseau, elle se baissa vers l'eau froide et murmurante.

Lorsqu'elle se fut lavée, elle mit des vêtements propres, drapa sa cape autour d'elle et s'allongea, son bouclier comme oreiller. Ce qui restait de la ville brûla toute la nuit. Elle n'arrivait pas à dormir. Elle avait peur.

37.

Paulinus retira son casque, puis leva les bras pour permettre à son ordonnance de dégrafer sa cuirasse. Il faisait chaud sous la tente et l'air était empuanti par la fumée aigre et bleutée du bois brûlé et des morts carbonisés. Hier, Mona était encore une île grouillant de prêtres rageurs en robes blanches et de femmes furieuses hurlant des malédictions, brandissant des torches et des épées. Aujourd'hui, le soleil se déversait sur des cadavres mutilés, des autels détruits. Les soldats en sueur traînaient les corps inertes pour les jeter sur de grands bûchers, ou abattaient les bosquets de chênes épais. Il se cala dans sa chaise. La journée avait été dure. Non pas tant la bataille, si l'on pouvait appeler bataille le fait de pourchasser des sauvages sur la plage et d'égorger ceux qui s'étaient réfugiés sous les arbres. Son attaque s'était déroulée exactement comme prévu. Quelle surprise pouvait-il y avoir quand ses légions traversaient depuis des jours un pays hostile ? Chaque indigène savait à la ronde à quoi s'attendre. Sur la plage envahie par l'écume, il avait fait construire un camp, des radeaux et des bateaux. Il avait étudié la profondeur du gué pour que la cavalerie puisse traverser. Et pendant ce temps-là, Mona restait là, immobile et menaçante, comme un monstre sorti des profondeurs. Les officiers se plaignaient. Leurs hommes avaient peur et parlaient de magie. Pourtant, lorsque l'heure fut venue d'attaquer, les hommes empilés sur les radeaux, à la vue d'une plage couverte de druides vociférants, s'étaient figés. Jusqu'à ce qu'il plonge lui-même en direction de la plage, ils étaient restés paralysés par la peur. Il avait conduit l'attaque, ses hommes l'avaient suivi, et bien sûr, rien de surnaturel ne s'était produit. Il grogna un merci à l'intention de son ordonnance qui plaçait du vin devant lui et chassa le passé. Retour à Colchester maintenant. Un message à l'empereur et la paix dans cette province, enfin !

« Votre second est ici, annonça respectueusement son ordonnance.

— Fais-le entrer. Et trouve-moi de l'eau chaude. J'ai besoin d'un bain. »

Le pan de la tente fut écarté. Agricola se baissa pour entrer, avança et le salua gravement. Paulinus lui sourit et lui indiqua un petit tabouret de cuir. « Assieds-toi et bois avec moi, Julius. Comment les choses se passent-elles ce matin ? »

Le jeune homme avança le tabouret et s'assit, passant une main dans ses cheveux bruns et bouclés. « Très bien, Monsieur, mais il faudra plusieurs jours pour abattre tous les chênes et les brûler. Un détachement s'est lancé à la poursuite des indigènes qui nous ont échappé.

— Quelles sont nos pertes ?

— Une unité ou deux, pas la peine d'en parler. Aucun officier. Quelques blessés, quelques glaives brisés. Qu'allons-nous faire des récoltes ? Beaucoup de champs ont déjà été plantés. Les laisserons-nous pousser ? »

Paulinus but en réfléchissant puis répondit brusquement :

« Non. Pas cette année. Fais-les labourer. Au printemps prochain, nous les ferons peut-être cultiver, car le sol a l'air étonnamment fertile par ici. Mais nos hommes auront assez à faire sur l'île sans avoir encore à se changer en fermiers. Je ne pense pas que les tribus de l'Ouest essaieront de reprendre Mona, mais jusqu'à leur reddition, je n'ai aucune intention de leur procurer la moindre nourriture.

— Je suis surpris que nous ayons rencontré si peu d'opposition.

— Moi aussi. Les conditions doivent être particulièrement mauvaises pour eux en ce moment. Eh bien, Julius, il ne nous reste plus qu'à nous détendre au soleil pendant une semaine ou deux avant de reprendre le chemin de la civilisation. » Il saisit son verre, ses yeux gris souriant aux yeux bruns d'Agricola.

« Un toast. A l'empereur, et à notre succès.

— A l'empereur. » Il burent joyeusement. Agricola se leva pour partir, mais avant qu'il ne quitte la tente, l'ordonnance de Paulinus entra.

« Il y a un éclaireur, Monsieur, qui arrive de Deva, très alarmé. Il refuse de transmettre son message au légat et insiste pour vous parler à vous personnellement.

— Fais-le entrer, dans ce cas. Julius, j'aimerais que tu restes. J'espère que cette femme brigantienne ne s'est pas mise une fois de plus dans un mauvais cas ? »

Agricola revint à son tabouret et l'éclaireur entra. Il était couvert de boue des pieds à la tête et boitait, mais tout d'abord Paulinus ne le remarqua pas. Ses yeux examinaient le visage de l'homme. Une terreur à peine voilée s'y lisait et sa lourde mâchoire tremblait comme s'il s'efforçait de ne pas vomir les mots qui, pendant ces douze derniers jours, l'avaient fait chevaucher seul depuis Lindum. Il salua maladroitement et Paulinus hocha la tête.

« Quelle message apportes-tu, centurion ?

— Monsieur, répondit l'homme d'une voix alourdie par la fatigue, les Iceniens se sont soulevés. Ils ont détruit la garnison sur leur territoire et se dirigent vers Colchester. Par milliers. Tout leur pays s'est vidé. »

Agricola se leva pour se rapprocher du gouverneur, mais ce dernier ne bougea pas. « N'est-ce qu'une rumeur ?

— Non, Monsieur. Le speculator de Lindum a vu de ses propres yeux les ruines de la garnison et dit avoir traversé d'innombrables villages désertés. Le légat de la Neuvième a quitté Lindum avec sa légion pour marcher au sud. Il me demande de vous annoncer qu'il arrivera trop tard pour sauver la ville, mais essaiera de s'attaquer aux rebelles dès qu'il le pourra. Le bruit court que les Trinovantes se sont joints aux Iceniens. »

Le poing du gouverneur s'abattit sur la table. Il se leva bruyamment. « Les Iceniens ? C'est impossible. Nous n'avons pas d'alliés plus fidèles que Prasutugas et ses seigneurs. »

Puis un souvenir lui revint, une dépêche du commandant de la garnison icenienne, une dépêche du procurator. Il les avait parcourues puis rendues à son secrétaire avec quelques formules distraites et des instructions vagues, entièrement préoccupé par Mona. Mais cela lui revenait peu à peu... Le seigneur de ce peuple étant mort et son testament ayant été rendu public, j'ai l'intention de me rendre immédiatement en Icenie... Je doute, Monsieur, que le meurtre et la rapine fassent partie de la politique de l'empire ou rentrent dans les attributions du procurator. Je vous demande donc respectueusement mon transfert d'Icenia. Icenia... Ah ! oui, Boudicca. Cette grande femme pittoresque à la voix de cheval dont le sens de l'honneur démodé faisait rire toutes les forces d'occupation.

Paulinus souleva l'ouverture de sa tente et fixa la verdeur scintillante de l'océan. « Les Iceniens et peut-être les Trinovantes. Combien en tout ? Cinquante mille ? La Neuvième pourrait-elle les contenir, sinon les vaincre ? Où iraient-ils après la mise à sac de Colchester ? A Londinium, bien sûr. » Un sentiment d'impuissance commença à le gagner. Londinium était sans défense. Et Verulamium également. Comme la presque totalité des basses terres, pensa-t-il avec résignation. Un fruit mûr qui n'attendait que d'être cueilli. Qu'avais-je donc en tête ? D'où vient que j'ai été si totalement incapable de prévoir cela ?

« Monsieur, la Seconde est à Glevum, dit Agricola.

— Je sais, répondit-il sèchement. Laisse-moi réfléchir, Julius. » J'ai la Quatorzième ici sur Mona. J'ai la Vingtième à Deva, à soixante kilomètres de là. Deux légions. Si j'en avais vingt, ce serait pareil, coincées ici à plus de deux cents kilomètres de Colchester ! Cela laisse la Neuvième, en marche quelque part, et la Seconde. La Seconde pourrait peut-être arriver à temps à Londinium. Par Mithras, tant de si et de peut-être ! C'est moi qui suis responsable de cet effroyable gâchis. J'aurais dû accorder plus d'attention à ces dépêches. Et j'aurais dû laisser au moins une demi-légion au sud.

« Va te chercher quelque chose à manger », dit-il à l'éclaireur. Et quand l'homme fut sorti, Paulinus se tourna vers Agricola.

« Envoie un speculator à Glevum et donne l'ordre à la Seconde de se rendre à Londinium.

— La Seconde est divisée, Monsieur, et le légat est absent. Cela prendra un certain temps avant que le praefectus castra puisse mobiliser la légion.

— Nous ne pouvons rien faire d'autre, il n'y a pas de renforts plus proches. Je veux que tu quittes l'île avec la moitié de la Quatorzième. Marchez jusqu'à Deva pour rejoindre la Vingtième. Ensuite, amène-les toutes deux à Londinium. Combien de temps cela te prendra-t-il ?

— A marche forcée ? Deux semaines. »

Paulinus se frotta le menton en soupirant.

« Nous ne pouvons rien faire de plus rapide. Avec un peu de chance, la Seconde rejoindra la Neuvième et contiendra les rebelles jusqu'à ton arrivée. Est-ce que tu réalises, Julius, qu'en conquérant l'île de Mona j'ai peut-être perdu l'île d'Albion ?

— Jules César lui-même n'aurait pu prévoir la révolte d'une tribu comme celle des Iceniens, Monsieur, protesta le jeune homme. Qu'allez-vous faire ?

— Prendre la cavalerie et me diriger vers Londinium. La route n'est pas terminée, je le sais, mais nous pourrons quand même aller à vive allure. Lorsque nous atteindrons la ville, la Seconde devrait déjà y être et la panique sera calmée. » Il parlait avec assurance, mais les deux hommes se sentaient assez déprimés. Agricola se prit à penser à Veranius, à Gallus, et même au pauvre Scapula et trouva la force d'exprimer ses doutes.

« Ce pays est maudit, Paulinus. J'en arrive à penser parfois que même le sol sous nos pieds nous déteste.

— Balivernes ! fit Paulinus contrarié. Nous n'avons pas de temps à perdre avec des périls imaginaires. Les autres sont assez réels. Convoque les tribuns et mes légats. Il est probable qu'après des années de paix les tribus auront oublié la façon de se battre. »

Agricola salua et sortit rapidement. « Il faut que je redresse cette situation ou que je tombe sur mon épée, réalisa Paulinus soudainement. Ce n'est pas seulement pour ma carrière que je dois me battre, mais pour ma vie. »

Alors qu'il avançait dans la lumière aveuglante de midi, le primipile de la Quatorzième accourut vers lui et salua.

« Monsieur, dit-il, pardonnez-moi de vous déranger, mais il y a un petit problème. »

Paulinus s'arrêta. « Quel problème ? fit-il, contrarié. De quoi parlez-vous ?

— Il y a un cadavre sous les arbres auquel personne ne veut toucher, répondit le primipile en s'excusant presque. Pourriez-vous venir, Monsieur ?

— Va trouver ton légat, dit Paulinus rudement. Ne viens pas m'ennuyer avec des détails aussi absurdes.

— Je n'arrive pas à le trouver, Monsieur, et les hommes refusent de reprendre le travail avant qu'on ne s'occupe de ce corps.

— J'ai bien autre chose à faire », aurait voulu crier Paulinus au plus vieux de ses centurions, mais il se contrôla. Ses officiers se rassemblaient sans doute en ce moment, mais il faudrait encore quelques minutes avant qu'il puisse s'adresser à eux. « Un pas à la fois, pensa-t-il. Courir conduit à la panique et au désastre. »

« Très bien, grogna-t-il. Montre-moi ça ! »

Le primipile le conduisit dans les bois. Il faisait plus froid sous les arbres. Le chemin tourna. Paulinus et le primipile arrivèrent à la hauteur d'un groupe de légionnaires massés à distance respectueuse d'un tas au pied d'un arbre. Quand ils reconnurent Paulinus, ils s'écartèrent pour le saluer. Mais un homme resta assis sur le sol, les genoux serrés dans les bras, se balançant d'avant en arrière. Paulinus s'avança vers lui. « Debout ! cria-t-il, Garde à vous ! jeune lâche ! »

Il leva les yeux vers le gouverneur. Son visage était gris et la sueur tombait sur sa lèvre supérieure. Il essaya de se relever et deux de ses compagnons se baissèrent pour l'aider.

« De quoi souffres-tu, l'homme ? » demanda Paulinus.

Le soldat avala sa salive et articula avec difficulté. « Je l'ai tué, Monsieur.

— En d'autres termes, tu as fait ton devoir, répliqua Paulinus. Es-tu malade ?

— Je l'ai tué, répéta le soldat et Paulinus se détourna et demanda au primipile d'un air dégoûté :

— Que se passe-t-il donc ici ?

— Ces hommes ont été chargés de ramasser les corps pour les brûler, répondit le centurion. Ils ont bien travaillé toute la matinée mais ensuite, ils ont trouvé ce corps. » Il montra la forme étendue.

« Je l'ai tué, répéta le jeune homme, retrouvant peu à peu son équilibre. Dès que j'ai vu le corps, je me suis souvenu et quand je me suis baissé pour le soulever et que j'ai regardé ses yeux...

— Eh bien, quoi ? Parle !

— Je me suis vu moi-même.

— Naturellement, tu t'es vu toi-même. Que pouvais-tu voir d'autre se refléter dans ses yeux ?

— Non, Monsieur, ce n'est pas ce que je veux dire. Je me suis vu allongé, mort, ma cuirasse arrachée, avec une blessure à la poitrine. »

Paulinus gronda, exaspéré : « Tu n'es qu'un jeune imbécile que je ferai punir pour désobéir aux ordres et répandre des superstitions idiotes.

— Moi aussi, je me suis vu, s'interposa un autre homme. Je courais à travers une forêt, perdu, sans armes. » Un murmure d'approbation s'éleva et Paulinus se tourna à nouveau vers le primipile.

« Vous ? »

L'homme parut mal à l'aise et répondit d'une voix faible : « Oui, Monsieur. Je me suis vu avec mon frère, ivre et en train de me battre. Mon frère m'avait frappé d'un coup de couteau. »

Paulinus lui jeta un regard stupéfait, puis marcha vers le corps et se baissa pour l'observer. Il reposait, le visage un peu de côté, de l'argent taché de sang brillant autour du cou. La lance qui l'avait transpercé débordait encore de sa large poitrine. C'était un homme dans la fleur de l'âge, pensa Paulinus en étudiant les cheveux bruns abondants et bouclés, les bras musclés. Il aurait pu être gladiateur, mais c'était seulement un druide. La robe blanche sans manches brillait toujours, bien que maculée presque partout de sang séché. Sur les doigts recourbés d'une de ses mains, des anneaux de formes étranges brillaient lorsque le soleil venait jouer à travers les branches. Il s'assit pour étudier ce visage de plus près, conscient d'être observé par les hommes derrière lui. Il découvrit les yeux de l'autre, grands ouverts, immobiles, et il dut ravaler une exclamation de stupeur. Il regardait des yeux qui avaient la pâleur laiteuse d'une aube d'hiver, faiblement teintés de bleu, les yeux d'un aveugle peut-être. Il se pencha encore. Pendant un instant il ne put rien voir d'autre que l'ombre de son propre visage, mais l'ombre s'obscurcit, puis se colora et ce fut le visage plein de taches de rousseur de Boudicca qu'il aperçut. Ses cheveux roux débordaient d'un casque de bronze. Ses yeux le regardaient avec une détermination glacée. Elle parlait, sa grande bouche formant des mots qu'il ne pouvait entendre. Mais son visage menaçant et les lèvres serrées lui en laissaient deviner le sens. Il se retrouva, dans son effort pour entendre, si près du corps qu'il dut se relever lentement, pour que ses hommes ne remarquent pas son désarroi. Il se releva et, la seconde d'après, il s'était ressaisi. Il se retourna, leva d'un air entendu les yeux vers les feuilles bruissantes et agitées au-dessus de lui, puis alla retrouver le primipile.

« Il n'y a rien à voir qu'un druide mort de plus », dit-il d'une voix sans réplique. Si ses yeux vous ont donné des visions, c'est parce que les feuilles au-dessus du corps bougent dans le vent et que leur ombre danse sur son visage. Ramassez-le sans plus attendre et portez-le sur un bûcher. »

Ils se mirent en mouvement, sans enthousiasme, et le primipile ressuscita. « C'était un ordre, hurla-t-il. Exécutez-le immédiatement !

Paulinus approuva de la tête, accepta son salut et sortit de sous les arbres. « Des ombres, pensa-t-il. Naturellement. Cet endroit maudit est le cœur des superstitions primitives et il n'y a rien d'étonnant à ce que les hommes aient peur. Mais, de ma part, c'est plus surprenant. Je suis préoccupé par Boudicca et les feuilles et le vent font le reste. » Il ne vit pas les hommes soulever le corps lourd et le placer sur une litière. Le primipile, qui marchait à côté pendant que les soldats le sortaient rapidement de l'ombre de la forêt, regarda à nouveau lorsqu'ils furent en plein soleil. Le visage reflétait toujours la sérénité, mais les yeux n'avaient plus cette étrange pâleur. Ils étaient devenus aussi noirs que des ailes de corbeau. En frissonnant, le primipile étendit la main et ferma les paupières sur cette obscurité pleine de maléfices. Il ne tenait pas à ce que son commandant en chef enrage devant un nouveau refus d'obéir.

Paulinus quitta Mona avec 1 200 cavaliers et partit vers le sud-est. Chaque homme portait ce dont il avait besoin. Le temps était beau dans la journée et frais la nuit, mais Paulinus, enveloppé dans sa couverture sous les arbres, ne se préoccupait guère du temps. Chaque heure était un cauchemar qui mettait ses nerfs à la torture devant l'incertitude qui les attendait. Sa décision était prise. Il s'était fait escorter par ses troupes d'élite. Si les Dieux voulaient qu'il périsse, malgré tout, dans une embuscade, au coin d'un bois solitaire et glacé, il en serait ainsi. Le minimum de sommeil nécessaire était suivi de longues journées en selle. Il n'avait ni le temps d'envoyer des éclaireurs qui le précèdent, ni le temps de faire cuire des repas ou d'établir un véritable camp chaque nuit. Seulement le temps de se hâter, dans le martèlement constant des sabots sur la tourbe. Ils se sentaient vulnérables sous les étoiles blanches et quand enfin la ville de Penocrutium apparut devant eux, nichée dans sa petite vallée et qu'ils aperçurent la route qui conduisait à Londinium, ils se rassurèrent. Il y avait un petit détachement et des chevaux, mais en nombre insuffisant pour la troupe de Paulinus. Il y avait également un message qui l'y attendait de Poenius Postumus, le praefectus castra de la Seconde. Paulinus se tint près du commandant et écouta, sa surprise se changeant peu à peu en rage.

« Le praefectus ne peut pas venir, Monsieur, lui dit le speculator avec embarras. La Seconde est divisée et un quart de ses forces maintient les tribus de l'Ouest aussi loin que possible de Mona, comme vous l'aviez demandé. Le praefectus vous présente ses excuses.

— Le praefectus... comment ? Mais c'était un ordre ! Un ordre impératif. Ne sait-il donc pas que le sort de la Province ne tient plus qu'à un fil ?

— Je regrette, Monsieur, je ne fais que vous transmettre le message. »

Paulinus se mit à faire les cent pas, les poings serrés.

« C'était un ordre et je punirai sa désobéissance. Si le légat avait été à son poste, de si piètres dérobades auraient été impossibles. Eh bien ! » Il regarda le soleil. « Il faudra que je me débrouille avec les moyens qui me restent. Mais sans la Seconde, je ne peux pas grand-chose pour Londinium.

— Soyez prudent en marchant vers le sud, Monsieur, dit l'officier du détachement. Le pays est étonnamment vide, selon mes éclaireurs, et personne ne sait où se trouve la Neuvième. »

Paulinus ferma ses yeux que la fatigue rendait douloureux. « Le temps n'est plus aux précautions. Les vivres sont-ils prêts ?

— Oui.

— Eh bien, nous reprendrons immédiatement la route. Quant à Poenius Postumus... » Il se tourna vers le soldat tout penaud. « Portez ceci à votre praefectus. Il sera aux arrêts dès que le légat sera de retour. Sa conduite est d'une lâcheté totalement injustifiable. » Il monta rapidement en selle. C'était comme si tous, à un moment ou à un autre, avaient été victimes de sortilèges, d'une magie qui semblait leur amollir le cerveau et s'emparer mystérieusement de leur volonté. Scapula, Veranius et même son bon ami Plautius. « Tous, pensa-t-il avec orgueil — sauf moi. Je n'y succomberai pas. » Ses hommes le suivaient, capes rouges brillant au soleil.

Ils dépassèrent Verulamium et, six jours après avoir quitté Deva, le gouverneur et sa cavalerie, épuisés, descendirent de selle et avancèrent vers les bâtiments de l'administration près desquels se pressait une foule hystérique et soulagée. Paulinus était arrivé. Tout irait bien maintenant. Ils le saluaient à grands cris, se battant pour mettre des coupes de vin et des morceaux de viande dans les mains affamées de ses hommes. Il ne s'arrêta pas pour leur parler, mais se rendit directement au bureau du maire.

« Où est la Neuvième ? »

L'homme l'embrassa presque, bégayant de soulagement.

« Oh ! que les Dieux soient loués ! Vous êtes venu ! Je ne pensais pas... nous ne savions pas si... les légions sont-elles avec vous ?

— Comment aurais-je pu amener les légions si vite, imbécile ! Ressaisis-toi et réponds ! Où est la Neuvième ? »

Le maire recula, stupéfait. « Vous ne le savez pas ? »

Paulinus retira son casque et le posa lentement sur le grand bureau, s'efforçant de ne pas perdre son calme.

« J'ai chaud, je suis sale et fatigué. J'ai parcouru deux cents kilomètres à cheval sans presque m'arrêter. Et je dois faire face à une situation critique. Me diras-tu, enfin, où se trouve la Neuvième ? » Il ponctua ses mots de coups de poing sur le bureau et le gouverneur blêmit.

« La Neuvième a été vaincue, dit-il en s'affalant sur sa chaise. Petilius Cerealis a réussi à s'échapper avec sa cavalerie et quelques auxiliaires. Aux dernières nouvelles, il se serait retranché au fort de Lindum. »

Paulinus demanda, sans le quitter des yeux :

« Colchester ?

— Réduite en cendres. Personne n'en a réchappé. Puis les rebelles ont doublé en nombre en remontant au nord-ouest et ont rencontré la Neuvième qui descendait vers le sud. Ils se dirigent vers nous maintenant. »

La panique serra la tête du gouverneur dans son étau impitoyable. Pas de Seconde. Plus de Neuvième. Mithras ! Il s'efforça de maîtriser ses émotions et de raisonner froidement. Il y parvint. La défense de la ville avec seulement 1 200 cavaliers était impossible et il ne servirait à rien de rester. La Quatorzième et la Vingtième étaient tout ce qui pouvait encore s'opposer à une victoire écrasante des rebelles. Mais les deux légions ne pourraient jamais arriver à temps pour épargner à la ville le sort de Colchester. Et lui, Paulinus, était indispensable. Sans lui, la province tomberait en quelques semaines. Il sentit l'épée du destin trembler au-dessus de sa tête, mais prit fermement la décision dont dépendait sa réputation et le sort de sa province. C'était regrettable, mais Londinium devrait être sacrifiée.

« Très bien, dit-il. Faites ouvrir les entrepôts. Je veux tout le grain que mes hommes pourront emmener sur leurs chevaux, j'en ai besoin. Puis brûlez le reste. Il faut que Boudicca ait faim. »

Le maire pâlit encore. « Que dites-vous ? murmura-t-il. Vous ne voulez pas dire que... Vous partez !

— Très exactement. Je regrette, mais je ne peux pas courir le risque, pour sauver une ville, de perdre une province. Les citoyens capables de suivre la cavalerie peuvent venir avec nous. Sur leurs propres chevaux. Pas de charrettes, de chars ou de gens à pied. Je dois aller vite.

— Mais, vous nous condamnez à une mort certaine ! Gouverneur, il y a ici plus de vingt-cinq mille personnes sans défense, des gens respectables, des femmes, des enfants, qui ont besoin de votre protection ! » Sa voix s'éleva malgré lui en une explosion de peur hystérique. « Savez-vous ce qui s'est passé à Colchester ? De véritables mares de sang, Monsieur, courant par les ruisseaux comme après une inondation. Je ne veux pas mourir ainsi... »

Paulinus le saisit aux épaules et le secoua. « Calmez-vous et écoutez-moi ! Je dois gagner du temps. J'ai mille deux cents hommes avec moi et les rebelles se comptent par plusieurs dizaines de mille. Je dois partir. Si j'arrive à rejoindre la Quatorzième et la Vingtième, tout n'est peut-être pas perdu. Mais il ne servirait à rien, pour mes hommes et pour moi, de périr ici. » Il baissa les bras et le maire, se cachant le visage dans les mains, demanda en tremblant :

« Que dirai-je au peuple ?

— Rien. Vous n'aurez le temps de rien dire. Mais si vous le devez, dites-lui que les deux légions sont en route. Où est Decianus ?

— Le procurator ? » Le maire se reprit un instant. « Il a vidé la caisse du trésor et s'est enfui à Rutupi lorsque nous avons appris que Boudicca approchait. Je suppose qu'il est à l'abri en Gaule, à l'heure qu'il est. »

La colère envahit Paulinus. Mais il l'enfouit sous une détermination glacée. « Veille à ce qu'on prépare, si possible, de la nourriture chaude pour mes hommes et procure-toi tous les chevaux utilisables. Achète-les, si c'est nécessaire. Je veux partir avant le coucher du soleil. »

Le maire acquiesça en tremblant. « Monsieur, dit-il, si vous vivez, pourrez-vous vous assurer que l'empereur n'ignorera pas ce... le sacrifice suprême que fait cette ville ? »

Un insupportable remords assaillit un instant Paulinus. Son visage rude s'adoucit : « Si je survis, tout l'empire vous honorera », et il quitta rapidement la pièce.

Sans qu'on sache comment, l'intention qu'avait le gouverneur de les abandonner à leur sort se répandit parmi les habitants et ils réagirent par l'incrédulité d'abord, suivie d'une folle explosion de terreur. Paulinus et la cavalerie burent une soupe de légumes chaude et mangèrent à l'abri d'un entrepôt vide, écoutant en silence le vacarme qui s'élevait en ville. Lorsqu'ils eurent fini, ils se glissèrent hors du bâtiment, partirent rapidement en direction de la rivière et retrouvèrent leurs chevaux dans un hallier. C'était la fin de l'après-midi, la lumière douce et dorée de l'été résonnait du bourdonnement des abeilles et s'emplissait du parfum enivrant des fleurs sauvages. Un ordre bref de Paulinus leur fit reprendre la route qu'ils avaient empruntée quelques heures plus tôt. Quelqu'un les vit partir. Une clameur s'éleva, qui s'amplifia rapidement. Ils hurlaient à la trahison. Paulinus avait eu beau serrer les dents et fouetter son cheval, le désespoir contenu dans ces cris l'avait hanté jusqu'à la nuit.

Fiévreusement, les habitants coururent ramasser ce qui leur appartenait. Beaucoup jouèrent des pieds et des mains jusqu'aux prairies qui entouraient la ville. Mais pour la plupart, ils n'en eurent pas le temps. Trois heures après que le gouverneur leur eut ôté tout espoir, au moment où les doigts de feu du soleil touchaient l'horizon, une femme laissa tomber son baluchon et montra du doigt le nord en criant. Une masse sombre à ras du sol, qui n'était pas la brume du soir, bloquait les champs. Les derniers rayons de soleil se réfléchirent sur des épées tirées. Boudicca et la mort étaient arrivées.

38.

Elle se tint dans l'ombre du bosquet de chênes et cette fois les mains qu'elle tendit vers Andrasta, Reine des Victoires, n'étaient pas vides. Ses seigneurs se trouvaient auprès d'elle et tout autour d'eux, sous le flot pâle de la lune, les pieux de bois étaient couronnés d'une centaine de têtes, sanglantes et déchiquetées.

« Du sang encore, lui murmura Subidasto alors qu'elle contemplait son triomphe. Du sang, du sang, encore du sang ! » Elle crut même le voir et ses yeux avaient pris la noirceur des pierres de Brigantia, ses cheveux brillaient comme des plumes sombres. « Non, murmura-t-elle en regardant ses mains, plus de sang. Seulement les légions. Je suis vengée. » Et elle fit demi-tour pour échapper à son croassement irrité.

« Nous devons tenir conseil, dit-elle à Lovernius alors qu'ils quittaient le silence de la clairière aux cent âmes et redescendaient vers les feux crépitants sur lesquels les repas cuisaient, parmi les rires et les cris des hommes des tribus. J'ai des choses à dire. » Il ne lui demanda pas quoi. Il sortit des dés et les manipula pensivement.

Les seigneurs discutaient et buvaient de la bière en l'attendant. Ils se turent lorsqu'ils la virent avancer près des flammes et réclamer patiemment leur attention. Quand elle parlait, il lui fallait presque toujours hurler.

Depuis la destruction de Colchester, de nouveaux membres des tuathas n'avaient cessé de venir grossir les rangs des rebelles, amenant leurs chefs avec eux. Certains venaient de crainte que, s'ils ne se ralliaient pas, leurs fermes soient brûlées et eux-mêmes tués. Mais la plupart y voyaient une chance envoyée par les Dieux de reconquérir la liberté depuis si longtemps perdue. Et ils s'étaient joints aux Iceniens avec un enthousiasme farouche.

Boudicca jeta son épée à Lovernius et dit : « Hommes et femmes libres ! Le temps est venu de porter un dernier coup à la domination de Rome ! Je sais que vous êtes épuisés et affamés, je sais que les vivres sont rares, mais si vous me suivez un peu plus longtemps, vous aurez à manger en abondance ! Paulinus n'était pas à Londinium comme je l'espérais. Il faut donc nous jeter immédiatement à sa poursuite si nous voulons le détruire avant qu'il ne rejoigne les légions qui ont laissé Mona en cendres. Ensuite, nous saurons vaincre la Quatorzième et la Vingtième comme nous avons vaincu la fameuse Neuvième, et l'oppression romaine ne sera plus qu'une affaire de chansons. »

Elle s'arrêta pour reprendre haleine, mais un chef turbulent se leva.

« Pourquoi devrions-nous abandonner déjà d'aussi bonnes prises ? lui cria-t-il. Le butin de Colchester était parfait, les bijoux et l'argent de Londinium excellents. Maintenant, c'est le tour de Verulamium. » Il distribua des sourires autour de lui et se rassit. Avant que Boudicca puisse répondre, un autre chef bondit, glissa ses pouces épais dans sa ceinture et lui cria : « Les légions peuvent attendre. Nous avons laissé l'une d'elles en pâture aux charognards et nous ferons subir le même sort aux autres quand nous le voudrons. En attendant, croquons à pleines dents les délices de Verulanium. Mon chariot, en tout cas, est bien loin d'être plein. » Il se rassit dans les murmures d'approbation. Boudicca, ses hommes et Domnall échangèrent des regards irrités.

« Quels sont ces rêves stupides dans lesquels vous vous égarez ? cria-t-elle. Avez-vous si vite oublié à qui nous avons affaire ? Vous devriez connaître la force de Paulinus et de ses légats ! Nous n'irons pas à Verulamium. Assez de pillage ! Assez de tueries ! » Elle se rassit, à bout de souffle et un murmure s'éleva.

« Tu n'es pas arviragus ! cria quelqu'un. Qui t'a élue pour nous conduire ?

— Andrasta, répondit-elle d'un ton cinglant, se levant une fois de plus et criant de toutes ses forces au-dessus des grognements mécontents : Je vous conduis parce que vous n'avez pas assez de bon sens pour vous conduire vous-mêmes ! Si je n'avais pas quitté Icenia, vous seriez toujours à creuser des routes ou à labourer les champs avec des chaînes autour du cou ! Verulamium est une ville pleine de

Catuvellauniens, pas de Romains. Vous, les Catuvellauniens, voulez-vous tuer vos compatriotes ? » Mais les Catuvellauniens ne dirent rien et le tumulte grandit.

« Laissez-les se fatiguer d'eux-mêmes, lui dit Domnall. Ensuite, ils vous écouteront. On les a maltraités trop longtemps, Madame. Laissez-leur le temps.

— Nous n'avons pas le temps, lui répondit-elle. Regardez-les ! C'est le chaos complet, nous n'arriverons à rien. »

Elle s'éloigna. Lovernius et Aillil coururent derrière elle, mais elle leur jeta : « Laissez-moi tranquille ! » et ils reculèrent. Elle s'enfonça à l'aveuglette sous les arbres bruissants. Brigid était allongée sur sa couverture, dormant d'un sommeil paisible. Boudicca se jeta sur le sol et prit doucement sa fille dans ses bras. Brigid soupira, mais ne se réveilla pas. Boudicca caressa le corps fin et chaud de sa fille et pendant longtemps, elle pleura.

Avant que l'obscurité soit complète, Paulinus quitta la route principale qui partait de Londinium vers l'ouest. Il ne savait pas quand précisément Boudicca attaquerait Londinium ou combien de temps elle y resterait avant d'apprendre où il se trouvait. Il ne voulait courir aucun risque. Suivi de ses hommes qui obéissaient stoïque ment, ils décrivirent un vaste arc de cercle, se déplaçant aussi vite que possible à travers bois et champs, passant sans s'arrêter près de Verulamium. Il était certain que Boudicca voudrait faire de lui sa prochaine cible et avançait, sachant que s'il ralentissait si peu que ce soit, ils pouvaient tomber entre ses mains.

Une fois passé Verulamium et le poste le plus proche, il décida qu'il était sans danger de suivre à nouveau la route. Arrivé à la garnison suivante, il se reposa, réquisitionna tout le grain qu'ils avaient, et se remit en route. Ne pas s'attarder était d'une importance vitale. Dans trois postes de garnison le long de la route, il ramassa des vivres et des hommes. Il atteignit Verona et y resta. Il prit le commandement du petit fort situé au cœur d'un pays fortement boisé. Il envoya des éclaireurs au nord pour retrouver ses légions, au sud pour localiser les rebelles, intérieurement furieux d'être contraint à l'inaction. Il avait fait tout ce qu'il avait pu, mais savait que sans une chance incroyable, cela ne suffirait pas. Paulinus ne croyait pas à la chance. Il croyait à l'intelligence et à l'habileté. Il savait que Boudicca possédait les deux.

Il n'était pas à Verona depuis trois jours qu'un de ses éclaireurs revint du sud en toute hâte avec des nouvelles réconfortantes. Les rebelles avaient envahi Verulamium. Les tribus avaient empli leurs chars de nouveaux butins et maintenant ils dévastaient le pays catuvellaunien, brûlant toutes les fermes sur leur passage et tuant ceux qu'ils rencontraient. Paulinus se sentit de meilleure humeur. Boudicca perdait le pouvoir qu'elle avait réussi à maintenir sur son armée trop vaste et hétéroclite, c'était évident. Maintenant, en jouant serré, il pourrait peut-être reprendre le contrôle de la situation. Elle les rassemblerait sans doute, lorsqu'ils seraient fatigués d'écumer le pays, mais à ce moment-là, ses légions seraient arrivées. Et c'est lui qui prendrait l'initiative de la bataille, et non Boudicca.

Agricola et les légions arrivèrent à l'aube le lendemain. Et dans la brume du matin, les deux hommes se saluèrent pendant que les soldats se préparaient à installer le camp.

« J'ai pris sur moi de laisser trois cohortes à Deva, dit Agricola. Je n'aimais pas l'idée d'avoir les rebelles devant nous et les sauvages de l'Ouest derrière. J'ai également ramené tous les soldats des garnisons échelonnées sur la route. »

Paulinus l'attira à l'intérieur des hautes palissades où s'élevait une bonne odeur de ragoût. « Tu as fait vite. Les hommes sont-ils fatigués ? Combien en avons-nous ?

— Dix mille fantassins, plus les auxiliaires et la cavalerie. Les hommes ont bien un peu mal aux pieds, mais quelques heures de repos et il n'y paraîtra plus. De quelle importance sont les forces de l'ennemi ? »

Paulinus le conduisit vers les bâtiments du quartier général et lui dit en baissant la voix : « Le maire de Londinium parlait de cent mille, mais la peur le conduisait peut-être à exagérer. En tout cas, cela incluerait les familles des seigneurs. Les rapports de mes éclaireurs tendent à confirmer cette estimation et, bien sûr, Boudicca est sans arrêt rejointe par de nouvelles recrues. Disons 80 000, Julius, mais que leur nombre ne t'effraye pas. Nous avons pour nous l'entraînement et la discipline. J'ai l'intention d'aller plus au nord et de choisir un lieu où nous puissions leur livrer une bataille rangée. Je m'arrangerai pour que Boudicca sache où je me trouve et je l'attendrai. »

Agricola soupira : « Le moral n'est pas bon. Les hommes sont énervés.

— Ils n'ont rien d'autre à faire qu'obéir aux ordres et se battre. S'ils le font, et ils le feront naturellement, la victoire est à nous. » En souriant intérieurement, Agricola envia la totale absence d'imagination de son gouverneur. « Naturellement, Monsieur », dit-il.

Boudicca se trouvait au milieu de ses seigneurs, respirant l'âcre fumée bleue qui venait planer sur la route et la forêt.

« J'avais besoin de ce grain ! dit-elle avec colère. Il a incendié son propre fort. Sens-tu l'odeur du grain brûlé, Domnall ?

— Au moins, nous savons que nous devons le poursuivre sur cette route. Tôt ou tard, nous l'attraperons.

— Si nous avions remis à plus tard la prise de Verulamium, nous l'aurions déjà attrapé », répondit-elle avec une pointe de ressentiment dans la voix. Puis elle retourna à son char qui reprit en cahotant la route. Lentement, la horde peu maniable se remit en marche derrière elle. Les mêmes plaintes et reproches vinrent l'assaillir. « Nous avons parcouru plus de cent kilomètres. Où est le gouverneur ? Nous sommes fatigués. Nous voulons rentrer chez nous maintenant. Que les hommes de l'Ouest s'occupent des légions. Nous voulons rentrer chez nous, chez nous. »

« Qu'Andrasta vous emporte, imbéciles, pensait-elle soucieuse. Mais vous ne rentrerez pas chez vous tant que je n'aurai pas la tête de Paulinus à la pointe de ma lance. Et si vous le faites, vous ne vivrez pas assez vieux pour voir un autre Samhain. » Elle les maudissait en silence. Un autre kilomètre fut couvert. La trace des légions était facile à suivre. Presque trop facile. Des pots, des plats, des harnais déchirés, des fers à cheval brisés, c'était comme si Paulinus avait délibérément jeté ces débris pour la conduire comme un veau à l'abattoir. « Que prépare-t-il ? pensait-elle avec angoisse. Si demain je ne l'ai pas trouvé, certaines tuathas vont commencer à déserter. Et malgré tout, j'ai peur de le trouver car même lorsque c'est moi qui viens à sa poursuite, c'est lui qui me chasse. »

A midi, elle s'arrêta pour manger, s'asseyant sur le talus herbeux en bordure de la route, en compagnie de Lovernius, d'Aillil et de Domnall. Mais elle dut bien vite ramasser son épée et se mêler aux tribus en colère. Des bagarres avaient éclaté entre ceux qui avaient encore de la viande séchée et du grain et d'autres qui essayaient de les leur prendre. Elle alla de char en char, réglant les différends avec des mots coupants ou le plat de son épée, suivie par une foule d'enfants ravis et de chiens à l'affût d'un os. Elle revint vers son chariot, en sueur et irritée et allait juste donner l'ordre de se remettre en route lorsqu'un éclaireur apparut sur la route du nord. Il laissa son cheval et courut vers elle.

« Ils sont là, cria-t-il. Ils campent dans une vallée à sept ou huit kilomètres plus haut ! Et ils ne sont pas nombreux ! »

Son cœur fit un bond et elle se tourna vivement vers ses hommes.

« Lovernius, Aillil, faites passer la nouvelle, rapidement. Nous passerons la nuit ici et les attaquerons au matin.

— Est-ce bien prudent ? demanda Domnall doucement. Une nuit sans rien faire comporte des risques.

— Je sais. » Elle réfléchit rapidement pendant qu'autour d'elle la nouvelle se répandait et que l'ennui faisait place à l'excitation. « Très bien. Nous continuerons et nous battrons aujourd'hui même. »

Ils repartirent à un rythme plus rapide cette fois, enflammés par l'idée d'un Paulinus en déroute et délesté de ses précieux sacs de grain. Seuls Boudicca et les Iceniens se souvenaient encore de ce qui les avait conduits ici et de ce qui était en jeu. Pendant les derniers kilomètres qu'il leur restait à couvrir, les pensées de Boudicca étaient pour ses filles, chacune prisonnière de sa solitude. Une dernière fois, elle pleura la mort de Prasu, sa sagesse et sa douceur à jamais disparues.

Puis tout à coup, le terrain s'éleva. Sur la droite, la forêt était toujours proche, au-dessus du fossé et du talus que les Romains avaient élevés. A gauche, un vent chaud et humide soufflait et ils étaient là, comme des galets gris arrachés aux pentes dénudées derrière eux, sans âme et secs sur le sol de la vallée, neutres et sans visage, lourds et indifférents.

Aillil s'exclama en tapant du pied : « Regardez-les, Madame ! Serrés dans la vallée comme du poisson sec dans un tonneau ! Comment Paulinus peut-il être aussi bête ? »

Elle ne répondit pas. Ses yeux étudiaient lentement la situation. Paulinus était tout sauf un imbécile. En apparence, il avait perdu la bataille avant même de l'avoir commencée. Car comme Aillil l'avait remarqué, les soldats s'étaient entassés au fond de la vallée et avaient laissé dégagé le terrain plat en bordure de la route. Ce n'était pas un ravin abrupt. Ses abords, encombrés de sureaux, de ronces et de bruyères, descendaient peu à peu vers un plateau dénudé. Entre elle et l'armée, sur peut-être deux kilomètres, il y avait du sable et du gravier, une parfaite arène pour une attaque de chars. C'était trop parfait, pensa-t-elle. Quel que soit le plan de Paulinus, l'avantage numérique ne nous suffira pas. Autour d'elle s'élevaient déjà des cris de jubilation, les provocations et le fracas des épées contre les boucliers. Loin derrière, elle entendit le grincement des roues des chars et les aboiements des chiens. « Convoque les seigneurs », dit-elle.

Les Romains se mouvaient calmement et méthodiquement, ignorant la cacophonie délirante en provenance de la route. Paulinus s'adressa à ses chefs d'unités. Les légionnaires au centre, coude à coude, sur six rangs. Les auxiliaires de chaque côté, libres de leurs mouvements, les archers à cheval et les frondeurs se préparant à harasser les rebelles qui eux-mêmes commençaient à former leurs rangs. Paulinus était heureux de voir que ces auxiliaires — Thraces, Ibères, hommes de Germanie — étaient, par tradition, des archers. La cavalerie couvrait les flancs, les hommes bien droits en selle sur leurs chevaux luisants, leurs panaches flottant fièrement. Sa ligne de front avait moins de mille mètres de long, mais cela lui suffirait.

« Faites bien comprendre ce que je vous explique à vos hommes, leur dit-il. Vous avez déjà reçu votre plan de bataille, mais en ces circonstances, il ne suffit pas de connaître les ordres. Ne faites pas attention à tout le bruit que font ces sauvages. Ils n'ont pas la moindre notion de ce qu'est la guerre et ils sont mal armés. Lorsqu'ils se heurteront aux armes et au courage de troupes qui les ont déjà souvent vaincus, ils prendront leurs jambes à leur cou. Dites encore aux hommes ceci, ajouta Paulinus lorsque le murmure approbateur de ses officiers le lui permit. Parmi les nombreuses légions d'une armée, peu obtiennent les honneurs de la bataille. Pensez à la gloire qui sera la vôtre, vous qui n'êtes qu'une petite troupe et vous battez pour l'honneur de toute une armée ! Gardez vos rangs. Jetez vos javelots. Frappez avec le bosselage de vos boucliers et continuez à avancer. Surtout, ne vous arrêtez pas pour piller. Gagnez la bataille et tout sera à vous. Est-ce bien clair ? » Ils exprimèrent leur assentiment et se dispersèrent rapidement. Paulinus, ses tribuns et Agricola montèrent à cheval.

« Si nous pouvons résister à la première charge, nous aurons gagné, dit Paulinus. Boudicca ne peut jeter tous ses chars contre nous à la fois parce que la vallée est trop étroite. Julius, je crois que la journée verra notre victoire. »

Boudicca dit quelques mots rapides aux chefs impatients et querelleurs. Sa voix pouvait à peine s'entendre, au-dessus du son du carnyx et des rugissements du peuple.

« Cette guerre est la mienne, cria-t-elle. Je suis une femme. Je me bats pour la justice et la vengeance. Ma cause est juste. Je ne vivrai pas comme une esclave. Et je veux que les tribus sachent qu'aujourd'hui ce sera la victoire ou la mort. Les Iceniens chargeront au centre, les Trinovantes à gauche, le reste à droite.

— Ce n'est pas juste, protesta un seigneur en colère, les Iceniens ne devraient pas avoir la prééminence sur les Catuvellauniens !

— Et pourquoi pas ? répondit-elle. Ce sont les Iceniens qui vous ont conduits ici, bien près de la liberté. J'ai dit que nous nous battions à la place d'honneur. »

Quelques-uns des seigneurs l'insultèrent, la bouche mauvaise, mais elle se détourna d'eux avec dégoût. « En position, tous ! Et que vos hommes n'approchent pas des barils de bière ! »

Elle monta dans son char. Le défilé était déjà totalement bloqué par les chars, les uns derrière les autres. Les auxiliaires romains leur décochaient des flèches et des pierres, puis rentraient dans leurs rangs. « Ils se moquent de nous, dit-elle avec colère. Aillil, fais avancer quelques chars sur le côté et riposte ! » Puis elle fouetta ses petits chevaux et passa rapidement les tribus en revue, prodiguant remontrances, menaces, promesses et plaisanteries. De très loin, Paulinus vit, vaste cape verte et chevelure rousse au vent, sa haute silhouette se découper dans la lumière de l'après-midi.

Le praefectus approcha et le salua.

« Nous sommes prêts à donner l'attaque, Monsieur. »

Paulinus avala une dernière bouffée d'air frais.

« Très bien, dit-il. Sonne l'incursus. »

Elle revint rapidement au premier rang des lignes iceniennes et rien ne la sépara plus des Romains bardés de fer que la lumière éclatante sur le fin gravier de la vallée. Elle détacha sa cape, la plia et la posa à ses pieds. Elle resserra sa ceinture et souleva le lourd casque ailé pour le fixer solidement sur sa tête. Elle tira son épée et Lovernius vint derrière elle prendre les rênes. Elle s'arrêta. Il y avait un mouvement de flottement parmi les seigneurs qui l'entouraient. Elle se retourna et aperçut Ethelind, le visage impassible, ses cheveux brillants natés très serrés autour de son petit crâne. Boudicca descendit, stupéfaite. Le silence s'était fait autour d'elle. Ethelind parla.

« Donnez-moi une épée. »

Boudicca la dévisagea sans répondre. Ethelind frappa le char d'une main dure. « Boudicca, j'exige une épée ! » Cent objections se pressaient sur la langue de Boudicca : « On ne t'a jamais appris à t'en servir, tu ne serais même pas capable de la soulever » ; mais derrière les abîmes de haine qu'elle découvrait dans le regard froid d'Ethelind, elle lisait aussi un pathétique et déchirant désir de mourir. Car pour Ethelind comme pour Brigid, le temps s'était arrêté lorsque les soldats les avaient transpercées de leurs épées de chair. Seule une autre sorte d'épée pourrait leur procurer une mort plus douce. Boudicca voulut la prendre dans ses bras, mais elle eut un geste de refus. « Non, non, pas cela ! Seulement une épée. »

Boudicca déchira brutalement le voile de ses inquiétudes et remonta dans son char. « Nous nous dressons seuls, pensa-t-elle, chacun de nous, et tu tomberas seule, Ethelind. » « Aillil, cria-t-elle, trouve-lui une épée. » Elle fit un signe à son conducteur et ils se mirent à rouler. L'incursus sonna enfin et le son de mille carnyx fit frissonner l'air. Lorsqu'elle se retourna, Ethelind avait disparu.

Les chars foncèrent, roue contre roue, et prirent peu à peu de la vitesse. Les hommes libres les entouraient, courant et hurlant. Le terrain commença à s'élever légèrement, mais l'impact de la charge n'en fut pas ralenti. Les auxiliaires vinrent à leur rencontre, plongeant, intrépides, au milieu des clameurs. Les deux camps se heurtèrent avec une furieuse violence mais au bout d'un moment, la charge gagna en force et brusquement les auxiliaires durent se replier. Le corps des légions n'avait toujours pas bougé. Ils restaient en silence, rang sur rang, tous semblables sous leurs casques et les tribus se jetèrent sur eux en brandissant leurs boucliers. Puis un ordre sonna. Les soldats levèrent leurs javelots comme des pantins sans conscience et attendirent. Boudicca, presque sur eux, s'émerveilla de leur obéissance aveugle et courageuse. Puis un autre ordre se fit entendre. Et l'instant d'après, elle fut projetée hors de son char. Un de ses chevaux s'abattait, immobilisant l'autre. Des hurlements se firent entendre. La charge ralentit brutalement. Mais avant qu'elle ait pu reprendre, une autre pluie de javelots vint siffler parmi les seigneurs étroitement groupés. La première ligne de soldats recula astucieusement. La seconde avança. Et à nouveau, la grêle aux pointes d'acier s'abattit sur le peuple. Lovernius l'aida à se relever et elle vit Aillil qui grimpait vers elle, essayant de résister à la poussée des milliers d'hommes qui le suivaient.

« Mais pourquoi ces idiots ne s'attaquent-ils pas à la cavalerie sur les flancs ? cria-t-elle. Je leur ai dit et répété ! Aillil, passe derrière eux et dis-leur de s'opposer aux auxiliaires. Nous allons tous mourir si nous restons entassés ici en première ligne ! » Elle se protégea de son bouclier au moment où une nouvelle pluie de javelots s'abattait sur les bêtes et les hommes. La charge maintenant se désintégrait.

C'est alors que les trompettes sonnèrent. Les légionnaires resserrèrent rapidement les rangs, levèrent leurs longs boucliers et tirèrent leur glaive. Les cris de rage de Boudicca se perdirent dans la mêlée. Les tribus qui les entouraient n'avaient pas attaqué la cavalerie, ni les auxiliaires sur les côtés. Si elles l'avaient fait, ils auraient pu percer leurs lignes et entourer les Romains. Mais au moment où elle tirait l'épée, l'agitait en les maudissant, ils se précipitaient vers le centre de l'affrontement déjà encombré. La cavalerie resta en selle, à observer sans être attaquée. Boudicca, suivie de Lovernius, tailladant dûment derrière elle, oublia tout ce qui n'était pas la rage de détruire.

Les forces romaines, implacables et insensibles, repoussèrent pied à pied la masse informe des tribus, les divisant et les dispersant. De temps en temps, une voix sans passion faisait entendre un ordre bref et la ligne de front reculait pour faire place à des légionnaires reposés qui poursuivaient le corps à corps sans merci avec les hommes et les femmes vite épuisés, ensanglantés. Ils avaient à peine assez d'espace pour tirer l'épée et encore moins pour manœuvrer. Boudicca se trouva repoussée rudement et malgré ses efforts et ses jurons, la première ligne avança rapidement. Elle se débattit pour trouver un nouvel espace, et lorsqu'elle y parvint, elle vit que les soldats gagnaient du terrain. La foule s'épaississait et de plus en plus d'hommes mouraient, courbés et impuissants, écrasés contre leurs voisins. Les glaives romains s'enfonçaient sans rencontrer de résistance.

« Par Andrasta, nous sommes au bord de la déroute », pensa-t-elle avec horreur. Lorsqu'elle sauta sur un char renversé et se mit à crier, le rythme vacillant de l'attaque des tribus se suspendit et les clameurs se turent. Ce fut comme si pour un instant le vol du temps... Sa voix s'éleva, rauque et forte, dans un cri solitaire de défi ultime. « Souvenez-vous de votre esclavage ! Souvenez-vous de l'oppression et de vos deuils innombrables ! » Mais au loin, une trompette sonna et ses derniers mots furent noyés dans le bruit que faisaient les légions en avançant. Le mouvement de la bataille avait tourné et devant cette marée impitoyable, les tribus se mirent à courir, hurlant de peur.

Lovernius la fit descendre du char et l'attira. « Le peuple s'enfuira dans la forêt, de l'autre côté de la route, fit-il, essoufflé. Nous pourrons nous regrouper demain et reprendre le combat. Cours Boudicca ! » Mais elle tituba soudain, comme si une épée s'était plantée dans son dos et elle tomba sur les genoux. « Regarde, Lovernius ! murmura-t-elle. Regarde ! »

Il n'y avait nulle part où s'enfuir. Bloquant l'entrée étroite de la vallée, les charrettes étaient parquées par sept, huit et neuf. Un vaste mur de butin avait été élevé par le peuple, dans sa confiance aveugle, pour que même les vieilles femmes et les enfants puissent admirer la victoire. La vallée était scellée, c'était un tombeau et lorsque Boudicca se releva, saisie d'horreur, les seigneurs qui s'enfuyaient à toutes jambes le virent aussi, ce mur sans porte ni faille qui ferait office de bourreau. Ils se jetèrent dessus, mais il était trop tard. Les Romains aussi l'avaient vu et un grand cri de triomphe s'était élevé parmi eux. La cavalerie les poursuivit, plantant ses lances dans les dos sanglants et les seigneurs moururent.

« Oh non ! murmura-t-elle. Pas ainsi ! »

Elle pensa à Brigid. Se traînant parmi les cadavres, elle se mit à ramper, suivie de Lovernius, vers un des flancs de la vallée. « Ce n'était pas loin. Bien choisi, Paulinus. Mais tu ne me prendras pas. Mes chevilles ne connaîtront pas les chaînes. Je refuse la longue humiliation dans les cachots de Rome. » Soudain, des ronces déchirèrent sa tunique et le vert sombre d'un buisson desséché lui brossa les épaules. « Cours maintenant, Lovernius », dit-elle à voix basse. Mais il n'y eut pas de réponse. Se remettant sur pied, elle regarda derrière elle. Elle était seule.

Hulda et le jeune seigneur se tenaient l'un près de l'autre, sous les arbres. Brigid faisait les cent pas devant eux, les doigts enfoncés dans ses longs cheveux embroussaillés et les yeux fixés au sol. Hulda courut à sa rencontre lorsqu'elle la reconnut, puis s'arrêta. La tunique bleue était maculée de sang. Ses cheveux étaient pleins de terre et de gravier. Elle n'avait plus de casque et le visage dont la vue lui avait arraché un cri était si convulsé par la souffrance qu'il n'en semblait presque plus humain.

« Madame »...

Boudicca s'appuya contre un arbre. « La bataille est perdue, parvint-elle à dire. Les tribus ne peuvent que perdre. Fuyez tous deux, au nord, à l'ouest, mais fuyez !

— Mais Lovernius, Aillil... ? Où est Domnall ?

— Morts. Tous morts. Prenez ce qui vous appartient et fuyez.

— Mais Brigid, Madame, où irez-vous avec elle ?

— Cela ne te concerne plus, Hulda. Et si tu veux sauver ta vie, tu ferais bien de partir d'ici. »

Hulda ne dit plus rien. Elle alla vers la fille, l'embrassa doucement sur le front, puis s'éloigna avec des larmes silencieuses.

Le seigneur dégaina son épée et hésita, les yeux sur sa dame. « Toi aussi, mon ami, lui dit-elle. Tu ne peux plus nous sauver. »

Il pouvait déjà la sentir, l'odeur fade et écœurante de la mort envahissant la clairière et il leva son épée en guise de salut. « Un voyage paisible, Madame, un voyage en sécurité.

— Pour toi de même », répondit-elle et il disparut.

Elle posa son épée, tira son couteau et alla vers Brigid. Sa fille cessa ses allées et venues et la regarda d'un air interrogateur. Ses mains quittèrent ses cheveux pour courir sur la tunique maculée de Boudicca.

« Du sang ? » demanda-t-elle. Boudicca l'attira doucement vers elle et posa son visage contre les tresses lumineuses. « Je ne veux plus que tu souffres, Brigid, pensa-t-elle. Si je t'abandonne, les soldats viendront et tout recommencera. Mais je n'ai nulle part à t'emmener. Nous ne pourrons jamais rentrer chez nous. » Ses doigts trouvèrent les côtes, si pathétiquement fines et la lame se glissa entre elles. Brigid soupira, la beauté pâle et sans pareille de sa tête sombra contre la poitrine de sa mère. En pleurant, Boudicca la posa sur l'herbe parfumée. Elle reposa, paisible, des fleurs sauvages entre les doigts, les cheveux couvrant son visage et sa tunique flottant autour d'elle. Boudicca se retourna vivement. Se penchant, elle creusa le terreau riche et humide, jeta son couteau au loin, essuya son épée et en planta la garde dans le trou qu'elle avait fait. Elle la consolida avec des cailloux, les mains tremblantes et les yeux pleins de larmes.

« Où vas-tu, Boudicca ? » croassa dans son oreille Subidasto le corbeau.

Elle se raidit. « Je ne sais pas, dit-elle à voix haute. Je ne sais pas. » Elle ouvrit les bras et tomba.

39.

La nuit était étouffante, mais les volets étaient grands ouverts, une brise légère agitait les tentures, faisant vaciller la flamme des lampes comme des papillons ivres. Gladys fit un signe de tête. Les esclaves débarrassèrent en silence la table recouverte d'une nappe blanche et apportèrent des plateaux d'argent chargés de raisins noirs, de pêches duveteuses, de prunes d'un pourpre appétissant. Les serviteurs, patients, rapportèrent du vin ; mais Caradoc posa légèrement la main sur sa coupe, en souriant à sa femme, et Plautius refusa également. Seul Llyn tendit sa coupe pour qu'on la lui remplisse et la but rapidement, les yeux à demi clos.

Caradoc remit les pieds sur les dalles chaudes. « Une fois encore, nous avons abusé de ton hospitalité, mon ami, dit-il à Plautius, et nous nous sommes attardés », mais avant que Plautius ait pu répondre, son ordonnance se glissa dans la pièce. Pendant longtemps il chuchota à l'oreille de son maître et l'assistance attendit avec anxiété, voyant le visage de Plautius devenir grave, puis blême. Et lorsque l'homme fut sorti, ils commencèrent à s'agiter. Plautius semblait avoir du mal à parler.

« Il y a des nouvelles de Britannia, dit-il enfin. Les Iceniens ont fomenté une révolte et entraîné la plupart des tribus des basses terres avec eux. Ils ont presque réussi à tuer jusqu'au dernier Romain sur l'île. Trois villes et une légion ont été détruites.

— Les tribus des basses terres ? » demanda Car, incrédule, submergé par une vague de joie fiévreuse depuis longtemps oubliée. Llyn ouvrit les yeux. « Par la Grande Mère ! » murmura-t-il, mais Eurgain s'empressa de demander : « Presque réussi, Aulus ? »

Plautius s'éclaircit la voix et continua :

« Il semblerait qu'il y ait eu une bataille rangée. Les rebelles ont été écrasés. Boudicca s'est suicidée.

— Quoi encore ? » lui demanda sa femme.

Soudain, il s'assit sur sa couche et se frotta le front d'un air soucieux. « Je ne comprends pas. Mon bon ami Paulinus massacre les Iceniens. Quatre-vingt mille guerriers sont morts dans la bataille et il poursuit jusqu'au dernier survivant. Icenia n'est plus qu'un désert. »

Personne ne bougea. Le vent fit entendre un soupir et l'obscurité derrière les fenêtres vint leur glacer le cœur, malgré cette chaleur qui leur mettait le front en sueur.

Puis, lentement, lourdement, Caradoc se mit sur ses pieds. « Pardonnez-moi, Plautius », dit-il d'un ton égal et il quitta la pièce. Il passa sous l'arche et pénétra dans l'atrium où la pleine lune des moissons se reflétait sur la surface immobile du petit bassin. Derrière, dans le jardin, l'herbe fine sentait les fleurs et la rosée. Il traversa les ombres inclinées des piliers de la cour. Il arriva enfin au petit chemin, puis jusqu'aux platanes et à la grille de fer forgé. Il s'y agrippa à deux mains, regardant plus bas les lumières de la ville. Il entendit les battements de son cœur — un rugissement sourd, permanent, le grincement perpétuel de l'industrie — cœur d'un empire dont le sang était fait de souffrances, qui se nourrissait d'oppression, dont les mains aveugles portaient la mort. Petite Boudicca aux cheveux rouges, pensa-t-il, qu'ont-ils pu te faire pour te pousser à verser délibérément ton propre sang sur un sol déjà abreuvé par trop de sacrifices ? Pourquoi suis-je ici, vieux et inutile, quand la même lune filtre au travers des bosquets de chênes et que les jeunes daims courent sans faire de bruit à travers les herbes couvertes des joyaux de la rosée ?

Une main chaude vint se poser légèrement sur son bras nu et Eurgain leva les yeux vers lui. Au clair de lune impitoyable, son visage n'était plus qu'un masque blême et ridé.

« Eurgain, dit Caradoc, ils s'inclinent bien bas devant moi dans les rues. L'empereur m'appelle son noble barbare, ma fille a fait un bon mariage et je suis reçu chez tous les sénateurs, comme une sorte de divinité. Et pourtant, nuit après nuit, je rêve que je suis de retour à Camulodunum, qu'il pleut et que Cin m'appelle. » Il poussa un soupir. « Depuis dix ans, je vis ici, fermant mes yeux et mes oreilles au tourment d'Albion. Et puis de tels événements se produisent et je ne suis plus qu'un exilé, qui se lamente en terre étrangère. »

Elle frotta sa joue contre son épaule. « Moi aussi, je veux rentrer chez nous, murmura-t-elle. Et Llyn également. Crois-tu que lorsque le temps sera venu, ils nous laisseront brûler sur un bûcher des branches arrachées à la douce forêt des Catuvellauniens ? »

Il passa un bras autour de sa taille et l'attira vers lui. « Tout ce que nous voulions, c'était qu'on nous laisse vivre à notre guise, dit-il d'une voix douce. Un si petit mot, liberté, une exigence si modeste, qu'un peuple a pourtant payé de son âme. »

Elle s'appuya contre lui et ils restèrent ainsi, sous la lune, pendant que plus bas bourdonnait la ville.

Bien loin de là, en Albion, emportée par les brumes d'automne, la flamme de la liberté vacilla et s'éteignit.

Achevé d'imprimer le 30 mars 1981
sur presse CAMERON,
dans les ateliers de la S.E.P.C.
à Saint-Amand-Montrond (Cher)

N° d'impression : 510-287.
Dépôt légal : 1er trimestre 1981.
Imprimé en France

HSC 80-4-67-0752-5.
ISBN 2-7158-0309-5.